HEYNE <

T. S. ORGEL

DIE BLAUSTEINKRIEGE III

DER VERBORGENE TURM

Originalausgabe

WILHELM HEYNE VERLAG
MÜNCHEN

Für dich

MIX
Papier aus verantwortungsvollen Quellen
FSC
www.fsc.org
FSC® C083411

Verlagsgruppe Random House FSC® N001967

Originalausgabe 11/2017
Redaktion: Catherine Beck

Printed in Germany
Umschlagillustration: Franz Vohwinkel
Karten: Andreas Hancock
Umschlaggestaltung: Stardust, München
Satz: KompetenzCenter, Mönchengladbach
Druck und Bindung: CPI books GmbH, Leck

ISBN: 978-3-453-31707-9

www.heyne-fantastisch.de
www.blausteinkriege.de

INHALT

»Es mag sein, dass Verschwörungen zuweilen
durch geistreiche Köpfe angezettelt werden;
ausgeführt werden sie immer durch Bestien.«

Antoine Comte de Rivaról
(1753–1801)

Was bisher geschah

Seit dem Tod seines Herrschers ist das Kaiserreich Berun im Niedergang begriffen. Der junge Kaiser Edrik ist schwach und weniger am Regieren als an seinen Vergnügungen interessiert. Unruhen unter den unzufriedenen Fürsten stellen Berun vor eine schwere Zerreißprobe. Die Nachbarn des Reichs, wie die Novenischen Stadtstaaten im Westen und das Königreich Kolno, haben ebenfalls bereits ein Auge auf die Provinzen des Reichs geworfen, und Verbrecherkönige wie Feyst Dreiauge herrschen über die Unterwelt.

Kaiserinmutter Ann Revin versucht mit einer kleinen Gruppe ihr treu ergebener Männer und Frauen gegen all diese Widrigkeiten anzukämpfen. Deren Anführer ist Henrey Thoren, genannt der Puppenspieler. Marten und Danil, zwei junge Schwertmänner des Kaisers, und Sara, ein ehemaliges Straßenmädchen aus Feysts Gefolge, geraten unversehens in Thorens Netz der Intrigen. Während Marten wegen eines Mordes in das Macouban verbannt wird, mausern sich Sara und Danil schnell zu wertvollen Trümpfen im Ärmel der Kaiserinmutter.

Doch Sara zieht sich damit nicht nur Feysts Zorn zu, sondern gerät auch in den Fokus Cajetan ad Hedins. Das Oberhaupt des Ordens der Reisenden sieht in der magisch begabten Frau eine Verfluchte, der es laut einer Prophezeiung bestimmt ist, die verbannten Götter zu befreien und damit das Ende der Welt einzuläuten. Als er ihr gegenübertritt, verleugnet Danil seine Gefühle für sie und lässt Sara feige im Stich. Zerfressen von Reue versucht er wenig später, den Ordensfürsten zu töten, und wird zur Strafe in den wilden Norden des Reichs verbannt.

Als sich kurz darauf ein Treffen der Kaiserinmutter mit der kolnorischen Prinzessin Ejin Rigmar als Falle herausstellt, gelingt es Sara und Thoren nur unter großen Verlusten, das Attentat zu vereiteln. In der Folge nutzen sie ein von Ann Revin veranlasstes Zusammentreffen der Reichsfürsten am Kaiserhof dazu, um mit Hilfe des macoubanischen Gesandten Beltran ad Iago die Verschwörer auszuschalten. Der Plan misslingt, und Saras Ziehbruder Flynn wird vor ihren Augen von Feyst Dreiauge getötet.

Danil, der im Norden dem skrupellosen Ordensritter Joring dabei helfen soll, entlegene Siedlungen von Göttergläubigen zu säubern und ihre geheimen Tempel aufzuspüren, trifft dort auf den seltsamen Waldmenschen Bogk. Der will sein Volk unter den Schutz des Kaiserreichs stellen und dient sich ihnen im Gegenzug als Führer an. Doch als Joring ihn feige hintergeht, verüben die Waldmenschen blutige Rache an dessen Heer. Der von Hass erfüllte Ordensritter zwingt Danil zu einem Kampf auf Leben und Tod, und der junge Schwertmann entdeckt dabei sein eigenes magisches Talent: Er kann unter Wasser atmen.

Danils Freund Marten findet sich derweil auf einem Schiff in das Macouban wieder, wo er der Kriegsknechtstruppe der Schildbrecher unter Vibel Brender zugeteilt wird. Zu seinem Pech befindet sich auf demselben Schiff aber auch Ordensritter Cunrat, der aufgrund einer Ehrverletzung auf Rache sinnt und ihn während eines Sturms über Bord gehen lässt.

Als das schwer angeschlagene Schiff die Festungsstadt Gostin erreicht, gerät es mitten in einen Aufstand des Fürsten Antreno gegen das Kaiserreich. Während sich die Schildbrecher zum Schein von Antreno abwerben lassen, werden die Ordensritter gefangen gesetzt. Der Meuchelmörder Meister Messer, der von Cajetan ad Hedin beauftragt wurde, sämtliche illegitimen Halbgeschwister des Kaisers zu beseitigen – unter ihnen auch Marten –, befreit sie schließlich wieder. Gemeinsam mit den Schildbrechern beschließen sie, einen Gegenaufstand vorzubereiten, und senden einen Trupp nach Tiburone aus.

Wie durch ein Wunder erreicht der totgeglaubte Marten die macoubanische Küste und wird von der Fürstentochter Emeri, ihrer Dienerin Xari und der fürstlichen Heilerin Oloare gesund gepflegt. Fürstin Imara Antreno erkennt in ihm einen Bastardsohn des alten Kaisers und erhofft sich eine gute Partie für ihre Tochter. Xari allerdings misstraut dem leichtlebigen Schwertmann und gibt ihm die Möglichkeit, vom Landgut zu flüchten und sich seiner Verantwortung zu entziehen. Durch Zufall erfährt Marten jedoch von einem bevorstehenden Überfall und rettet der Fürstentochter mit Xaris Hilfe das Leben.

Gemeinsam stellen sie fest, dass es sich bei den Attentätern, vermeintlichen Beruner Kriegsknechten, in Wirklichkeit um Kolnorer handelt, die in falschen Rüstungen die Bevölkerung des Macouban gegen das Kaiserreich aufbringen wollen. Als sie kurz darauf in Gefangenschaft geraten, begegnen sie der Heilerin Oloare wieder, die den heimtückischen Angriff mit initiiert hatte. Während Xari im letzten Augenblick die Flucht gelingt, nimmt Theyn Bront, der Anführer der Kolnorer, Emeri und Marten als Gefangene und schleppt sie zu einem Treffen mit seinen Verbündeten – den Huacoun. Die unheimlichen Wassermenschen befinden sich auf der Suche nach einem riesigen Blausteinvorkommen, das tief in den Höhlen eines Gebirges liegen soll, das sich Lambebes Hand nennt.

Xari gelingt es mithilfe von Cunrat, Messer und den Schildbrechern schließlich, die Gefangenen zu befreien. Doch Marten und Emeri entscheiden sich, ihr Leben zu opfern, um die finsteren Pläne ihrer Widersacher zu durchkreuzen: Sie setzen das Blausteinvorkommen in Brand und vernichten die an diesem Ort verborgenen Götter der Huacoun.

Damit ist die Bedrohung des Kaiserreiches jedoch längst nicht aus der Welt geschafft. Es liegt nun an Xari, Cunrat, Sara und Danil, Entscheidungen zu treffen und nicht nur ihr eigenes Schicksal, sondern auch die Zukunft von Berun und dem Macouban für immer zu verändern.

DER VERBORGENE TURM

Gostin
BUCHT VON GOSTIN
INNERE FESTUNG
ÄUSSERE FESTUNG
HAFENKASTELL
LEUCHTTURM
GRAUES SCHIFF
MEER

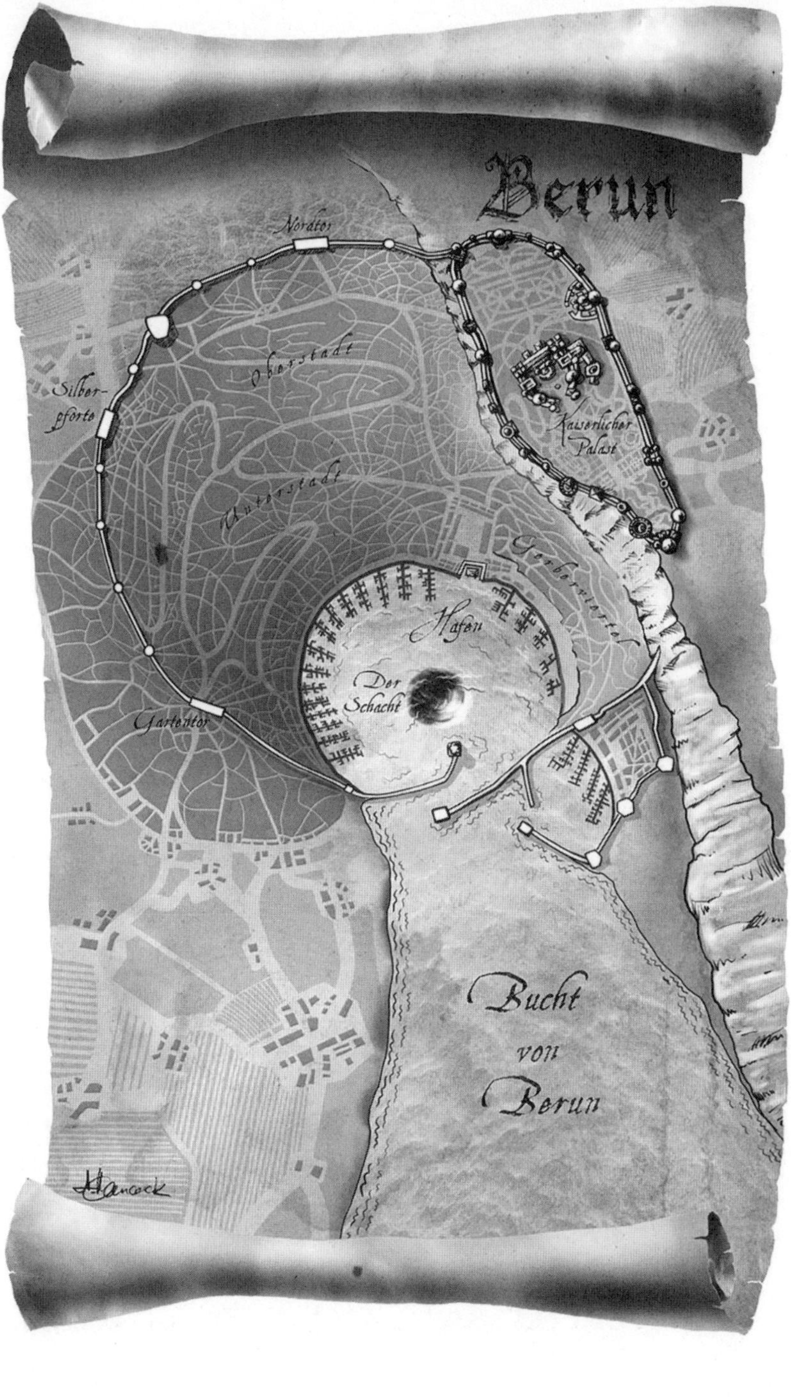

Berun
Nordtor
Silberpforte
Oberstadt
Unterstadt
Kaiserlicher Palast
Gerberviertel
Hafen
Der Schacht
Gartentor
Bucht von Berun
Hancock

1

Tiburone

»Wie schätzt Ihr die Lage ein, Cunrat?« Dolen rieb sich das schiefe Kinn. Die Stoppeln wuchsen nur unregelmäßig, wo die alte Narbe seinen Kiefer kreuzte und ihm ein verwegenes, stets etwas abgerissenes Aussehen verlieh. Bereits seit einer guten halben Stunde beobachteten sie das offene Stadttor Tiburones.

Cunrat ließ sich mit der Antwort Zeit. Insekten summten aufdringlich um sie herum, entweder auf der Suche nach Schweiß oder Blut. Dennoch hielten sich die fünf Menschen verborgen.

Die größte Stadt des Macouban lag auf einer kaum eine halbe Meile breiten Landenge, die die flache Bucht des südlichen Meeres vom Gunboru, dem größten Strom des Landes, schied. Nicht nur diese strategisch günstige Lage sprach für die Stadt, sondern auch die Tatsache, dass hier die einzigen Felsen im Umkreis von beinahe zwei Tagesmärschen zu finden waren. Ein Großteil davon war in vergangenen Jahrhunderten dafür aufgewendet worden, eine zwei Schritt hohe Mauer zu errichten. An mindestens zwei Stellen in der Nähe des Tors war das von Moos und Flechten bewachsene Bauwerk inzwischen mit Holz ausgebessert worden. Doch nach allem, was Cunrat wusste, hatte die Mauer ohnehin seit Generationen nicht mehr dazu gedient, menschliche Angreifer abzuwehren, sondern war nur dazu da, die gefährlicheren Flussbewohner davon abzuhalten, nachts in die Stadt zu kriechen. Und diesen Zweck erfüllte sie vermutlich auch mit nachlässigen Flicken. Hinter der Mauerkrone ragten spitze Dächer auf, die mit Schindeln des dunklen einheimischen Holzes gedeckt waren. Sie glänzten feucht im Dunst, der nach dem Regen des Morgens faseriger Watte gleich zwischen den Gebäuden und in den nahen Baumkronen hing.

»Es wäre sicherlich machbar, auch ungesehen in die Stadt zu kommen«, erwiderte der junge Ritter nachdenklich. »Aber die Männer dort am Tor sehen mir nicht sonderlich wachsam aus. Und sie haben zumindest die letzten drei Gruppen von Reisenden nicht kontrolliert. Ich denke, es ist wesentlich einfacher, die Stadt auf normalem Weg zu betreten.«

»Hm«, brummte Dolen, offenbar nicht ganz überzeugt. »Wenn es stimmt, dass Männer in Beruner Rüstungen die Fährstation angegriffen haben, warum dann diese nachlässigen Sicherheitsmaßnahmen? Man sollte erwarten, dass sie zumindest jetzt ein wenig aufmerksamer wären.«

»Was heißt ›wenn es stimmt‹?«, fauchte Xari düster. »Es waren Kolnorer in den Farben des Kaisers. Dieselben, denen wir im Norden begegnet sind. Oder zumindest Verbündete.« Instinktiv ballte sie die bandagierten Fäuste und verzog dann das Gesicht, als die gerade erst verheilenden Brandwunden an ihren Händen protestierten. Fahrig strich sie wieder ihr dünnes Kleid glatt, und Cunrat kam nicht umhin, sich ihrer üppigen Rundungen erneut beinahe schmerzhaft bewusst zu werden. Er räusperte sich. »Wir glauben dir ja. Es leuchtet mir nur nicht ein. Wenn es nicht die sind, denen wir begegnet sind, wo sind sie dann? Und warum ist niemand in Kampfbereitschaft?«

»Da fallen mir auf Anhieb mehrere Gründe ein«, stellte Dolen fest. »Sie wissen, dass die Kolnorer hier nicht angreifen. Oder die Kolnorer haben so gründlich aufgeräumt, dass es keinen Verdacht gibt. Tiburone fühlt sich hinter der kleinen Mauer dort sicher. Oder die dort sind auf der Seite der Kolnorer. Dann ist es eine Falle, und sie warten nur auf uns. Such dir was aus.« Er zuckte mit den Schultern und seufzte. »Wir können nicht durchs Tor gehen«, stellte er fest. »Lasst uns einen Mauerabschnitt suchen, über den wir ungesehen hineinkommen.«

»Vielleicht hätten wir Messer nicht so schnell ziehen lassen sollen«, brummte Wibalt. Der dritte der Ritter war groß, sehnig und behaart wie ein Bär. Im schwülwarmen Mittag glänzten die Schweißperlen auf seinem Gesicht. »Das wäre eine Aufgabe für ihn gewesen.«

Dolen warf dem Haarigen einen düsteren Blick zu. »Seit wann überlassen die Ritter des Ordens ihre Drecksarbeit gedungenen Mördern?«

Wibalt schnaubte belustigt. »Seit wann denn nicht? Und ihr müsst zugeben – er ist wirklich gut in dem, was er tut.«

»Ich glaube, es ist für uns alle besser, wenn der Mörder sein Unwesen in der Hauptstadt treibt und nicht bei uns«, gab Dolen zurück. Vorsichtig zog er sich von ihrem Aussichtspunkt zwischen den Büschen zurück und stand auf. »Also los. Es wird bald dunkel.«

Xari sah zwischen den Männern hin und her, dann schüttelte sie den Kopf und stand ebenfalls auf. »Männer. Ihr denkt

wirklich zu kompliziert. Wartet und haltet euch bereit. Oh, und verstopft eure Nasen.« Sie lockerte die Verschnürung über ihrem üppigen Dekolleté und setzte ein Lächeln auf, das Cunrat für verführerisch gehalten hätte, wenn ihm nicht klar gewesen wäre, dass dies zum Talent der jungen Metis gehörte.
»Was hast du vor? Das ist viel zu gefähr…«

Xari warf ihm einen spöttischen Blick zu, der Cunrat daran erinnerte, dass sie vor nicht einmal vier Tagen mehr als zwei Dutzend Männer in den Flammentod gelockt hatte. Er verschluckte den Rest seines Satzes. Die Metis schob sich ein winziges Bröckchen Blaustein zwischen die Zähne, zerbiss es knirschend, wandte sich um und trat auf die ausgefahrene Straße. Ein Hauch von Sandelholz lag plötzlich in der Luft. Mit schwingenden Hüften ging sie geradewegs auf die Torwachen zu, und Cunrat fiel es schwer, den Blick von ihrem Hinterteil abzuwenden. Scham stieg in ihm auf und kroch als heiße Spur auf seine Wangen. War es einem Ritter nicht verboten, derartige Gedanken zu hegen, zumal bei einer Metis, einer Verfluchten noch dazu? Widerwillig wandte er sich ab und starrte geradewegs in Wibalts bärtiges Gesicht. Der große Ritter grinste ihn wissend an. Eilig kratzte Cunrat etwas Talg von der Kerze, die ihm Wibalt reichte, rollte ihn und stopfte ihm die Pfropfen in die Nase.

Die Metis hatte die fünfzig Meter schnell überbrückt und die drei Torwachen beinahe schon erreicht, als jene schließlich auf die nur spärlich bekleidete Frau aufmerksam wurden. Für einen kurzen Moment hoben sie die Waffen – nur um sie im nächsten Augenblick wieder zu senken. Stattdessen richteten sie sich auf, streckten die Brust heraus und versuchten, sich von ihrer imposantesten Seite zu zeigen, als Xari bei ihnen stehen blieb, eine Hand scheinbar unbewusst auf die Hüfte gestützt. Bereits im nächsten Moment wanderte die Hand eines der Männer an Xaris Taille.

»Wollt ihr zusehen?«, raunzte Dolen unwirsch, und Cunrat zuckte zusammen. »Bewegung. Sie macht das nicht zum Vergnügen.«

»Sicher?«, murmelte Wibalt, folgte Dolen jedoch auf die Straße hinaus. Schweigend marschierten die vier Männer ohne Hast auf das offene Tor zu. Cunrats Hand krampfte sich um den Griff seines Schwerts, und er musste alle Selbstbeherrschung aufbringen, um die Klinge nicht zu ziehen. Schon kurz darauf hätte ein Dolch gereicht, so dicht passierten sie hinter den Rücken der Männer, die jedoch ausschließlich Augen für Xari hatten. Die blanke Lust in ihren Gesichtern erschreckte Cunrat zutiefst. So sollte kein Mann aussehen. Ein zweiter der Torwächter packte Xaris Hüfte. Es wirkte so besitzergreifend, dass Cunrat unwillkürlich innehielt. Im nächsten Augenblick stieß Wibalt ihn vorwärts, und der Bann war gebrochen. Ohne Worte, nur mit einem Blick und einer Geste kippte Xari die Stimmung zwischen den Wachmännern, die sich plötzlich feindselig musterten. Der erste, der Xari die Hand um die Taille gelegt hatte, knurrte den zweiten in einer Sprache an, die Cunrat nicht verstand. Der verzog das Gesicht, bellte etwas zurück, und plötzlich lag seine Hand an seinem Dolch. Der dritte packte Xari am Arm, um sie aus dem Weg zu ziehen, was aber der erste anscheinend als Affront betrachtete, denn er fuhr herum und schlug seinem Kameraden so heftig ins Gesicht, dass Blut aus dessen Nase schoss. Im nächsten Moment war Xari vergessen, als die drei Männer mit Fäusten übereinander herfielen, während die Ritter in die belebten Gassen Tiburones eintauchten.

»War das … war das dort ihr Fluch?«, raunte Cunrat erschüttert und warf einen Blick zurück, wo sich weitere Männer in die Prügelei einmischten, während Xari unauffällig beiseitetrat.

»Ich bin mir nicht sicher, dass dieses Weib das überhaupt braucht – aber ich denke, ja. So etwas ist der Grund, warum der Orden die Gezeichneten und den Blaustein kontrollieren will«, sagte Dolen leise, als sie im Schatten eines Marktstands stehen blieben. Der narbige Ritter tat so, als würde er die ausgestellten Töpferwaren begutachten. »Nicht auszudenken, was diese Frau am Hofe des Kaisers anrichten könnte.«

»Immerhin ist sie auf unserer Seite«, wandte Cunrat ein.

»Bist du dir da so sicher?«

Cunrat setzte zu einer Antwort an, bevor ihm aufging, dass er auf diese Frage keine hatte. Verstohlen sah er sich um. Innerhalb der Stadtmauer herrschte ein buntes, scheinbar planloses Durcheinander. Die meisten der fast ausschließlich zweistöckigen Gebäude waren aus Holz errichtet. Das obere Stockwerk wies meist einen überdachten Balkon auf, der die gesamte Straßenseite einnahm und in der Regel dazu genutzt wurde, Wäsche zu trocknen. Unter den über die Straße ragenden Balkonen hatten die Einheimischen vor beinahe jeder Hütte einen winzigen Marktstand gezwängt, in denen die unterschiedlichsten Dinge zum Kauf angeboten wurden. Meist schienen die Waren dabei den Aufwand nicht wert. Hier verkaufte einer geflicktes Schuhwerk, dort bot ein kleiner Bengel grob geschnitzte Löffel und Schalen an. Einen Schritt weiter drängten sich ein Dutzend schwarzer Hühner in hölzernen Käfigen zusammen, während direkt daneben in einem großen schwarzen Kessel eine zäh wirkende Masse vor sich hin köchelte und einen intensiven Geruch nach Fisch und fremdartigen Gewürzen verströmte. Zwischen den Ständen und in den engen Gassen drängte sich ein buntes Gemisch an Menschen. Überwiegend waren es die aschbraunen Gesichter der Metis, der Eingeborenen des Macouban. Die meisten reichten den Rittern lediglich bis zur Schulter, und die hochgewachsenen Beruner, deren Gesichter von der ungewohnten Sonne gerötet waren, waren mehr als einer Musterung unterworfen. Zu Cunrats heimlicher Überraschung blieb es jedoch bei neugierigen Blicken, was vermutlich daran lag, dass sie nicht die einzigen Fremden auf den Straßen waren. Braun gebrannte Männer in den bunten Kleidern des novenischen Bundes feilschten mit lebhaften Gesten um irgendwelche Waren, und ihre schnelle Sprache hob sich scharf von den melodischen Stimmen der Einheimischen ab.

Sie bogen an der nächsten Kreuzung ab, und Cunrat zuckte zusammen, als ihnen drei breitschultrige Kolnorer entgegenkamen. Sie trugen ganz offen die Rüstungen und Waffen des Königreichs, auch wenn sie der allgegenwärtigen Hitze zumindest das Zugeständnis gemacht hatten, keine Pelze und wattierten Wollkleider anzuziehen. In ihrer Mitte ging eine füllige Frau mittleren Alters, die mit steinerner Miene die Auslagen der Stände begutachtete. Auch Wibalt spannte sich sichtlich an, und die Hände des Rosskopfs lagen wie zufällig auf den Griffen seiner Schwerter. Dolen jedoch nickte lediglich höflich und trat zur Seite, um die Männer, die keine Notiz von ihnen nahmen, passieren zu lassen. Der Blick der Frau streifte die Ritter kurz, wanderte jedoch ohne Interesse weiter. Als sich die Menschenmenge wieder hinter den Kolnorern geschlossen hatte, verzog Wibalt sein bärtiges Gesicht zu einer angewiderten Grimasse. »Sie wagen es ernsthaft, hier so offen herumzustolzieren? Was glauben sie ...«

Dolen ließ sein unverbindliches Lächeln fallen und wandte

sich ab. »Sie glauben vermutlich, dass die Tatsache, dass sie hier mehrere Stadthäuser haben, ihnen das Recht gibt, sich zu bewegen, als seien sie hier zu Hause.«

Cunrat sah ihn verblüfft an. »Die Kolnorer haben Grundbesitz im Macouban? Auf dem Gebiet des Kaiserreichs?«

Dolen nickte knapp. »Einige schon, soweit ich weiß. Es ist ihnen nicht verboten. Sie sind Händler, und das hier ist eine der wichtigsten Handelsstädte des Südens. Dutzende Handelsgesandte aus fast genauso vielen Reichen haben Häuser hier. Das ist Teil des Protektoratsvertrags des Kaisers.«

Xari tauchte so lautlos neben Cunrat auf, dass dieser zusammenzuckte. Sie nickte. »Händler, ihre Familien, ihre Bediensteten. Es sind mehr als nur ein paar Dutzend. Nach allem, was wir auf dem Landgut der Fürstin mitbekommen haben, sind es einige Hundert novenische, nochmals einige Hundert Kolnorer, beinahe genauso viele Beruner. Insgesamt mehr als zweitausend, die keine Metis sind – die Fürstenfamilie nicht eingerechnet.«

»Aber …« Cunrat blickte zurück, wo er immer noch die Haarschöpfe der Kolnorer über der Menschenmenge sehen konnte. »… sie sahen mir nicht wie Händler aus.«

»Leibwächter«, sagte Dolen knapp. »Das Macouban ist ein gefährliches Land, wie wir wissen.«

»Erstaunlicherweise ist es durch die vielen Waffen nicht sicherer geworden«, murmelte Xari.

»Verblüffend«, stimmte der Rosskopf trocken zu.

Sie bogen in eine weitere Abzweigung ein, und langsam gelang es Cunrat, sich zu entspannen. Mehr als ein Metis warf ihnen zwar düstere Blicke zu, doch langsam beschlich ihn das Gefühl, dass sie nicht persönlich gemeint waren. Auch hier schien allgemein niemand Beruner wirklich zu mögen. Eine weitere Gruppe Kolnorer unter Waffen tauchte vor ihnen auf. Sie waren ganz offensichtlich damit beschäftigt, einen der Verkaufsstände zu schließen, und sie gingen dabei nicht im Geringsten behutsam mit den Waren oder dem aufgebrachten Besitzer um. Der feiste Mann wurde von zwei der stiernackigen Kolnorer gegen die Rückwand seines Verkaufsbereichs gedrängt, während die übrigen drei das als Dach dienende Segeltuch herabrissen und die Haltestangen und Tische des Stands zerbrachen. Mehr und mehr Menschen versammelten sich um die Szene und äußerten immer lauter ihren Unmut. Und plötzlich wurde Cunrat klar, dass die Menschentraube nicht gegen das raue Vorgehen der Kolnorer protestierte, sondern sie im Gegenteil noch anfeuerte. »Was bei den Gruben …«, knurrte Wibalt düster, doch Xari hob eine Hand und bedeutete den Männern zurückzubleiben. Dann schob sie sich nach vorn in die Menge, bis sie neben einer älteren Metis von beeindruckenden Ausmaßen landete, die die Szene mit vor dem Busen verschränkten Armen und einem Ausdruck grimmiger Zufriedenheit beobachtete. »Was hat er getan, *Uguchu*?«

Die dicke Metis schnalzte mit der Zunge. »Er hat betrogen. Zum wiederholten Mal. Mit falschen Gewichten gewogen, wie man hört«, sagte sie, ohne sich umzusehen.

Xari schnalzte ebenfalls mit der Zunge. »Was haben die Kolnorer damit zu tun?«

Jetzt warf die Matrone Xari doch einen Seitenblick zu. »Die Kaiserlichen haben ihn die letzten beiden Male laufen lassen. Er ist ein Beruner, Mädchen. Darum. Die halten sie nie fest. Diese Ratten halten zusammen. Es wird Zeit, dass sich jemand mal um die kümmert.«

Xari nickte. »Aber warum die Kolnorer? Was haben die damit zu tun?«

»Du bist neu hier, oder?«

»Ich war das letzte Mal vor einem Jahr in Tiburone.«

Die Matrone nickte. »Die Beruner benehmen sich schon immer so, als sei das Macouban allein ihr Besitz. Und in den letzten Wochen haben sie, nach dem, was man so hört, vermehrt den Grundbesitz der Kolnorer und aller, die mit ihnen verbündet sind, angegriffen.« Sie sah Xari erneut an. »Ich dachte, das hätte sich auch auf den Dörfern schon herumgesprochen. Und nachdem Beruner Kriegsknechte die Fährstation niedergebrannt haben sollen, ist das Maß voll. Die Kolnorer setzen jetzt ihre Männer ein, um ihre Handelshäuser zu schützen. Und bei dieser Gelegenheit schützen sie den Rest der Stadt gleich mit.«

»Ich verstehe das nicht. Was ist mit dem Fürsten? Ist das nicht eigentlich seine Aufgabe?«

»Der Fürst?« Die Matrone schnaufte abfällig. »Der hat sich seit Wochen nicht hier blicken lassen. Der ist doch selbst nur eine Handpuppe des Kaisers. Wir Metis waren ihm vermutlich schon immer egal. Sonst würde er nicht dulden, was hier geschieht. Wenn du mich fragst – wir können froh sein, dass die Kolnorer endlich für Ordnung sorgen.« Sie wandte sich ab, als die Menge aufjohlte. Einer der Kolnorer hatte dem unglücklichen Händler einen Hieb in den Magen versetzt, und dieser erbrach sich soeben geräuschvoll auf seine Schuhe. Xari nutzte die Gelegenheit, um sich unauffällig zurückzuziehen.

Als Xari flüsternd die Worte der Matrone zusammenfasste, verfinsterte sich Dolens Gesicht noch mehr. Noch bevor die junge Frau fertig war, glitt Wibalts Schwert halb aus der Scheide. Dolens Hand stoppte ihn. »Nicht«, zischte der Narbige. »Wir gehen weiter.«

»Aber …« Dolens Blick ließ Cunrat verstummen.

»Was wollt Ihr machen, Cunrat? Die Kolnorer haben hier offensichtlich bereits das Sagen, und ich glaube nicht, dass wir jetzt einen Mob gegen uns brauchen. Geht. Geht weiter. Wir müssen das Ordenshaus erreichen. Falls es nicht ohnehin schon zu spät ist. Außerdem«, fügte er hinzu, »ist der Krämer vermutlich nicht unschuldig an seinem Schicksal. Und hier steht mehr auf dem Spiel. Wir sind der Sache des Ordens verpflichtet, nicht den Beruner Krämerseelen, vergesst das nicht.«

Zögernd warf Cunrat einen Blick auf die aufgeputschte Menschenmenge. Inzwischen war irgendjemand in das Haus des Krämers eingedrungen, denn unter dem Johlen der Umstehenden flogen jetzt Haushaltsgegenstände aus den Fenstern. Ein Wasserkrug zerschellte an der gegenüberliegenden Wand. »Ist es nicht unsere Pflicht, die Bürger des Reichs zu schützen?«, fragte er, und sogar für ihn selbst klang es beinahe flehentlich.

»Nein«, entgegnete Dolen leise und schob ihn weiter. »Das ist die Aufgabe des Kaisers. Unsere ist es einzig, der Sache der Reisenden zu dienen. Die Huacoun und ihre Götter sind unsere Sache, nicht die Krämer.«

Cunrat setzte zu einer Entgegnung an, doch das Bild der in Blaustein eingeschlossenen Götter und das des brennenden Marten ad Sussetz glitten ungebeten durch seinen Kopf, und er schwieg. Es fiel ihm schwer, das zuzugeben, aber Dolen hatte wohl recht. Alles, was ein Eingreifen bewirken würde, wäre vermutlich, dass sich der Unmut der Menge auch gegen sie richten würde. Und sie durften sich nicht aufhalten lassen. Widerwillig wandte sich der junge Ritter ab.

Dolen und Xari übernahmen abermals die Führung und

suchten ihnen den schnellsten Weg durch die verwinkelten Gassen zum Zentrum der Stadt. Jetzt änderte sich die Bebauung. Die Balkone, die die ersten Stockwerke umspannten, blieben zwar gleich, doch jetzt war hier und da ein Haus aus hellem Bruchstein gemauert. Kurz darauf löste ein ausgetretenes Pflaster mit tiefen Rinnsteinen die schlammigen Gassen ab. Jetzt war die Mehrheit der Häuser aus Kalkstein, und immer wieder ragte ein dreistöckiges Haus über seine Nachbarn hinaus. Hölzerne und sogar eiserne Gitter waren vor vielen Fenstern angebracht, und zweiflüglige Tore deuteten darauf hin, dass hinter vielen Hausfronten Höfe verborgen lagen. Schließlich wichen die Häuser zurück und gaben einen Platz frei, auf dem mehrere großblättrige Bäume für Schatten sorgten. Die entfernte Seite der freien Fläche wurde von einem hölzernen Hafenkai begrenzt, hinter dem ein Gewirr aus flachen Kähnen und Booten lag, deren Segel ein buntes Durcheinander von Farbflecken bildeten. Über alldem lag der eigentümliche Geruch von Brackwasser, fauligen Fischresten und heißem Erdpech, mit dem vermutlich irgendwo in der Nähe Boote kalfatert wurden. Die Enden der Mole wurden jeweils von einem ungewöhnlich großen Steingebäude begrenzt. Beide waren von einer hohen Mauer eingefasst, doch während das linke, östliche mit zwei kurzen Türmen und einer Handvoll bemooster Kuppeln eher einer Miniaturausgabe der Burg von Gostin glich, konnte Cunrat im rechten deutlich ein Ordenshaus der Flammenschwertritter erkennen. Wie die meisten davon war auch dieses in Anlehnung an das erste Ordenshaus in Berun in der Art eines festungsartigen Wehrhofs errichtet. Das schwere, auf den Platz gerichtete Tor stand offen, und Cunrat fragte sich im Stillen, ob das jetzt ein gutes oder ein schlechtes Zeichen war. Eine Patrouille Kolnorer schlenderte den Hafenkai entlang und blieb stehen, um sich mit zwei Metis-Fischern zu unterhalten.

Dolen hielt inne und runzelte die Stirn. »Kann es sein, dass sie bereits den gesamten Wachdienst übernommen haben?«

Der Rosskopf nickte langsam. »Aber ich verstehe nicht, warum. Wenn Fürst Antreno sich die Mühe gemacht hat, von langer Hand alle Kriegsknechte Beruns durch seine eigenen Leute zu ersetzen – warum sollte er den Kolnorern erlauben, sich zu benehmen, als seien sie hier die Herren?«

Dolen zuckte mit den Schultern. »Die Frage ist, ob sie eine Erlaubnis brauchen. Wie sollte er ihnen verwehren, ihre eigenen Bürger zu schützen? Und wenn er sich von Berun lossagt, dann ist es eine gute Gelegenheit für die Kolnorer, offiziell mehr für ihren eigenen Schutz zu tun.«

»Aber ... es sind doch die Kolnorer, die überhaupt den Ärger machen!«, warf Cunrat ein.

Xari warf ihm einen Seitenblick zu. »Und das weiß wer genau? Also außer uns?«

»Hör auf die Frau. Sie hat es verstanden.« Dolen warf den Kolnorern einen letzten Blick zu, dann wandte er sich zu seinen eigenen Leuten um. »Also gut, haltet die Augen offen. Ich traue dem Frieden nicht. Vor allem, weil wir keinen haben. Metis, du und der Kriegsknecht, ihr dürft nur den Hof und die Nebengebäude betreten. Besorgt euch etwas zu essen und seht euch um. Versucht herauszubekommen, wie viele Männer das Ordenshaus hat und wem ihre Loyalität gilt. Wibalt und Cunrat, ihr kommt mit mir. Wir müssen den Brüdern so schnell wie möglich Bericht erstatten, und ich werde euer Zeugnis brauchen.« Mit diesen Worten wandte er sich ab und ging zügig auf das offene Tor zu. Kurz bevor er den dunklen Bogen durchschreiten konnte, trat ein Bewaffneter aus dem

Schatten und richtete eine Armbrust auf ihn. »Halt. Macht langsam. Was glaubt ihr Lumpengesindel, was ihr hier zu suchen habt?«

Unwillkürlich sah Cunrat an sich hinab. Gut, die Feststellung war nicht ganz unberechtigt. Sie alle, abgesehen von der Metis natürlich, trugen zerfledderte Beruner Rüstungen. Die, wenn man es genau betrachtete, schlimmer aussahen als die der meisten käuflichen Kriegsknechte, die er je gesehen hatte. Vermutlich ähnelten sie Plünderern mehr als alles andere.

Dolen musterte den Mann demonstrativ. Der Wächter trug eine sorgsam gepflegte Rüstung der Ritter des Flammenden Schwerts, auch wenn nicht zu übersehen war, dass es nicht mehr die neueste war und mehr als nur einen echten Einsatz gesehen hatte. Der Mann darin war etwas kleiner, jedoch breiter gebaut als jeder von ihnen, und in seinem faltigen Gesicht kämpften Narben und graue Barthaare erbittert um die Vorherrschaft. Aber auch wenn seine Haut so dunkel gebrannt war wie die eines Einheimischen, verrieten seine Züge unverkennbar seine Beruner Herkunft. Die Armbrust in seinen Händen schwankte nicht im Geringsten, und die Spitze des Bolzens zeigte auf Dolens Brust. Auf diese Entfernung würde das Geschoss vermutlich aus dem Rücken wieder austreten. Cunrat schluckte.

Kurz bevor der Ordensritter die Geduld verlor, nickte Dolen, schlug das Zeichen des Ordens vor der Brust und deutete eine Verbeugung an. »Verzeiht, Bruder, aber wir haben es eilig, und das Tor stand offen. Aber selbstverständlich wollen wir uns an die Regeln halten. Wir sind Ordensritter aus Gostin, vor wenigen Wochen erst eingetroffen aus Berun, und wir müssen dringend darum ersuchen, einen Schwertrat der Brüder einzuberufen. Es gibt schlechte Neuigkeiten.«

Die Armbrust lag vollkommen unbewegt in der Luft, als der Ritter Dolen und seine Begleiter erneut musterte. »Ihr wollt Ritter sein? Fällt mir schwer, das zu glauben.« Er schnaubte abfällig. »Aber dafür gibt es ja die Parole. Ich höre.«

Dolen legte den Kopf ein klein wenig schief. »Welche wollt Ihr hören? Ich kann Euch keine bieten, die jünger ist als zehn Wochen. Das ist Teil des Problems. Davor könnt Ihr jede haben.«

»Jede?« Der Wächter zog zweifelnd eine Braue hoch. »Welches Wort galt, als Kaiser Edrik gekrönt wurde?«

»Die Schwingen der Westhal«, entgegnete Dolen prompt. »Eine außerordentlich dämliche Wahl, wenn Ihr mich fragt. Können wir …«

»Was war die Parole, als Naevus das Amtsschwert an Cajetan übergab?«, fiel ihm der andere ins Wort.

Dolen seufzte. »Kantrenische Barkbeeren. Was wird das jetzt? Wollt Ihr als Nächstes wissen, wie die Parole lautete, als sich Ann Revin den Rücken gebrochen hat? Wir haben keine Zeit für derlei Spielchen, Ritter.« Mit einer blitzschnellen Bewegung nahm er dem Wächter den Bolzen von der Waffe und hielt ihn dem Verblüfften unter die Nase.

»Was immer Eure Begabung ist, Ritter – Aufmerksamkeit oder schnelle Reaktionen sind es schon mal nicht. Hofft besser darauf, dass ich das hier nicht Eurem Vorgesetzten melde, Mann.« Er ließ das Geschoss fallen und schob den Wächter beiseite. »Auf diese Weise werdet Ihr die Kolnorer kaum davon abhalten, als Nächstes hier einzudringen.«

»Kolnorer? Die sind schon da«, gab der verwirrte Mann zurück.

Dolen hielt inne. »Bitte was?«

»Die Kolnorer. Eine Abordnung ist in diesem Moment beim Kommandanten.«

Die Augen des Narbigen verengten sich. »Was bei den Gruben wollen sie von ihm?«

Der Torwächter zuckte mit den Schultern. »Ich habe keine Ahnung. Es sind ein halbes Dutzend Männer in Begleitung des kolnorischen Gesandten. Sie haben eine offizielle Audienz erwirkt.«

»Und Ihr habt sie vorgelassen«, stellte Dolen finster fest.

»Natürlich. Warum ...?«

Dolen antwortete nicht. Er marschierte an dem Mann vorbei in den Innenhof, und seine Selbstverständlichkeit schien den Ausschlag zu geben: Der Ritter trat beiseite und ließ auch die übrigen passieren. »Hat ... hat sich die Kaiserinmutter tatsächlich den Rücken gebrochen?«, fragte er Cunrat gedämpft.

Cunrat sah ihn befremdet an. »Was weiß ich denn? Wir sind seit Wochen aus Berun weg.«

»Aber ...«

»Wo finden wir jetzt den Kommandanten und seine Gäste?«, unterbrach Wibalt ihn.

»Ich ...« Der Ritter gab auf. »Sie sind in der Amtsstube. Hört mal, ich habe keine Ahnung, was sie wollen, oder auch nur, was ihr wollt, aber etwas braut sich zusammen, und ich bin froh über jeden Ritter, der in der Stadt ist. Oder auch jeden anderen, der auf unserer Seite ist«, fügte er mit einem Blick auf den Rosskopf hinzu.

Wibalt nickte. »Der Baderaum ist dort drüben?« Er deutete über den Hof, und der fremde Ritter nickte. Das war der Vorteil an dem stets gleichen Aufbau der Ordenshäuser. Wohin ein Ritter auch kam, er fand sich schnell zurecht. »Dolen!«, rief er ihrem Anführer hinterher. »Bei aller Eile – es wäre geboten, sich den Schlamm von Händen und Gesicht zu waschen. Gerade, wenn Kolnorer anwesend sind.«

Dolen hielt erneut inne. Auf Cunrats fragenden Blick lenkte er ein: »Wibalt hat natürlich recht. Gerade vor den Kolnorern sollten wir uns keine Blöße geben und wie eine Horde verlauster Flüchtlinge aussehen. Kontrolle oder den Anschein davon – darum geht es. Immer. Aber beeilt euch. Ich fürchte, uns läuft die Zeit davon. Und ihr«, er sah Xari und den Rosskopf an, »besorgt uns was zu essen und findet jemanden, der uns saubere Kleidung verschafft. Wir treffen uns im Refektorium, sobald wir den Herrn dieses Hauses gesprochen haben. Falls er euch nicht ohnehin rufen lässt.«

»Botendienste für die Metis, hm?« Xari schnaubte, winkte dann jedoch ab. »Schon gut. Ich bin das gewohnt.«

»Aber wenn«, Cunrat dämpfte die Stimme, »wenn das hier eine Falle ist? Wenn die Ritter hier bereits unter der Kontrolle der Kolnorer stehen? Was tun wir dann?«

»Dann sorgt dafür, dass die Falle euch nicht fängt«, gab Dolen leise zurück. »In zwei Wochen kann Verstärkung hier sein, und sie wird Gostin anlaufen. Unterrichtet sie darüber, was hier geschieht.«

2

Erinnerungen

Die Glocke schlug zur dritten Stunde des Tages. Der Stunde, in der rechtschaffene Bürger hinter fest verriegelten Fensterläden in ihren Betten schliefen und nur noch die Kreaturen der Nacht auf den Beinen waren. Menschen, die sich von der Dunkelheit ernährten. Diebe, Mörder und arme Sünder, die ihr schlechtes Gewissen nicht zur Ruhe kommen ließ. Eine erwartungsvolle Stille lag über der schlafenden Stadt. Unten im Hafen dümpelten die Schiffe träge auf den Wellen. Nur vereinzelt warf eine brennende Laterne flackernde Schatten auf die Decks und Pflaster der verlassenen Gassen, die sich den Berg hinauf bis zur Oberstadt zogen. Selbst über der Kaiserfestung, die niemals zur Ruhe zu kommen schien, hatte sich in dieser Nacht ein Vorhang aus Stille gelegt.

Tempelfürst Cajetan ad Hedins Schritte hallten unnatürlich laut auf den steinernen Fliesen wider, während er durch die Gänge des Tempels marschierte. Als er die Große Halle betrat, schlug ihm ein warmer Lufthauch entgegen, und er erblickte die ersten der mächtigen Statuen, die im Halbdunkel auf ihn warteten. Die Fackel in seiner Hand flackerte und zischte.

Niemand wusste, woher dieser Lufthauch kam oder was ihn verursachte. Die Bewohner der Stadt nannten ihn den Atem Kazarhs, des Schutzherrn des Ordens. Wer ihn verspürte, dem würde der Legende nach Glück widerfahren. Cajetan hatte für diesen Aberglauben normalerweise nur Verachtung übrig. Doch an diesem Morgen schlugen seine Fingerspitzen beinahe unbewusst das Zeichen der Flamme. Man konnte ja nie wissen.

Je weiter er in die Tiefe der Halle vordrang, desto mehr Statuen schälten sich aus der Dunkelheit. Mogho, der bärtige Schutzreisende der Handwerker, dessen eiserner Schmiedehammer unzählige Götteranbeter zerschmettert hatte. Wenige Schritte weiter Enurg, der Schirmherr der Krieger und Festungsbauer. Dann Adzahid, der Hüter der Lehren. Mihg, der Harfner. Schließlich Hadol, der Heiler, der Herr über Familie, Haus und Hof. Die Scharniere seiner Rüstung schabten leise gegeneinander, als er sich vor der letzten und größten Statue auf den kalten Steinboden kniete. Sie überragte die anderen um beinahe einen Kopf und war aus feuerrotem Sandstein gemeißelt. Rot war die Farbe des Herrn aller Ordensritter. Kazarh, die Ewige Flamme.

Der speckig glänzende Stein zu Füßen der Statue ließ erkennen, dass schon unzählige andere vor ihr niedergekniet hatten. Im flackernden Licht der Fackel schien Kazarh die Augenbraue zu heben, so als würde er sich fragen, was der Tempelfürst zu dieser frühen Stunde von ihm wolle. Cajetans Blick blieb einen Augenblick an seinen scharf geschnittenen Zügen hängen, dann zog er sein Schwert aus der Scheide und legte es behutsam vor sich ab.

Es handelte sich um eine Klinge aus tausendfach gefaltetem Skellvarstahl. Einfach und schlicht und ohne jede Verzierung.

Eine Klinge, die er allein zum Zweck des Tötens geschaffen und in seinem eigenen Blut gehärtet hatte. Seine Fingerspitzen strichen sanft über den matten Stahl. Erneut blickte er zu Kazarh auf, der nun über ihm thronte wie ein Scharfrichter vor einem zum Tode Verurteilten. Sein Blick schien jetzt streng und unnachgiebig zu sein. Kein Bitten, kein noch so jämmerliches Flehen schien den Reisenden milde stimmen zu können. Für Gnade waren andere zuständig. Kazarh war die Personifizierung des Kampfs.

Cajetan zog die Hand von der Klinge fort und schloss die Augen. Noch drei Glockenschläge. Eine Handvoll Stunden, bis die Sonne aufging. Noch eine Handvoll Stunden mehr, bis sich endlich sein Schicksal erfüllen würde.

Er dachte daran, wie alles begonnen hatte.

Galarosa. Eine unbedeutende Kleinstadt, irgendwo weit im Süden, auf der anderen Seite der Inneren See. Dort, wo die Sonne am Tag beinahe doppelt so lange am Himmel stand wie in Berun und wo die Unterschiede zwischen Sommer und Winter kaum der Rede wert gewesen waren. Irgendwo auf halbem Weg zwischen Armitago und Veycari lag der Ort, an dem Cajetan ad Hedin geboren worden war. Eine ziemlich glückliche Kindheit, soweit er sich erinnern konnte. Vielleicht aber auch nicht. Die Erinnerungen an die ersten Lebensjahre waren oft trügerisch. Kinder waren meist schon mit wenigen Dingen zufrieden, solange sie nur ein Dach über dem Kopf hatten, und meistens einen gefüllten Magen. Er konnte sich an lachende Gesichter erinnern. An fröhliche Menschen. An Herden von Ziegen und Schafen, und an Schweine, die ihre fetten Bäuche wohlig grunzend im Straßendreck wälzten. Die meisten Häuser waren aus Stein. Sie besaßen sogar ordentliche, strohgedeckte Dächer, die selbst dem Prasseln des Regens standhielten, der zwar selten, dafür aber umso heftiger aus dem Himmel hervorbrach. Cajetan liebte das dumpfe Trommelgeräusch. Noch viel mehr liebte er aber das Gefühl der Nässe auf seiner Haut.

Wenn der Regen kam und die meisten Menschen sich unter den Schutz ihrer Dächer zurückgezogen hatten, stahl er sich heimlich aus dem Haus und genoss die Freiheit und Einsamkeit in der verlassenen Stadt. Dann streifte er manchmal stundenlang durch die Gassen, in denen außer ein paar Straßenkötern und dem einen oder anderen versprengten Reisenden kaum jemand unterwegs war.

An einem dieser Tage, es war beinahe schon Nacht und der Regen hatte langsam nachgelassen, stieß er allerdings auf eine Gruppe von vier jungen Männern, die zum niederen Adel der Region gehörten. Sie hatten die glasigen Augen von Leuten, die eine Menge getrunken hatten und auf Streit aus waren. Da sie auf der verlassenen Gasse sonst niemanden zu Gesicht bekamen, fiel ihr Blick auf Cajetan, den sie unter anderen Umständen wohl ignoriert hätten.

Die Farbe ihrer Kleidung ließ erkennen, dass sie zum Haus Manzano gehörten. Jeder wusste, dass man sich mit denen nicht anlegte. Ihr Patriarch besaß die meisten Ländereien in der Gegend, und sein Geldbeutel beherrschte die halbe Region und deren gesamte Justiz. Hastig senkte Cajetan den Kopf und trat einen Schritt zur Seite, um sie an sich vorüberziehen zu lassen.

Doch einer der Männer, ein junger Kerl mit eitrigen Pickeln im Gesicht, baute sich breitbeinig vor ihm auf und legte die Hand auf den Griff seines Degens. »Du stehst mir im Weg«, lallte er, darum bemüht, seiner Stimme einen tieferen Klang zu geben, als sie in Wirklichkeit besaß. Er schwankte leicht und hatte sichtlich Mühe, sich auf den Beinen zu halten.

Cajetan kniff die Augen zusammen. Doch er trat gehorsam einen weiteren Schritt zur Seite, bis er gegen die Hauswand stieß.

Auch dieser Bewegung folgte Pickelgesicht. »Da, schon wieder!« Er warf seinen Begleitern einen vielsagenden Blick zu. »Offensichtlich legt es dieser Wicht darauf an, sich mit mir zu streiten.«

»Ganz offensichtlich«, bestätigte einer der Männer, ein schlaksiger Jüngling mit einem viel zu großen Hut auf einem viel zu kleinen Kopf.

»Ich würde mir das an deiner Stelle nicht gefallen lassen«, sagte der Zweite, dessen Gesicht so rot wie eine reife Tomate war.

»Er ist noch ein Kind«, brummte der Dritte, ein stiernackiger Kerl, dessen breite Schultern und der mächtige Bauch den Eindruck erweckten, als wäre er als Einziger der vier in der Lage, sich mit einem echten Gegner messen zu können.

Pickelgesicht warf ihm einen verärgerten Seitenblick zu. »Er sieht groß genug aus, um schon ein Messer zu besitzen. Ich wette, er hat schon eines.« Sein Kopf ruckte zu Cajetan herum. Fordernd streckte er die Hand aus. »Gib es mir, dann lasse ich noch mal Gnade vor Recht ergehen.«

Cajetan schüttelte stumm den Kopf. Er würde frühestens in zwei Jahren sein Messer erhalten, falls sein Vater es ihm überhaupt gestattete.

»Du lügst!« Pickelgesichts Hand fuhr nach vorn und stieß Cajetan grob gegen die Hauswand. »Her mit dem Messer, du kleiner Lügner. Oder ich prügle es aus dir heraus.«

»Ich lüge nicht«, sagte Cajetan tapfer. Er hatte es noch nie darauf angelegt, sich mit anderen zu prügeln. Meistens ging er Streit aus dem Weg, so wie es ihm sein Vater beigebracht hatte. In einer beruhigenden Geste hob er die Hände. »Ich bin erst zwölf.«

Pickelgesicht verzog enttäuscht den Mund. Vielleicht weil er ahnte, dass Cajetan die Wahrheit sagte, oder weil es nicht halb so spaßig war, ein Kind zu verprügeln. Doch dann fiel sein Blick auf Cajetans Hand, und seine Augen wurden groß. »Seht euch das an«, stieß er überrascht aus. »Er hat ja sechs Finger an der linken Hand.«

»Scheiße«, rief der Schlaksige. »Der ist ein Krüppel.«

»So ein Quatsch. Wisst ihr, was das wirklich bedeutet? Ich sage es euch: Seine Mutter hat mit einem Fischmenschen geschlafen. Das bedeutet es. Uns ist ein verdammter Fischmensch ins Netz gegangen. Oder jedenfalls seine Ausgeburt ...«

Cajetan starrte ihn sprachlos an. Sie konnten ihn einen Lügner nennen, oder seinetwegen auch einen Krüppel. So etwas war ihm egal. Aber dass ihn jemand einen Fischmenschen nannte, machte ihn wütend. So etwas würde er nicht auf sich sitzen lassen, egal, was sein Vater ihm über Friedfertigkeit gepredigt hatte. Seine Hand ballte sich zur Faust und schoss unvermittelt nach vorn. Krachend knallte sie gegen Pickelgesichts Kinn und schleuderte ihn zu Boden.

Mit einem lauten Platscher landete er in einer Pfütze und ließ das Wasser nach allen Seiten aufspritzen. »Waff ...?« Einen Augenblick lang blickte er sprachlos zu Cajetan auf. Dann verzog er das Gesicht, als wollte er gleich anfangen loszuheulen, und würgte einen seiner Schneidezähne aus. Der Anblick war so lächerlich, dass seine Begleiter in lautstarkes Gelächter ausbrachen. Zuerst lachte der Schlaksige und nach einem kurzen Augenblick auch der Rotgesichtige. Schließlich rang sich selbst der Stiernackige ein schmales Grinsen ab.

Cajetan presste die Lippen zu einem Strich zusammen. Er ahnte bereits, dass ihn die schlimmsten Prügel seines Lebens erwarteten, sobald sie damit aufhörten. Er sah es an ihren Blicken und daran, wie sie die Schultern kreisen ließen, während sie lachten. Fieberhaft suchte er nach einem Ausweg. Nach einer Geste oder nach Worten, mit denen er sie besänftigen konnte. »Es tut mir leid…«, murmelte er, und dann wurden seine Augen groß.

Mit einem wütenden Aufschrei riss Pickelgesicht seinen Degen aus der Scheide und stach zu. Cajetan blieb keine Zeit zu reagieren. Mit einem hässlichen Schmatzen fuhr die Spitze von schräg unten in seine Brust. Es geschah so unglaublich schnell und so spielerisch leicht, als würde ein Messer durch heiße Butter fahren. Einen Moment lang stand er reglos da und sah auf Pickelgesicht hinab, während Pickelgesicht die Stirn runzelte und zu ihm aufblickte, so als würde er herauszufinden versuchen, was gerade geschehen war. Dann löste er vorsichtig den Griff um seinen Degen und krabbelte rückwärts von ihm fort.

»Scheiße«, murmelte der Schlaksige in die entstandene Stille hinein.

»Du hast ihn umgebracht«, stellte der Rotgesichtige fest.

»Abgestochen wie eine Sau«, sagte der Stiernackige.

Cajetan stand einfach nur da und sagte gar nichts. Eine leichte Benommenheit hatte von ihm Besitz ergriffen. Er hatte kaum Schmerzen, aber das führte er auf den Schreck zurück. Und auf die Gewissheit, dass er tödlich verwundet worden war. Er hätte niemals gedacht, dass es so einfach war zu sterben. Er hatte sich bis zu diesem Augenblick überhaupt noch keine Gedanken über den Tod gemacht. Ein Junge in seinem Alter hielt sich im Allgemeinen für unsterblich, und er war in dieser Hinsicht nicht anders als alle anderen. Mit dem Unterschied, dass ein Degen in seiner Brust steckte.

Schwach hörte Cajetan das Gemurmel der Männer hinter der verschlossenen Tür. Sie hatten die Stimmen gesenkt, doch er kannte die Stelle mit dem Astloch, das er durch Entfernen des Holzplättchens darin freimachen konnte. Geschickt drehte er es heraus und warf einen Blick hindurch. Sie waren zu fünft. Joao, der Schmied des Viertels, Ramos, der Heiler, Pio, der Älteste, und Cajetans Vater, dessen gesenkter Blick ihn immer an einen getretenen Hund erinnerte. Den fünften Mann konnte er nicht erkennen, da er etwas abseits des Kamins stand, um den sich die anderen geschart hatten.

»Er muss sterben«, brummte Joao, dessen tiefer Bass selbst die dicksten Mauern durchdrang. »Das ist das Einzige, was bleibt.«

»Sterben«, murmelte Ramos.

»Sterben«, krächzte auch Pio, dessen viel zu großer Schädel hektisch auf und ab wippte.

Sie haben recht, dachte Cajetan. Es ist die gerechte Strafe. Behutsam tastete er über die Stelle, an der das Loch in seiner Brust hätte sein müssen. Es war nur noch eine winzige Erhebung zu spüren, die kaum der Rede wert schien. Die Verletzung war mit unvorstellbarer Geschwindigkeit verheilt. Ramos musste wahre Wunder an ihr vollbracht haben. Und dennoch. Pickelgesicht hatte einmal versucht, ihn umzubringen, er würde es wieder versuchen. Wenn nicht bei ihm, dann bei einem anderen Bewohner der Stadt. Vielleicht würde er auch Rache an ihnen allen üben. Die Manzanos konnten in

Galarosa schließlich schalten und walten, wie sie wollten. Niemand würde ihn aufhalten. Es war das Klügste, ihn unauffällig aus dem Weg zu schaffen, ehe er noch mehr Unheil anrichten konnte. Außerdem war es eine Frage der Ehre.

»Das dürft ihr nicht tun«, hörte er nun die Stimme seines Vaters. Er schnaufte. Sein Vater hatte schon immer ein viel zu weiches Herz. Wenn die anderen sich an den Festtagen mit den Kesselflickern prügelten, dann versuchte er immer, den Streit zu schlichten, statt sich auf die Seite der Männer aus Galarosa zu schlagen. Und wenn in der Stadt flussabwärts eine Hinrichtung stattfand, blieb er als Einziger zu Hause, weil er nicht mit ansehen konnte, wie ein Mensch einem anderen Leid zufügte.

»Wir brauchen deine Zustimmung«, krächzte Pio. »Ohne dich können wir es nicht tun.«

Stimm doch endlich zu, dachte Cajetan. Er ballte die Hände zu Fäusten. *Sei einmal im Leben kein verdammter Feigling!*

Doch sein Vater schüttelte wie immer nur den Kopf. »Ich kann das nicht«, murmelte er betreten. »Es ist nicht rechtens.«

»Hör endlich auf«, rief Ramos ungehalten. »Der Junge stellt eine Gefahr für uns alle dar. Wenn er hierbleibt, wird sein Fluch uns alle treffen.«

»Entscheide dich, verdammt«, donnerte Joao. Seine Stimme klang jetzt bedrohlich und voller Zorn. Er trat einen Schritt auf Cajetans Vater zu, der verzweifelt die Hände in die Höhe warf.

»Aber er ist doch mein Fleisch und Blut!«

Was? Und da fiel es Cajetan wie Schuppen von den Augen. Die Männer dort drinnen hatten gar nicht über Pickelgesicht beraten. Sie hatten die ganze Zeit über ihn geredet. Er war der

Junge, den sie für gefährlich hielten, niemand sonst. Entsetzt fuhr er von der Tür zurück. Unter seinem Fuß knarrte ein Brett, und schlagartig erstarben die Stimmen im Raum. Wie angewurzelt blieb er stehen. Einen Augenblick lang herrschte atemlose Stille. Nur das Knistern des Kaminfeuers war noch zu hören, und sein eigener Herzschlag, der so laut in seinen Ohren dröhnte, dass selbst die Männer dort drinnen ihn doch laut und deutlich vernehmen mussten.

»Eventuell gibt es noch eine andere Lösung«, meldete sich in diesem Augenblick der fünfte Mann zu Wort. Seine Stimme klang tief und rau wie das Knarren eines Boots. Er hatte einen schweren Akzent, den Cajetan noch nie zuvor gehört hatte.

»Ich sehe keine«, knurrte Joao. »Wenn wir Cajetan nicht töten, wird uns sein Fluch eines Tages umbringen. Und wenn es nicht der Fluch ist, dann eben die Manzanos. So oder so haben wir keine Wahl.«

Vorsichtig beugte sich Cajetan nach vorn. Durch das Astloch sah er, dass der Fremde in das Licht des Feuers getreten war. Sein Gesicht war narbenzerfurcht und abstoßend hässlich. In seinen Augen spiegelte sich das flackernde Licht der Flammen. Das Leder seiner pechschwarzen Rüstung knirschte leise, als er ohne Hast seinen Handschuh abstreifte und den Männern die Hand entgegenstreckte. An seinem Ringfinger blitzte ein goldener Siegelring auf. Als sie ihn erblickten, stießen sie erschrocken die Luft aus.

Cajetan sah, wie Ramos hastig das Zeichen des Reisenden Hadol schlug und wie Pio rückwärtstaumelte und beinahe gegen den Kamin stieß. Selbst Joao, dem nachgesagt wurde, einen Bullen mit bloßen Händen niederringen zu können, hob zitternd die Hände, so als wollte er sich ergeben.

Der Fremde beachtete sie nicht. Er wandte sich an Cajetans

Vater, der zwar den Blick gesenkt hielt, aber nicht vor ihm zurückwich. »Übergib mir den Jungen.«

»Euch?«, fragte sein Vater leise.

»Das, oder er muss sterben.«

»Kommt das nicht auf das Gleiche heraus?«

Der Fremde schnaufte. Ob ihn die Frage amüsierte oder verärgerte, konnte Cajetan nicht erkennen. »Also? Wie entscheidest du dich?«

»Es ist doch gar nicht sicher, dass er wirklich …«

Der Fremde maß ihn mit kaltem Blick. »Es ist sicher.«

»Woher wollt Ihr das denn wissen?« Cajetans Vater blickte sich hilfesuchend um, doch keiner sprang ihm zur Seite. Er warf die Hände in die Höhe. »Ach herrjeh. Ihr habt ihn doch noch nicht einmal gesehen!«

»Das brauche ich auch nicht. Denn ich spüre es. Weil er in diesem Augenblick hier ist.« Ruckartig fuhr sein Kopf herum, und er blickte Cajetan direkt in die Augen. Beinahe so, als würde die Tür zwischen ihnen überhaupt nicht existieren.

Erschrocken fuhr Cajetan zurück. Schmerzhaft krachte seine Schulter gegen die Wand. Er stieß ein Stöhnen aus, fuhr herum und prallte gegen eine riesige Gestalt, die direkt hinter ihm stand. Instinktiv riss er die Faust in die Höhe, doch auf halber Strecke wurde sie von einer haarigen Pranke abgefangen und unbarmherzig zusammengepresst. Eine zweite Pranke rauschte auf ihn zu und versetzte ihm eine schallende Ohrfeige, die ihn erneut gegen die Wand schleuderte. Sein Hinterkopf prallte hart gegen den Stein, und er biss sich beinahe die Zunge ab. Stöhnend spuckte er Blut aus.

»Ganz ruhig«, brummte der Riese. »Du verletzt dich sonst noch selbst.«

Cajetan schüttelte den Kopf und stieß ein undefinierbares

Grunzen aus. Er spürte, wie seine Wange anschwoll. Es fühlte sich an, als hätte jemand mit einem schmutzigen Lederlappen darauf eingeprügelt und den Lappen anschließend fest in seinen Mund gestopft.

Der Riese packte ihn am Kragen und hob ihn so mühelos von den Beinen wie einen Sack voller Gänsefedern. Dann öffnete er die Tür und stieß ihn mitten in den Raum hinein.

Cajetan stolperte ein paar Schritte vorwärts, ehe er sich fing. Fünf Augenpaare richteten sich auf ihn. Sein Vater stieß einen erschrockenen Laut aus.

Der Blick, mit dem der Fremde ihn musterte, war hart und unerbittlich. »Seht ihn euch genau an. Es besteht überhaupt kein Zweifel. Schaut seine Hand an. Er besitzt sechs Finger. Ihr könnt es verleugnen, solange ihr wollt, aber in Wirklichkeit wisst ihr es ganz genau.«

»Was wissen sie?«, nuschelte Cajetan, während er die Hand hinter seinem Rücken verbarg. Er warf einen Blick über die Schulter. Doch der einzige Fluchtweg war von dem Riesen versperrt, der mit gekrümmtem Rücken in der Türöffnung stand, weil sein Kopf beinahe gegen die Decke stieß. »Was wollt ihr denn von mir? Ich habe nichts getan.«

Die Männer erwiderten nichts. Sie blickten ihn mit weit aufgerissenen Augen an, wie eine dieser Kreaturen aus den Tiefen der Peynamounischen Urwälder, die manchmal tot am Strand angeschwemmt wurden. Eine angespannte Stille legte sich über den Raum, und eine ganze Weile sprach niemand ein Wort.

»Huacoun«, stieß Ramos schließlich hervor.

Cajetan zuckte zusammen. Mit einem Mal begannen die Männer, mit den Füßen zu scharren und nach ihren Amuletten zu tasten. Beinahe unmerklich wichen sie vor ihm zurück.

»Was hat das zu bedeuten?«, hauchte er. Seine Augen glitten zu seinem Vater, doch der senkte hastig den Blick und schüttelte den Kopf.

»Huacoun«, wiederholte Ramos. »Du bist verflucht. Du trägst das Zeichen der Fischmenschen. Du bist einer von ihnen.«

»Wir haben keine Wahl«, brummte Joao mit Grabesstimme.

»Du gehörst jetzt mir«, sagte der Fremde. Wie ein Fallbeil senkte sich sein Schatten über Cajetans Gesicht.

Am nächsten Morgen ritten sie kurz nach Sonnenaufgang los.

Der Fremde drückte Cajetans Vater ein paar Münzen in die zitternde Hand. Schwere, glänzende Dinger mit dem Kopf eines Löwen auf der einen und unverständlichen Schriftzeichen auf der anderen Seite. Für die Menschen in Galarosa stellten sie ein halbes Vermögen dar, doch sehr viel später sollte Cajetan erfahren, dass er für nicht einmal fünf Silberadler verkauft worden war. Verkauft wie ein elendes Stück Vieh an den Schlachter.

Die Männer waren zu fünft, und sie bewachten ein ganzes Häufchen aus Jungen und Mädchen, die sie aus unterschiedlichsten Teilen des Landes zusammengetrieben hatten. Drei der Kinder waren mit Stricken aneinander gefesselt und an einem der Pferde festgebunden, damit sie nicht fliehen konnten. Der Rest stand hintereinander aufgereiht auf der Straße und wartete gehorsam auf den Befehl zur Abreise. Sie waren alle jünger als Cajetan, und aus ihren Blicken sprach die pure Verzweiflung.

Jetzt wusste er, um was es sich bei dem Fremden handelte. Er war ein Sklavenhändler. Eine dieser verfluchten Gestalten, die ihren Lebensunterhalt mit dem Verkauf von Menschenleben verdienten. Seine Mutter begann zu schluchzen, und seine Geschwister starrten betreten zu Boden. Keiner wagte es, gegen diesen Handel aufzubegehren. Cajetan klammerte sich an seinem Vater fest, doch der stieß ihn grob von sich.

»Rühr mich nicht an«, zischte er, ohne ihn anzublicken. In seiner Stimme lag eine Härte, die Cajetan noch niemals zuvor an ihm vernommen hatte. »Komm bloß nie wieder zurück!«

Mit gesenktem Blick reihte sich Cajetan hinter den anderen Kindern ein. Er wagte nicht mehr, sich umzublicken, aus Angst, dass vielleicht niemand mehr vor dem Haus stehen würde. Weil sie alle bereits zurück an ihre Arbeit gegangen waren und ihn schon längst vergessen hatten.

Sie kamen schnell voran. Der Fremde verlor keine Zeit. Unermüdlich trieb er die kleine Schar voran, bis sie nur drei Tage später schon vor den Mauern von Beja standen, dem am weitesten entfernten Ort, den Cajetan je zuvor in seinem Leben besucht hatte. Dort stießen zwei weitere Jungen zu der Gefangenenschar hinzu. Der kleinere der beiden streckte die Hände nach Cajetan aus und stammelte etwas in einer Sprache, die er nicht verstand. Hilflos zuckte er mit den Schultern und wandte den Blick ab. Es war ohnehin bedeutungslos, was der Junge ihm mitteilen wollte. Er konnte nichts für ihn tun. Er konnte sich ja noch nicht einmal selbst helfen.

Nach weiteren vier Tagen erreichten sie die Manarische See. Der Anblick der Weite verschlug Cajetan schier den Atem. Sie standen auf einem kleinen Hügel, von dem aus sie weit über das Meer bis an das Ende der Welt blicken konnten. Ein kalter Wind blies vom Strand herauf und trug den Geschmack von Salz und fauligen Algen mit sich. In einiger Entfernung dümpelte ein gewaltiges Schiff in der Dünung. Es war größer als alle Fischerboote von Galarosa zusammen, und aus seinem pechschwarzen Bauch ragten lange Ruder heraus, die ihm das fremdartige Aussehen eines Käfers gaben. *Huacoun,* schoss es Cajetan durch den Kopf. Das Wort hatte sich in seinen Schädel eingeprägt wie ein Brandeisen in die Flanke eines Sumpfrinds.

Die Händler aus dem Süden, deren Reisen gelegentlich durch Galarosa führten, erzählten fürchterliche Geschichten über die unheimlichen Herrscher des Peynamoun. Dass sie aus dem Meer stammten, und dass die stürmische See ihr Reich war. Und dass jedes Boot, das sich zu weit von der Küste entfernte, diesen mörderischen Kreaturen rettungslos ausgeliefert wäre. Schlagartig wurde Cajetan bewusst, dass er seine Heimat nie wiedersehen würde, wenn er den Fremden auf dieses Schiff hinausfolgte.

Aber kampflos würde er sich nicht in sein Schicksal ergeben. Als die Gelegenheit günstig war, packte er sie beim Schopf. Der Fremde war gerade zum Strand hinuntergeritten, und die Wächter hatten kaum noch Augen für ihre kleinen Gefangenen übrig. Sie wirkten aufgeregt und fröhlich beim Anblick des hässlichen Gefährts. Beinahe so, als ob sie es gar nicht erwarten konnten, ihrem Tod entgegenzufahren. Unauffällig schlich er sich an den Rand des Wegs, und als keiner mehr hinsah, rannte er blitzschnell los.

Er achtete nicht auf die erschrockenen Rufe in seinem Rücken und das Gestampfe der Stiefel, sondern nutzte den winzigen Vorsprung, den er hatte. Die stählernen Panzer der Wächter sahen zwar beeindruckend aus, aber in dem dichten Unterholz waren sie eher von Nachteil. Er dagegen konnte sich schnell und leichtfüßig bewegen. Oft genug hatte er gemeinsam mit seinem Vater die Kajune durch das Unterholz verfolgt. Langbeinige Tiere, die sich so leichtfüßig bewegten wie Blätter im Wind. Jetzt stellte er sich vor, eines von ihnen zu sein. Er achtete nicht auf die Äste, die ihm ins Gesicht schlugen, oder die Dornen, die an seiner Kleidung rissen. Er dachte nur noch daran, seinen Verfolgern zu entkommen. So schnell ihn seine Beine trugen, stürmte er zwischen den Bäumen entlang. Er sprang und schlug Haken, bis der Abstand immer größer wurde und die wütenden Rufe in seinem Rücken leiser, bis sie schließlich ganz verstummten. Und dann rannte er weiter, bis die Sonne hinter dem Horizont zu versinken begann und den Wald in ein tiefes Dämmerlicht tauchte. Erst als er kaum noch die Hand vor Augen erkennen konnte, wurde er langsamer. Im letzten Licht des Tages fand er eine Wurzel, die groß genug war, um sich darunter zu verbergen. Er schob einen Haufen Blätter zusammen und rollte sich in seinem provisorischen Versteck zusammen. Beinahe augenblicklich fielen ihm die Augen zu, und er versank in einen tiefen, traumlosen Schlaf.

Er schreckte vom Knacken eines Asts auf, der ganz in seiner Nähe unter einem schweren Gewicht zerbrach. Schlagartig schossen ihm die Geschichten der Alten durch den Kopf. Sie erzählten von den nächtlichen Wäldern und von den Geistern, die darin hausen sollten. Kalten Seelen, die sich nach der Wärme ihrer lebendigen Körper zurücksehnten, die sie irgendwann vor langer Zeit einmal hinter sich lassen mussten. Die wie Würmer unter die Haut der Lebenden krochen, in dem verzweifelten Versuch, selbst endlich wieder lebendig zu werden. Er hatte mit eigenen Augen einmal eines ihrer Opfer gesehen, das bei lebendigem Leib verfault war, weil der Geist in seinem Innern keine Nahrung fand.

Als er weitere Äste knacken hörte, sprang er auf. Der Mond war nur noch ein dünner Strich am Nachthimmel, und sein fahles Licht reichte kaum bis zum Waldboden herab. Halb blind tastete er sich durch die Dunkelheit voran. Stolperte über knorrige Wurzeln und stieß gegen Äste, die sich ihm tückisch entgegenstreckten, so als versuchten sie, seine Flucht aufzuhalten. Hinter seinem Rücken hörte er jetzt stampfende Schritte. Schwere Körper, die sich gewaltsam ihren Weg durch das Unterholz brachen. Ein Lichtschein huschte über sein Gesicht. Er sprang zur Seite und spürte, wie seine Füße unter ihm wegrutschten. Verzweifelt krallte er sich irgendwo fest. Spitze Dornen bohrten sich in seine Hände. Er schrie auf und verlor das Gleichgewicht. Hart krachte er auf den Boden und kugelte im nächsten Augenblick Hals über Kopf einen Abhang hinunter. Dornen und scharfkantige Blätter zerrissen seine Kleidung und zerkratzten ihm das Gesicht. Die Welt drehte sich um ihn, bis sein Kopf dröhnte und er nicht mehr wusste, wo oben und unten war und er plötzlich hart gegen einen Baumstamm prallte und beinahe das Bewusstsein verlor.

Einige Augenblicke lang blieb er auf dem Rücken liegen und schnappte nach Luft. Dann schüttelte er die Benommenheit ab und rappelte sich stöhnend auf. Als er aufstehen wollte, schoss ein stechender Schmerz durch sein Bein. Schnell ließ er sich zurück auf den Hintern fallen. Mit zusammengebissenen Zähnen tastete er über seinen Fuß und stellte voller Entsetzen fest, dass ein spitzer Ast darin steckte.

»Nein«, stieß er panisch hervor. Er kniff die Augen zusammen und umklammerte das Stück Holz mit beiden Händen. Er holte tief Luft und riss es mit einem Ruck heraus. Der Schmerz raubte ihm beinahe die Sinne. Er ballte die Hand zur Faust und biss so fest in die Knöchel, wie er nur konnte. Während er darauf wartete, dass der Schmerz langsam nachließ, kullerten dicke Tränen über seine Wangen. Er wagte es kaum, die Wunde zu untersuchen. Als er irgendwann schließlich doch den Mut fand, stellte er erstaunt fest, dass dort, wo ein tiefes Loch in seinem Fuß sein sollte, nur ein bisschen Blut klebte und ein wenig Dreck und abgestorbenes Laub. Er stieß ein Keuchen aus und tastete den gesamten Fuß ab. Es bestand überhaupt kein Zweifel. Er war so heil, wie ein Fuß nur sein konnte. Vorsichtig setzte er ihn auf den Boden. Er zuckte kurz zusammen, als die Ferse die kalte Erde berührte, doch der erwartete Schmerz blieb aus. »Ein Wunder«, murmelte er und schüttelte den Kopf.

»Ein Fluch«, zischte eine Stimme dicht hinter seinem Rücken.

Erschrocken wirbelte er herum und starrte in das narbenzerfurchte Gesicht des Fremden. Beinahe instinktiv griff seine Hand nach dem spitzen Ast und schoss nach oben. Die Spitze hinterließ eine blutige Spur auf der Wange des Mannes.

Fluchend packte der Fremde sein Handgelenk und entwand ihm mit einer raschen Drehung die provisorische Waffe. Dann packte er seinen kleinsten Finger. Den sechsten, vor dem die Dorfbewohner so viel Angst gehabt hatten. Er drehte ihn so weit nach hinten, bis er knackend zerbrach.

Cajetans Augen weiteten sich. Er stieß einen Schmerzensschrei aus und versuchte verzweifelt, sich zu befreien. Doch den Kräften des Fremden war er nicht gewachsen. Voller Entsetzen musste er mit ansehen, wie sein Finger im Griff des Fremden zermalmt wurde. Als er mit seinem grausamen Werk fertig war, packte er ihn am Kragen und zerrte ihn in die Höhe. Er zog ihn so nah vor sein hässliches Gesicht, dass er seinen schweren Atem auf der Haut spüren konnte, der nach Kraut und billigem Bier stank. »Wenn du noch einmal wagst, die Hand gegen mich zu erheben, dann schlage ich sie dir ab.

Und wenn du noch einmal davonzulaufen versuchst, dann hacke ich dir die Füße ab. Hast du mich verstanden?«

Cajetan starrte ihn mit sprachlosem Entsetzen an. Als er schließlich ängstlich nickte, musterte der Fremde ihn mit kaltem Blick. »Du hast keine Ahnung, mit was du es hier zu tun hast. Dein Fluch wird dich umbringen, Junge. Er wird dich eines Tages von innen auffressen. Er wird dich aushöhlen und zerstören, bis nichts mehr übrig bleibt außer einer leeren Hülle. Und das wäre noch das gnädigste Ende für dich. Vielleicht reißt er dich auch einfach in der Mitte entzwei, oder er verbrennt dich, oder er verwandelt dich in ein sabberndes Wrack, das mit leerem Blick in die Ferne starrt und mit einem Löffel gefüttert werden muss. Gefällt dir dieser Gedanke? Willst du das wirklich?«

Cajetan starrte ihn mit großen Augen an. »Ich …«

»Halt den Mund! Du kannst flehen und betteln, wie du willst, es wird dir nichts nützen. Der Fluch kennt keine Gnade. Er wird dich vernichten, und du kannst nichts dagegen tun. Hast du mich verstanden?«

Cajetan nickte erneut, obwohl er rein gar nichts verstand. Kein einziges Wort. Ihm schwirrte der Kopf. Das Einzige, was er wusste, war, dass er Schmerzen hatte. Und Angst. Unbeschreibliche Angst.

»Ich bin deine einzige Hoffnung«, knurrte der Fremde. »Die einzige Möglichkeit, deinen Fluch unter Kontrolle zu bringen. Nur wenn du jedem meiner Befehle folgst, wirst du vielleicht überleben.«

»Da seid Ihr ja, Henrey Thoren.« Der grobschlächtige Riese trat hinter den Bäumen hervor. Im flackernden Licht seiner Laterne konnte Cajetan eine hässliche weiße Narbe erkennen, die sich quer über seinen Hals zog. Seine Stimme war kaum mehr als ein Flüstern. »Das Schiff wartet nicht mehr lange. Der Kapitän sagt, dass er mit der Flut auslaufen muss, sonst verliert er einen weiteren Tag, den ihm keiner bezahlt.«

Der Fremde, den der Riese Henrey Thoren genannt hatte, schnaubte. »Der Kapitän soll endlich sein verdammtes Maul halten. Er wird für seine Dienste mehr als großzügig entlohnt. Sag ihm, dass er aus eigener Kraft nach Berun zurückschwimmen kann, wenn ihm das lieber ist.«

Der Riese nickte. Bevor er sich umwandte, warf er Cajetan noch einen seltsamen Blick zu und runzelte die Stirn. »Wie alt ist er? Vierzehn? Fünfzehn?«

»Zwölf.«

Der Riese schüttelte den Kopf. »Er ist trotzdem zu alt. Viel zu alt. Das gefällt mir nicht. Ein Ast, der sich nicht mehr biegen lässt.«

»Wir werden sehen.« Henrey Thoren richtete sich langsam auf und wischte die Hände an den Hosenbeinen ab. »Er wird sich biegen lassen. Oder er zerbricht. Das liegt ganz allein an ihm.«

Cajetan schaute zu ihm auf. Verwundert stellte er fest, dass zu seiner Angst noch eine weitere Empfindung dazugekommen war. *Nein*, dachte er. *Du wirst mich niemals brechen. Denn ehe dir das gelingt, werde ich dich töten. Ich hasse dich, Henrey Thoren. Und ich werde dich töten. Das schwöre ich.*

Ordensfürst Cajetan ad Hedin öffnete die Augen. Er hob sein Schwert auf und steckte es behutsam zurück in die Scheide. Dann erhob er sich. Die Glocke schlug gerade zur vierten Stunde, und in der Tiefe des Ordenshauses waren die ersten leisen Geräusche der erwachenden Dienerschaft zu vernehmen.

Er warf einen letzten Blick auf die Reihe der dunklen Statuen, ehe er sich auf den Weg in die Kellergewölbe machte.

Schon auf den Stufen spürte er die eisige Kälte, die ihm aus der Tiefe entgegenschlug. Bei jedem Atemzug bildeten sich winzige Dampfwölkchen vor seinem Gesicht. Naevus erwartete ihn bereits in seinem Lehnsessel. Unter dem Berg an Fellen war der alte Mann kaum zu erkennen, und obwohl ein Diener unablässig Holzscheite in das tobende Kaminfeuer warf, schien er bitterlich zu frieren. Seine zitternde Hand winkte ihn näher. »Die Zeit ist gekommen, Cajetan. Der Feuerdrache wirft seinen Schatten über mich. Heute ist vielleicht das letzte Mal, dass wir miteinander sprechen können.« Er stieß ein Husten aus, das tief aus seinen Eingeweiden zu kommen schien. »Hast du es getan? Hast du das Mädchen endlich gefangen?«

»Der Zeitpunkt war ungünstig«, murmelte Cajetan. »Ich ...«

»Keine Ausreden!« Naevus' Zeigefinger schoss auf ihn zu. Für einen kurzen Augenblick flammte das Feuer im Kamin auf, und der Diener sprang erschrocken einen Schritt zurück. »Sie ist die Tochter der Reisenden. Sie wird die Welt zerstören. Du musst endlich deine verdammte Pflicht erfüllen!«

Cajetan verzog das Gesicht. Er war der Fürst des Flammenschwertordens, der oberste Beschützer des Kaiserreichs, und dennoch kam er sich in Gegenwart dieses Greises noch immer wie ein dummer Schüler vor, der sich für seine Taten rechtfertigen musste. »Sie steht immer noch unter Thorens Schutz. Wenn wir an sie herankommen wollen, müssen wir zuerst ihn aus dem Weg schaffen.«

»Und warum dauert das so lange? Was hindert dich daran, einen einzelnen Mann zu töten? Du bist die Flamme des Ordens, der mächtigste Ritter des Kaiserreichs ...«

»Es ist … Wir haben es bereits versucht. Aber er hat seine Augen und Ohren überall. Er hockt in der Festung wie eine Spinne in ihrem Netz. Es ist beinahe unmöglich, ihn zu beseitigen, ohne dass jemand Verdacht schöpft. Aber ich habe einen Plan. Ich habe bereits alles in die Wege geleitet …«

Naevus stieß ungehalten die Luft aus. Seine blinden Augen funkelten im Licht des Feuers. »Das Turnier, nicht wahr? Du willst gegen ihn antreten, weil du immer noch deinen kindischen Rachefantasien anhängst. Du willst Thoren nicht nur beseitigen, sondern ihn vor aller Augen demütigen. Das ist der eigentliche Grund, warum du so lange zögerst. Es soll ein Triumph für dich werden. Die Welt soll dabei zusehen. Sie soll erkennen, zu was du fähig bist. Was es bedeutet, deinen Zorn auf sich zu ziehen. Habe ich recht?« Seine Faust schlug hart auf die Lehne des Sessels. »Das ist kindisch, Cajetan! Das ist eines Ordensfürsten nicht würdig.«

»So ist es nicht«, stieß Cajetan hervor, obwohl er tief im Innersten wusste, dass Naevus mit jedem Wort recht hatte. Er wollte Rache. Er wollte, dass jeder zusah, wie er Thoren tötete. Wie er ihn mit eigenen Händen aufspießte und erschlug. Aber hatte es Thoren nicht auch verdient? Hatte der alte Drecksack nicht eine gerechte Strafe für seine Untaten verdient? Er hatte sein Leben zerstört, und das so vieler anderer Menschen. Dafür würde er büßen müssen, das hatte er geschworen. Er ballte die Hand um den Griff seines Schwerts. Die stählernen Glieder seines Kettenhandschuhs knirschten leise.

Seufzend schüttelte Naevus den Kopf. »Schau dir das Schwert an deiner Seite an. Glaubst du denn, dass es den Schmiedehammer hasst? Hegt es Rachegedanken gegenüber der Zange oder gegen das Schmiedefeuer? Es wurde doch unzählige Male geschlagen, verbrannt und zerstört. Immer wieder und wieder, bis es nicht mehr wiederzuerkennen war. Müsste es nicht das Bedürfnis verspüren, seinen Peiniger zu bestrafen?«

Cajetan blickte zu seiner Waffe hinab. Irritiert runzelte er die Stirn. »Es ist nur ein … Schwert.«

»Eine Waffe, Cajetan. Genau wie du. Und Thoren war nur der Hammer, der dich geformt hat. Mehr nicht. Er hat dich im Auftrag des Ordens geschlagen, verbrannt und zerstört. Unzählige Male, so lange, bis aus dir der Mann geworden ist, der heute vor mir steht. Stark und unbeugsam und unbesiegbar. Das war seine Aufgabe, und er hat sie mit Bravour gelöst. Er war einmal mein bester Ritter. Ich hatte große Hoffnungen in ihn gesetzt, bevor er mich verriet …« Schwer stützte sich Naevus auf die Armlehne. Sein Atem ging rasselnd und stoßweise. »Eine Menge Menschen hegen irgendwann einmal in ihrem Leben Rachegedanken. Glaube mir, ich kenne mich damit aus. Ich habe Thoren selbst einmal gehasst. Beinahe genauso sehr wie du. Aber diese Gedanken machen uns schwach. Sie lenken uns von unserer eigentlichen Bestimmung ab. Eine Bestimmung, der wir unser gesamtes Leben gewidmet haben. Dem Dienst an den Reisenden. Für nichts anderes sind wir geschmiedet worden, du und ich.« Seine blinden Augen richteten sich durchdringend auf Cajetan. »Ich frage mich, für was du dich entscheidest. In welche Hand legst du dieses Schwert? In die Hand eines rachsüchtigen Narren oder in die Hand Takhasas?«

»Aber ich habe geschworen …«

»Du hast Rache geschworen? Also gut. Dann nimm diese Rache und übertrage sie auf das Mädchen. Sie ist Thorens Schützling, sein neues Schwert. Es liegt ihm unendlich viel an ihr. Er fürchtet ohnehin nicht den Tod. Mit dieser Drohung machst du ihm keine Angst. Doch wenn du sie tötest, dann zerstörst du sein Werk.«

3

Die erste Pflicht

Als Dolen die Tür öffnete, sahen die versammelten Männer und Frauen auf. Auf den ersten Blick war zu sehen, dass es sich um zwei Gruppen handelte. Auf der einen Seite des Tisches saßen zwei Ritter. Zwei Pagen standen hinter ihnen an der linken Wand, und zusätzlich zwei Kriegsknechte mit den Wappen des Flammenschwertordens, die Hände in ihre Waffengurte gehakt. Nicht nachlässig jedoch, wie Cunrat bemerkte, sondern in der Nähe ihrer Schwertgriffe.

Auf der anderen Seite saßen sechs Kolnorer. Drei davon waren vermutlich Leibwächter, so wie die Kriegsknechte des Ordens. Sie trugen leichte kolnorische Rüstungen, deren Fütterung tatsächlich mit Pelz besetzt war. Leicht schimmligem Pelz, wie Cunrat feststellte. Sie hatten zwar keine Schwerter bei sich, jedoch genügend Messer, um diesen Umstand mehr als aufzuwiegen. Cunrat wandte seine Aufmerksamkeit den anderen drei Kolnorern zu. Einer von ihnen war ein hochgewachsener Mann mit einer ausgeprägten Hakennase, dafür ohne sichtbare Waffen. Seine schlanken Hände lagen ruhig auf der Tischplatte. Der zweite Kolnorer war untersetzt und trug alle Anzeichen eines Mannes an sich, der noch vor nicht allzu langer Zeit deutlich schwerer gewesen war. Schlaffe, faltige Haut, hängende Wangen und noch immer eine Tendenz zu unkontrolliertem Schwitzen, wie die Flecken auf seinem seidenen Hemd mehr als deutlich zeigten. Er sah aus wie ein Händler, doch seine Hände waren rissig, mit schmutzigen, bis zum Fleisch abgerissenen Nägeln. Das ließ nur den letzten Mann als kolnorischen Gesandten übrig. Wie die meisten Kolnorer war auch er groß und breitschultrig, doch im Gegensatz zu den anderen waren seine langen Haare bereits grau, und den Falten im Gesicht nach hatte er die sechzig bereits überschritten. Dieses Gesicht war ernst und trug bereits so lange einen Ausdruck hoffärtiger Selbstsicherheit, dass er geradezu eingraviert schien. Seine mit kunstvollen Stickereien verzierte Seidenkleidung war tatsächlich ebenfalls mit Pelz verbrämt.

»... und der junge Ritter zu meiner Rechten ist Cunrat ad Sussetz, ebenfalls für seinen Einsatz nach Gostin verlegt«, sagte Dolen soeben neben ihm. Cunrat riss sich von der Betrachtung der Kolnorer los und deutete eine knappe Verneigung an.

»Ihr tragt nicht die Rüstungen von Rittern des Ordens«, stellte der Anführer der Ritter am Tisch fest, »Ihr seht bedauernswert abgerissen aus, und Euer Eindringen hier kommt ungebeten und ungelegen.«

Auch Dolen deutete eine knappe Verneigung an. »Gostin ist an einen Feind gefallen, Kommandant Rikertz. Wir konnten unser Leben retten, um Euch zu benachrichtigen. Was Rüstung und Waffen angeht, so mussten wir etwas improvisieren. Ich denke, das macht unser uneingeladenes Eindringen verzeihlich.«

Der ohnehin düstere Ausdruck im Gesicht des Kommandanten namens Rikertz versteinerte. »Gostin gefallen? An einen Feind?«

Dolen warf einen kurzen Seitenblick auf die Kolnorer. »Veycari«, sagte er dann und wandte sich wieder dem Kommandanten zu. »Möglicherweise auch Corteser. Irgendwie ist es ihnen gelungen, die meisten unserer Landsknechte in der Festung durch ihre eigenen Männer zu ersetzen. Die Revolte hat die übrigen unerwartet getroffen.«

Cunrat runzelte die Stirn. »Das ist …«

»… nicht alles«, entriss ihm Dolen harsch das Wort. »Soweit wir wissen, ist das Ordenshaus der Festung verwaist.«

Der Kolnorer Gesandte schnaubte. »Also ist etwas dran an den Gerüchten, dass Berun die Kontrolle verloren hat.«

Dolen sah den Mann erneut an. »In Gostin? Absolut. Wir denken sogar, dass die Übergriffe durch Beruner auf die Dörfer der Region Taten der Invasoren sind.«

Ein Ausdruck der Verwirrung flackerte für einen kurzen Moment über die Züge des Kolnorers, und Cunrat entging nicht, dass sich die beiden Männer rechts und links von ihm unwillkürlich ansahen. Dann jedoch nickte der Gesandte. »Das ergibt tatsächlich einen Sinn.«

»Tut es das?« Der Kommandant starrte Dolen und seine Begleiter misstrauisch an. »Warum sollte Veycari nach Gostin greifen und einen Krieg mit dem Kaiserreich riskieren?«

Dolen zuckte mit den Schultern und verschränkte die Hände hinter dem Rücken. »Weil sie nicht allein arbeiten. Sie haben sich mit Huacoun, mit Fischmenschen, verbündet. Hexer aus dem Süden. Nur glaube ich, dass sie dabei hintergangen wurden. Das Schiff der Fischmenschen ist verschwunden, nachdem sie hatten, was sie wollten.«

»Es ist was?«

Dolen sah den Kolnorer beiläufig an. »Verschwunden. Sie haben den Anker gelichtet und sind in Richtung offene See aufgebrochen. Was geht das Euch an? Und wer seid Ihr überhaupt?«

Der Kolnorer sah aus, als würde er um Fassung ringen, bevor sein Gesicht wieder zu einer unverbindlich-hoffärtigen Maske wurde. »Selbstverständlich. Wir wurden uns noch nicht vorgestellt, Ritter. Mein Name ist Bolsta Stadur, Handelsabgesandter König Rigmars hier seit mehr als zwölf Jahren und Freund des Ordens seit nahezu genauso vielen.« Cunrat fiel auf, dass sich der Gesandte Stadur nicht dazu herabließ, seine Begleiter vorzustellen. »Wisst ihr was? Setzt euch zu uns, Ritter. Mir scheint, diese Sache ist von äußerster Dringlichkeit, und sie geht uns alle an.« Er deutete auf freie Sessel am Tisch, besann sich mit einem Seitenblick auf den Kommandanten jedoch. »Verzeiht meine eigenmächtige Einladung, Kommandant, aber ich denke …«

Rikertz winkte ab und deutete ebenfalls auf die Sessel. »Geschenkt. Setzt euch, Ritter. Page, bringt Wein für die Herren. Bolsta hat sich euch ja bereits vorgestellt. Die anderen Herren sind Ritter Belling ad Cauris, mein Stellvertreter, und die Herre Vigglud und Bladik, königliche Schwertmänner aus dem Kolno und Gäste des Gesandten.«

»Berater«, warf der Hakennasige ein, den Rikertz soeben als Vigludd vorgestellt hatte.

»Was auch immer«, sagte Rikertz. »Wie euch unzweifelhaft nicht entgangen ist, haben wir ein Problem, zu dessen Lösung wir hier zusammensitzen. Und mir scheint, Ihr habt etwas dazu beizusteuern, Ritter.«

Dolen nickte. Er zog sich einen der schweren Holzsessel heran und ließ sich hineinfallen. »Da bin ich mir sicher. Doch zuerst würde ich gern wissen, was der Gesandte über die grauen Schiffe weiß. Wir haben erst vor wenigen Tagen von ihrer Existenz erfahren.«

Der Angesprochene hob die Schultern. »Das mag daran liegen, dass ihr erst kürzlich aus dem Norden eingetroffen seid. Natürlich haben wir von den grauen Schiffen der Huacoun gehört. Jeder, der das Südmeer befährt, hat das. Und wenn wirklich welche hier in der Nähe sind, ist das nur ein weiterer Beweis, dass Berun nicht mehr Herr der Lage ist. Denn das bedroht uns alle.« Er beugte sich über den Tisch und sah den Kommandanten der Ritter scharf an. »Ihr werdet verstehen, dass uns unter diesen Umständen gar nichts anderes übrig bleibt, als so schnell wie möglich weitere Truppen zum Schutz unserer Bürger und unserer Investitionen hierherzuverlegen.«

»Ich glaube nicht, dass Ihr euch darum sorgen müsst«, warf Cunrat ein. »Wie Ritter Dolen schon gesagt hat: Das Schiff ist verschwunden. Der einzige Kolnorer, der in Mitleidenschaft gezogen wurde, war ein gewisser Theyn Bront Halvor, der sich ganz offensichtlich unrechtmäßig und heimlich im Macouban aufhielt. Sagt Euch der Name etwas?«

Der Botschafter war offensichtlich ein geübter Diplomat, denn Cunrat war sich tatsächlich nicht sicher, ob sich der Mann kurz versteifte. Wenn, dann war das alles, was man ihm anmerkte. Es war die Reaktion des verschwitzten Kolnorers zu seiner Rechten, die weit mehr aussagte. Der Mann war deutlich schlechter darin, sein Erschrecken zu verbergen.

»Theyn Halvor. Der Name sagt mir etwas, natürlich«, entgegnete der Gesandte gelassen. »Die Halvors sind treue Diener des Kolno. Es ist gut möglich, dass sich einer von ihnen mit einem kleinen Gefolge irgendwo im Macouban aufhält. Die Halvor-Sippe sind begeisterte Jäger, und das Macouban bietet jede nur erdenkliche Herausforderung für einen solchen Mann. Wie kommt Ihr darauf, dass er unrechtmäßig hier sein sollte?«

»Nun, die Rüstungen dieser Männer waren auf keinen Fall kolnorischer Fertigung. Sie sahen für meine Augen deutlich nach Beruner Arbeit aus.«

»Beruner Rüstungen gibt es im Kolno an jeder Straßenecke zu kaufen«, gab der Hakennasige anstelle des Gesandten zurück. »Wir sind ein freies Reich, und oft genug suchen Beruner Männer ihr Glück bei uns, die genug von ihrem Dienst haben. Eine Rüstung findet immer einen Abnehmer, und ihr Verkauf ermöglichte schon so manchem einen Neustart. Und sie werden gern gekauft. Sie sind in der Hitze des Südens weit erträglicher als die schweren Panzer unserer Heimat.« Er sah Dolen ausdruckslos an. »Oder wolltet Ihr damit etwas anderes andeuten?«

Dolen winkte ab. »Das erklärt es wohl. Natürlich wollte ich nichts ... andeuten. Es war lediglich eine Beobachtung.« Er wandte sich dem Kommandanten zu. »Herre, wir haben nach Unterstützung aus Berun gesendet, doch ich meine, wir sollten schnell handeln, bevor die Veycarischen weitere Verstärkung erhalten.«

Kommandant Rikertz hatte den Wortwechsel der Männer mit zunehmend düsterer Miene verfolgt. Jetzt erhob er sich und schüttelte langsam den Kopf. »Ritter Dolen, Ihr vergesst Euch. Diese Männer hier sind meine Gäste, und der Gesandte Ujest gehört zu meinen persönlichen Freunden. Ihr habt kein Recht, diese Unterstellungen auszusprechen!«

Dolen senkte gehorsam den Kopf. »Verzeiht, es war nicht meine Absicht. Ich ...«

»Schweigt endlich, Mann!«, fuhr ihm der Kommandant ins

Wort. »Unsere Aufgabe liegt hier in Tiburone, und ich habe bei Weitem nicht genug Männer, um …«

»Verzeiht, Rikertz, aber genau deshalb unterhalten wir uns doch hier und heute«, unterbrach der Gesandte ihn. »Nichts für ungut, aber wir wissen alle, dass Nachschub aus Berun nicht eintreffen kann und wird, bevor die Regenzeit nicht zu Ende ist. Und jedem hier ist klar, dass Ihr nicht genug treue Männer unter Euch stationiert habt, um den Übergriffen dieser falschen Beruner Herr zu werden. Deshalb hier unser Angebot: Wir dienen unseren Bürgern, den Bürgern Kolnos, am meisten, wenn wir Euch helfen. Wir haben die Männer, die Ihr braucht.« Er lehnte sich nach vorn und legte die Hände auf den Tisch. Es waren große, teigige Hände ohne die verhornten Stellen, die ein Handwerker oder ein Krieger aufwies. Über ein halbes Dutzend Ringe steckte an verschiedenen Fingern. »Rikertz, wir helfen Euch schon jetzt, den Frieden in der Stadt zu wahren. Lasst uns noch mehr helfen, alter Freund! Erst recht, wenn diese Männer hier recht haben, denn dann ist Euer – unser aller – Problem noch viel größer, als wir dachten. Wir haben die Männer, die ihr braucht, um mit dieser Bedrohung fertigzuwerden. Wir können mehr beschaffen, und das weit eher, als Berun Euch Hilfe senden kann! Ein Wort von Euch genügt.«

»Zudem sind wir verpflichtet, die Bürger und die Interessen unseres Königs zu schützen«, ergänzte der Hakennasige kühl. »Das wisst Ihr. Wenn sie durch eine … andere Macht bedroht werden, werden wir handeln. Und wie der Gesandte schon so treffend festgestellt hat: Ihr habt nicht die Männer, um irgendjemanden aufzuhalten. Wir schon.«

»Und wen genau meint Ihr jetzt?«, warf Cunrat ein. Wibalts Pranke drückte unauffällig seine Schulter, und Cunrat wurde sich bewusst, dass er keine Ahnung hatte, wann der große Ritter sie dort hingelegt hatte. Die Kolnorer sahen ihn zum ersten Mal richtig an.

»Jeden«, sagte der Hakennasige ohne Rührung. »Jeden jungen Ritter, der sich mit uns anlegt. Besonders, wenn Theyn Bront Halvor etwas zugestoßen sein sollte. Dann wird König Rigmar das persönlich nehmen. Er hat noch viel vor mit dem Theyn.«

Der Gesandte hob die Hand und ließ den Hakennasigen verstummen. Ein schmales Lächeln kroch auf sein Gesicht. »Seid unbesorgt. Wir wissen, dass die Ritter des Ordens nur der Sache der Reisenden verpflichtet sind. Rigmar ist das nur recht. Wir Kolnorer wissen ehrenhafte Männer zu schätzen. Männer, die wissen, wann und von wem sie Hilfe annehmen sollten, um ihren eigenen Zielen zu dienen. Ihr seid solche Männer, oder?«

Die Ritter schwiegen.

Dann nickte der Kommandant des Ordenshauses langsam. »Wir verstehen Euer Angebot und wissen es zu schätzen. Ihr habt recht, alter Freund. Die Sache der Reisenden war und ist immer die erste Pflicht unseres Ordens. Der Schutz des Volks obliegt Kaiser und Fürsten.«

»Die ihre Aufgabe ganz offensichtlich nicht erfüllen können.« Der Gesandte faltete die Hände auf dem Tisch und gestattete sich ein weiteres schmales Lächeln. »Wie gesagt: Ein Wort von Euch, und wir kümmern uns darum. Aber Ihr versteht auch, dass Ihr euch schnell entscheiden solltet. Wir werden Tiburone kontrollieren, um das, was unser ist, zu schützen. Jetzt, wo der Fürst sich mit Cortesern verbündet hat, erst recht. Und wir werden alle, die nicht auf unserer Seite sind, von hier entfernen.«

Wibalt warf Dolen einen Seitenblick zu, dann zog er die dicken Augenbrauen zusammen. »Ihr würdet es wagen, die Hand gegen den Orden zu erheben?«

»Wenn es nötig ist, die Untertanen des Königs zu schützen, haben wir keine Wahl.« Der Hakennasige sah Wibalt geradeheraus an.

Wibalt schnaubte. »Ich bezweifle, dass Ihr das überlebt. Der Orden hat den Kaiser hinter sich, und Ihr werdet es nicht ...«

Dolen fiel ihm ins Wort: »Cunrat«, sagte er eindringlich, »du erinnerst dich, als ich sagte, der Tag würde kommen, an dem ich dich darum bitte, mir zu vertrauen und der Sache des Ordens um jeden Preis zu dienen. An dem du Wibalt nicht vertrauen solltest. Heute ist dieser Tag.«

Cunrat starrte den narbigen Ritter an. »Ich soll«, er schluckte, »was?«

»Vertrauen. Du weißt noch, was ich über Befehle gesagt habe.« Dolen nickte ernst und wandte sich dem Kommandanten zu. »Es scheint das Richtige zu sein, dem Angebot des Gesandten zuzustimmen. Unser Schwur gilt den Reisenden, nicht dem Thron Beruns.«

Auch der Stellvertreter des Kommandanten nickte und flüsterte seinem Ordensvorsteher etwas zu. Der lauschte mit verschlossener Miene. Dann griff er zu seinem Becher und erhob ihn wie zu einem Toast. »Bolsta, ich vertraue Eurem Wort. Der Orden wird in dieser Krise an Eurer Seite stehen. Wenn sich die Hexer an unseren Küsten rühren, dürfen wir die Kontrolle nicht verlieren. Und wenn der Kaiser uns nicht zu helfen vermag, dann kann es vielleicht König Rigmar.«

Cunrat riss die Augen auf. »Das ist Verrat!«, donnerte er und stemmte sich aus dem Stuhl hoch. Oder er versuchte es. Denn in diesem Moment bewegte sich das Holz der Armlehnen unter seinen Händen, sackte weg und ließ ihn stolpern, sodass er hart mit dem Kinn auf dem Tisch aufschlug.

Noch ehe er sein Gleichgewicht wiedergefunden hatte, wand sich das plötzlich weiche Holz unter seinen Händen wie Schlangen, wickelte sich um seine Handgelenke und Unterarme und zwang ihn unbarmherzig auf seinen Sitz zurück. »Dolen!«, schrie er, und die Kolnorer waren schon halb aus ihren Sesseln gesprungen, die Hände auf den Griffen ihrer Schwerter, als Dolen abwinkte. »Nur die Ruhe, ich habe alles unter Kontrolle.«

Cunrat fuhr herum und starrte den narbigen Ritter an. »Einen Scheiß habt Ihr, Ihr … Ohh …« Er unterbrach sich mit einem lang gezogenen Laut, als ihm plötzlich etwas dämmerte. »Das habt Ihr von Anfang an geplant!« Erneut zerrte er an seinen Fesseln, doch das Holz war wieder hart und unnachgiebig geworden und hielt ihn unverrückbar auf seinem Sessel fest. »Ihr wusstet, was hier passiert, und Ihr wolltet von Anfang an überlaufen – wenn Ihr nicht gar von Beginn an zu den Verschwörern gehört! Ihr wart es, und Wibalt, die den Ausbruch aus der Gefängniszelle in der Festung in Gostin angeführt habt. Wäre Euch Messer nicht zuvorgekommen, wären wir trotzdem geflohen. Nur mit mehr Verlusten, denke ich.«

Die Kolnorer und die Tiburoner Ritter starrten ihn an. »Wovon spricht der Mann?«, erkundigte sich der Kommandant.

»Das wisst Ihr so gut wie ich!«, fauchte Cunrat. »Und dann bei der Flucht aus der Festung – das wart wieder Ihr und Wibalt, die sich beinahe absetzen konnten – wäre ich nicht gewesen! Ihr wolltet nicht das Dorf untersuchen, Ihr seid aus der Höhle verschwunden. In der Hoffnung, der Rest von uns würde nicht zurückkehren? War das der Plan?«

»Das ist doch ... hat dir jemand ins Gehirn geschissen, Bursche? Du ... was? Was bei den Gruben ... Dolen?«

Wibalt hatte auffahren wollen, um Cunrat am Kragen zu packen, doch mit einer knappen Geste Dolens hatten sich auch die Armlehnen seines Sessels um seine Handgelenke gewickelt und rissen ihn hart auf seinen Sitz zurück. So hart, dass Wibalt das Gleichgewicht verlor und mit dem Gesicht auf den Tisch krachte. Fangarmen gleich bogen sich lange Holzsplitter aus der Platte auf, wanden sich binnen eines Lidschlags um Hals und Schultern des Bärtigen und pressten ihn auf das harte Holz. »Ich bring dich um, du Schwein!«, brüllte Wibalt neben ihm. »Lass mich aufstehen, und ich bring dich um, du dreckiges Stück Scheiße!«

»Genau deshalb werde ich darauf verzichten.« Dolen sah unbewegt auf Cunrat herab, und der junge Ritter fragte sich unwillkürlich, wie ein Mann derart kalt auf Anschuldigungen wie seine reagieren konnte. Doch nur jemand, der genau wusste, dass nichts als die Wahrheit gesprochen wurde! »Wagt doch, es abzustreiten!«, knurrte er gepresst.

Dolen schnaubte belustigt. »Warum sollte ich? Bravo, junger Mann. Gut beobachtet. Bis auf die Sache mit Wibalt. Ich sagte dir doch, er macht, was man ihm befiehlt. Aber er wäre eben ersetzbar. Ich hatte nur gehofft, du würdest verstehen, was ich damit meinte, als ich sagte, du müsstest dich eines Tages richtig entscheiden. Und ich hoffe es immer noch.«

»Hör nicht auf ihn, Cunrat!«, wütete Wibalt neben ihm. Dolen seufzte. Er zog einen Dolch und wandte sich entschuldigend an den Kommandanten, der die Szene lauernd betrachtete. »Ich bitte, diesen unschönen Moment zu ignorieren. Es ist mein Problem, und meine Probleme beseitige ich selbst.« Er hockte sich neben Wibalt und sah in das auf die Tischplatte gepresste Gesicht. »Ich habe dich richtig verstanden: Du wirst mir nicht weiter folgen? Du wählst das Messer?«

Wibalt schnitt eine Grimasse und versuchte, nach Dolen zu spucken, doch der Speichel rann ihm nur aus dem Mundwinkel.

»Dachte ich mir.« Dolen seufzte, legte eine Hand auf Wibalts Kopf und rammte ihm das Messer von unten bis zum Heft in die Brust.

»Nein!« Cunrat schrie unwillkürlich auf und zerrte erneut an seinen hölzernen Fesseln. Zu seiner Überraschung gab eine der Armlehnen nach und brach ab. Noch ehe Dolen reagieren konnte, schwang er den Sessel und ließ ihn an der Schulter des Ritters zerschellen. Dann wirbelte er herum, stieß den kolnorischen Wächter beiseite, der ihm den Weg versperren wollte, und rammte mit der Schulter die schwere Tür auf. Irgendetwas knisterte hinter ihm, und aus dem Augenwinkel sah er, wie der hakennasige Kolnorer die leeren Hände nach vorn stieß. Instinktiv ließ er sich fallen, und ein Teil der Tür dicht über seinem Kopf löste sich in einem Schauer von Splittern auf. Fluchend rollte er sich durch die Tür und rammte sie mit den Füßen zu, nur einen Lidschlag bevor sich das Holz kreischend verbog und ineinander verkeilte. Mit einem neuerlichen Fluch kam er wieder auf die Füße und rannte den Gang hinab, gerade als sich die Männer auf der Innenseite gegen die ruinierte Tür warfen. Ordenshäuser waren in ganz Berun grundsätzlich gleich aufgebaut, egal, ob sie im hohen Norden errichtet worden waren oder hier im äußersten Süden des Reichs. Das kam Cunrat jetzt zugute. Ohne langsamer zu werden, umrundete er eine Ecke des Gangs, riss eine Tür auf, stürzte hindurch und schlug sie hinter sich wieder zu. Er durchquerte das momentan verwaiste Refektorium und trat auf den Korridor des Kasernengebäudes. Links von ihm lag der Durchgang zu den Stallungen, doch jetzt zögerte er. Irgendwo war gedämpft das Gebrüll mehrerer Männer zu hören, und dumpfe Schläge, die davon zeugten, dass die Tür zum Raum des Kommandanten noch immer hielt. Dieser Gang hier würde nicht mehr lange verwaist bleiben – aber zu seiner Rechten lag die Rüstkammer, und ein Ordenspanzer samt Schild und Schwert wären eine deutliche Verbesserung seiner Lage …

Eine Tür direkt vor der Rüstkammer wurde aufgerissen, und ein junger, verschlafen aussehender Ritter starrte ihn verständnislos an.

Cunrat deutete auf das Refektorium. »Die Kolnorer machen Ärger! Sie versuchen, zum Kommandanten vorzudringen!«, rief er dem Mann zu. »Bewaffne dich, und hilf!«

Der Mann blinzelte, doch Cunrats Befehlston zeigte Wirkung. Der andere nickte und verschwand wieder in der Tür des Schlafsaals. Cunrat wartete nicht, bis er wieder auftauchte. Stattdessen rannte er nach links den Gang hinab und erreichte den großen, ebenfalls dämmrigen Stall. So leise wie möglich huschte er durch die nur angelehnte Tür, schob sie hinter sich zu und verkeilte die Pforte mit einer zufällig herumstehenden Mistforke. Dann versuchte er, seinen Atem zu beruhigen, und lauschte. Auch hier waren zornige Rufe zu hören, doch seltsamerweise kamen sie von der anderen Seite des langen Stallgebäudes. Er runzelte die Stirn. Das konnte noch nichts mit ihm zu tun haben. Selbst wenn seine Verfolger sein Ziel ahnten, konnten sie unmöglich bereits vor ihm sein. So leise es ging, huschte er den Mittelgang entlang, an den geräumigen Pferdeboxen vorbei. Die meisten waren leer und wirkten nicht so, als wären sie in letzter Zeit benutzt worden, und die wenigen Pferde im Dämmerlicht nahmen keine Notiz von ihm. Schwerer, würziger Geruch nach Heu und exotischen Kräutern hing in der Luft und vermischte sich jetzt, als er sich dem vorderen Tor des Stalls näherte, mehr und mehr mit dem schweren, süßlichen Duft von Sandelholz. Aus irgendeinem Grund sorgte der Sandelduft dafür, dass sich sein Blickfeld verengte. Ohne dass er sich dessen bewusst wurde, beschleunigte er seine Schritte. Vor ihm waren die Geräusche eines Handgemenges zu hören, jedoch nicht das Klirren von Waffen, sondern das gedämpfte Klatschen von Schlägen und das Grunzen von Männern, die miteinander rangen. Unbewusst fletschte er die Zähne und sog tief die Luft ein. Lautlos zog er den Dolch an seinem Gürtel und lief um die Ecke, die ihm die Sicht versperrte. Vor dem halb geöffneten Tor wälzten sich drei Männer auf dem Boden, zwei von ihnen baumlange Kolnorer, der dritte, der Kleidung nach zu urteilen, ein Stallknecht. Verbissen prügelten sie aufeinander ein, auch wenn die meisten ihrer Schläge und Tritte ineffektiv aussahen, da sie gleichzeitig versuchten, in Richtung Tor zu kriechen und die jeweils anderen davon abzuhalten. Cunrats Blick fiel an ihnen vorbei auf die Gestalt, die hinter ihnen am Torflügel stand, und in diesem Augenblick wusste er ohne jeden Zweifel, dass der schwere Sandelholzduft von ihr ausging. Sein Glied versteifte sich, als ihn das Verlangen wie ein Hammerschlag traf. Er musste dieses Weib dort haben. Auf der Stelle. Sie zu Boden werfen, ihr die Kleider vom Leib reißen, seine Zähne in ihr Fleisch graben und sie so heftig nehmen, wie … Irgendetwas traf ihn mit dumpfem Krachen am Kopf und ließ ihn zu Boden gehen. Schemenhaft nahm er eine Gestalt wahr, die sich über ihn beugte, und hörte einen Fluch, gedämpft, so als hätte er Watte in den Ohren. Mit zusammengepressten Zähnen versuchte er, sich wieder auf die Füße zu kämpfen, als ihn das zweite Mal etwas am Kopf traf und es dunkel um ihn wurde.

Ein Schwall Wasser riss ihn zurück aus der Dunkelheit. Cunrat schrak hoch und bereute die Bewegung augenblicklich. Sein Schädel dröhnte, und der Boden unter ihm schien weggleiten zu wollen. Hände packten ihn unter den Achseln und zogen ihn auf die Knie. »Siehst du, alles in Ordnung. Der Kerl hat einen dicken Schädel«, sagte eine vage vertraut klingende Stimme.

»Wsss?« Cunrats Mund gehorchte ihm nicht, und ihm wurde klar, dass seine Wange dumpf pochte und sein Mund voll Blut war. Er öffnete die Lippen und ließ den Inhalt auf den Boden rinnen.

»Ja. Dafür, dass du ihm fast den Schädel eingeschlagen hast, scheint er in Ordnung zu sein«, sagte eine Frauenstimme.

»Keine Sorge, da konnte ich ohnehin nicht viel kaputtmachen.«

Ein vager Hauch von Sandelholz lag noch immer in der Luft, und Cunrat ahnte, dass nicht viel Zeit vergangen sein konnte.

»Mann, ist der schwer. Komm auf die Füße, du hohler Klotz.« Der Mann neben ihm versuchte erneut, ihn hochzuziehen, und dieses Mal versuchte er, die Augen zu öffnen. Es gelang ihm beim linken. Das rechte dagegen schien bereits nahezu zugeschwollen. Unklar erkannte er die Gestalt neben sich. Es war der Kriegsknecht, der sich Rosskopf nannte. »Was war das?«, versuchte er es erneut.

»Schaufel«, erwiderte der Mann ungerührt und zuckte mit den Schultern. »Ich hab dich nicht gleich erkannt. Außerdem wolltest du über die Metis herfallen. Das war nicht der Plan. Kannst du stehen?«

Cunrat überprüfte seine Beine, versuchte zu nicken und stöhnte.

»Entschuldige. Es musste schnell gehen.«

»Es muss immer noch schnell gehen«, sagte die Frau, und jetzt erkannte Cunrat Xaris Stimme. Die junge Metis selbst hätte er nicht sofort einordnen können, denn statt des dünnen Kleids trug sie jetzt eine dunkle Wollhose, ein Hemd und ein verschnürtes Wams, das ihren beachtlichen Busen zumindest einigermaßen im Zaum hielt. Ihre verfilzte Lockenmähne hatte sie zusammengebunden, und im Moment war sie damit beschäftigt, sich einen zweiten Stiefel anzuziehen.

»Ich weiß das«, nuschelte Cunrat. »Aber warum ihr?«

Xari stieß ihren Fuß in den Stiefel und sah auf. »Was meinst denn du? Diese drei Arschlöcher hier waren der Meinung, dass wir hier nichts zu suchen haben. Ich eine Metis, er ein Beruner ...«

»Genau genommen haben sie mich für einen Novenischen gehalten«, der Rosskopf deutete auf sein Gesicht, das tatsächlich eher die Züge eines Mannes aus den südlichen Ländern des novenischen Bunds hatte.

Xari winkte ab. »Egal. Jedenfalls waren sie der Meinung, uns festnehmen zu müssen, statt unserer Bitte um Hilfe nachzukommen. Tja, und so gab ein Wort das andere, und im Handumdrehen ...« Sie zuckte mit den Schultern und deutete auf den Rosskopf, der sich auf die Schaufel stützte.

»Die Waffen einer Frau und die eines Mannes in perfektem Zusammenspiel«, sagte der alte Kriegsknecht. »Vermutlich werden sie wenigstens gut träumen, wenn sie jetzt eine Weile schlafen. Und wir haben Zeit genug ...«

Cunrat schüttelte den Kopf. »Haben wir nicht. Wir sollten so schnell wie möglich verschwinden. Wir …« sein Blick fiel auf sechs Pferde, die gesattelt im Schatten des Eingangs an einer Brüstung angebunden waren. »Könnt ihr reiten?«

Beide, Metis und Kriegsknecht nickten, auch wenn es beim Rosskopf etwas zögerlich wirkte. »Na dann – probieren wir's aus.«

»Wir sind wieder auf der Flucht?«, erkundigte sich der Rosskopf unbeeindruckt.

Cunrat hob die Schultern. »Die Kolnorer waren vor uns hier. Und sie haben den Rittern ein Angebot gemacht, das diese nicht ablehnen konnten. Das heißt – bis auf Wibalt. Der ist tot.«

Xari und der Kriegsknecht starrten ihn verständnislos an. Cunrat seufzte. »Dolen hat Wibalt seinen Dolch in die Brust gerammt, weil der sich nicht auf die Seite der Kolnorer gestellt hat. Wie's aussieht, haben sie Tiburone komplett im Griff. Von hier ist keine Hilfe zu erwarten.«

»Dolen?«

»Er ist übergelaufen. Ich denke, das war von Anfang an sein Plan.«

Der Rosskopf schnaubte. »Das lief ja besser als erwartet«, stellte er trocken fest.

»Jedenfalls müssen wir so schnell wie möglich weg.« Er trat neben eines der Pferde und prüfte den Sattelgurt. Die Tiere waren mit den riesenhaften Schlachtrössern des Beruner Ordens nicht zu vergleichen. Diese Pferde hier waren untersetzt, struppig und wirkten so zäh und verschlagen wie die Kolnorer selbst. Vermutlich genau die richtigen Tiere also, wenn man in den Sümpfen des Macouban unterwegs war. »Könnt ihr reiten?«

»Ich kann mich auf einem Pferd halten.« Der Rosskopf zuckte mit den Schultern. »Solange du nicht von mir verlangst, in eine Schlacht zu ziehen.«

Xari nickte nur, und Cunrat gab sich einen Ruck. »Dann nehmen wir die hier.« Hastig löste er die Zügel von der Stange und band nach kurzem Überlegen ein zweites los. Irgendwo am hinteren Ende des Stalls krachte es.

»Ich hatte gedacht, ihr Ritter seid strikt gegen das Stehlen«, sagte der Rosskopf, noch während er die Zügel der übrigen Pferde einfach durchschnitt.

»Ich bin mir sicher, dass die Verwendung der Mittel des Feinds nicht als Diebstahl gewertet werden kann.« Cunrat führte die Pferde ans Tor und schob es auf. Hinter ihnen im Halbdunkel des Stalls splitterte Holz, und wütende Stimmen waren zu hören. Er saß auf.

»Na, so kann man sich das natürlich auch schönreden.« Auch der Rosskopf war auf eines der Tiere geklettert und führte ein zweites am Zügel. »Können wir?«

»Wir müssen sogar«, sagte Xari.

Irgendwo hinter ihnen brüllte jemand, man solle sie aufhalten. Männer tauchten im Dämmerlicht auf, allen voran der hakennasige Kolnorer. Noch im Laufen streckte er die Hände aus, und mehr aus Reflex gab Cunrat dem Pferd die Fersen zu spüren. Irgendetwas in der Luft veränderte sich, und in Cunrats Ohren knackte es, als wäre er zu schnell zu tief getaucht. Einen Wimpernschlag später explodierte der Torpfosten direkt hinter ihm und überschüttete sie mit einem Schauer aus Holzsplittern. Sein Reittier wieherte schrill auf und schoss mit einem Sprung, der ihn fast wieder aus dem Sattel befördert hätte, nach draußen auf den Innenhof, lief beinahe einen Kriegsknecht um, der sich noch keinen Reim auf das Geschrei machen konnte, und preschte dann durch das noch immer geöffnete Hoftor nach draußen und in die Stadt hinein.

Als sie die andere Seite des Hafenplatzes erreicht hatten, schloss Xari neben ihm auf. »Wohin willst du jetzt?«

»Keine Ahnung«, rief Cunrat. »Wohin könnten wir denn? Ich bin zum ersten Mal hier!«

Xari umrundete einen schwer beladenen Handkarren und ließ den fluchenden Besitzer hinter sich zurück. Für einige Herzschläge konzentrierte sie sich auf die Straße vor ihnen und die enger werdende Gasse, in die sie jetzt einbogen. Dann drehte sie sich um. »Folgt mir!«

Der junge Ritter schnaufte. Eine quer über die Straße hängende Holzstange schlug ihm beinahe den Schädel ein, und er duckte sich tiefer. *Was bleibt uns auch anderes übrig?*

Um ehrlich zu sein, war er in diesem Moment vor allem ernstlich erschüttert darüber, dass es ihnen gelungen war, das Ordenshaus zu verlassen. Im Galopp passierten sie eine Gruppe Kolnorer Krieger, die ihnen verblüfft nachsahen, um dann in aufgeregte Schreie auszubrechen. Vermutlich waren Kolnorer Pferde mit wertvollem Zaumzeug in Tiburone ein Anblick, der selten genug war, um Aufsehen zu erregen. *Als ob wir nicht schon genug Probleme hätten.*

Xari passierte einige Marktstände um Haaresbreite, ließ die ebenfalls schimpfenden Händler und Einkaufenden hinter sich zurück und zügelte schließlich ihr Pferd, um in eine schmale Seitengasse einzubiegen. Es war Cunrats Glück, dass die sechs Pferde von sich aus versuchten zusammenzubleiben, denn er war sich nicht sicher, ob er dieses ungewohnte Reittier so schnell hätte hinterherzwingen können. Dennoch rammte er mit der Schulter eine Hauswand und schrammte am rissigen Holz entlang. Ein gellender Fluch hinter ihm wies darauf hin, dass der Rosskopf ähnliche Schwierigkeiten hatte. Immerhin hatten sie ihn noch nicht verloren. Tief über die Kruppe ihrer Tiere gebeugt, preschten sie unter aufgehängter Wäsche hindurch, bogen ein zweites und schließlich ein drittes Mal ab, bevor Xari ihr Tier verlangsamte und schließlich in Schritt fallen ließ. Keuchend stützte sie sich auf den Sattelknauf, bevor sie in leises, berauschtes Lachen ausbrach.

»Ich weiß nicht, was daran jetzt so lustig war«, grunzte der Rosskopf. Er rieb sich die Rippen, bevor er ein nasses Wäschestück von seiner Schulter pflückte und an einen nahen Fensterladen hängte. »Wo sind wir überhaupt?«

»Im Osten der Stadt. Eines der ärmeren Gebiete von Tiburone. Hier liegt der Hafen der Fischer und der kleinen Leute.«

Cunrat sah sich um. Tatsächlich war die Gasse noch um einiges heruntergekommener als das, was er bisher von dieser traurigen Entschuldigung für eine Stadt gesehen hatte. Ein penetranter Geruch nach fauligem Schlamm und verwesendem Fisch hing in der Luft. »Und was genau tun wir hier?«

»Du hast doch nicht gedacht, dass wir auf den Pferden der Kolnorer aus der Stadt kommen?« Xari, die soeben absitzen wollte, hielt inne und sah ihn zweifelnd an.

»Eigentlich …«

»Er hat nicht gedacht, nein«, sagte der Rosskopf. »Aber die Frage ist an sich nicht schlecht. Was tun wir genau hier?«

»Wir besuchen die einzige Person, die ich hier kenne, die uns vielleicht helfen kann. Meine Schwester.«

»Du hast eine Schwester. Hier.«

»Was ist daran ungewöhnlich? Ich habe mir sagen lassen, dass du gleich zwei davon hast.« Xari warf Cunrat einen mitleidigen Blick zu, dann packte sie die Zügel ihrer beiden Pferde und führte sie in eine noch schmalere Gasse zwischen zwei windschiefen Häusern. »Beeilt euch. Irgendwer hat sicher gesehen, wohin wir gegangen sind, und Beruner Rüstungen stehen gerade wirklich nicht hoch im Kurs.«

Cunrat folgte der Metis und dem Kriegsknecht nur zögerlich in das Halbdunkel der Hütten, deren vorspringende Dächer sich hier immer wieder berührten und zum Teil aneinander abstützten. In den ein oder zwei Obergeschossen hingen immer wieder Mengen an bunter Kleidung zum Trocknen, und zwei- oder dreimal meinte er, hinter dunklen Fensteröffnungen ein ebenso dunkles Gesicht oder zumindest eine Bewegung wahrzunehmen. Einige Häuser weiter entdeckte er eine uralte Metis-Frau auf einer der überdachten Veranden im Obergeschoss. Sie saß vollkommen reglos in einem hölzernen Lehnstuhl. Nur ihre Augen folgten den drei Flüchtigen, und Cunrat hatte das Gefühl, das ihr Blick Löcher in seine Rüstung brannte.

Der Pfad endete schließlich auf einem kleinen Platz, der vermutlich dadurch entstanden war, dass eines der moderigen Häuser einfach in sich zusammengefallen war und niemand sich die Mühe gemacht hatte, es wieder aufzubauen. Der Geruch nach Brackwasser und Verwesung wurde stärker, und aus der Düsternis unter einem tief gezogenen Dachvorsprung kam das leise Keckern der Skellinge, der grauen Nachtmöwen, die in jedem Hafen der Welt fett an Aas wurden. Dem Aas, das die Fischer und Fleischhauer produzierten, oder dem, das menschliche Raubtiere hinterließen. Cunrat war sich sicher, dass das hier nicht anders war.

»Und hier lebt deine Schwester?«, fragte Cunrat leise.

»Wir können nicht alle mit einem Goldlöwen im Hintern geboren sein, Herr Ritter«, sagte der Rosskopf. »Die meisten Menschen Beruns leben so oder ähnlich.«

»Für eines der kaiserlichen Goldstücke im Hintern würde man hier vermutlich ausgeweidet werden«, fügte Xari hinzu. »Und jetzt leise. Wir werden beobachtet.«

»Von wem?«

»Von Leuten, die euch nicht töten, weil ihr Beruner oder Kolnorer seid, sondern einfach, weil ihr nicht schweigen könnt.«

»Gesetzlose also«, murmelte Cunrat.

»Metis.« Xari band ihre beiden Pferde an einen Pfosten und trat davon zurück, die Hände sichtbar zu beiden Seiten ausgestreckt. »Die Einzigen, denen unser Volk wirklich am Herzen liegt«, raunte sie. »Weil sie das Volk sind. Gesetzlos nur, wenn man Beruns Gesetze fragt. Für die meisten Metis sind sie Helden.« Sie wandte sich ab und ließ den Blick über die dunklen Fensteröffnungen streichen. »Ich möchte mit Akousa sprechen. Meiner Schwester«, sagte sie schließlich laut und deutete dann auf die Pferde. »Ich bringe Geschenke.«

Eine Frauenstimme antwortete aus der Dunkelheit zwischen den Häusern. »Die Pferde der Kolnorer oder die Männer Beruns? Was sollten wir mit ihnen? Oder einem davon?«

»Ich weiß, dass ihr Pferde mögt. Und sechs davon können viele Mägen für Tage füllen. Was die Männer angeht – ich hatte gedacht, dass ihr wisst, was man damit macht.«

»Dasselbe, was du mit ihnen machst, Schwester?«, antwortete eine zweite Frauenstimme.

»Das klang nicht besonders freundlich«, raunte der Rosskopf.

Cunrat hob die Brauen, schwieg jedoch. Der Kriegsknecht hatte recht. Diese Stimme war befehlsgewohnt. Und das machte ihm Sorgen.

Xari ließ kurz den Kopf hängen. Dann atmete sie tief durch

und hob ihn wieder. »Ich glaube nicht, dass wir Zeit damit verschwenden sollten, über Männer zu reden, Akousa. Es gibt Interessanteres.«

»Und das aus deinem Mund, Schwester. Was willst du hier? ›Lieber am Hof der Fürstin als Sklavin leben, als hier im Dreck des Fürsten frei zu verhungern‹ – waren das nicht deine Worte?«

»Die Fürstin ist tot« gab Xari zurück. »Und mit ihr ihre Tochter und die *Vairani*. So wie jeder auf dem Fürstengut und in einem Dutzend Dörfer mehr. Wir sind im Krieg, Akousa. Und wir brauchen deine Hilfe.«

Für einen Augenblick herrschte Stille über dem Platz, doch Cunrat meinte, ein unterdrücktes Raunen zu hören. »Und weshalb sollten wir Interesse daran haben, dir und deinen Berunern dort zu helfen?«

Xari hatte eine Hand in einer Tasche an ihrem Gürtel verschwinden lassen. Jetzt zog sie sie langsam hervor und hob sie hoch über ihren Kopf. Ein beinahe faustgroßes Stück Blaustein fing die Strahlen der Sonne ein und zeigte das charakteristische tiefe Blau des Aget. »Es geht um das hier. Und um die Wiederkehr der Götter. Ich glaube, das interessiert dich.«

Sie saßen in einem Raum, den Cunrat für eine Schlachtküche hielt. Der Boden war mit glatt gescheuerten Steinplatten ausgelegt, die Wände schienen aus Lehm, der eine Vielzahl von verdächtig dunklen Flecken und Spritzspuren aufwies, und an den hohen Deckenbalken konnte er mehrere Reihen eiserner Haken entdecken. In einer Ecke war eine gewaltige, rußgeschwärzte Feuerstelle, auf der ein ebenso riesiger Kessel stand. Da das Feuer hier jedoch gerade nicht brannte, sorgten lediglich zwei Talglichter für schummrige Ausleuchtung. Fischgeruch hing in schwer in der Luft, gemischt mit einem seltsamen Hauch von nassem Hund. Schlachtküche – oder Folterkeller, befand der junge Ritter im Stillen. Sie saßen, die vier schlichten Hocker nicht mitgerechnet, am einzigen weiteren Einrichtungsgegenstand, einem mächtigen Tisch aus groben Bohlen, dessen Platte beinahe eine Handbreit dick und von unzähligen Kerben überzogen war. Auf dreien davon saßen sie, der vierte stand auf der anderen Seite des Tisches. Die Frau, die darauf saß, Akousa, sah Xari so ähnlich, dass sie nur ihre Schwester sein konnte. Eine etwas größere, etwas schlankere Schwester, deren Locken kurz geschoren und deren Arme weit muskulöser waren. Das flackernde Licht der Talgkerzen mochte täuschen, doch Cunrat hatte das Gefühl, dass sie ein paar Jahre älter als Xari war. Oder aber ihr Leben hier hatte tiefere Spuren in ihr Gesicht gegraben. Hinter ihr standen zwei zäh aussehende Metis-Frauen, in deren Gürteln lange, scharfe Fischmesser steckten. Cunrat war sich ziemlich sicher, mit allen dreien fertigzuwerden, wenn es nötig war – und er hatte den Rosskopf kämpfen sehen. Nein, sie hatten von den Fischweibern nichts zu befürchten. *Nicht vor dieser Sorte Fischweiber zumindest.* Was dagegen ein Problem darstellen konnte, waren die beiden riesigen, grauen Hunde, die Xaris Schwester flankierten. Jeder von ihnen sah aus, als wäre er mehr als fähig, ihnen die Kehlen herauszureißen, noch bevor sie ihre Hocker verlassen hatten. Drei weitere davon saßen hinter ihnen an der Wand, und Cunrat hatte das Gefühl, ihren warmen Atem im Nacken zu spüren. In Ordnung, vielleicht steckten sie wirklich in Brundaldreck.

»Wo hast du das her?« Xaris Schwester betrachtete den Brocken Blaustein, der in der Mitte des Tisches lag, eingehend. »Das ist ein Vermögen.«

»Das ist nichts«, erwiderte Xari, »nichts im Vergleich zu dem, was wir gesehen haben.«

Gesehen und vermutlich restlos verbrannt, fügte Cunrat im Stillen hinzu.

»Das ist es, was die Kolnorer hier wollen. Sie haben es in einer Höhle tief in Lambebes Hand gefunden, und es ist mehr, als du dir vorstellen kannst.«

»Dann werden wir dorthin gehen und es ihnen abnehmen«, stellte Akousa kühl fest.

»Ihr wollt gegen ein Heer von kolnorischen Kriegern kämpfen und ihnen irgendetwas abnehmen, das sie behalten wollen?« Cunrat schnaubte. »Womit? Mit Hunden und Fischmessern?«

Akousas Blick wandte sich langsam ihm zu. »Habe ich mit dir geredet, Berun?« Sie faltete ihre schwieligen Hände und lehnte sich über den Tisch nach vorn, ohne die Augen von Cunrat zu lassen. »Soweit es mich betrifft, sind die Kolnorer das kleinste Problem. Sie sind raue Drecksäcke, aber sie brennen nicht unsere Dörfer nieder und schänden nicht die Frauen dieses Landes. Wenn sie Blaustein wollen, dann wird sich schon ein Abkommen finden lassen. Berun dagegen ... ihr seid hier nicht mehr willkommen. Ihr solltet uns schützen. Stattdessen seid ihr selbst die größten Raubtiere.«

»Das ist nicht richtig«, unterbrach Xari sie. »Es sind keine Beruner, die dort draußen morden.«

Akousa fuhr herum. »Ich habe sie mit eigenen Augen gesehen!«, bellte sie. Die Hunde neben ihr sprangen auf und fletschten knurrend die Zähne.

Xari hielt ihrem wilden Blick stand. »Was hast du gesehen? Die Farben Beruner Kriegsknechte? Rüstungen aus Berun? Jedes Arschloch kann eine fremde Rüstung anziehen! Hier!«

Sie zerrte mit groben Bewegungen ihre Ärmel hoch und hielt ihrer Schwester anklagend ihre verschorften Arme entgegen. Dann zerrte sie ihr Hemd aus dem Hosenbund und zeigte mehr Brandverletzungen auf der Haut ihres Bauchs und an ihren Rippen.

Selbst Cunrat war erschüttert. Er hatte vergessen, wie viele es waren.

»Hier! Das habe ich ihnen zu verdanken, den Männern in den Beruner Farben. Ich war ihre Gefangene. Ich war dabei, als sie Fürstin Imara umgebracht haben. Und ich sage dir – keiner von denen war ein Beruner. Keiner!«

Akousa starrte auf die Brandwunden ihrer Schwester, und ihre Augen wurden groß. Für einen Augenblick wich der harte Zug um ihren Mund. »Was ... haben die das ...?«

Xari atmete tief durch und ließ ihr Hemd fallen. »Nein. Das war ich selbst«, sagte sie schlicht. »Ich habe vielleicht zwei Dutzend von denen verbrannt, bevor sie mich in die Finger bekommen haben.«

Ihre Schwester schluckte und sah fragend zu den beiden Männern. Cunrat zuckte nur bestätigend mit den Schultern. »Schwer zu sagen. Ich denke, es waren eher mehr«, sagte er.

»Und wer bist du? Was hast du damit zu tun?« Die Härte war zurückgekehrt.

Cunrat straffte die Schultern. »Mein Name ist Cunrat ad Koredin. Der Mann neben mir wird der Rosskopf genannt. Wir haben deine Schwester aus den Händen der falschen Beruner befreit – und ich kann dir unter Eid bestätigen, dass jene Männer Kolnorer waren.«

»Unter Eid ...«

»Er ist ein Ritter des flammenden Schwerts«, erklärte Xari mit einem leichten Achselzucken.

»Ein …« Akousa zuckte zurück, und Cunrat sah nur zu deutlich, wie sich die Frauen hinter ihr anspannten. »Du wagst es, einen Ordensritter zu mir zu bringen? Was ist das, Xari? Verrätst du jetzt dein eigenes Blut?«

»Ich verrate nichts und niemanden. Ich wäre nicht hergekommen, wenn mir irgendetwas anderes eingefallen wäre, wo wir hingekonnt hätten.«

»Wie wäre es mit den Ordensbrüdern des Kerls da?«, spie Akousa zornig aus. »Für uns Metis machen sie keinen Finger krumm, aber einem der ihren werden sie doch wohl helfen.«

Cunrat schnaubte. »Das ist der zweite Teil des Problems. Oder der dritte. Ich habe nicht mitgezählt. Jedenfalls haben sich die Ordensbrüder von Tiburone mit den Kolnorern verbündet, weil die ihnen weisgemacht haben, dass sie für Ordnung sorgen könnten, wo Berun nicht fähig dazu scheint.«

Xari nickte. »Es stimmt. Ich habe vorhin einen von ihnen gesehen. Einen der Männer, die die Fährstation überfallen haben. Ein Begabter in Begleitung des kolnorischen Gesandten!«

Akousa öffnete den Mund, brauchte jedoch einen Moment, um einen Laut hervorzubringen. Schließlich seufzte sie, schüttelte den Kopf und lehnte sich zurück. Ihre Rechte tätschelte abwesend den Kopf des riesigen Hunds neben ihr. Cunrat fiel auf, dass die Tiere ihre Lefzen sinken ließen und sich wieder setzten, ohne ein Kommando dazu erhalten zu haben.

»Ich hoffe, du weißt selbst, wie verworren das alles klingt, Xari.« Sie hob einen Finger. »Kolnorer, die sich als Beruner verkleidet haben, um Gräueltaten zu begehen. Und die sich – als Kolnorer – bereiterklären, die Ordnung wiederherzustellen. Die Vairani, die Fürstin und ihre Tochter getötet – was die Metis ohne die Führung ihrer Götter zurücklassen würde, wenn es stimmt.« Sie hob einen zweiten Finger und fügte gleich einen weiteren hinzu. »Drittens sind da Beruner Ordensritter, die sich mit dem Kolno verbünden, weil Berun die Kontrolle verliert. Habe ich das richtig verstanden?«

Cunrat wiegte den Kopf. »Im Grunde schon. Außerdem haben wir aber noch einen Fürsten, der sich mithilfe von veycarischen Söldnern von Berun freikämpfen will, weshalb er die Beruner Kriegsknechte in Gostin durch gekaufte Söldner ersetzt und alle dortigen Ritter beseitigt hat.«

»Nicht zu vergessen, dass ein Teil der Veycarischen vermutlich Corteser sind, die sich nur als Veycari ausgeben, um sich einzuschleichen.«

Akousa starrte sie verständnislos an, und Cunrat zuckte erneut mit den Schultern. »Ich weiß, es ist kompliziert. Wir wissen schon einige Tage länger davon als Ihr, und ich kriege es trotzdem kaum in den Kopf.«

»Warum ... was soll das Ganze?«

»Das haben wir uns auch gefragt«, übernahm Xari wieder die Wortführung. »Aber inzwischen glauben wir, dass hinter allem die grauen Schiffe des Peynamoun stecken. Die Corteser handeln mit den Hexern des Südens, und es gibt Gruppen, die Lambebe und die Huacoun anbeten. Und wir wissen, dass die Kolnorer mit den grauen Schiffen paktieren. Ich denke, sie wollen sich das Macouban aufteilen: die Kolnorer das Land, die Huacoun den Blaustein.«

In Akousas Gesicht hatte sich bei den letzten Worten Xaris ein spöttischer Ausdruck geschlichen. »Und diese Geschichte sollen wir dir abnehmen? Die Vairani und ihr Gefolge haben diese alten Geschichten vielleicht geglaubt, und in den Sümpfen verehren sie die alten Götter noch immer, ja. Aber du verlangst doch nicht wirklich, dass wir dir glauben, dass es die Huacoun tatsächlich gibt.«

»Das solltet ihr aber vielleicht«, warf Cunrat ernst ein. »Wir haben einen von ihnen getötet. Vielleicht auch zwei. Aber es waren mehr, und sie tragen ein stärkeres Mal als jeder Mensch, dem ich bislang begegnet bin.«

Die herbe Metis starrte sie alle der Reihe nach an, und ihre Nasenflügel blähten sich. Ihre Hunde folgten ihrem Beispiel, indem sie geräuschvoll schnüffelten. »Ihr macht keinen Scherz«, sagte sie dann leise.

Xari und ihre beiden Begleiter nickten, und nach einem langen Moment rieb sich Xaris Schwester schließlich das Gesicht, als sei sie plötzlich unsäglich müde. »Verzeiht, aber diese Geschichte ist unglaublich.«

»Aber sie ist ...«

Akousa hob die Hand. »Niemand, der bei Verstand ist, würde sich so einen haarsträubenden Mist ausdenken und damit zu mir kommen.« Ihre Hand wedelte in Richtung der beiden Männer. »Ich kann nicht für euch sprechen, aber zumindest ihr Verstand ist scharf genug, um mich nicht anzulügen.« Sie deutete ein Nicken in Xaris Richtung an und tätschelte nachdenklich ihre Hunde. »Wir können es riechen, wenn man uns anlügt. Aber das lässt nur den Schluss zu, dass ihr zumindest glaubt, was ihr erzählt. Und das heißt, ich muss jetzt entscheiden, ob ich euch ebenfalls glaube. Und was mit euch geschieht.« Ihre Finger trommelten jetzt auf die Tischplatte, ohne dass sie es selbst zu merken schien. Die beiden riesigen Hunde spitzten die Ohren. »Na gut«, seufzte sie schließlich. »Nehmen wir an, ihr sagt die Wahrheit. Was wollt ihr dann von mir? Was erwartet ihr? Dass ich mit meinen Leuten spreche und sie dazu bringe, gegen einen Bund aus bewaffneten Kolnorern, den Rittern und den Göttern selbst aufzustehen?«

»Das wäre ein Anfang«, murmelte der Rosskopf, doch Xari

fuhr schnell dazwischen. »Alles, was wir wollen, ist, so schnell wie möglich nach Gostin zu kommen.«

Cunrat nickte. »Der Landweg ist uns versperrt, und in Gostin liegt ein zweites graues Schiff. Wir sind sicher, dass das, was diese Huacoun wollen, in Gostin verborgen liegt. Wir haben nach Hilfe geschickt, doch bis die eintrifft, könnte es schon zu spät sein.«

»Was immer es ist«, ergänzte Xari, »ich glaube nicht, dass es gut für uns, für die Metis ist. Die Kolnorer haben ganze Dörfer geschlachtet, ohne zu zögern, nur um es den Berunern unterzuschieben. Und ich habe gehört, wie sie über uns gesprochen haben. Wir sind ihnen nicht mehr wert als Vieh.«

Cunrat schnaubte. »Glaubt mir, diesen Huacoun sind wir alle, egal ob Metis, Beruner oder Kolnorer, nicht einmal so viel wert. Wenn dies die Götter sind, die die Reisenden bekämpft haben, dann verstehe ich den Sinn unseres Ordens. Götter wie diese wünscht man nicht einmal seinen Feinden.«

Akousa sah ihn düster an. »Ich glaube, du kannst dir nicht vorstellen, was ich unseren Feinden wünsche.«

Xari rang sichtlich mit sich selbst, bevor sie betont ruhig sagte: »Ich bitte dich nicht um viel, Akousa. Wir wollen nur ein Boot. Jemanden, der uns nach Gostin bringt. Behalte die Gäule dafür. Und den Brocken.« Sie deutete auf den Blaustein. »Ich erwarte nicht, dass du an unserer Seite kämpfst – oder uns auch nur glaubst. Vermutlich würde ich das an deiner Stelle auch nicht tun. Aber ich habe eine Rechnung zu begleichen. Auch wenn du sie nicht mochtest – ich schulde es Emeri und ihrer Mutter. Und mir selbst.« Sie lächelte bitter. »Wir wissen beide, dass du Rache verstehst.«

Ihre Schwester wirkte für einige lange Momente wie erstarrt. Dann griff sie nach dem Brocken Blaustein, den Xari in die Mitte des Tischs gelegt hatte, und drehte ihn nachdenklich zwischen den Fingern, sodass sich das Licht der Talglichter tief in seinem Inneren fing. Im Gegensatz zu den trüben Bröckchen, die man in der Hauptstadt zu sehen bekam, war dieses Stück hier scharfkantig, tiefblau und so rein, dass man in sein Inneres sehen konnte. Cunrat konnte den Wert dieses Stücks gerade mal erahnen. Auf jeden Fall war es genug, um einem Kriegsknecht ein sorgenfreies Jahr zu bescheren. Und für jemanden mit dem Mal war es vermutlich noch weit mehr wert. Akousa schien zum gleichen Schluss gekommen zu sein, denn sie nickte kaum merklich. »Also gut. Du hast dir ein Boot gekauft.« Sie steckte den Brocken in eine Tasche und stand auf. Die Hunde neben ihr erhoben sich ebenfalls. »Je eher ihr hier verschwunden seid, desto besser für uns alle.«

»Und einen Bootsführer«, hakte Xari nach.

Ihre Schwester schnaubte humorlos. »Du glaubst doch nicht, dass ich euch eines meiner Boote anvertraue, damit ihr es versenkt – oder einen Bootsführer, dem du nach Belieben den Kopf verdrehen kannst? Vergiss es. Ich werde euch selbst fahren und mich mit eigenen Augen von den Huacoun überzeugen. Wenn ihr recht habt, dann muss ich das wissen.« Sie trat zu einer der Frauen hinter ihr und wechselte einige schnelle Worte mit ihr. Die andere nickte und verschwand, während Akousa ihnen bedeutete, ihr zu folgen. »Außerdem ist es vielleicht kein Fehler, wenn ich für einige Zeit die Stadt verlasse, wenn ihr recht habt«, setzte sie ein klein wenig versöhnlicher hinzu. »Folgt mir. Die Ebbe setzt bald ein, und wir haben einen weiten Weg vor uns.«

Nur wenige Dutzend Schritte vom Ausgang aus jenem Keller, in dem ihre Besprechung stattgefunden hatte, öffnete sich die

Gasse zu einem weiteren Nebenarm des Hafens, der mit schmalen Booten und einem Gewirr an Masten so vollgestopft war, dass Cunrat einen Moment brauchte, um das dunkle Wasser zwischen den sanft aneinanderschabenden Rümpfen zu entdecken. Fast alle Boote hatten lediglich einen hoch aufragenden Mast, an dem ein aus bunten Flicken bestehendes Segel befestigt war. Auch die Rümpfe der Gefährte waren grellbunt, und auf den ersten Blick schien es keine zwei gleich gefärbten zu geben. Aber auch wenn Cunrat Fahrzeuge in vielen verschiedenen Größen entdecken konnte, schien keines davon groß genug, um mehr als ein halbes Dutzend Personen aufzunehmen. Immerhin hatten die größten von ihnen so etwas wie ein Segeltuchverdeck, das eine Art Kajüte auf Deck zu bilden schien. Eines dieser Boote steuerte Akousa an. »Beeilt euch«, sagte sie leise. »Versteckt euch im *Paaram,* und lasst euch nicht blicken, bis ich es euch sage.« Sie fing Cunrats ratlosen Blick auf. »Im Zelt«, sie deutete ungeduldig auf das himmelblaue Boot. »Je weniger Leute euch hier sehen, desto besser.« Auf eine kaum sichtbare Geste hin sprangen die fünf Hunde, die sie noch immer begleiteten, auf das Deck.

Cunrat stieg zögerlich hinterher und duckte sich unter die von Salz und Sonne steife Plane. Geräumig war das Boot wahrlich nicht. Unter dem Verdeck gab es vielleicht Platz für sechs Personen – wenn sie sich dicht nebeneinander hockten, für diesen Zweck waren augenscheinlich zwei lange, schmale Kisten gedacht, die man auf dem Boden des Boots befestigt hatte. Die einzigen weiteren Einrichtungsgegenstände im Inneren des Zelts waren eine Öllampe, die von der Firststange hing, und ein kleiner, eiserner Ofen, dessen fettige Oberfläche darauf hindeutete, dass er vor allem zum Braten von Fisch diente.

Zwei der Hunde Akousas waren bereits vor ihnen unter die Plane geschlüpft und hatten sich auf dem Boden zwischen den Kisten zusammengerollt. Noch bevor Cunrat protestieren konnte, hatte ihre neue Führerin Xari und den Rosskopf hinter ihm her ins Innere geschoben und die Verschlussklappe zufallen gelassen. Das scharfe Aroma der Hunde erfüllte beinahe sofort den kleinen Raum. *Na großartig.*

Cunrat versuchte, sich auf einer der Kisten zurechtzusetzen und den geringfügig frischeren Lufthauch zu atmen, der durch die schmale Lücke in der Eingangsplane drang. Vorsichtig sah er hinaus. Neben Akousa waren noch zwei weitere Frauen an Deck damit beschäftigt, das Boot von seinen Nachbarn zu lösen und das gereffte Segel bereit zu machen. Auch auf zahlreichen der anderen Boote herrschte jetzt geschäftige Betriebsamkeit, als immer mehr der schmalen Fahrzeuge sich aus dem Gewirr lösten und den Kanal entlangglitten – in Richtung des offenen Hafens, wie Cunrat vermutete. Kreischende, fremdartige Vögel umkreisten die Masten, und die Männer und Frauen auf den Booten riefen sich irgendwelche unverständlichen Kommandos zu. Wenig später kam ein gewaltiges Holztor in Sicht, das offensichtlich dazu diente, diesen Teil des Hafens von der offenen See abzutrennen. Jetzt stand es offen, und die einsetzende Ebbe riss das Wasser gurgelnd hinaus. Die Flotte der Fischer glitt mit ihm. Cunrat kniff die Augen zusammen. Auf den Mauern zu beiden Seiten des Fluttors standen Männer mit Armbrüsten, die der kleinen Flotte aufmerksam zusahen. Große Männer, die mit ihren langen Haaren verdächtig nach Kolnorern aussahen. Instinktiv zog er den Kopf ein.

»Ich glaube nicht, dass sie uns hier vermuten«, flüsterte der Rosskopf.

»Aber sie überwachen jeden Zugang zur Stadt«, stellte Cunrat fest. »Und jeden Ausgang.«

Xari starrte düster vor sich hin. »Glaubst du immer noch, wir hätten die Stadt auf den Pferden verlassen können? Tiburone ist längst eingenommen. Es hat nur bisher kaum jemand gemerkt.«

Ihr Boot glitt aus dem Hafen hinaus auf eine weite Lagune voll tief smaragdgrünem Wasser, und mit einem Knattern entrollte sich ein ausgeblichenes Segel über ihren Köpfen, als die Frauen das Boot inmitten des Schwarms der Fischer in Richtung Süden lenkten, der offenen See zu.

4

Ein Festtag

Die Schlachtrösser zuckten mit den Ohren und scharrten mit ihren Hufen den schlammigen Boden auf. Ihre blutunterlaufenen Augen rollten in den Höhlen. Ihre mächtigen Körper zitterten vor Anspannung und schierer Muskelkraft, während sie von den schwer gepanzerten Reitern auf ihren Rücken mit festem Griff an die jeweils gegenüberliegenden Enden des Platzes gelenkt wurden.

Auf den lang gezogenen Wiesen unterhalb der Kaiserfestung tummelte sich ein bunt zusammengewürfeltes Publikum aus jeder Klasse und jedem Stand. Egal, ob sie adlig oder Bettler waren, Handwerker oder Kriegsknechte, an diesem Tag standen sie einträchtig Schulter an Schulter und brüllten und trommelten sich die Seelen aus dem Leib. Zwischen ihnen schoben sich Händler mit ihren bis zum Bersten gefüllten Bauchläden durch das Gedränge, nahmen Buchmacher die letzten Wetten entgegen und versuchten Diebe sich unauffällig am Beutelschneiden. Während unten auf dem Platz die Bediensteten kaum mit dem Auslegen von Stroh hinterherkamen, das ein unablässig vom Himmel fallender Nieselregen von Stunde zu Stunde mehr in einem Sumpf aus Schlamm und Wasser zu versenken drohte, störte sich oben auf den Tribünen kaum einer an dem Wetter. Alle Augen waren auf die beiden Ritter gerichtet, deren Pferde nun in einen leichten Trab verfielen, während sie zum letzten Mal noch ihre Schilde zurechtschoben und die Visiere nach unten klappten.

Sara warf einen Blick nach rechts, wo unter der kaiserlichen Tribüne die Fahnen der beiden Kontrahenten im Wind flatterten. Die eine goldverziert und strahlend weiß, mit einem bekrönten Greif in der Mitte, die andere schwarz und ohne jede Verzierung. Der Kampfrichter, ein stiernackiger Kerl, dessen Glatze im Regen glänzte, reckte zwei goldverzierte Stäbe über den Kopf in die Höhe. Augenblicklich verstummte das Getöse, sämtliche Blicke richteten sich auf ihn. Selbst der Kaiser, der Herr über Leben und Tod in Berun, war in diesem Augenblick nur ein Augenpaar unter Tausenden. Im vollen Bewusstsein seiner Macht zog der Kampfrichter diesen Augenblick in die Länge. Gemächlich blickte er nach rechts, wo der weiße Ritter seine Lanze in Empfang nahm, und dann nach links zu dem schwarzen Ritter, dessen Pferd voller Ungeduld an den Zügeln zerrte. Als er sich zur Genüge vergewissert hatte, dass beide Kontrahenten bereit waren, riss er mit großartiger Geste seine Stäbe nach unten.

Ein Ruck ging durch die Menge der Zuschauer. Hälse wurde gereckt und Worte geschrien, deren Bedeutung in dem schlagartig einsetzenden Getöse unterging. Die Pferde setzten sich wiehernd in Bewegung. Erst langsam, dann immer schneller galoppierten sie los. Schlamm spritzte unter ihren Hufen auf. Langsam senkten sich die Lanzen, bis sie schließlich waagerecht standen. Augenblicke später prallten die Spitzen mit ohrenbetäubendem Krachen in die Schilde der Kontrahenten und zerbarsten in tausend Splitter. Die Menge schrie auf, und Sara schrie mit ihnen. Der Kampfrichter riss beide Stäbe in die Höhe. Unentschieden. Erleichtert atmete Sara auf. »Er hat es überstanden.«

»Man kann eben nicht alles haben«, sagte Botschafter Beltran ad Iago, der mehr damit beschäftigt war, sein lindgrünes Wams von Schlammspritzern zu befreien, als den Lanzengang zu verfolgen. Er trug ein hübsch verziertes Kurzschwert am Gürtel und auf dem Kopf einen Hut mit breiter Krempe und einem großen weißen Federbusch, der ihm wohl ein verwegenes Aussehen verleihen sollte. In Saras Augen hatte der Anblick mehr von einem übergroßen Laubfrosch, der sich im falschen Tümpel verirrt hatte. »Zumindest ist Thoren auf dem besten Weg, diesen Lanzengang zu verlieren«, sagte Beltran, »und eine ganze Menge Geld mit dazu.«

»Geld, das Ihr ihm voller Freude ersetzen werdet, um dem Kaiserhof weiterhin Eure Ergebenheit zu versichern. Und natürlich auch, um die letzten Gerüchte zu entkräften, die sich um Eure Beteiligung am Anschlag gegen Ann Revin ranken …«

Beltran seufzte schicksalsergeben. »Diese Gerüchte werden wohl an mir kleben bleiben wie diese Pferdescheiße an meinem teuren Wams. Aber in meinen Kreisen ist man es zum Glück ja gewohnt, niemals genau das zu bekommen, was einem versprochen wurde.«

»Ihr habt immerhin Eure Freiheit zurück.«

»Freiheit wäre ein Schiff gewesen, das mich zurück in die Heimat bringt.«

»Und das Ihr wie versprochen auch erhalten werdet, sobald wir Feyst Dreiauge in die Finger bekommen haben.« Sara lächelte ihn zuckersüß an, obwohl ihr bewusst war, dass die hässliche Narbe auf ihrer Wange eher den gegenteiligen Eindruck vermittelte.

Beltran verzog das Gesicht und wandte die Aufmerksamkeit wieder seinen Schlammspritzern zu. »Ich gehe davon aus, dass Ihr Dreiauge nicht dort unten auf dem Kampfplatz finden werdet. Außer, es hätte Euch jemand verraten, dass er sich als Ritter verkleidet hat.«

Sara schnaufte. »Das ist eine andere Sache. Ich habe Thoren leider nicht von dieser Kinderei abbringen können. Aber wenn er das Turnier überstanden hat, werden wir uns wieder um Dreiauge kümmern. Und wenn wir ihn das nächste Mal in die Finger bekommen, wird ihm nicht noch mal die Flucht gelingen.«

Erneut senkte der Kampfrichter seine Stäbe. Unter dem Jubel des Publikums gaben die Kontrahenten ihren Pferden die Sporen und preschten aufeinander los. Kurz bevor sie sich erreicht hatten, senkten sie ihre Lanzen. Der schwarze Ritter nur ein winziges Stück zu spät, sodass seine Waffe harmlos am Schulterschutz seines Gegners entlangschrammte, während die Lanze des weißen Ritters mit ohrenbetäubendem Krachen an seinem Schild zerbarst.

»Zwei zu eins für Ritter ad Born. Also gegen Thoren«, stellte Beltran überflüssigerweise fest.

Sara ignorierte ihn. Mit einem Satz sprang sie von der Tribüne in den Schlamm hinunter und rannte auf Thoren zu. »Ihr müsst höher zielen, verdammt noch mal!«

»Das weiß ich selbst«, keuchte Thoren, während er seine Lanze in den Dreck schleuderte. Er klappte das Visier in die Höhe. Dicke Schweißtropfen liefen über sein Gesicht, das eine ungesunde dunkelrote Färbung angenommen hatte.

»Und warum tut Ihr es dann nicht?«

»Weil ich ein alter Mann bin.« Vorsichtig hob Thoren den Arm und verzog dabei das Gesicht.

»Viele Männer in Eurem Alter bekommen die Lanze nicht mehr so hoch, wie sie gern möchten«, rief Beltran ihm von der Tribüne aus fröhlich zu. »Es gibt aber diverse Mittelchen dafür. Wenn ich Euch einen Rat geben darf, dann zielt weiter links. So trefft Ihr ihn vielleicht.«

»Seit wann habt Ihr eine Ahnung vom Lanzenstechen?«

»Nicht vom Lanzenstechen, aber von der Eitelkeit der Menschen. Ich habe ad Born auch schon in Priban kämpfen gesehen. Er legt immer ganz besonderen Wert auf den Schutz seiner edelsten Teile und zieht den Schild deshalb immer ein Stück weit nach unten. Er mag es wohl nicht so gern, an dieser Stelle von einer gegnerischen Lanze getroffen zu werden, wenn man das so ausdrücken will ...«

Thoren runzelte die Stirn. Er warf einen mürrischen Blick über die Kampfbahn und sah dann zu Sara hinab.

Sie zuckte mit den Schultern. »Weiter links, sagt Ihr?«

Beltran grinste. »Glaubt mir, mit der Eitelkeit der Menschen kenne ich mich aus.«

»Was soll's.« Thoren klappte das Visier nach unten und streckte die Hand nach einer neuen Lanze aus. »Sehr viel schlimmer kann es ohnehin nicht mehr kommen.«

»Au verdammt, du bringst mich noch um.« Thoren stieß den Medicus unsanft von sich. Er lag in seinem Zelt auf einem Lager aus Fellen. Sein Oberkörper war von Blutergüssen und Schrammen übersät, und sein Gesicht sah aus, als wäre er stundenlang mit bloßen Fäusten traktiert worden.

»Das Umbringen übernehmt Ihr schon selbst.« Ungerührt reinigte der Medicus sein Messer in einem Holzbottich, der mehr Blut als Wasser enthielt. »Aber wenn Ihr mich endlich meine Arbeit beenden lasst, kann ich es vielleicht noch ein wenig hinauszögern.« Er wischte die Messerklinge mit einem Lappen trocken und steckte sie zurück in sein Bündel mit den medizinischen Gerätschaften. Dann beugte er sich erneut über den zerschundenen Körper des Puppenspielers und zog die Verbände nach. »Wechselt sie unbedingt zweimal täglich, und tragt dabei die Salbe auf, die ich Euch gegeben habe. Und haltet den Arm unbedingt die nächsten drei Wochen völlig still.«

»Ich habe morgen einen weiteren Lanzengang.«

Der Medicus zuckte mit den Schultern. »Ich erkläre Euch nur, was Ihr tun müsst, um ihn auch in Zukunft noch bewegen zu können. Ob Ihr Euch daran haltet oder nicht, liegt nicht in meiner Macht. Ihr seid immerhin ein erwachsener Mann.«

»Das bezweifle ich«, sagte Sara.

»Schert Euch in die Gruben«, knurrte Thoren. »Alle beide!«

»Sehr gern.« Der Medicus deutete eine leichte Verbeugung an. »Aber zuvor erhalte ich noch meine zwei Silberadler.«

»Für das hier?« Missmutig hob Thoren den Arm. Im nächsten Augenblick verzog er erneut das Gesicht. »Au verdammt. Für diese Stümperei sollte ich Euch auspeitschen lassen. Wo habt Ihr denn Euer Handwerk gelernt? In den Verliesen des Flammenschwertordens?«

»So ist es«, erwiderte der Medicus ungerührt. »Die meisten meiner dortigen Patienten waren allerdings wesentlich weniger wehleidig als Ihr.« Er hielt kurz inne und runzelte die Stirn. »Wobei man das natürlich nicht bei allen so genau sagen konnte, da etliche gar keine Zunge mehr hatten, um sich damit bemerkbar zu machen. Wie dem auch sei. Entschuldigt mich jetzt bitte. Es wartet noch eine Handvoll weiterer Verrückter auf meine Stümperei.« Er klemmte sein Bündel unter den Arm und verbeugte sich. Dann warf er Sara und Beltran ein schmales Lächeln zu und verließ mit schnellen Schritten das Zelt.

Stöhnend ließ sich Thoren zurück auf das Lager fallen und legte die Hand über die Augen. »Ad Born hätten wir also erledigt. Wer ist unser nächster Gegner?«

»Lasst mich nachsehen«, sagte Beltran, während er sich konzentriert durch einen Haufen Pergamente wühlte, der vor ihm auf der Tischplatte ausgebreitet lag. Nach einer Weile zog er ein Schriftstück hervor und rollte es auseinander. Nachdenklich hielt er es gegen das Licht der Laterne. »Ah, da haben wir ihn ja. Hector ad Guillern. Goldener Drache auf grünem Grund. Ausgesprochen hübsch anzusehen, wie ich finde. Und was für eine nette Abwechslung zu diesen ewig gleichen goldenen Drachen auf rotem Grund. Oder weißen Drachen auf schwarzem …«

Thoren unterbrach seinen Redeschwall mit einer unwirschen Geste. »Hector ad Guillern, sagt Ihr? Der Schlächter von Auttrin?«

»Genau der.« Beltran strahlte ihn begeistert an. »Ein wahrer Meister in der Kunst des Tötens.«

Thoren stieß ein gequältes Stöhnen aus und rieb sich mit Zeigefinger und Daumen die Nasenwurzel. »Was schlagt Ihr vor? Soll ich auch auf seine Männlichkeit zielen?«

»Das wird Euch wenig nützen. Gerüchten zufolge soll er sie damals in der Schlacht von Auttrinsgrund verloren haben. Ich vermute, dass er deshalb so wenig Humor besitzt und so furchtbar verbissen kämpft. Er wird Euch in Grund und Boden trampeln, wenn Ihr nicht achtgebt.«

»Na wunderbar. So etwas höre ich gern. Habt Ihr irgendwelche anderen Ratschläge?«

»Nur diesen: Wechselt täglich die Verbände, und haltet Euch von Hector ad Guillern fern.«

Thoren schnaufte. »Ob Ihr es glaubt oder nicht, der Schlächter von Auttrin ist nicht mein größtes Problem. Wer mir wirklich Sorgen bereitet, ist Cajetan ad Hedin. Er wird alles tun, um gegen mich antreten zu können. Und der Kaiser würde ihm diesen Zweikampf mit Sicherheit nicht verweigern. Er würde viel eher seine helle Freude daran haben.«

»Was ist das zwischen Euch und Cajetan ad Hedin?«, fragte Sara. »Was habt Ihr ihm angetan, dass er so wütend auf Euch ist?«

»Alte Geschichte.« Thoren winkte müde ab. »Kaum der Rede wert, sie zu erzählen.«

»Das sieht ad Hedin offenbar anders.« Kopfschüttelnd zog Sara den Weinkrug zu sich heran und schnüffelte an der Öffnung. Der Rote Aneto war eine echte Delikatesse. Die Kaiserinmutter sorgte ausgesprochen gut für ihren Lieblingsritter. Sie goss sich einen Schluck ein und nippte am Becher. Nachdenklich schob sie den Wein von einer Wange in die andere. »Lasst mich Euch wenigstens helfen, Thoren. Ich könnte dafür sorgen, dass Ihr Eure Kämpfe einfacher gewinnt. Ihr kennt meine Fähigkeiten …«

Thoren schüttelte den Kopf. »Das lasse ich nicht zu. Der Lanzengang ist ein Kampf der Ehre, und ich werde ihn auch ehrenvoll bestreiten.«

»Und dabei Euren Arm verlieren?«

»So weit wird es schon nicht kommen. Der Medicus übertreibt maßlos. Dafür wird er ja schließlich bezahlt. Außerdem wimmelt es auf dem Kampfplatz von Ordensrittern. Sobald du auch nur daran denkst, deine Fähigkeiten anzuwenden, haben sie ihre Möglichkeiten, dich zu entdecken. Und wenn sie dich dann allein antreffen, kann ich dich nicht mehr beschützen.«

Sie schnaufte. »Als ob Ihr das bislang konntet.«

Thoren stützte sich auf den Ellbogen und blickte sie eindringlich an. »Begib dich nicht unnötig in Gefahr, Sara. Wir brauchen dich am Hof. Dringender als jemals zuvor. Sobald dieses lächerliche Turnier überstanden ist, müssen wir uns wieder unserer eigentlichen Aufgabe widmen: dem Schutz des Kaiserhauses.«

»Das Ihr am besten mit einem gesunden Arm beschützen könnt.«

Thoren winkte ab. »Ja, ich weiß. Nur noch drei Tage, dann ist das ganze Theater vorbei. Nur noch drei Kämpfe und zum krönenden Abschluss die Eröffnung des Blausteinzimmers. In der Zwischenzeit besteht unsere wichtigste Aufgabe darin herumzustehen und gut auszusehen. Das dürfte uns beiden doch nicht besonders schwerfallen. Meinst du nicht?«

Sie grinste. Beinahe unbewusst fuhren ihre Fingerspitzen über die wulstige Narbe auf ihrer Wange, die ihr in Confinos von der kolnorischen Prinzessin beigebracht worden war. »Es bleibt noch genügend Zeit, um zumindest ein paar der Schwächen Eurer nächsten Gegner in Erfahrung zu bringen.«

»Ich habe Nein gesagt!« Thoren schlug mit der Faust auf den Rahmen seiner Bettstatt. »Besorg mir lieber etwas zu essen. Und Wein gegen die Schmerzen. Viel Wein!«

Sara kniff die Augen zusammen. »Ich werde sehen, was sich machen lässt.« Mit diesen Worten packte sie Beltran am Kragen und zog ihn auf die Beine. »Ihr werdet mir tragen helfen, ad Iago. Ich bin schließlich eine Dame.«

Der Festplatz war ein gewaltiges Durcheinander aus bunten Zelten und Menschen aus aller Herren Länder. Unzählige Händler boten ihre Waren feil. Weine aus Ortlunt, Süßigkeiten aus dem fernen Sawale, Butterfladen aus Veycari. Ein monströser Schwertschlucker beeindruckte die Menge mit seinem aufnahmefähigen Magen, während über seinem Kopf ein Artist in bunter Flickenkleidung auf einem Seil entlangspazierte und dabei unflätige Geräusche von sich gab. Ein zwielichtiger Bauer aus Dumrese präsentierte lautstark ein gefährliches, exotisches Tier. Eine Mischung aus Ente und Biber, das er Schnabelbiber nannte und bei dem es sich nur um einen Hund handeln konnte, dem der Betrüger einen falschen Schnabel angeklebt hatte. Es war schon erstaunlich, mit welchem Unsinn die Leute ihr Geld zu machen versuchten, doch der Anblick des lächerlichen Tiers erregte genügend Mitleid, um selbst diesen Trottel ein paar Münzen dazuverdienen zu lassen.

Ein Kochlöffel mit einem duftenden Teigfladen streckte sich Sara und Beltran entgegen. »Frische Bucheckernfladen, die edlen Herrschaften?« Der Bäcker war ein fetter Mann, dessen Unterarme von einem dichten, schwarzen Pelz überwuchert waren.

Sara runzelte die Stirn. Von irgendwoher kannte sie dieses hässliche Gesicht. Dann fiel es ihr wieder ein. Es handelte sich um denselben Kerl, der Flynn und sie damals bei der Hinrichtung von Friedmann Gorten von seinem Stand verjagen wollte, weil sie für seine Waren keine lächerlichen vier Kupferstücke zahlen konnten. Sie fletschte die Zähne und fuhr herum. Der Anblick ihrer Narbe ließ den Bäcker zurückzucken. Doch nur für einen kurzen Augenblick, dann kehrte das unterwürfige Grinsen auf sein Gesicht zurück. »Probiert ihn ruhig, ich schenke Euch den ersten.«

Sara ballte die Hände zu Fäusten. Doch eine alte Frau, deren Gesicht an die knorrige Rinde eines Olivenbaums erinnerte, schob sich geschickt zwischen sie und den Bäcker. Sara kannte auch dieses Gesicht, denn es gehörte zur alten Sumpfhaag, die normalerweise auf dem Ordensplatz den Leichtgläubigen das Schicksal aus der Hand las. Sara bezweifelte, dass sie wirklich über diese Gabe verfügte, aber sie lenkte ihre Kundschaft immer recht geschickt von den flinken Fingern ihrer Begleiter ab, die sich währenddessen über ihre Geldbeutel hermachten. Die alte Sumpfhaag bohrte dem Bäcker einen dürren Zeigefinger in den Wanst. »Wenn du nicht gleich Land gewinnst, sieht deine Zukunft genauso schwarz aus wie deine verbrannten Fladen. Diese eine Prophezeiung schenke ich dir. Die nächste wird dich allerdings teuer zu stehen kommen …« Ohne seine Erwiderung abzuwarten, wandte sie sich um und stemmte die Hände in die knochigen Hüften. Sie musterte Sara kritisch vom Kopf bis zu den Füßen. »Hast dich ja ganz schön herausgeputzt, seitdem wir uns das letzte Mal getroffen haben. Feine Kleidung und feste Stiefel. Sogar einen Dolch trägst du am Gürtel. Die Kaiserinmutter sorgt gut für ihre Diener, was? Kannst es dir sicherlich jetzt leisten, deine Zukunft vorhersagen zu lassen …«

Sara schnaufte. »Ich kenne deine Prophezeiungen. Sie haben meistens mit aufgeschnittenen Geldbeuteln und gestohlenen Ringen zu tun. Gelegentlich auch mal mit einem eingeschlagenen Schädel.«

Sumpfhaags Kichern entblößte eine Kraterlandschaft fauliger Zähne. »Dafür treffen sie garantiert immer zu. Und wie viele Seher können so etwas schon von sich behaupten?«

Sara ließ den Blick misstrauisch über den Platz schweifen. »Mit wem bist du heute unterwegs?«

»Mit Thurwieser natürlich. Nachdem Thoren seinen Freund Dammer umgebracht hatte, musste er sich einen neuen Partner suchen. Du kannst dir sicherlich vorstellen, dass er nicht gerade gut auf euch beide zu sprechen ist …«

»Ach wirklich?«

»Keine Sorge. Ich habe den jungen Hüpfer recht gut im Griff, wenn du verstehst, was ich meine.« Die alte Sumpfhaag kicherte anzüglich. »Du solltest dir viel eher Sorgen um Feysts Söhne machen. Sie sind heute ebenfalls auf dem Festgelände unterwegs. Falls die dich in die Finger bekommen, sieht deine Zukunft nicht gerade rosig aus.«

»Oder ihre.« Sara legte die Hand auf den Griff ihres Dolchs.

»Kann schon sein.« Der Blick der alten Sumpfhaag blieb an Saras Narbe hängen. »Du hast dich sehr verändert. Nicht nur äußerlich, wie ich meine. Also wenn du das Bedürfnis verspürst, dich einmal in Ruhe mit Scheel und Heygl auszusprechen, dann such nach dem Zelt von Hector ad Guillern. Ich habe läuten gehört, dass sie dem Ritter einen Besuch abstatten wollten …«

Sara kniff die Augen zusammen. »Warum hilfst du mir?«

»Ich helfe niemandem. Ich lese den Leuten nur die Zukunft aus der Hand. Manchmal blicke ich allerdings auch in die Vergangenheit. Und was ich dort in letzter Zeit gesehen habe, gefällt mir ganz und gar nicht. Dreiauge hat eine rote Linie überschritten. Er hat mit Kolno paktiert, und er hat Flynn Hasenfuß getötet. Ein Kind aus seiner eigenen Familie, das ihm treu ergeben war. Er hätte das nicht tun dürfen. Er hätte diese Gesetze niemals brechen dürfen.«

»Gesetze des Gerberviertels …«

»Aber dennoch sind es Gesetze. Die Kaiserinmutter bestimmt die Regeln für das Reich. Sie ist eine gute Herrscherin, die für uns alle sorgt. Sie beschützt uns vor Feinden und mehrt unseren Reichtum. Dank ihr sind die Geldbeutel der Händler immer gut gefüllt – und damit auch unsere eigenen. Feyst Dreiauge war auch einmal ein guter Herrscher. Er hatte die Gesetze bestimmt, die für das Gerberviertel galten. Doch er hat seine eigenen Regeln gebrochen und damit der gesamten Gemeinschaft geschadet. Die Menschen beginnen langsam, über ihn zu reden …«

Sara schnaufte. »Reden können sie. Es wird Zeit, dass jemand handelt.«

Die alte Sumpfhaag lächelte. Sie musterte Sara noch einmal von Kopf bis Fuß und streckte ihr schließlich die Hand entgegen. »Das macht dann drei Kupferstücke.«

»Wofür?«

»Für meine Dienste natürlich. Ich sage den Leuten ja nicht zum Spaß die Zukunft voraus.«

Sara grinste und wandte sich zu Beltran um. »Habt Ihr gehört? Drei Kupferstücke.«

»Ich?« Mit einem Seufzer zog der Botschafter drei Münzen aus seiner Börse und zählte sie der alten Sumpfhaag in die Hand.

Misstrauisch biss die alte Sumpfhaag in das Metall. Dann zwinkerte sie Beltran anzüglich zu und schlurfte davon.

Sara blickte ihr nachdenklich hinterher, bis sie im Gewühl verschwunden war. »Das Zelt von Hector ad Guillern also«, murmelte sie.

Beltran räusperte sich. »Solltest du nicht neuen Wein für Thoren besorgen?«

»Darum können sich die Diener kümmern. Wir haben wichtigere Dinge zu tun.«

»Wir?«

»Habt Ihr Euch nicht vorhin noch damit gebrüstet, wie gut Ihr Euch mit den Wappen der Turnierteilnehmer auskennt? Ihr werdet mir helfen, das richtige Zelt ausfindig zu machen.«

»Aber Thoren hat doch befohlen ...«

Sara wandte sich zu ihm um. »Sehe ich so aus, als würde ich Befehlen Folge leisten?«

Beltran musterte sie einen Augenblick lang mit ernstem Gesichtsausdruck. Ihr entging nicht, dass sein Blick kurz auf ihrer Narbe verweilte. »Nein«, gab er schließlich seufzend zu. »Ich denke nicht.«

Die Zelte der Ritter standen streng getrennt über das gesamte Gelände verteilt, um zu verhindern, dass die edlen Recken nach den Wettkämpfen ihre Streitigkeiten abseits des Kampfplatzes fortführten. Gerüchten zufolge sollte es das eine oder andere Mal schon vorgekommen sein, dass ein verlorener Wettkampf am Ende mit dem Tod des Siegers oder auch gleich beider Beteiligter geendet hatte. Außerdem hatten viele Ritter einen ganzen Hofstaat in ihrem Tross, der standesgemäß untergebracht werden wollte. Einige besaßen sogar eigene Schmiedewerkstätten, die immer mit ihnen auf Reisen gingen. Sara wusste in dem ganzen Durcheinander nicht, wo sie mit der Suche beginnen sollte, doch Beltran gelang es mühelos, die Fahnen und Wappenschilde zu unterscheiden.

»Hector ad Guillern wird niemals die Gegenwart des Hauses ad Born neben seinen Zelten dulden, also werden ... Ah, na bitte. Da sind wir ja schon. Dort oben weht der Drache.«

Sara warf ihm einen anerkennenden Blick zu. »Ich stelle immer wieder aufs Neue fest, dass ich mich in Euch getäuscht habe. Ich hatte Euch anfangs für einen eitlen, egoistischen

Intriganten gehalten, der nur an seinen eigenen Vorteil denkt.«

»Aber so ist es doch auch«, entgegnete Beltran lächelnd. »Sonst könnte ich meinen Aufgaben als Botschafter ja wohl kaum gerecht werden. Oh, siehst du die Tafel dort drüben? Das bedeutet nichts Gutes für uns.«

Sara nickte, obwohl sie auf dieser Tafel nichts entdecken konnte, was sie hätte beunruhigen sollen. Sie stemmte die Hände in die Hüften und legte den Kopf schief. Die Tafel stand zugegebenermaßen ein wenig krumm, und der nächste stärkere Windstoß würde sie sicherlich umwerfen, aber im Großen und Ganzen sah sie noch ganz brauchbar aus. »Und was genau meint Ihr?«

»Nicht schlecht, meine ich.«

Sara zuckte mit den Schultern. »Wenn Ihr meint. Ich habe schon Besseres gehört.«

Beltran warf ihr einen irritierten Seitenblick zu. Er runzelte die Stirn. »Du kannst nicht lesen, oder?«

»Natürlich kann ich.« Sara musterte die elende Tafel mit finsterer Miene. »Vielleicht nicht so gut wie Ihr, das gebe ich zu. Aber von wem hätte ich es denn auch lernen sollen? Von Dreiauge? Der kann doch noch nicht einmal seinen eigenen Namen buchstabieren. Außerdem kann er es gar nicht leiden, wenn jemand klüger ist als er, also ... was geht Euch das überhaupt an?«

»Gar nichts.« Grinsend nahm Beltran seinen Hut vom Kopf und fuhr sich mit gespreizten Fingern durch die Haare. »Aber du solltest es bei Gelegenheit wirklich einmal lernen. Es eröffnet dir völlig neue Welten.«

»Ich finde diese hier schon kompliziert genug.«

»Da hast du allerdings recht.« Beltran schob den Hut zurück auf seinen Kopf. »Die Tafel erklärt uns, dass Hector ad Guillern auch der Schlächter von Auttrin genannt wird und dass er nebenbei ganze vierzehn Turniere gewonnen hat. Dieser Mann lebt davon, Turniere zu gewinnen. Verstehst du, was ich meine? Er besitzt sogar einen eigenen Hofstaat an Dienern und Gehilfen, die ihm zu jedem Wettkampf folgen, um für sein leibliches Wohl zu sorgen. Wenn Thoren gegen einen Mann wie ihn gewinnen will, braucht er schon das Glück der Reisenden auf seiner Seite.«

»Oder uns.« Saras Blick glitt über das Fahnenmeer mit dem Drachen hinweg. Aus einem der Zelte stiegen dunkle Rauchwolken in den Himmel. Die Plane vor dem Eingang war zurückgeschlagen, und dahinter war ein breit gebauter Hüne zu sehen, der nur mit Hose und einer schweren Lederschürze bekleidet vor einem Amboss stand und stoisch auf ein Stück Blech einhämmerte. Ein paar Schritte weiter warf ein Junge vor drei prächtigen Pferden einen Haufen Stroh aus. Jedes der Pferde wirkte größer und massiger als das vorherige. Es handelte sich um wahre Riesen mit glänzendem Fell und kunstvoll geflochtenen Mähnen, die zusammen sicherlich ein halbes Königreich wert waren. Vermutlich wurden sie aus diesem Grund auch von zwei grimmig dreinblickenden Männern bewacht, deren zerschlagene Gesichter erkennen ließen, dass sie das Kämpfen gewohnt waren. Saras Blick wanderte weiter über die Zelte hinweg. Sie deutete auf das größte, dessen Eingang von gleich vier schwer bewaffneten Männern bewacht wurde, denen es gelang, sogar noch grimmiger und furchteinflößender dreinzublicken als ihre Kameraden. »Ich nehme an, dass ich ihn dort drin finde.«

»Wie willst du an den Wachen vorbei?«

»Lass das mal meine Sorge sein. Warte hier.« Ohne seine

Erwiderung abzuwarten, lief sie los. Noch während sie sich durch die Menschenmenge auf das Zelt zubewegte, spürte sie das Aufziehen der Kälte in ihrem Innern. Seit einiger Zeit bereitete es ihr keine Mühe mehr, sich unsichtbar zu machen. Im Gegenteil. Manchmal hatte sie den Eindruck, dass sogar nur ein Fingerschnippen reichte, um dieses Kunststück zu vollbringen, ohne dass ihr Verschwinden jemandem auffiel. Wenn sie genauer darüber nachdachte, fand sie diesen Umstand ziemlich unheimlich. Doch sie verdrängte den Gedanken und konzentrierte sich auf ihre Aufgabe.

Die Wächter standen zu dicht vor dem Eingang beisammen, um völlig unbemerkt an ihnen vorbeizuschlüpfen. Also wartete sie, bis sich der Vorhang hob und ein Bediensteter mit einem Tablett voller Weinbecher vor den Eingang trat. Schnell schlüpfte sie hinter seinem Rücken in das Innere des Zelts. Sie fand sich in einem prachtvoll eingerichteten Gemach wieder, in dessen Mitte ein wärmendes Feuer prasselte. Die Wände waren mit teuren Teppichen behängt, und es fand sich genügend Platz für ein breites Bett mit einem Bärenfell als Vorleger, einer ganzen Handvoll kunstvoll beschnitzter Truhen und Kisten und einen Tisch mit sechs lederbespannten Lehnstühlen.

An einem von ihnen saß Hector ad Guillern, ein Hüne mit wallendem schwarzen Haar und einem mächtigen Schnauzbart, aus dem bereits die ersten silbernen Strähnen hervorblitzten. Der Ausdruck auf seinem breiten Gesicht zeigte eine Mischung aus Verachtung und Ekel, was wohl vor allem auf die Anwesenheit seiner beiden Gäste zurückzuführen war, von denen sich der eine mit einem langen Messer die abgekauten Fingernägel reinigte.

Der Mann mit dem Messer war nicht nur Feysts ältester

Sohn, sondern auch einer der gefährlichsten Verbrecher der Stadt. Nicht weil Scheel Einohr besonders gerissen oder stark war, sondern weil er seine zahlreichen Defizite durch eine Skrupellosigkeit und Härte wettzumachen verstand, die ihresgleichen suchte. Und zum Teil natürlich auch, weil sein fetter Bruder Heygl immer in der Nähe war, um die hilflosen Opfer festzuhalten, während er ihnen den Verstand aus dem Leib prügelte.

»Ich bin nur der Bote«, sagte Scheel gerade. Sein Grinsen reichte fast bis zu der wulstigen Narbe hinauf, wo früher einmal sein Ohr gewesen war. »Was soll man machen? Er benötigt das Geld noch heute und keinen einzigen Tag später. Am besten alles in hübsch glänzenden Silberadlern, oder in novenischer Münze, falls du so etwas besitzt. Hauptsache keine dumresischen Taler. Die sind heutzutage kaum noch das Kupfer wert, auf dem sie geprägt wurden.«

»Du weißt, dass ich das Geld nicht habe«, knurrte Hector ad Guillern.

»Dann treibe es irgendwie auf. Verkauf deinen Hausrat.« Scheel ließ den Blick durch den Raum schweifen. »Wie wäre es mit deiner Rüstung? Die ist doch eine ganze Menge wert, oder etwa nicht?«

»Sie ist unbezahlbar. Ohne sie kann ich keine Turniere bestreiten. Und wenn ich keine Turniere bestreiten kann, dann verdiene ich kein Geld.«

Scheels Grinsen verbreiterte sich. »Da bist du ja in eine richtige Zwickmühle geraten, was? Aber dies ist mein Angebot. Du gibst uns die Rüstung, oder wir brechen dir die Beine. Dann kannst du ebenfalls keine Turniere mehr bestreiten und außerdem nicht einmal mehr gerade stehen. Such es dir aus.«

Hector ad Guillern ballte die mächtigen Hände zu Fäusten.

Er wirkte nicht wie ein Mann, der sich von einem Hänfling wie Scheel die Beine brechen ließ. Eher andersherum. Vermutlich ging ihm der Gedanke sogar durch den Kopf, denn seine Miene verfinsterte sich zusehends. »Hör zu«, sagte er, sichtlich um Beherrschung bemüht. »Wenn ich dieses Turnier gewinne, habe ich genügend Geld verdient, um deinem Vater einen Großteil meiner Schulden zurückzuzahlen. Gib mir nur zwei Tage Zeit, und ich …«

»Tut mir leid«, unterbrach ihn Scheel gelangweilt. Interessiert studierte er seine abgekauten Fingernägel. »Du wirst dieses Turnier nicht gewinnen. Du wirst noch nicht einmal den nächsten Lanzengang gewinnen. Und weißt du, warum das so ist? Weil Feyst es so will.«

»Was soll das bedeuten?« Hector schob die buschigen Augenbrauen zusammen. Er starrte Scheel einen Augenblick lang durchdringend an. Langsam schüttelte er den Kopf. »Ich habe noch nie einen Kampf absichtlich verloren.«

»Oh, dann wird es doch allerhöchste Zeit, nicht wahr? Neue Erfahrungen sollen das Leben ja ungeheuer bereichern, habe ich gehört.« Scheel hob den Kopf. Er deutete mit dem Messer auf seinen Bruder, der daraufhin einen Lederbeutel unter seinem Wams hervorzog und direkt unter Hectors Nase auf die Tischplatte warf. Das Klimpern ließ erahnen, dass er bis zum Rand mit Münzen gefüllt war. »Wir möchten natürlich nicht, dass du uns für Unmenschen hältst, Hector. Also machen wir dir die Niederlage so angenehm wie möglich. Die Hälfte deiner Schulden, und ein kleines Geschenk noch obendrauf. Das ist doch sehr großzügig von meinem Vater, findest du nicht?«

Hector ad Guillern musterte den Beutel erstaunt. Zögerlich streckte er die Hand danach aus und zog ihn zu sich heran. Er brauchte eine Weile, bis er das dünne Lederband endlich aufgezogen hatte, doch dann weiteten sich seine Augen. »Das ist … das ist schon eine ganze Menge.« Bedächtig leckte er sich über die Lippen. »Aber wieso sollte er so etwas tun? Ich meine, diese Menge an Silberadlern holt er doch niemals durch Wetten wieder herein. Die Quoten sind beinahe ausgeglichen. Es ist noch nicht einmal sicher, dass ich überhaupt gewinnen würde, wenn ich gegen Henrey Thoren antrete. Er war immerhin einmal der beste Turnierreiter im gesamten Reich. Es ist eine Ehre, gegen so jemanden …«

»… zu verlieren«, beendete Scheel ungerührt den Satz. »Siehst du, was ich meine? Du kannst mit erhobenem Haupt vom Platz gehen. Oder du meldest dich für die Schwertkämpfe an, falls du danach noch das Bedürfnis verspürst, dir den Schädel einschlagen zu lassen.« Sein Blick wanderte zurück zu dem Rüstungsständer und dem mächtigen Breitschwert, das in einer kunstvoll verzierten Scheide daneben hing.

Hector ad Guillern schnaufte abfällig. »Schwertkämpfe sind Kriegsknechtarbeit. Ich mache mir mit solchen Dingen schon lange nicht mehr die Hände schmutzig.«

Scheel zuckte mit den Schultern. »Ich sehe schon, du bist etwas Besseres geworden, seitdem der Kaiser dir für deine Turniersiege den Adelstitel verliehen hat. Doch Adelstitel sind zwar schön und gut, aber vergiss nicht, wer dir das Vermögen verliehen hat, mit dem du vor deinen hochwohlgeborenen Freunden prahlst.«

»Ich habe in der Zwischenzeit mehr als genug durch meine Siege verdient.«

»Wenn du es gewinnbringend angelegt hättest, statt es an teure Huren und billigen Wein zu verschwenden, dann könntest du deine Schulden auch ohne Weiteres zurückzahlen. Doch so ist nun einmal das Leben. Wer unbedingt auf großem Fuß leben will und sich gelegentlich die eine oder andere Blausteinspur durch die Nase zieht, der muss auch den Preis dafür bezahlen.« Scheels Messerspitze wackelte in Hectors Richtung. »Dass Ihr mich nicht falsch versteht, hochwohlgeborene Majestät, wir wären die Letzten, die Euren Lebenswandel verurteilen. Schließlich haben wir durch Euer Können mit der Lanze schon den einen oder anderen Silberadler verdient. Aber was wir auf den Tod nicht ausstehen können, das sind säumige Schuldner …«

»Auf deinen Tod, wohlgemerkt«, fügte sein Bruder grinsend hinzu.

Scheel drehte den Kopf. »Das war nicht lustig, Heygl.«

»Lustiger als das mit der hochwohlgeborenen Majestät.«

»Hast du etwa etwas gegen meine Scherze?« Scheels Messerspitze fuhr herum und richtete sich auf seinen Bruder, der daraufhin ängstlich zurückzuckte. Scheels Gesicht verzog sich zu einem Grinsen. Er stieß ein gehässiges Lachen aus. »Du müsstest jetzt mal dein Gesicht sehen, Brüderchen. Hast du dir in die Hosen gemacht? Glaubst du wirklich, dass ich dir wegen ein paar dummer Sprüche den Wanst aufschlitze?« Er wandte sich wieder Hector zu und kniff die Augen zusammen. »Keine Sorge. Den Wanst schlitze ich nur Leuten auf, die versuchen, mich zu hintergehen …«

Hector starrte den zwei Köpfe kleineren Mann an, als wollte er ihm auf der Stelle den dürren Hals umdrehen. Doch schließlich siegten seine Vernunft und höchstwahrscheinlich auch seine Goldgier über den Stolz, und seine breiten Schultern sackten ein kleines Stückchen nach vorn. »Also gut. Ich mache es. Richte Feyst aus, dass ich mit seinem Vorschlag einverstanden bin.«

Scheel lächelte und steckte das Messer zurück in seinen Gürtel. Mit einem Ruck schob er den Stuhl zurück und erhob sich. »Ich bin froh, dass wir uns so einvernehmlich einigen konnten. Ich werde meinem Vater die frohe Botschaft auf direktem Weg verkünden.«

Er stand jetzt keine zwei Schritte von Sara entfernt, und als er sich ihr zuwandte, tauchte das Bild von Flynns kleinem Finger vor ihr auf, den er ihr mit dem gleichen, siegessicheren Grinsen zugeworfen hatte, das in diesem Augenblick auf seinem Gesicht lag. Sie musste sich zusammenreißen, um nicht ihr Messer zu ziehen und es ihm mitten in die grinsende Visage hineinzurammen. Stattdessen ballte sie nur die Hände zu Fäusten und trat einen Schritt zur Seite, um ihn vorbeigehen zu lassen.

Am Eingang blieb Scheel noch einmal stehen und sah sich zu seinem Bruder um. Heygl war am Tisch sitzen geblieben und hatte die Arme um seinen Leib geschlungen. »Was ist los, Fettsack? Willst du Wurzeln schlagen, oder hast du deinen Arsch auf dem Sitz eingeklemmt?«

Heygl schüttelte langsam den Kopf. »Es ist verdammt kalt geworden«, murmelte er erstaunt. »Findest du nicht?«

Scheel rollte mit den Augen. »Natürlich ist es kalt. Es wird Winter, du Idiot. So wie jedes Jahr um diese Zeit. Komm endlich. Oder willst du, dass Vater dir Feuer unter dem Hintern macht?«

5

Kaiser und Krone

Ja, brecht ihm die Beine! Lasst euch doch von diesen Idioten nicht vorführen!« Der Kriegsknecht namens Katzbalger sprang auf eine der Kisten, die auf dieser Seite des Platzes als Barriere dienten, und deutete mit seinem kurzen Schwert, dem er seinen Spitznamen verdankte, nach rechts.

»Vibel, Vorsicht! Sie versuchen, an der linken Flanke durchzubrechen. Ritter mit Pikenier!«

Vibel Brender ließ sich gerade noch rechtzeitig fallen, damit der Stich der Langwaffe, der ihn direkt in die Seite getroffen hätte, über ihn hinwegging. Ohne nachzudenken, trat er zu und wurde mit einem Schmerzensschrei belohnt, als sein Stiefel auf das Schienbein des Pikeniers traf. Die kurze Ablenkung reichte ihm, um den Pikenschaft zu ergreifen, sich daran hochzuziehen und ihn gleichzeitig dem abgelenkten Kriegsknecht aus den Händen zu reißen. Er ließ die Waffe auf den Ritter niedersausen, der ihn fast erreicht hatte. Erst im letzten Moment brachte dieser den Schild nach oben, und der Knall des Aufschlags hallte über den gesamten Platz, sogar über den übrigen Kampflärm und das Brüllen der Männer hinweg. Was

Brenders Absicht gewesen war. Noch im Augenblick des Aufpralls hatte er die Pike losgelassen, denn für diesen einen Moment war das Sichtfeld des Ritters vom eigenen Schild versperrt. Als er den Schild wieder senkte, fand er sich zu seiner Verblüffung keinem alten Kriegsknecht mit einer Pike gegenüber. Stattdessen grinste ihn Brender direkt von der anderen Seite des Schilds an, bevor er um das Hindernis herumtauchte, nach dem Helm in der anderen Hand des Ritters griff und ihn mit einer schnellen Hebelbewegung aus dessen Hand riss. Dann war Brender an ihm vorbei. Irgendwo rechts von ihm musste der Rest seiner Leute sein. Er sah ein gelbes Band an einer Rüstung flattern und warf seine Beute in Richtung des anderen Schildbrechers, bevor ihm jemand die Beine wegriss und er schwer zu Boden ging.

»Hammer, bei den verdammten Gruben! Zumachen da drüben!«, bellte der Katzbalger von seinem Aussichtspunkt aus. »Der Kerl bricht dur…hou!« Er unterbrach sich selbst mit einem ehrfürchtigen Laut. Irgendjemand fing an, vor Schmerzen zu brüllen.

»Ich hatte ›er bricht durch‹ eigentlich nicht wörtlich gemeint«, warf der Katzbalger hinterher.

Der massige Heetmann auf der anderen Seite des Platzes riss energisch den Arm hoch, und der Feldmelder neben ihm stieß gehorsam in sein Horn.

»Seid ihr wahnsinnig?«, bellte ein Mann vom nördlichen Ende des Platzes her. Er stand wie der Katzbalger auf einem Stapel Kisten, hielt ein kurzes Schwert in der Hand, und sein ansehnlicher Schnurrbart bebte vor Zorn. »Er hat meinem Mann das Bein gebrochen! Was glaubt ihr eigentlich …«

»Ach, halt die Luft an, Velleco!«, bellte der Katzbalger zurück. »Du kannst nicht behaupten, dass du nicht vorher gesehen hast, wie Hammer aussieht! Du bist einfach ein mieser Feldherr, wenn du ihm solche halben Portionen gegenüberstellst und erwartest, dass sie dabei heil bleiben.«

Brender nutzte die Gelegenheit, stemmte sich hustend auf die Knie und spuckte salzigen Staub aus. Neben ihm stützte der veycarische Schildträger keuchend seine Hände auf den Knien ab und beachtete den alternden Vibel gar nicht. Seine Lippe war aufgesprungen, und Brender schmunzelte vor sich hin.

»Das war unnötige Gewalt! Ich protestiere!«, schrie der Mann namens Velleco zurück. Sein ohnehin schon sonnenverbranntes Gesicht wurde noch dunkler, als ihm die Zornesröte in die Wangen stieg.

Der Katzbalger winkte ab. »Wenn du nicht bereit bist, deine Männer zu opfern, solltest du nicht in den Krieg ziehen, Novene! Richter«, er wandte sich zu dem Heetmann um, »wie sieht's aus, können wir weitermachen?«

Der als Richter angesprochene cortesische Heetmann starrte ihn düster an. Dann nickte er jedoch. »Velleco, ihr dürft den Mann auswechseln. Die Krone bleibt beim Ritter. Ihr …«

Vibel Brender blendete den Rest seiner Worte aus. Keuchend winkte er einen der jüngeren Schildbrecher heran, drückte ihm seine gelbe Armbinde in die Hand und hinkte vom Spielfeld, ohne den entbrannten Disput zu beachten.

Diese Streits gab es seit Tagen, seit die Söldner unter seinem Kommando es geschafft hatten, den Kontakt zu den cortesischen Söldnern herzustellen – hauptsächlich dadurch, dass sie sie in die Geheimnisse von »Kaiser und Krone« eingeweiht hatten. Na gut, im Grunde gab es nicht viele Geheimnisse dabei. Kaiser und Krone war ein Kriegsknechtsspiel in Berun, das früher oder später in jedem Feldlager gespielt wurde. Entsprechend einfach war es. Es gab fünf Feldspieler in jeder Mannschaft, die austauschbar waren, dazu zwei, den Prinzen und den Feldherrn, die nicht ersetzbar waren. Ziel des Spiels war es, die »Krone«, in der Regel ein einfacher Helm, auf das Haupt des eigenen Prinzen zu setzen – sofern dieser auf dem Thron saß. Der Feldherr dagegen durfte nicht auf dem Spielfeld stehen – er war es, der die übrigen Spieler lenkte. Unter den Feldspielern gab es unterschiedliche Klassen: den Ritter, der als Einziger in Rüstung spielen durfte, die Pikeniere, die hölzerne Pikenstangen als Waffen einsetzen durften, Schützen, die nicht in den Nahkampf gehen konnten, sondern Wurfgeschosse, meist Erdknollen, verwendeten. Es gab Spione, Schildträger, Narren und Doppelsöldner. Brender waren ein knappes Dutzend Feldspielervarianten bekannt, die alle zugelassen waren, solange sich beide Seiten darauf einigten. Entscheidend war, dass nur fünf davon auf dem Feld sein durften. Während eines Spiels durften drei Männer ausgewechselt werden. Bis auf Feldherr und Prinz natürlich. Und schließlich gab es einen gemeinsam bestimmten Richter, der in Streitfragen zu schlichten hatte. Das Spielfeld wurde abgesteckt mit dem, was man eben zur Hand hatte: Waffen, Knappsäcke, Vorratskisten oder einfach nur Steine. Ein Thron wurde bestimmt, der in der Mitte des Spielfelds stand, und das war's. Ein Spiel endete, wenn der eigene Prinz auf dem Thron zum Kaiser gekrönt war, und der Rest war mehr oder weniger taktisches Kämpfen und fintieren, um die Krone zum Prinzen, den Prinzen zur Krone und beide zum Thron zu bringen.

Alles in allem also eine ziemlich gute Beschreibung ebenjener hohen Politik, die dazu führte, dass Kriegsknechte dieses Spiel spielten, bevor sie sich im echten Leben die Schädel einschlagen ließen.

Aber es beschäftigte die Köpfe und Hände der Männer, die über Tage, oft über Wochen hin die Eintönigkeit in namenlosen Feldlagern überbrücken mussten. Und in diesem Fall half es, die cortesischen Söldner zu beobachten, ihr Vertrauen zu gewinnen und ihre Kampfkraft einzuschätzen. Es ging nie nur um das Spiel. Das Spiel war nur die Fortsetzung des Kriegs mit anderen Mitteln.

»Und? Was meint Ihr?«

Vibel Brender griff über den Tisch nach dem Weinkrug, füllte einen Becher und stürzte ihn in einem langen Zug hinunter. Dann schenkte er sich nach, nahm einen langsameren Schluck und betrachtete schließlich missmutig die Flüssigkeit. Dann zuckte er mit den Schultern. »Beschissen«, stellte er fest. »Schwächlich, geschmacklos, gibt vor, etwas zu sein, was er nicht ist, und das vermutlich auch noch am falschen Ort.«

»Etwas, was wir alle hier gemeinsam haben.« Der andere Mann am Tisch hob seinen eigenen Becher und prostete in die Luft. Er war älter als Brender, vermutlich der älteste Mann auf diesem Hof, mit beinahe weißem Haar und einer abgerissenen Kriegsknechtsrüstung, die vor allem aus Flicken zu bestehen schien. Nachdenklich betrachtete er für einen Moment das Spiel. »Aber ich habe nicht an den Wein gedacht.«

»Ihr habt recht, Meister Henric«, pflichtete Brender bei und nippte an seinem Becher. »Ein Bier wäre mir auch viel lieber. Aber ich habe die Hoffnung aufgegeben, hier noch eines aufzutreiben.«

Der alte Kriegsknecht starrte ihn misstrauisch an, konnte jedoch keine Spur von Sarkasmus in Brenders Gesicht erkennen. Schließlich seufzte er. »Ich meine das Schiff.« Er deutete über die Brüstung, vor der sie ihren Tisch aufgestellt hatten, dorthin, wo tief unter ihnen das Hafenbecken von Gostin schimmerte. Von hier oben aus wirkte das Wasser in der Bucht wie grünliches Glas, so klar, dass man auf seinem Grund Schwärme von Fischen und die Überreste einer längst versunkenen Duare ausmachen konnte. Der innere Hafen war beinahe rund und zur Hälfte von der Unterstadt Gostins umgeben, die von hier aus in alle Richtungen die steilen Berghänge hinaufkroch, bis sie von den Kuppeldächern der älteren und etwas nobleren Oberstadt und schließlich der Sternenfestung hier oben abgelöst wurde.

Nach Norden hin trennte eine wuchtige alte Hafenmauer die Docks von der offeneren Bucht Gostins ab, die sich ihrerseits bis weit hinaus zu einem großen Riff erstreckte, das die ruhigeren Gewässer von den unablässig rollenden Wogen der offenen See schützte.

Der Durchlass in der Hafenmauer selbst wurde auf der einen Seite von einem hoch aufragenden Leuchtturm aus dunklem Gestein begrenzt. Er wirkte alt und von Wind und Wellen zerfurcht, und seit Tagen hatte kein Feuer mehr in seiner Spitze gebrannt. Auf der anderen Seite der Durchfahrt thronte ein altes Hafenkastell, das zum größten Teil ungenutzt schien. Wie so viele der alten Gebäude dieser Stadt, die in ihren besten Zeiten fünf- oder gar sechstausend Menschen beherbergt haben mochte. Wenn man den Einheimischen glauben wollte, waren es heute kaum mehr als eintausend.

Zwischen Leuchtturm und Kastell spannte sich für gewöhnlich die Hafenkette – so dick, dass man bis hier hinauf in die Festung einzelne Glieder erkennen konnte.

Noch immer lagen nur wenige Schiffe im Hafen Gostins. Eine Handvoll der flachen, einheimischen Fischerboote, der Kauffahrer antrenarischer Bauart, dessen Mannschaft seit Tagen nur an Bord ihres Kahns oder in der dem Schiff am nächsten gelegenen Hafenkneipe zu finden war. Ein klobiger veycarischer Zweimaster, eine sturmfest vertäute Duare und die riesige kaiserliche Triare waren die einzigen weiteren Schiffe an den Docks. Letztere war das Schiff, mit dem sie vor Wochen nach Gostin gelangt waren, doch noch immer trug sie die Spuren des Sturms und des Kampfs gegen die Seeschlangen. Niemand hatte sich bislang die Mühe gemacht, die Schäden an Rumpf und Masten auszubessern, und noch immer klafften große Lücken in der Reling. Inzwischen lag der Stolz der kaiserlichen Flotte von Berun tief und zudem mit etwas Schlagseite im Wasser, und vermutlich fehlte nicht viel, dass das mächtige Schiff bei Ebbe tatsächlich auf Grund saß. So gewaltig das Kriegsschiff jedoch auch wirkte, es verblasste im Beisein jenes Riesen, der reglos in der Mitte des Hafenbeckens lag. Das fremdartige Schiff war komplett aus silbergrauem Holz gefertigt, bleich wie alte Knochen oder von Sonne und Salzwasser entfärbtes Treibholz. Drei kurze Masten ragten von seinem in mehrere Abschnitte unterteilten Deck, die Segel jedoch waren fest vertäut wie an dem Tag, als sich die Hafenkette gesenkt und es hineingelassen hatte. Große Segeltuchplanen waren zwischen ihnen vertäut, und unter ihnen zeichneten sich große Objekte ab, über die die Kriegsknechte seit Tagen Wetten abschlossen. Die meisten Wetten standen auf Kriegsmaschinen.

Seit das graue Schiff im Hafen lag, waren die großen Raubfische, die träge, jedoch elegant ihre Kreise durch das Hafenbecken gezogen hatten, verschwunden. Dennoch waren gelegentlich Schatten im Wasser zu sehen, und Brender hatte unauffällig Männer abgestellt, die ein Auge auf das Schiff haben sollten. Das war allerdings nichts, was Henric wissen musste. Je weniger er den Anführer der Ritter mit derlei Dingen belästigte, desto besser war es wohl. Das war doch das, was Kriegsknechte taten – sie hielten die irritierenden kleinen Details von den großen Köpfen fern, damit diese wiederum die wichtigen Pläne nicht aus den Augen verloren. Und sie hofften, dass die Großen überhaupt einen Plan hatten.

Vibel Brender seufzte und rieb sich den kurz geschorenen, silbernen Vollbart, der unter seinen schwieligen Fingern knisterte. »Was meint Ihr – das Schiff, oder was die Corteser damit vorhaben?«

Der grauhaarige Ritter in der Kleidung eines einfachen Kriegsknechts schnaubte unwirsch. »Das Schiff könnte mir nicht gleichgültiger sein, selbst wenn sich die Werften des Kaisers die Finger danach lecken würden. Was mich betrifft, ich hasse die See.« Er nahm noch einen Schluck, stellte seinen Becher ab und nickte in Richtung der Kernfestung, deren Außenwand sich rechts von ihnen hoch über die Stadt erhob. »Sie graben immer noch. Seit gestern allerdings fieberhafter. Daryl meint, dass sie etwas gefunden haben müssen. Sie tun geheimnisvoller als bisher schon, und letzte Nacht müssen zumindest ein paar von denen auf dem Schiff hier heraufgekommen sein.«

Der Vibel machte sich im Geist eine Notiz: Der Anführer der Ritter schickte anscheinend seine eigenen Leute, um die Corteser zu überwachen. Ohne dass er es bemerkt hatte. *Interessant.* »Huacoun«, sagte er leise. »Die Söldner nennen sie Huacoun.«

»Hexer. Nennen wir es doch einfach beim Namen«, gab Henric zurück. »Was glaubst du, was suchen sie?«

»Ich habe keine Ahnung«, musste Brender zugeben. »Sie graben, so viel ist sicher. Unten im Keller, wo die Zellen liegen. Die Reisenden wissen, wie tief es dort noch geht.« Er nickte in

Richtung des veycarischen Heetmanns. »Mehr weiß Velleco auch nicht. Er ist nur froh, dass er und seine Leute nicht selbst den ganzen Tag dort unten wühlen müssen. Ansonsten ist er niemand, der viele Fragen stellt. Aber wenn Ihr recht habt, dann haben die wohl tatsächlich was Interessantes gefunden. Ich glaube kaum, dass die Huacoun sonst den ganzen Weg bis hier raufgekommen wären.«

Henric nickte langsam. Er starrte nachdenklich vor sich hin. »Ja, aber was genau könnte es hier geben, was die Hexer so interessiert?«

Brender breitete ratlos die Hände aus. »Mich in die Köpfe von Fischen hineinzuversetzen ist nicht meine Stärke. Etwas Altes, so viel steht fest. Und etwas, das so lange hier liegt und so gut versteckt ist, dass Euer Orden ganz offensichtlich nichts davon weiß. Oder es vergessen hat.«

»Was unser Orden vergessen hat?« Der Ritter sah ihn düster an, und Brender breitete erneut die Hände aus. Dieses Mal hatte die Geste etwas Beschwichtigendes.

»Was weiß ich schon. Ich bin nur ein Vibel, der zu viele Schlachtfelder und Festungen gesehen hat. Und immer vergisst irgendjemand irgendetwas. Manchmal sind wir es, manchmal der Feldherr, für den man gerade kämpft, oft genug der Gegner. Zum Beispiel, irgendeine unbedeutende Seitentür zu verschließen.« Er tippte sich an die Schläfe. »Oder er lässt ein Schwert herumliegen, wo es keiner vermutet. Irgendwas ist immer. Man muss nur rechtzeitig wieder daran denken. Und den Kopf runternehmen, wenn der Sturm losbricht. Das hilft auch.«

Henric öffnete den Mund – und schloss ihn wieder. »Ist das irgendeine alte Kriegsknecht-Weisheit, die ich verstehen müsste?«, fragte er schließlich argwöhnisch.

Brender zuckte mit den Schultern. »Jetzt ist sie es.« Er lehnte sich vor. »Manchmal reicht es schon, darüber zu reden. Das hier war eine Stadt, noch bevor Berun einen Fuß hierhergesetzt hat. Dann ist irgendetwas passiert. Ein Krieg. Gegen wen?«

»Was weiß ich?« Der alte Ritter sah ihn verwirrt an. »Es gab viele Kriege, und wir wissen kaum etwas von der Zeit vor den Reisenden.«

Brender nickte. »Das ist das Stichwort. Der Krieg gegen die Reisenden fand statt. Und als er vorbei war, war diese Stätte hier leer, bis Berun und der Orden sich hier einnisteten und seitdem unangefochten in dieser Festung hocken.« Er ließ eine dramatische Pause folgen, um seine Worte wirken zu lassen, und kratzte sich gelassen den Bart. »Jetzt aber sind Berun und seine Ritter nicht mehr da. Dafür die Hexer, die die alten Götter anbeten. Was für ein Zufall, findet Ihr nicht?«

Henric starrte ihn jetzt regelrecht an. »Ihr meint, das Ganze hier ist nur eingefädelt, damit die Hexer an irgendetwas kommen, das seit der Zeit der Reisenden hier verborgen liegt?«

Brender grinste. »Ganz schön aufwendig, was? Aber nur mal angenommen, ich habe recht. Dann muss es ihnen also wirklich verdammt viel wert sein. Und es muss etwas sein, das man nicht einfach heimlich mit zwei oder drei geschickten Dieben nachts unter der Nase des Kaisers und des Ordens aus der Festung schmuggeln kann. Etwas Großes also, das vermutlich ›Fluch‹ schreit.«

»Wieso das?«

»Hexer, erinnert Ihr Euch? Was werden sie sonst suchen?« Er runzelte die Stirn. »Und gefunden haben.«

Ritter und Kriegsknechtsführer starrten sich über den Tisch an.

»Brundaldreck.«

»Bei den Gruben.«

Ein Schatten fiel auf den Tisch, und die beiden Männer sahen alarmiert auf. Ein untersetzter Mann mit einer bereits weit fortgeschrittenen Halbglatze war an sie herangetreten. Er trug ebenfalls einen vielfach geflickten, alten Kriegsknechtspanzer, und als er den Mund öffnete, kamen seine Worte in jenem eigentümlich breiten Akzent heraus, der ihn als Einheimischen der Provinz Auttrin verriet. Daryl war einer der drei übrigen Ritter unter Henrics Kommando. »Es gibt Probleme, Herre«, sagte er leise, während er sich ungefragt einen Becher eingoss.

»Na was für eine Überraschung«, murmelte Brender vor sich hin.

»Wir haben wie befohlen die Corteser überwacht. Die Hexer haben gefunden, was sie gesucht haben, und der Befehl wurde ausgegeben, so schnell wie möglich allen Ballast loszuwerden. Dabei ist der Name der 43. Kompanie gefallen.«

Brender verzog irritiert das Gesicht. »Sie wollen uns beseitigen? Warum das denn? Nachdem sie uns erst aufwendig rekrutiert haben? Das ergibt keinen Sinn.«

Daryl sah auf ihn herab. »Nicht beseitigen. Man will uns marschieren lassen. Gegen Tiburone oder irgend so etwas.«

»In die Hauptstadt? Und das ist irgendwie logischer?«

»Na ja, zum einen: Wir sind dann nicht hier.«

Vibel Brender musste diesen Einwurf anerkennen.

»Zum anderen«, fuhr Daryl fort, »sind wir, also die ehemaligen Beruner Kriegsknechte, vermutlich am entbehrlichsten.«

Brender zögerte. »Das heißt … es gibt in Tiburone etwas, das potenziell gefährlich für sie ist. Gefährlich genug, um lieber uns den Hunden zum Fraß vorzuwerfen als ihre eigenen Leute.«

Daryl lächelte düster und nickte. »Und es könnte bedeuten, dass wir nicht wissen sollen, was sie genau gefunden haben, ja. Das ist aber auch noch nicht alles. Im gleichen Atemzug wurde Antreno genannt.«

»Antreno? Die wollen den Fürsten auch nach Tiburone schicken? Ich bin mir nicht sicher, dass er sich das einfach so gefallen lässt.«

»Ich denke, sie wollen ihn eher ganz woanders hinschicken«, entgegnete Daryl und deutete mit dem Daumen auf den Boden.

Brender zog die Brauen hoch. »Das ist ein Wunsch, den ich durchaus nachvollziehen kann«, brummte er. »Der Drecksack wollte euch verrotten lassen. Er hat unseren Heetmann hingerichtet und vermutlich eine ganze Reihe von unseren eigenen Leuten auf dem Gewissen. Kann nicht sagen, dass ich ihm nachweinen werde.«

Die Ritter starrten schweigend auf den Tisch, und Brender sah ihnen deutlich an, dass es den beiden Männern genauso ging. Schließlich warf Henric dennoch zögerlich ein: »Aber wenn wir davon ausgehen, dass hinter dem Ganzen die Corteser stecken und letzten Endes die Huacoun, dann ist Fürst Antreno genauso Opfer der Intrige wie wir.«

Brender schnaubte. »Und das macht es besser? Soll er mir jetzt leidtun?«

»Nein. Aber vielleicht macht ihn das zu einem Verbündeten.«

»Der Feind meines Feinds und all dieser Scheiß?« Brender winkte ab. »Ich bin nicht seit über dreißig Jahren Kriegsknecht und noch am Leben, weil ich diesen Mist auch nur einmal geglaubt habe. Das Beste, was dir passieren kann, ist, wenn du dich im Hintergrund halten kannst, während die zwei sich gegenseitig in die Eier treten. Und mit etwas Glück kannst du den Sieger überrumpeln, solange er noch außer Atem ist.«

Die beiden Ritter sahen ihn schweigend an, und schließlich runzelte er die Stirn. »Wenn ich's mir recht überlege, klingt das fast wie ein Plan.«

Henric nickte. »Das heißt, wir sollten zusehen, dass wir untertauchen.«

»Und ich weiß auch schon, wo.« Brender sah hinunter auf das gedrungene Hafenkastell. »Das dort ist verlassen. Sehen wir vom Westturm mit der Hafenkette ab, hat das in der gesamten Zeit noch niemand betreten. Und die Männer, die ich geschickt habe, versichern mir, dass die Schlösser aussehen, als hätten sie seit Jahren keinen Schlüssel mehr gesehen. Das Wichtigste aber – ich glaube, dass wir das Gebäude im Notfall über Tage, wenn nicht Wochen hinaus verteidigen könnten, wenn es sein müsste. Es ist dafür gebaut.«

»Nur wie kommen wir da hin?«

Brender sah zu Daryl hoch. »In kleinen Gruppen. Wir sehen beschäftigt aus. Niemand fragt einen Mann, der offensichtlich schwere Kisten trägt und ein missmutiges Gesicht macht. Er könnte ja um Hilfe bitten.«

»Das ergibt Sinn, ja«, stellte Henric fest.

»Jahrzehnte bitterer Erfahrung machen sich bezahlt«, stellte Brender trocken fest. »Daryl, für Euch habe ich eine andere Aufgabe. Ihr nehmt einen Trupp Männer und haltet Euch in der Nähe des Fürsten auf. Nur für den Fall der Fälle. Ich will ihn sicher sehen.« Er unterbrach sich und runzelte die Stirn. »Falsch. Ich will ihn in unserer Schuld sehen. Und das geht nur, wenn er am Leben bleibt. Außerdem lassen sich im Zweifel alle Leute, die nicht aus dem Novenischen sind, wesentlich besser hinter ihm versammeln als hinter uns.«

Daryls Miene hatte sich bei der Anweisung des Vibel verdüstert, doch noch ehe er Einwände erheben konnte, nickte Henric. »Tut, was er sagt, Ritter. Nehmt Jans mit.«

»Und zwei Dutzend meiner Leute. Hammer wird sie führen.«

»Hammer? Er ...«

»Wie ich immer sage – es ist immer nützlich, einen Hammer zu haben, wenn es gilt, grobe Nägel einzuschlagen. Oder Köpfe.« Er grinste Daryl an und winkte ab. »Hammer gehört nicht seit mehr als fünfzehn Jahren zu den Schildbrechern, weil er so tumb ist, wie er aussieht. Oh, und wenn Ihr dabei zufällig herausfindet, was es ist, was die Huacoun so dringend wollten, dann wird Euch das sicherlich die ewige Dankbarkeit Eures Ordens einbringen. Habe ich recht, Herre Henric?«

Im Gesicht des alten Ritters zuckte es kaum merklich, bevor er nickte. »Macht es so, Daryl«, stimmte er knapp zu. Brender schmunzelte, schenkte sich den restlichen Wein aus dem Krug ein und lehnte sich zurück. »Also gut. Dann macht Euch mal auf den Weg. Henric, sendet die ersten Männer zum Kastell und sorgt dafür, dass alle abmarschbereit sind. Daryl, Ihr bereitet alles vor. Ich sende Hammer zu Euch, wenn er so weit ist.«

Dieses Mal starrten ihn beide Ritter düster an.

»Und Ihr?«

Brender zuckte mit den Schultern. »Ich bin der Anführer dieser Mannschaft. Und der Anführer der Schildbrecher.« Er deutete auf das Spielfeld und stellte fest, dass ihn der Heetmann der gegnerischen Mannschaft finster anstarrte. Also winkte er ihm freundlich zu. Auf dem Feld grölten die cortesischen Kriegsknechte gerade, weil es ihren zwei Pikenieren gelungen war, Hammer niederzuwerfen. »Ich sollte hierbleiben

und das Spiel im Auge behalten. Vor allem aber gesehen werden. Solange man mich sieht, ist schließlich alles in Ordnung.«
Brender bekundete seinen Respekt mit höflichem Klatschen. Es gab nicht die geringste Chance, dass diese beiden Männer Hammer von den Füßen geholt hatten, solange der es nicht wollte. Aber Hammer wusste, wie man Gegner in Sicherheit wiegte.

»Ihr genießt das«, bemerkte Daryl finster.

Brender sah ihn erstaunt an. »Es geschieht nur sehr selten, dass ein einfacher Vibel seiner Majestät des Kaisers zwei Rittern des Ordens Befehle erteilen muss. Das ist für mich so ungewohnt wie für Euch. Aber ich fürchte, vorerst müssen wir alles daran setzen, diese Scharade aufrechtzuerhalten. Ungewöhnliche Zeiten erfordern ungewöhnliche Mittel. Hoffen und arbeiten wir dafür, dass bald alles wieder seinen gewohnten Gang geht.«

Die Ritter musterten das Gesicht des alten Vibel noch einen Moment, doch Brender war sich sicher, dass nur ehrliche Professionalität darin lag.

Schließlich verzog Henric das Gesicht und stand auf.

Brender ließ sich einen Moment Zeit, bevor er seinen Becher hob und den Rücken der sich entfernenden Ritter zuprostete.

»Ob ich das genieße?«, murmelte er. »Natürlich genieße ich das. Blöde Frage.«

6

Der Erste Blausteinkrieg

Inzwischen war eine Woche auf See vergangen, und Cunrat hasste es aus tiefstem Herzen. Auf einer kaiserlichen Triare bei weitgehend ruhigem Wetter über die Innere See zu fahren war eine Sache. Ein Fischerboot in der Regenzeit um die äußerste Südspitze des Macouban zu fahren, während eine Regenfront nach der anderen über sie hinwegbrauste und jede Welle eigens weit aus dem Süden über die offene See angerollt zu kommen schien, um sie gegen das nahe Ufer zu werfen, eine ganz andere. Mehr als einmal in den vergangenen Tagen hatte ihn das Gefühl beschlichen, dass die See sie hasste, und er fing an, den tiefen Aberglauben zu verstehen, den die Metis ihren Meeresgöttern gegenüber hegten.

Bereits am ersten Tag ihrer Reise hatte sich Akousas Boot von der restlichen Flotte getrennt und die weitläufige Lagune verlassen, in der die Metis-Fischer ihrem Fang nachgingen. Die beiden kräftigen Metis-Frauen, die Akousas Boot bedienten, schienen ganz gut allein zurechtzukommen. Den größten Teil schwiegen sie mit jener stoischen Verbissenheit, die Fischern meistens zu eigen war, und wenn sie sich unterhielten, dann im melodischen Singsang der Metis, von dem die Männer kein Wort verstanden. Akousa saß am Steuer des Boots, umlagert von ihren Hunden, die jede Annäherung mit einem kehligen Knurren quittierten, und Xari hatte sich am Bug einquartiert, wo sie die meiste Zeit hinaus auf die See starrte, als erwarte sie, jeden Moment eines der grauen Schiffe zu erblicken. Also blieb den beiden Männern wenig anderes, als mittschiffs auf den zusammengerollten Netzen zu dösen oder zu versuchen, Fisch für die nächste Mahlzeit zu angeln, bis sie der nächste Wolkenbruch wieder in den dürftigen Schutz des Deckzelts trieb – wo sie meist schon von einem Knäuel knurrender und scharf stinkender Hunde empfangen wurden. Immerhin erwies sich die Sache mit den Fischen als nicht sonderlich schwer, denn hier, wo das warme Südmeer auf das kühlere Wasser der Inneren See traf, quoll das Meer geradezu über von Schwärmen schimmernder Meeresbewohner.

Eine Woche lang hatte Cunrat Pläne gewälzt. Wie sie in die verriegelte Stadt kommen wollten. Wie er Kontakt zu den wartenden Rittern und Kriegsknechten aufnehmen konnte, wie sie das Blatt in Gostin gegen dreihundert feindliche Kriegsknechte und ein Schiff voller Meereshexer wenden und dafür sorgen konnten, dass die Verstärkung aus Berun nicht in eine Falle fuhr, die eigens für sie aufgestellt worden war. Der Rosskopf hatte ihm mehrfach versichert, dass sie davon ausgehen konnten, die Kriegsknechte im Inneren der Festung wohlbehalten und bereit vorzufinden. Aber wenn sie ehrlich waren, wussten sie nichts über die Fähigkeiten der Huacoun. Es war gut möglich, dass die Kriegsknechte und Ritter bereits seit Tagen an den Zinnen der Festungsmauern baumelten und ihr Fleisch den Skellingen Magendrücken bescherte. Sie hatten sogar den Gedanken erwogen, unter der Nase des grauen

Schiffs einfach in den Hafen zu segeln. Aber erstens wussten sie nicht, ob das Schiff noch immer außerhalb des Hafenbeckens lag, und zweitens erinnerte sich Cunrat nur zu gut an die schwere Hafenkette, die knapp unter der Wasseroberfläche der Durchfahrt verborgen wartete. Und davon abgesehen hatte der Rosskopf recht: Es war eher unwahrscheinlich, dass Akousa ihr Leben und das ihrer Begleiterin für eine derart halsbrecherische Aktion aufs Spiel setzen würde. Von dem ihrer Hunde ganz zu schweigen.

»He, Berun!«

Cunrat sah auf und seufzte. Akousa hatte inzwischen Xaris Angewohnheit übernommen, ihn nach dem Kaiserreich zu benennen, und er war sich ziemlich sicher, dass es beleidigend gemeint war. Sie deutete auf das Wasser. »Nimm besser die Hand raus.«

Er runzelte die Stirn und sah auf seine Finger, die er nachlässig über die Bordwand in die kristallklaren Fluten gehängt hatte.

»Das hier ist Revier der Paqualhe«, erklärte die Metis. »Die holen dich von Bord, ehe du genügend Zeit zu schreien hast.«

Xari sah auf. »Seeschlangen«, warf sie ein, als sie Cunrats verständnislosen Ausdruck sah.

Sie kniff die Augen zusammen und sah hinter sich, durch das gleißende Sonnenlicht nach Westen, wo sich langsam eine dunkle Wolkenbank aufbaute, deren Spitzen wie weiße Türme aus Schaum immer weiter in den Himmel wuchsen. »Sie hassen die Sonne, aber das dort wird schnell genug heran sein, um es finster wie die Nacht zu machen. Also regen sie sich. Und sie finden den Geschmack von Schweiß und Blut ziemlich appetitlich.«

Cunrat zog hastig die Hand aus den Wellen und starrte

misstrauisch ins Wasser. »Und was macht diesen Ort hier anders als den Rest des verdammten Meers?«

Akousa zuckte mit den Schultern und deutete auf eine Landzunge, die im diesigen Licht des Spätvormittags rechts vor ihnen aus dem Nebel auftauchte. »Lambebes Daumen. Dahinter liegt die Bucht von Gostin. Deine letzte Gelegenheit, es dir anders zu überlegen. Ansonsten pack deine Sachen. Wir landen bald an.«

Cunrat betrachtete die Landzunge aus schroffen, steil aufragenden Kalkfelsen, in die der Regen tiefe Rinnen gegraben hatte, sodass die verbliebenen Felszacken, Bögen und Schründe wie bleiche Knochen eines urzeitlichen Tiers wirkten. Oder wie die einer gigantischen Götterhand. Und für diesen Moment konnte Cunrat verstehen, warum die Metis diesen Ort Lambebes Daumen nannten. Xari hatte ihnen eines Abends eine Karte der Gegend Gostins in den Sand gezeichnet. Die Kalkfelsen, die hier als abweisende Landzungen aus dem dichten Grün der Sumpfurwälder des Macouban ragten, hatten darauf tatsächlich ausgesehen wie die Reste einer riesigen, sechsfingrigen Hand, deren Knochen weit ins von Riffen zerklüftete Meer hineinragten. Sechs Finger – die Hand eines Huacoun. Xari hatte leise die Geschichte erzählt, die sich nach Metis-Legende darum rankte, und Cunrat hatte tatsächlich der Versuchung widerstanden, ihr ob dieses offensichtlichen Aberglaubens ins Wort zu fallen. Stattdessen hatten sie geschwiegen und zugehört, während Xari eine Geschichte spann, die sich mit dem Rauschen des nahen Ufers und dem Knistern der Flammen aus dem Schatten der südlichen Nacht erhob.

»Ich weiß, dass ihr Beruner nicht an Götter glaubt. Oder dass ihr glaubt, eure Reisenden hätten die Götter einst erschlagen. Das mag für eure eigenen Götter stimmen. Aber vielleicht waren die auch nur schwach, denn hier bei uns im Macouban sind die Götter noch am Leben. Wir nennen sie die *Paranakyri.*« Sie hob einen Finger und deutete auf das Rauschen der Wellen, das so gleichmäßig in der Luft lag, dass man es beinahe überhörte. »Einst lebten die Paranakyri tief unten auf dem Grund des Meers, das sich hier erstreckte. Sie folgten den mächtigsten unter ihnen, und zwei von ihnen waren Duambe, der Herr der Weißen Wogen, und Oyambe, seine Schwester, die Herrin der Stürme. Zusammen herrschten jene über und unter den Wellen. Die *Paranakyri* lebten in den flachen, lichtdurchfluteten Wassern der südlichen Kristallsee. Oyambe jedoch wollte eigene Kinder, ein Volk, das sie über den Wellen unterhielt. Eines Tages tauchten Boote auf, und in ihnen saßen die Menschen, die in der Weite des Meers verloren waren. Sie trotzten den Wellen Duambes und den Winden Oyambes, und sie verfluchten weder Himmel noch Wasser, sondern sangen trotzige Lieder. Menschen wie Lieder gefielen Oyambe so gut, dass in ihr der Wunsch wuchs, die Menschen würden sich hier niederlassen, denn so würde sie diese neuen Wesen über den Wellen beobachten und ihren Liedern lauschen können. Also wandte sie sich an ihren Bruder Duambe, der Macht über das Land unter dem Wasser hatte. Duambe, der seiner Schwester keine Bitte ausschlagen konnte, hob den Grund des Meers empor, und ein Land wurde aus den Wellen geboren, das Macouban, das wir auch Duambes Garten nennen. Oyambe blies das Land trocken, damit die Menschen sich dort ansiedeln konnten. Tatsächlich landeten die Menschen an, dankbar für das Land, an dem sie ihre Beine strecken und ihre Boote reparieren konnten. Und als sie den Reichtum des Landes sahen, beschlossen sie zu bleiben. Den *Paranakyri* um Duambe und Oyambe aber brachten sie ihre Verehrung dar.

Allerdings erregte das den Zorn Lambebes. Lambebe ist ein finsterer, kalter Gott, der das Licht der Sonne, das Brausen der Stürme und das Donnern der Wellen nicht mag. Sein Reich ist die schwarze Stimme am Grunde des Meeres, dort, wo die Strahlen der Sonne nicht hindringen und das Grollen der Wellen verstummt ist. Er hasst die Gesänge der Menschen und neidet seinen Kindern die Verehrung, denn Duambe und Oyambe sind seine Kinder. Also erhob er sich mit jenen *Paranakyri*, die ihm folgten, um die Menschen zu vernichten und das Land wieder unter die Wellen zu ziehen. Ein Krieg entspann sich, lange bevor ein Mensch je von euren Reisenden gehört hat. Ein Krieg zwischen *Paranakyri*, zwischen unseren Göttern. Jene der *Paranakyri*, die Lambebe folgten, erschufen mächtige Städte mit gewaltigen Türmen, die rund um das Heim Duambes und Oyambes aufragten, jene Gegend, die ihr die Innere See nennt. Sie sind die Huacoun, die dunklen Gefolgsleute Lambebes. Von ihren Türmen aus beherrschten sie die Menschen, die sich zu Füßen ihrer Festungen niederließen, um ihnen zu dienen, und vermischten sich mit ihnen, wobei sie ihren Kindern ihr Blut und ihre Gaben vererbten. Doch Duambe und seine Schwester gaben nicht kampflos auf. Duambe rief die Seeschlangen zu sich, die die Huacoun und ihre Diener bekämpften, wann immer sie sich auf der Oberfläche des Meeres blicken ließen, und Oyambe rief die Azhdar, die Sturmdrachen, zu sich, um die Huacoun über dem Land und bis hinauf zu den Spitzen ihrer Türme zu jagen. So schützten sie ihr Volk in Duambes Garten.

Schließlich stieg Lambebe selbst aus dem Meer, um seine Kinder zu vernichten. Die jedoch hatten das vorausgeahnt und das Macouban vorbereitet, indem sie es mit tiefen Sümpfen überzogen hatten, die nur trügerisch wie festes Land wirkten, auf das ein Gott seinen Fuß setzen konnte. Dann spotteten die Metis, wie mit ihren Göttern vereinbart, Lambebes behäbigem Aufstieg mit ihren Liedern und Trommeln, die Lambebe so verhasst waren. Wutentbrannt wandte sich der Herr der Dunkelheit ihnen zu, um sie zu zerstampfen. Dabei trat er in die Falle. Sein Fuß versank tief im Morast; er verlor den Halt, strauchelte und stürzte. Seine rechte Hand stützte sich hier auf das Land. Duambe sah seine Gelegenheit und trennte seinem Vater die Hand ab, woraufhin dieser endgültig den Halt verlor und zurück in die Tiefe versank, wobei das Blut, das aus dem Stumpf seines Arms schoss, dem Wasser der Kristallsee seine tiefblaue Farbe gab. Tropfen davon finden wir bis heute an den Stränden. Wir nennen es *lambebe hítau*, das Blut Lambebes, ihr Beruner nennt es Blaustein. Bis heute findet man den meisten Blaustein in der Nähe von Lambebes Hand, und bis heute versucht der Herr der Tiefe mit jeder Flut ein weiteres Stück seiner Hand zurückzuholen. Es heißt, wenn es ihm vollständig gelungen ist, wird dies das Ende der Welt bedeuten.«

Xari hatte schließlich geschwiegen, und Cunrat war gerade zu dem Schluss gekommen, dass sie ihre Geschichte beendet hatte, als sie den Blick von den Flammen gelöst und ihn direkt angesehen hatte. »Und viele Metis sind der Ansicht, dass es vor allem deshalb das Ende sein wird, weil eure Reisenden so viele der Götter erschlagen haben, dass dann nicht mehr genug da sein werden, die sich dem Zorn Lambebes entgegenstellen können.«

Cunrat hatte ihrem Blick standgehalten. »Und was denkst du darüber?«

Xari hatte abfällig geschnaubt. »Ich denke, es wäre jetzt,

wo die Huacoun hier sind, auf jeden Fall sinnvoll, wenn die Ritter deines Ordens nicht so erfolgreich dafür gesorgt hätten, dass kaum noch Begabte übrig sind. Du hast sie kämpfen sehen. Sag du mir, ob wir eine Chance haben.«

Sie hatte weiter Cunrats Blick gehalten, bis klar gewesen war, dass er keine Antwort hatte. Dann war sie aufgestanden und in die Dunkelheit gegangen.

Cunrat schniefte. Es war eine gute Frage gewesen – und er hatte auch jetzt noch keine Antwort darauf. Welchen Sinn hatte es, die Gezeichneten zu verfolgen, wenn der Feind am Ende von außen kam und mehr Gezeichnete mit ihren verfluchten Talenten mitbrachte, als Berun je besessen hatte? Waren die wenigen Ritter diesem Problem gewachsen? War er diesem Problem gewachsen? Er straffte die Schultern und nickte Akousa zu. *Wir werden es herausfinden.* »Es bleibt dabei. Setzt uns am Ufer ab. Wir werden einen Weg finden.«

Xaris Schwester musterte ihn prüfend, bevor sie schließlich den Kopf schüttelte und seufzte. »Ohne mich findet ihr nicht einmal einen Weg dort hinauf.« Sie nickte in Richtung Steilufer, das in der Zwischenzeit merklich näher gekommen war. »Und ich habe es euch gesagt: Ich werde mich selbst davon überzeugen, ob es dieses graue Schiff gibt. Besser hofft darauf, Berun. Denn wenn nicht – eure toten Götter können euch nicht mehr gnaden.«

Wie um ihre Worte zu unterstreichen, grollte der Himmel im Westen dumpf. Akousa schenkte ihm ein schmales, humorloses Lächeln, bevor sie das Steuer in Richtung einer kleinen Kiesbucht am Fuße der Felsen ausrichtete.

Akousa hatte recht gehabt. Ohne sie hätten sie den kaum sichtbaren Pfad die zerklüftete Steilwand hinauf kaum gefunden. Er war so halsbrecherisch schmal, dass Cunrat an mehr als einer Stelle nicht gewagt hatte, nach unten zu sehen. Es war, als hätte die Tiefe geradezu an ihm gezerrt – und es war nicht nur der Wind, der versucht hatte, ihn aus der Felswand zu reißen. Er war sich sicher: Hätte er in diesen Momenten den Blick nach unten gewandt, er hätte den Halt verloren und den langen Flug nach unten auf das Ufergeröll angetreten. Umso mehr erstaunten ihn die zwei Hunde, die Akousa auch jetzt begleitet hatten. Sie waren trittsicher wie Ziegen durch schmale Klüfte, kaum fußbreite Absätze und über tiefe Risse im Fels gesprungen und lagen jetzt hechelnd in der Mittagssonne, während die vier Menschen versuchten, zu Atem zu kommen. Sie hatten den Kamm des Felsgrats erreicht, und unter ihnen breitete sich der sattgrüne Talkessel aus, an dessen Wänden die Häuser und schmalen Gassen Gostins gleichsam emporgekrochen waren, nur um jetzt vom Dschungel wieder zurückerobert zu werden. Aber auch auf dieser Seite lag die marode, jedoch immer noch imposante Stadtmauer als ein schier unüberwindliches Hindernis zwischen ihnen. Erst von hier aus wurde klar, wie dick dieser Wall eigentlich war, denn seine Krone zierte ein steinerner Pfad, der breit genug war, um einen Wagen darauf zu fahren. Einige Wachleute waren auf ihm unterwegs, doch selbst wenn sie auf diese Entfernung nicht allzu aufmerksam wirkten, war die Wahrscheinlichkeit groß, entdeckt zu werden, noch bevor man die Mauer an irgendeiner Stelle erreicht hatte. Wie es aussah, hatten die cortesischen Kriegsknechte aus ihrer Flucht gelernt. Allerdings waren das auch die einzigen Menschen, die zu sehen waren. In der gesamten Stadt. Cunrat runzelte die Stirn.

Neben ihm sog Xari hörbar die Luft ein. »Das Schiff.«

»Das andere Schiff«, korrigierte Cunrat und riss den Blick

von der menschenleeren Stadt los. »Oh.« Das graue Schiff war noch immer da, doch inzwischen lag es nicht mehr vor dem Hafenbecken. Aus irgendeinem Grund war die Hafenkette verschwunden, und das riesige Gefährt lag jetzt im Schatten des östlichen Hafenturms, direkt hinter der kaiserlichen Triare. Vielleicht war es erst der Vergleich mit diesem berunischen Schiff, das zu den drei größten der Flotte gehörte, der Cunrat die Ausmaße des Hexerschiffs klarmachte. Die Triare hatte über dreihundert Männer gefasst. Wenn das graue Schiff ähnlich dicht besetzt war, konnte es sechshundert und mehr Männer fassen. Männer – oder was immer diese Huacoun waren.

»Ihr habt nicht gelogen«, stellte Akousa fest, und in ihrer Stimme lag so etwas wie Ehrfurcht.

»Du hast das tatsächlich angezweifelt?« Xari sah ihre Schwester düster an, doch die zuckte nur mit den Schultern, ohne die Augen von dem Schiff zu nehmen. »Es wäre nicht das erste Mal gewesen, Schwester. Das letzte Mal habe ich dir dafür einen Zahn ausgeschlagen. Ich war bereit, das aufzufrischen. Du hast noch eine Menge mehr.«

Cunrat musterte die beiden Frauen, die mit verschränkten Armen nebeneinander standen. »Für Schwestern ist eine Menge böses Blut zwischen euch«, murmelte er.

Die Schwestern wandten sich zu ihm um. »Was verstehst du denn davon?«

Cunrat sah sie verwirrt an. »Ich … ich meine, ich habe selbst zwei …«

Xari hob eine Augenbraue. »Stimmt. Ich habe davon gehört. Du konntest es nicht ihnen überlassen, mit welchem Mann sie ins Bett gehen.« Auch Akousa hob eine Braue, und dieses Mal war es an Xari, mit der Schulter zu zucken. »Sie haben sich beide vom selben Mann besteigen lassen, und er hat versucht, ihn umzubringen. Ich schätze, es tut ihm jetzt leid. Es war ein Bruder seines Kaisers.«

Akousa hob die zweite Braue. »Immerhin hat die eine sich nicht am Mann der anderen vergriffen«, sagte sie schließlich trocken.

Xari zuckte sichtbar zusammen.

»Wo sind eigentlich alle?«, warf der Rosskopf nachdenklich ein, bevor sie eine Antwort hervorbringen konnte.

Für einen Moment hing Schweigen in der Luft, bevor die Spannung beinahe spürbar nachließ, als sich Akousa erneut umwandte und auf die Stadt hinabsah. »Gute Frage. Das letzte Mal, als ich hier war, waren die Straßen kaum weniger belebt als die von Tiburone. Man sagt, dass mehr als tausend Leute in der Stadt wohnen, die Festung nicht eingerechnet.«

»So etwas habe ich auch gehört«, der Rosskopf nickte. »Irgendetwas stimmt nicht.«

»Abgesehen von einem Götterschiff im Hafen?«

»Auch abgesehen davon, ja. Seht euch die Leute auf der Mauer an. Sie achten nicht auf draußen. Sie sehen nach ... innen? Auf den Hafen?«

Cunrat musterte das Hafenbecken. Der linke Teil der kristallklaren Lagune, in der das fremde Schiff, die Triare und der veycarische Kauffahrer lagen, war deutlich zu sehen. Die rechte Hälfte allerdings wurde von ihrer Position aus durch einige höhere, kuppelbedeckte Gebäude verdeckt. *Dort liegen der Landungssteg und der Hafenplatz.* »Entweder der Fürst hat eine Ausgangssperre verhängt, oder aber ich weiß, wo alle sind.« Er kniff die Augen zusammen. Täuschte er sich, oder hatte er unter der Oberfläche des Hafenbeckens gerade Schatten huschen sehen? Eine ganze Handvoll? »Und ich habe ein ganz mieses Gefühl dabei.«

Er sah auf und über die Lagune, wo auf der anderen Seite etwa auf ihrer Höhe die Festung von Gostin thronte. Auch dort konnte er niemanden entdecken. Gut, vielleicht war die Entfernung auch einfach zu groß dafür. »Wir müssen dort hinüber. Wenn Gostin irgendeine Chance haben soll, müssen unsere Leute wissen, was auf sie zukommt.«

»So weit waren wir, glaube ich, alle.« Der Rosskopf kratzte sich abwesend am Kopf, sodass sich wirre Strähnen aus seinem Zopf lösten. »Aber du hast nicht zufällig eine Idee, wie wir das anstellen? Ich meine, wir sind zu viert. Und ich glaube nicht, dass sie uns so einfach das Tor öffnen.«

Er deutete hinab auf das nächstgelegene Tor, das in einige Obst- oder Weingärten führte, die hier noch ein Stück die steilen Bergflanken hinauf angelegt waren.

»Tja, und ich denke, dass sie nicht allzu viele Männer für den Wachdienst eingeteilt haben«, sagte Akousa. »Mit Betonung auf Männer.«

»Musst du wirklich ausgerechnet jetzt darauf herumreiten?«

»Das ist deine Spezialität, Schwester«, gab Akousa zurück. »Ich meine, Männer zu Dingen zu bringen, die sie normalerweise nie tun würden. Also – Titten raus, dann werden sie dir schon Tür und Tor öffnen. Und mehr.«

Für einen Augenblick sah es so aus, als würde Xari ihrer Schwester ins Gesicht schlagen, dann jedoch wandte sie sich brüsk ab. »Später«, knurrte sie mühsam beherrscht. »Später werden wir uns darüber unterhalten. Jetzt muss ich also erst einmal wieder meine bewährte Rolle als Türöffner einnehmen. Ich gewöhne mich ja langsam daran. Vielleicht sollte ich Geld dafür nehmen.« Sie stapfte an Cunrat vorbei, ohne ihrer Schwester einen weiteren Blick zu gönnen, weshalb sie die

Andeutung eines kühlen Lächelns in Akousas Gesicht nicht bemerkte.

Jene bekam allerdings durchaus den Blick Cunrats mit. »Und du bist wirklich der Meinung, Frauen könnten ihre Probleme nicht selbst lösen?«

»Also gelöst sieht das für mich nicht aus«, sagte Rosskopf leichthin und schob sich zwischen ihnen hindurch, um Xari zu folgen. »Aber was weiß ich schon. Ich habe keine Schwestern.«

7

Ein Bündnis mit den Gruben

Sara fand Beltran keine zehn Schritte vom Zelteingang entfernt in ein Gespräch mit der mächtigen Gestalt von Meister Grill vertieft. Der Koch des Kaisers trug mühelos ein Schaf auf dem Arm, als wäre es ein Kleinkind, das noch nicht in der Lage war, aus eigener Kraft zu gehen. Es starrte Sara mit großen, verwirrten Augen entgegen, die sich nicht so recht entscheiden konnten, ob sie zu Tode verängstigt oder peinlich berührt dreinschauen sollten.

»Sie werden mit Bierhefe gefüttert«, erklärte Meister Grill gerade. »Ich kann mir kaum ein glücklicheres Essen vorstellen als dieses.« Als sein Blick auf Sara fiel, verbreiterten sich seine Züge zu einem erfreuten Lächeln. »Ah, meine junge Feinschmeckerin! Meine Kaiserin des guten Geschmacks. Was haltet Ihr von der Zwiebelsuppe, die ich gestern zubereitet hatte?«

»Ich bin noch nicht dazu gekommen, sie zu probieren.«

»Was sind das nur für schwere Zeiten.« Traurig klopfte sich Meister Grill auf den mächtigen Bauch. »Bei dem ganzen Trubel finde selbst ich kaum noch die Zeit, etwas Anständiges zu essen. Ich habe seit dem Frühstück noch keinen einzigen Bissen zu mir genommen. Wenn dieses Theater vorüber ist, wird von mir im besten Fall noch ein dünner Strich in der Landschaft übrig sein. Kannst du dir das vorstellen? Ich werde vor Hunger noch ganz schwach auf den Beinen. Aber was will man machen? Der gesamte Küchenstab steckt bis über beide Ohren in Arbeit. Jede Magd und jeder Küchenjunge ist auf den Beinen. Ich musste selbst losziehen, um dieses Schätzchen hier zu finden.« Er tätschelte dem Schaf den Kopf. »Ich finde ja nicht einmal die Zeit, mir oben in der Festung die Eröffnung des Blausteinzimmers ...«

»Es ist mir immer eine Freude, mit Euch zu sprechen«, unterbrach ihn Sara schnell. »Aber wir müssen dringend noch etwas zu essen für Thoren besorgen.« Sie zog Beltran am Ärmel fort. »Wir sehen uns später beim Festbankett.«

Meister Grill lächelte verständnisvoll. »Wir sehen uns alle beim Festbankett wieder, nicht wahr, kleiner Freund?« Erneut tätschelte er dem Schaf den Kopf, was das Tier mit einem verwirrten Blöken quittierte. »Ich bin sicher, dass wir alle mächtig Spaß haben werden.«

Sara hörte ihm schon nicht mehr zu. Ihre Stiefel klatschten durch den aufgeweichten Schlamm, während sie sich mit dem Botschafter im Schlepptau ihren Weg zwischen den Zelten hindurchbahnte.

Sie erreichten das Ende des Festplatzes gerade noch rechtzeitig, um Scheel und Heygl im Gassengewühl des Gerberviertels verschwinden zu sehen.

Keiner wusste so genau, wie viele Menschen wirklich in diesem Viertel hausten, das seinen Namen den Ausdünstungen der zahlreichen Gerbereien verdankte, die tagein, tagaus giftige Dämpfe in den Himmel der Unterstadt schickten und den Fluss mit ihren stinkenden Abwässern verpesteten. Es lag nicht weit vom Hafen entfernt, wo die Neuankömmlinge aus aller Herren Länder zum ersten Mal einen Fuß auf berunischen Boden setzten. Wenn sie besonders viel Pech hatten und aus Unachtsamkeit oder Verzweiflung die falsche Richtung einschlugen, standen sie keine hundert Schritte weiter bereits mitten im berüchtigtsten Elendsviertel der Kaiserstadt.

Heruntergekommene Holzhütten reihten sich hier dicht an dicht, verbunden durch schmale, verwinkelte Gassen, zu denen kaum einmal das Tageslicht hinunterdrang und in deren schlammiger Mitte sich die Schweine im Pferdekot suhlten und streunende Straßenköter sich um abgenagte Knochen balgten. Das Gerberviertel war das Reich von Feyst Dreiauge, dem selbsternannten Unterweltkönig, dessen Gasthaus Zum Roten Bären als eines der wenigen Steinhäuser seine Umgebung überragte wie eine finstere Burg. Es hieß, dass es schon an dieser Stelle gestanden hatte, als die Stadt vor Hunderten von Jahren noch aus einer Handvoll heruntergekommener Fischerhütten an der Küste der Manarischen See bestand, und dass es schon mehr Kämpfe und Tote gesehen hatte als die Hallen der kolnorischen Götter.

Beinahe täglich kam es auf dem Platz vor dem Gasthaus zu wüsten Schlägereien. Dann strömten aus den umliegenden Gassen die zwielichtigen Bewohner des Viertels zusammen. Die Gerber in ihren stinkenden Lederschürzen, die unterschiedlichen Gruppierungen der Tagelöhner und Hehler, und selbst die Bettler und Freudenmädchen, um sich das Geschehen ja nicht entgehen zu lassen und den Verlierern des blutigen Gemetzels im Trubel vielleicht noch die eine oder andere Münze zu entwenden ... oder vielleicht sogar ein Paar ordentlicher Stiefel.

An diesem Tag wirkten die Gassen um das Gasthaus herum jedoch gespenstisch und wie ausgestorben. Der Großteil der Einwohner hatte das Viertel verlassen, manch einer vielleicht sogar zum ersten Mal im Leben, um unten auf dem Festgelände das Turnier zu verfolgen. Drei alte Frauen hängten zwischen den Häusern zerschlissene Lumpen zum Trocknen auf. Im Straßendreck zu ihren Füßen spielte eine Handvoll Kinder mit einem Fellbündel, das sich bei genauerem Hinsehen als eine tote Katze entpuppte. Sie starrten Beltran mit offenen Mündern hinterher, als er mit vor Ekel verzogener Miene an ihnen vorübertrippelte.

Einen Mann aus der Oberstadt hatten sie vermutlich noch niemals zuvor zu Gesicht bekommen. Und falls doch, dann war er vermutlich in Begleitung schwer bewaffneter Leibwächter gewesen oder im schlimmsten Fall schon tot. Sara war sich bewusst, dass der bunt gekleidete Botschafter in diesen Gassen auffiel wie ein exotischer Paradiesvogel. Doch sie konnte sich diese Gelegenheit auf keinen Fall entgehen lassen. Sie hoffte darauf, dass sich alle anderen Mitglieder von Feysts Familie auf dem Festgelände herumtrieben und die wenigen zurückgebliebenen Menschen klug genug waren, um sich nicht in fremde Angelegenheiten einzumischen.

Zum Glück war es nicht besonders schwer, Scheel und Heygl zu verfolgen. Die beiden Brüder spazierten mit der selbstbewussten Unbekümmertheit durch die Gassen, die sich nur Männer leisten konnten, die sich als die Herren dieser Gegend verstanden. Scheel hielt den Kopf hoch erhoben und sah weder nach rechts noch nach links, während der fette Heygl mit hängenden Schultern hinter ihm herschlurfte und gelegentlich stehen blieb, um nach Luft zu schnappen. Ohne auch nur einen Augenblick innezuhalten, marschierten sie am

Gasthaus ihres Vaters vorüber, aus dessen mächtigem Kamin auch an diesem Tag kein Rauch aufstieg.

Dieser Umstand beunruhigte Sara beinahe mehr als das Verschwinden des Wirts selbst. Soweit sie sich zurückerinnern konnte, war das Feuer im Innern des Roten Bären noch nie erloschen gewesen, und die mächtigen, eisenbeschlagenen Türen waren niemals länger als für höchstens einmal einen halben Tag geschlossen.

Schon möglich, dass Feyst Dreiauge ihre Rache fürchtete und sich deshalb tief in den Schutz seines Viertels zurückgezogen hatte. Es war allerdings kaum vorstellbar, dass er deshalb freiwillig auf die Einnahmen aus seinem Gasthaus verzichtete. Immerhin hatte er genügend verlässliche Männer um sich geschart, um das Bier weiter in Strömen fließen zu lassen und die zahlreichen Freudenmädchen und Taschendiebe zu beaufsichtigen, die sich in seinem Reich tummelten. Der eigentliche Grund, warum das Gasthaus geschlossen blieb, musste also sehr viel bedeutender sein.

In einer Seitengasse betraten Scheel und Heygl schließlich eine Ruine, deren durchlöchertes Dach sich bereits gefährlich weit über die Straße beugte. Sara und Beltran blieben hinter der nächsten Hausecke stehen und beobachteten den Eingang.

»Meinst du, sie kommen wieder heraus?«, fragte Beltran mit einem nervösen Blick über die Schulter.

Sara schüttelte den Kopf. »Sie sind hinuntergestiegen.«

»Hinunter?«

Sie nickte und bedeutete Beltran, ihr zu folgen. Die Tür war nicht verschlossen, was für dieses Viertel äußerst ungewöhnlich war. Normalerweise hätte eine offene Tür eine Einladung für jeden zufällig Vorbeikommenden dargestellt, um sich an den Habseligkeiten der Bewohner zu bedienen. Doch im Gerberviertel genügte eine schlichte Zeichnung am Türstock, um jeden Möchtegerneinbrecher abzuschrecken. Drei Augen. Das Haus war deutlich als das Eigentum von Feyst Dreiauge gekennzeichnet. Jeder Mann, dem seine Finger lieb waren, hielt sie von solchen Gebäuden fern.

Sara zog ihren Dolch aus dem Gürtel und trat über die Schwelle. Die Dielen knarrten unter ihren Füßen. Sie erstarrte. Irgendwo über ihrem Kopf pfiff leise der Wind durch den Kamin. Sie kniff die Augen zusammen und starrte angestrengt in die Dunkelheit. Langsam schälten sich Einzelheiten daraus hervor. Ein Durchgang nach rechts und einer nach links. Ein paar morsche Stützbalken, die sich über die Decke hinwegzogen, und eine Treppe, die in das obere Stockwerk hinaufführte. Die meisten Stufen waren durchgesackt oder in der Mitte zerbrochen. Der Weg nach oben wäre vermutlich einem Selbstmordversuch gleichgekommen. Ihr Blick wanderte nach unten und suchte den Boden ab, bis sie die schlammigen Fußabdrücke der beiden Brüder entdeckte. Sie führten ohne Umwege in eine dunkle Ecke und endeten dort vor einer Bretterwand. Sie wirkte erstaunlich stabil für dieses verfallene Gebäude. Saras Finger tasteten über das grob behauene Holz. Nach einer Weile fanden sie ein Astloch, und Sara steckte ihren Finger hindurch und zog. Mit einem leisen Knirschen löste sich das Brett von der Wand und ließ sich mühelos zur Seite schieben.

Die dahinter liegende Öffnung war gerade groß genug, um einem erwachsenen Mann Durchgang zu gewähren. Eine einfache Holzleiter führte dahinter in die Tiefe hinab. Ein widerlicher Gestank aus Kot und Verwesung schlug Sara entgegen. Sie lauschte einige Augenblicke in die Dunkelheit, ehe sie sich entspannte und Beltran zu sich heranwinkte.

Mit gerümpfter Nase blickte der Botschafter in die Tiefe. »Es stinkt wie der Zugang zu den Gruben.«

»So etwas Ähnliches«, sagte Sara. »Dort unten beginnt die Kanalisation.«

Beltran zog überrascht die Augenbrauen hoch. »Ich wusste nicht, dass Berun über so etwas verfügt.«

Sie zuckte mit den Schultern und griff nach der Leiter. »Sie stammt noch aus den Zeiten der alten Kaiser. Niemand hält sie mehr instand. Die meisten Zugänge sind zugemauert worden …«

»Warte«, sagte Beltran. »Du willst doch nicht dort hinunterklettern? Meinst du nicht, dass das gefährlich ist? Wer weiß, wer sich dort so alles herumtreibt. Ich meine … solche Löcher ziehen zwielichtige Gestalten doch geradezu an.«

»Deshalb klettern wir doch auch hinunter, oder etwa nicht? Wir sind auf der Suche nach den zwielichtigsten Gestalten von ganz Berun, und dort unten werden wir sie aller Wahrscheinlichkeit nach finden.«

Beltran zog die Stirn in Falten. »Hast du denn auch schon eine Idee, was wir tun, falls wir tatsächlich auf Feyst Dreiauge stoßen?«

Sara schüttelte den Kopf. »Alles zu seiner Zeit.«

Die Leitersprossen waren glitschig und von schmierigem Moos überwachsen, aber sie schienen stabil genug zu sein, um ihr Gewicht zu tragen. Sie gelangte in einen schmalen, gemauerten Gang, in dessen Mitte sie gerade so aufrecht stehen konnte. Das Wasser reichte ihr beinahe bis zum Stiefelrand. Es floss recht schnell, was darauf hindeutete, dass der Regen stetigen Nachschub brachte. Sie warf einen besorgten Blick in die andere Richtung. Sie hatte Beltran wohlweislich nicht erzählt, dass die zwielichtigen Gestalten bei diesem Wetter ihr geringstes Problem waren. Wenn der Regen stärker wurde, konnte es passieren, dass er die Kanalisation vollständig überflutete. Falls sie sich zu so einem Zeitpunkt an der falschen Stelle aufhielten, würden sie mit Sicherheit jämmerlich ersaufen. So wie der alte Josip, der hier irgendwo ganz in der Nähe mit Feysts Einverständnis immer nach Essensresten gewühlt hatte. Vor zwei Jahren hatte ihn dann die Frühjahrsflut überrascht. Seine Leiche wurde erst Tage später unten am Hafen entdeckt, grotesk aufgedunsen und von Skellingen zernagt. So wie gelegentlich auch der eine oder andere Straßendieb, der sich nicht an Feysts Regeln halten wollte. Sie blickte zurück zu Beltran, der sie mit zusammengekniffenen Augen von oben herab beobachtete. Sie winkte ihn zu sich nach unten. »Alles in Ordnung. Es ist sicher.«

Der Weg führte leicht bergab und machte nach einigen Metern eine scharfe Linkskurve. Nach einer Weile legte sich Beltrans klamme Hand auf ihre Schulter. »Ohne Lampe kommen wir nicht weiter.« Seine Stimme klang ein bisschen so, als wäre er nicht gerade unglücklich über diesen Umstand.

Sie schnaufte. »Es ist mehr als genug Licht, um den Weg zu finden.«

Beltran blieb stehen und runzelte die Stirn. »Ich sehe nicht mal mehr die Hand vor Augen. Wie kannst du da behaupten, dass wir genügend Licht haben?«

Sara blinzelte. Die Frage überraschte sie. Tatsächlich war ihre Sicht verschwommen und ohne jede Spur von Farbe, aber sie konnte mühelos den gesamten Gang überblicken. Wenn sie genauer darüber nachdachte, konnte sie sogar noch ein ganzes Stück weiter sehen, als es ohne Lichtquelle möglich sein durfte. Sie warf einen Blick zurück über die Schulter. Das einzige bisschen Licht war durch das Loch gekommen, durch das sie hinabgeklettert waren. Es hatte nicht einmal um die nächste Kurve gereicht. Sie blinzelte noch mal. Es war, als würde sie in eine andere Welt schauen. Eine Welt, die zwar beinahe genauso aussah wie ihre eigene, aber in der jede Farbe fehlte. Es war empfindlich kalt geworden. Bei jedem Atemzug stiegen winzige Dampfwölkchen vor ihrem Mund in die Höhe. »Ich … ich weiß nicht«, murmelte sie irritiert. »Ich kann den Weg eben erkennen.«

»Du meinst, du kannst im Dunkeln sehen?«

»Wenn du es so ausdrücken willst …«

Beltrans Augen weiteten sich. »Im Dunkeln sehen ist eine verdammte Gabe. Wenn ich mich nicht verzählt habe, dann besitzt du damit schon ganze zwei.«

Sie zuckte mit den Schultern. »Ist das etwas Besonderes?«

»Ob das etwas Besonderes ist? Ich bin in meinem ganzen Leben noch keinem Menschen begegnet, der zwei Gaben auf einmal besitzt. Und das will schon was heißen. Ich gehe immerhin am Kaiserhof ein und aus und bin gelegentlicher Gast im Flammenschwertorden. Dort sind Begabte ja nicht gerade eine Seltenheit. Die einzigen Menschen, die mehr als eine Gabe besitzen, sind …« Beltrans Stimme erstarb, und seine Hand zuckte von ihrer Schulter zurück.

»Wer?«, fragte sie atemlos.

»Huacoun«, murmelte Beltran und räusperte sich schnell. »Ein dummer Gedanke. Entschuldige bitte.«

Sie warf ihm einen bösen Blick zu. »Sehe ich etwa aus wie ein verdammter Fischmensch?«

»Auf gar keinen Fall.« Abwehrend hob er die Hände. »Deshalb war es ja auch dumm von mir, so etwas zu sagen. Es gibt mit Sicherheit eine ganz normale Erklärung.«

»Das denke ich auch«, zischte sie, obwohl sie sich da gar

nicht so sicher war. Doch sie hatte garantiert nicht vor, sich ausgerechnet jetzt den Kopf darüber zu zerbrechen. Außerdem war die Fähigkeit, im Dunkeln zu sehen, im Augenblick doch genau das, was sie brauchten. Vielleicht standen die Reisenden ja ausnahmsweise einmal auf ihrer Seite. Kurz entschlossen packte sie Beltran am Ärmel und zog ihn hinter sich her.

An der nächsten Kreuzung blieb sie erneut stehen und tastete die Wände ab. Ihre Hände fuhren über das raue Gemäuer hinweg, bis sie nach einer Weile fanden, wonach sie suchte. Diebeszeichen. Winzige Symbole, die Feysts Bandenmitglieder überall in der Stadt hinterließen, um sich gegenseitig auf lohnende Einbruchsziele oder Gefahren aufmerksam zu machen. Oder einfach nur, um den Weg zu kennzeichnen. Dieses Symbol hier war ein Wegweiser, und er deutete nach links. Hinunter zum Hafen.

Es herrschte eine seltsame Stille hier unten. Ihre Schritte klangen gedämpft, so als kämen sie aus weiter Ferne. Sara hatte den Eindruck, als wären sie schon eine halbe Ewigkeit unterwegs. Gelegentlich glaubte sie, im Augenwinkel Bewegungen wahrzunehmen, doch wenn sie genauer hinsah, entdeckte sie nichts.

»Was ist?«, fragte Beltran, als sie erneut stehen blieb. Stumm schüttelte sie den Kopf. Erst nach einer Weile wurde ihr klar, dass er sie ja gar nicht sehen konnte. »Nichts. Nur so ein komisches Gefühl.«

»Das liegt daran, dass wir bis zu den Knien in der Scheiße waten«, brummte Beltran, doch seine Finger krampften sich ein winziges Stück fester um ihre Schulter.

Nach einer ganzen Weile stießen sie endlich auf einen Absatz, von dem einige Fußabdrücke aus der Kanalisation hinaus und zu einem niedrigen Durchgang hinaufführten. Sara glaubte, in der Ferne Geräusche zu hören. Sie blieben regungslos stehen und lauschten eine Weile in die Dunkelheit hinein, ehe sie vorsichtig nach oben kletterten. Sie betraten einen lang gestreckten Gewölbekeller, dessen Ende sich irgendwo in der Dunkelheit verlor. Er stand voller Kisten und Truhen, die sorgfältig entlang eines breiten Mittelgangs übereinandergestapelt waren.

Sara hatte von Feyst Dreiauges Lagerräumen gehört, in denen er seine Diebesbeute versteckte und die Schmuggelware verbarg, die er aus aller Welt erhielt. Allerdings hätte sie sich niemals träumen lassen, dass diese Räume so vollgestopft waren. Sie trat zu einer der Kisten und zog am Deckel. Verschlossen. Bei der nächsten hatte sie mehr Glück. Die Nägel, die den Deckel hielten, waren verrostet. Mit einer kleinen Kraftanstrengung gelang es ihr, sie zu lösen und den Deckel nach oben zu stemmen.

Sie stieß ein Keuchen aus. Die Kiste war bis zum Rand mit Blaustein gefüllt. Er war nicht von dem glänzenden Blau, wie es im Kaiserschloss zum Bau des Blausteinzimmers Verwendung fand, aber es war dennoch unverkennbar, dass zwischen schmutzig-grauem Gestein und schlammiger Erde ein halbes Vermögen hervorblitzte. Vorsichtig streckte sie die Hand aus und spürte die Kälte, die von dem blauen Gestein ausging. Schnell zog sie ihren Dolch aus dem Gürtel und steckte die Schneide unter den Deckel der nächsten Kiste. Mit einer Hebelbewegung löste sie die Nägel heraus und zog den Deckel zur Seite. Auch diese Kiste war bis zum Rand mit Blaustein gefüllt. Sie warf einen beunruhigten Blick in die Tiefe des Raums. Falls jede dieser Kisten mit Blaustein gefüllt war, verfügte Feyst über ein Vermögen, das es locker mit dem Kaiserhaus aufnehmen konnte. »Was hat er damit vor?«

Beltran kratzte sich nachdenklich am Kinn. »Das ist viel zu viel. Diese Mengen reichen aus, um das gesamte Reich abhängig zu machen. Er muss etwas anderes damit vorhaben, er …« Ruckartig fuhr sein Kopf herum. »Licht«, zischte er.

Sara erstarrte. Über den Blaustein hatte sie völlig ihre Umgebung vergessen. Doch jetzt sah sie ebenfalls den flackernden Lichtschein, der sich vom anderen Ende des Kellers her näherte. Die Schritte von mehreren Personen waren zu hören. Hastig schob sie den Deckel zurück auf die Kiste und blickte sich nach einem Versteck um. Doch die Kisten waren viel zu eng gestapelt, um sich in der Schnelle dahinter verbergen zu können. Für sie stellte das zwar kein Problem dar, für Beltran dafür aber schon.

Der Botschafter schien den gleichen Gedanken zu haben, denn er starrte sie mit weit aufgerissenen Augen an. »Lass mich nicht allein«, krächzte er und griff nach ihrem Arm.

»Sei still«, zischte Sara und schloss die Augen. Inmitten dieser Unmengen von Blaustein fiel es ihr nicht schwer, nach ihrer Unsichtbarkeit zu greifen. Sie hatte das Gefühl, nur die Hand ausstrecken zu müssen, um sie überstreifen zu können wie einen Mantel. Einen Mantel, der sogar groß genug erschien, um sie beide gemeinsam darunter zu verbergen. »Rühr dich nicht von der Stelle.« Vorsichtig streckte sie die Hand aus und griff in den Nebel hinein. Behutsam zupfte sie ihn zu sich heran und über ihren Kopf hinweg. Dann zog sie noch ein bisschen mehr, um auch Beltran darunter zu verbergen. Das hoffte sie jedenfalls. Ihr blieb keine andere Wahl, denn die Schritte kamen schnell näher.

Flackernde Lichter tauchten aus der Dunkelheit auf, und sie erkannte die Umrisse von drei Männern. Der Erste war unverkennbar Heygl. Der fette Mann streckte seine Laterne hoch in die Luft und drehte sich im Kreis. »Ich schwöre es bei den Reisenden.« Seine Stimme hallte unnatürlich laut in dem Raum wider. »Es waren Stimmen.«

»Hier ist aber niemand.« Scheel trat an seinem Bruder vorbei in die Mitte des Gangs. Im Licht der Laternen blitzte sein Messer auf. »Niemand traut sich hier herunter. Nicht einmal die verdammten Ordensritter. Das ist unser Reich, hier gelten unsere Gesetze.«

»Vielleicht war es ein Kind. Es kommt gelegentlich schon mal vor, dass sich Kinder hier herunter verirren und nicht mehr herausfinden.«

»Nicht so weit unten am Hafen.« Scheel schüttelte den Kopf. »Ich sage euch, es waren Ratten. Ich habe mal eine abgestochen, die konnte quieken wie ein Schwein.«

»Was ist denn das?«, polterte der dritte Mann plötzlich los. Als sie seine Stimme erkannte, krampfte sich Saras Magen zusammen. Feyst Dreiauge.

Mit schweren Schritten stapfte der König der Unterwelt näher, bis ihn nur noch wenige Schritte von Sara und Beltran trennten. Der Botschafter stieß ein leises Röcheln aus. Hastig presste Sara ihm die Hand auf den Mund.

»Seltsam.« Mit gerunzelter Stirn beugte sich Feyst über die Blausteinkiste. Seine Hand fuhr über das morsche Holz. »Der Deckel hat sich gelöst.«

Scheel trat neben ihn und beäugte die rostigen Nägel. »Ratten«, sagte er bestimmt. »Diese Kisten hier kommen direkt aus Barradeno und sind bis unter den Rand mit Muscheln und Vogelscheiße gefüllt. Die Drecksratten wühlen sich andauernd hinein. Sind ganz wild auf das vergammelte Muschelfleisch.« Er schob den Deckel auf. Mit Zeigefinger und Daumen pickte er ein Stück Blaustein aus dem Schlamm und hielt es gegen das Licht. »Hier, was hältst du davon? Hervorragende Qualität, nicht wahr?«

»Das können wir nur hoffen. Dieser Hexer scheint einen unersättlichen Hunger zu besitzen.« Feyst strich sich mit gespreizten Fingern durch die Haare. Eine Geste, die zeigte, dass er unter großer Anspannung stand. »Man kann es ihm aber auch kaum verdenken. Es muss ungeheuer anstrengend gewesen sein, direkt unter der Nase des Flammenschwertordens in die Stadt zu gelangen. Falls Thoren oder Cajetan ad Hedin auch nur den geringsten Verdacht schöpfen …«

»Keine Sorge.« Scheel warf den Blaustein zurück in die Kiste und wischte sich die Hände am Hemd ab. »Die beiden Streithähne sind immer noch viel zu sehr mit sich selbst beschäftigt. Solange sie sich gegenseitig die Köpfe einschlagen, kann überhaupt nichts passieren.«

»Dann hat Hector ad Guillern Gehorsam gezeigt?«

»Hat sich zunächst zwar geziert wie eine Jungfrau, aber letzten Endes ist er eingeknickt. Er wird Thoren auf jeden Fall gewinnen lassen. Der Weg ist jetzt endgültig frei.«

»Das ist gut.« Feyst wedelte mit der Hand. »Unsere Geschäftspartner haben uns nämlich zur Eile gemahnt. Es sind ein paar unvorhergesehene Dinge geschehen, und wir können uns keine weiteren Fehler mehr erlauben. Deshalb werdet ihr beiden die Dinge persönlich überwachen. Erstattet mir Bericht, wenn alles bereit ist. Ihr könnt jetzt gehen.« Er blickte seinen Söhnen mit zusammengekniffenen Augen hinterher, bis sie in der Dunkelheit verschwunden waren. Dann strich er sich erneut durch die Haare und atmete tief durch.

Sara konnte ihr Glück kaum fassen. Sie befand sich allein mit Feyst Dreiauge in einem Raum, und der Unterweltkönig hatte noch nicht einmal seinen Leibwächter dabei. Der perfekte Augenblick für ihre Rache war gekommen. Ihre Hand schloss sich beinahe von selbst um den Griff ihres Dolchs. Sie atmete tief durch und zog ihn aus dem Gürtel. Mit zwei schnellen Schritten war sie bei Feyst und presste ihm die Klinge fest gegen den Hals. Feyst stieß ein Keuchen aus und schlitzte sich beinahe selbst die Kehle auf. Mit einer beiläufigen Geste streifte sie ihren Mantel der Unsichtbarkeit ab, und als Feyst sie erkannte, wurden seine Augen groß. »Wie …?«

Sie brachte den Mund dicht an sein Ohr. »Nicht bewegen. Sonst gibt es gleich eine ganz gewaltige Sauerei.«

Feyst erstarrte. Nur sein Mund bewegte sich noch, wie ein Fisch, der auf dem Trockenen nach Luft schnappte.

Ihr Mund verzog sich zu einem bitteren Lächeln. »Wie schön, dass wir uns so schnell wiedertreffen. Unser letztes Gespräch wurde ja bedauerlicherweise durch Flynns plötzlichen Tod unterbrochen. Dabei hatten wir uns doch noch so viel zu erzählen gehabt.« Sie seufzte. »So viele Dinge sind unausgesprochen geblieben. Wo soll ich nur anfangen? Eventuell mit einem abgeschnittenen Finger? Wie wäre das? Lass uns doch über den kleinen Finger reden, den sich Flynn abgeschnitten hatte, um dir zu gefallen. Danach können wir auch noch über andere Finger reden, wenn du willst. Über Ringfinger und Mittelfinger, und am Ende vielleicht sogar über Daumen …«

Feyst schluckte schwer. Eine dicke Schweißperle lief ihm über die Stirn und tropfte von seiner Nasenspitze. »Warte. Lass uns …«, er räusperte sich, »lass uns reden.«

»Hörst du mir etwa nicht zu? Genau das habe ich doch vor. Wir werden reden, das verspreche ich dir. Wir werden den ganzen Abend über reden. So lange, bis nichts mehr übrig ist, über das es sich zu reden lohnt.« Die Messerklinge rutschte über Feysts Hals, und der Unterweltkönig stieß ein klägliches Winseln aus.

»Gnade! Ich …«

»Gnade? So gnädig, wie du zu Flynn gewesen bist? Möchtest du, dass ich genauso gnädig mit dir umgehe, ja?« Sie versuchte, sich das Gesicht des Jungen ins Gedächtnis zu rufen. Seine großen, dunklen Augen, die immer hungrig in die Welt geschaut hatten. Das unverschämte Grinsen, sein helles Lachen. Es fiel ihr unendlich schwer. Es verblasste von Tag zu Tag mehr. Bald würde es für immer verschwunden sein, so als hätte er nie existiert. Diese Vorstellung machte sie nur noch wütender. Erst als Feyst ein ersticktes Gurgeln von sich gab, merkte sie, dass sein Hals voller Blut war. Fasziniert beobachtete sie die dicken Blutstropfen, die ihre Hand hinunterliefen.

»Der Angriff!«, stieß Feyst hervor. Seine Augen traten so weit aus ihren Höhlen, als würden sie gleich herausspringen. »Wenn du mich am Leben lässt, verrate ich dir alles über den Angriff der Kolnorer.«

»Deine Lügen interessieren mich nicht mehr«, zischte sie voller Abscheu. Ihr Gesicht brannte, und das Blut pulsierte so heftig in ihren Adern, dass ihr übel wurde. Sie konnte sich kaum noch beherrschen. Ihr war egal, was der Drecksack erzählte, um seine Haut zu retten. Diesmal würde er den Kopf nicht mehr aus der Schlinge ziehen. Dafür würde sie sorgen …

»Sara?« Eine Hand legte sich auf ihre Schulter, und sie fuhr herum. Das Messer zischte durch die Luft und verfehlte nur um Haaresbreite den Botschafter, der erschrocken einen Schritt zurückwich. Zornig funkelte sie ihn an. »Was ist?«

Abwehrend hob Beltran die Hände. »Du solltest dir wirklich anhören, was er zu sagen hat …«

Feyst presste die Hand gegen seinen Hals. Sein Doppelkinn

wackelte, als er eifrig nickte. »Ich verrate dir alles, das schwöre ich. Jede Einzelheit. Versprich mir nur, dass du mein Leben verschonst.«

»Ich verspreche dir überhaupt nichts.« Sie stach nach ihm und erwischte seine abwehrend ausgestreckte Hand. Er schrie auf, stolperte rückwärts und stürzte über die Blausteinkiste.

»Ah! Warte! Sie sind bereits in der Stadt, hörst du? Sie haben furchtbare Hexer an ihrer Seite. Huacoun!« Keuchend wich er zurück und presste sich die blutende Hand gegen die Brust. »Du musst mir glauben, ich habe das nicht gewollt. Ich wollte doch nur einen starken Herrscher für unser Reich. Einen Mann, auf den man sich verlassen kann, der Berun besser zusammenhält als dieser Trottel Edrik. Um meine Geschäfte zu sichern, das verstehst du doch. Ich hatte geglaubt, dass König Theoder geeignet wäre. Ich habe nicht gewusst, dass er mit dem Peynamoun paktiert.«

»Du lügst!« Sie funkelte ihn hasserfüllt an. »Du dachtest immer nur an das Geld. Du hast den Blaustein für sie gesammelt. Du hast es die ganze Zeit gewusst.«

»Die Dinge sind mir entglitten. Als ich herausfand, mit wem sie sich da einließen, war es bereits zu spät. Sie sind mächtiger, als du dir vorstellen kannst, Sara. Niemand kann sich ihnen verweigern.«

»Thoren kann es, und Cajetan ad Hedin auch. Du hättest sie warnen müssen …«

»Ich hatte Angst!«

Sie schnaufte angewidert. Als ob Feyst jemals so viel Angst gehabt hätte, dass er vergaß, aus einer Sache den größtmöglichen Nutzen für sich zu ziehen. Er hatte immer ganz genau gewusst, an wen er sich halten musste, wenn er auf der Seite des Siegers stehen wollte. Aber wie konnte das sein? Wie sollte eine feindliche Armee einfach so in die Stadt eindringen? Geschweige denn, unbemerkt in ihre Nähe gelangen? Jedenfalls nicht über den Landweg, so viel war sicher. Die Grenzposten hätten schon längst Alarm geschlagen, wenn sich die Kolnorer auf dem Weg nach Berun befänden. Vielleicht über das Meer? Aber wie viele Schiffe wären notwendig, um die Hauptstadt des Kaiserreichs mit ihren mächtigen Mauern zu bezwingen? Sie schüttelte den Kopf. Nein. Es war einfach nicht möglich.

Und doch blieb ein letzter Zweifel bestehen. Huacoun. Das Wort allein reichte schon aus, um ihr die Haare zu Berge stehen zu lassen. Aus den Geschichten ihres Volks wusste sie, dass den unheimlichen Hexern aus dem Süden beinahe alles zuzutrauen war. Wer weiß, vielleicht konnten ihre Kräfte sogar wirklich die Mauern Beruns zum Einsturz bringen. Nachdenklich blickte sie den König der Unterwelt an. Dann nickte sie langsam. »Also gut. Rede.«

Feyst holte erschauernd Luft. »König Theoder sammelt schon seit Monaten seine Truppen. Tausende Krieger warten nur auf sein Zeichen. Währenddessen hat der Hofnarr dem Kaiser eingeredet, seine Armee nach Lytton zu entsenden, um sich in den Wäldern sinnlose Scharmützel mit den Wilden zu liefern. Und während Cajetan ad Hedins Ordensritter die Brücke über den Kolno bewachen und die Flotte im Macouban auf Trab gehalten wird, ist die Kaiserstadt beinahe unbewacht. Es ist der perfekte Plan. Berun ist so schwach wie niemals zuvor.«

»Selbst wenn es so wäre«, warf Beltran ein. »Die Stadt ist immer noch schwer genug bewacht, um selbst die größte Armee der Welt abzuwehren. Kein Mensch ist in der Lage, diese Mauern zu überwinden.«

»Kein Mensch«, gab ihm Feyst recht, »aber Huacoun. König Theoder ist ein Bündnis mit den dunklen Göttern eingegangen.«

Beltran schnaufte. »Das wäre ein Bündnis mit den Gruben. Aber selbst wenn er so dumm sein sollte, sich mit diesen Kreaturen einzulassen, habe ich noch nie davon gehört, dass sie anderen Völkern dienen. Sie haben kein Interesse an Gold. Nicht einmal an Land, das außerhalb ihrer stinkenden Sümpfe liegt. Warum sollten sie sich also an einer Verschwörung gegen den berunischen Kaiser beteiligen? Was hätten sie davon?«

»Es ist etwas sehr viel Größeres.« Feyst senkte die Stimme und beugte sich verschwörerisch nach vorn. Sara fiel es schwer, nicht angewidert vor seinem fauligen Atem zurückzuweichen. »Ich habe es zuerst auch nicht begriffen, aber meine Augen und Ohren sind überall. Ich habe es schließlich aber sogar aus ihrem eigenen Mund erfahren. Der Grund, warum diese Hexer so bereitwillig für Theoder in den Krieg ziehen, ist ... argh!« Sein Kopf zersplitterte in einem Schauer aus Blut und Knochenstücken, Sara fuhr zurück und riss schützend ihren Arm vor das Gesicht. Aus dem Augenwinkel sah sie eine gewaltige Pranke auf sich zurasen. Im nächsten Augenblick wurde sie von den Füßen gerissen und durch die Luft gewirbelt. Die Welt drehte sich um sie, und sie krachte schmerzhaft irgendwo gegen. Sie stieß ein Keuchen aus, dann wurde ihr schwarz vor Augen.

8

Der Geruch von Angst

Es war beinahe zu leicht gewesen. Die Wachen am Tor hatten tatsächlich ihre Aufmerksamkeit nach innen gerichtet und Xari und Akousa erst bemerkt, als sie mehrfach an das Tor geklopft hatten. Der erste Blick über die Brüstung hatte den Kriegsknecht augenblicklich milde gestimmt, denn von seinem Posten dort oben hatte er einen idealen Einblick in die üppig gefüllten Ausschnitte der Schwestern. Entsprechend nachlässig fiel auch sein prüfender Rundblick über die umliegende Landschaft aus – ein Umstand, mit dem die Frauen fest gerechnet hatten. Für einen Moment schien er dennoch unentschlossen. Er blickte über die Schulter, als fürchte er, irgendetwas zu verpassen, doch dann ging ein Ruck durch ihn, und sein Blick hatte sich erneut auf Xari gerichtet. Hunger hatte darin gelegen, und Cunrat war sich sicher, dass das mit dem Duft von Sandelholz zu tun hatte, der dem Kriegsknecht plötzlich in die Nase gestiegen war. Nur einen Augenblick darauf war eine kleine Durchgangspforte in dem mächtigen Tor geöffnet worden – und wie auf einen unhörbaren Befehl hin waren die beiden Hunde Akousas aufgesprungen.

Völlig lautlos hatten sie in großen Sätzen den Vorplatz des Tors überquert und waren in der Öffnung verschwunden. Wenig später waren ihnen Cunrat und der Rosskopf gefolgt, die Waffen gezogen und bereit. Es hatte sich als unnötig erwiesen. Zwei Kriegsknechte unmittelbar hinter dem Tor lagen in dunklen Lachen im Staub, mit Löchern dort, wo sie soeben noch die Kehlen gehabt hatten. Ein dritter lag einige Schritt entfernt, ebenfalls in einer Pfütze Blut, das zügig im Staub versickerte, im Gegensatz zu den anderen beiden schienen jedoch hier nicht die Hunde verantwortlich zu sein. Stattdessen sah es ganz so aus, als hätte er einen Kopfsprung vom Torturm herab versucht. Weder Schädel noch Genick hatten die Prüfung bestanden.

Xari bemerkte Cunrats Blick. »Er hatte es eilig, zu mir zu kommen. Du weißt schon …« Sie rieb sich die Arme, bevor sie sich dieser Geste bewusst wurde und ihre Schultern straffte. »Wir sollten von hier verschwinden.« Damit zog sie ein Messer aus dem Gürtel des Toten und richtete sich auf.

Der junge Ritter riss den Blick los und nickte. »Ich … ja, halte ich für eine gute Idee.«

Der Rosskopf schien auf dieselbe Idee gekommen zu sein, denn er marschierte bereits in die Richtung einer der schmalen Gassen, die den Berg hinab und hinein in das Gewirr der kleinen, ineinander verschachtelten Häuser führte.

Cunrat beeilte sich aufzuschließen. »Wohin willst du? Ich dachte, wir gehen hinauf in die Festung?«

Der alte Kriegsknecht schüttelte den Kopf. »Zeitverschwendung. Wenn deine Ritter und die Schildbrecher noch am Leben sind, werden sie nachsehen, was im Hafen gespielt wird. Der einzige Weg, um herauszubekommen, ob sich das nutzen lässt, um lebend aus dieser Stadt zu kommen.« Im Laufen prüfte er das halbe Dutzend Wurfmesser, das hinten in seinem Gürtel stak. »Und wenn sie Leute dort hinunterschicken, sind wir die Einzigen, die ihnen sagen können, was auf sie zukommt. Ich kann nicht für deine Leute sprechen, aber das ist es, was Vibel Brender tun wird, wenn er kann. Und wenn er es nicht kann, können wir ihm Bericht erstatten. Außerdem – ich bin selbst neugierig. Du hast diese Huacoun gesehen. Ich weiß dagegen nur, was ihr erzählt habt.«

»Du …« Cunrat sah sich nach den Schwestern um, die jetzt zu ihnen aufschlossen. »Xari, ich halte das für eine wirklich dumme Idee. Wir sollten bei unserem Plan bleiben und zuerst unsere Verstärkung suchen.«

Die junge Metis zuckte mit den Schultern. »Nein, ich glaube, er hat recht. Wir müssen mehr wissen. Dass ein Schiff im Hafen liegt, das werden deine Leute selbst wissen. Vielleicht inzwischen auch, dass es Huacoun sind, mit denen wir es zu tun haben. Wir allerdings müssen wissen, was hier passiert ist, seit du die Stadt verlassen hast. Wir müssen wissen, was hier jetzt gerade passiert. Und ich glaube, die Antwort liegt nicht dort oben«, sie deutete hinauf zur Festung, »sondern in dem, was auch immer gerade im Hafen geschieht.« Mit diesen Worten überholte sie ihn und schloss zum Rosskopf auf.

»Das ist kompletter Irrsinn.« Cunrat grunzte entnervt und warf Akousa einen Blick zu.

Die zuckte nur mit den Schultern. »Das brauchst du mir nicht zu erzählen. Ich habe sie aus dem Haus geworfen, als sie das letzte Mal bei uns aufgetaucht ist. Nur weil sie für die Tochter Antrenos arbeitet, glaubt sie schon immer, alles ginge nach ihrem Kopf.«

Cunrat verzog das Gesicht. »Ich glaube, sie hat sich geändert. Und sie arbeitet nicht mehr am Hof der Fürstin – oder wo auch immer.«

»Sagt sie.« Sie machte eine knappe Geste, nur ein kaum merkliches Winken, doch die beiden Hunde, die gerade eben noch vor ihnen gelaufen waren, ließen sich wie auf einen Befehl hin zurückfallen und liefen jetzt neben ihnen. Sie wirkten angespannt. Ihre Ohren waren gespitzt, ihr Fell aufgestellt. »Wir alle tanzen an den Schnüren von irgendjemandem. Manche willentlich, andere unwillentlich – und die meisten merken es nicht einmal. Meine Hunde folgen mir, so wie Männer Xari folgen, Xari wiederum folgt ihrem Glauben an die *Vairani* und die alten Götter. Fürst Antrenos Aufstand ist sicher nicht sein eigenes Werk, und die Kolnorer – wer weiß schon, wem die folgen. Ihr Ritter gehorcht eurem Orden, der an den Schnüren tanzt, die eure Reisenden einst ausgeworfen haben. Ganz Berun tanzt an den Schnüren des Kaisers, und nach allem, was man so über ihn hört, ist er selbst nur eine Puppe an den Fäden eines unbekannten Spielers im Schatten. Das ist der Stoff, aus dem Krieg gemacht ist. Krieg – und die großen Heldensagen.«

»Tatsächlich? Und an wessen Schnüren tanzt du?«

Akousa schenkte ihm ein humorloses Lächeln. »Das geht dich nichts an, Berun.« Damit beschleunigte sie ihre Schritte. Sie umrundeten eine weitere Kehre auf der schmalen Straße und liefen eine enge Treppe hinab, die sie nur einzeln passieren konnten. Als die Hauswände schließlich von ihnen zurückwichen, öffnete sich das Hafenviertel voraus. Sie befanden sich jetzt auf einem Straßenabsatz auf Höhe der Lagerhausdächer direkt am Hafen. Zwischen zweien der weiß verputzten Gebäude konnten sie jetzt endlich den bislang verborgenen Teil des Hafens sehen, und sie alle hielten unwillkürlich inne. Menschen standen dort. Die Lücke bot ihnen noch immer keinen allzu großen Ausblick, doch allein in dem kleinen Bereich, den sie jetzt einsehen konnten, standen Dutzende und Aberdutzende Menschen dicht gedrängt bis nahezu an das Wasser des Hafenbeckens selbst. Männer, Frauen, Kinder – alle schienen nahezu reglos auf etwas zu warten. Akousas Hunde begannen leise zu knurren, und irgendwo zwischen den Häusern bellten weitere Tiere. Abgesehen vom allgegenwärtigen Kreischen irgendwelcher exotischer Vögel waren das jedoch die einzigen Geräusche über der Stadt. Das gelegentliche, noch ferne Grummeln des herannahenden Unwetters unterstrich die seltsame Stille nur noch.

»Was bei den Gruben ist das?«, raunte der Rosskopf alarmiert. Seine Hände, die auf den Griffen seiner beiden Schwerter lagen, beschrieben unruhige kleine Kreise. In diesem Moment trug der warme Wind den Hauch eines Dufts heran, den Cunrat schon einmal wahrgenommen hatte. Ein Duft, der von einem Moment zum anderen den brackigen Geruch des Hafens, den Gestank nach Fisch und das allgegenwärtige Aroma fremdartiger Gewürze überlagerte. Zimt. Ein plötzliches Ziehen ließ seinen Magen verkrampfen, und er presste eilig einen Ärmel aufs Gesicht. »Haltet euch die Nasen zu!«, befahl er erstickt. »Sofort!«

Immerhin waren die anderen geistesgegenwärtig genug, seinem Beispiel zu folgen. Die Menschen auf dem Platz unter ihnen dagegen warnte niemand. Der Geruch, der vom Wasser ausging, schien sie in einer Welle zu überrollen, so heftig, dass er sogar zu sehen war – an der Art, wie die Menschen nacheinander auf die Knie fielen und in Wimmern ausbrachen. Diese zweite Welle wusch über die äußersten Reihen der Versammelten hinweg und traf schließlich auch sie. Cunrat spürte sie als Druck auf den Schläfen und am Kehlkopf, wie aufsteigende Übelkeit und das dringende Verlangen, alles stehen und liegen zu lassen und davonzulaufen. Er schluckte die nach Kupfer schmeckende Übelkeit hinunter, und mit ihr die unnatürliche Angst. Sie war nicht echt.

»Was bei den Gruben …«, wiederholte der Rosskopf gedämpft durch seine Hand. Jetzt, da nahezu alle Menschen knieten oder sich auf dem Boden wanden, war der Hafenkai durch die Lücke der Häuser gut zu sehen. Und damit war auch der Blick auf drei hochgewachsene Männer frei. Auf die Entfernung war es schwierig zu sagen, aber sie waren vermutlich noch größer als Cunrat selbst. Grundsätzlich schlank und ungewöhnlich langgliedrig, hatten sie mächtige, tonnenförmige Brustkörbe und seltsam große Hände und Füße. Außerdem wirkten sie auf den ersten Blick nackt, und Cunrat war sich nicht sicher, ob der Glanz auf ihrer bleichen Haut Wasser oder Öl war. Erst nach einem Augenblick wurde ihm klar, dass die Männer nahezu hautenge Hosen trugen, die von Gürteln gehalten wurden, an denen irgendwelche Taschen oder Gegenstände hingen. Einer der Fremden löste sich von den anderen und fing an, durch die Menge zu schreiten, die vor ihm zurückwich wie die seltsamen kleinen Strandkrabben vor der nächsten heranrollenden Welle. Er bewegte sich in seinem eigenartig wiegenden Gang auf eine Frau zu, die nicht wie die anderen zu Boden gefallen, sondern stehen geblieben war und sich lediglich die Schläfen hielt, als plage sie ein plötzlicher, heftiger Kopfschmerz. Der bleiche Mann blieb vor ihr stehen und legte den Kopf schief. Jetzt konnte Cunrat tatsächlich sein Gesicht erahnen. Wie bei den Huacoun in der Höhle waren seine Augen groß, geradezu riesig, und so hell, dass sie beinahe zu leuchten schienen. Seine Nase dagegen war klein genug, um sie auf diese Entfernung fast zu übersehen, was auch für die Ohren galt, die am kahlen Schädel beinahe nicht auffielen. Der Kerl beendete seine Musterung und verzog den lippenlosen Mund zu einem unmenschlich breiten Grinsen. Vielleicht entblößte er auch nur sein Gebiss. Cunrat war sicher, dass die Anzahl seiner Zähne für zwei Menschen gereicht hätte.

»Huacoun«, murmelte er tonlos. »Das ist einer der Männer, einer der Krieger. Zimt. Das ist ihr Geruch.«

Der Huacoun hob eine Hand und legte zwei Finger unter das Kinn der Frau, die zurückzuckte, seiner Berührung jedoch nicht schnell genug ausweichen konnte. Einen Lidschlag später erstarrte sie wie ein Kaninchen vor den Augen einer Schlange. Der Huacoun schien etwas zu ihr zu sagen, doch seine Worte reichten nicht bis zu ihnen. Dann zog er ein Messer und schnitt der Frau die Kehle durch, so heftig, dass er sie beinahe enthauptete. Ihr Körper sackte in sich zusammen, und der Huacoun wandte sich ab, als habe er die Sterbende bereits vergessen.

»Bastard!«, fauchte Xari. In diesem Moment wirkte sie, als würde sie einfach losstürzen wollen, und Cunrat packte sie schnell an der Schulter. »Nicht!«, zischte er. »Sie sind stärker als jeder Mann und sie … du hast es gerochen. Sie tun so etwas wie …« Er stockte.

»Wie ich«, knurrte Xari und schüttelte seine Hand ab. »Ich weiß. Nur mit Angst. Ich habe es gerochen. Geschmeckt.« Sie griff in ihre Tasche und holte einen Klumpen weich geknetetes Bienenwachs hervor. »Aber wir wissen ja, was wir dagegen tun.« Grimmig verstopfte sie sich die Nase und drückte Cunrat den Klumpen in die Hand. »Und ich wette, das ist der größte Teil von dem, was ihren Schrecken ausmacht.«

Cunrat wiegte den Kopf. *Das und die Tatsache, dass sie verdammt stark sind und kalt wie die Fische.* »Unterschätzt sie nicht.« Er warf den Klumpen dem Rosskopf zu und zog sein Schwert. »Ich glaube nicht, dass es die einzige Fähigkeit ist, die sie haben. Und ich habe gegen eine ihrer Frauen gekämpft. Das heißt, Marten und ich haben … jedenfalls: Sie sind zäher und stärker, als sie aussehen!«

Xari schnalzte mit der Zunge. »Das gilt für einige von uns. Was willst du?« Sie deutete auf den Huacoun, der jetzt weiter durch die Menge ging, auf einen muskulösen Hafenarbeiter zu, der wimmernd auf dem Boden kauerte. Ohne Zögern stieß er ihm seine Klinge in den Nacken, als würde er lediglich einen Apfel zerteilen wollen. »Worauf willst du warten? Bis sie mit dem Töten fertig sind? Ich habe genug zugesehen!« Ein Brocken Blaustein, groß wie ein Taubenei, lag plötzlich in ihrer Hand. Sie stopfte ihn sich in den Mund und biss darauf. Dann verzog sie das Gesicht. Für einen kurzen Moment wurden ihre Augen starr, ein Zittern durchlief ihren Körper. Unwillkürlich sog sie tief die Luft ein, als das, was man den Frost nannte, sie durchfuhr und der Blaustein seine Wirkung zu entfalten begann. Schließlich blinzelte sie. Dann schob sie die Hand erneut in die Tasche und förderte eine Handvoll weiterer Blausteinbröckchen zutage, die sie Cunrat und ihrer Schwester hinhielt. »Vielleicht solltet ihr euch auch bereit machen.«

Akousa und der Ritter starrten die bläulichen Brocken an. Es war der Rosskopf, der zuerst zugriff. Unter den verblüfften Blicken der Übrigen schob er sich einen der kleinen Kristalle zwischen die Zähne. »Was?«

Cunrat blinzelte. »Du bist ebenfalls ein Gezeichneter?«

Der alte Kriegsknecht grinste. »Ach was. Das Zeug macht nur schön leicht im Kopf. Und wenn ich heute schon sterben muss, will ich das nicht nüchtern tun. Nicht wenn ich es vermeiden kann.« Er atmete tief durch, schüttelte sich und nickte Xari zu. »Was ist dein Plan?«

»Wir lenken sie ab. Wir lenken sie von den Leuten ab und locken sie weg. So lange können sie keine Metis mehr töten. Hast du gesehen, wie der Kerl läuft? Sie mögen vieles sein, aber sie sind sicher nicht die schnellsten. Nicht an Land und bergauf.«

Der Rosskopf nickte. »Und wie …?«

»Wie wohl? Lass uns sehen, wie gut sie ihre eigene Medizin vertragen! Kommt ihr?«

»Warte!« Akousa sah Cunrat an, und dann sie. »Warte, ich denke, das können wir besser, Schwester.« Sie nahm sich ebenfalls einen Kristall, zerbiss ihn und grinste düster. »Ich wette, in einer Stadt wie dieser gibt es eine Menge Streuner. Und Streuner lieben Fisch.« Die beiden riesigen Hunde neben ihr zuckten im selben Moment zusammen wie ihre Herrin, und aus ihren Kehlen stieg ein dumpfes Grollen auf. Irgendwo in einer der benachbarten Gassen heulte plötzlich ein Hund. Ein zweiter antwortete. »Laden wir sie zum Festmahl ein.« Sie nickte Xari zu. »Ich besorge die Gäste, du sorgst für den Hauptgang. Und du, Berun, schaff deine Verstärkung heran. Beweise mir, dass ihr auf unserer Seite steht, wie du behauptest.« Sie sah Cunrat herausfordernd an, bevor sie sich abwandte.

Cunrat verzog das Gesicht. »Wenn ihr mich fragt – diese Idee ist kompletter Blödsinn.« Er zögerte kurz. »Aber ihr fragt mich nicht, richtig?«

Xari grinste schmal. »Irgendwann lernst du es auch noch. Wenn du das hier überlebst.«

»Also nicht«, stellte Cunrat fest, als die beiden Schwestern eine Treppe zu ihrer Linken hinabliefen. Der Rosskopf klopfte ihm mitfühlend auf die Schulter. »Suchen wir uns ein paar Schwerter, Ritter. Das ist einfacher, als zu versuchen, Frauen zu verstehen. Das solltest du doch inzwischen wissen. Und jetzt nimm endlich deinen verdammten Blaustein und komm.«

Sie waren kaum einige Dutzend Schritt weit gekommen, als er hinter ihnen das Jaulen weiterer Hunde hörte und dann einen Ruf in der seltsamen Sprache, die er bereits von den Huacoun gehört hatte. Hoffentlich wussten die Frauen wirklich, was sie da taten. Und hoffentlich gab es in dieser Stadt wirklich noch jemanden, der auf ihrer Seite war. Gleichzeitig hatte er das Gefühl, Kampflärm und Schreie zu hören, doch wenn, dann nicht in ihrer Nähe. Die schmalen Gassen machten es ohnehin unmöglich einzuschätzen, von wo die Geräusche kamen.

»Wir brauchen Überblick, solange sie abgelenkt sind. Ich glaube nicht, dass sie sie lange davon abhalten werden, alle umzubringen, die ihnen widerstehen«, keuchte der Rosskopf. Er deutete auf eine halb offene Haustür. Cunrat wuchtete sich dagegen, stieß sie auf, stolperte ins Halbdunkel und stieß irgendwelche Gefäße um, bevor sich seine Augen an das Dämmerlicht zu gewöhnen begannen. Dann entdeckte er eine schmale Treppe und stolperte sie hinauf, dann eine zweite, die in einem großen Raum mit einem Balkon endete. Wie die meisten Balkone hier ging er in Richtung Hafen, und an dieser Stelle befand sich nur noch eine niedrige Lagerhausreihe, sodass jetzt der Hauptanlegesteg zu sehen war. Dort stand mit Sicherheit eine volle Kompanie der cortesischen Kriegsknechte des Fürsten, noch immer in ihren Beruner Rüstungen. Sie hatten Paradeaufstellung genommen, und weitere Kriegsknechte schienen außerhalb seiner Sichtweite im Schatten der

Häuser zu stehen. Auf dem landwärtigen Ende des Landungsstegs stand ein Mann, der in Anbetracht der Männer, die ihn umgaben, wohl Fürst Antreno selbst sein musste. Und wie es aussah, befand er sich in einem heftigen Streitgespräch mit einer der Huacoun, die auf dem seewärtigen Ende des Steges standen. Ein Dutzend Krieger ragten hoch über jeden der Corteser auf. Zu ihren Langmessern an den Gürteln trugen sie noch lange Speere mit Knochenspitzen in den Händen. Ihre Wortführer waren allerdings zwei Frauen, die auf diese Entfernung haargenau aussahen wie jene in der Höhle vor einigen Tagen. Auch sie waren einen halben Kopf kleiner und wesentlich zierlicher als die massigen Männer, und auch sie trugen wieder kurze Roben aus einem seltsam fließenden Stoff, der so wirkte, als seien seine Trägerinnen weniger bekleidet als vielmehr mit Milch übergossen. Selbst auf diese Entfernung wirkten sie deutlich gelassener als der Fürst. Oder vielmehr herablassender. Und auch ihre Begleiter wirkten im Gegensatz zur Leibwache des Fürsten geradezu entspannt, wie träge Raubtiere in ihrem Revier.

»*Inenei.*« Cunrat flüsterte unwillkürlich. »Zungen.«

Der Rosskopf nickte. »Die Begabten. Schon verstanden. Ich frage mich, worüber sie diskutieren.« Der Fürst deutete gerade energisch in die Richtung, in der die anderen Huacoun soeben begonnen hatten, Bewohner der Stadt zu töten, doch die Inenei machte lediglich eine Geste, die man nur als Huacoun-Version eines Schulterzuckens interpretieren konnte.

»Ich glaube, er ist nicht ganz einverstanden mit ihrem Vorgehen.« Cunrat runzelte die Stirn. »Scheint nicht alles Sonnenschein unter den Verrätern.«

Der Rosskopf setzte zu einer Antwort an, als die Inenei sich umwandte und den Fürsten, der sie jetzt anbrüllte, betont musterte. Dann sagte eine von ihnen zum ersten Mal irgendetwas, das jedoch nicht an ihn gerichtet zu sein schien. Die Hälfte der Huacoun-Krieger hinter ihr wandte sich um und sprang vom Kai ins Wasser, und das mit einer derartigen Eleganz, dass kaum ein Spritzer den Steg benetzte. Die Inenei dagegen trat mit einem langen Schritt vom Steg auf eine flache Barke, auf der etwas geladen zu sein schien. Ohne auf den Fürsten oder die übrigen Menschen zu achten, gab sie ein Zeichen, und die Männer im Wasser stemmten sich gegen die Barke und schoben sie vom Steg weg, als wiege sie nicht mehr als ein winziges Ruderboot. Mit zunehmendem Tempo glitt der flache Kahn vom Steg weg, und endlich konnte Cunrat einen Blick auf die Ladung erhaschen. Er keuchte. Auf dem Gefährt lag ein halbes Dutzend säulenähnlicher Steinblöcke, die wirkten, als seien sie aus milchigem, bläulich schimmerndem Glas gefertigt. Die Strahlen der Sonne tauchten tief in ihr halb durchsichtiges Innere und ließen die Schemen von Gestalten erkennen, die sich darin befanden. Fremdartige Zeichen und Linien überzogen die Oberflächen der Säulen. Es war erst wenige Tage her, dass er das letzte Mal etwas Derartiges gesehen hatte – tief im Inneren einer Ruinenstadt zwischen Bergen von Blaustein. Eine Huacoun hatte versucht, das, was im Stein gefangen war, zu befreien. Er fluchte. »Ihre Götter! Bei den Gruben, ich dachte, wir hätten alle verbrannt!«

»Das sind ihre Götter?«, flüsterte der Rosskopf und pfiff tonlos durch die Zähne.

Die auf dem Steg verbliebene Inenei sah den Fürsten ungerührt an, den Kopf zur Seite gelegt, als betrachte sie ein lästiges Insekt, das sich interessant genug gebärdete, um es nicht sofort zu zerquetschen. Dann jedoch hob sie eine Hand und schloss sie zur Faust. Der Fürst stoppte seine Tirade, sah hinauf zur Faust und wandte sich dann verwirrt an die Frau.

Der Rosskopf runzelte die Stirn. »Habe ich was falsch verstanden? Ich dachte, der Fürst und die dort arbeiten zusammen?«

In diesem Moment öffnete die Inenei ihre Faust und spreizte die langen Finger, sodass das Licht durch die Schwimmhäute an ihrer Hand schimmerte. Auf dieses Zeichen traten zwei Dutzend der cortesischen Söldner im Rücken des Fürsten vor.

»Scheiße!« Cunrat riss die Augen auf. Irgendjemand schien etwas gerufen zu haben, denn ein paar wenige der fürstlichen Garde wandten sich überrascht um. Sie waren diejenigen, die als Erste zu Boden gingen. Die Söldner fielen unaufgeregt über sie her, sodass erst die dritte Reihe der Leibgarde nicht völlig überrascht war und die Schwerter aus den Scheiden bekam. Einer der Corteser hob einen Bogen, doch von irgendwoher von rechts, außerhalb von Cunrats Blickfeld, kam eine Axt geflogen, schlug in seinen Hinterkopf und ließ den Söldner beinahe einen Salto vollziehen.

»Ach bei den Gruben!«, knurrte der Rosskopf. Er riss eines seiner Schwerter aus dem Gürtel, sprang über die Brüstung des Balkons auf eine darunter befestigte Markise aus Segeltuch und von dort auf das unter ihnen liegende, nahe Dach des Hafenschuppens.

»Im Ernst – schon wieder über Dächer rennen?« Mit einem Seufzen folgte Cunrat ihm. Vom Dach aus konnte er endlich die hinteren Reihen der Kriegsknechte sehen. Eine Gruppe von ihnen hatte ebenfalls Waffen gezogen und setzte gerade dazu an vorwärtszustürmen, auf die Corteser zu, die ihrerseits darauf zu drängen schienen, an den Fürsten heranzukommen. »Ich verstehe das nicht!«, rief er dem Rosskopf zu.

»Unwichtig! Das dort sind unsere Leute!« Er deutete auf die hintere Gruppe, schlitterte über das Lagerhausdach, und Cunrat folgte ihm notgedrungen. Der Rosskopf hatte recht, denn jetzt konnte er den großen, rothaarigen Kriegsknecht namens Hammer erkennen, und direkt hinter ihm liefen zwei Ritter, die Cunrat nur zu gut kannte. Jans und Daryl trugen jetzt ebenfalls die Rüstungen der berunischen Kriegsknechte.

Vor ihnen tauchte die Dachkante auf. Ohne zu zögern, sprang der Rosskopf hinab. Er landete auf einem Stapel Säcke, rollte sich ab, kam auf den Füßen auf und rempelte sich zwischen die versammelten Stadtbewohner. Cunrat verzog das Gesicht und folgte ihm. Auch er landete auf den Säcken, rutschte von dem nachgebenden Haufen und stolperte vorwärts. Menschen wandten sich um und prallten erschrocken zurück, als sie das blanke Schwert in seiner Hand sahen. Wie von selbst öffnete sich eine Gasse vor ihnen. Der Rosskopf erreichte die cortesischen Söldner zeitgleich mit dem Rothaarigen und rammte einem von ihnen die Klinge in den Rücken. Ein zweiter fiel unter dem gewaltigen Hammer des Rothaarigen.

Jetzt erst bemerkten die Corteser, dass sie es nicht nur mit der Leibgarde des Fürsten zu tun hatten. Eilig versuchten die hinteren Reihen, eine Verteidigungslinie zu bilden, doch noch war das Überraschungsmoment bei den Schildbrechern, die sich rücksichtslos eine Gasse durch ihre Front schlugen. Schnell genug? Von dem Dutzend Männer der Leibgarde des Fürsten waren nur noch drei oder vier Männer auf den Beinen, und das, obwohl sie sich auf den Steg zurückgezogen hatten, wo sie schlechter zu erreichen waren. Dummerweise standen am anderen Ende des Stegs noch immer die Huacoun, auch wenn die sich bis jetzt noch nicht gerührt hatten. Er schloss zu dem Kriegsknecht vor ihm auf. »He, Rosskopf! Warum kommen wir Antreno eigentlich zu Hilfe?«

»Ich habe nicht die geringste Ahnung! Ich hoffe, die anderen wissen's wenigstens! Aber so ist das ja immer.« Der alte Kriegsknecht hatte den ersten cortesischen Söldner erreicht, der zu seinem Pech die übrigen Schildbrecher im Auge hatte. Er stieß dem Mann kurzerhand das Schwert in die Kniekehle und lief an dem schreiend Zusammenbrechenden vorbei, ohne auch nur aus dem Tritt zu kommen. Der Söldner hinter diesem ersten sah das Schwert des Rosskopfs auf sich zukommen und riss seine eigene Klinge für eine Parade nach oben. Der Langdolch in der zweiten Hand des Rosskopfes glitt fast mühelos in seinen Bauch.

Dann war Cunrat heran. Sein erster Schwertstreich durchtrennte beinahe den Ellbogen eines weiteren Söldners, und mit dem Rückschwung brach der Knauf seiner Waffe das Nasenbein des Mannes. Ein weiterer Corteser hob eine Kriegsaxt, doch Cunrat unterlief seinen Schwungarm und rammte ihm die Faust gegen die Wange. Der Mann stolperte rückwärts gegen einen Kameraden und riss diesen mit sich zu Boden. Dann war Cunrat mitten unter bewaffneten Männern, hieb und stach, parierte, wich aus, spürte Knochen brechen, Fleisch nachgeben, Männer schreien, etwas Heißes eine Spur über seine Wange ziehen, über seinen linken Unterarm, ignorierte es und hieb weiter auf alles ein, das sich nicht von ihm wegbewegte. Und plötzlich war er hindurch. Vor ihm tat sich eine Lücke auf, über die hinweg ihn ein zerschundener Mann in den Hausfarben Fürst Antrenos anstarrte. Cunrat hatte soeben seinen Gegner niedergeschlagen, und für einen kurzen Moment wusste keiner von ihnen, wie es jetzt weitergehen sollte. Dann tauchte rechts von Cunrat ein blutbeschmierter

Mann mit gefletschten Zähnen auf, und der Leibwächter riss erneut das Schwert hoch. Als Reaktion darauf hob der Blutige einen Zeigefinger. »Wir sind ...«, keuchte er, »sind auf eurer ... kommt mit, wenn ihr leben wollt!«

Cunrat riss die Augen auf. »Jans? Was bei den Gruben tut Ihr hier?«

»Cunrat? Cunrat!« Der andere Ritter brach in ein breites Grinsen aus. »Ihr seid zurück! Verstärkung ist da!«

»Ja also, was das angeht ... Scheiße!« Cunrat unterbrach sich. Am anderen Ende des Stegs hatte sich endlich die verbliebene Inenei geregt. Sie hatte jetzt auch die zweite Hand gehoben. »Passt auf!« Cunrat stürzte vorwärts, die freie Hand vorgestreckt. Der Leibwächter missverstand seine Geste, riss seinerseits sein Schwert hoch, und Cunrat konnte sich nur um Haaresbreite davor bewahren, sich selbst aufzuspießen. »Nein! Sie ...!«

Die Huacoun deutete auf sie. Cunrat sah ein kurzes Flackern vor ihr. Fluchend kniff er die Augen zusammen. Er spürte, wie der Blaustein, den er vorhin erst eingenommen hatte, durch seinen Körper brandete wie flüssiges Eis und seinen vorgestreckten Arm verließ. Nicht schnell genug. Die Kuppel breitete sich aus und verdichtete sich, doch im Vergleich zu dem, was von der Huacoun auf sie zukam, war er viel zu langsam. Erst im letzten Moment gelang es ihm, seinen Fluch ... sein Talent genug zu stabilisieren. Der Leibwächter hatte das Glück, bereits innerhalb der unsichtbaren Kuppel zu sein, die Cunrat errichtet hatte. Das Gleiche galt für Jans und zwei verwirrte cortesische Söldner.

Fürst Antreno und seine zwei verbliebenen Leibwächter hatten nicht so viel Glück. Einer der Männer schien am Rand des Kraftfelds zu sein, denn er wurde vorwärtsgestoßen und prallte gegen den Fürsten. Was immer die Huacoun heraufbeschworen hatte, es erreichte sie einen Lidschlag später und traf sie wie eine Herde rasender Bullen. Es hatte in etwa dieselbe Wirkung auf sie. Sie wurden mit derart brachialer Gewalt gegen Cunrats Kuppel geworfen, dass der erste von ihnen, der sie direkt frontal traf, auf ihr zerquetscht wurde wie eine Schabe unter dem Absatz. Sein Blut ließ die Kuppel erstmals sichtbar werden. Der zweite Wächter und der Fürst prallten etwas weiter rechts auf, ihre Knochen schon vorher gebrochen. Die unsichtbare Gewalt der Huacoun schob sie über die Kuppel, zermalmte sie und warf sie schließlich über Cunrat hinaus in den Himmel, bevor sie Dutzende Meter weit entfernt wie zerbrochene Strohpuppen in der Menschenmenge niedergingen.

Der Stoß der Huacoun endete jedoch nicht an Cunrats Schutzfeld. Seine Energie fuhr links und rechts daran vorbei und in die versammelte Menge der Menschen, wobei er versammelte Gostiner ebenso zerschmetterte wie Kriegsknechte, die das Pech hatten, im Weg der Zerstörung zu stehen. Selbst einige Entfernung hinter Cunrat war die Wucht noch groß genug, um Männer von den Beinen zu reißen und Knochen zu brechen. Lediglich die Männer, die sich dort befunden hatten, wo Cunrats Schutzschirm den Angriff abgelenkt hatte, blieben von der Gewalt des Talents verschont.

Der junge Ritter starrte entsetzt auf den blutroten Schirm vor sich, und das gellende Schreien ließ seine Ohren klingeln. Erst einen Augenblick später wurde ihm klar, dass es von einem der cortesischen Söldner innerhalb seines Kraftfelds kam. Er blinzelte, und mit dem Druck, der von ihm abfiel, brach seine Kuppel zusammen, und das Blut des Leibwächters klatschte zu Boden. Immerhin musste sein Talent auch die

Huacoun verblüfft haben, denn statt nachzusetzen, starrte sie ihn lediglich an – bevor sie auf ihn deutete und etwas sagte, das im Schreien der Panischen und Verletzten unterging. Drei ihrer Begleiter setzten sich daraufhin in Bewegung.

»Was …?« Jans warf Cunrat einen ungläubigen Blick zu. Dann jedoch riss er sich zusammen. »Grubenscheiße! Die hat den Fürsten …«

»Ist mir aufgefallen! Weg!« Er packte Jans am Ärmel und zerrte ihn mit sich.

Sie waren kaum zwei Schritte weit gekommen, als Cunrat wieder dieses dumpfe Klopfen spürte, das mit dem ersten Angriff einhergegangen war. Er fuhr herum und riss die Hand hoch, gerade noch rechtzeitig, um einen zweiten Energiestoß abzulenken, der kurz vor seinem Arm abprallte, dieses Mal so heftig, dass er Cunrat zurücktaumeln und auf ein Knie fallen ließ. Statt ihm selbst wurde jedoch der Giebel des nahen Lagerhauses getroffen, der sich in eine Wolke aus Lehmsplittern und Schindelbruchstücken verwandelte.

»Verdammter Dreck …!« Jans zerrte ihn auf die Füße zurück und in die Gasse hinein, während um sie herum Trümmer herabregneten und Menschen brüllten.

Der Rosskopf tauchte an seiner Seite auf. »Dein Talent ist echt ein Fluch, was?«, rief er Cunrat zu.

»Sag das dem Fürsten!«

Der Kriegsknecht machte im Laufen eine wegwerfende Geste, die einen fliehenden Söldner beinahe ein Ohr kostete, da er noch immer seine Klingen in den Händen hielt. »Der Drecksack wollte dich umbringen lassen. Schon vergessen?«

Noch bevor sie die Häuserreihe erreichten, hatten sich ihnen weitere Kriegsknechte der Schildbrecher angeschlossen, und mit ihnen der zweite Ritter, Daryl. Blut lief ihm in Strömen über das Gesicht, doch er schien es gar nicht zu bemerken. Sie alle hatten offensichtlich das Glück gehabt, hinter Cunrat zu stehen, als die Woge der Vernichtung über sie hereingebrochen war. Gemeinsam tauchten sie in der Masse der Menschen unter, deren Bann jetzt gebrochen schien. Wer konnte, rannte in wilder Flucht aus dem Hafen und in das Gewirr der schmalen Gassen Gostins hinein. Der Strom Flüchtender riss die Schildbrecher mit und ließ lediglich zerschmetterte Leiber und schreiende Verwundete zurück.

9

Huacoun

Sara erwachte mit hämmernden Schmerzen in ihrem Schädel, die sich vom Unterkiefer über ihre Narbe bis ganz hinauf zur Schläfe zogen. Die Schmerzen waren so heftig, dass sich ihr Magen zusammenkrampfte und sie Blut und Galle kotzte. Eine Weile blieb sie keuchend liegen, bis die Welt aufhörte, sich wie verrückt um sie zu drehen. Vorsichtig hob sie den Kopf. Sie war an Händen und Füßen gefesselt und lag auf einem feuchten Steinboden, der so eisig war, dass ihre Zähne klapperten. Vermutlich befand sie sich noch immer irgendwo unten in der Kanalisation, denn die Decke des Raums war aus dem gleichen rötlichen Sandstein gemauert wie die meisten Tunnel in Beruns Unterwelt. Sie drehte den Kopf und entdeckte hinter ihrem Rücken den macoubanischen Botschafter, der ganz offensichtlich mit ihr zusammengebunden worden war. Sie drehte sich so weit zur Seite, wie es ihre Fesseln zuließen, und stieß ihn unsanft mit dem Fuß an. Der Botschafter reagierte mit einem gequälten Grunzen. Sie seufzte erleichtert. Zumindest waren sie beide noch am Leben. Ob das allerdings tatsächlich eine gute Nachricht war, würde sich noch herausstellen. Sie schob sich in eine sitzende Position, und ein erneuter Schmerz schoss ihre Schläfe hinauf. Mit zusammengebissenen Zähnen blickte sie sich um.

Der Raum war gewaltig. Überall standen Kisten und Truhen unterschiedlichster Form und Größe. Neben einem mit Äxten und Schwertern überladenen Waffenständer befand sich ein mächtiger Eichentisch, der sich unter Bergen von Papieren und Pergamenten bog. Von der rußgeschwärzten Decke hing ein schwerer novenischer Kronleuchter, der ein behagliches Licht verbreitete.

Sie kannte diesen Raum. Sie war schon ein- oder zweimal hier gewesen. Feyst Dreiauge hatte ihn als seinen Thronsaal bezeichnet, den Ort, an dem er seine Reichtümer versteckt hielt und in den er nur die ergebensten seiner Familienmitglieder einlud. Bei dem Gedanken daran, dass sie einmal selbst dazugehört hatte, musste sie lachen. Sie hatte sich am Ende als beinahe genauso ergeben herausgestellt wie sein eigener Leibwächter. Aber so schnell änderten sich die Dinge. Eben hielt man sich noch für einen der mächtigsten Männer der Stadt, und im nächsten Augenblick schlugen einem die Vertrauten den Schädel ein. Am Ende blieb nichts weiter übrig als eine Pfütze aus Knochensplittern und geronnenem Blut.

Die Schmerzen in ihrer Schläfe erinnerten Sara daran, dass sie ebenfalls nicht weit von diesem traurigen Schicksal entfernt lag. Mit den Fingerspitzen tastete sie über die Fesseln an ihren Handgelenken. Die Seile waren zum Glück nur aus Hanf, was es zumindest nicht völlig unmöglich machte, sie zu lösen. Sie benötigte nur eine einigermaßen scharfe Klinge. Erneut blieb ihr Blick an dem Waffenständer hängen, und sie schöpfte ein wenig Hoffnung. Die Schwerter schienen scharf genug geschliffen zu sein, um sich damit loszuschneiden. Sie stieß Beltran mit den Füßen an, bis er stöhnend erwachte.

»Nur noch bis zum nächsten Hahnenschrei«, murmelte der Botschafter benommen.

»Dann sind wir vermutlich schon tot.«

»Dann lasst mich doch einfach weiterschlafen«, entgegnete Beltran gähnend, doch seine Stimme klang schon ein Stückchen wacher als zuvor. Sie spürte, wie er in ihrem Rücken an den Fesseln zerrte und im nächsten Augenblick zusammenzuckte.

»Alles in Ordnung?«

»Ich glaube, mein Arm ist gebrochen. Ansonsten fühle ich mich hier so heimisch wie in den Kerkern des Flammenschwertordens.«

Sara schnaufte und machte ihn auf den Waffenständer aufmerksam. »Wir müssen bis dort hinüberrollen, dann können wir uns losschneiden. Meint Ihr, Ihr bekommt das mit dem Arm hin?«

Beltran zuckte mit den Schultern. »Habe ich eine Wahl?«

»Wenn Ihr am Leben bleiben wollt, vermutlich nicht.« Stöhnend schob sie sich über ihn hinweg. Die Anstrengung ließ ihren Magen erneut revoltieren. Mühevoll rollten sie sich herum. Einmal um die eigene Achse, bis Beltran heftig zusammenzuckte und ein klägliches Wimmern ausstieß. Sie ließ ihm einen Augenblick Zeit, bis sie sein leises Kichern vernahm.

»Ich hätte mir im Leben nicht träumen lassen, eines Tages mit einer Frau wie dir über den Boden zu rollen. Aber ein Mann in meinem Alter kann wohl kaum noch allzu hohe Ansprüche an die Frauenwelt stellen, nicht wahr?«

»Haltet den Mund«, knurrte Sara und schubste ihn unsanft weiter. Immer weiter, Drehung für Drehung. Eine halbe Ewigkeit, bis sie den gesamten Raum durchquert hatten und endlich an den Waffenständer stießen. Irgendwo ganz in der Nähe ertönte ein Rasseln wie von einem Schlüsselbund, das von einem Gürtel gezogen wurde. Gleich darauf waren schwere Schritte zu hören.

Sara stieß einen unterdrückten Fluch aus. »Schnell«, zischte sie und presste ihre Schulter gegen das Holz.

Stück für Stück schoben sie sich nach oben, bis sie in eine sitzende Position gelangten. Saras Schultern brannten wie die Hölle, und Beltrans Keuchen deutete darauf hin, dass seine Schmerzen schier unerträglich waren. Die Schritte kamen langsam näher, doch Sara wagte es nicht aufzuschauen. Hektisch tastete sie herum, bis sie gegen eine kurze Schwertklinge stieß, die gut geschliffen wirkte. Sie drehte sich, bis die Klinge direkt über dem Seil lag, und zog die Hände mehrmals schnell darüber hinweg. Sie spürte, wie die Klinge durch das Seil schnitt und gleichzeitig durch ihre Haut. Sie presste die Zähne fest aufeinander, um nicht vor Schmerz zu schreien. Sie spürte das warme Blut über ihre Unterarme rinnen und auf den Boden tropfen. Mit aller Kraft zog sie die Hände auseinander und hörte, wie das erste Seil zerriss. Die Schritte kamen näher. Panisch machte sie weiter, bis endlich das zweite Seil zerriss und Beltran schmerzerfüllt aufstöhnte. Noch ein letztes Mal zog sie das Seil über die Klinge, als ein dunkler Schatten auf ihr Gesicht fiel.

»Hör auf damit«, knurrte Bedbur auf seine kehlige, kolnorische Art. Seine Stimme klang wie Donnergrollen, und seine Augenbrauen waren zornig zusammengezogen. Feysts ehemaliger Leibwächter packte sie am Kragen und zog sie in die Höhe. Er schüttelte sie so mühelos wie einen Hundewelpen, der einen Knochen gestohlen hatte, und sie schlug hart gegen den Waffenständer. »Es hat keinen Zweck, sich zu wehren.«

»Einen Versuch war es wert«, presste sie zwischen zusammengebissenen Zähnen hervor. Irgendetwas drückte sich schmerzhaft gegen ihren Rücken. Instinktiv schob sie die Hand nach oben und bekam einen Schwertgriff zu fassen.

»Du bist ein ungehorsames Kind«, donnerte Bedbur. »Ich habe Feyst vor dir gewarnt. Ich habe ihm gesagt, dass man dir nicht trauen darf.«

Sara lachte. »Du meinst, so wie dir? Hast du ihn auch davor gewarnt, dass du ihn eines Tages verraten und ihm deine Axt in den Schädel rammen würdest?«

Verärgert schüttelte Bedbur den Kopf. »Du tust mir unrecht. Ich war Feyst mein Leben lang treu ergeben, so wie es sich für einen guten Diener gehört. Ich habe ihn nie hintergangen und kein einziges Mal bestohlen, obwohl sich mir oft genug die Gelegenheit bot. Ich habe tagein, tagaus seinen Rücken beschützt und mein Blut für ihn vergossen. Nennst du das etwa einen Verräter?«

»Du hast ihn getötet.« Unauffällig zog Sara an dem Schwertgriff und spürte erleichtert, wie sich die Waffe ein Stück aus ihrer Halterung löste. »Ist das etwa kein Verrat?«

»Das ist etwas völlig anderes! Feyst ist selbst zum Verräter geworden. Ich musste ihn daran hindern, dir Dinge zu verraten, die im Verborgenen bleiben sollen. Dinge, die größer sind als unsere Familie. Größer als diese Stadt und sogar größer als das gesamte Kaiserreich.«

»Und das soll ich dir glauben?« Langsam zog sie das Schwert zu sich heran. Die Klinge wog beruhigend schwer in ihrer Hand. Es musste sich um eine hervorragende Waffe handeln. »Welche Sache sollte denn größer sein als Berun? Es gibt nichts auf der Welt, das auch nur annähernd seine Ausmaße erreicht. Weißt du, was ich glaube? Ich glaube, dass du Feyst verkauft hast. Die Kolnorer haben dir irgendeinen Scheiß erzählt, von wegen Kriegerehre und dem Blut deiner Ahnen, das immer noch durch deine Adern fließen soll. Und du hast ihnen diesen Unsinn abgenommen und dich einlullen lassen wie ein Kleinkind von den Gutenachtliedern seiner Amme.« Die Worte sprudelten einfach so aus ihr heraus. Sie waren nur dazu gedacht, Bedbur lange genug abzulenken. Es klappte besser, als sie gehofft hatte.

Der Riese stieß ein wütendes Grollen aus. »Hör auf damit! Ich bin kein Verräter.« Seine gewaltige Pranke ballte sich zur Faust.

»Ich wette, dass sie dir noch nicht einmal Geld anbieten mussten. Du bist so dumm, du tötest deinen Dienstherrn auch ohne Bezahlung.« Sara hielt den Schwertgriff hinter ihrem Rücken fest umklammert. Sie stieß noch eine Handvoll sinnloser Beleidigungen aus, nur um ihn noch weiter anzustacheln. Und als er schließlich ausholte, um sie zu schlagen, spannte sie ihre Muskeln an, stieß die Luft aus und rammte ihm die Spitze ihrer Waffe tief in den Bauch.

Jedenfalls hatte sie das vorgehabt. Doch als sie zustoßen wollte, hielt eine sanfte Stimme sie zurück. »Genug.« Es war nur ein Wort, doch es besaß eine Macht, die Sara erstarren ließ.

Ein hochgewachsener Mann trat in den Raum. Er wirkte seltsam unförmig, und seine Haut war leichenblass und wies einen silbrigen Schimmer auf, der entfernt an Fischschuppen erinnerte. Seine unnatürlich großen Augen glänzten schwarz wie die Tiefsee. Er lächelte, und es fühlte sich seltsam gut in Saras Innerem an. Ein süßlicher Duft ging von ihm aus. Als er in Saras Nase kroch, breitete sich wohlige Wärme in ihrem Magen aus. Von einem Augenblick auf den nächsten war ihr

Kampfgeist erloschen, beinahe so, als wäre er nie da gewesen. Eine seltsame Trägheit erfasste ihren Körper. Verwirrt ließ sie das Schwert sinken.

Der Huacoun kam näher. Seine Füße schienen kaum den Boden zu berühren. Der Blick seiner dunklen Augen schweifte über die Pergamentrollen auf dem Schreibtisch hinweg, verharrte nur kurz auf dem am Boden liegenden Botschafter, der sich stöhnend den Arm hielt, und richtete sich schließlich auf Bedbur, dessen zum Schlag erhobene Faust noch immer eine Handbreit vor Saras Gesicht in der Luft schwebte. Seine Finger, die so zart und feingliedrig waren wie die einer Frau, legten sich auf den haarigen Unterarm des Riesen und drückten ihn sanft nach unten. »Wut ist kein guter Lehrmeister, Bedbur. Sie zieht dich in ihren Bann und vernebelt deine Sinne. Du bist nicht mehr du selbst und schaust nicht mehr nach rechts oder links. Nur noch geradeaus. Du verlierst die kleinen Dinge am Rande des Wegs aus dem Blick. So etwas kann sich gelegentlich sogar als tödlich erweisen. Mein Name ist übrigens Okue. In der Sprache meines Volks bedeutet es ›Der Schleichende Tod‹, weil es meine besondere Gabe ist, Menschen einen langsamen und schmerzvollen Tod zu bereiten. Aber das weißt du vermutlich. Du bist schließlich eine Metis.« Er neigte den Kopf leicht zur Seite und musterte Sara neugierig. »Du bist das Mädchen, von dem Feyst uns so viel erzählt hat. Er hat eine Menge von dir gehalten, wusstest du das? Er hatte sogar vorgehabt, dich eines Tages zu einem seiner Anführer zu machen.«

»Feyst?« Verzweifelt versuchte Sara ihre Gedanken zu ordnen, sich wieder auf das zu konzentrieren, was sie bis eben noch vorgehabt hatte. Ihr fiel beim besten Willen nicht mehr ein, was es sein könnte. Sie hatte das Gefühl, durch einen See aus Sirup zu waten. Der Huacoun roch viel zu gut, und seine Stimme klang viel zu melodisch und sanft, um ihr nicht die gesamte Aufmerksamkeit zu widmen, die ihr gebührte.

Okues Lächeln entblößte eine Reihe nadelspitzer Zähne. »Das erstaunt dich, nicht wahr? Feyst Dreiauge, der skrupellose König der Unterwelt. Ausgerechnet dieser Mann hatte ein Herz für das seltsame Mädchen aus dem Macouban. Du musst es ihm regelrecht gebrochen haben, als du ihn verraten hast. Er war außer sich vor Wut. Und letzten Endes hat ihn diese Wut ja auch das Leben gekostet.« Er warf Bedbur einen kurzen Seitenblick zu, und der kolnorische Riese senkte den Kopf wie ein einfältiger Schüler, dem gerade eine Lektion erteilt worden war.

»Feyst war ein mieser Drecksack«, presste Sara zwischen zusammengebissenen Zähnen hervor. »Er hat noch nie an jemand anderen gedacht als an sich selbst.«

Okue lachte mit glockenheller Stimme. »Wie man sich in einem Menschen doch täuschen kann. Nimm zum Beispiel Bedbur. Du tust ihm unrecht, wenn du ihn einen Verräter nennst. Er war Feyst wirklich immer treu ergeben. Doch es gibt eine Sache, der er noch mehr ergeben ist. Mehr als allem anderen auf der Welt. Es handelt sich dabei um die gleiche Sache, die ihn mit uns verbindet.«

»Dämlichkeit?«

»Tzzz.« Okue runzelte die Stirn. Für einen kurzen Augenblick schien sein Selbstbewusstsein zu wanken. Ein neuer Geruch verdrängte den süßlichen Duft, den er gerade noch verströmt hatte. Etwas Bitteres, das entfernte Ähnlichkeit mit verfaulenden Seealgen aufwies. Er legte einen schlanken Zeigefinger auf ihre Lippen. Verzweifelt klammerte sich ihre Hand um den Schwertgriff. Bei den Reisenden! Da war doch noch etwas gewesen, das sie unbedingt hatte unternehmen wollen. Aber was?

»Du besitzt bemerkenswerte Fähigkeiten«, sagte Okue. »Das heilige Blut pulsiert erstaunlich stark in deinen Adern. Unter anderen Umständen wäre ich glücklich, jemanden wie dich als Dienerin zu besitzen. Doch selbst jetzt, da du mir voll und ganz ausgeliefert bist, wehrst du dich noch gegen meine Kräfte. Diese Dickköpfigkeit macht dich furchtbar unzuverlässig, und das ist auch der Grund, warum du so gut wie wertlos für mich bist.« Er stieß einen tiefen Seufzer aus und zog ein langes, schmales Messer aus dem Gürtel, dessen Klinge in einem grünlichen Farbton schimmerte. Als er sie im Licht des novenischen Kronleuchters drehte, verwandelte sich das Grün in ein leuchtendes Blau. »Nein, ich tue dir unrecht. So völlig wertlos bist du nicht. In den nächsten Tagen warten große Aufgaben auf uns, deren Bewältigung unser aller Kräfte benötigt. Auch deine Kräfte werden uns dabei noch von Nutzen sein. Siehst du dieses Messer hier? Seine Klinge wurde der Legende nach vor Tausenden von Jahren aus der Manarischen Tiefsee geborgen. Lambebe, der Herr der Finsternis, soll sie mit eigenen Händen erschaffen haben. Es existieren nur noch eine Handvoll Klingen ihrer Art, und es werden von Jahr zu Jahr weniger. Wer sie besitzt, darf sich wirklich glücklich schätzen. Sie hat nämlich eine ganz besondere Fähigkeit. Sie ist in der Lage, die Kraft eines Hexers zu trinken und zu bewahren, sodass sie zu einem späteren Zeitpunkt wiederverwendet werden kann. Es gibt allerdings einen winzig kleinen Haken bei der Sache. Um die Kräfte des Hexers aufzunehmen, muss sich die Klinge tief in seinen Körper hineinbohren. Was in den meisten Fällen bedauerlicherweise zu seinem vorzeitigen Ableben führt.« Okues Mundwinkel zuckten kurz nach oben. Er beugte sich zu Beltran hinunter und zog ihn mit einer Mühelosigkeit auf die Füße, die seinen ausgemergelten Körper Lügen strafte. Sanft strich er dem verdutzten Botschafter über die Wange und drückte ihm das Messer in die Hand. »Wenn du mir freundlicherweise zur Hand gehen würdest?«

»Hu?« Beltran blinzelte verwirrt und bewegte den Mund wie ein Fisch auf dem Trockenen. Er starrte auf das Messer herunter wie auf einen giftigen Skorpion.

»Nur zu«, sagte Okue. Auf seinen Lippen lag ein wohlwollendes Lächeln. Der süßliche Duft, der von ihm ausging, nahm an Intensität zu. Seine Stimme klang wie das Rauschen der Brandung an einem einsamen Sandstrand. »Stich es ihr in die Brust. Genau an dieser Stelle dort, so fest wie möglich. Nur keine Scheu, du kannst nichts kaputt machen. Die Klinge besteht aus dem härtesten Material, das in ganz Tertys existiert.«

Sara runzelte die Stirn. Sie wusste, dass es falsch war, was der Huacoun da tat. Ihr war klar, dass sie es nicht zulassen durfte. Doch auf der anderen Seite klangen seine Worte so vernünftig, so verdammt einleuchtend. Er brauchte doch nur ihre Kräfte, und es war nichts Schlechtes daran, sie ihm zu geben. Oder? War es nicht im Gegenteil sogar eine Ehre, ihm zu dienen? Hatte er nicht sogar selbst gesagt, dass große Aufgaben auf sie alle warteten und sie ihren Teil dazu beitragen konnte? Sie spürte, wie sich ihr Körper entspannte und sie nach einer Weile sogar sein Lächeln erwiderte. Sie drehte den Kopf und nickte Beltran zu. »Keine Angst, mein Freund. Ich bin bereit.«

Der Botschafter schaute nicht halb so glücklich drein, wie es der Situation angemessen zu sein schien. Seine Hand mit dem Messer zitterte ganz erbärmlich, während er zögerlich näher trat. Sie sah die nackte Angst in seinen Augen und wollte schon ein paar aufmunternde Worte an ihn richten, als seine Hand blitzschnell nach vorn zuckte und die Klinge schmatzend zwischen die Rippen des Huacoun jagte.

Okue starrte ihn einen Moment lang irritiert an, ehe sein Blick nach unten wanderte und seine Augen groß wurden. Er stieß ein klägliches Röcheln aus und wankte zwei Schritte rückwärts.

Im selben Augenblick verging die seltsame Trägheit, die Sara gefangen hielt. Ohne nachzudenken, sprang sie nach vorn und schwang ihr Schwert in einem weiten Bogen gegen Bedbur. Es war ein ungezielter Hieb, doch er reichte aus, um eine klaffende Wunde zwischen Hals und Schulter zu schlagen und das Blut des Kolnorers gegen die Wände spritzen zu lassen.

Bedbur riss die Axt nach oben, doch seine Muskeln versagten ihm den Dienst. Die schwere Waffe rauschte harmlos an ihr vorbei und krachte gegen die Wand. Sara wich einen Schritt zur Seite aus, und ihr nächster Hieb fuhr in seine ungeschützte Seite hinein und ließ ihn schreiend in die Knie brechen. Brüllend riss sie das Schwert zurück über den Kopf und schmetterte es in seinen Schädel. Blut und Knochensplitter spritzten durch die Luft. Die Klinge entglitt ihren nassen Fingern und klirrte auf den Boden. Fluchend sprang sie hinterher, rutschte in einer Blutlache aus und knallte schmerzhaft gegen eine Truhe. Sie stöhnte und tastete panisch nach dem Griff der Waffe, bekam ihn zu fassen und fuhr herum. Ihr Kopf dröhnte, und sie sah nur noch verschwommen. Jemand kam auf sie zugewankt. Mühsam hob sie das Schwert, das plötzlich schwer wie Stein in ihrer Hand lag.

»Ich … ich habe ihn getötet«, stammelte Beltran, der keuchend und mit glasigem Blick vor ihr stehen blieb.

»Was Ihr nicht sagt.« Erleichtert ließ sie die Waffe sinken und sah sich nach dem Huacoun um. Er lag auf dem Rücken, die Augen vor Entsetzen weit aufgerissen und blicklos gegen die Decke gerichtet. Seine Hände waren noch immer um den Griff des Dolchs geklammert, der aus seiner blutigen Brust herausragte. Dieser Fischmensch war tot, so viel war mal sicher.

»Ich habe doch noch nie jemanden getötet«, stieß Beltran krächzend hervor. »Ich meine ... nicht eigenhändig. Ein Mann meines Stands hat für solche Dinge doch seine Leute.«

Gequält seufzte Sara auf. »Gutes Personal ist heutzutage schwer zu finden. Nie ist es zur Stelle, wenn man es mal braucht.« Sie humpelte zu dem Huacoun hinüber, das Gesicht vor Schmerzen verzerrt und die Hand fest gegen ihre Seite gepresst. Jeder Schritt schickte Nadelstiche durch ihren geschundenen Körper. Es fühlte sich an, als wäre sie von einem Ochsenkarren überfahren worden. Einen Augenblick lang blickte sie angewidert auf den Fischmenschen hinab und unterdrückte den Impuls, schreiend auf ihn einzutreten. Schließlich beugte sie sich über ihn und zog mit einem Ruck das Messer aus seiner Brust.

»Was tust du da?«, keuchte Beltran.

Sie hielt die Klinge gegen das Licht. In ihrem Innern pulsierte und brodelte es, so als wäre sie von einer Art eigenen Lebens erfüllt. »Ihr habt es doch selbst gehört. Es existiert nur noch eine Handvoll ihrer Art.« Sie wischte die Klinge an ihrem Ärmel sauber und streckte sie Beltran mit dem Griff voran entgegen. »Wer sie besitzt, darf sich wirklich glücklich schätzen.«

Angeekelt verzog Beltran das Gesicht. »Ich weiß nicht so recht. Ihm hat ihr Besitz ja nun wirklich nicht sehr viel Glück gebracht ...«

Sie nickte. Damit hatte der Botschafter ohne Zweifel recht. Sie musterte ihn einen Augenblick lang nachdenklich. »Ihr hattet dafür umso mehr Glück. Ich frage mich, wieso. Warum konnte Euch seine Hexerei nichts anhaben? Seid Ihr etwa auch ein Begabter? Ich meine, wundern würde es mich ja nicht. In letzter Zeit laufen hier ja eine ganze Menge davon herum.«

»Schön wäre es, aber es gibt eine sehr viel einfachere Erklärung.« Beltran zog seine Halskette aus dem Hemdausschnitt. Ein Bündel aus Knöchelchen und zerzausten Federn kam zum Vorschein, das Sara entfernt bekannt vorkam. »Erinnerst du dich noch an die alte Hexe aus dem Kastell ad Vares, aus dem ihr mich so unsanft entführt hattet? Wer im südlichen Macouban und auf Vellarmo etwas auf sich hält, der umgibt sich neuerdings mit diesen verrückten Geisterbeschwörern. Ganz persönlich war ich bislang noch nie ein Freund dieser Mode. Ich hatte das Wirken dieser alten Weiber bislang immer für Aberglauben und Heckenzauberei gehalten, und außerdem haben sie eine seltsame Vorliebe für kleine tote Pelztiere und verdorbene Speisen, die einen furchtbaren Gestank im Haus verbreiten. Aber was tut ein Botschafter von Stand nicht alles, um seine Gäste zu beeindrucken, nicht wahr?«

»Hattet Ihr es schon einmal mit Musik und Tanz versucht?«

Beltran winkte ab. »In meinen Kreisen ist das längst nicht mehr genug. Und jetzt im Nachhinein wäre ich der Letzte, der sich darüber beschwert. Ohne den Talisman meiner Hexe würden wir beide wohl nicht mehr leben.« Er zog die Kette über den Kopf und ließ sie zwischen Daumen und Zeigefinger herunterbaumeln. Das zerfledderte Federbündel drehte sich gemächlich im Kreis. »Die macoubanischen Hexen behaupten, dass alles mit allem zusammenhängt. Manche glauben sogar, dass es sich bei allen magischen Fähigkeiten um einen Teil derselben Kraft handelt, die auf ganz Tertys wirkt. Nämlich um die Fähigkeit, auf die andere Seite zuzugreifen. Auf eine Welt, in der keine Grenzen existieren. In der es keinen Himmel und keine Erde gibt, und auch keine Türen, die den Weg versperren. Klingt verrückt, nicht wahr? Jedenfalls hatte mir meine Hexe eingeredet, dass dieses kleine Schmuckstück hier den Zugriff auf die Geisterwelt unterbinden kann und mich so vor dem Einfluss böser Kräfte schützt. Wenn ich bedenke, dass mir das vielleicht gerade das Leben gerettet hat, bereue ich beinahe, nicht öfter mal ein freundliches Wort für sie übrig gehabt zu haben. Andererseits hat sie aber auch wirklich abartig gestunken. Hier …« Mit einer nachlässigen Handbewegung warf er Sara den Talisman zu. »Ich glaube, du kannst ihn nötiger gebrauchen als ich.«

10

Unter Schwestern

»Wie meinst du das – es kommt keine Verstärkung?«, knurrte Hammer düster.

Cunrat atmete tief durch und wischte sich den Schweiß aus dem Nacken. Er hatte das Gefühl, dass es mit jedem Atemzug drückender wurde. »Wie ich es sage. Das Ordenshaus in Tiburone hat sich mit den Kolnorern verbündet. Auch Dolen«, fügte er mit einem Seitenblick auf Daryl hinzu. »Er hat Wibalt getötet und sich den Tiburoner Abtrünnigen angeschlossen. Und die wiederum arbeiten mit den Huacoun zusammen. Von dort können wir also keine Hilfe erwarten. Wir sind auf uns gestellt.«

»Dolen? Niemals!«

Cunrat sah Daryl an. Der ältere Ritter trug einen dicken Verband über dem linken Auge und war erschreckend blass. »Ich war dabei, Herre. Er hat ihm seinen Dolch in die Brust gestoßen, als Wibalt sich gegen den Verrat stellte. Ich konnte gerade so entkommen, um euch zu warnen.«

»Was ist mit Ness? Zeisig? Wo ist Messer?«, warf Hammer ein. Die Lippe des Hünen war durch einen Hieb geplatzt und sah aus, als hätte er spätestens jetzt alle Schneidezähne verloren, wenn das nicht schon lange passiert wäre. Sein Lispeln war dadurch noch ausgeprägter geworden.

Der Rosskopf hob den Blick von seinem Schwert, das er gerade sorgfältig reinigte. »Zeisig hat's nicht geschafft. Ness und Messer haben ein Schiff bestiegen. Mit etwas Glück schaffen sie es nach Berun und können berichten, welcher Mist hier wirklich läuft. Das war zumindest der Plan.«

»Hm.« Hammer wirkte nachdenklich. »Und was läuft wirklich?«

Daryls verbliebenes Auge funkelte. »Dolen hat Wibalt seinen Dolch in die Brust gestoßen«, wiederholte er, ohne auf die Kriegsknechte zu achten.

Cunrat nickte. »Er …«

»Wibalt, dem Eisen keinen Schaden zufügen kann«, unterbrach ihn Daryl trocken.

Cunrat hielt inne. Für einen Moment sprach niemand ein Wort. Schließlich pfiff Hammer leise durch seine Zahnlücke.

»Aber … warum?«, fragte Cunrat schließlich verständnislos.

Daryl kniff die Lippen zusammen. »Ich weiß es nicht. Aber Ritter Dolen weiß, dass er Wibalt nicht erstechen kann. Und Wibalt weiß, dass Dolen das weiß – und dass du es weißt. Ich glaube, sie haben einen Plan gehabt. Und ich vermute, Dolen ist davon ausgegangen, dass du ihn erkennst.«

Cunrat wurde sich darüber bewusst, dass ihn jeder im Raum anstarrte. »Ich … ich habe … ich weiß nicht. Er wollte, dass ich ihm vertraue. Aber ich habe keine Ahnung, worauf er hinauswollte!«

Daryl musterte ihn noch etwas, dann seufzte er. »So kommen wir nicht weiter. Selbst wenn Dolen einen Plan hat – solange wir ihn nicht kennen, sollten wir nicht mit ihm rechnen.

Also bleiben nur wir. Vergessen wir die Sache mit der Verstärkung einfach.«

»Das wird Brender nicht gefallen«, brummte Hammer düster.

Der Rosskopf zuckte mit den Schultern. »Das gefällt niemandem«, gab er zurück und sah sich um. Neben Cunrat, ihm und den zwei Rittern waren lediglich etwa zwanzig Kriegsknechte aus Vibel Brenders Trupp anwesend, sieben davon mehr als nur geringfügig verletzt. Zwei Männer würden vermutlich den nächsten Tag nicht erleben. Wenn er es richtig verstanden hatte, hatten sie bei ihrem Überraschungsangriff weitere fünf Männer verloren. Es fehlten also mehr als vierzig Männer, unter ihnen fast alle Schildbrecher, Vibel Brender sowie der Rest der Ritter samt ihres Anführers. »Wo sind Brender und die anderen, Hammer?«

»Vorerst sicher.« Hammer grinste so breit, dass seine Lippe erneut aufplatzte. »Es gibt ein Hafenkastell. Uralt. Vermutlich so alt wie die Festung selbst, aber keiner nutzt es mehr. Bis jetzt.« Er zwinkerte.

»Und warum seid ihr nicht dort?«

Hammer zuckte mit den Schultern. »Wäre zu auffällig, wenn niemand von uns zu sehen wäre. Der Vibel meint, es wäre einfach, uns zu verstecken, wenn jeder sehen kann, dass wir noch da sind.«

Der Rosskopf runzelte die Stirn, dann nickte er zögerlich. »Das ergibt … einen gewissen Sinn, ja. Und was ist der Plan?«

Daryl zögerte sichtlich, bevor er antwortete. »Unsere Hauptaufgabe war es, Fürst Antreno am Leben zu halten«, sagte er schließlich.

Cunrat sah ihn an. Dann blinzelte er. »Den Fürsten am Leben halten …«, wiederholte er lahm.

Daryl nickte, was ihm selbst unangenehm zu sein schien. »Wir waren der Ansicht, dass wir mit dem Fürsten – bei allen Differenzen – einen starken Verbündeten gegen die Huacoun erhalten könnten, wenn wir nur im rechten Moment da sein und unsere Loyalität beweisen könnten.

»Ah«, machte Cunrat trocken. »Hat ja nicht so geklappt.«

»Nun ...«

»Außerdem wollte Brender, dass wir herausfinden, was die Fischgesichter überhaupt wollen«, warf einer der Kriegsknechte ein.

Cunrat musterte ihn und konnte auch an seinem Waffengurt das Brandzeichen der Schildbrecher erkennen. »Genauer gesagt, was es ist, das sie wollten. Diese Steine, in denen ...«

Daryl unterbrach ihn barsch. »Ihr habt diese Säulen gesehen. Die Huacoun müssen eine Abmachung mit dem Fürsten getroffen haben. Vor einigen Tagen sind das erste Mal ein paar von ihnen von ihrem Schiff gekommen und in der Festung verschwunden, offensichtlich mit Billigung des Fürsten. Soweit wir wissen, hat er kurz darauf irgendwo etwas graben lassen, und heute Morgen kamen schließlich alle wieder zum Vorschein und haben diese Blöcke da mitgebracht. Wir wissen nicht genau, was das ist, aber wir vermuten ...«

»Blaustein«, warf Cunrat ein. »Diese Dinger bestehen aus Blaustein, und in ihnen sind – keine Ahnung – größere Versionen von ihnen eingeschlossen. Viel größere.«

Daryl runzelte die Stirn und verzog gleich darauf schmerzerfüllt das Gesicht. »Wir hatten vermutet, dass es Statuen ihrer Götter sind, aber Meister Henric meint etwas anderes. Er sagt, sie seien zu klein für jene Götter, die die Reisenden bekämpften. Viel zu klein.«

»Glaub mir, aus der Nähe sehen sie wesentlich größer aus«,

warf Cunrat ein. »Aber nein, ich glaube, Henric liegt falsch. Was dort eingeschlossen ist, sind ihre Götter. Viele davon. Die Metis glauben, es sind Hunderte. Tausende vielleicht. Östlich von hier in einer Höhle haben wir welche davon gesehen. Und hier sind jetzt noch weitere. Wer weiß, wo noch. Wir glauben, es sind die echten Huacoun. Also das, was die Metis als Huacoun bezeichnen, die dunklen Götter des Südens. Nicht einfach nur die Hexer aus dem Südmeer.«

Daryl verzog verächtlich den Mundwinkel. »Huacoun. Götter, Hexer. Metis. Und das weißt du plötzlich alles woher?«

Cunrat sah ihn an. »Weil ich lernfähig bin. Und in den letzten Tagen gab es eine Menge zu lernen. Ich habe die Hexer gesehen. Ich habe eine von ihren Anführerinnen getötet. Mit getötet. Also, ich habe dabei geholfen. Jedenfalls – die Hexer haben versucht, die in den Steinen dort … aufzutauen. Denn was immer dort drin ist, lebt.«

»Mehr davon?« Jetzt starrten ihn alle Männer im Raum an.

Cunrat zuckte mit den Schultern. »Mindestens ein Dutzend, ich weiß nicht. Wir waren ziemlich beschäftigt. Wichtiger ist, dass sie vor allem das hier wollten.« Er griff in eine Gürteltasche, holte ein Stückchen Blaustein hervor und warf es nach kurzem Zögern Daryl zu. »Das hier. Wir haben es gesehen. Ich. Ich habe es gesehen. Sie haben Säcke davon weggeschleppt. Die eigentliche Frage ist: warum?«

Dolen drehte das unscheinbare Bröckchen zwischen den Fingern. »Warum? Ich denke …«

»Weil«, unterbrach ihn Cunrat, »sie einen Krieg gewinnen wollen, der vor Jahrhunderten angefangen worden ist.« Er stand auf und ging die drei Schritte bis an das winzige Fenster neben der Tür dieses Hauses, um auf die Gasse zu spähen. Inzwischen war dort draußen niemand mehr zu sehen. Schreie waren jedoch immer noch zu hören, allerdings durch die Entfernung gedämpft. Er drehte sich erneut um. Die Leute starrten ihn schon wieder an. »Und wisst ihr, von wem?«

»Von den …« Jans zögerte. »Keine Ahnung?«

»Von uns.« Cunrat zeigte auf sich, Jans und schließlich Daryl. »Also nicht uns persönlich. So alt sind wir nicht.« Er runzelte kurz die Stirn. »Offensichtlich«, fügte er dann hinzu. »Vom Orden. Nein, das ist eigentlich auch falsch. Von den Reisenden selbst.«

»Was?«

»Die Reisenden haben angefangen, sie zu jagen. Erfolgreich.« Cunrat sprach jetzt schneller, eindringlicher. »Sie haben ihre Götter gejagt. Das ist eben das, was die Reisenden und damit wir tun. Wir jagen Götter, richtig?«

»Ich schätze …«

»Und aus irgendeinem Grund haben sie ihre Götter verborgen. Oder die sich selbst. Vielleicht, bis die Reisenden weg waren.«

Der Rosskopf sah ihn verblüfft an. »Das klingt tatsächlich …«

Cunrat nickte ihm zu. »Ich weiß. Nur dass sie gründlich waren und der Orden gründlich war. Zu gründlich. Also warum jetzt?« Er deutete auf Jans, ließ diesen jedoch gar nicht erst zu Wort kommen. »Weil Berun so schwach ist wie nie. Und weil sie Verbündete haben, die uns ablenken, während sie ihre Götter wecken? Genau.«

Der Rosskopf sah ihn misstrauisch an. »Du weißt schon, dass du gerade wie Messer klingst?«

»Das tut mir leid«, gab Cunrat beiläufig zurück. »Aber

wisst ihr, mir ist gerade klar geworden, dass es hier nicht darum geht, wer das Macouban regiert. Sie sind lediglich hier, um ihre Götter zu wecken. Und einmal wäre es ihnen fast gelungen.«

Die Männer starrten ihn verständnislos an, und er seufzte. »Lange Geschichte. Wir haben ihre Götter verbrannt. Das ist jetzt nicht wichtig.«

»Es ist nicht wichtig?«, platzte Daryl heraus.

»Nein. Wichtig ist, dass sie Säcke von Blaustein auf ihr Schiff geschleppt haben. Und ich war fest davon überzeugt, dass sie damit hierherkommen. Warum sonst sollte das zweite Schiff hier warten? Aber es ist nie aufgetaucht, oder?«

Die Männer schüttelten die Köpfe, und Cunrat nickte. Sein Kopf raste, und er fühlte sich wie in einem Rausch. Vielleicht war das eine Folge des Blausteins, der in seinen Adern kreiste, doch sein Kopf fühlte sich so klar an wie selten. »Das dachte ich mir. Ich glaube, das hier ist nichts als eine Ablenkung. Sie wollen, dass wir uns auf dieses Schiff hier konzentrieren. In Ordnung, sie wollen bei dieser Gelegenheit vielleicht auch Gostin unter ihre Kontrolle bringen und mehr von diesen ... den echten Huacoun bergen. Aber vor allem wollen sie, dass wir sie sehen. Wie ein ... wie ein ...«

»Wie ein Jahrmarktzauberer?«, half Jans aus.

»Genau. Schaut auf meine rechte Hand! Konzentriert euch alle darauf. Seht, was ich hier habe! – und die Linke lässt inzwischen euer Geld verschwinden.«

»Und während wir sie hier bekämpfen, senden sie das zweite Schiff dorthin, wohin sie wirklich wollen.« Daryl nickte langsam. »Und wenn sie damit rechnen, dass wir eine Nachricht an den Tempel absetzen konnten, wird Berun seine Schiffe hierhersenden, um Gostin zurückzuerobern.«

»Und das wird eine Weile dauern«, fügte Hammer hinzu. »Diese Festung zu knacken wird eine Weile dauern.«

Cunrat grinste düster. »Und während dieser ganzen Zeit sind die Augen des Reichs und seiner Ritter nicht darauf konzentriert, was das zweite Schiff tut. Genau.«

»Das erklärt, warum sie sich hier festzusetzen versuchen«, murmelte der Rosskopf.

»Sollen sie nur.« Daryl stand auf, schwankte ein wenig und stützte sich an der Wand ab. Grunzend betastete er seinen Schädel. »Wir ziehen uns wieder zurück ins Kastell. Vielleicht bekommen wir keine Verstärkung aus Tiburone, aber wenn Berun Hilfe schickt, kann es auch nur noch ein paar Tage dauern. Und dann schlagen wir von innen zu, solange sie es nicht erwarten.«

»Und wenn niemand kommt?«, fragte der Rosskopf.

Cunrat schüttelte den Kopf. »Nein, wir können nicht einfach warten. Du vergisst etwas. Xari und ihre Schwester.« Er sah Daryl an. »Metis-Verbündete. Begabte.« Er fing Jans' Blick auf und verbesserte sich. »Gezeichnete. Alle beide. Sie wollten uns Zeit verschaffen, um euch zu benachrichtigen.«

»Und?«

»Und? Vermutlich könnten sie jetzt Hilfe gebrauchen!«

»Du hast vor, Metis-Gezeichneten zu helfen?« Daryl sah ihn düster an. »Wir folgen dem Weg der Reisenden, Ritter. Wir helfen Leuten wie ihnen nicht. Wir jagen sie. Sie sind es, die Unglück wie die Huacoun über uns bringen.«

Cunrat hielt seinem Blick stand. »Brundaldreck. Sie bekämpfen die Huacoun genauso wie wir. Wenn nicht heftiger. Sie stehen auf unserer Seite!«

Daryl schnaubte abfällig.

»Na, wenn sie sich opfern wollen, ist das nicht unsere

Sache«, sagte Jans. »Wenn sie uns Zeit verschaffen, uns ins Kastell zurückzuziehen, bin ich ihnen nicht böse. Aber wir müssen unsere Kräfte zusammenhalten.«

»Was ist mit dem – diesen Göttern, die sie auf ihr Schiff gebracht haben?«, brummte Hammer. »Sollte nicht jemand …«

»Von mir aus können sie sie behalten«, schnappte Daryl, ohne ihn anzusehen. »Wir haben Regeln und Befehle. Beobachten, zurückkehren, Bericht erstatten und einen Brückenkopf halten, bis die Verstärkung eintrifft. Und dann werden wir sie beseitigen, wie die Reisenden es getan haben. Wie der Orden es schon immer getan hat, Götter hin oder her.«

»Aber …«

»Kein Aber! Wir haben bereits gute Männer verloren, weil wir uns vorhin eingemischt haben. Egal, was die Fischgesichter mitgenommen haben, das Risiko weiterer Verluste können wir uns nicht leisten. Schon gar nicht wegen zwei Weibern.«

Cunrat starrte die beiden Ritter an. Für einen langen Moment rang er um Worte, schluckte sie jedoch schließlich alle hinunter. Er biss die Zähne so fest aufeinander, dass sie schmerzten. Schließlich atmete er tief durch. »Richtig.« Er nahm sein Schwert vom Tisch und schob es zurück in die Scheide. »Und diese zwei Frauen sind Kräfte, die wir auf jeden Fall behalten sollten.«

»Ich denke, es sind nur Metis-Frauen …«

Cunrat sah auf und starrte Jans düster an. »Ist das ein Problem? Welcher Teil davon? Dass sie Metis oder dass sie Frauen sind? Die eine von ihnen, Xari, hat mit Sicherheit mehr Männer beseitigt als du und ich zusammen. Und die andere ist ihre große Schwester. Sie können auf sich aufpassen.«

»Gut, das aus deinem Mund zu hören. Du lernst dazu«,

stellte der Rosskopf trocken fest. »Aber wie du sagst: Sie können auf sich aufpassen. Vermutlich sind sie schon lange verschwunden.«

Cunrat sah den Rosskopf an und schüttelte den Kopf. »Vermutlich reicht mir nicht. Ihr habt gesehen, was diese Fischgesichter können. Wir müssen sichergehen. Und dafür dürfen wir keine Zeit verlieren.«

Daryl drückte sich von der Wand ab und trat dem jungen Ritter in den Weg. »Habe ich geklungen, als hätte ich eine Bitte geäußert, ad Koredin? Wir ziehen uns zurück, bevor wir Gefahr laufen, unsere neue Basis zu verraten. Das ist ein Befehl.«

Cunrat blieb stehen und sah auf den kleineren Ritter hinab. »Das ist so eine Sache mit Befehlen. Ritter Dolen hat gesagt, es kommt der Tag, an dem ich die Befehle missachten sollte. Und ich glaube, er hatte recht. Vermutlich hat er tatsächlich einen Plan. Geht ihr zurück und erstattet Kommandant Henric Bericht. Und findet heraus, was Dolens Plan sein könnte. Ich tue inzwischen zur Abwechslung das Richtige. Das bin ich einigen Leuten schuldig. Oh, und Daryl – nehmt das hier. Bringt es Henric. Ihr werdet es brauchen.« Er nahm einen Beutel aus seiner Tasche und drückte ihn Daryl in die Hand. Dann trat er zur Seite und um den älteren Ritter herum, der wortlos in den Beutel voller Blaustein starrte und keinen Versuch unternahm, ihn aufzuhalten.

»Pathetisch gesprochen wie ein wahrer Ritter«, stellte der Rosskopf fest.

»Kommst du?«, gab Cunrat zurück.

Der alte Kriegsknecht zuckte mit den Schultern. »Warum nicht. Ich bin gespannt, wie es aussieht, das Richtige.«

Zu Cunrats heimlicher Verwunderung war es nicht nur der

Rosskopf, der ihm nach draußen auf die Gasse folgte. Der Hüne namens Hammer schloss sich ihnen wortlos an, genauso wie vier weitere Kriegsknechte, deren Namen er nicht kannte. Als Letzter trat Jans aus der Tür. Cunrat fing seinen Blick auf und nickte knapp.

»Wir sollten einen Bogen schlagen und es dort drüben versuchen«, der Rosskopf deutete auf ein buntes Kuppelgebäude, das ein Stück hangaufwärts über dem anderen Ende des Hafenkais thronte. »Daran sind wir vorhin vorbeigekommen. Ich denke, sie werden sich in die Richtung zurückziehen, aus der wir gekommen sind.«

Irgendwo weiter rechts jaulte ein Hund. Das Geräusch riss erschreckend abrupt ab.

»Oder wir versuchen es dort«, stellte Cunrat fest.

Der Huacoun-Krieger packte den Kopf des Streuners, der sich in seinem Bein verbissen hatte, schob die Finger zwischen dessen Kiefer und bog sie unerbittlich auseinander, bis irgendetwas brach. Dann erst gelang es dem Tier, sich rasend vor Schmerz aus seinem Griff zu winden. Sein Jaulen brach erst ab, als der Huacoun ihm seinen Speer durch den Kopf stieß. Dann richtete er sich auf, nur um sich Akousa gegenüberzufinden, die mit ihrem langen Fischmesser nach seinem Hals stach. Erst im allerletzten Moment gelang es ihm, einen Arm zu heben, und das Messer drang tief durch seinen Unterarm. Er knurrte und ließ ein Gebiss voller Zähne sehen, die entfernt an die eines Raubfischs erinnerten. Ohne auf Akousas Klinge zu achten, packte er die üppige Frau am Hals und hob sie anscheinend mühelos empor, bis ihre Füße den Boden nicht mehr berührten. Für einen Moment zappelte Akousa mit den Füßen – bevor sie dem Krieger mit Schwung zwischen die Beine trat. Die ohnehin riesigen Augen wurden noch ein Stück größer, bevor sich der Mann keuchend zusammenkrümmte. Akousa nutzte die Gelegenheit und riss das Messer in einer Kreisbewegung durch den Arm. Mit einem leisen Schmatzen löste sich der Unterarm aus dem Ellbogengelenk. Die Finger an Akousas Hals erschlafften, und das abgetrennte Glied fiel zwischen ihnen zu Boden. Der Huacoun öffnete den Mund und stieß einen Schrei aus, der die Adern an seinem Hals wie Schnüre hervortreten ließ. Die beiden Metis hörten keinen Ton. Xari packte ihre Schwester und riss sie aus der Reichweite des Kriegers zurück. Dann schüttelte sie alarmiert den Kopf. Nicht das geringste Geräusch war um sie zu hören, wenn sie vom Rauschen ihres eigenen Bluts in ihren Ohren absah.

Ihre Schwester erstarrte. Noch bevor eine der Frauen zu einer weiteren Reaktion fähig war, trat die Spitze einer grünlichen Klinge aus der Kehle des Huacoun. Sie ruckte zur Seite und trennte ihm den Kopf beinahe von den Schultern, bevor sie wieder verschwand, und statt eines stummen Schreis schoss jetzt Blut aus dem Hals des Kriegers, bevor er zusammenbrach und den Blick auf einen blassen Mann freigab. Noch ehe der Huacoun auf dem Boden aufschlug, kamen die Geräusche zurück, und Xari hatte das Gefühl, ihr hätte jemand auf beide Ohren gleichzeitig geschlagen.

Sie taumelte rückwärts. »Was …«

Der Fremde schüttelte das Blut von seinem grünlich schimmernden Dolch, bevor er ihn salutierend hob. »Sie können viel heilen«, stellte er in gelassenem Ton fest und stieß den Gefallenen mit der Stiefelspitze an. »Aber nicht, wenn man ihnen den Nacken durchtrennt. Oder den Schädel einschlägt. Das geht natürlich auch. Das mit dem Arm war geschickt. Nicht viele können das.«

Akousa blinzelte. »Jeder Fleischhauer kann das. Auch nicht anders als Fische entbeinen. Wer bei den Gruben bist du?«

»Fisch ent... passend. Ich schätze, Ihr habt recht.« Der Fremde neigte den Kopf und schob den Dolch zurück in die Scheide. Xari entging allerdings nicht, dass er noch immer ein Schwert in der anderen Hand hielt. »Alaunar. Mein Name. Ich bin... nicht auf deren Seite, falls das noch nicht klar genug war.«

Xari legte den Kopf schief. »Der Feind meines Feinds...« stellte sie fest.

»... ist der Feind meines Feinds. Nicht mehr«, warf Akousa ein. »Im Übrigen kommen wir gut selbst zurecht.« Sie deutete auf einen weiteren leblosen Körper, der zwischen einem knappen Dutzend toter Hunde auf dem kleinen Platz lag. Zwei große Wolfshunde und ein zerfledderter Streuner zerrten daran herum.

Alaunar folgte ihrem Blick und lächelte schwach. »Das kann ich sehen. Allerdings sind weitere davon unterwegs, und euch scheinen die Hunde auszugehen. Ich schlage vor, hier zu verschwinden. Im Übrigen könnte ich eure Hilfe gebrauchen.«

Xari musterte den Blassen mit schmalen Augen. »Du... Gefalle ich dir?«

Alaunar sah sie flüchtig an. »Attraktiv. Aber nicht mein Typ. Frag mich später noch mal.«

Sie runzelte die Stirn. »Verstehe. Männer sind mehr dein Ding.«

Der Blasse runzelte die Stirn. »Eigentlich nicht. Aber blond ist eher mein Typ. Ihr habt seltsame Prioritäten, junge Dame.« Er zog den Kopf zurück, als Xari näher an ihn herantrat und ihn forschend musterte.

»Ha!« Die junge Metis streckte ihm triumphierend einen

Finger ins Gesicht. »Ich wusste es! Du hast dir die Nase verstopft!« Ein breites Grinsen zog über ihr Gesicht.

Alaunar sah sie verwirrt an, die Hand halb zur Nase erhoben. »Natürlich. Die Huacoun verbreiten Angst. Wenn wir sie riechen. Nebenbei – sie riechen nach Zimt. Ihr kennt den Spruch. Raubtiere können Angst riechen. In ihrem Fall ist das anders. Sie lassen uns Angst riechen und ...« Als ein plötzliches Erkennen auf seiner Miene Einzug hielt, unterbrach er sich. »Ich hätte dich riechen sollen, richtig? Du bist das Mädchen, das Männer – wie soll ich sagen – an der Nase herumführt.«

Xari zuckte zurück, und das breite Grinsen hielt auf dem Gesicht des blassen Mannes Einzug.

»Ich habe von dir gehört. Freunde von mir wollten sich mit dir treffen. Na, vielleicht nicht direkt Freunde. Ritter. Kriegsknechte. Nachdem wir alle eine gewisse Höhle verlassen hatten. Haben sie dich gefunden?«

»Oh!« Jetzt hielt auch auf Xaris Miene eine Erkenntnis Einzug. »Du bist dieser Alaunar. Der – Oloares Bruder! Du hast mit Cunrat und Marten ... Du hast sie nach dem Kampf in der Höhle im Stich gelassen!«

»Nicht im Stich gelassen, meine Liebe.« Alaunar deutete auf den Speer am Boden und sah die beiden Frauen an. »Darf ich?« Als die Schwestern keine Miene verzogen, seufzte er. »Sie wollten nach Tiburone und was weiß ich, wohin. Aber dafür hatte ich keine Zeit. Oloare war nicht in der Höhle gewesen. Also muss sie mit den Huacoun auf das Schiff gegangen sein, das ebenfalls nicht mehr da war, als wir in die Bucht zurückkamen. Die Kriegsknechte hatten ein zweites Schiff erwähnt, das hier zurückgeblieben ist. Also bin ich davon ausgegangen, dass es auf das andere wartet – also Oloare irgendwann hier auftaucht. Und da sie und ich noch eine Rechnung offen haben, hatte ich keine Zeit zu verlieren. Deshalb bin ich hier.«

Er endete unter den düsteren Blicken der beiden Frauen, die jetzt synchron die Arme unter der Brust verschränkten. »Und?«, fragte Xari kühl.

»Sie ist nicht hier«, stellte Alaunar beinahe kleinlaut fest. »Ich verstehe es selbst nicht. Ich war mir sicher …«

»Sie hatte wohl andere Pläne als du.«

»Sieht so aus.« Alaunar riss sich sichtlich zusammen. »Wie auch immer. Wir sollten zusehen, dass wir hier verschwinden, bevor …«

Ein Geräusch ließ alle drei herumfahren, und auch die Wolfshunde hoben ihre Köpfe und knurrten. Gleich vier Huacoun traten aus der schmalen Gasse heraus, aus der wenige Augenblicke zuvor auch Alaunar aufgetaucht sein musste.

»Bevor das passiert«, schloss Alaunar.

Xari seufzte und zog das Messer aus dem Gürtel der Leiche zu ihren Füßen, ohne den Blick von der neuen Bedrohung zu nehmen. »Sie reagieren kaum auf meine Fähigkeit«, sagte sie leise. »Vielleicht, weil sie nicht wie wir sind, nicht wie gewöhnliche Menschen. Sie sind in erster Linie einfach nur sauer, vermute ich.«

»Aber nicht schnell«, stellte Alaunar fest. »Weglaufen ist immer noch eine Möglichkeit.«

Xari schnaubte. »Für dich vielleicht.« Sie trat vorsichtig zurück, und jetzt war zu sehen, dass in ihrem Oberschenkel ein langer Schnitt klaffte, aus dem dunkles Blut ihr Hosenbein tränkte. Sie schien ihr Bein nur mit Mühe belasten zu können. »Ich wette, ich bin nicht schneller.«

»Gut, das ist ein Problem.« Alaunars Blick huschte zu den Gegnern, die sich jetzt auf dem Platz verteilten. »Vier. Im offenen Kampf.« Er atmete demonstrativ durch. »Aber immerhin regnet es nicht.«

Akousa stieß einen leisen Pfiff aus, und die drei verbliebenen Hunde liefen an ihre Seite.

»Geht in die Gasse hinter euch«, sagte der Blasse leise. »Dann können sie uns zumindest nicht einkreisen.«

Xari biss die Zähne zusammen und warf einen schnellen Blick hinter sich. Fünfundzwanzig, vielleicht dreißig Schritte weiter führte eine schmale Gasse steil den nächsten Hang hinauf. »Ich glaube nicht, dass ich das schaffe.«

»Tja, dann …« Alaunar zuckte mit den Schultern und zog erneut sein Messer. »Ich bleibe so lange bei euch, wie es geht.«

»Sehr beruhigend.« Akousa stellte sich zu ihrer Schwester, und die Hunde taten es ihr nach.

Die Huacoun schienen ebenfalls zum Schluss gekommen zu sein, dass Xari nirgendwo hingehen würde, denn sie ließen sich Zeit damit, sich ordentlich zu verteilen. Vielleicht war es aber auch ein gewisser Respekt, denn zwei der Ihren lagen bereits zu Füßen der Frauen.

Aber letzten Endes – wer wusste schon, was hinter den emotionslosen Masken der Huacoun vorging.

Xari atmete tief durch. »Akousa, was deinen Mann angeht …«

Die ältere Schwester sah sie aus dem Augenwinkel an. »Das ist nicht der richtige Augenblick«, schnappte sie.

Xari zog die Brauen hoch. »Wann wäre es besser? Wenn sie uns umgebracht haben?«

»Ernsthaft? Du willst wirklich streitend sterben?«

»Streiten ist das, was Krieger tun, nicht?«

»Ich glaube nicht, dass das damit gemeint ist«, sagte Alaunar.

»Halt den Rand«, stellten die Schwestern entschieden fest.

»Mir fällt keine bessere Gelegenheit ein, das zu klären«, fuhr Xari fort. »Es tut mir leid.«

»Das sagtest du bereits.«

»Ehrlich, Akousa. Es tut mir wirklich leid. Ich war sauer auf dich. Du hast dich lustig über mich gemacht, hast meine Anstellung schlecht gemacht und die einzige Freundin, die ich je hatte.«

»Die Tochter des Fürsten – deine Freundin. Die einer auf dem Fischmarkt geborenen Metis. Bist du wirklich so dumm?«

»Siehst du, es geht schon wieder los. Natürlich habe ich das geglaubt! Ich war sechzehn Sturmzeiten alt, und ich hatte nur diese eine Freundin. Natürlich habe ich es geglaubt!«

Zwei der Huacoun hoben ihre Speere und schleuderten sie mit so enormer Wucht auf die drei, die in ihrer Mitte gefangen waren, dass die knöchernen Spitzen der Waffen pfiffen. Alaunar trat blitzschnell zur Seite und riss seine Waffen hoch. Die Klingen streifen den Schaft eines der Speere und lenkten ihn ab – nur wenig, doch genug, um ihn gegen die Wand im ersten Stock eines der Häuser zu schicken, wo er mit einem Krachen zerbrach. Der zweite Speer erreichte um ein Haar Akousa, doch im letzten Moment sprang einer ihrer Wolfshunde empor und packte den Speer in der Luft. Der Schwung des Wurfgeschosses riss ihn mit und ließ ihn sich überschlagend über den kleinen Platz rollen. Mit einem Jaulen sprang er zurück auf die Pfoten, schüttelte sich und trug die Waffe zurück zu seiner Herrin. Akousa tätschelte seinen gewaltigen Nacken und nahm ihm seine Beute ab. »Und das hat dich berechtigt, meinen Mann ins Stroh zu zerren? Ich nehme dir das nicht ab!«

»Ich …« Xari biss die Zähne zusammen, als sie ihr Gewicht

verlagerte. »Ich war neidisch auf dich. Du hattest einen Mann, du warst frei zu gehen, wohin du wolltest, du hattest einen Beruf! Natürlich war ich sauer! Und ich hatte eine Fähigkeit, dir wehzutun. Ich ... entschuldige. Es war dumm. Ich hätte ihn dir nicht wegnehmen dürfen.«

»Natürlich war es dumm!«, spie Akousa aus, während sie die Augen nicht von den Huacoun ließ. Dann seufzte sie. »Vergiss es. Du hast ihn mir nicht weggenommen. Ich habe den Kerl rausgeworfen.« Die vier Huacoun schienen endlich zu dem Schluss gekommen zu sein, dass das, was die Frauen dort besprachen, nichts mit ihnen zu tun hatte. Oder sie waren es einfach nur leid. Wie auf ein stummes Kommando hin griffen sie gleichzeitig an. Der erste, der sie erreichte, kam von Akousas rechter Seite. Er war einer der beiden, der noch über einen Speer verfügte. Allerdings hatte er aus den beiden vorherigen Würfen gelernt, denn er machte sich gar nicht erst die Mühe, einen Wurf zu versuchen, sondern führte die Waffe zum Stoß. Kurz bevor Akousa in Reichweite seiner Waffe war, stieß diese jedoch einen Pfiff aus. Der zweite der Wolfshunde sprang hoch, um sich im Schaft der Waffe zu verbeißen. Der Krieger riss den Speer aus dem Weg, und die mächtigen Kiefer des Hunds krachten hörbar im Leeren aufeinander. Noch bevor der Huacoun die Waffe wieder auf Akousa richten konnte, hatte ihn sein Schwung allerdings seinerseits in die Reichweite der Metis getragen, und die kurze Ablenkung durch den Hund genügte: Die Metis stieß mit ihrem Speer zu und trieb die Knochenspitze tief in die Flanke des Angreifers.

»Du hast was?« Xari war so verblüfft, dass sie um ein Haar in die Klinge eines der anderen Huacoun lief. Erst im letzten Moment drehte sie sich weg und ließ ihn ins Leere laufen.

»Wie ich sagte: Männer sind wie Hunde. Und auch meine

Fähigkeit bringt keinen Hund dazu, etwas zu tun, das gegen seine Natur ist. Es lag also nicht nur an dir, dass er unbedingt etwas in dich reinstecken musste.« Sie unterstrich ihre Worte, indem sie den Speer ruckartig aus der Wunde riss. Mit einem schrillen Schrei stolperte der Huacoun an ihr vorbei und Xaris Angreifer in den Weg. Der dritte dagegen erreichte Alaunar mit gezogenem Langmesser. Wie bei dessen Dolch schien seine Klinge aus Blaustein zu bestehen, doch in seiner Oberfläche fing sich die Sonne mit einem bläulichen Schimmer. Was ein Glück war, denn ohne diese Reflexion hätte der Blasse das Langmesser gar nicht gesehen, das von unten auf seinen Bauch zielte. Mit Mühe gelang es Alaunar, den Angriff abzulenken, nur um festzustellen, dass eine Hand mit Klingen an den Fingern auf seinen Hals zustieß. Der Blasse brachte seinen Ellbogen gerade noch rechtzeitig nach oben, sodass die blauen Steinklingen tief in seinen Arm bissen, statt seine Kehle zu zerfetzen. Mit einem Aufschrei riss er den Arm beiseite und zog die Klinge in seiner Hand quer über das Gesicht des Huacoun, wo sie Wange und Lippe bis auf die Knochen spaltete. Fluchend stolperten die Kontrahenten auseinander.

Der letzte der Huacoun stieß seinen verwundeten Kameraden aus dem Weg und hieb mit seinem Messer nach Xari, die durch den Aufschrei Alaunars erneut für einen Moment abgelenkt gewesen war. Die junge Frau versuchte instinktiv, sich aus dem Weg zu drehen, doch ihr verletztes Bein ließ sie im Stich. Sie knickte ein und kippte mit einem Aufschrei nach hinten. Der Huacoun setzte nach. Er landete auf Xari, bereit, seine Klinge über ihren Hals zu ziehen, als der andere Wolfshund ihn ansprang und seine Zähne tief im Hals des Kriegers vergrub. Dieser gurgelte und rammte seine Klinge statt in Xari wiederholt in den Leib des Tiers, das jaulte und zuckte, sich jedoch nur noch tiefer in den Hals des Kriegers verbiss. Xari nahm sich ein Beispiel und stieß ihm das erbeutete Messer in die Seite, um es in einem Bogen wieder herauszureißen. Der Huacoun ächzte, versteifte sich und sackte dann auf Xari zusammen. Der Hund fiel neben ihr auf den Boden und winselte leise, die Kiefer selbst so kurz vor dem Tod fest verschlossen. Kurz hinter ihr warf sich der erste der Angreifer herum, die Hand fest auf die Wunde in der Seite gepresst. Der Kampfspeer in seiner Faust beschrieb einen Halbkreis und richtete sich erneut auf Akousa. In diesem Moment glaubte Xari, einen Ton wahrzunehmen, so tief, dass sie ihn weniger hörte, als vielmehr im Magen zu spüren schien. Der grauhäutige Krieger stockte kurz, und genau da hörte sie das Geräusch herannahender Stiefel. Irgendwer rief etwas, und ein Schemen wirbelte heran, rauschte über sie hinweg und verfehlte den Kopf des Huacoun nur um Haaresbreite.

Im nächsten Augenblick war das Geräusch zurück und ließ den Boden unter Xaris Schulterblättern erzittern.

Der Huacoun blinzelte, und seine schmalen Nasenschlitze blähten sich. Dann bleckte er die Zähne und gab eine Reihe von klickenden Lauten von sich. Es schien ein Befehl gewesen zu sein, denn die beiden anderen Huacoun zogen sich zurück, und der Speerträger schloss sich ihnen an, ohne die Augen von ihnen und den Neuankömmlingen zu lassen.

»Ja, verpisst euch, ihr Drecksäcke!«, würgte Xari hervor, während sie versuchte, den Huacoun von sich runterzuschieben.

Irgendjemand packte den Toten und zerrte ihn beiseite. »Bist du in Ordnung?«

Xari blinzelte und starrte hoch in Cunrats Gesicht. »Sehe ich so aus?«, knurrte sie und stemmte sich auf die Ellbogen, um sich das Blut des Huacoun aus dem Gesicht zu wischen. Sie ignorierte die ausgestreckte Hand des Ritters. »Akousa?«

»Ja, hier.« Ihre Schwester kniete sich neben sie. »Scheiße.«

»Mir geht's gut, danke.«

Akousa ignorierte Xari und betrachtete den Hund, der unmittelbar neben ihr lag. Blut sickerte noch immer aus den Stichwunden des Tiers und mischte sich mit der Lache aus Huacoun-Blut, in der Xari noch immer lag. Sanft, fast zärtlich, strich sie über das verklebte Fell. Der zweite Wolfshund trat neben sie und schnüffelte an dem Leichnam, bevor er ein leises Winseln hören ließ. »Ich habe ihn von Hand aufgezogen«, flüsterte Akousa.

Xari atmete tief durch. »Tut mir leid. Aber er hat mir das Leben gerettet.«

»Man kann nicht sagen, dass dich das Glück verfolgt«, gab Akousa zurück, ohne sie anzusehen.

Xari biss die Zähne zusammen. »Ich sagte doch, dass es mir leidtut.« Endlich ergriff sie doch Cunrats Hand und ließ sich auf die Füße ziehen. »Du hast dir ganz schön Zeit gelassen.«

»Ich denke, wir sind gerade rechtzeitig gekommen«, gab der Ritter zurück.

Xari sah hinter ihn und runzelte die Stirn. »Wer … sind das deine Kriegsknechte?«, fragte sie misstrauisch. »Mehr nicht?«

»Genug, um die Fischgesichter laufen zu sehen wie die Hasen«, gab ein Mann zurück, der ein paar Jahre jünger als Cunrat sein musste. Er musterte Xari abfällig, und sein Blick blieb an ihrer Oberweite hängen, die sich durch ihr blutgetränktes Hemd deutlich abzeichnete. »Ich sehe, du hattest gewisse Anreize, es eilig zu haben.«

»Jans …!«

Xari spürte, wie Cunrat, der noch immer ihre Hand hielt,

sich versteifte. »Lass gut sein, Berun«, sagte sie müde. »Ich weiß selbst, dass ich Titten habe. Ich kann sie sehen.« Sie warf ihrer Schwester einen Blick zu. »Als ob ich je ein Talent wie meines gebraucht hätte …«

Akousa machte ein Geräusch, das fast wie ein trockenes Auflachen klang. »Manche Männer sind sogar noch einfacher zu lenken als Hunde«, gab sie zu. »Und wedeln genauso schnell mit dem Schwanz, wenn sie etwas sehen, das ihnen gefällt.« Sie streichelte ihren toten Wolfshund ein letztes Mal, stand auf und warf Jans einen abfälligen Blick zu. »Und ich glaube nicht, dass es euer furchterregender Anblick war, der die Fischgesichter vertrieben hat.« Sie hob einen Finger, wie um auf etwas aufmerksam zu machen, und lauschte. »Hört ihr das?«

Jetzt, wo niemand mehr versuchte, sie zu erstechen, hörte sie das Geräusch tatsächlich deutlicher. Es war ein dumpf dröhnender, klagender Ton, der die Luft vibrieren zu lassen schien.

»Der Donner? Ich denke …« Der Ritter namens Jans wollte vermutlich noch ausführen, was genau er dachte, doch in diesem Augenblick tauchte ein riesiger, rotbärtiger Beruner neben ihm auf, legte ihm eine schwere Pranke auf die Schulter und schob ihn sanft, aber unerbittlich beiseite. »Die Frau hat recht«, stellte er fest und ließ seine beeindruckenden Zahnlücken sehen. »Das sind Muschelhörner. Ich schätze, da bläst jemand zum Rückzug.«

Cunrat runzelte die Stirn. »Warum sollten sie?«

Der rotbärtige Berg nickte. »Vernünftige Frage«, brummte er. »Sieht ja nicht gerade danach aus, als würden unsere Leute gewinnen.«

»Falls wir herausbekommen, wer unsere Leute sind«, stellte

der Rosskopf fest, der ebenfalls neben sie getreten war. Er nickte Akousa zu und musterte dann den blassen Mann, der noch immer mit gezogenen Klingen auf dem Platz stand. »Wer ist das da?«

Cunrat hob den Blick, und ein verblüffter Ausdruck trat auf sein Gesicht. »Schatten? Ich hätte nicht gedacht, dich nochmals zu sehen.«

Erst jetzt schien sich der blasse Mann ein wenig zu entspannen. »Dinge laufen nicht immer nach Plan«, stellte er fest. »Aber zum Glück bin ich hier.«

»Und du blutest.«

Alaunar warf einen schnellen Blick auf das Blut, das von seinem Ellbogen tropfte. »Ist ein gutes Zeichen. Solange ich blute, lebe ich noch.« Er sah auf die drei leblosen Huacoun hinab. »Im Gegensatz zu …« Er runzelte die Stirn. Dann steckte er seinen Dolch ein und hob den Hammer auf, der neben seinem Fuß lag.

»Hey!«, protestierte der Rotbart, doch Alaunar wog den Hammer nachdenklich in seiner Hand, bevor er ihn auf den Schädel des Mannes niedergehen ließ, dessen Kehle der sterbende Hund zerrissen hatte.

»… zu denen«, schloss er seinen Satz und reichte dem Riesen seine Waffe. »Man muss nur dafür sorgen, dass sie tot bleiben. Zu deiner Frage«, er wandte sich um und sah Cunrat an. »Ich denke, das ist kein Signal zum Rückzug. Sie blasen zum Sammeln. Zum Angriff.«

»Zum Angriff?« Cunrat starrte ihn an, und jetzt war es der blasse Mann, der im Zentrum der Aufmerksamkeit stand.

Alaunar zog die Brauen hoch. »Ich war im Süden. Ich weiß, wie ein Ruf zum Angriff klingt. Und das war ganz sicher einer.«

»Brundaldreck!« Cunrat überlief es eiskalt. »Lasst mich durch!« Er stieß den Rosskopf beiseite, rempelte sich an Hammer vorbei und lief zu einer Leiter, die auf eines der flachen Häuser am Rand des Platzes führte. So eilig es ging kletterte er hinauf und starrte hinüber zum Hafenbecken. »Dreck!«, wiederholte er eindringlicher. Von hier aus war das kristallklare Hafenbecken deutlich zu sehen. Ein gutes Dutzend der Huacoun-Krieger kam soeben auf den Landungssteg zurückgelaufen. Ohne innezuhalten, sprangen sie ins Wasser und glitten als pfeilschnelle Schatten in Richtung des grauen Schiffs. Der fahle Rumpf glitt trügerisch behäbig vom Ende des Landungsstegs weg, und Cunrat meinte, rund um ihn die schemenhaften Formen weiterer Huacoun unter der Wasseroberfläche zu sehen. Schlagartig wurde ihm klar, warum das Schiff keine Ruder besaß. Es benötigte keine. Von seiner erhöhten Position am Hang aus konnte er zudem das Deck des Schiffs hervorragend einsehen. Und dieses Mal war es nicht geisterhaft leer wie zuvor. Dutzende Huacoun eilten geschäftig über das Deck und entfernten die Segeltuchplanen über vier gewaltigen Geräten auf dem Hauptdeck. Andere trugen mächtige Kessel heran, aus denen Dampf oder Rauch aufstieg. Die Abdeckung des ersten Konstrukts fiel auf die Planken, und Cunrat stieß einen weiteren Fluch aus. Das Gerät mochte fremdartig aussehen, doch es war noch immer vertraut genug, um es als Waffe zu erkennen, als eine seltsame Form von Katapult, in dessen Wurflöffel die Huacoun jetzt den Inhalt eines der Kessel gossen. Andere Männer betätigten irgendetwas, das langsam den mächtigen Wurfarm der Waffe spannte. »Diese Drecksäcke wollen die Stadt in Brand setzen!«

Die Menschen auf dem Platz sahen sich an.

Schließlich war es Akousa, die sich zuerst rührte. »Ich glaube nicht. Nicht wenn ich etwas mitzureden habe.« Sie sah ihre Schwester an und hob ihren Speer wie ein Rifffischer über die Schulter. »Kommst du?«

11

Untergang

Sie hatten die Strecke bis hinunter zum Hafen im Laufschritt zurückgelegt, ohne auch nur einer lebenden Seele zu begegnen. Falls Bewohner in den umliegenden Häusern waren, hielten sie sich wohlweislich verborgen, und Alaunar schien recht behalten zu haben: Die Huacoun hatten sich auf ihr Schiff zurückgezogen und nichts als einige Dutzend Leichen zurückgelassen. Keine davon jedoch einer von ihrer Art. Die ganze Zeit überlegte Cunrat fieberhaft, was als Nächstes kommen sollte, wenn sie erst einmal den Hafen erreicht hatten. Denn welche Möglichkeiten hatten sie schon, ein Schiff wie dieses aufzuhalten?

Vor ihnen öffnete sich jetzt der Hafenplatz, der vor Kurzem noch vollgestopft mit Menschen gewesen war. Jetzt lag er verwaist da, sah man von weiteren Leichen ab, die über die alten Pflastersteine verstreut lagen. Die Toten häuften sich vor allem rechts von ihnen am Landende des Stegs, an dem kürzlich noch das Hexerschiff gelegen hatte. Weiter links lag die kaiserliche Triare inzwischen so tief im Wasser, dass sich Cunrat sicher war, dass das mächtige Schiff leckgeschlagen sein musste. Neben einigen Fischerbooten, die fest vertäut an einem hölzernen Pier lagen, dümpelte lediglich ein betagter veycarischer Kauffahrer im Hafenbecken. Ein Ausruf riss Cunrats Aufmerksamkeit wieder zurück zu dem grauen Schiff, das langsam inmitten des Hafenbeckens zu wenden begann. Der Anblick trieb ihm einen eisigen Schauer über den Rücken. Grauhäutige Huacoun standen an der Reling des riesigen Fahrzeugs und starrten zu ihnen herüber. Dann bemerkte er, dass sich eines der Geschütze ihnen zuwandte. »Oh, bei den Gruben«, stieß er hervor. »Geht in Deckung!« Er sah, wie der Wurfarm der Maschine auf dem Schiffsdeck ausgelöst wurde und in die Höhe schnellte. Was immer es war, das die Hexer als Geschoss verwendeten, es schnellte in die Höhe. Seltsam entrückt, starrte er auf das blau flammende Etwas, das hoch über das Schiff stieg und dabei einen fauchenden, gleißenden blauen Schweif hinter sich herzog. Alle übrigen Geräusche traten in den Hintergrund. Er nahm halb wahr, dass Hammer neben ihm irgendetwas brüllte, dass der Rosskopf winkte und Akousa nach links davonlief, doch alle Bewegungen schienen seltsam verlangsamt, und die Laute um ihn traten so weit in den Hintergrund, dass sie zu Nebensächlichkeiten wurden. Einzig der blaue Komet schien wirklich zu sein. Er stieg in den Himmel, erreichte seinen Zenit und begann schließlich zu fallen, wobei er immer größer zu werden schien. Im nächsten Augenblick rammte Xari in seine Seite, und gemeinsam stolperten sie gegen einen Stapel Ladungskisten, die am Ende des Kais unter einer Segeltuchplane aufgeschichtet waren. Xari riss die Plane über sie, nur einen Wimpernschlag bevor das Geschoss mitten auf dem Platz einschlug und flüssiges blaues Feuer in jede Richtung verspritzte. Alles, was mit den gleißenden Flammen in Berührung kam, begann zu brennen, die Bohlen des

Stegs, Kisten, das tief gezogene Dach eines der nahen Häuser, selbst das Pflaster des Platzes und sogar das Wasser selbst flammten auf. Glühende Tropfen rannen von der Plane über ihnen und klatschten zischend auf den Boden. Xari riss eilig ihre Füße zurück. »Blausteinfeuer!«, schrie sie, doch durch die Watte in Cunrats Kopf schien ihre Stimme fern und gedämpft. »Es erlischt nicht! Machen wir, dass wir wegkommen!«

»Nein.« Cunrat schüttelte den Kopf, vor allem, um ihn frei zu bekommen. Er starrte auf den letzten der Hunde Akousas. Ein Spritzer hatte das Tier direkt am Kopf getroffen. Das blaue Feuer hatte sich bereits in den Schädel des Hunds gefressen. Gewaltige Zähne wurden entblößt, als das blaue Feuer die Lefze fraß und den Kieferknochen freilegte, während die Flammen hungrig über den Hals der Kreatur krochen und sie einfach aufzulösen schienen. Fettiger schwarzer Rauch stieg auf und ließ ihn würgen. Dennoch konnte er die Augen nicht abwenden, während das blaue Feuer in Windeseile den kompletten Körper des Tiers verzehrte. »Ich habe das schon einmal gesehen«, murmelte er.

Ein hoher, hohler Schrei kam von rechts, und Cunrat hob den Kopf. Einer der Kriegsknechte streckte seine Hand von sich und starrte entsetzt auf das blaue Feuer, das sich von seinem Unterarm zur Hand und über seinen Ellbogen hinauffraß. Der Rosskopf tauchte neben dem Mann auf und hackte mit seiner Klinge auf den Arm des Kriegsknechts ein. Allerdings gelang es seinem Schlag nicht, den Arm des schreienden Mannes völlig zu durchtrennen, und im nächsten Moment krochen die Flammen bereits über die grausige Hiebwunde und auf seine Schulter. Das Schreien wurde schriller und brach dann ab, als Alaunar dem Unglücklichen seinen Dolch ins Auge rammte.

Cunrat blinzelte. Während die Flammen den Toten einzuhüllen begannen, wanderte sein Blick auf die noch immer fast spiegelglatte Fläche des Hafenbeckens, dessen Wasser in diesem Moment beinahe ebenso blau wirkte wie das Feuer selbst. Wie blaues Eis. Bilder formten sich ungebeten in seinem Kopf, etwas, das er bis gerade eben vergessen hatte.

Cunrat drehte sich um und lief. Mit einem dumpfen Knall verwandelte sich eines der Gebäude zu seiner Rechten in Staub, dann ein Bettler links von ihm, und plötzlich erreichte er das Ende des Piers. Vor ihm erstreckte sich nur das Feld der gefrorenen Wellen des Hafenbeckens, und ohne nachzudenken sprang er, landete auf dem Eis, rollte ab, fühlte das Eis unter sich zerspringen, kam wieder auf die Füße und rannte.

Cunrat hob den Blick und sah über das Wasser hinweg.

Stehen zu bleiben kam nicht infrage, wenn sich die Welt um ihn in blauen Staub verwandelte.

Vom Oberdeck des grauen Schiffs stieg erneut blaues Feuer auf; dieses Mal gleich drei geschweifte Kometen, die hoch über sie hinwegsegelten und irgendwo in der Stadt an den Steilhängen niedergingen. Hinter dem Schiff ragten die Türme der Hafeneinfahrt auf: rechts das gedrungene Bollwerk, das die Hafenkette beherbergte, auf der anderen Seite des Beckens ein hoher dunkler Leuchtturm aus riesigen Steinblöcken, von Zeit, Sturm und See zernarbt.

Der Löwe im Hafen von Berun zersprang, die Triaren des Kaisers lösten sich auf, und das Leuchtfeuer am Ende des Kais begann, in sich zusammenzusacken, noch bevor Cunrat es erreicht hatte. Er versuchte, noch schneller zu laufen als die Risse, doch die Trümmer des Leuchtfeuers begannen, auf ihn herabzuregnen, bevor er das Ende der Hafenmauer passiert hatte. Und mit ihnen blaues Feuer. Er würde es nicht schaffen.

Als die ersten Brocken um ihn herum einschlugen und die Wellen in Staub verwandelten, ließ er sich fallen, rollte sich zusammen und streckte dem Turm die Hände entgegen, auch wenn er wusste, dass er unter Wagenladungen von Stein zerquetscht werden würde, bevor sich alles in blauen Staub auflöste. Und plötzlich stand da eine unsichtbare Glocke über ihm, kaum einen Fingerbreit von seinem Gesicht entfernt, und die Trümmer des Turms prasselten darauf ein und ließen seine Zähne vibrieren, während sich die Wellen um ihn in Staub auflösten. Durch den Staub sah er einen grauen Schatten auf sich zukommen, größer als der Turm selbst und mit tausend grauen Augen.

Xari packte seinen Arm und versuchte, ihn wegzuzerren, während ein weiterer gleißender Feuerball auf ein nahes Lagerhaus niederging und das Lehmdach in unzählige Splitter explodieren ließ. Blaue Lohen schossen aus Tor und Fensteröffnungen.

Cunrat fühlte ein düsteres Grinsen auf sein Gesicht ziehen. »Ich weiß, was wir tun müssen«, sagte er leise. Dann sah er Xari an. »Ich weiß, wie wir Gostin retten.«

Die Metis musterte ihn und runzelte die Stirn. »Ihr Beruner seid alle irrsinnig, oder?«

Cunrats Grinsen verbreiterte sich. »Weißt du, dass mir alle erzählen wollten, dass die Visionen im Agetfrost nichts bedeuten? Ich glaube, das stimmt nicht.«

»Natürlich bedeuten sie etwas.« Xari zuckte mit den Schultern. »Aget ist das Blut Lambebes. Es gibt uns die Fähigkeiten der Götter und lässt uns ab und zu an ihren Visionen teilhaben.«

»Dann hab ich euren Gott wohl in einem unbedachten Moment belauscht. Komm.« Cunrat schob sich unter der Plane hervor und bemerkte erst jetzt, dass die andere Seite des Kistenstapels bereits in Flammen stand. Geduckt lief er in Richtung der Kriegsknechte. »Ich weiß, was wir tun können!«, wiederholte er lauter. »Rosskopf, du und deine Männer – könnt ihr das dort erreichen?« Er deutete auf das Hafenbollwerk. »Holt die verdammte Kette ein! Hindert die Fischgesichter daran, den Hafen zu verlassen!«

Die Kriegsknechte sahen ihn verwirrt an. »Mir wäre es ganz recht, wenn sie verschwinden«, stellte Hammer fest. »Je eher, desto besser!«

Cunrat schüttelte den Kopf. »Nein. Wenn sie den Hafen verlassen, sind wir alle erledigt. Von dort draußen können sie uns hier in Trümmer schießen, ohne dass wir die geringste Chance haben!«

Die Kriegsknechte wechselten einen Blick. »Und wir haben eine, wenn sie im Hafen sind?«, fragte der Rosskopf.

»Das Grinsen dieses Jungen gefällt mir nicht«, stellte Hammer einen Augenblick später fest. »Das ist nicht gesund.«

»Akousa«, wandte sich Cunrat an die zweite Metis. »Kannst du uns dort hinüberbringen?« Er deutete am Schiff der Hexer vorbei auf den Leuchtturm.

Xaris Schwester starrte ihn an. »Direkt unter den Nasen der Huacoun vorbei«, fragte sie dann. »Quer durch den Hafen. Womit? Damit?« Sie deutete auf die Fischerboote, die einige Dutzend Schritte entfernt am Steg lagen.

»Nicht dass sie Nasen hätten, aber ja. Damit.« Cunrat nickte.

»Wofür hältst du mich, Berun?« Akousa schürzte die Lippen. »Natürlich kann ich das.«

»Was?« Xari riss den Blick von Cunrats Grinsen los und sah jetzt ihre Schwester an.

Die hob die Schultern. »Irrsinnige sind Duambe heilig, oder nicht? Und der da«, sie zeigte auf Cunrat, »hat mit Sicherheit den Verstand verloren. Aber wenn jemand einen anderen Plan hat …« Sie ließ die Worte in der Luft hängen und sah das kleine Häuflein Männer an. Niemand rührte sich, also zuckte sie erneut mit den Schultern und wandte sich Cunrat zu. »Bedeutet dein Plan, dass wir ein paar von den Drecksäcken töten?«

»Nein.« Cunrat wurde plötzlich ernst. »Eigentlich will ich sie alle erwischen.«

»Und ich gehe davon aus, dass wir dabei draufgehen.« Xaris Einwurf war eine Feststellung, keine Frage.

»Ziemlich wahrscheinlich, ja.«

Die Schwestern sahen sich an und nickten dann kaum merklich.

Xari richtete sich auf. »Wir sind dabei.«

»Gut.« Cunrat drehte sich zu Jans um. »Hast du jemals Blaustein genommen?«

Der Ritter sah ihn verwirrt an. »Ich … ja, ich habe mal ein wenig probiert. Es ist … es war unangenehm.«

Cunrat griff in seinen Gürtelbeutel und holte ein großes Bruchstück hervor. »Dann mach dich auf etwas gefasst.«

»Ich … was?«

»Das hier wird dir wie ein Marsch durch die verdammten Gruben vorkommen. Barfuß.« Cunrat holte eine weitere Handvoll Blaustein hervor, zerbiss ein großes Stück selbst, kaute und atmete tief durch. »Wir fahren alle in die Gruben – und wir nehmen ein ganzes Schiff mit!« Er nickte dem Rosskopf zu, dann den übrigen vier Kriegsknechten. »Beeilt euch! Ihr müsst das Schiff aufhalten!«

»Ich hoffe, dein Plan taugt irgendwas. Würde es hassen, umsonst zu sterben. Und das unbezahlt«, stellte der Rosskopf fest.

Cunrat verzog das Gesicht. »Das hoffe ich auch.«

Die Männer sahen sich an. Dann salutierten die drei Kriegsknechte knapp und sprinteten hinaus auf den Hafenplatz in Richtung Bollwerk.

Cunrat sah die Übrigen an. »Akousa, bring uns dort hinüber. Auf dem schnellsten Weg. Und dann bring dich in Sicherheit.«

Akousa setzte zu einem energischen Protest an, doch Cunrat schnitt ihr das Wort ab. »Du musst verschwinden, bevor die Hafenkette oben ist! Warne dein Volk. Erzähl ihnen, was hier wirklich los ist!«

Die Metis zögerte. Schließlich nickte sie grimmig. Cunrat erwiderte ihr Nicken. Dann sah er Xari an, die sich verbissen aufrecht hielt, jedoch immer noch an der Hauswand abstützte, um ihr Bein zu entlasten. »Vergiss es«, stellte die jüngere Metis fest. »Mich wirst du nicht auch noch los. Ich werde doch nicht jetzt gehen und dir den ganzen Ruhm überlassen!«

»Es geht hier nicht um …« Cunrat stockte. »Das war jetzt ein Witz, oder?«

Xari sah ihre Schwester an. »Er scheint mir doch lernfähig.« Sie wurde sofort wieder ernst. »Du wirst mich brauchen. Auf See bin ich nutzlos. Außerdem ist das mein Kampf. Du bist nur eingeladen mitzukommen.«

Cunrat rieb sich die Stirn, dann zuckte er resigniert mit der Schulter. »Vermutlich. Jans, dich brauche ich dort drüben. Und Alaunar …«

»Ich habe nicht die geringste Ahnung, was du vorhast, Ritter, aber ich denke, die Huacoun werden uns nicht tatenlos zusehen. Also wirst du mich brauchen.«

Cunrat sah ihn nachdenklich an.

Der blasse Mann hob die Schultern. »Außerdem habe ich

eine Rechnung zu begleichen. Die sind wegen mir hier. Wegen mir und weil meine Schwester sich unbedingt irgendwelchen Göttern unterwerfen muss. Ich hätte es besser wissen müssen.«

Cunrat hielt seinen Blick fest, bis ihn das erneute Sausen der Wurfarme auf dem Schiff zur Eile anhielt. Dann nickte er knapp. »Also gut.«

Dass sich Xari nicht wehrte, als er sich ihren Arm über die Schulter legte, um sie mitzuziehen, war ihm Zeichen genug, dass ihre Wunde tatsächlich tief ging. Wortlos packte Alaunar den anderen Arm, und gemeinsam zerrten sie die Metis im Schutz der Häuser zu dem Steg, an dem die Fischerboote vertäut lagen. Akousa lief vor und war bereits damit beschäftigt, die Segelverschnürung eines der kleinen Fahrzeuge aufzuschneiden, als sie endlich das Boot erreichten. Sie halfen Xari hinein und zerschlugen dann die Haltetaue, während Akousa das Segel entfaltete. Mit einem Knall fing es den Wind, und das Boot glitt knarrend vom Steg weg und hinaus auf das Wasser des Hafenbeckens, wobei es mit jedem Augenblick schneller wurde. Akousa stand wild grinsend am Steuer des Boots, zwei Segelleinen um die Hand gewickelt, und hielt ihr kleines Fahrzeug direkt auf das Hexerschiff zu, das aus dieser kurzen Entfernung noch weit riesiger wirkte und beständig größer zu werden schien. Cunrat hangelte sich die drei Schritte zu Xari, die mit zusammengepressten Lippen am Mast lehnte und mit Stücken ihres Hemdschoßes ihr Bein bandagierte. »Kommst du wirklich klar?«

Die Metis sah zu ihm hoch und fletschte die Zähne. »Komm mir nicht gönnerhaft. Ich habe ein Loch im Bein, ja. Aber das spielt auf dem Boot hier wohl keine Rolle. Also konzentrier dich lieber.«

»Da hat sie wohl recht.« Alaunar kauerte im Bug des Boots.

Er hatte beide Waffen gezogen, und das Grinsen in seinem Gesicht war ein Spiegelbild dessen auf Akousas. Jans kauerte zwischen ihnen, das Schwert auf den Knien und eine Hand fest um die Bordwand geklammert. Seine Lippen formten eine stumme Anrufung an die Reisenden.

»He. Ritter. Bete lauter! Wir können jede Hilfe brauchen!«

Jans sah auf und starrte Akousa düster an. »Ich bete nicht. Die Reisenden sind keine Götter, die man anbetet. Ich bitte um ihre Anleitung und Stärke.«

Akousa hob die Brauen. »Ist mir egal, wie du's nennst, wenn du betest. Tu's lauter, damit sie dich hören! Haltet euch bereit!«

»Du weißt schon, dass du auf diesem Kurs den Kahn direkt in ihren fährst?«, rief Alaunar vom Bug her.

»Hast du eine Ahnung von Booten?«, gab die Metis zurück.

»Nicht direkt. Ich bin schon auf welchen gefahren. Und das sah anders aus.«

»Das wäre dann aber nicht der schnellste Weg!« Akousas Zähne blitzten weiß vor der hinter ihr aufziehenden Wolkenwand.

Dann war die riesige graue Bordwand heran. Im letzten Moment riss Akousa an einer der Segelleinen. »Köpfe runter!« Der Segelbaum beschrieb knarrend einen Bogen über ihren Köpfen, und das Segel flatterte nur für einen Augenblick, bevor es sich wieder füllte und Akousa das Steuer mit Macht herumzog. Das Boot drehte bei. Mit einem dumpfen Schlag traf das Boot auf den Schiffsrumpf und scharrte einen Moment daran entlang, bevor es sich wieder löste und weiterschoss.

»Falls sie uns aus irgendeinem Grund übersehen haben

sollten, wissen sie jetzt zumindest, dass wir da sind«, stellte Xari fest.

»Du weißt doch: Mutter hat uns beigebracht anzuklopfen.«

Jans sah zu Cunrat herüber. »Ich hasse dieses Volk«, knurrte er.

»Du hast die Kolnorer noch nicht erlebt«, gab Cunrat zurück. »Achtung!«

Vor ihnen, weit oben an der Reling des Schiffs, tauchten jetzt Gesichter auf, die mit großen Augen zu ihnen hinunterstarrten, und dann Speere neben den Gesichtern, die in ihre Richtung geschleudert wurden. Cunrat konzentrierte sich und stieß eine Hand vor. Ein Pulsieren ging durch die Luft und schlug die Geschosse aus der Luft. Allerdings erstreckte er sich auch auf den Bug, wo er Alaunar wie ein Tritt in den Rücken traf, ihn auf die Planken presste und eine Erschütterung durch das gesamte Gefährt jagte, als die Bootsspitze mit Macht ins Wasser gedrückt wurde. Das Boot schlingerte, über ihm flatterte das Segel, und Akousa fluchte. Eilig ließ Cunrat den Schirm fallen, und Alaunar sog ächzend die Luft ein. »Ich glaube, du hast mir eine Rippe gebrochen«, keuchte er. »Mach das nicht noch mal.«

Der Bug schnellte wieder aus dem Wasser, und das Boot nahm erneut Fahrt auf. Binnen Augenblicken hatten sie die lange Bordwand und schließlich den Bug des grauen Schiffs passiert. Vor ihnen lag nur noch das offene Wasser des Hafenbeckens, das sich bis zur Durchfahrt erstreckte, die von Leuchtturm und Bollwerk flankiert wurde.

»Na also. War doch gar nicht so schwer. *So* segelt man!« Akousa grinste immer noch breit, als sich Cunrat zu ihr umsah. Sein eigenes Grinsen gefror, noch bevor es vollständig auf seinem Gesicht Einzug gehalten hatte.

»Ich glaube nicht, dass es das schon war«, sagte Xari trocken. »Geht das nicht etwas schneller?«

»Wofür hältst du das Ding hier? Das ist ein Fischerboot, kein Schnellsegler!« Akousa verzog den Mund, bevor ihr auffiel, dass die anderen hinter sie sahen. Misstrauisch blickte sie sich um.

Im selben Moment sprangen ein Dutzend Huacoun vom Bug ihres Schiffs. Hatten sie auf Land ein wenig unbeholfen gewirkt, so tauchten sie mit vollendeter Eleganz in das Hafenbecken, so glatt, dass kaum ein Spritzer zu sehen war. Pfeilschnell zischten ihre dunklen Schemen im kristallklaren Wasser hinter dem Fischerboot her.

»Im Ernst?« Xari verdrehte die Augen und griff nach dem Messer, das neben ihr auf dem Bootsboden lag.

Cunrat stieß einen Fluch aus und zog sein Schwert. Alaunar stand auf und hob seine Waffen, bevor er mit den Nackenwirbeln knackte. »Wie sagen sie so schön im Kolno? Es gibt keine Rast für die Niederträchtigen.«

»Wir sind die Guten hier«, knurrte Jans, ohne den Blick vom Wasser zu wenden.

»Sprich für dich selbst, Ritter«, gab der Blasse heiter zurück. »Sprich bitte nur für dich selbst.«

Die Schemen holten beängstigend schnell auf. Akousa hatte recht. Ihr Segler mochte schneller sein als das graue Schiff, doch die Schemen bewegten sich mit der Geschwindigkeit von Speerfischen, Meeresräubern, die auf hoher See jagten und Schiffe tagelang umspielten, in der Hoffnung auf über Bord geworfene Abfälle oder fallende, allzu neugierige Seeleute.

Cunrat riss sich los und warf einen Blick auf die Durchfahrt. Selbst wenn alles glattging, würde es dauern, die Hafenkette einzuholen. Sie waren vor dem Hexerschiff, allerdings nicht allzu weit. Es würde knapp werden. »Dort!« Er deutete auf eine schmale, steinerne Treppe, die ein Stück vom Leuchtturm entfernt vom Wasser aus auf die Hafenmauer hinaufführte. Akousa hatte sie auch gesehen und legte das Boot in eine enge Kurve. Inzwischen kam die gegenüberliegende Seite des Beckens rasch näher. Zu rasch für Cunrats Geschmack. Er sah zurück zu den Schemen. *Nicht rasch genug*, verbesserte er sich im Stillen. Beinahe im selben Augenblick hatte der Erste ihr Gefährt erreicht. Für einen Moment hielt er sich gleichauf mit der Bordwand, dann jagte er nach oben, durchbrach die schäumende Oberfläche und schoss wie ein jagender Raubfisch aus dem Wasser, direkt auf ihn zu. Im selben Augenblick riss Cunrat den Speer hoch, den er am Bootsboden abgelegt hatte. Der Huacoun rammte sich die knöcherne Spitze selbst mit solcher Gewalt in die Brust, dass sich der Schaft durchbog und gleich darauf mit einem Knall zerbarst. Sein eigener Schwung und die Umlenkung durch die Waffe trugen den Fischgesichtigen in einem flachen Bogen am Segel vorbei und mit einem erschreckten Gurgeln über die gegenüberliegende Bordwand zurück ins Hafenbecken. Der zweite Huacoun folgte ihm beinahe augenblicklich, und sein Schwung trug ihn bis ins Boot, wo sein Langmesser Cunrat mit Sicherheit erwischt hätte, wenn Xari nicht zur Stelle gewesen wäre. Noch bevor der Huacoun-Krieger richtig gelandet war, riss sie an der Leine, die das Segel hielt. Der schwere Mastbaum schwang zurück, zischte über Cunrat und ihren eigenen Kopf hinweg und traf den Huacoun mit solcher Wucht, dass er leblos zurück ins Wasser geschleudert wurde. Das Boot schlug einen scharfen Haken, und Akousa gelang es nur unter Fluchen, es zurück auf Kurs zu bringen. Das kurze Schlingern reichte jedoch, dass die nächsten zwei Huacoun-Krieger vergeblich aus dem Wasser schnellten. Der nachfolgende schien aus den Missgeschicken der ersten beiden gelernt zu haben, denn er packte lediglich die Bordwand, um sich unbemerkt hochzuziehen. Jans' Dolch nagelte die sechsfingrige Hand unverrückbar an die Bordwand. Mit einem Aufschrei zog sich der Krieger aus dem Wasser, nur um Alaunars grünliche Klinge direkt durch den Mund in den Schädel gerammt zu bekommen. »Regenerier das mal«, knurrte der blasse Mann.

Jans lachte auf.

»Eines ihrer eigenen Spielzeuge.« Alaunar zwinkerte. »Scheint sämtliche Talente zu neutralisieren.«

»Das gilt für gute Klingen im Allgemeinen«, gab Jans zurück.

Alaunar wiegte zustimmend den Kopf. »Auch wieder wahr. Aber etwas mehr Sicherheit schadet nie.«

»Hört auf, eure Messer zu vergleichen, als wären es Schwänze, und werdet den Drecksack los. Er bremst uns!«, bellte Akousa. Erneut wechselte sie die Richtung. Der Mastbaum schwang zurück, packte wieder den auffrischenden Wind und schoss erneut vorwärts. Jans zerrte den Dolch aus dem Holz, und der Tote glitt ins Wasser und blieb hinter ihnen zurück. Weitere Schatten glitten an ihm vorbei und durch die dunkle Wolke aus Blut hindurch, die sich um ihn ausbreitete.

Etwas stieß von unten gegen das Boot, und im nächsten Moment wurde Akousa das Steuer aus der Hand gerissen. Das Boot schwang zum dritten Mal herum, das Segel erschlaffte, und eine Gestalt erschien an der rechten Bordwand, als das Boot mit letztem Schwung gegen die schleimige Mauer rumpelte, auf der sich der Leuchtturm über das Hafenbecken erhob. Mit einem Aufschrei verschwand der Huacoun zwischen Fels und Bordwand wieder in der Tiefe.

»Zieht, verdammter Dreck! Zieht!« Akousa überließ das Steuer sich selbst, krallte die Finger in die Spalten zwischen den Steinen und zog das flache Boot vorwärts in Richtung der steilen Treppe. Xari, Cunrat und Jans griffen ebenfalls zu; lediglich Alaunar stellte sich breitbeinig in das Boot, den Mast im Rücken, beide Klingen bereit. Unter hässlichem Knirschen glitten sie an der Wand entlang und erreichten die Stufen im selben Moment, in dem zwei weitere Huacoun aus dem Wasser schnellten, die Hände mit den Schwimmhäuten ausgebreitet, lange, dunkle Fingernägel wie Krallen ausgestreckt. Alaunar schlug den ersten aus der Luft, ein Doppelstreich, der tief in den Unterarm des Huacoun biss und mit einem langen Schnitt seinen Bauchraum öffnete. Kreischend fiel der Krieger ins Boot. Der zweite prallte von einer unsichtbaren Barriere ab und fiel ins Wasser zurück. Alaunar nickte Cunrat zu.

»Hoch!«, keuchte der junge Ritter durch zusammengepresste Zähne. »Helft Xari. Oben haben wir eine Chance!«

Kaum hatten die Männer das Boot verlassen, stieß Akousa das Fahrzeug von der Mauer ab und ließ es in den Wind drehen. Ein Kopf tauchte aus dem Wasser auf, nur um sofort wieder zu verschwinden, als der Bug in seine Richtung drehte. Trotzdem hörte Cunrat mit geradezu grimmiger Befriedigung ein hartes Rumpeln. Der Kopf tauchte nicht mehr auf, auch als Akousa das Boot in einer scharfen Kurve wieder in Richtung der Hafenausfahrt drehen ließ. »Viel Glück, Berun!«, rief sie über den stärker werdenden Wind. Eine Bö riss ihr die Worte beinahe vom Mund. »Pass auf meine Schwester auf!«

»Als ob es das brauchen würde!«, gab Xari zurück und hob eine Hand zu einem letzten Gruß. »Bring die Nachricht nach Tiburone!«

Akousa winkte ab. »Ich habe eine bessere Idee. Viel besser!«

Xari hielt alarmiert inne, doch ihre Schwester hatte sich schon abgewandt und das Boot Fahrt aufnehmen lassen. Ein Huacoun tauchte an der Bordwand auf, doch ehe er sich hochziehen konnte, bockte das Boot, scharrte hart über die beinahe vollständig gehobene Hafenkette und streifte den Krieger ab, als wäre er lediglich Dreck an einem Stiefel. Dann war das Fahrzeug aus dem Windschatten der Hafenmauer heraus und beschleunigte beinahe augenblicklich. Ohne einen einzigen Blick zurück schoss Akousa davon.

Cunrat wandte sich ab und griff Xari um die Hüfte. Hastig kämpften sie sich die von schmierigen Algen bewachsene Treppe hinauf, bei jedem Schritt in Gefahr auszurutschen und ins Hafenbecken hinabzufallen. Weitere Huacoun barsten aus dem Wasser, drei, vier, ein halbes Dutzend, doch für einen kurzen Moment behinderten sie sich gegenseitig, während sich die Flüchtenden auf allen vieren die ausgewaschenen Stufen hinaufkämpften. Schließlich packte Jans Cunrat am Kragen und zerrte ihn auf die Kaimauer. »Was jetzt?«

Cunrat keuchte und deutete auf Alaunar. »Jetzt hältst du diese Treppe so lange wie möglich.« Er grinste und half Xari auf die Füße.

Alaunar warf einen Blick die Treppe hinab, wo der erste der Huacoun es schließlich auf die Treppe geschafft hatte. »Ich«, sagte er und schniefte.

»Ich brauche Jans, wenn das funktionieren soll. Und Xari. Und vor allem brauchen wir noch ein wenig Zeit.«

Alaunar sah ihn an, dann hinunter auf den Huacoun, der jetzt bereits die halbe Treppe bewältigt hatte. Ein zweiter war bereits hinter ihm. Er zuckte mit den Schultern. »Wir brauchen alle immer noch ein wenig Zeit. Unser ganzes Leben lang.« Erneut knackte er mit den Halswirbeln. »Ich werde sehen, was ich tun kann. Und dann bin ich weg.«

Cunrat nickte. »So oder so.«

»So oder so.« Alaunar packte den Speer, mit dem der Huacoun nach ihm stieß, und wand ihn dem Krieger so schnell aus den Händen, dass der auf den nassen Stufen das Gleichgewicht verlor und zurück ins Wasser stürzte. »Geht.« Er wirbelte die Waffe herum und stieß damit nach dem nächsten Angreifer.

Cunrat drehte sich um, packte Jans am Ärmel und zog ihn zu sich heran. »Den Blaustein. Iss ihn.«

»Was?«

»Der Brocken, den ich dir vorhin gegeben habe. Iss ihn!«

Der andere Ritter sah ihn verwirrt an. »Den ganzen Klumpen? Ist das nicht viel zu …?«

»Nein«, unterbrach ihn Cunrat knapp. »Es ist vielleicht genug.« Er grinste düster. »Und du weißt, was wir dem Orden als Eid abgelegt haben. Jedes notwendige Opfer für die Sache der Reisenden und all das.«

Jans sah ihn misstrauisch an, hielt jedoch den Klumpen schon in der Hand. »Opfer?«

»Iss!«, brüllte Cunrat. »Vielleicht überleben wir die Scheiße dann!« Er winkte Xari zu und deutete auf den Fuß des Turms, der düster über ihnen aufragte. »Wir müssen dort hin. Und dann möchte ich, dass du die Huacoun zu dir rufst. So machtvoll, wie du nur kannst.«

Xari sah ihn verständnislos an. »Wozu? Was haben wir davon, wenn sie alle über mich herfallen?«

»Wir haben sie alle auf einem Haufen«, gab Cunrat grimmig zurück. »Und nur du kannst dafür sorgen. Als wir dich gefunden haben, hast du den Kolnorern eine Falle gestellt. Dieses Mal gehen wir Fischgesichter fangen.«

»Und ich bin der Köder.«

»Genau.« Cunrat sah die kleinere Metis ernst, fast flehentlich an. »Vertraust du mir?«

Xari schnaubte belustigt. »So weit, wie ich momentan springen kann.«

»Bitte …«

»Mach dir nichts draus. Alle Menschen, denen ich getraut habe, sind tot. Scheint also keine Qualität zu sein, die man anstreben sollte. Ich hoffe nur, dein Plan taugt irgendetwas.«

»Warum muss das andauernd jemand sagen?«

Xari würdigte ihn keiner Antwort, sondern hinkte in Richtung Turmfuß.

Ein Schatten legte sich über sie, und Cunrat sah auf. Ein jetzt entfaltetes Segel hatte sich zwischen sie und die Sonne geschoben, als das graue Schiff auf die Ausfahrt zulief. Kaum fünfzig Schritte trennten ihn und das Hauptdeck, und eine Reihe Huacoun starrte ihn an. »O verdammter Brundaldreck!« Er lief los. Mit Jans im Schlepptau hatte er Xari nach wenigen Schritten eingeholt. Wortlos packten die beiden Ritter die junge Frau unter den Armen und trugen sie mehr vorwärts, als dass sie sie stützten. Ein plötzlicher Schauer von einem guten Dutzend Speere ging auf sie nieder, und nur das Pfeifen der durchschnittenen Luft warnte Cunrat vor dem Geschosshagel. Die meisten erreichten sie nicht, doch zwei oder drei prallten von der unsichtbaren Barriere ab, die Cunrat im letzten Moment errichtet hatte. Er keuchte und stolperte rückwärts. Die Huacoun an Bord des unerbittlich näher kommenden Schiffs diskutierten etwas, als sie zu den nächsten Wurfgeschossen griffen. »Lauft weiter!«, rief er über die Schulter. »Lauft zum Turm!«

Die Huacoun schienen jetzt begriffen zu haben, dass ihnen mit gewöhnlichen Mitteln nicht beizukommen war, denn sie machten jetzt eine der Inenei auf sich aufmerksam. Cunrat fluchte unterdrückt und rannte den anderen hinterher, die letzten Meter bis an den Fuß des Leuchtturms. Erst als die uralte Mauer direkt über ihm aufragte, sah er erneut zurück. Das Schiff hatte sie jetzt beinahe erreicht. Kaum zwanzig Schritte trennten sie noch, als das gewaltige Schiff in die Öffnung der Hafeneinfahrt lief, während die fischgesichtige Frau ihre Hände hob.

Ein brutaler Ruck durchlief das Schiff, so heftig, dass es für einen Moment aussah, als wollte sich das Heck der schwimmenden Festung aus dem Wasser erheben. Ein Stöhnen durchlief den gewaltigen Rumpf, und mit lautem Knallen brach irgendwo etwas aus Holz. Die Huacoun auf dem Deck wurden herumgeworfen wie Strohpuppen, und etliche von ihnen prallten gegen die Reling oder gingen über Bord. Eine der Wurfmaschinen auf dem Deck wurde aus ihrer Verankerung gerissen, fiel um und verteilte ihre lodernde Fracht über das Deck. Die unglückliche Katapultbesatzung bekam einen Gutteil des blauen Feuers ab, und wie Cunrat mit nicht geringer Genugtuung feststellte, waren sie keineswegs gegen die zerstörerische Gewalt ihrer eigenen Waffe gefeit. Der Aufprall des riesigen Schiffs hob die Hafenkette für einen Moment aus dem Wasser, und zum ersten Mal konnte Cunrat die gewaltigen Kettenglieder sehen. Jedes war so lang wie ein Mann und so dick wie die Hüfte eines Mädchens. Eiserne Dorne, lang wie Schwerter, waren daran geschmiedet und bissen tief in den Leib des Schiffs. Algen und Rost kämpften um die Vorherrschaft, doch es bestand kein Zweifel, dass die Barriere unter der verwitterten Schicht noch völlig intakt war. Das Schiff sank ins Wasser zurück und schob eine mächtige Welle durch den Hafen, die sogar die Huacoun im Wasser ein Stück weit verdrängen konnte.

Cunrat drehte sich hastig um und packte Jans an der Schulter. »So, Steinzersetzer. Zeig mal, was du kannst.«

Der andere starrte ihn verständnislos an, und Cunrat verdrehte die Augen und tätschelte den Turm neben ihnen. »Tob dich aus!«

Jans' Augen wurden groß. »Bist du wahnsinnig? Das ist dein Plan? Ich habe dir gesagt, ich schaffe nur ganz kleine Steinchen! Meine Fähigkeit ist unnütz! Es wird Jahre dauern, bis ich ausgebil...«

»Halt die Klappe, und tu einfach so, als würde dein Leben davon abhängen. Das tut es nämlich!« Er sah hinüber auf das Schiff, auf dem jetzt die Huacoun wieder auf die Füße kamen. Das Feuer hatte inzwischen begonnen, ein Loch ins Deck zu fressen; und die Fischgesichter waren irgendwie mit Löschversuchen beschäftigt. »Am besten jetzt, solange sie abgelenkt sind.«

Xari musterte den noch immer zögernden Ritter düster. »Was immer der Plan ist – tu es jetzt. Wir haben keinen anderen mehr. Und falls du dir Sorgen machst – der Blaustein, den er dir gegeben hat, ist reiner als jeder andere. Hab Vertrauen!«

Jans starrte an dem verwitterten, grünlich schwarzen Steinfundament des Leuchtturms empor. Aus unmittelbarer Nähe betrachtet war er einfach lächerlich riesig.

»Hör auf die Frau!« Cunrat wurde lauter. Einige der Huacoun sprangen jetzt vom brennenden Schiff. »Xari, halte sie auf!« Er deutete auf die Männer, die ins Wasser gegangen waren. »Hol sie zu uns!«

Er packte Jans' Hände und presste sie auf den Stein. »Ich

habe gesehen, dass es funktioniert! Bei den verdammten Gruben – tu es!«

Neben ihnen atmete Xari tief durch. Sie schob sich einen neuen Blausteinbrocken in den Mund. Er brach hörbar zwischen ihren Zähnen, und die Metis erbebte am ganzen Körper. Dann öffnete sie die Augen und lächelte. Instinktiv hielt Cunrat die Luft an. Xari wirkte – präsenter. *Stärker. Wie jemand, dem man nahe sein will. Jemand, den man …*

Cunrat schüttelte energisch den Kopf und boxte Jans in den Rücken, der jetzt ebenfalls Xari anstarrte. »Mach! Sonst sind wir tot!«

Jans riss widerstrebend den Blick los und presste die Hände auf die mächtige Mauer. Für einen langen Moment geschah nichts. Dann jedoch glaubte Cunrat, ein leises Knistern zu hören. Er starrte auf die Hände des anderen. Vor seinen Augen begann der Stein, sich zu verfärben und die Farbe alter Asche anzunehmen. Erst langsam, dann immer schneller breiteten sich die zwei Flecken unter Jans' Handflächen über den Fels aus, und aus dem kaum hörbaren Knistern wurde ein deutliches Knacken. Kurz stockte die Verfärbung an den Fugen zu den nächsten Steinen, doch dann, wie Schimmel auf altem Brot zur nächsten Scheibe wuchert, kroch sie über die angrenzenden Steine. Cunrat war sich nicht sicher, doch es schien fast, als nehme die Geschwindigkeit der Veränderung noch zu. Jans keuchte. Er rang nach Luft, als schnüre ihm das, was er gerade tat, den Atem ab. Schweiß begann in großen Perlen aus seiner Haut zu quellen.

»Weiter!«, knurrte Cunrat. »Geh nach rechts. Mehr!« Er stieß mit der Schwertspitze gegen den Fels, und vor seinen Augen löste sich der eben noch massive Block des Turmfundaments in schmutzig grauen Sand auf. Der rieselnde Schmutz riss mehr mit, und im nächsten Moment klaffte ein Loch von der Größe eines Kopfs in der Mauer.

»Ich …«, krächzte Jans, »ich kann nicht …!«

»O doch, du kannst. Siehst du doch!« Cunrat klopfte dem zitternden Ritter auf den Rücken und sah sich nach Xari um. Der Wind war inzwischen heftiger geworden und warf die Locken, die er aus dem Zopf der Metis gezerrt hatte, wild umher. Sie stand mit ausgebreiteten Armen am Rand der Hafenmauer, in der einen den Huacoun-Dolch, die andere einladend ausgebreitet. Ihre Zähne blitzten weiß in einem grimmigen Grinsen. Allein sie anzusehen erhöhte den Druck auf seiner Brust und, wie er jetzt feststellte, in seiner Hose. Er biss die Zähne zusammen, grub die gesplitterten Nägel seiner Linken in die Handfläche und riss den Blick los. Das Deck des grauen Schiffs brannte immer noch, auch wenn jetzt zwei Inenei damit beschäftigt waren, das Feuer zu ersticken. Wie sie das taten, konnte Cunrat nicht erkennen. Es war auch nicht wichtig. Wichtig war, dass sie beschäftigt waren. Erstens konnten sie damit ihre Talente nicht gegen ihn einsetzen, zweitens waren sie zu abgelenkt, um es überhaupt zu versuchen – oder zu bemerken, dass die männlichen Huacoun ihrerseits abgelenkt waren. Einer nach dem anderen wandte sich zu ihnen um. Genauer gesagt, sie wandten sich Xari zu, denn durch ihn schienen sie einfach hindurchzusehen. Ihre schmalen Nasenöffnungen weiteten sich und mehr als einer entblößte die Reißzähne, als er schnüffelnd die Luft einsog und die Augen unverwandt auf die junge Metis gerichtet hielt. Dann erhob sich der Erste, trat an die Reling und sprang in einem kraftvollen, eleganten Bogen ins Wasser. Ein zweiter folgte ihm, dann ein dritter und weitere. Sie alle glitten wie Raubfische direkt auf den Mauerabschnitt zu Cunrats Füßen zu. Cunrat runzelte die Stirn und trat direkt an den Rand, um hinunterzusehen. Dutzende von Huacoun-Kriegern schwammen direkt am Fuß der Mauer und versuchten, mit Schwung aus dem Wasser und die Mauer hinaufzuschnellen, wobei sie sich größtenteils gegenseitig behinderten. Einem oder zweien von ihnen gelang es beinahe, die Mauerkrone zu erreichen, doch keiner schaffte es, sich in einer der schmalen Fugen festzuhalten, bevor er wieder zurück ins Wasser oder auf seine Kameraden fiel. Der Anblick trieb ihm einen Schauer über den Rücken, und es wurde nicht besser durch den Umstand, dass sein Kopf unablässig mit Bildern gefüllt wurde, wie er Xari die Kleider vom Leib riss. Er schüttelte den Kopf. Einige der Huacoun waren inzwischen trotzdem auf den Gedanken gekommen, in Richtung Treppe zu schwimmen, die Alaunar noch immer verteidigte. Cunrat erstarrte. Sobald das die anderen bemerkten, waren sie verloren. Mit einem Knurren fuhr er herum und lief zurück zu Jans. Der andere Ritter hatte innegehalten. Gebannt starrte er auf Xaris Rückseite, und seine Hände öffneten und schlossen sich wie von selbst, als er mit sich zu ringen schien, ohne es selbst zu merken. Cunrat verabreichte ihm kurzerhand eine schallende Ohrfeige, die Jans zurück in die Gegenwart riss. »Ich …«

»Halt den Mund, und mach weiter!« Cunrat stieß ihn grob gegen den Turm.

Die graue Mauer hinter Jans gab nach, als bestünde sie aus trockenem Sand. Der Ritter verlor das Gleichgewicht und kippte rückwärts in das rasend schnell wachsende Loch, das binnen eines Augenblicks die Größe eines zweiflügligen Tors erreichte. Von irgendwo her war ein tiefes, klagendes Stöhnen zu hören. Cunrat sah nach oben.

»Jans! Verdammt, warte, ich … oh, Grubenscheiße!«

Der Turm schwankte. Nur wenig, doch genug, um weitere Kaskaden zerstörten Steins herunterregnen zu lassen. Das Stöhnen nahm zu, und ein dumpfes, mahlendes Knirschen mischte sich darunter. Und jetzt, direkt vor Cunrats Augen, begann der Turm zu schwanken. Nur leicht, so als versuchte er, sich zu fangen, sich auf seinem geschwächten Fuß zu halten. Dann sackte er unter einer neuerlichen Staubwolke ein Stück nach unten, stöhnte erneut und kam schließlich gefährlich schief zum Stehen. Cunrat starrte auf das Loch, in dem Jans verschwunden war, dann auf Xari, und schließlich fuhr er mit einem Fluch herum und warf sich auf die Metis. Im selben Moment schien die Entscheidung über den Turm gefallen. Mit einem neuerlichen Ächzen neigte sich der Turm weiter, und sein Schatten fiel auf Cunrat, raste über den Kai bis zum grauen Schiff und darüber hinaus. Einer der Huacoun hatte es tatsächlich geschafft, die Kaimauer zu erklimmen. Er ragte über Cunrat und Xari auf, ein unmenschliches Grinsen auf dem lippenlosen Gesicht, einen Langdolch in der Hand. Cunrat erwiderte sein Grinsen und hob eine Hand über den Kopf. Im nächsten Moment schlug der Turm auf dem Huacoun auf und zermalmte ihn unter Wagenladungen von uraltem Fels. Der fallende Turm traf den Schirm, den er über sich und Xari errichtet hatte, wie ein Hammerschlag, dröhnte in seinen Ohren und Knochen und schlug mit einer solchen Gewalt ein, dass er von den Knien gefegt wurde. Kurz flackerte der Schirm, bevor Cunrat die Zähne zusammenbiss und ihn erneut stabilisierte. Aus dem Augenwinkel sah er, wie der Turm das graue Schiff erreichte. Zuerst streifte er den kurzen Mast und ließ ihn in eine Wolke aus Splittern zerbersten. Doch noch ehe der erste Splitter das Wasser erreicht hatte, schlug die gewaltige Steinlawine auf dem Deck ein und begrub es unter einer Wolke aus Staub, Fels und Eisen. Das Schiff der Huacoun mochte größer sein als alles, worüber Berun verfügte, doch unter dem Berg aus Stein, der jetzt darauf niederging, zerbarst es wie eine Walnuss, die unter dem Stiefel eines Kriegsknechts zertrampelt wurde. Dann war das Schiff verschwunden, ersetzt durch eine undurchdringliche Staubwolke. Im selben Moment sackten die Reste des Turms über Cunrat und Xari zusammen, und es wurde dunkel.

12

Rauch in den Straßen

Was bei den Gruben soll das heißen?«, knurrte Vibel Brender. Der herannahende Regensturm unterstrich seine Worte mit dumpfem Donnergrollen, und er sah für einen Augenblick irritiert in den Himmel.

Ein blauer Feuerschweif stieg vom Deck des Schiffs im Zentrum des Hafenbeckens hoch hinauf und senkte sich dann auf die Häuser der Oberstadt nieder. Der Flammenball platzte wie eine überreife Frucht, und bis hier waren die Spritzer flüssigen Feuers zu sehen, die Dutzende Schritt weit in alle Richtungen flogen und alles in Brand setzten, was mit ihnen in Berührung kam. »Das können diese Drecksäcke nicht tun! Wir haben keine Zeit zu verlieren. Wir müssen raus hier! Alle. Wenn sich die Brände ausbreiten, hat keiner hier mehr die geringste Chance.«

»Ich glaube nicht, dass sie uns um Erlaubnis fragen«, entgegnete Daryl. Der untersetzte Ritter sah bleich aus, und Schmutz und durchgesickertes Blut besudelten den Verband über seiner linken Gesichtshälfte. Im freien Auge jedoch brannte ein düsteres Feuer. »Wir mussten beinahe bis zurück ans Wasser, um hierherzugelangen. Diese veycarischen Bastarde haben jeden Weg hinauf durch die Stadt abgeriegelt, und sie lassen niemanden hindurch. Erschießen jeden, der's trotzdem versucht. Wir haben mit Dutzenden Leuten gesprochen. Alle sagen dasselbe. Sie ziehen sich in die Festung zurück und hindern jeden, der nicht zu ihnen gehört, daran, die Stadt zu verlassen.«

»Die brennende Stadt.« In Brenders Gesicht zuckte es. Er sah Henric an, dann wieder auf das graue Schiff. »Wie sieht es aus – haben wir irgendwelche Möglichkeiten zurückzuschießen?«

Die anwesenden Kriegsknechte sahen betreten aus. »Nichts, Vibel«, stellte Amric fest. Der Schreiber ihrer Einheit war dabei, die letzten Papiere zusammenzuraffen und in sein Marschgepäck zu stopfen. »Wir haben vier Katapulte hier auf dem Kastell. Ich sag's mal so: eines altersschwächer als das nächste.«

Der Kriegsknecht namens Katzbalger nickte. »Wir könnten zwei davon vielleicht wieder in Gang kriegen«, fügte er hinzu.

»Und?«

»Wenn wir ein, zwei Tage Zeit und das richtige Material haben.«

Brender sah ihn an. »Also nicht«, übersetzte er.

»Nein. Tut mir leid, Vibel.«

»Brundalscheiß.« Brender rieb sich das Gesicht.

»Wenn wir sie nicht aufhalten können, sollten wir ausbrechen«, warf Henrik ein. Der alte Anführer der Ritter hatte sich leise mit seinen übrigen Männern beraten und richtete sich jetzt auf. Er hatte sich das antike Schwert aus dem Ordenshaus der Reisenden über die Schulter gehängt.

»Ho!« Der Katzbalger hob die Hand. »Ein Gegenvorschlag.

Dieses Kastell hier dürfte sicher sein, selbst wenn der Rest der Stadt abfackelt. Ich würde sagen, dass es sogar zwei oder drei Treffer mit diesem Zeug halbwegs unbeschadet übersteht. Seine Mauern sind dick, und der nächste Scheißregen ist so gut wie über uns.«

Einige der Kriegsknechte murmelten zustimmend, doch Brender unterbrach sie rasch.

»Habe ich das richtig verstanden? Du willst zulassen, dass die veycarischen Arschmaden die Leute von Gostin in der brennenden Stadt einsperren, nur weil dein Hintern sicher ist?« Er starrte den Katzbalger an, bis dieser den Blick senkte, dann wandte er sich den übrigen Männern zu. »Das Macouban ist immer noch ein Protektorat des Kaisers. Also sind wir seine Protektoren. So lange, bis der Kaiser etwas anderes sagt. Oder, was mich betrifft, so lange, bis Thoren etwas anderes befiehlt. Das bedeutet also ziemlich sicher nicht, dass wir uns hier die Ärsche breit sitzen sollten.«

Schließlich drehte er sich wieder zu Henrik um. »Also gut, Ihr habt recht, Ritter. Brechen wir aus. Aber mit so vielen Menschen, wie wir können. Amric …« Er wandte sich dem Schreiber zu. »Teil die Männer ein. Dreiergruppen, von denen mindestens einer ein paar Brocken der Einheimischen beherrscht. Ich will, dass uns jeder versteht. Ihr sammelt so viele Menschen wie möglich. Jeden, der euch folgt, und kommt …« Er tippte auf die grobe Stadtkarte auf dem Tisch zwischen ihnen und sah Daryl fragend an. »Wohin? Wo ist der beste Ort? Ich will auf direktem Weg hinauf zu diesem Stadttor hier. Zeigt mir, wo diese veycarischen Drecksäcke stehen.«

Es war tatsächlich nicht weit. Der steile Anstieg der Hänge ließ nur an erstaunlich wenigen Stellen die Möglichkeit für vernünftige Aufstiege. Es gab einige schmale Treppen, die die veycarischen Söldner vermutlich nicht abdeckten, doch die eigentlichen Wege und Straßen, die die vier ringförmigen Ebenen der Stadt verbanden und die schnellste Möglichkeit boten, die Stadt zu verlassen. Die einzige, wenn die Stadt gleich an Dutzenden Stellen zugleich brannte. Und die nächste Möglichkeit, zwischen den Ringen zu wechseln, befand sich natürlich ganz in der Nähe des Kastells. Immerhin benötigte man zwischen hier und der Festung oben eine vernünftige Verbindung. Es war sicher nicht die Hauptader zwischen Hafen und Festung – aber die Straße stieg in engen Serpentinen nach oben und brachte die Kriegsknechte nur zu schnell in die Region der Stadt, in der die Häuser bereits in Flammen standen. Dichte, stinkende Rauchschwaden wälzten sich durch die Straßen und die Lücken zwischen den Häusern, und irgendwo schrien Menschen, weinten Kinder, bellten Hunde, rasend vor Panik. Die Kriegsknechte hatten sich Tücher vor den Mund gebunden, doch trotzdem reizte der schwarze Qualm zu abgehacktem Husten und ließ ihre Augen tränen. Schließlich wichen die Häuser zurück, und der dritte Ring öffnete sich vor ihnen. Menschen standen hier, Dutzende, vielleicht Hunderte, die durcheinanderliefen, ohne wirklich voranzukommen, und das Geschrei klang, als würde die Menge jeden Moment in blinde Panik verfallen.

»Sie flehen, durchgelassen zu werden. Niemand weiß genau, warum es nicht weitergeht. Alle sind auf der Flucht vor den Huacoun, die sie hinter sich wähnen«, fasste Henrik leise die Kakophonie zusammen.

Brender knurrte gereizt. »Wir haben keine Zeit zu verlieren. Wir müssen raus hier! Wenn sich die Brände ausbreiten, haben wir nicht mehr die geringste Chance. Selbst die verfluchten Corteser sollten das begriffen haben. Die Tatsache, dass jemand mit unlöschbarem Feuer auf einen schießt, ist normalerweise dazu geeignet, selbst die dämlichsten Schläger dazu zu bringen, das zu kapieren!«

»Vor allem die, Vibel«, stellte Amric fest. Der Schreiber der Kriegsknechte raffte die letzten seiner Papiere zusammen, stopfte sie in sein Marschgepäck und warf es sich über die Schulter. »Ich sag's mal so: Das ist genau ihre Sprache.«

Brenders Zähne mahlten. »Dann appellieren wir mal an ihre Vernunft. Und ihr beruhigt die Leute. Sagt ihnen, dass wir dafür sorgen werden, dass es weitergeht.«

Henrik schüttelte den Kopf. »Ich kann ihre Worte verstehen. Ihren Inhalt«, gab er zurück. »Das ist mein Talent. Ich kann sie nicht sprechen.«

Brender warf ihm einen Seitenblick zu. »Beschissenes Talent«, stellte er fest.

»Es hat seine Vorteile«.

»In Ballsälen vielleicht.« Brender stieg auf ein Fass, das an der nahen Hauswand lehnte. Über die Köpfe der Menge hinweg entdeckte er eine Barrikade dort, wo der Aufstieg in die Ringstraße überging. Der obere Teil der eilig errichteten Absperrung wurde von den Speeren und Schilden der cortesischen Kriegsknechte gebildet, die ohne Rücksicht auf alle einstachen, die in ihre Nähe kamen. Gut ein Dutzend Verwundeter saßen oder lagen vor ihnen auf dem Pflaster, und die Menschen in der ersten Reihe waren dazu übergegangen, außer Reichweite zu bleiben und die Söldner in ohnmächtiger Wut zu beschimpfen. Er rümpfte die Nase und sprang wieder vom Fass. »Ein verstärkter Schildwall. Nicht viele Leute, aber bei diesen Straßen halten sie das lange genug durch. Wenn sie nicht alle mit uns ersticken.«

»Und was tun wir jetzt?«, erkundigte sich Henric zwischen zwei kratzenden Hustenanfällen.

Brender zuckte mit den Schultern. »Was glaubt Ihr denn? Wir stehen auf derselben Soldrolle wie diese tapferen Männer dort. Also sprechen wir mit den Kameraden.«

»Wir …?«

»Entschuldigt. Das war falsch ausgedrückt. Ich werde das tun. Katzbalger?«

Der angesprochene Söldner tauchte neben Brender auf und salutierte nachlässig.

»Lass das«, tadelte Brender halbherzig. »Vier Mann mit Armbrüsten. Wir brauchen die Hakenbolzen und die Zugseile.«

Der Katzbalger nickte und verschwand wieder, und Brender wandte sich an Henrik. »Sobald ich das Zeichen gebe, macht eine Gasse in der Menge.« Er sah die Ritter durchdringend an. »Gasse. Nicht Blutbad. Seht zu, dass ihr so wenige wie möglich verletzt. Das ist nicht ihr Krieg. »Er zog sein Schwert und hob es hoch über den Kopf.

»He!«, brüllte er aus voller Lunge über die Kakophonie der Verzweifelten hinweg, und zwei Jahrzehnte als Vibel machten sich bezahlt. Köpfe wandten sich ihm zu, Münder schlossen sich. »Danke. Lasst mich mal bitte zu den Männern dort vorn durch. Danke.« Er marschierte durch die Menschentraube, die sich zögerlich vor ihm öffnete und einen Gang freigab. Erst kurz vor dem Schildwall blieb er stehen, senkte hustend sein Schwert und verstaute es umständlich wieder in der Scheide.

»Danke«, wiederholte er, an die Umstehenden gewandt, von denen ihn wohl die wenigsten verstanden. In der Nähe dieses seltsamen Alten in der Beruner Rüstung wollte trotzdem niemand stehen, denn der Kreis um ihn weitete sich. »Danke. Also gut, Freunde.« Er hustete erneut und wedelte die Rauchfahnen beiseite. Über ihnen zog erneut ein blauer Feuerschweif seine Bahn und schlug mit dumpfem Donnern irgendwo rechts von ihnen ein. Die Rufe hinter Brender wurden wieder lauter, und er hob eine Hand. »Darf ich bitte erfahren, warum ihr so tapfer diesen sicherlich gefährlichen Aufstieg hier bewacht? Ich meine, früher oder später werden die Froschgesichter sicherlich hier durchkommen, aber ich kann euch versichern, keiner der guten Leute hier sieht aus wie einer von denen. Also seid so gut, und lasst uns alle passieren.«

Die veycarischen Kriegsknechte sahen einander an. »Das ist doch einer von diesen Berunern«, stellte einer der Männer fest.

»Moment, hieß es nicht, dass die sich abgesetzt haben?«, warf ein anderer ein.

Beide Männer verwendeten das seltsam gebrochene Berunisch, das hier im Süden als Handelssprache diente. Also waren die beiden nicht aus demselben der cortesischen Reiche. *Interessant.*

Ein dritter der Männer warf etwas ein, das wiederum Brender nicht verstand, worauf sich die ersten beiden zusammenrissen und Armbrüste hoben. Weniger gut.

Brender hob die andere Hand auch noch. »Immer langsam! Wir haben uns nicht abgesetzt. Sonst würde ich ja nicht hier stehen? Wer bei den Gruben verbreitet denn so schwachsinnige Gerüchte?«, fragte er und schaffte es, beleidigt zu klingen. Zumindest hoffte er es.

»Ach, und wo wart ihr dann? Soweit mir bekannt ist, lässt man euch inzwischen überall suchen!«

»Spezialauftrag von Heetmann Velleco. Und das mit dem

Suchen trifft sich gut. Ich müsste dringend Velleco sprechen. Also seid so gut, und lasst uns endlich durch, damit wir alle aus diesem verdammten Rauch hier herauskommen!«

Wieder ein kurzer, gemurmelter Wortwechsel, dann richtete sich der Wortführer auf. »Dann müsst ihr wohl warten. Ich lasse nach Velleco senden. Vielleicht hat er ja Zeit. Und bis dahin kommt hier niemand durch. Befehl von ganz oben.«

»Und mit ›ganz oben‹ meint ihr ›dort unten‹«, stellte Brender verständnisvoll fest und nickte in Richtung Hafen.

Der Söldner sah ihn ratlos an. »Mit ganz oben meinte ich die Festung.«

»Antreno ist doch aber tot«, gab Brender zu bedenken.

Jetzt kroch so etwas wie Argwohn in die Miene des Söldners. »Heetmann Taion hat das Kommando übernommen«, sagte er. »Er …«

Brender schlug sich an die Stirn. »Taion. Sanzo Taion. Heetmann. Natürlich. Entschuldigt, aber ich bekomme meine Befehle von Heetmann Velleco und«, er lehnte sich in Richtung des Schildwalls, ohne die Hände herunterzunehmen, und raunte verschwörerisch: »… es ist mir ehrlich gesagt ziemlich egal, von wem der seine Befehle bekommt. Was mich angeht – ich bin ein alter Söldner. Und ich bekomme meinen Sold von Velleco. Also ist mir egal, woher er seine Anordnungen bekommt.« Er zwinkerte ihm zu.

Der Söldner runzelte die Stirn. Dann zuckte er mit den Schultern. »Jedenfalls haben wir den Befehl, keinen aus der Stadt zu lassen, der nicht zu uns gehört.«

»Und mit uns meint ihr …«

»Keine Beruner, keine Metis, keine … die dort.«

»Ah. Das ist natürlich nicht so gut«, stellte Brender betrübt fest. »Uns läuft ein wenig die Zeit davon.« Wie um seine Worte zu unterstreichen, trug eine Windbö einen Funkenschauer vor sich her. Die Flammen konnten nicht mehr weit entfernt sein. »Es tut mir ein wenig leid, aber ihr werdet sicherlich verstehen, dass mir dann keine andere Wahl mehr bleibt.«

»Was?« Der Kriegsknecht auf dem Schildwall starrte ihn verständnislos an.

Brender tippte auf die bronzene Anstecknadel an seiner Schulter, die das Wappen der Schildbrecher aufwies. »Was ist wohl der Wahlspruch unserer Einheit? Hm?«

Die Corteser starrten ihn an. Brender seufzte und wandte sich einem Jungen zu, der vor ihm zurückzuckte, als hätte er einen faulenden Ausschlag im Gesicht. »Niemand? ›Wir tun, was wir können.‹ Ich gebe zu, es ist nicht der beste Wahlspruch, aber immerhin ist er zutreffend. Und was können wir am besten?«

Auch der Junge schien keine Antwort geben zu wollen, und Brender richtete sich auf. »Wir brechen Schilde. Daher der Name. Clever, was? Schaut mal dort hinunter.« Er deutete zurück, wo seine übrigen Männer warteten, und seine simple Geste teilte die Menschenmenge, bis der Blick frei war auf eine Reihe Kriegsknechte mit Armbrüsten. Dann trat er beiseite und senkte die Arme.

Leute schrien erneut, als die Armbrüste mit metallischem Klacken auslösten, vier Pfeile sirrend die Straße hinaufkamen und in die Barrikade einschlugen. Zwei der Geschosse trafen tief. Sie schlugen in das eilig aufgeschichtete Holzhindernis ein. Ein dritter krachte in einen der Schilde, der vierte schließlich fand eine Lücke und dem Schmerzensschrei nach zu urteilen auch einen der Corteser. Einen Augenblick später sirrten die Fäden an den Bolzen durch ihre Öse, wurden eingeholt und zogen gleichzeitig dünne Seidenseile hinter sich her.

»Zieht!«, brüllte Brender unvermittelt. Er sprang zum nächstgelegenen Seil, das sich jetzt zwischen Barrikade und seinen Männern spannte, und zog. Hunderte Männer und Frauen starrten ihn an. Dann stand plötzlich der Junge von vorhin neben ihm, packte das Seil und hängte sich hinein.

Im nächsten Augenblick drängten sich Dutzende Hände an den Seilen. Der getroffene cortesische Söldner in der Schildreihe schrie erneut, als er mit einem Ruck zwischen seinen Kameraden hervor und über die Barrikade gezerrt wurde und in der Menge verschwand. Der Schildträger, der seinen Arm nicht schnell genug befreien konnte, wurde ebenfalls aus der Reihe gerissen, und noch ehe die Corteser die entstandenen Lücken wieder schließen konnten, wankte die Barrikade, als ihr Fuß auseinandergezogen wurde. Die Söldnerreihe oben verlor den Halt, und noch bevor sie sich fangen konnten, wälzte sich eine Woge von aufgebrachten Gostinern über sie hinweg. Was soeben noch ihrem Schutz gedient hatte, verwandelte sich in Waffen, unter denen sich der Schildwall auflöste.

Brender war inzwischen beiseitegetreten und ließ die Menschen an sich vorbeiströmen. Es hatte schließlich keinen Sinn, einem Mob in Bewegung im Weg zu stehen. Nicht wenn er sich gegen jemand anderen richtete.

»Schildbrecher, hm?« Henrik tauchte neben ihm auf.

»Unter anderem. Genau genommen brechen wir alles, was sich anbietet. Aber das meiste davon klingt einfach nicht so griffig. In Ordnung!«, fügte er lauter hinzu. »Katzbalger, lass uns diese Leute zum Stadttor bringen. Stell ein paar Mann hier ab, falls Velleco tatsächlich hier auftaucht, und sendet alle Nachzügler in unsere Richtung. Wir müssen …«

Ein blauer Feuerball tauchte alles in unwirkliches Licht, als er durch den Rauch heranrauschte und in ein nahes Kuppeldach einschlug. Blaue Lohen schossen aus dem jahrhundertealten Bauwerk, während die Kuppel Stück für Stück in sich zusammenbrach.

»Wir müssen wirklich zusehen, dass wir aus dieser verdammten Feuerfalle von Stadt herauskommen«, schloss er seine Feststellung.

Der Rosskopf spuckte einen rußigen Fladen Schleim aus. »Mann, an solchen Tagen wünsche ich mir wirklich, ich hätte mich in Berun zur Ruhe gesetzt. Ein wenig den Laufburschen für Thoren machen und ansonsten Wein saufen, mein Geld verfressen und in Ruhe und Frieden fett werden. Flüster und die anderen Ärsche haben ja keine Ahnung, wie viel Glück sie haben.«

»An Tagen wie heute geht uns das allen so.« Der Vibel kratzte sich über die Haarstoppeln, auf denen eine glimmende Ascheflocke gelandet war. Dann stieß er den Kriegsknecht nicht unfreundlich vorwärts. »Jetzt beweg deinen Arsch. Von deinem Ruhestand in der Hauptstadt kannst du später noch träumen.«

Als sie den Vorplatz des Stadttors erreichten, stand mehr als die Hälfte der Stadt in Flammen. Rauchschwaden, so dicht, dass sie beinahe massiv wirkten, stiegen in den Himmel und vermengten sich mit der Sturmfront, die jetzt die Stadt erreichte. Windböen zerrissen die Rauchsäulen und schoben sie durch die Gassen, in denen sich panische Menschen durch die Schwaden kämpften, hustend, würgend und schwankend. Erste schwere Regentropfen mischten sich in den Rauch, und unsichtbare Flammen tauchten die Wolken in gespenstisch gelbrotes Flackern, durch das gelegentlich ein weiterer blauer Lichtschweif zog.

Im Schlepptau der Schildbrecher kämpfte sich inzwischen ein Tross, der weit mehr als einhundert Menschen zählen musste, und Brender hatte die Hoffnung, dass mehr folgen würden, sofern sie der Rauch nicht vorher umbrachte. Den Fliehenden war es egal, wer sie waren. Seine Männer vermittelten in dem sie umgebenden Chaos den Eindruck, als wüssten sie, was sie taten – und nur darauf kam es an. Panische Menschen folgen instinktiv jenen, die Sicherheit ausstrahlten. *Ich hoffe nur, das erweist sich nicht als Fehler.*

Eine kleine Gruppe Söldner in Beruner Rüstungen eilte auf sie zu. Ihre Rüstungen waren so rußgeschwärzt wie ihre Gesichter, und unter all dem Dreck waren diese Männer nicht mehr als cortesische Bürger zu erkennen als Brender selbst.

»Was macht ihr hier?«, bellte ihn einer der Männer an. Er trug die Zeichen eines Vibel.

Brender deutete mit dem Daumen über die Schulter. »Die Barrikaden sind gefallen. Es hat keinen Sinn mehr auszuharren. Kann mir mal jemand verraten, warum diese Idioten da unten im Hafen auf uns schießen? Unsere verdammte Barrikade steht in Flammen. Dort unten herrscht das vollkommene Chaos!«

Der veycarische Vibel sah ihn an, dann zuckte er mit den Schultern. »Das weiß niemand so genau. Die einen sagen, das wäre ein Versehen, die anderen tippen auf Verrat.« Geräuschvoll sog er Schleim aus der Nase und spuckte aus. »Ich persönlich glaube ja, dass es die einfach nicht interessiert, wen sie treffen. Die Fischgesichter, die noch hier sind, sehen jedenfalls nicht so aus, als würde sie das Ganze interessieren.«

Dieses Mal war Brender ehrlich verblüfft. »Es sind noch welche von denen hier?«

Der Corteser nickte düster in Richtung des nahen Festungstors. »Eine Handvoll. Verhandeln bis jetzt mit Heetmann Taion. Wenn sie nicht bald fertig sind, ist nichts mehr da, worüber sie verhandeln können.«

»Sie verhandeln? Bei den Gr... Göttern, worüber denn?«

Der Corteser zuckte erneut mit den Schultern. »Ist mir scheißegal, wir haben andere Probleme. Ihr kommt wie gerufen!«

»Ja, das dachte ich mir schon«, sagte Brender mit einem Blick auf die brennende Stadt, doch der andere schüttelte den Kopf. Er deutete auf das gewaltige Stadttor vor ihnen. »Als hätten wir noch nicht genug zu tun – dort draußen marschieren Männer auf. Und ich glaube nicht, dass sie zum Löschen hier sind!«

»Leute?«

»Kriegsknechte in Beruner Farben! Ein ganzes Scheißheer, so wie es aussieht!«

»Aber wie ...«

»Fragt mich doch so einen Scheiß nicht! Was weiß ich? Sucht euch einen Mauerabschnitt! Der Heetmann will nicht, dass sie durchbrechen!

Brender musterte das beeindruckende Tor kritisch. Es wirkte, als könnte es jedem Rammbaum standhalten. »Ich glaube nicht, dass ihr euch da Sorgen machen müsst.«

Der Corteser schnaubte.

Im nächsten Moment traf etwas mit einer Wucht das Tor, dass Brender die Erschütterung durch die Sohlen seiner Stiefel spürte. Die baumstammdicken Bohlen des Tors wiesen im oberen Drittel plötzlich Risse auf, und die gewaltigen Eisenbänder, die sie verbanden, waren verbogen. Nicht sehr, doch unübersehbar.

Der veycarische Vibel stieß einen hässlichen Fluch aus, für

den Brender keine Übersetzung brauchte. Für einen Augenblick zögerte er. Er musterte Brender erneut, dann schien er zum Schluss zu kommen, dass der alte Mann und die Einheimischen das Problem anderer Leute waren, fluchte nochmals und eilte davon in Richtung Tor.

Henrik trat neben den alten Schildbrecher. »Beruner? Was bei den Gruben ...?«

Brender hustete in seinen Ärmel, bevor er antwortete. »Die Männer aus Tiburone?«

»Es gibt keine Beruner Männer mehr in Tiburone«, erinnerte Daryl von der anderen Seite. »Auf jeden Fall kein Heer. Nur ein paar abtrünnige Ritter. Und das ...«

Ein zweiter donnernder Schlag ließ das Tor erzittern. Einige Bohlen brachen, und zwei oder drei der Bolzen sprangen aus den Eisenbändern. Die veycarischen Söldner gingen in Aufstellung. Eine ganze Quartere von ihnen rannte mit Balken zum Tor, um dessen Flügel zusätzlich zu sichern.

»Vielleicht Verstärkung«, murmelte Brender.

Henrik schüttelte zweifelnd den Kopf. »Zu früh«, murmelte er, doch er klang nicht vollständig sicher.

»Auf jeden Fall scheinen sie die veycarischen Drecksäcke in den Arsch treten zu wollen«, warf der Katzbalger ein. »Was mich angeht, haben sie sich damit schon jetzt ein Bier verdient.«

Brender rieb sich die Nase, schnäuzte sich und wiegte den Kopf. »Wir wissen nicht, wer das jetzt schon wieder ist. Können genauso die verdammten Kolnorer sein.«

Daryl sah ihn zweifelnd an. »Laut Cunrat machen die Kolnorer ebenfalls mit den Fischgesichtern gemeinsame Sache.«

Der Vibel grunzte und warf entnervt die Hände in die Luft. »Was bei Manar weiß denn ich? Das ist so ein beschissenes

Durcheinander hier, dass ich mittlerweile keine Ahnung habe, wer eigentlich auf wessen Seite ist! Von mir aus sollen die sich alle gegenseitig die Schädel einschlagen. Das ist mir so egal!« Zum wiederholten Mal verfluchte er im Stillen Thorens Einsatzbefehl. Warum hatte er sich überhaupt breitschlagen lassen? Er war inzwischen mehr als alt genug für einen bequemen Heetmannsposten in einer der Vorstädte von Berun selbst, wo einem nicht nachts Würmer in die Stiefel krochen, um ihre Eier unter seinen Zehennägeln abzulegen. Und in der sich vor allem nicht irgendwelche Fischmenschen mit Kolnorern, Novenischen und seltsamen Wilden auf Drogen um Land und Blaustein stritten. Ihm zumindest war immer noch nicht klar, warum diese abgelegene Provinz hier das ganze Theater wert sein sollte. Andererseits – auf diese Weise konnte man auch gleich fragen, warum er vor unzähligen Jahren das kleine Fischerstädtchen hoch oben an der Skellvarer Küste verlassen hatte, um seitdem Menschen in aller Herren Länder zu erschlagen. Es gab vermutlich für alles eine schlüssige Erklärung, auch wenn diese von außen betrachtet vollkommen unverständlich war. Und letztendlich waren sie nicht hierhergeschickt worden, um zu verstehen, was die Interessen des Kaisers sein mochten, sie waren hier, um zu beobachten und Leute am Leben zu erhalten. Das an sich waren schon bessere Aufträge als die meisten Einsätze, die ein Kriegsknechtshaufen zu erwarten hatte. Gut – bisher mit mäßigem Erfolg, aber noch war es nicht komplett zu spät.

Brender atmete durch. »Also noch mal: Haltet euch zurück. Und bringt das Volk hier weg!« Er deutete die Mauer entlang nach rechts, wo noch keine Feuer zu wüten schienen. »Schildbrecher – zu mir!«

In diesem Moment übertönte ein drittes Krachen den zunehmenden Wind, begleitet vom Geräusch splitternden Holzes und berstenden Eisens. Ein Riss erschien in der Mitte des Tors, so als hätte jemand eine wahrhaft gigantische Axt direkt hineingeschlagen. Armlange Splitter flogen wie Geschosse über den Platz und regneten auf die Corteser nieder. Vereinzelte Schmerzensschreie wurden laut, und Brender konnte im heraufziehenden Dunkel gerade noch erkennen, dass die Männer auf der Mauerkrone begonnen hatten, Pfeile und Bolzen auf den unsichtbaren Gegner hinabregnen zu lassen. Ein Söldnerführer brüllte irgendwelche Befehle, die Brender nicht verstehen, jedoch zumindest erahnen konnte.

13

Das Blausteinzimmer

Es schüttete wie aus Eimern, als Sara und Beltran endlich wieder die Oberfläche erreichten.

Die meisten Bewohner der Stadt hatten sich in den Schutz ihrer Häuser zurückgezogen, und nur wenige Menschen waren noch in den schlammigen Gassen rund um das Festgelände unterwegs, weil sie es vielleicht nicht rechtzeitig vor dem Regen nach Hause geschafft hatten, oder weil sie zu betrunken waren, um die eisige Nässe zu bemerken. Eine Handvoll Händler packte unter heftigem Gefluche ihre Habe zusammen, und ein triefend nasser Knappe führte ein Pferd zurück in den Stall. Hier und da waren Tagelöhner damit beschäftigt, Zelte abzubauen oder Fahnenmasten umzulegen, doch ansonsten herrschte gähnende Leere auf dem Festgelände. Die Tribünen waren leergefegt, die Banner eingerollt und die Wappenschilde abgehängt. Unter einem Zeltdach hatte sich eine Handvoll Stadtwachen zusammengedrängt. Sie hatten die Kapuzen ihrer Umhänge tief in die Gesichter gezogen und warfen den zwei Menschen, die an ihnen vorüberhasteten, kaum mehr als einen gelangweilten Seitenblick zu.

Unter dem Vordach von Thorens Zelt stand eine einsame Gestalt. Saras Herz machte einen Sprung, doch dann erkannte sie, dass es nur Hilger war. Der Anführer der Schwarzraben warf ihr einen verwunderten Blick zu, als sie an ihm vorbei zum Zelteingang stürmte.

»Die Kolnorer«, krächzte sie und schlug die Plane zurück, die den Eingang des Zelts verschloss. Im Innern brannte ein Feuer, und Thorens Rüstung hing auf ihrem Ständer in der Mitte des Raums. Doch von dem Puppenspieler war nirgendwo etwas zu sehen. »Thoren!« Sara hatte kaum genug Atem übrig, um seinen Namen zu rufen. Sie stützte die Hände auf die Oberschenkel und schnappte nach Luft. »Wo bei den Gruben …?«

»Du hast ihn verpasst.« Hilger trat hinter ihr in das Zelt und schlug die Kapuze seines Umhangs zurück. »Er hat lange genug auf dich gewartet, Kind.«

Sara sah ihn erschrocken an. »Habe ich es … verpasst? Ist das Turnier …?«

Hilger schüttelte den Kopf. »Es ist noch nichts entschieden.« Sein Zeigefinger wies in die Höhe. »Der Regen hat das Turnier in die reinste Schlammschlacht verwandelt. Der Kaiser hat es unterbrechen lassen. Seine erste gute Entscheidung seit … Seine erste gute Entscheidung überhaupt, würde ich sagen. Der Hofstaat hat sich in die Kaiserfestung zurückgezogen, um dort die Eröffnung des Blausteinzimmers zu feiern. Für das gemeine Volk gibt es Freibier in allen Wirtshäusern mit Schankerlaubnis. Ich habe meinen Männern den Abend freigegeben und werde mich jetzt ebenfalls ins Vergnügen stürzen. Wenn ihr wollt, könnt ihr mich begleiten.«

Sara starrte ihn einen Augenblick lang sprachlos an. »Das Blausteinzimmer, sagst du?«

Hilger zuckte mit den Schultern. »Du kennst es ja schon. Seitdem du es das letzte Mal bewundern durftest, ist es nicht viel schöner geworden. Ich an deiner Stelle würde das Freibier wählen.«

»Du musst sie zurückholen!« Sara packte den hochaufgeschossenen Mann am Kragen. Es musste ziemlich lächerlich aussehen, wie sie da an ihm hing, doch im Augenblick war ihr das herzlich egal. »Du musst sofort deine Männer zusammenrufen, Hilger. Die Kolnorer greifen an. Jetzt, in diesem Augenblick!«

»Was redest du da? Bist du etwa schon betrunken?« Irritiert schüttelte Hilger den Kopf. »Wer hat dir denn diesen Blödsinn erzählt?«

»Feyst Dreiauge. Und einer dieser verdammten Fischmenschen.«

Hilger hustete. Sanft löste er den Griff ihrer Finger um seinen Kragen. »Jetzt mal langsam, mein Kind. Das klingt mir doch alles ziemlich verrückt …«

»Das habe ich auch erst gedacht«, sagte Beltran. Er zog den Dolch des Fischmenschen aus dem Gürtel hervor. »Aber es ist wahr. Ich kann es bezeugen. Feyst Dreiauge hat mit den Kolnorern gemeinsame Sache gemacht. Ich habe es mit eigenen Ohren gehört. Der Angriff soll während der Eröffnung des Blausteinzimmers stattfinden. Wir hatten geglaubt, dass uns noch ein wenig Zeit bleibt, aber wie es aussieht, haben sich die Reisenden gegen uns verschworen.«

Verwirrt starrte Hilger auf die grün schimmernde Klinge hinab. Dann blickte er Beltran an, der ihm mit ernster Miene zunickte, und fuhr sich mit der Hand durch die Haare. »Und was sollen wir jetzt tun?«

»Die Schwarzraben zusammenrufen«, wiederholte Sara ungeduldig. »Während ich den Kaiser warne. Oder zumindest jemanden, der mir zuhören wird.«

Hilger stieß ein hilfloses Lachen aus. »Die Schwarzraben? Wie stellst du dir das vor? Meine Männer sind über die halbe Stadt verteilt und vermutlich schon allesamt sturzbesoffen.«

»Dann streng dich eben an«, sagte sie und rannte los.

Sie nahm gleich zwei Stufen auf einmal, während sie die breiten Treppen zur Kaiserfestung hinaufstürmte. Der Regen hatte an Stärke zugenommen und den Weg glitschig und unberechenbar gemacht. Donner grollte, und Blitze zuckten vom Himmel herab. Die unzähligen bunten Fahnen, mit denen die Zinnen der Festungsanlage geschmückt worden waren, flatterten hektisch im Wind, und das aufgewühlte Meer glühte in einem unheimlichen Rot, so als würde es von einem gewaltigen Feuer verbrannt. *Huacoun*, schoss es ihr durch den Kopf. Die Dunklen Götter. Oder auch Fischmenschen, wie sie hinter vorgehaltener Hand abschätzig bezeichnet wurden, weil sie sich im Wasser ebenso wohl fühlten wie an Land.

Die Männer, die den Eingang zur Kaiserfestung bewachten, hatten sich zum Schutz vor dem Regen tief unter die Torbogen zurückgezogen. Einer der Männer erkannte Sara und winkte sie durch. »Sie sind alle drüben im alten Tempel und amüsieren sich, während wir uns hier draußen den Tod holen.«

Sara verschwendete ihren Atem nicht an eine Antwort. Falls ihre Befürchtungen wirklich zutrafen, dann würden sie sich möglicherweise bald allesamt den Tod holen. Allerdings nicht durch eine Erkältung, sondern eher durch eine kolnorische Axt, die ihre Schädel spaltete. Platschend rannte sie durch die tiefen Pfützen, die sich auf dem Festungshof gebildet hatten. Hinter dem Küchentrakt bog sie in den Pfad ein, der entlang der Ställe zum alten Teil der Palastanlage führte, wo der Tempel stand. Durch die Regenschleier sah sie seine wuchtigen Umrisse verschwommen über den Dächern der umliegenden Gebäude aufragen. Hinter den schmalen Fenstern, kaum größer als Schießscharten, flackerte Licht, und der Wind trug gelegentliches Lachen und Fetzen von Harfenmusik heran.

Der Kaiser amüsiert sich, während die Welt vor die Hunde geht. Verzweifelt schüttelte sie den Kopf. Vermutungen. Nichts als Vermutungen. Selbst mit Hilfe der Huacoun würden die Kolnorer bei diesem Wetter niemals angreifen. Ihre Schiffe würden bei so einem Wellengang mit Sicherheit an den Klippen vor der Küste zerschmettert werden. Das Wetter war auf Beruns Seite. Oder etwa nicht?

Die Wachen vor dem Tempel waren aufmerksamer als die Männer draußen vor den Toren. Neben den üblichen Palastwachen befanden sich auch die Leibwächter der Fürsten und anderer Würdenträger darunter, allesamt schwer bewaffnet und in glänzend polierte Rüstungen gehüllt. Hier und da leuchtete der rote Umhang eines Ordensritters in der Menge auf. Ein schnauzbärtiger Schwertmann aus dem Gefolge der Kaiserinmutter erkannte sie und scheuchte die grimmig dreinblickenden Leibwächter auseinander. »Eigentlich dürfen wir niemanden mehr hereinlassen. Aber für dich mache ich eine Ausnahme. Du findest Thoren und Ann Revin dort drüben im linken Bereich.« Sein Zeigefinger wies durch das halb geöffnete Tor in das Innere des Tempels, wo sich die Gäste dicht an dicht zwischen den Säulenreihen drängten. Er streckte die Hand aus. »Du musst aber deinen Dolch abgeben. Nur den Ordensrittern ist es gestattet, im Tempel Waffen zu tragen.«

»Das ist der Grund, warum ich ihn eigentlich ganz gern

behalten würde«, murmelte sie. Widerstrebend drückte sie ihm den Dolch in die Hand. Bevor er es sich noch anders überlegen konnte, drängte sie sich an ihm vorbei in das Innere des Gebäudes. Der düstere Saal quoll über von Würdenträgern aus allen Teilen des Kaiserreichs. Neben den pelzbesetzten Mützen der dumresischen Fürsten blitzten Dutzende spitze Hüte der pribranischen Gesandtschaft auf. Lessardische Damen in weit geschnitten Röcken und bedrohlich eng geschnürten Miedern standen neben schnauzbärtigen Baronen aus Arneck, und veycarische Botschafter trugen ihre bunteste Mode zur Schau, deren Lächerlichkeit selbst Beltran vor Neid hätte erblassen lassen.

Sara stieß eine cortesische Gräfin zur Seite, die unter ihren zentnerschweren Goldketten sichtlich ins Schwitzen geraten war. Sie ignorierte die zornigen Rufe einer nossinischen Gesandtschaft, denen sie auf ihrem Weg durch das Gedränge die Spitzen ihrer lächerlich großen Schuhe zertrat, und kämpfte sich mit Schultern und Ellbogen bis zu dem Absatz vor, auf dem der Kaiser stand, neben ihm ein schweinsäugiger Hampelmann, der lautstark in die Menge hinunterbrüllte. Seine Armbewegungen waren ausschweifend, und seine Miene wirkte so wichtig, als hätte er soeben das Feuer erfunden. Mit übertriebener Gestik wies er auf den golddurchwirkten Vorhang in seinem Rücken, hinter dem sich das scheußliche Wandgemälde aus Blaustein befand. Sara schnaubte geringschätzig. Scheiße blieb immer noch Scheiße, egal, wie hübsch man sie verpackte.

Sie entdeckte Thoren ein Stück abseits neben der Kaiserinmutter und dem greisen Patriarchen Veit ad Gillis, der den Eindruck erweckte, auf seinen runenverzierten Amtsstab gestützt eingeschlafen zu sein. Thorens Gesicht wirkte schlaff und zerschlagen, doch seine dunklen Augen wanderten aufmerksam über die Köpfe hinweg. Ihre Blicke begegneten sich, und er nickte ihr kaum merklich zu. Mühsam kämpfte sie sich weiter voran.

Der Hampelmann auf der Bühne breitete die Arme aus. »... möchte ich als Gesandter des Picen von Cortenara Eurer hochwohlgeborenen Majestät dieses Geschenk als Zeichen unverbrüchlicher Freundschaft und Wertschätzung überreichen.« Ein Raunen ging durch die Menge, als zwei Diener auf sein Zeichen hin an dem prächtigen Vorhang zu zerren begannen. Die Zuschauer drängten nach vorn, um einen besseren Blick auf das Geschehen zu werfen, und Sara wurde unsanft angerempelt. Sie stieß einen Fluch aus und klammerte sich an einem ausladenden Kleid fest. Oben auf der Bühne rutschte der Vorhang behäbig zur Seite.

»Stehen bleiben!«

Ihr Kopf zuckte herum, und sie riss erschrocken die Augen auf. Die blasse Gestalt von Cajetan ad Hedin war kaum zu übersehen, denn der hochaufgeschossene Ordensfürst überragte die Umstehenden um mehr als einen Kopf. Er trug seinen silbernen Schuppenpanzer und darüber die Robe mit dem Zeichen des Flammenden Schwerts. Sein Gesicht rötete sich bei ihrem Anblick voller Zorn. Er stierte sie an, als versuchte er, sie allein mit Hilfe seines Blicks zu töten. Sie sah den Hass in seinen Augen, und ihr Instinkt sagte ihr, dass er diesmal keine halben Sachen machen würde.

Scheiße, dachte sie und wich zurück. Sie musste so schnell wie möglich verschwinden. Sie schloss die Augen und konzentrierte sich auf ihre Gabe. Schon im nächsten Augenblick spürte sie die vertraute Kälte herannahen. Doch diesmal war etwas anders. Sie kam schnell. Schneller als jemals zuvor. Wie eine Welle schwappte sie über sie hinweg, und ihre Heftigkeit riss sie schier von den Füßen. Sie stieß einen erschrockenen Schrei aus und taumelte rückwärts, stieß irgendwo gegen und bekam einen schmerzhaften Ellbogenstoß in die Seite. Ein Hagel zorniger Verwünschungen prasselte auf sie nieder. Sie warf einen panischen Blick über die Schulter und sah, wie Cajetan ad Hedin sich mit der Hand am Griff seines Schwerts durch die Menge auf sie zuschob.

Begleitet von einem schrillen Fanfarenstoß, schwang der Vorhang nun endgültig zur Seite. Ein begeisterter Aufschrei lief durch das Publikum. Von einem Augenblick zum nächsten war der Saal von einem strahlenden Blau erfüllt, das die Menschen ihre Augen schließen und die Blicke abwenden ließ. »Das Blausteinzimmer!«, brüllte der cortesische Hampelmann mit überschnappender Stimme. Rufe des Entzückens wurden laut, und donnernder Applaus brandete auf. Erneut schoben sich die Zuschauer dichter an die Bühne heran, und die gesamte Halle geriet in Bewegung.

»Haltet sie auf!«, kreischte Cajetan ad Hedin voller Zorn, doch seine Rufe gingen in dem Getöse unter. Wie ein Stück Treibholz wurde er mitgerissen und nach vorn geschoben. »Sie ist eine Verfluchte. Sie muss sterben.«

»Ist das nicht wundervoll?«, brüllte der cortesische Hampelmann vom Absatz herunter. Seine Augen waren weit aufgerissen und seine Arme hoch erhoben.

Der Kaiser stieß einen Ruf des Entzückens aus. Begeistert klatschte er in die Hände. »Es ist großartig! Es leuchtet!« Er trippelte auf die Wand zu und fuhr mit der flachen Hand darüber hinweg. »Seht doch, hier liegt Armitago, der Stammsitz meiner Mutter. Und im Osten Tiburone und Gostin, und direkt darüber die Provinz Pribran, mit ihren schneebedeckten

Gipfeln. Das dort drüben auf der anderen Seite kann dann nur Sawale sein, das geheimnisvolle Wüstenland, in dem es noch Landdrachen und *Sadrare* geben soll.« Er wandte sich um, und sein Blick glitt suchend über die Menge hinweg. »Cajetan ad Hedin, wo seid Ihr? Kommt her zu mir. Seht Ihr das? Selbst Ketars Ordenshaus ist zu erkennen. Wie detailgetreu es abgebildet ist! Hier, direkt unter dem geöffneten Maul des Löwen von Berun.« Beinahe zärtlich strich seine Hand über das Wappen seines Familienhauses, als das Glühen des Steins darunter an Intensität zunahm. Erst langsam, dann immer schneller, bis der blaue Glanz das Licht der Lampen und Fackeln im Saal überstrahlte.

Ein Raunen ging durch die Menge, und hier und da wurde geklatscht. Ein seltsames Gefühl breitete sich in Saras Brust aus. Das Gefühl einer Hand, die sich um ihr Herz schloss und ihr die Luft abschnürte. Sie sah sich um, doch keiner der Umstehenden schien etwas zu bemerken. Alle starrten gebannt auf das Gemälde, dessen Umrisse vor ihren Augen zu flimmern begannen. Selbst Cajetan war stehen geblieben und hatte den Kopf umgewandt. Sie wollte etwas rufen, doch die Stimme versagte ihr den Dienst. Die Bewegungen der Menschen verlangsamten sich. Münder erstarrten halb geöffnet. Lippen verformten sich und stießen seltsam gedehnte, viel zu tiefe Töne aus, und Hände verharrten regungslos in der Luft, nur Augenblicke bevor sie aneinanderklatschen konnten. Saras Körper fühlte sich an wie Blei. Sie sah Cajetan ad Hedin, das Schwert halb aus der Scheide gezogen und in der Bewegung erstarrt, den Blick voller Verwunderung auf den Kaiser gerichtet, über dessen ausgestreckte Hand sich das Flimmern langsam auszubreiten begann und gemächlich seinen Arm hinaufkroch, um ihn schließlich ganz in einen sanften Schimmer einzuhüllen.

Die Augen des Kaisers glänzten voller kindlicher Freude. Sein Gesicht verzog sich zu einem seligen Lächeln, als er sah, wie sich der Blaustein direkt unter seiner Hand nach außen zu wölben begann und gemächlich zerplatzte wie eine schillernde Seifenblase. Eine gezackte Speerspitze kam darunter zum Vorschein und stieß durch seine Handfläche. Sein Lächeln verwandelte sich langsam in einen Ausdruck des Unglaubens.

Ein Schrei zerriss die Stille.

Der Schrei des Kaisers, als der Speer sich mit einem hässlichen Schmatzen in seine Brust hineinbohrte und aus seinem Rücken wieder hervortrat. Erneut wölbte sich die Wand nach außen, und ein dunkler Schatten trat daraus hervor. Ein bärtiges Gesicht, breit und hässlich mit zahlreichen Narben und Augen, die tief in den Höhlen lagen. Die Augen des Kaisers weiteten sich vor Entsetzen, als der Mann eine runenverzierte Axt in die Höhe schwang und so heftig gegen seinen Kopf schmetterte, dass das Blech der Kaiserkrone tief in seinen Schädel hineingehämmert wurde. Knochen splitterten, und Blut spritzte in das Gesicht des cortesischen Hampelmanns, der mit offenem Mund hinter dem Kaiser stand und sich noch nicht mal dann von der Stelle rührte, als direkt neben ihm ein zweiter Bewaffneter aus der Wand hervortrat und ihn mit einem einzigen Schwerthieb niederstreckte.

An immer mehr Stellen wölbte sich die Wand nun nach außen und spuckte weitere Männer aus. Bärtige kolnorische Krieger, die mit Äxten und Schwertern bewaffnet waren und mit schweren Armbrüsten, die sie mit ruhigen, geübten Bewegungen auf die adligen Gäste abzufeuern begannen. Ein Bolzen bohrte sich mitten in das Gesicht des Fürsten von Skellvar. Sein massiger Körper erzitterte und stürzte auf seinen Vetter, der voller Entsetzen aufschrie und zurückwich. Neben ihm taumelte ein Auttriner rückwärts, die Hände um einen Speer geklammert, den ihm ein kolnorischer Krieger brüllend in den Bauch gerammt hatte. Ein halbes Dutzend Kolnorer stürmte ihm hinterher, und ihre Klingen mähten die entsetzt zurückweichende Menge nieder, so wie Sensen das erntereife Korn auf einem Feld. Überall schrien nun Menschen auf und wandten sich panisch zur Flucht. Trampelten sich gegenseitig nieder, in dem verzweifelten Versuch, dem Gemetzel zu entkommen.

Ein Armbrustbolzen jagte an Sara vorbei. Sie spürte seinen Luftzug und hörte noch den dumpfen Aufprall im Körper des Mannes hinter ihr, ehe sie reagieren konnte. Ängstlich duckte sie sich zusammen und brachte sich hinter einer Säule in Sicherheit. Sie sah Cajetan ad Hedin, der sich als Einziger nicht zur Flucht wandte, sondern, ohne zu zögern, lostürmte und dem Axtkämpfer mit einem gezielten Schwerthieb die Waffe aus der Hand schlug, und den Großteil seiner Finger gleich mit dazu. Noch in derselben Bewegung fegte seine Klinge einen Armbrustbolzen aus der Luft und fuhr im nächsten Augenblick quer über das Gesicht des Schützen. Ein Speer schoss auf ihn zu, schrammte aber harmlos über seinen Schuppenpanzer hinweg. Cajetan wirbelte herum und schlug dem Angreifer den Kopf von den Schultern. Seine graue Klinge tanzte weiter. Sprang wie ein lebendiges Wesen von einem Gegner zum nächsten, schnitt klaffende Wunden, zerschmetterte Arme und Beine und riss blutige Lücken in die Reihen der Angreifer. Fasziniert verfolgte Sara, wie der Ordensfürst einen Augenblick lang einer zehnfachen Übermacht standhielt, so als würde sein Arm von Takhasa persönlich geführt. Doch für jeden Angreifer, den seine Klinge zurückschlug, traten zwei neue aus der Wand hervor und drängten ihn Schritt für Schritt zurück.

Sara wusste, dass er diesem Ansturm nicht lange standhalten konnte. Sie drängte sich durch die Masse der fliehenden Menschen und hielt Ausschau nach Thoren und der Kaiserinmutter. Eine Frau mit blutigem Gesicht taumelte ihr kreischend entgegen. Im nächsten Augenblick wurde sie von einem bärtigen Kolnorer an den Haaren zurückgerissen und von hinten mit dem Schwert durchbohrt. Der Kolnorer stieß die Tote lachend von sich. Dann wandte er sich Sara zu und ließ die Waffe um sein Handgelenk kreisen. Sie wich zurück und konzentrierte sich auf ihre Gabe. Erneut brach die Kälte wie eine Sintflut über sie herein, doch diesmal war sie darauf vorbereitet. Sie stemmte sich gegen die eisigen Fluten, und als der Kolnorer auf sie zusprang, verschwand sie vor seinen verdutzt dreinblickenden Augen und duckte sich geschickt zur Seite. Das Schwert sauste nach unten und traf einen zweiten Kolnorer, der in diesem Augenblick hinter einer Säule hervortrat und unter dem Hieb schreiend zu Boden ging.

Der Saal war jetzt ein einziges Schlachtfeld, voller rennender und schreiender Menschen. Doch es war ein einseitiger Kampf. Die waffenlosen Beruner waren der Übermacht hilflos ausgeliefert, und die wenigen Ordensritter, denen es gelungen war, sich durch die fliehende Menge nach vorn zu schieben, kämpften bereits auf verlorenem Posten. Überall lagen Tote und Verletzte auf dem Boden. Einer der Vorhänge, die das Wandgemälde verborgen hatten, fing Feuer. In Windeseile fraßen sich die Flammen durch den Stoff und sprangen auf das hölzerne Gerüst über.

Hastig wich Sara vor dem Chaos zurück. Sie schlug einen Bogen um das dichteste Getümmel und stürmte einen Seitengang hinunter. Im Halbdunkel entdeckte sie die Kaiserinmutter, und dahinter Thoren, dem es irgendwie gelungen war, eine Axt in die Hände zu bekommen. Mit weit ausholenden Schwüngen hielt er gleich drei Kolnorer auf Abstand. An seiner Seite kämpften noch zwei Leibwächter und Johen ad Rincks. Der muskelbepackte Stadtvogt blutete bereits aus zahlreichen Wunden, doch das hinderte ihn nicht daran, einem Gegner mit einem bronzenen Fackelhalter den Schädel einzuschlagen. Ein langhaariger Speerkämpfer stach nach ihm, aber Thorens Axt fuhr dazwischen und zerschmetterte dem Angreifer die Beine. Sara rannte auf die kleine Gruppe zu und warf ihre Unsichtbarkeit ab. Thoren warf ihr einen Seitenblick zu, das Gesicht vor Anstrengung verzerrt. »Sara! Na endlich.« Er hieb nach einem weiteren Angreifer und schlug eine tiefe Scharte in den Rand seines Schilds. »Kümmere dich um Ann Revin. Du musst sie in Sicherheit bringen.«

Sie schüttelte den Kopf. »Ich kämpfe an Eurer Seite.«

»Nein!« Thoren wich einem Schwerthieb aus und zertrümmerte seinem Gegner die Schulter. Der Kolnorer taumelte schreiend rückwärts, und Johen ad Rincks schmetterte ihm krachend seine provisorische Keule über den Kopf. Thoren packte Sara am Kragen und zog sie dicht zu sich heran. »Hör mir zu. Hier ist zu viel Hexerei am Werk. Ich spüre Begabte. Viele Begabte. Wir haben keine Chance gegen sie. Aber wir können sie vielleicht lange genug aufhalten, um euch die Flucht zu ermöglichen.«

»Was ist mit Euch?«

Thoren antwortete nicht. Er wandte sich zu Ann Revin um, die ihn voller Entsetzen anstarrte.

»Thoren …«, sagte sie und brach ab. Zögerlich streckte sie die Hand aus und strich ihm über die Wange.

Thoren blickte sie traurig an. »Herrin. Es … es tut mir leid. Ich …«

Sie schüttelte den Kopf.

»Vorsicht!«, schrie Johen ad Rincks.

Thoren fuhr herum und wich einem zustoßenden Langdolch aus. Seine Axt fuhr nach unten und hieb dem Angreifer einen Teil des Kopfs ab. Hinter ihm tauchten zwei schwer gepanzerte Krieger aus dem Dämmerlicht auf. Mit grimmigen Gesichtern blieben sie stehen und traten zur Seite, um einer klobigen Gestalt Platz zu machen. Leicht nach vorn gebeugt, mit kalkweißem Gesicht und großen, dunklen Augen, trat sie näher. In der einen Hand hielt sie ein langes Knochenmesser und in der anderen einen mehr als faustgroßen Blaustein. Thoren warf der Kaiserinmutter einen letzten Blick zu. Dann hob er die Axt und ging mit einem Aufschrei zum Angriff über.

Sara packte Ann Revin am Ärmel und zog sie mit sich davon. Sie tauchten in einen weiteren Seitengang hinein und hasteten im Dämmerlicht davon. Beißender Rauch quoll zwischen den Säulen hervor und behinderte die Sicht. Schattenhafte Gestalten stolperten an ihnen vorüber. Unzählige Tote lagen ausgestreckt auf dem Boden. Sara kniff die Augen zusammen. Sie sah ein Gesicht, die eine Hälfte zerschmettert, aus der anderen glotzte ein weit aufgerissenes Auge hervor. Es erinnerte sie an Veit ad Gillis. Sie fragte sich, wie es dem greisen Patriarchen gelungen war, so weit zu fliehen. Es hatte ihm allerdings nichts genützt. Sie drängte Ann Revin in eine Nische und warf ihren Mantel der Unsichtbarkeit über.

Für einen kurzen Augenblick lichteten sich die Rauchwolken, und sie sah Cajetan ad Hedin, der in der Mitte der Halle stand, umringt von einem Dutzend Kolnorern, denen es nicht gelang, an ihn heranzukommen. Ein Armbrustbolzen steckte in seiner Schulter, doch er schien ihn nicht einmal zu bemerken. Seine Klinge wirbelte so schnell durch die Luft, dass man ihrem Weg nicht folgen konnte. Mühelos spaltete sie einem Angreifer, der sich zu weit nach vorn gewagt hatte, den Schild, und schnitt mit der Rückhand seine Kehle auf. Röchelnd ließ der Mann seine Waffe fallen und klammerte die Hand um den aufgeschlitzten Hals. Cajetan wirbelte herum und rammte sein Schwert dem nächsten Gegner tief in die Brust.

Ein weiterer Bolzen schoss heran und schlug in seine Seite ein. Cajetan schrie auf, taumelte für einen Augenblick und fing sich gerade noch rechtzeitig, um den Hieb einer Axt abzuwehren und ihren Träger blutig zurückzuschlagen. Dann bohrte sich ein dritter Bolzen in seinen Oberschenkel, und er brach in die Knie. Ein dürrer Kerl sprang auf ihn zu, schwang sein Haumesser hoch über den Kopf und ließ es auf ihn niederfahren, um ihm den Rest zu geben. Doch Cajetans Klinge wirbelte blitzschnell herum und zerschmetterte seine Beine. Mit einem Wutschrei griff der Ordensfürst nach dem Bolzen und riss ihn aus seinem Oberschenkel. Und als er schwankend wieder auf die Füße kam, wichen seine Gegner angstvoll zurück.

Oben auf dem Absatz wölbte sich die Wand erneut nach außen, und eine hochgewachsene blonde Frau trat daraus hervor. Sie trug ein langes weißes Kleid, und um ihren schlanken Hals lag eine silberne Kette mit einem faustgroßen Blaustein daran. In der Hand hielt sie ein dünnes Schwert mit einer schön geschwungenen Klinge, die Sara nur zu gut kannte. Beinahe unbewusst fuhren ihre Fingerspitzen über die wulstige Narbe, die sich über ihre Wange zog.

Ejin Rigmar, die Tochter des kolnorischen Königs.

Einen Augenblick lang stand sie aufrecht und würdevoll da und ließ ihren Raubtierblick über das von ihren Kriegern angerichtete Blutbad wandern. Ihr Mund verzog sich zu einem schmalen Lächeln, und ihre Augen funkelten erfreut.

Dann fiel ihr Blick auf Cajetan ad Hedin, und ihre Miene verzerrte sich voller Zorn. Ihre Konturen verschwammen, und im nächsten Augenblick stand sie so dicht vor dem Ordensfürsten, dass sie nur noch die Lippen hätte spitzen müssen, um ihn zu küssen. Cajetan ad Hedin riss die Augen auf, und Sara erkannte, dass sich die Klinge der kolnorischen Prinzessin von schräg unten durch seinen Bauch in den Brustkorb hineingebohrt hatte und zwischen Schulterblatt und Hals wieder hervortrat. Einen Augenblick lang blieben sie stehen wie zwei Liebende, die nicht voneinander lassen konnten, dann zog Ejin ihre Klinge mit einem Ruck wieder heraus, und der Ordensfürst sackte in sich zusammen.

Schreckensstarr beobachtete Sara, wie die kolnorische Prinzessin leichtfüßig über den Toten hinwegsprang. Ihr aufmerksamer Blick huschte durch den Raum. Für einen winzigen Augenblick glaubte Sara, entdeckt worden zu sein. Ängstlich hielt sie den Atem an, bis Ejins Augen weitergewandert waren und sich dem langen Mittelgang zwischen den Säulen zuwandten. Sie schloss die Augen und holte tief Luft. Sie wusste nicht, wie lange sie ihre Unsichtbarkeit noch aufrechterhalten konnte, selbst wenn die Luft so voller Blaustein war wie in dieser Halle. Sie musste hier raus, und zwar sofort. Fieberhaft suchte sie nach einem Ausweg.

Der Großteil der Fliehenden hatte sich instinktiv dem Haupttor zugewandt, das sich am gegenüberliegenden Ende der Halle befand. Doch diese Entscheidung war ihnen zum Verhängnis geworden. In ihrem Bestreben, jeweils der Erste zu sein, der den Tempel mit heiler Haut verließ, hatten sie sich gegenseitig behindert und gleichzeitig dafür gesorgt, dass die schwer bewaffneten Leibwachen vor dem Tor nicht hereinkommen konnten. Den Kolnorern bereitete es kaum Mühe, die Fliehenden einen nach dem anderen von hinten niederzumähen. Sara musste einen anderen Weg finden. Sie erinnerte sich an die kleine Pforte, durch die Danil sie damals in den Tempel hineingelassen hatte. Vermutlich wusste kaum einer von ihrer Existenz, außer vielleicht einer Handvoll junger Damen, die er mit dem Blausteinzimmer beeindruckt hatte. Sie griff nach der Hand der Kaiserinmutter, die sich widerstandslos mitziehen ließ.

Hustend stolperte sie vorwärts. Der Rauch quoll bereits in so dichten Schwaden heran, dass sie kaum noch die Hand vor Augen sah. Beinahe wäre sie an dem dunklen Seitengang vorbeigerannt, der gut versteckt zwischen zwei Löwenstatuen lag. Sie kniff die Augen zusammen und tastete sich vorwärts, bis ihr Fuß gegen etwas Weiches stieß. Ihr Herz sank, als sie erkannte, dass es eine Leiche war, im Rücken eine klaffende Wunde, und die Hand noch im Tod nach dem schweren Riegel ausgestreckt. Ächzend schob sie sie zur Seite und zog am Riegel. Er ließ sich nicht bewegen. Sie stieß einen lautlosen Fluch aus. Sie hatte keinen Gedanken daran verschwendet, dass die Pforte verschlossen sein konnte. Ann Revin sank neben ihr auf die Knie und verbarg ihr Gesicht in den Händen. »Wir werden diesen Ort nicht lebendig verlassen«, murmelte sie tonlos.

»Seid still!«, fauchte Sara und biss sich im nächsten Augenblick erschrocken auf die Zunge. Hatte sie gerade wirklich die Kaiserinmutter zurechtgewiesen? Sie schnaufte. Aber was zählte das überhaupt noch, wenn der Kaiser tot war? Sie packte den Riegel mit beiden Händen und rüttelte daran. Doch auch jetzt gab er keinen Fingerbreit nach. Schwere

Schritte ertönten aus Richtung der Halle. Sie erstarrte. Ein kolnorischer Krieger bog in den Gang ein. Auf dem Kopf trug er den Hut einer Edeldame und in den Händen einen Berg diamantenbesetzter Armreifen und goldener Ketten. Einen Augenblick lang blickte er sie verwundert an. Dann blinzelte er, als habe er etwas in den Augen. Sein Blick wanderte zu dem Toten hinab, und er zuckte mit den Schultern und stapfte zurück in die Halle. Sara stieß zischend die Luft aus. Ein stechender Schmerz schoss durch ihren Kopf. Sie presste den Handballen fest gegen die Schläfe und hielt sich keuchend an der Pforte fest.

Mit zusammengebissenen Zähnen wartete sie, bis der Schmerz nachgelassen hatte. *Überleg dir was, Sara. Denk nach!*

Sie dachte an Beltrans Worte. Dass alles irgendwie mit allem zusammenhängen sollte. Dass es sich bei allen magischen Fähigkeiten nur um einen Teil der immer gleichen Kraft handelte, die auf ganz Tertys wirkte. Um die Fähigkeiten, auf die Geisterwelt zuzugreifen, auf eine Welt, in der keine Grenzen existierten und in der es keinen Himmel und keine Erde gab. Und auch keine Türen, die den Weg versperrten. *Klingt verrückt, nicht wahr? Aber nicht verrückter als das, was du in letzter Zeit so alles erlebt hast.* Sie streckte die Hand aus und legte sie auf das kalte Holz der Pforte. Es fühlte sich rau und fest an. Völlig undurchdringlich.

Und doch war da etwas anders als sonst. In ihren Adern pulsierten Unmengen von Blaustein. Seine Kräfte durchdrangen jede Faser ihres Körpers. Sie musste nur daran denken, um seine Macht zu rufen. Die Macht, auf andere Welten zuzugreifen. Auf Welten, die keine Türen kannten. Sie ignorierte die hämmernden Schmerzen in ihrer Schläfe und konzentrierte sich ganz darauf, nach dieser Macht zu greifen. *Die andere Seite erreichen …*

Sie presste die Fingerspitzen so fest gegen das Holz, wie sie konnte, spürte seinen Widerstand und stellte sich vor, ihn zu überwinden. Die Tür verschwamm vor ihren Augen und verlor ihre Farbe. Als sie eine Bewegung verspürte, zuckte sie zurück. Eine sanfte Welle, die von ihren Fingerspitzen ausging, so als hätte sie einen Kieselstein in einen See geworfen. Ringförmig breitete sich die Welle über die Oberfläche der Tür aus. Die Luft begann zu vibrieren. Sie tanzte und zuckte und verwandelte sich in schlierigen Nebel. Sara drückte erneut zu. Stärker diesmal und voller Nachdruck. Sie spürte, wie das Holz unter ihren Fingerspitzen nachzugeben begann. Nur ein winziges Stückchen, aber tief genug, dass jetzt kein Zweifel mehr bestand. Sie drückte stärker zu, lehnte sich mit ihrem ganzen Gewicht dagegen. Schweiß lief ihre Stirn hinunter. Mit einem Mal schrie sie auf. Ihre Finger versanken ein Stück im Holz. Es war ein unbeschreibliches Gefühl. Jetzt wusste sie, dass sie es schaffen konnte …

Ein Ruf ertönte in ihrem Rücken. Ein zorniges Bellen in einer fremden Sprache. Erschrocken riss sie die Hand zurück. Das Holz schrammte über ihre Finger hinweg, und sie schrie vor Schmerz auf. Ihre Haut riss auf, Blut spritzte über die Pforte. Sie ballte die Hand zur Faust und fuhr herum.

Eine hochaufgeschossene Gestalt tauchte am Ende des Gangs auf. Leicht nach vorn gebeugt, mit kalkweißem Gesicht und großen dunklen Augen. Ein Huacoun.

Der Fischmensch streckte die Hand aus und stieß eine Reihe zischender Laute aus. Als Sara nicht reagierte, legte er den Kopf auf die Schulter und musterte sie interessiert. Sein plattes Gesicht verzog sich zu einem hässlichen Grinsen.

»Lambebe hitau. Wie überaus interessant …« Er drehte die Fläche seiner ausgestreckten Hand nach oben, und sein dürrer Zeigefinger machte eine lockende Bewegung. »Komm zu mir, kleine Hexe. Komm zu deinem Herrn.«

Eine Welle Übelkeit erregenden Gestanks schwappte über Sara hinweg. Für einen Augenblick wurde ihr schwindelig. Ihre Augenlider flatterten, und ihr Kinn sank auf die Brust. Doch dann spürte sie, wie der Gestank von Beltrans Talisman aufgesogen wurde wie schmutziges Wasser von einem Schwamm. Sie schreckte hoch und schüttelte den Kopf.

»Komm zu mir!«, befahl der Fischmensch noch einmal. Doch diesmal hatten seine Worte keine Wirkung mehr auf sie.

Sie packte Ann Revins Handgelenk und zog sie fest an sich. Sie spürte, wie dünn und zerbrechlich der Körper der Kaiserinmutter war, und verspürte plötzlich furchtbare Angst. Was, wenn sie nicht stark genug war? Wenn sie die Kaiserinmutter in den sicheren Tod schickte? Schnell drängte sie die aufkommenden Zweifel beiseite. Sie warf dem Fischmenschen einen hasserfüllten Blick zu. »Fang mich doch, du Arschloch!« Mit diesen Worten stieß sie die Luft aus und sprang.

Hart prallte sie gegen die Pforte. Oder eigentlich mitten hinein, wie in ein festes Dornengestrüpp. Ihre Kleidung zerriss, und spitze Holzsplitter bohrten sich in ihre Schulter. Sie schrie auf, doch sie gab nicht nach. Auf einmal war der Widerstand verschwunden. Sie stürzte durch eisigen Nebel. Für einen winzigen Augenblick hatte sie das schreckliche Gefühl, in einen Abgrund zu stürzen, dann prallte sie hart auf den steinernen Boden.

Als sie die Augen aufschlug, befand sie sich auf der anderen Seite der Pforte und hielt die Kaiserinmutter fest in ihren

Armen. Sie stieß ein hysterisches Lachen aus, das in einem Schluchzer endete.

Die Kaiserinmutter sah sie mit weit aufgerissenen Augen an. »Was … was ist geschehen?« Ihr Blick huschte zur Pforte zurück. »Wie hast du das gemacht?«

»Ich hatte keine Zeit, nach dem Schlüssel zu suchen. Das war der … einfachste Weg.« Schmerzerfüllt verzog Sara das Gesicht. Ihr Körper fühlte sich an wie ein Nadelkissen. Jeder ihrer Muskeln brannte, als wäre er stundenlang über ein Waschbrett gezogen worden. Stöhnend wälzte sie sich herum. »Wir müssen hier weg. Oh, verdammt …« Etwas Schweres krachte von innen gegen die Tür und ließ sie in ihren Angeln erbeben. Mit einem blutenden Zeigefinger wies sie den Säulengang hinunter. »Dort entlang, Majestät!«

Sie rannten los, ohne sich noch einmal umzublicken. Aus dem Inneren des Tempels hörten sie die Schreie der Adligen und das Klirren von Waffen. Irgendwo flammte Licht auf, und dann hörten sie ein lautes Krachen. Dann noch mehr Schreie, laut und voller Verzweiflung. Sie bogen in den verlassenen Pfad zwischen der äußeren und der inneren Festungsmauer ein. In der Dunkelheit war der Weg kaum auszumachen. Ein Stück Schwarz zwischen noch mehr Schwarz. Überwuchert von Gestrüpp und Dornenranken, die ihre Kleidung zerfetzten und ihre Haut zerrissen.

Sara presste die Fingerspitzen fest gegen ihre Schläfe, und die Finsternis verwandelte sich in ein waberndes Grau, in dem sie nach einiger Zeit sogar schwache Konturen erkennen konnte. Wieder zuckte ein stechender Schmerz durch ihren Schädel. Sie ignorierte ihn und stolperte weiter, so schnell sie ihre schmerzenden Beine trugen. Der Regen hatte weiter an

Stärke zugenommen. Er prasselte auf ihre Köpfe nieder, als gäbe es kein Morgen. Für den Kaiserhof entsprach das möglicherweise sogar der Wahrheit, doch für sie würde das ganz sicher nicht gelten.

Keuchend blieben sie vor dem schmiedeeisernen Gatter stehen, das zu dem Übungsplatz hinausführte, auf dem Sara damals von Flüster die fürchterlichste Tracht Prügel ihres Lebens bekommen hatte. Rasselnd schnappte sie nach Luft. Wie sehr wünschte sie sich jetzt den schweigsamen Riesen an ihrer Seite. Verzweifelt rüttelte sie an den Stäben, bis sich der rostige Riegel widerstrebend aus seiner Verankerung löste. Quietschend schwang das Tor auf, und sie liefen geduckt weiter.

Auf dem Tempelberg flammte nun überall Feuer auf. Dunkle Schatten huschten über die Wehrgänge, und brennende Pfeile zischten über den nächtlichen Himmel hinweg. Eine Glocke begann blechern und voller Aufregung zu schlagen. Zu ihrer Linken stürmten Bewaffnete den Hang hinauf. Sara überlegte kurz, ihnen entgegenzulaufen, doch dann blieb sie stehen. Woher wollte sie denn wissen, ob das nicht Kolnorer waren oder ihre Verbündeten? Wenn die Feinde so einfach mitten im Tempel auftauchen konnten, dann waren sie vielleicht auch schon im Rest der Festung unterwegs. Sie schlug die entgegengesetzte Richtung ein und zog die Kaiserinmutter mit sich.

Ann Revin wurde mit jedem Schritt langsamer. Ihr Atem ging stoßweise, und ihr Gesicht war leichenblass und schweißüberströmt. Dennoch gönnte Sara ihr keine Pause. Der Weg wurde steiler, und sie rutschten jetzt mehr, als dass sie liefen. Das Regenwasser rauschte in Strömen unter ihren Füßen den Hang hinab. Sie kamen an einer Handvoll Wirtschaftsgebäuden vorüber und erreichten schließlich die Außenmauer der Festung. Sie folgten ihrem Verlauf bis zu einer versteckten Pforte, die von der Dienerschaft verwendet wurde, um schneller in die Stadt zu gelangen. Direkt dahinter führte eine schmale Treppe nach unten.

Vor den niedrigen Hütten, die sich an dieser Stelle an den Fels klammerten, hatten sich die Menschen auf den Gassen versammelt und schauten mit bangen Blicken den Festungsberg hinauf. Aus einem der Palastdächer schlugen bereits hohe Flammen heraus. In ihrem flackernden Licht waren kämpfende Gestalten auf den Zinnen zu erkennen. Der Wind trug ihre Schreie und den Lärm der aufeinanderschlagenden Waffen zu ihnen herunter. Wie lange würden die Wachen wohl Widerstand leisten, wenn sie noch nicht einmal wussten, woher der Feind kam und um wen es sich überhaupt handelte?

Sie mussten hier fort, und zwar so schnell wie möglich. Raus aus diesem Viertel. Am besten gleich raus aus der Stadt, in der es wohl schon in Kürze überall von Kolnorern wimmeln würde. Aber wohin? Fieberhaft dachte Sara nach. Der Hafen war keine gute Idee. Die meisten würden zum Hafen fliehen, um auf eines der Schiffe zu gelangen. Doch wenn es eine Sache gab, womit sich Kolnorer und Fischmenschen auskannten, dann war es die Seefahrt. Der Hafen würde am Ende vielleicht sogar zu einer Todesfalle für die Menschen werden. Also doch besser zum Nordtor? Das lag ganz in der Nähe. Doch um diese Zeit war es sicherlich schon längst verschlossen. Die Stadtwachen würden es wohl kaum freiwillig öffnen. Vor allem nicht, wenn sie befürchten mussten, dass draußen in den Hügeln noch mehr Angreifer lauerten, die auf so eine Gelegenheit nur gewartet hatten. Blieb also nur noch eine einzige Richtung übrig. Das Gerberviertel.

Sara war im Gerberviertel aufgewachsen. Hier konnte sie sich blind bewegen. Kannte jedes Haus und jeden Stein. In seinen verwinkelten Gassen konnte mühelos eine ganze Armee untertauchen. Das bedeutete aber auch, dass sie jederzeit auch auf Feysts Söhne stoßen konnte. Die wären ganz sicher nicht erfreut, sie zu sehen. Sie wusste nicht, ob sie noch einmal die Kraft aufbringen konnte, sie beide unsichtbar zu machen. Sie war sich noch nicht einmal sicher, ob sie noch in der Lage war fortzulaufen. Von Ann Revin ganz zu schweigen. Aber hatten sie denn eine andere Wahl?

Sie humpelten weiter die Straße hinunter, vorbei an unzähligen Menschen, die der Lärm vor die Haustür getrieben hatte und die nun ziellos in der Gegend umherirrten. In der ganzen Stadt läuteten nun die Glocken hektisch Alarm. Die Geistesgegenwärtigsten unter den Stadtbewohnern begannen bereits, hastig ihre Habe auf Karren zu verladen. In dem Durcheinander fielen die beiden abgerissenen Frauen gar nicht weiter auf. Unbehelligt erreichten sie das Tor zum Gerberviertel, über dessen Durchgang jemand drei Augen gepinselt hatte. Das Zeichen von Feysts Bande. Wenige Schritte weiter wurden die Gassen schmaler und dunkler. Bald neigten sich die heruntergekommenen Häuser von beiden Seiten so weit aufeinander zu, dass ihre Dachfirste an manchen Stellen beinahe zusammenstießen. Selbst an den hellsten Tagen drangen hier nur wenige Sonnenstrahlen bis auf das schmutzige Straßenpflaster herunter. Jetzt, wo es regnete und der Himmel wolkenverhangen war, herrschte in dieser Gegend stockfinstere Nacht.

Als sie klein war, hatte Sara in diesen Gassen ihre Fähigkeiten entwickelt. Im Schatten der Häuser hatte sie sich unbemerkt an Passanten herangeschlichen und ihnen die Geldbeutel von den Gürteln geschnitten. Zunächst noch im Dämmerlicht wolkenverhangener Wintertage, weil es ihr in den ersten Jahren nur selten gelang, sich vollständig unsichtbar zu machen. Doch mit der Zeit hatte sie ihre Gabe so weit zu beherrschen gelernt, dass sie irgendwann selbst bei strahlendem Sonnenschein nicht mehr zu entdecken war. Irgendwann hatte Feyst sie sogar hinauf in die Oberstadt geschickt, wo sich sonst nur die abgebrühtesten und mutigsten Diebe hin verirrten. Doch diese Zeiten schienen auf einmal furchtbar weit entfernt zu sein. So als wäre all das in einem früheren Leben passiert.

Sie blieben unter dem knarrenden Wirtshausschild stehen, auf dem in abblätternden Farben ein roter Bär aufgemalt war. Wie oft war sie schon darunter hindurchgelaufen, ohne auch nur einen Blick auf das mächtige Tier zu verschwenden, das auf den Hinterbeinen stehend, mit weit aufgerissenem Maul Feyst Dreiauges einstige Räuberhöhle bewachte. Wenn sie den Bären jetzt so betrachtete, hatte sie den Eindruck, dass er weniger furchterregend, sondern beinahe schon traurig auf sie herunterschaute. Wahrscheinlich hatte er bereits geahnt, dass es mit seinem Herrn einmal ein schlimmes Ende nehmen würde.

Sara flehte die Reisenden an, dass niemand in der Zwischenzeit gewagt hatte, das Gasthaus als sein neues Eigentum zu beanspruchen. Sie stieß die mächtige Eichentür auf und sah sich misstrauisch in dem leeren Raum um. Der Großteil der Tische war verschwunden, und von den zahllosen Flaschen und Krügen, die im Regal hinter der mächtigen Theke aufgestapelt waren, blieben nur noch ein paar helle Spuren im rußgeschwärzten Holz. Als sie sicher war, völlig allein in dem Haus zu sein, lief sie um die Theke herum und fand nach kurzer Suche den eisernen Ring im Boden. Sie stemmte ihre

Füße gegen die Holzdielen und zog ächzend die schwere Geheimtür auf. Dann löste sie einen Kerzenstummel von der Theke und zündete ihn an.

Vorsichtig kletterte sie die schmale Stiege in den Gewölbekeller hinab. Unten angekommen, hielt sie den Kerzenstummel in die Höhe und drehte sich im Kreis. Sie stieß einen lautlosen Fluch aus. Der Keller war vollständig leer geräumt.

Sie hatte gehofft, dass Feyst wenigstens eine Kleinigkeit zurückgelassen hatte. Ein schartiges Schwert, eine Axt oder wenigstens einen Dolch, mit dem sie sich gegen einen Angreifer zur Wehr setzen konnte. Aber der Drecksack hatte ganze Arbeit geleistet. Selbst das letzte Regalbrett hatte er noch leer geräumt. Sie stellte sich auf die Zehenspitzen und fuhr mit der Hand über das oberste Brett. Doch auch dort fand sie nichts, bis auf eine Menge Staub und eine Handvoll toter Insekten. Mit hängenden Schultern kletterte sie zurück nach oben. Die Kaiserinmutter war neben dem Türstock auf den Boden gesunken. Sie streckte ihr die Hand entgegen. »Kommt, Majestät. Wir müssen weiter.«

Ann Revin sah müde auf. »Wozu?«, fragte sie mit brüchiger Stimme. »Was hat das denn noch für einen Zweck.«

Sara blickte sie ratlos an. »Was meint Ihr?«

»Sie sind tot. Mein Sohn. Thoren. Alle sind sie tot. Es ist vorbei. Es hat keinen Sinn mehr zu fliehen.«

»Das ist nicht wahr.« Oder doch? Hatte sie denn nicht recht? Energisch schüttelte Sara den Kopf. Verdammt, sie wollte nicht darüber nachdenken. Wenn sie sich jetzt Gedanken machte, würde sie vermutlich zu dem gleichen Schluss kommen wie die Kaiserinmutter. Sie musste in Bewegung bleiben. Etwas tun, solange sie noch in der Lage dazu war. »Ihr seid noch am Leben, Majestät.«

»Ich habe versagt.«

»Es ist nicht Eure Schuld. Wir waren alle viel zu sehr mit uns selbst beschäftigt, um die Gefahr zu bemerken. Thoren mit seiner Ehre und ich mit meinen dummen Rachegedanken. Wenn jemanden die Schuld trifft, dann uns.« Sie wollte Ann Revin die Hand auf die Schulter legen, doch die Kaiserinmutter zuckte vor ihr zurück.

»Ich trage die Verantwortung. Ich allein. Und ich habe in allem versagt. Ich war eine schlechte Ehefrau und eine unfähige Mutter. Ich habe das Kaiserreich ins Verderben gestürzt. Ich sollte jetzt tot in diesem elenden Tempel liegen, so wie all die anderen. Das wäre die gerechte Strafe für mich.«

»Ihr müsst stark sein.« Sara ballte die Hände zu Fäusten. »Wir werden eine Lösung finden. Zunächst einmal müssen wir uns verstecken, einen sicheren Unterschlupf finden. Und dann überdenken wir unsere Lage. Uns fällt sicherlich etwas ein ...«

Ann Revin sah sie mit rot umränderten Augen an. »Was stellst du dir denn vor? Dass wir außer Landes fliehen? Ein Boot besteigen, das uns nach Armitago bringt? Soll ich an der Tür meines Elternhauses klopfen und um Almosen bitten wie eine heruntergekommene Bettlerin? Niemals! Eher ramme ich mir einen Dolch in die Brust.«

Sara sah sie ungläubig an. »Ihr redet Unsinn.«

»Ich bin eine Herrscherin ohne Reich. Eine alte Frau, die nicht einmal mehr in der Lage ist, Kinder zu gebären. Mit mir stirbt das Haus ad Revin. Niemand wird es noch für wert erachten, mich zu unterstützen. Wenn sie mich nicht auf der Türschwelle verhungern lassen, dann schicken sie mich in ein Ordenshaus, wo ich den Rest meiner Tage in einer feuchten Kellerzelle versauern kann. Glaubst du nicht, dass der Dolch da viel gnädiger ist?«

»So dürft Ihr nicht reden! Ihr seid die Kaiserinmutter. Die Herrscherin von Berun. Ich habe geschworen, Euch zu beschützen.«

Ann Revin senkte den Blick. »Berun existiert nicht mehr. Das Kaiserhaus ist ausgelöscht. Es gibt nichts mehr, was du noch beschützen müsstest. Du kannst gehen, deine Dienste werden nicht mehr benötigt.«

»Einfach so? Nach all dem, was ich für Euch aufgegeben habe? Was Thoren für Euch aufgegeben hat? Er hat sein Leben für Euch geopfert! Er würde das nicht zulassen.« Jetzt schrie sie beinahe, und es war ihr völlig egal, ob man sie draußen hören konnte. Es war ja ohnehin alles egal. »Seht mich an! Diese Narbe habe ich mir zugezogen, als ich Euch in Confino verteidigt habe. Wenn Ihr glaubt, dass ich mich völlig umsonst verstümmeln lassen habe, dann irrt Ihr Euch.«

»Ich habe dich um nichts gebeten.« Ann Revins Stimme war tonlos und kalt. Sie blickte Sara noch immer nicht an. »Du hättest es nicht tun müssen.«

Ihre Worte trafen sie wie ein Tritt in die Eingeweide. Sprachlos wich sie vor der Kaiserinmutter zurück. Sie öffnete den Mund und schloss ihn wieder. Dann wandte sie sich um und stürmte auf die Straße hinaus.

Der Regen prasselte unablässig vom Himmel herab. Donner grollte, und grelle Blitze zuckten über den Himmel und machten die Nacht über Berun zum Tag. Der Westturm der Kaiserfestung brannte lichterloh, und aus etlichen Gebäuden quoll dichter weißer Rauch. Der Wind trug Schreie und die Geräusche heftiger Kämpfe zu ihr herunter. Auch aus dem Ostteil der Stadt ertönte Waffenlärm, der sich langsam in Richtung Hafen verlagerte. Plötzlich ertönte ein lautes Krachen, und

Sara fuhr herum. Mit einer eleganten Bewegung neigte sich der Westturm zur Seite und blieb einige Augenblicke in einer unnatürlichen Schräglage stehen, ehe er donnernd das Dach des Küchentrakts zermalmte.

Entsetzt sog sie die Luft ein. Das gutmütige Gesicht von Meister Grill erschien vor ihrem geistigen Auge. Noch vor wenigen Stunden hatte er ihr mit einem stolzen Lächeln seine berühmte nossinische Zwiebelsuppe serviert, von der sie noch nicht einmal gekostet hatte. Aus irgendeinem unerfindlichen Grund hatte der massige Koch sie von Anfang an in sein Herz geschlossen. Vermutlich, weil keine andere Frau am Kaiserhof so dürr war wie sie und er sich verpflichtet sah, sie vor dem Hungertod zu bewahren. Mit großer Wahrscheinlichkeit war Meister Grill nun schon selbst nicht mehr am Leben. Genauso wie die meisten anderen Menschen, die oben in der Festung gelebt hatten.

Sie dachte an Beltran ad Iago, der sich als nicht halb so verkommen und oberflächlich entpuppt hatte, wie er sich immer gab. Unter seiner eitlen Maske hatte ein mutiger Mann gesteckt, der ihr am Ende sogar das Leben retten konnte. Genauso wie Hilger, dessen Kriegsknechte den Kolnorern hoffentlich noch einen guten Kampf liefern würden. Aber was konnten sie allein schon gegen so eine Übermacht ausrichten? Cajetan ad Hedin hätte vielleicht gewusst, was zu tun wäre, ganz sicher aber Thoren. Sie hatte den knurrigen Glatzkopf einmal als Puppenspieler bezeichnet, weil sie sich eingebildet hatte, dass er ein Netz aus Intrigen um die Stadt gesponnen hatte. Dabei war Thoren vermutlich der anständigste Mensch in ganz Berun gewesen. Ein Mann, der sein Leben uneingeschränkt dem Wohl der Kaiserinmutter gewidmet und dabei sein eigenes Wohl vergessen hatte. Er hatte ihr die Möglichkeit gegeben, sich aus Feysts Griff zu befreien und ihrem Leben einen Sinn zu geben. Dafür würde sie ihm ewig dankbar sein. Sie dachte an Flynn Hasenfuß, an Flüster und all die anderen, die in den letzten Wochen gestorben waren. Kurz verschwendete sie sogar einen Gedanken an Danil, obwohl er es von allen am wenigsten verdiente.

Ein weiteres Krachen ertönte aus der Richtung der Festung. Sie sah, wie die Reste des Küchentrakts in sich zusammenbrachen und die Flammen meterhoch in die Höhe schlugen. Sie sank an der Hausmauer nach unten, bis sie im Straßendreck saß und das Wasser ihre Hose durchweichte. Ihre Sicht verschwamm, und ein heftiger Schluchzer entrang sich ihrer Brust. Sie biss auf ihre Fingerknöchel, ganz fest, damit sie nicht lautstark zu heulen anfing, und ließ ihren Tränen dann doch freien Lauf.

Eine halbe Ewigkeit saß sie so da, den Blick unverwandt auf die brennende Festung gerichtet, während die Tränen ihr in Strömen über die Wangen liefen. So lange, bis irgendwann keine mehr übrig waren. Dann wischte sie sich mit dem Ärmel über ihre Augen, die von dem Geheule schon ganz verquollen waren, und rappelte sich stöhnend auf. Jeder Muskel ihres Körpers brannte, als wäre er durch einen Fleischwolf gedreht worden. Doch es hatte keinen Sinn mehr, noch länger nutzlos herumzuhocken. Das änderte gar nichts an ihrer Situation. Es machte weder die Toten lebendig, noch rettete es das Kaiserreich oder beschwor die Reisenden, damit sie mit Feuer und Schwert auf die Kolnorer niederfahren konnten. Es würde auch keinen Ritter hinter dem nächsten Busch hervorlocken. Denn welcher Ritter würde schon einen Finger für ein dürres Metis-Mädchen rühren, dessen Gesicht von einer Narbe entstellt war, und das mit seiner Blödheit zum Untergang eines

Kaiserreichs beigetragen hatte? Nein, wenn sie noch irgendetwas erreichen wollte, dann durfte sie nicht auf ihren Prinzen warten. Sie musste selbst zur Tat schreiten. Vielleicht war es schon zu spät, das ganze Kaiserreich zu retten, aber zumindest konnte sie noch etwas tun.

Sie stieg die Stufen hinauf und betrat das Gasthaus. Die Kaiserinmutter saß noch immer an derselben Stelle, wo sie zu Boden gesunken war. Schweigend hockte sie sich neben sie.

Nach einer Weile fing Ann Revin an zu sprechen. »Was ich am meisten bereue, ist, dass ich ihm niemals meine Liebe gestanden habe.« Ihre Stimme klang brüchig und müde. »Ich hätte es tun können, ich hatte oft genug Gelegenheit dazu. Aber ich habe es nicht für statthaft gehalten.«

»Er hat es gewusst«, sagte Sara. »Das ist alles, was zählt.«

»Er hat für mich auf alles verzichtet. Auf eine Familie, auf Kinder. Ohne mich hätte er ein gutes Leben haben können.«

Sara blickte sie ernst an. »Glaubt Ihr denn nicht, dass er ein gutes Leben hatte? Er hat sich aus freien Stücken dafür entschieden. Und es klingt sehr viel besser als das, was er vorher war. Außerdem hat er doch eine Familie besessen. Hilger, Danil, Flüster und … mich. Er hat uns alles beigebracht, was er wusste. Wir sind sein Vermächtnis, wenn Ihr es so ausdrücken wollt.«

Ann Revin lachte traurig. »Ganz schön schlecht erzogene Kinder seid ihr gewesen – und allesamt furchtbare Dickschädel. Ja, wenn es danach geht, hast du vielleicht sogar recht. Dann seid ihr schon ziemlich nach ihm geraten.« Zögerlich legte sie ihre Hand auf Saras Arm. »Aber du hast auch sein gutes Herz geerbt. Du hast Mitleid. Selbst mit einer so nutzlosen alten Frau wie mir. Ich bin dir dankbar, dass du an meiner Seite geblieben bist.«

Sara lächelte. Sie legte ihre Arme um Ann Revin und drückte sie fest an sich. Dann sprang sie auf und streckte ihr die Hand entgegen. »Kommt, Majestät.«

»Wohin?«

»Ich möchte Euch jemanden vorstellen.«

14

Fischfutter

Cunrats Arme schmerzten, und sein Atem kam stoßweise. Er hielt die Kuppel noch immer aufrecht, doch inzwischen war sie weit genug in sich zusammengesunken, dass das Geröll dicht über seinem Gesicht schwebte, obwohl er auf dem Rücken lag. Xari neben ihm stöhnte leise. Irgendetwas musste sie getroffen haben, als Cunrats Schutzschirm kurz ins Wanken geraten war, denn sie hatte sich seitdem nicht mehr gerührt. Immerhin konnte er ihren Atem hören. Sehen dagegen konnte er nichts. Der Berg aus Trümmern über ihnen schloss nahezu jedes Licht aus und gab Cunrat das Gefühl, lebendig begraben zu sein. Im Grunde war er das auch, und vermutlich würden sie tot sein, sobald die letzten Kräfte des jungen Ritters erlahmten oder der Blaustein in seinen Adern endgültig seine Wirkung verlor. Donner grollte dumpf, wie von fern – oder wie durch einen Berg Gestein hindurch. Immerhin konnte er die Erschütterung auch im Boden unter sich spüren, also war wohl das Gewitter inzwischen über ihnen angekommen. Kein Wetter, bei dem jemand nach ihnen suchen würde.

Cunrat schnaubte; das war alles, was er noch statt eines Auflachens fertigbrachte. Und wer sollte auch nach ihnen suchen? Wer wusste, dass sie hier waren?

Eine Welle leiser Panik überspülte ihn, und unwillkürlich verstärkte sich das Zittern in seinem Arm. Er zwang sich, tief durchzuatmen und die Panik zurückzudrängen.

»Was ... Wo ...?« Xari neben ihm regte sich. Ihre Worte waren undeutlich und verwaschen.

»Du wachst zu einem ungünstigen Zeitpunkt auf. Tut mir leid.«

»Was?«

»Wir liegen unter den Resten des Turms, und ich weiß nicht, wie lange ich sie noch davon abhalten kann, auf uns zu fallen und uns zu zerquetschen. Nicht mehr lange.«

»Hm.« Xari hustete in der Dunkelheit. »Was ist mit dem Schiff? Haben wir ...?«

»Wir haben den Dreckskahn auf den Grund des Hafens geschickt. Mit dem Rest des Turms, der nicht auf uns liegt, darauf.«

Xari schwieg lange genug, damit sich Cunrat fragen konnte, ob sie wieder das Bewusstsein verloren hatte. »Ah«, machte sie schließlich. »Dann ist das hier also nicht umsonst.«

Wider Willen musste Cunrat belustigt schnauben. »Nein. Das haben wir uns wirklich verdient.«

»Und worauf warten wir jetzt noch?«

»Keine Ahnung.« Tatsächlich hatte sich Cunrat diese Frage bereits selbst gestellt, bevor Xari aufgewacht war. »Ich schätze, ich habe das mit dem Aufgeben noch nicht ganz raus.«

Xari imitierte sein Schnauben. »Ja, Marten hat erwähnt, dass du ein sturer Mann bist.«

»So? Hat er das?«

»Nein. Er hat ›stures Arschloch‹ gesagt.«

»Ah.«

Sie schwiegen einen Augenblick, der sich in der Dunkelheit endlos zu dehnen schien. Der Donner grollte noch immer und ließ den Boden unter ihnen zittern.

»Er wäre jetzt vermutlich stolz auf dich«, fügte Xari schließlich hinzu.

Cunrat runzelte die Stirn. »Wäre er?«

»Ja.« Die Metis kicherte leise, und Cunrat fand das Geräusch erstaunlich beruhigend. »Aber bilde dir nicht zu viel darauf ein. Er war ein Sabra. Ein Idiot. Wie du.«

»Verstehe.«

Xari kicherte nochmals, bevor sie schließlich seufzte. »Beenden wir's?«

Beenden? Er ließ sich Zeit mit einer Antwort. Doch letztendlich gab es nur noch eine einzige Option. Alle anderen war er durchgegangen. Mehrfach. Es hatte wirklich nicht lange gedauert. Sie waren bereits tot. Von Augenblick zu Augenblick zog die Anstrengung mehr Wärme aus seinem Körper. Seine Finger waren längst taub, und seine Zehen spürte er bereits seit einer Weile nicht mehr. Das Zittern seiner Muskeln wurde stärker. Cunrat nickte, auch wenn er wusste, dass Xari es nicht sehen konnte.

»Ich glaube schon. Es war mir eine …«

Über ihnen bewegte sich ein Felsbrocken. Er glitt beiseite, kam ins Rutschen und polterte dicht neben seinem linken Arm zu Boden, wobei er andere Mauerbrocken mit sich riss und einen Blick auf den grünlich schwarz verhangenen Himmel freigab – wenn auch nur für einen winzigen Moment, bevor der Sturzregen auf den Schutzschirm über ihnen niederprasselte und die Aussicht in ein schlieriges Kaleidoskop aus

Wassertropfen verwandelte. Der Druck, den sein Talent in seinem Kopf aufgebaut hatte, verringerte sich so plötzlich, dass er um ein Haar seine Konzentration vollkommen verloren hätte, und die Schatten, die sich über ihm bewegten und weitere Trümmer beiseite räumten, erschienen ihm beinahe unwirklich. Ein Blitz flackerte über ihnen und brannte ihm die Silhouetten schmerzhaft in die Augen. Sie waren kräftig, langgliedrig und schienen kahlköpfig zu sein.

Xari grunzte. »Die Steine wären mir lieber gewesen«, stellte sie fest.

Zu spät. Irgendetwas traf seinen Schutzschirm wie ein Hammerschlag – und wie Tongeschirr unter einem Hammer zerbarst die Kuppel, die er bis jetzt noch aufrecht gehalten hatte. Regen toste in voller Lautstärke auf ihn ein, schlug ihn mit hundert eiskalten Nadelstichen ins Gesicht und ließ ihn nach Luft schnappen. Irgendjemand packte ihn grob, zerrte ihn auf die Füße – und presste ihm etwas Kaltes unter das Kinn, das nur eine Klinge sein konnte. *Ernsthaft …*

Er blinzelte sich den Regen aus den Augen. Tatsächlich war es nicht viel heller als unter dem Trümmerberg, doch er konnte die Männer vor sich trotzdem erkennen. Fünf Huacoun, jeder genauso breit und fast genauso hochgewachsen wie er, und zwei weitere, die seine Arme gepackt hielten und ihm das Messer an den Hals hielten. Er hörte Xari neben sich unterdrückt fluchen und war sich relativ sicher, dass weitere Krieger sie auf die Beine gezerrt hatten. Neun also, oder mehr. Vermutlich wären die Steine wirklich die bessere Wahl gewesen. Zwischen den Huacoun tauchte eine weitere Gestalt auf, kleiner und mit langem Haar, das wie Seegras an der zierlichen Gestalt klebte. Sie starrte ihn mit großen Augen an. Dreieckige Zähne blitzten in der Dunkelheit. Die Figur sagte etwas, das so fremdartig klang, dass Cunrat keine Ahnung hatte, ob es sich tatsächlich um Sprache handelte.

»Eine Inenei«, sagte Xari leise. »Sie ist nicht glücklich.«

»So viel hab ich verstanden.« Die Klinge presste sich fester an seinen Hals, und er verstummte eilig.

Die Huacoun-Frau trat dichter an ihn heran und musterte ihn durchdringend. Wasser trommelte auf sie herab, doch während es Cunrat schwerfiel, überhaupt zu atmen, schien die Frau nicht einmal zu bemerken, dass ihr das Wasser über die Augäpfel rann. Die Inenei hob eine Hand, und plötzlich schwebte ein kleines blaues Licht über ihrer Handfläche. Cunrats Augen zuckten unwillkürlich dorthin. Es war ein Blausteinklumpen, der dort, kaum zwei Fingerbreit von ihrer Haut entfernt, einfach zu schweben schien. Er brannte in gleißend hellen, tiefblauen Flammen und zischte unter den auf ihn einprasselnden Tropfen, ohne jedoch im Geringsten davon beeinflusst zu werden.

Cunrat riss den Blick los und starrte die Frau erneut an. Erst jetzt bemerkte er, dass ihr an der linken Seite des Schädels ein größerer Flecken Haare fehlte und ein blutiges Loch dort war, wo ein Ohr sein sollte. Stattdessen lag dort rohes Fleisch offen, und Cunrat meinte, im Widerschein weißlichen Knochen zu sehen. Ihre Augenhöhle war gleichfalls nur noch ein blutiges Loch, aus dem der Regen unablässig weiteres Blut spülte, und die linke Brustkorbseite wirkte deformiert. Jetzt fiel ihm auch auf, dass die Inenei seltsam schief stand. Ganz verfehlt hatte der Turm sie also nicht. Auch die männlichen Huacoun trugen Verletzungen. Der Mann, der hinter der rechten Schulter der Sprecherin stand, schien gerade seine Hand verloren zu haben, der Krieger zu ihrer Linken hatte einen so tiefen Schnitt im Gesicht, dass man seinen Kieferknochen sehen konnte.

»Wer bist du, dass du Gabe der Götter hast? Du bist nicht Metis.« Ihre Worte klangen fremdartig, und ein Zischen lag in ihrer Stimme.

»Ich bin der, der euer Schiff und eure Götter versenkt hat.«

Die Inenei fletschte ihr beeindruckendes Gebiss, und für einen Augenblick fürchtete Cunrat, sie würde ihm ins Gesicht beißen. Stattdessen zischte sie einen Befehl in Richtung ihrer Männer. Die Huacoun verdrehten seine Arme noch weiter, und Cunrat spürte, wie sich die Fesseln so fest um seine Handgelenke wanden, dass sie in sein Fleisch schnitten. Die Inenei sah zu ihm auf. »Du bist nichts. Du hast nichts. Du hast keinen Gott getötet. Nicht einen. Du wirst dienen, wirst ihnen geben deine Kraft!« Ihr verbliebenes Auge schien vor Wut beinahe zu glühen. »Und mir wirst du geben, was du genommen!« Sie hob eine Hand, und Cunrat zuckte unwillkürlich zurück, als er die Krallen aus Blaustein sah, die auf ihren Fingerkuppen steckten. Weit kam er jedoch nicht. Einer der Huacoun, die ihn festhielten, packte seinen Kopf und hielt ihn unverrückbar fest. Die Krallenhand der Inenei näherte sich seinem Gesicht bis auf wenige Fingerbreit, dann hielt sie inne, gerade lange genug, damit Cunrat den angehaltenen Atem ausstieß, bevor sie schlangengleich vorzuckte und über seine Kopfhaut fuhr. Es fühlte sich an, als würde sie ihm mit glühendem Eisen über den Schädel fahren. Dann ein Ruck, und plötzlich hielt ihm die Frau einen dunklen, nassen Lappen vor das Gesicht, den er erst mit einem Augenblick Verzögerung erkannte: ein Stück seiner Kopfhaut, an dem unzweifelhaft sein Ohr hing. Er starrte auf den Hautfetzen und war zu entsetzt, um zu schreien, zu erschüttert, um den Schmerz wirklich zu fühlen. Neben ihm ächzte Xari, und die Inenei wandte den Kopf. »Ihr habt gewagt zu verletzen, wer über euch steht. Ihr habt gewagt, Zunge Lambebes anzugreifen. Inenei fügt euch Schmerz tausendfach zu, den ihr getan.« Sie hob erneut die Klauenhand, von der der Regen Cunrats Blut wusch.

Cunrat bäumte sich gegen die Hände der Huacoun-Krieger auf, und ein unartikuliertes Brüllen stieg aus seiner Kehle empor. Die Huacoun beachtete ihn nicht, so wenig, wie sie Xaris verzweifelte Gegenwehr beachtete, als ihre Hand vorstieß und ihre Krallenfinger in die linke Augenhöhle der Metis tauchten und zurückgerissen wurden. Etwas Dunkles hing zwischen ihren Fingern, und während Xari gellend aufschrie, ließ die Huacoun den Augapfel verächtlich fallen.

»Du fischiges Stück Scheiße! Ich …«

Die Inenei wirbelte herum und funkelte ihn an. »Nichts irrst du!«, zischte sie. Ein beiläufiger Wink von ihr, und irgendetwas traf ihn unerwartet von der Seite wie der Tritt eines Brauereipferds. Cunrat fühlte Rippen auf der linken Seite seines Brustkorbs splittern, als ihn der Schlag von den Füßen riss, ihm den Atem raubte und nicht einmal genug davon ließ, um zu schreien. Verzweifelt rang er um Luft, doch es schien, als sei seine Kehle vollkommen zugeschnürt. Seine Beine gaben nach, und Schwärze ließ sein Blickfeld für einen Moment bis auf das Gesicht der Inenei schrumpfen.

Das Rauschen des Regens schien mit einem Mal nachzulassen, denn jetzt hörte er die Worte der fremdartigen Frau deutlicher. »Wir werden die *Nibougaan* bergen und nähren. Mit euch. Ihr habt nichts erreicht, *Daruguati*!«

Ein Blitz tauchte die Inenei und die Männer hinter ihr in unwirkliches, bläuliches Licht. Ein weiterer Blitz, und Cunrat fiel auf die Knie, als der Mann links von ihm plötzlich zusammenbrach. Donner rollte über sie hinweg, doch er nahm ihn nur dumpf wahr. Der Kopf des Huacoun war erst nach dem

Körper des Kriegers zu Boden gefallen und schlingernd beiseitegerollt. Blut schoss als dunkler Schwall über die Hafenmauer und wurde vom Wasser fortgerissen. Cunrat hob den Blick. Ein fahler Schatten setzte über ihn hinweg, und eine schimmernde Dolchklinge verschwand lautlos in der Brust des anderen Mannes, der ihn hielt, glitt wieder daraus hervor und beschrieb einen Bogen auf die Inenei zu. Blut troff von der Klinge, und Cunrat meinte, jeden Tropfen davon in der Luft hängen zu sehen, seltsam unwirkliche, dunkel glitzernde Edelsteine, die im tosenden Chaos des Regensturms hingen. Dann wischte sie der Sturm fort, und der Dolch erreichte beinahe den Hals der Inenei – bevor er auf eine unsichtbare Barriere traf, aus der Hand gerissen wurde, die ihn führte, und in die Dunkelheit davonwirbelte. Die Huacoun hatte im letzten Moment die Hand mit der Flamme gehoben und den Angriff auf sie irgendwie abgewehrt. Jetzt fuhr ihre krallenbewehrte Hand durch die Luft und hinterließ vier tiefe Schnitte in dem bleichen Arm, der gerade noch die Waffe gehalten hatte. Eine Welle der Stille rollte über ihn hinweg und traf ihn wie eine Ohrfeige. Selbst die Inenei schwankte, und zwei der Huacoun in Cunrats Blickfeld ließen ihre Waffen fallen und pressten sich die Hände auf die Ohren. Im nächsten Moment spürte er jemanden hinter sich. Eine Klinge glitt durch die Fesseln an seinen Armen und ritzte seine Fingerkuppen.

»Auf die Füße, Ritter!«, bellte Alaunar in sein Ohr und hieb gleichzeitig mit dem Schwert nach dem Knie des nächststehenden Huacoun-Kriegers, der daraufhin Xari losließ und mit einem Schrei zu Boden ging. Im nächsten Moment jagte ein anderer der Krieger an ihm vorbei, bekam Alaunar um die Hüfte zu fassen und warf sich kurzerhand mit ihm von der Kaimauer in die brodelnden Fluten.

Grubenscheiße! Cunrat stieß sich vom Boden ab, seine Finger fanden einen losen Felsbrocken, packten ihn und wuchteten das Trümmerstück gegen den Kopf des Fischgesichtigen. Grunzend riss er den Brocken erneut hoch und rammte ihn auf den Kopf des Mannes, hob ihn erneut und ließ ihn ein drittes Mal niederfahren, bevor er aufsah.

Ein neuerlicher Blitz erhellte den tosenden Ozean hinter der schützenden Hafenmauer, deren Aussicht jetzt nicht mehr von einem Turm versperrt wurde. Aber nicht nur der Turm fehlte. Als er gefallen war, hatte er ein großes Stück der Mauer mitgenommen, und die von Gischt gekrönten Wellen schlugen nun fast mannshoch in den Hafen hinein. Und mit ihnen flog ein Schatten in den aufgebrochenen Hafen. Die Hafenkette war verschwunden. Cunrat meinte, das Knarren eines Masts zu hören, das Knallen eines Segels, das dumpfe Klatschen eines Bootsrumpfs, der auf die Wellen schlug, den wilden Schrei einer Frau, und eine widersinnige Hoffnung durchfuhr ihn.

Er sah auf und direkt in das wutverzerrte Gesicht der Inenei, die die Hand mit der Flamme erhoben hatte, um sie gegen seinen Kopf zu schlagen. Xaris Faust traf den Wangenknochen der Frau und warf sie nach hinten auf den Trümmerhaufen des Turmstumpfs. Die fünf Huacoun-Krieger hinter ihr wandten sich Xari zu.

Im unablässigen Flackern der Blitze meinte Cunrat zwei schlanke, turmhohe Hälse zu sehen, die aus dem Meer aufragten. Sie waren beinahe auf Höhe der Kaimauer und schienen dem Boot zu folgen, das soeben in den Hafen geschossen war.

Rasselnd sog er Luft in seinen brennenden Brustkorb. »Xari!«

Er deutete auf die Erscheinung im Meer. »Lauf!«

Einer der riesigen Köpfe wandte sich ihnen zu, und mit einem Mal glaubte sich Cunrat wieder auf dem Deck der kaiserlichen Triare. Männer gingen über Bord, sein Freund Rulf hing an der hölzernen Steilwand über dem kochenden Abgrund zwischen den Wellentälern, und ein riesiger Schlangenkopf stieß aus dem brodelnden Chaos direkt auf ihn zu. Und über ihn hinweg.

Cunrat blinzelte, als sich die Kiefer der Seeschlange nur drei Mannlängen von ihm entfernt um den Leib eines der Huacoun schlossen. Der Kopf stieg hinauf in den schwarzen Himmel, etwas krachte, und ein einsamer Fuß fiel direkt vor Cunrat zu Boden. Mit einem Fluch stemmte Cunrat sich hoch. Er tastete nach einer Waffe, fand den Dolch in seinem Gürtel und zog ihn, während er noch in die Richtung stolperte, in der er Xari zuletzt gesehen hatte. Das blaue Licht des Agetfeuers in der Hand der Inenei wies ihm den Weg. Die Huacoun-Hexe hatte sich zurück auf die Füße gekämpft und die flammende Hand wie zum Wurf erhoben. Ihr gegenüber stand Xari, ein gespenstisches Spiegelbild der Huacoun. Beide Frauen waren blutüberströmt, beiden gähnte lediglich ein dunkles Loch, wo einst ihre linken Augen gewesen waren, beide hatten die Zähne gefletscht. Dann lachte Xari auf, und in diesem Moment wirkte sie wie etwas vollkommen Fremdes. Cunrat erstarrte. Sie öffnete den Mund, und vollkommen gegen jede Vernunft konnte Cunrat jedes ihrer Worte hören. Und er war sich ganz sicher, dass das auch jede andere lebende Seele auf dieser Mauer hier konnte. »Ihr wagt es hierherzukommen und mein Land zu überfallen? Ihr wagt es, euch an dem zu vergreifen, was Duambe gehört? Ihr habt die Frechheit, auf uns herabzusehen? Ihr glaubt, dass ihr uns unser Land entreißen könnt, es mit fremden Kriegern überrennen, es plündern und uns nehmen, was allein uns gehört? Dann hört zu! Dieses Land ist beschützt! Dieses Land steht unter Duambes Schutz, unter Oyambes Schutz, unter meinem Schutz! Ich bin *Vairani*. Ich bin die Stimme des Macouban. Ich gebiete über Duambes Schlangen und Oyambes Feuer! Auf mein Wort hin brennt Lambebes Blut zu Asche – sein Blut im Aget und sein Blut in dir! Ihr seid hier nicht erwünscht!« Die letzten Worte schmetterte sie der erstarrten Inenei mit aller Macht entgegen. Und das Feuer in der Hand der Huacoun wurde heller. Die Flamme aus dem Blausteinbrocken lohte empor und floss einem brennenden Rinnsal gleich am Arm der Inenei hinab. Prompt begann jene zu schreien, ein spitzes, hohles Kreischen, als das blaue Feuer in Windeseile über ihren Körper kroch und sie in eine lebende Fackel verwandelte, deren Flammenzungen der Sturm weit in die Höhe peitschte, ohne dass ihnen der Sturzregen das Geringste anzuhaben schien. Cunrat starrte. Hinter Xari schoben sich zwei monströse Seeschlangenköpfe aus den Regenschleiern. Die Wesen schienen die blaue Lohe zu mustern. Dann sahen sie auf Xari hinab, die ungeschützt und, ohne sie zu beachten, direkt unter ihnen stand. Statt jedoch zuzustoßen, hoben sich die Schädel wieder und fixierten die Huacoun-Krieger, die stolpernd innegehalten hatten. Und fuhren herab. Jede der Seeschlangen fand ihre Beute in einem der Krieger, die in ihren Kiefern verschwanden, wie Küken im Maul eines hungrigen Hunds. Erst das Geräusch der berstenden Knochen riss die übrigen Huacoun aus ihrer Starre. Unter entsetzten Schreien ließen sie ihre Waffen fallen und stürzten sich kopfüber in die See. Mit beinahe schon träge wirkender Gelassenheit wandten sich die langen Hälse ab und folgten ihnen.

Von einem Moment auf den nächsten lag die zerstörte

Hafenmauer beinahe verlassen vor Cunrat. Die brennende Inenei war zusammengebrochen und rührte sich nicht mehr. In den wenigen Augenblicken hatten die blauen Flammen bereits den größten Teil ihres Fleischs verzehrt und ihre Knochen freigelegt. Xari stand noch immer neben ihr. Jetzt jedoch schwankte sie und verstummte. Cunrat erreichte sie gerade noch rechtzeitig, um zu verhindern, dass die junge Metis ins Meer stürzte. Schwer sackte sie in sich zusammen und riss ihn mit sich auf die schwarzen Steine, über die immer noch unablässig das Wasser gurgelte. Cunrat rang um einen erneuten Atemzug und ließ sich schwer gegen die Trümmer zurücksinken. Täuschte er sich, oder ließ der Regen bereits nach? »Was bei den Gruben war das?«

»Paqualhe«, murmelte Xari an seiner Schulter. »Sie sind Duambes Wächter. Schützen das Land vor den Huacoun. Oyambes Sturm hat sie hergetragen. Hörst du eigentlich nie zu?«

Cunrat schielte auf ihr Gesicht. Die leere Augenhöhle starrte dunkel zurück, das andere Auge hatte Xari geschlossen. Er schnaubte. Selbst diese Regung ließ einen flammenden Schmerz durch seine Rippen fahren. »Das war nicht Oyambe«, flüsterte er. »Ich bin ziemlich sicher, dass das das Boot deiner Schwester war. Ihre ›bessere Idee‹.«

»Oder das. Sie ist stur.«

»Liegt in der Familie.« Cunrat legte die Wange auf Xaris Schopf ab. Er hörte es nicht, doch er meinte, im Körper der Metis ein abgehacktes Lachen zu spüren.

»Halt die Klappe, Berun.«

15

Verrat und Gegenverrat

Zurück!«, brüllte Brender und deutete auf die Mündung der Ringstraße. »Bildet eine Linie, und haltet sie. Lasst jeden durch, der wie ein Schildbrecher oder ein Flüchtling aussieht und keine Waffe schwenkt. Niemanden sonst!«

Das nächste Krachen klang anders. Der neuerliche Riss trat kurz unter dem letzten auf und sorgte dafür, dass gleich eine ganze Sektion des Tors aus den Eisenbändern gerissen wurde. Was immer dafür verantwortlich war, zertrennte nicht nur die mächtigen Bohlen aus schwarzem Dschungelholz, sondern auch gleich ein halbes Dutzend der Männer, die gerade dabei waren, die Torflügel mit Balken zu verstärken. Es ging einfach durch sie hindurch wie die Klinge eines Fallbeils – nur eben durch alle gleichzeitig und beinahe horizontal. Die Männer rund um Brender schrien auf. Das war ein Anblick, der selbst gestandene Kriegsknechte erschüttern konnte.

»Was bei den Gruben war das?«, stieß der Katzbalger hervor.

Der Anführer der Ritter hatte die Brauen zusammengezogen, seine Augen schienen zu glühen. »Das ist das Werk eines Gezeichneten«, sagte er düster.

»Könnte also immer noch einer der Ritter aus Tiburone sein, richtig?«, fragte Brender.

Henrik würdigte ihn keines Blickes. Seine Faust knetete den Griff des alten Großschwerts, das er aus dem Ordenshaus geborgen und seitdem nicht mehr aus den Augen gelassen hatte. Durch das Loch im Tor strömten jetzt Männer mit blanken Klingen, Männer in den Rüstungen von Kriegsknechten und, soweit Brender das erkennen konnte, den Farben Beruns.

Die Veycari in den Rüstungen Beruns warfen sich ihnen entgegen, und im nächsten Augenblick schienen Beruner mit Berunern zu kämpfen.

Der Katzbalger sah an sich hinab. »Das ist so ein verschissenes Durcheinander, da fehlen mir die Worte.« Die Schildbrecher um sie wurden unruhig. »Wir brauchen wirklich was, um uns von denen zu unterscheiden.«

Für einen Moment sah es so aus, als könnten die Veycari die Angreifer, die noch immer vom Engpass des Tordurchlasses beschränkt wurden, zurückwerfen. Dann jedoch traten weitere Männer durch die Lücke im Tor. Einer von ihnen, ein hochgewachsener, hakennasiger Mann in der Rüstung eines Beruner Heetmanns, hob scheinbar nachlässig die Hand. Eine Welle ging von ihm aus, die lediglich dadurch erkennbar war, wie sie die Rauchwolken durchschnitt – bis sie auf die veycarischen Söldner traf, die sich ihnen entgegenstellten. Dann war sie vor allem durch spritzendes Blut und herumfliegende Körperteile zu erkennen.

Dieses Mal zuckte selbst Brender zusammen. »O verdammte Sch …!« Er unterbrach sich. »Schildbrecher«, bellte er lauter. »Bleibt, wo ihr seid! Schilde zusammen, und niemand rührt sich!«

Der Mann neben dem Hakennasigen wedelte ebenfalls mit

den Händen, und eine dunkle Wolke floss an ihm vorbei und stürzte sich über die nächststehenden Söldner, die daraufhin begannen, um sich zu schlagen, bevor sie unter gellenden Schreien zu Boden gingen. Die Blockade der Corteser brach zusammen, und die Neuankömmlinge stürmten vor.

Weitere Männer traten durch die Bresche, und der Hakennasige deutete auf die Söldner und donnerte Befehle, die Brender nicht verstand.

»Kolnorer.« Henrik spie das Wort geradezu aus. »Ihr hattet recht. In diesen Rüstungen stecken Kolnorer.«

»Sicher?«

Henrik sah ihn flüchtig an. »Meine Begabung. Jede Sprache verstehen. Aber für das Kolnorische brauche ich nicht einmal Blaustein.«

»Puh. Na dann bin ich aber froh«, murmelte Brender und wischte sich unauffällig die Linke am Hosenbein ab. Seine Handflächen hatten plötzlich begonnen zu schwitzen.

Die veycarischen Söldner hatten inzwischen begriffen, dass sie sich Begabten gegenübersahen, die sie zu Dutzenden niedermähen konnten. Der Heetmann auf der anderen Seite des Platzes zog seine Männer vom Tor zurück. Drei der Veycarischen kamen auf die an sich gute Idee, ihre Armbrüste auf die Begabten abzufeuern, doch die Sturmböen ließen die Geschosse weit am Ziel vorbeischwirren. Die Antwort folgte fast sofort. Hinter den Begabten der Kolnorer waren inzwischen weitere Männer durch das Tor gekommen, und dieses Mal waren einige darunter, die die Rüstungen des Flammenschwertordens trugen. Henrik atmete scharf ein. Er hatte es also auch gesehen. Einer der Ritter dort drüben trug einen hölzernen Eimer bei sich. Auf seine Geste hin erhoben sich dunkle Stifte aus dem Behälter und jagten quer über den Platz auf die Schützen zu. Als sie einschlugen, wurden die Söldner zurückgeschleudert, wie von einer Salve Bolzen getroffen. Ein Querschläger zischte an Brender vorbei und durchschlug beinahe komplett einen der Schilde neben ihm. *Zimmermannsnägel?*

Der Ritter hielt nicht inne, sondern lenkte die nächsten Geschosse in die Menge der zurückweichenden Veycari, während eine weitere unsichtbare Klinge eine weitere Gruppe der Verteidiger hinwegfegte – und auf eine unsichtbare Barriere traf. Während die veycarischen Söldner zerteilt zu Boden sanken, wurde im Rauch eine Art Schutzglocke sichtbar, an der die Splitter abprallten und das Blut hinabrann. Hinter dem Feld standen Huacoun im Rauch, näher, als Brender sie bisher je zu Gesicht bekommen hatte. Ihre großen Augen waren unbewegt auf die Kolnorer im Tor gerichtet. Neben fünf der muskelbepackten Männer liefen auch zwei der Huacoun-Frauen hinter der Schutzwand. Eine von ihnen schien die Barriere aufrechtzuerhalten, die andere hob soeben ihre Rechte.

»Oh, bei den verschissenen Gruben!«, murmelte der Katzbalger hinter seinem Vibel, und auch die übrigen Männer wurden unruhig. Henrik hob sein Schwert, doch der Vibel legte seine Hand auf den Unterarm des Ritters, ohne ihn anzusehen. »Wartet«, sagte er, laut genug, um über den Wind noch gehört zu werden. »Wartet, und rührt euch nicht! Bleibt in Deckung. Gebt ihnen kein Ziel!«

Der fremde Ritter im Tor hatte die Neuankömmlinge bemerkt und richtete seine Geschosse jetzt auf die Huacoun. Brender konnte ihre Gesichter nicht wirklich erkennen, doch er vermeinte, eine Aura der abfälligen Gelassenheit bis zu ihnen zu spüren. Die zweite der Huacoun hob jetzt ihre Hand, und gleichzeitig mit dieser Bewegung hob sich der Eimer des

Ritters vom Boden, ungeachtet der Tatsache, dass noch immer handlange Nägel daraus gegen die nahezu unsichtbare Barriere prasselten. Eine Geste der sechsfingrigen Hand, und der Eimer schoss in die Luft und prallte mit einer Wucht gegen den Schädel des Ritters, dass Brender meinte, das Knacken des Schädels über die gesamte Entfernung hören zu können. Der Ritter stürzte, und der Huacoun ließ den Eimer einfach auf dessen Kopf fallen. Eine weitere Geste, und der gesamte Inhalt des Eimers erhob sich als dunkle Wolke.

Brenders Augen wurden groß. »Schilde hoch!«, brüllte er, gerade noch rechtzeitig, bevor die Nägel explosionsartig auseinanderspritzten und ein verheerendes Massaker unter allen Umstehenden anrichteten. Der kolnorische Begabte, der soeben noch die Verteidiger mit seiner Klinge aus Luft niedergemäht hatte, stand dem Zentrum der Explosion am nächsten. Dutzende Eisenstifte schlugen in ihn ein und schleuderten ihn einer Strohpuppe gleich beiseite in die Masse seiner Verbündeten. Brender ging in Deckung. Zwei der Nägel durchschlugen Brenders Schild und kamen erst kurz vor seinem Gesicht zum Halt. Vereinzelte Schmerzensschreie wurden auch aus der Reihe der Schildbrecher laut, doch das war nichts im Vergleich zu dem, was sich rund um das Tor erhob, wo Kolnorer und veycarische Söldner gleichermaßen im tödlichen Hagel zu Boden gegangen waren. Ungerührt stieg die Gruppe der Huacoun über die Verletzten hinweg und stach jene, die sich noch rührten, mit langen Knochenspeeren ab. Der Schutzschild der Huacoun-Frau drängte die lebenden Angreifer in Richtung Tor zurück. Sie hatten die Bresche schon beinahe erreicht, als Brender sah, wie sich unter den Gefallenen etwas rührte. Einer der toten Kolnorer wurde beiseitegeschoben, und der zweite der Kolnorer Begabten erhob sich halb, um auf die Huacoun zu deuten. Ein dunkler Schwarm ... *Käfer?* ... zog sich über ihnen zusammen und senkte sich auf das Huacoun-Weib, das die Barriere aufrechterhielt. Als die Wolke die Frau erreichte, begann sie zu schreien und um sich zu schlagen, während die Wolke sie unter sich begrub. Genügend der übrigen Insekten fielen auch über die restlichen Huacoun her. Einer der Krieger entdeckte schließlich den Begabten, der von den Toten auf dem Boden festgepinnt schien. Mit zwei schnellen Schritten war er bei ihm und stieß ihm seine Lanze in den Leib, doch der Schaden war bereits angerichtet: Nichts hielt die Kolnorer jetzt davon ab, erneut vorzustoßen und die wenigen Schritte bis zu den Fischmenschen zu überbrücken. Eilig warfen sich die Krieger der Huacoun zwischen die Anstürmenden und die verbliebene Hexe. Der plötzliche Verlust der Partnerin schien der Huacoun-Frau nur noch weitere Kräfte zu verleihen. Jede ihrer Gesten war für einen weiteren Söldner tödlich, denn wie von Geisterhand wurden die Männer einer nach dem anderen in die Luft geworfen, von wo sie ungebremst zurück zu Boden stürzten und mit Übelkeit erregendem Krachen aufschlugen. Die cortesischen Söldner, die für einen Moment gezögert hatten, warfen sich jetzt erneut in die Schlacht. Sie machten die vereinzelten Kolnorer, die sich noch innerhalb der Mauern befanden, nieder und drängten sich hinter den Huacoun auf das bereits gefallene Tor zu.

»Bei den Reisenden.« Henric massierte sich die Augen und ächzte. »Habt ihr gesehen, was eine dieser Kreaturen vermag? Habt ihr das gesehen? Sie verfügen nicht nur über ein Talent! Was können wir ausrichten gegen ein ganzes Schiff davon? Ich würde gern das Kommando übernehmen und einen Angriff befehlen«, murmelte er, so leise, dass ihn vermutlich nur Brender verstand. »Ich habe nur keine Ahnung, gegen wen.«

»Ich habe vor allem gesehen, dass sie fallen können.« Der Vibel wandte den Blick nicht vom wogenden Kampf am Tor ab. »Ihr dürft das Kommando früh genug geben, Herre. Ich gebe Euch ein Zeichen, wann. Dafür sind Leute wie ich ja da.«

Der Ritter sah ihn argwöhnisch an. »Seid ihr?«

»Natürlich. Wir interpretieren, was immer Ihr befehlt, für die Truppen.« Brender deutete auf die Mauer über den Huacoun. »Das ist doch einer Eurer Ritter, oder?«

Der alte Ritter starrte. »Da soll mich doch …«

»Ist das Wibalt?«, warf Daryl ein, dessen Blick Brenders Fingerzeig gefolgt war.

Brender nickte. »Der Große, Haarige, stimmt. Ich wusste doch, dass ich ihn schon mal gesehen habe.«

»Was tut er dort?«

»Die Schmutzarbeit«, sagte Brender, und ein düsteres Grinsen hielt auf seinem Gesicht Einzug. »Tun wir das nicht immer, Herre Henrik? Gebt den Befehl.«

»Befehl?«

»Schwert heben reicht. Flammen wären schön. Seid kreativ. Und verlasst die Stadt nicht.«

Der Anführer der Ritter sah Brender immer noch argwöhnisch an, hob jedoch das Schwert hoch über den Kopf. Im nächsten Moment erwachte die alte Klinge mit einem scharfen Fauchen zum Leben, als Flammen daraus hervorschossen und den blanken Stahl mit blauem Feuer einhüllten, die in den Windböen hell auflohten. Dann fuhr die Klinge herab.

»Werft sie aus der Stadt!«, brüllte Brender und deutete mit seinem eigenen Schwert auf die Rücken der cortesischen

Söldner, die sich inzwischen vor dem Tor drängten. »Schildbrecher!«

»Schildbrecher!« Die Kriegsknechte um ihn herum nahmen den Ruf auf und stürmten vorwärts, auf die Rücken der cortesischen Söldner zu. Noch ehe jene die neue Front begriffen hatten, waren mehr als zwei Dutzend von ihnen gefallen, der Rest wurde durch das Tor gedrängt. Brender überließ es den Rittern und seinen Männern aufzuräumen. Er hatte die Tür auf der rechten Seite des Torturms entdeckt, hinter der der Aufgang auf die Stadtmauer liegen musste. »Rosskopf, du übernimmst hier! Bleibt in der Stadt!« Der langhaarige Kriegsknecht salutierte mit blutiger Klinge, und Brender stürmte, ohne zu zögern, in den Turm, die schmale Stiege hinauf und hinaus auf den Wehrgang auf der Mauerkrone. Ein veycarischer Söldner stand ihm im Weg. Er machte den Kerl nieder und warf sich in den Rücken der beiden Söldner, die gerade auf den Ritter eindrangen, der mit freiem Oberkörper und zerschlissenen Hosen im Eingang des oberen Torhauses stand. Noch ehe er es verhindern konnte, hatte einer der beiden sein Schwert in Wibalts dicht behaarte Brust gestoßen, doch der bleckte nur die blutigen Zähne und schob sich auf der Klinge vorwärts, bis er sein Messer in den Hals des Cortesers rammen konnte. Brender schlug seine eigene Klinge kurzerhand in den Nacken des zweiten Söldners. Der Ritter grinste Brender an und nickte, bevor er das Schwert aus seinem Körper zog und Blut hustete. Ein Schauer lief über Brenders Rücken. Dort, wo die Klinge soeben den Körper des Ritters verlassen hatte, war nicht die geringste Spur einer Verletzung zu sehen.

Er zog die Brauen hoch. »Nützliches Talent.«

»Beschissen schmerzhaft«, knurrte Wibalt durch noch immer zusammengebissene Zähne. »Aber ja, es rettet Leben.«

Etwas zischte, dann schlug ein Pfeil dicht neben Brenders Kopf in den Türstock. Er fuhr herum, nur um zu sehen, wie der Katzbalger den Bogenschützen niedermachte. Drei weitere Schildbrecher waren ihm zusammen mit Ritter Daryl gefolgt.

»Wibalt! Ich denke, Dolen hat Euch erdolcht!«, rief Daryl gegen den Regensturm an, der jetzt mit Macht über sie hereinbrach.

»Hat er ja auch!« Wibalt lachte, ein tiefes, dröhnendes Geräusch. »Er versucht es immer wieder, ja. Ihr habt unsere Botschaft also bekommen?«

»Was – dass Ihr die Kolnorer hintergehen werdet? Ja, das ist angekommen.« Daryl trat näher und reichte dem Haarigen die Hand. »Aber ein wenig genauer hättet Ihr sein dürfen.«

Wibalt zuckte mit den Schultern. »War in der Eile nicht machbar. Die Säcke haben uns ganz schön überrumpelt. Wäre ja gern eher da gewesen, aber ich musste erst noch eine Weile tot spielen. Und dann den ganzen verdammten Weg zurücklaufen. Ich bin froh, dass ich überhaupt vor denen angekommen bin.«

»Und Dolen?«

Brender räusperte sich. Er starrte nach unten, wo die Letzten der Corteser entweder durch das Tor getrieben oder niedergemacht wurden. »Jetzt wäre eigentlich ein guter Zeitpunkt …«

Wibalt drehte sich um. »Oh … natürlich.« Er verschwand eilig im Durchgang des Torhauses und riss die Axt, die die Torwinde blockierte, aus dem Holz. Rasselnd sauste das eiserne Fallgatter hinab und schlug mit ohrenbetäubendem Dröhnen unten auf. Von unten mischten sich die erschrockenen Rufe der Corteser mit den Jubelschreien der Schildbrecher.

Brender nickte anerkennend. »Ich hatte mich schon gewundert«, sagte er. Jetzt konnte er auch das halbe Dutzend Männer entdecken, das leblos im Inneren des Torhauses lag. Wie es schien, hatte der Ritter beim Versuch, das Tor offen zu halten, alle Hände voll zu tun gehabt.

»Ihr habt ja keine Ahnung«, knurrte Wibalt und rieb sich die Schulter. Sein Schlüsselbein wurde von einer schnell wachsenden Schwellung geziert. »Axt«, erklärte er. »Eisen verletzt mich nicht weiter. Aber so ’n Axtstiel ist aus Holz. Das vergess ich jedes Mal.«

»Was ist mit Dolen?«, fuhr Daryl dazwischen.

Wibalt hob die Schultern. »Hab ihn noch nicht gesehen. Aber dass die Kolnorer immer noch Beruner Rüstungen tragen, war seine Idee. Wir haben kurz gesprochen, als er meine … Leiche entsorgt hat.« Der Haarige zwinkerte. »Er wollte ihnen einreden, dass Berun noch immer die Kontrolle hier hat und keinen Verdacht schöpfen würde, wenn sie mit den Rüstungen Beruns herkämen. Und hat gehofft, dass die cortesischen Bastarde gar nicht begreifen, dass ihre Verbündeten vor dem Tor stehen. Wir haben den Jungen, Cunrat, verjagt. Hatten gehofft, dass er begreift, dass wir ein Spiel spielen, und ihr würdet euch den Rest zusammenreimen.«

Daryl zuckte mit den Schultern. »Er hat’s nicht kapiert«, sagte er. »Aber die Botschaft kam trotzdem an.«

Wibalt nickte. Dann sah er hinaus in den Sturzregen, in dem trotzdem noch himmelhohe Flammen in Orange und Braun über der Stadt wüteten. »Und was habt ihr so getrieben?«

Brender hob seinerseits die Schultern. »Die Huacoun wollen uns ausräuchern. Scheint, dass sie die cortesischen Drecksäcke noch weniger brauchen als wir.«

Wibalt pfiff leise durch die Zähne. »Verworrene Scheiße, das Ganze.«

»Das kannst du laut sagen.«

»Später. Jetzt sollten wir Dolen suchen«, gab der Haarige zurück, »und beenden, was wir angefangen haben.« Er trat auf den Wehrgang hinaus, packte ein in der Dunkelheit kaum sichtbares Seil und schwang sich kurzerhand von der Mauerkrone. Im nächsten Moment war er in der Dunkelheit vor der Stadtmauer verschwunden. Brender verdrehte die Augen, bevor er ihm folgte.

Der Sturzregen hatte die Erde am Fuß der Mauer bereits in knöcheltiefen Morast verwandelt, aber immerhin schützte er sie vor fremden Blicken. Hier außerhalb herrschte unbeschreibliches Chaos. Es war unmöglich zu erkennen, wie viele Männer überhaupt noch standen und wer von ihnen zu welcher Seite gehörte. Was an Cortesern noch übrig war, hatte sich am Fuß der Mauer gesammelt und eine Verteidigungslinie gebildet, in deren Zentrum die verbliebene Huacoun-Hexe und ihre inzwischen nur noch drei Leibwächter standen. Hier war auch das einzige Licht zu finden, denn über der Schulter der Hexe schwebte ein bläulicher Ball aus Flammen, der den zertretenen Morast wenigstens einige Schritte weit beleuchtete und den Söldnern eine Möglichkeit bot zu sehen, wohin sie schlugen. Vor ihnen häufte sich ein regelrechter Wall aus Leichen, doch die Kolnorer stürmten unbeirrt gegen die Verteidiger an, auch wenn ihre Zahl auf wenige Dutzend geschrumpft schien. Vermutlich hatten sie noch gar nicht begriffen, dass die veycarischen Söldner nicht mehr zurückweichen konnten. Der Regen schoss jetzt einem Wasserfall gleich vom Himmel, und nur das unablässige Flackern der Blitze ließ Brender immer wieder einen Blick auf die Männer werfen, die wie im Wahn aufeinander einschlugen, sich im Morast wälzten oder ihren Schmerz in den tobenden Sturm hinausschrien. Jeder Blitz erschuf ein neues, grausiges Gemälde wie direkt aus den Gruben, in die die Reisenden einst die Götter gestoßen haben sollten, absurder noch dadurch, dass hier nur Männer in den Rüstungen Beruner Kriegsknechte gegen andere Männer in Beruner Rüstungen kämpften. Brodelnde Dunkelheit, peitschender Regen und spritzender Schlamm, der Geruch von Erde, zertrampeltem Grün, der Gestank der brennenden Stadt, der Odem von Blut und das beißende Aroma des Gewitters vermengt mit dem Heulen des Sturms, den Schreien der Männer und dem unablässigen Toben des Regens waren mehr als genug, um einen Mann jegliche Orientierung verlieren zu lassen. Brender zögerte instinktiv, doch Wibalt grinste sie durch den Regen wild an. Im Flackern der Blitze wirkte sein bärtiges Gesicht eher wie eine Maske. »Kommt, Daryl, schlagen wir der verdammten Schlange den Kopf ab! Wenn euch hier draußen irgendwelche Ritter über den Weg laufen, die nicht Dolen sind – bringt sie um! Die Bastarde haben den Orden verraten. Es wird Zeit, die Rechnung zu begleichen!«

Er zog eine Handvoll Blaustein aus einer Tasche und warf sie sich in den Mund.

»Was?« Brender starrte ihn an, als er die Kristalle wie Haselnusskerne zerkaute.

Das Grinsen des Ritters wurde breiter. »Das ist das Schöne an diesem Chaos! Einfach drauf! Du kannst nicht den Falschen treffen!« Wibalt salutierte spöttisch und warf sich in das Getümmel.

Brender sah Daryl an.

Daryl zuckte mit den Schultern. »Der Orden hat für viele Leute Verwendung. Auch für solche wie ihn.«

Gemeinsam folgten sie dem Haarigen in das tobende Gemetzel. Immerhin – Wibalt hatte recht. Wer auch immer hier gegen wen kämpfte, sie brauchten sich nicht zurücknehmen, wenn ein neuerlicher Schemen vor ihnen auftauchte. Ein hünenhafter Kolnorer, bei dem nicht einmal Schlamm und Halbdunkel die Herkunft verbergen konnten, stolperte ihnen entgegen. Eine seiner beiden Äxte biss tief in Brenders Schild, und mit einem Ruck riss er die Deckung des Schildbrechers beiseite. Brender zerrte seinen Arm gerade noch rechtzeitig aus dem Schildriemen und ließ sich fallen, bevor die zweite Axt in seine Schulter beißen konnte. Stattdessen setzte der Katzbalger über ihn hinweg, nutzte seinen Rücken als Tritt und rammte dem Krieger sein Schwert ins Gesicht. Wie vom Blitz gefällt brach der Kolnorer zusammen und begrub Brenders Schild unter sich. Fluchend kämpfte sich der Vibel zurück auf die Beine. Er hob die Handaxt auf, die dem Toten entfallen war, und ließ sie einem fremden Söldner in die Seite krachen, ohne stehen zu bleiben. Ein Dutzend Schritte vor ihnen hatte Wibalt die Menschentraube um die Huacoun erreicht. Rücksichtslos hackte er sich durch die veycarischen Söldner, ohne auch nur auf die Klingen zu achten, die immer wieder wirkungslos in seinen Körper stachen. Sein Vormarsch teilte die Masse der Corteser wie ein Felsblock einen Strom, und die Kolnorer nutzten die Gelegenheit, warfen sich in den Keil und erweiterten die Bresche, ohne sich zu fragen, auf wessen Seite der wahnsinnige Halbnackte stand.

Brender und der Katzbalger erreichten die zerfallende Verteidigungslinie der Corteser, und plötzlich fand sich der Vibel vor einem ihm unbekannten Ritter in der Rüstung eines Kommandanten wieder. »Halt! Haltet ein!«

Dem fremden Ritter schien lediglich klar zu sein, dass Brender nicht zu seinen Männern gehörte, und um seine bereits erhobene Hand erschien ein bläuliches Glimmen.

»Ach kommt …« Brender grunzte entnervt, warf sich beiseite, und was immer der Ritter ihm entgegenschleuderte, traf stattdessen einen der Veycari und ließ ihn kreischend zu Boden gehen. Das Schwert des Ritters fuhr herab, doch Brender rollte sich beiseite und hieb dem Mann die Handaxt ins Knie. Die kolnorische Klinge biss tief hinein, und der Ritter brüllte, schwankte und fing sich gerade noch an der Schulter eines der Männer neben ihm. Plötzlich war wie aus dem Nichts Dolen neben dem Kommandanten. Seine Rüstung war wie die aller hier besudelt mit Schlamm und Schlimmerem, und Brender erkannte den Ritter lediglich am schiefen Gesicht, das in diesem Augenblick von flackernden Blitzen beleuchtet wurde. Er starrte auf Brender hinab, und sein Schwert hob sich wie das des Kommandanten. Dann versenkte Dolen die Klinge im Hals des anderen Ritters. Der Kommandant drehte sich ungläubig nach Dolen um, und sein Mund öffnete sich in stummem Protest, bevor sein zerschlagenes Knie unter ihm nachgab und er nach hinten zwischen die Kämpfenden stürzte und unter stampfenden, rutschenden Stiefeln begraben wurde.

»Aber …«

»Der Orden duldet keinen Verrat. Und seine Nützlichkeit war aufgebraucht«, stellte Dolen fest und zerrte den Vibel auf die Füße. »Ihr seid gerade rechtzeitig gekommen«, stellte er dann fest. »Wo stehen eure Männer?«

»Drin.« Brender parierte eine Klinge, die nur zufällig in seine Richtung fuhr, und deutete auf das nahe Tor, hinter dem die Stadt im glutroten Flammenschein lag. »Euer Freund Wibalt hielt es für eine gute Idee, Euch zur Hand zu gehen.«

Dolen sah ihn scharf an. »Wibalt ist hier?«

Brender schwenkte seine ausgestreckte Klinge wortlos in Richtung der Huacoun, wo der Haarige soeben die Leibwächter der Hexe erreichte. Sein nächster Hieb trennte einem der Männer einen Arm ab und fegte ihn beiseite, bevor ein anderer ihm seinen Speer in den Leib stieß. Brender meinte das Lachen Wibalts bis zu ihnen zu hören. Dann jedoch erstarb es. Der Ritter wurde von seinem Schwung noch ein, zwei Schritte vorwärtsgetragen. Er erreichte fast die Hexe, als der zweite der Huacoun ihm ebenfalls den Speer in die Brust rammte. Das bereits erhobene Schwert entfiel seiner plötzlich kraftlosen Hand, und mit einem weiteren Schritt brach er auf die Knie nieder. Noch immer starrte er auf die Speere, deren Knochenklingen tief zwischen seinen Rippen steckten, und seine Hände krampften sich in vergeblicher Mühe um die Schäfte der Waffen, als er nach vorn fiel.

In diesem Augenblick stand Daryl hinter ihm. Im Flackern des Unwetters schienen seine Augen beinahe zu glühen. Von der ausgestreckten Hand des Ritters ging ein gleißendes Flimmern aus, das sich einem Schneesturm gleich über die Huacoun-Hexe legte, noch ehe diese reagieren konnte. Schnee und Eis hüllten die Frau ein und ließen ihre Züge erstarren, noch während die beiden verbliebenen Leibwächter versuchten, ihre Klingen aus Wibalt zu zerren. Daryl trat auf den Rücken des gefallenen Ritters und warf sich vorwärts. Sein Schwert erreichte die Hexe im selben Moment, als einer der Männer seinen Speer endlich befreien konnte und herumschwang. Daryls Schwung genügte. Seine Klinge traf auf den Kopf der Hexe und ließ ihn in einer Wolke von Splittern zerbersten, bevor die Waffe des Huacoun ihn erreicht hatte. Dann krachte der Speer des Huacoun-Kriegers in seinen Brustpanzer und warf ihn zur Seite. Mit einem Aufschrei krachte der Ritter in den Schlamm. Im selben Moment erlosch das Licht der Huacoun im Sturzregen.

Brender seufzte. Dann wischte er sich den Schlamm aus dem Gesicht, hob sein Schwert und nickte Dolen und dem Katzbalger zu. »Lasst uns aufräumen.«

16

Rache ist immer ein guter Grund

Es war kalt. So eisig kalt, dass die Bäume von einer weißen Schicht aus Eis bedeckt waren und ihre Äste unter der schweren Last knirschend zu Boden sanken. Winzige Eiskristalle hatten sich in Danils Bart festgesetzt. Er war in den letzten Wochen zwar dichter geworden, allerdings schützte er wesentlich weniger vor der Kälte als gehofft. Das Schlimmste aber war, dass Danil schon seit längerer Zeit seine Finger und Zehen nicht mehr spüren konnte. Krampfhaft presste er die Hände gegeneinander und hauchte sie an. Er warf einen Seitenblick auf Bogk, der reglos wie eine Statue neben ihm im Schnee hockte. Der Waldmensch schien die Kälte überhaupt nicht zu bemerken. Er hatte noch nicht einmal eine Mütze auf dem rasierten Schädel, obwohl sein Zopf bereits zu einem fingerdicken Eiszapfen gefroren war. Danil hasste ihn dafür. Er schwor sich, den alten Drecksack zu erschlagen, wenn sie noch einen Augenblick länger hier ausharren würden. Er musste nur noch herausbekommen, wie er mit seinen zu Eisklumpen gefrorenen Händen das Schwert ziehen sollte.

Er wandte seine Aufmerksamkeit wieder dem Grund ihrer

Anwesenheit zu. Ein winziger Bauernhof, der ein Stück unterhalb ihres Verstecks an einem zugefrorenen Bachlauf lag. Er bestand aus nicht viel mehr als einem mannshohen Flechtzaun und einem lang gezogenen Holzhaus mit einem Stall und einem winzigen Schweinepferch dahinter. Aus dem strohgedeckten Dach stieg kein Rauch in den Himmel, was darauf schließen ließ, dass der Hof verlassen war. Was sie allerdings misstrauisch gemacht hatte, war der Boden, der rund um den Zaun von unzähligen Stiefeln und Pferdehufen aufgewühlt worden war. Es hatte den Anschein, als wäre der Hof bis vor Kurzem noch der Lagerplatz einer größeren Gruppe von Menschen gewesen, vielleicht sogar einer ganzen Armee. Die Spur folgte dem Bachlauf bis zum Waldrand und verschwand irgendwo weiter westlich zwischen den Bäumen.

Danil musste zugeben, dass das alles schon ziemlich seltsam war. Welches Heer wäre so verrückt, bei diesem furchtbaren Wetter so weit im Norden durch die Wälder zu ziehen? Er warf einen Seitenblick auf Bogk und verbesserte sich. Welches Heer, das nicht aus einer Horde verrückter Waldmenschen bestand, die Tiermasken über ihre Köpfe zogen, sich bevorzugt von Würmern und Maden ernährten und seltsam geformte Steine anbeteten? Er räusperte sich leise. »Wenn du mich fragst, ist dort unten niemand mehr. Sie sind alle fort.«

Bogk nickte, ohne den Blick von dem Hof abzuwenden. »Sie sind schon vor zwei Tagen weitergezogen. Ich musste nur eine Zeit lang nachdenken.«

»Nachdenken?«, stieß Danil krächzend hervor. »Über was denn?«

»Über die Geister des Waldes. Ich frage mich, was passiert, wenn niemand mehr zu ihnen betet. Wird es den Winter noch geben, wenn wir den Eisgeistern keine Opfer mehr bringen?

Oder wird er langsam nachlassen, bis er eines Tages ganz verschwunden ist? Und was ist mit dem Frühjahr? Wer wird im Frühjahr die Bienen neu erschaffen, wenn es die Geister nicht mehr tun?«

»Die Bienen? Du hast die ganze Zeit über Bienen nachgedacht?«

»Und Geister.« Mit nachdenklicher Miene strich sich Bogk über die eingefrorenen Bartzöpfe. Dann griff er nach seiner Axt und richtete sich auf. »Komm. Wir werden heute Nacht dort unten unser Lager aufschlagen. Bei diesem Sauwetter kann ein Dach über dem Kopf nicht schaden.«

Als sie näher kamen, sahen sie, dass das Tor gewaltsam aus den Angeln gebrochen war. Wenige Schritte weiter lag die Leiche eines grobschlächtigen Mannes im Schnee. Sein Körper war von Pfeilen gespickt, und jemand hatte ihm mit einer scharfen Hiebwaffe den Schädel gespalten. Von einer knorrigen Eiche in der Mitte des Hofs baumelten zwei weitere Tote herab. Ein Mann und eine Frau, ebenfalls von Pfeilen gespickt. Es hatte ganz den Anschein, als hätten die Mörder an den beiden noch schnell ihre Zielfertigkeit geübt, ehe sie weitergezogen waren. Vor dem Stall hatten sie einen provisorischen Grill errichtet, über dem auf einem Spieß die gefrorenen Reste eines Ochsen steckten. Ein schwacher Geruch nach Holzkohle und erkalteter Asche lag in der Luft.

Bogk stieß die Haustür auf. Drinnen fanden sie eine Feuerstelle, über der ein zerbeulter Kupferkessel hing. Davor ein zerwühltes Lager aus Fellen und eine Handvoll zerschlagener Truhen. Alles, was auch nur annähernd von Wert gewesen war, hatten die Angreifer mitgenommen. Bogk sammelte die Reste der zertrümmerten Truhen zusammen und stapelte sie in der Feuerstelle zu einem Turm. Dann goss er etwas von seinem Branntwein darüber und entzündete ein Feuer. Innerhalb kürzester Zeit loderten heiße Flammen in die Höhe und vertrieben die Kälte aus dem Raum.

Bogk nahm einen tiefen Schluck aus seinem Branntweinschlauch und reichte ihn Danil, der ihm zuprostete und die feurige Flüssigkeit seinen Rachen hinunterlaufen ließ. Augenblicke später spürte er schon, wie sich eine angenehme Wärme in seinem Magen auszubreiten begann. Eine Weile blickte er nachdenklich in die Flammen. »Ich frage mich, was das für ein Heer war und wo es bei diesem Wetter hinwill. Was liegt in den Wäldern im Westen?«

Bogk zuckte mit den Schultern. »Eine Handvoll Dörfer vielleicht. Ein paar Bauernhöfe.«

»Ein Raubzug? So weit im Norden? Ich würde denken, dass man im Süden bessere Beute findet.«

»Vielleicht haben sie Angst vor eurem Kaiser.«

Danil schnaufte. »So wie ihr, meinst du? Ich habe eher den Verdacht, dass es sich um die Krieger handelt, von denen Gragar Graugans erzählt hatte. Jedenfalls um den Rest, der sich nicht in diesem elenden Tempel selbst umgebracht hat. Wir müssen unbedingt herausfinden, wo sie hinwollen.«

»Der Schneesturm wird ihre Spuren verwischen.«

»Dann müssen wir ihnen so schnell wie möglich folgen.«

Bogk nickte. Er zupfte an seinen dünnen Bartzöpfen und dachte darüber nach. »Du hast recht. Ich werde gleich morgen früh aufbrechen und meine Leute nachholen. Du bleibst so lange hier und beobachtest den Wald.«

Danil warf ihm einen Seitenblick zu. »Mit anderen Worten: Ich bin dir viel zu langsam, und du willst schneller vorankommen.«

»So kann man es auch ausdrücken.«

Danil lehnte sich auf seinen Fellen zurück. Er hätte eigentlich beleidigt sein müssen, aber im Grunde war er einfach nur froh, wenigstens einen Tag lang einmal seine Füße aufwärmen zu können. Er hoffte wirklich, dass seine Zehen noch alle an ihrem angestammten Platz geblieben waren.

Bei Sonnenaufgang brach Bogk auf. Das Wetter war nur ein winziges Stückchen besser geworden. Noch immer fiel der Schnee unablässig vom Himmel, und der Wind pfiff klagend durch jede Ritze in das Haus hinein. Danil blickte dem Waldmenschen von der Tür aus hinterher, bis seine hagere Gestalt vom Schneetreiben verschluckt worden war. Er fachte das Feuer neu an und vertrieb die gröbste Kälte aus dem Raum. Dann schaute er sich noch mal genauer auf dem Hof um.

Der Tote am Tor war bereits vollständig unter einer Decke frisch gefallenen Schnees begraben worden. Genauso wie die Spuren der Mörder, die rund um den Hof gelagert hatten. Nur die beiden Gehängten erinnerten noch daran, was vor Kurzem hier geschehen war. Danil betrachtete eine Weile ihre eingefrorenen Züge. Sie wirkten verhärmt und von einem harten und entbehrungsreichen Leben gezeichnet. Eine alte, wulstige Narbe zog sich über die Stirn des Mannes. Er sah aus, als wäre er spielend leicht mit einem Rudel Wölfe oder vielleicht sogar mit einer ganzen Räuberbande fertiggeworden. Für eine ganze Armee waren aber selbst seine Kräfte nicht ausreichend gewesen. Danil schnitt die beiden vom Baum herunter. Da der Boden zu stark gefroren war, schaufelte er nur ein paar Handvoll Schnee über ihre Leichen und klopfte ihn fest.

Im Stall fand er eine noch einigermaßen brauchbare Axt und steckte sie in den Gürtel. Dann nahm er den Kessel von der Feuerstelle und stapfte hinaus zum Bach. Vorsichtig rutschte er die Uferböschung hinab und prüfte mit dem Stiefel die Festigkeit der Eisschicht. Als er sich einigermaßen sicher war, dass sie sein Gewicht trug, rutschte er bis zur Mitte des Bachs hinaus, stellte den Kessel ab und zog die Axt aus dem Gürtel. Er holte aus und schlug auf das Eis. Das Axtblatt hinterließ eine tiefe Scharte im Eis. Er wartete ab, ob es brach oder irgendwelche verdächtigen Geräusche von sich gab. Als nach einer Weile immer noch nichts Verdächtiges geschah, schlug er kräftiger zu, so lange, bis das Blatt die Eisschicht durchstoßen hatte. Mit einem halben Dutzend weiterer Hiebe schlug er ein Loch in die Fläche, das groß genug für den Kessel war. Er kniete sich hin und fischte die herausgeschlagenen Brocken aus dem Loch. Dann steckte er den Eimer hinein und drückte ihn unter Wasser. Als er vollgelaufen war, zog er ihn wieder heraus und stellte ihn ab.

Er starrte eine Weile auf die dunkle Wasserfläche herab. Das Loch war groß genug, um den Kopf hindurchzustecken. Und er war ja jetzt ein Begabter, oder etwa nicht? Seine Gabe taugte zwar nicht, um das Feuer zu beherrschen oder Gedanken zu lesen, aber sie hatte ihm immerhin schon einmal das Leben gerettet. Er kniete sich vor dem Loch auf das Eis und holte tief Luft. Dann fiel ihm ein, dass er sich das ja jetzt sparen konnte. Er grinste. Dann beugte er sich nach vorn und tauchte mit dem Kopf in das eisige Gewässer. Die Kälte war im ersten Moment wie ein Schock, aber er gewöhnte sich recht schnell daran. Er öffnete die Augen und blickte sich um. Das Wasser war erstaunlich klar. Er konnte beinahe sogar bis zum Grund hinunterschauen. Er sah ein paar Algen, die sich träge in der Strömung bewegten, zwei winzige Fische, die zu schlafen schienen, und ein größeres Ding, das entfernt an einen Krebs erinnerte. Die friedliche Stimmung hatte etwas

Beruhigendes, was ihn beinahe vergessen ließ, dass er keine Luft mehr bekam. Doch nach einer Weile machte sich sein Körper bemerkbar und verlangte nach einem Atemzug. Er unterdrückte den Drang, solange er konnte.

Irgendwann hörte er seinen Herzschlag in den Ohren dröhnen. Sein Brustkorb zog sich krampfhaft zusammen, und seine Sicht verschwamm. Ein Gedanke schoss ihm durch den Kopf. Was, wenn er überhaupt keine Gabe besaß? Was, wenn es irgendetwas anderes gewesen war, das ihm im Norden das Leben gerettet hatte? Vielleicht einer von Bogks Geistern oder ein seltenes Naturphänomen, von dem noch niemand zuvor etwas gehört hatte? Was, wenn er hier jämmerlich ersoff, mit dem Kopf unter Wasser und dem Arsch in die Höhe gestreckt, wie eine Ente beim Fischen? Der Bach würde nach eine Weile wieder um seinen Hals herum zufrieren, und Bogk würde sich vor Lachen bepissen, wenn er irgendwann zurückkehrte und ihn so da knien sah. Panisch riss er den Kopf nach oben und schnappte gierig nach Luft.

Es war wirklich nicht einfach, so eine Gabe zu beherrschen. Vor allem, wenn man erst ertrinken musste, um sie zu entdecken. Ob Henrey Thoren davon gewusst hatte? Er hatte wohl zumindest etwas geahnt, sonst hätte er ihn ja wohl kaum in seine Dienste genommen. Der Puppenspieler hatte noch nie etwas dem Zufall überlassen. Danil griff nach seinen Haaren, die jetzt schon ein ganzes Stück länger waren, als es die Beruner Mode gestattete, wickelte sie um seine Hand und wrang das Wasser heraus. Er hatte sich früher nie Gedanken darüber gemacht, warum der Puppenspieler gerade ihn zum Leibwächter der Kaiserinmutter ernannt hatte. Es gab genügend Männer am Hof, die wesentlich besser fechten konnten als er und die vor allem sehr viel zuverlässiger waren. Jetzt war ihm allerdings klar, warum Thoren ihn trotzdem zu sich geholt hatte. Er konnte sich nicht entscheiden, ob er stolz oder enttäuscht sein sollte. Vermutlich eine Mischung aus beidem.

Seufzend hob er den Kessel und die Axt auf. Der Schneefall hatte ein wenig nachgelassen, und er konnte bis ganz hinauf zu der Hügelkuppe blicken, von der aus sie gestern den Hof beobachtet hatten. Jetzt sah er dort oben die Umrisse eines Pferds. Ein Reiter mit einem schweren Pelzumhang um die Schultern saß hoch aufgerichtet in seinem Sattel. Danil erstarrte und umklammerte den Griff seiner Axt. Der Reiter rührte sich nicht von der Stelle, und nach einer Weile fragte sich Danil, ob er ihn sich nur einbildete. Vielleicht handelte es sich ja nur um einen seltsam geformten Baum oder um einen großen Stein, der ihm zuvor nicht aufgefallen war. Doch als er schon weitergehen wollte, setzte sich das Pferd plötzlich in Bewegung und trabte gemächlich den Hang hinunter auf ihn zu. Am gegenüberliegenden Ufer blieb es stehen, und der Reiter zog die Kapuze vom Kopf.

Der Mann war ein echter Riese. Ein zotteliges Ungetüm, dessen Schädel ähnlich wie der von Bogk bis auf einen Pferdeschwanz kahl rasiert war und dessen schwarzen Bart unzählige dünne Zöpfe zierten, in denen silberne Münzen glitzerten.

Danil kannte die Bedeutung dieser Münzen. Jede von ihnen stand für einen getöteten Feind. »Odoin Nor«, flüsterte er atemlos. Der jüngere Bruder des kolnorischen Botschafters war einer der gefürchtetsten Krieger im gesamten Osten. Es ging das Gerücht, dass er vielleicht sogar der zukünftige Herrscher des Königreichs wäre, nachdem sich die geplante Vermählung von Prinzessin Ejin Rigmar mit Kaiser Edrik als eine Falle für dessen Mutter herausgestellt hatte. Unbehaglich musterte Danil die gewaltige Kriegsaxt, die von seinem Sattel baumelte. Im Stillen verfluchte er sich dafür, dass er sein Schwert im Haus liegen gelassen hatte. Ausgerechnet in diesem Augenblick lag die Klinge aus matt schimmerndem Skellvarstahl, die er Ordensritter Joring abgenommen hatte, unerreichbar fern unter einem Fellhaufen versteckt. Die einzigen Waffen, mit denen er sich verteidigen konnte, waren ein Wassereimer und eine Handaxt, gerade einmal halb so groß wie die seines Gegenübers. Unauffällig schob er sie hinter seinen Rücken.

»Verdammt kalt«, sagte Odoin in seinem schweren, kolnorischen Akzent. Mit gespreizten Fingern strich er sich durch die schwarzen Haare. »Hättest du etwas dagegen, wenn ich mich ein wenig aufwärme?«

»Aufwärmen?« Danil runzelte die Stirn.

»Der Schneesturm.« Odoin nickte zum dunkelgrauen Himmel hinauf. »Es ist nicht besonders schlau, bei diesem Wetter im Freien zu bleiben. Ich würde gern mein Pferd im Stall unterstellen, wenn du es erlaubst. Nur so lange, bis der Schneesturm weitergezogen ist.«

»Oh«, sagte Danil und warf einen irritierten Blick auf den Bauernhof. »Bist du sicher?« Er fragte sich, ob das eine List war oder ob Odoin vielleicht den Verstand verloren hatte. Oder hatte das Kaiserreich etwa schon längst wieder Frieden mit Kolno geschlossen, während sie sich im Norden noch gegenseitig die Köpfe einschlugen? Diese Entwicklung hätte nicht einer gewissen Ironie entbehrt, aber sie war nicht besonders realistisch. Es musste sich um etwas anderes handeln. Um Zeit zum Nachdenken zu gewinnen, stellte er den Kessel ab und kratzte sich am Bart. »Schneesturm, was?«

Odoin lachte. »Für euch hier oben in den Wäldern handelt es sich vermutlich nur um einen lauen Herbstabend, aber unsere Pferde sind diese Kälte nicht gewohnt. Ich will nur diese Nacht in deinem Hof verbringen. Morgen früh ziehe ich weiter.«

»Hm«, machte Danil. Langsam dämmerte ihm, was hier vor sich ging. Er trug weder eine Rüstung noch irgendwelche anderen Zeichen, die ihn als Schwertträger des Kaisers verrieten. Odoin hätte ihn vielleicht an seinem Gesicht wiedererkennen können, aber mit seinem zotteligen Bart und den langen Haaren hatte er inzwischen weit mehr Ähnlichkeiten mit Bogk als mit einem berunischen Adligen. Er ließ den Blick über den Waldrand schweifen. Er hoffte, dass der alte Waldmensch irgendwo da draußen lauerte und sie beobachtete. Vielleicht gelang es Danil ja, den Kolnorer lange genug in Sicherheit zu wiegen, bis sie ihn gemeinsam erledigen konnten. Er machte eine entschuldigende Geste in Richtung des zerstörten Tors. »Ich kann dir nicht viel mehr als ein Dach über dem Kopf anbieten.« Er gab seiner Stimme einen dümmlichen Klang, in der Hoffnung, dass Odoin ihn für einen einfältigen Bauern hielt. »Wurde nämlich ausgeplündert. Die haben, ohne zu fragen, das Tor eingeschlagen und meinen Knecht ermordet, diese Hundesöhne. Und dann haben sie meine Tiere gestohlen und mir kaum mehr übrig gelassen als mein nacktes Leben.«

»Wer?«, fragte Odoin. »Berunische Söldner?«

»Hm«, machte Danil und kratzte sich am Bart.

Odoin nickte. »Kaiser Edrik hat dem Großherzog von Lytton den Krieg erklärt. Ich habe gehört, dass er die Ordensritter auf eine Strafexpedition ausgeschickt hat.«

»So ein Hundesohn.« Danil blies die Backen auf. »Ich habe noch nie viel von ihm gehalten. Vom Kaiser, meine ich. Sitzt da unten im warmen Süden und amüsiert sich, während wir uns hier oben im Norden für ihn den Buckel krumm schuften. Da kann man schon verstehen, wenn mein Herr ihm Widerstand leistet. Außerdem haben wir viel mehr Gemeinsamkeiten mit Kolno als mit diesen verweichlichten Südländern. Nicht wahr?«

Odoin zuckte mit den mächtigen Schultern. »Kolno befindet sich ebenfalls im Krieg mit dem Kaiserreich.«

»Hm«, machte Danil und zwang sich zu einem Lächeln.

Das Feuer war beinahe vollständig heruntergebrannt. Danil warf zwei Holzscheite nach und blies in die Glut. Dann goss er den Inhalt des Eimers in den Kupferkessel und schnitt mit seinem Messer eine Handvoll Wurzeln und Rüben klein. Odoin ließ sich auf der anderen Seite der Feuerstelle nieder und legte die Axt quer über seine Oberschenkel ab. Als er mit einer unbeholfenen Bewegung seinen Umhang von den Schultern zog, stellte Danil überrascht fest, dass sein linker Ärmel leer war. »Was ist passiert?«, fragte er mit Blick auf die fehlende Hand. »Eine Kriegsverletzung?«

Odoin sah an sich hinunter. Ein Zucken lief über sein Gesicht, und seine Hand krampfte sich auf dem Griff der Axt zusammen.

»Wollte nicht unhöflich sein«, sagte Danil schnell. Vorsichtig reichte er ihm eine Schale Suppe und setzte sich im Schneidersitz auf den Boden. Schweigend löffelten sie ihr Essen. Die einzigen anderen Geräusche im Raum waren das Knacken der brennenden Äste und der Wind, der durch die Ritzen in der Hauswand pfiff.

Danil warf einen nervösen Blick zur Tür. Er fragte sich, wo Bogk so lange blieb. Hoffentlich würde er das Pferd ihres Gasts entdecken und die richtigen Schlüsse daraus ziehen. Unauffällig tastete er unter den Fellen nach dem Griff seines Schwerts. Er war sich nicht sicher, ob er den Kolnorer allein besiegen konnte. Vielleicht wenn es ihm gelang, ihn zu überraschen. Doch dazu musste er verdammt schnell sein. Odoin besaß zwar nur noch eine Hand, aber ein Zweikampf war auch so noch ein hohes Risiko. Nicht umsonst galt er als einer der gefürchtetsten Krieger des Königsreichs. Danil verspürte keine große Lust, sich von ihm ein Loch in den Schädel schlagen zu lassen.

Er musterte den schweigsamen Kolnorer über die Flammen des Feuers hinweg. Er wirkte ruhig und gelassen. Nicht wie ein Mann, den der Krieg zum Krüppel gemacht hatte, sondern wie jemand, der sich seiner Stärke bewusst war. Sicherlich war es das Beste, sich zu gedulden. Abzuwarten, bis sich der richtige Zeitpunkt bot. Irgendwann würde den Kolnorer schon der Schlaf übermannen, oder Bogk kehrte zurück, und die Waldmenschen machten dem ganzen Spuk ein Ende. Er zog die Decke zu sich heran und schlang sie fest um seine Schultern. Dann schob er unter den Fellen noch einmal den Griff seines Schwerts zurecht und machte es sich halbwegs im Sitzen gemütlich. Er nahm einen kräftigen Schluck aus der Branntweinflasche und richtete sich auf eine lange Zeit des Wartens ein.

Mit einem Schrei schrak er aus dem Schlaf. Er warf sich herum und sah Odoin mit der Axt in der Hand auf der anderen Seite des Feuers stehen. Seine Hand fuhr nach unten zwischen die Felle und riss Jorings Schwert aus der Scheide. Ohne nachzudenken, riss er es nach oben, und die Klinge klirrte funkenschlagend gegen Odoins Axtblatt. Leichtfüßig wich der Kolnorer nach links aus. Danil sprang hinterher und wäre beinahe über die Felle gestolpert, die sich um seine Füße gewickelt hatten. Er schlug eine hastige Finte, um sich Zeit zu verschaffen, und wich zurück, bis das Feuer wieder zwischen ihnen war. Während er das Schwert mit beiden Händen packte, überlegte er seine nächsten Schritte.

»Ich habe euch beobachtet«, sagte Odoin, während er sich langsam zur Seite bewegte. »Zuerst hielt ich euch für Fallensteller oder Händler aus Dresna. Aber irgendetwas kam mir seltsam an euch beiden vor. Ich wollte herausfinden, was euch hierhergeführt hat, wer ihr seid. Jetzt weiß ich es.«

»Was weißt du?«

»Wir sind uns im Kaiserpalast begegnet, nicht wahr? Du bist einer von Henrey Thorens Männern.« Odoin tippte mit dem Axtblatt gegen seine Schläfe. »Weißt du, woher ich das weiß? Ich vergesse nie ein Gesicht, selbst wenn es von einem Bart verdeckt wird.«

Danil schnaufte. »Dein Gesicht vergisst man auch nicht so schnell, Odoin Nor. Selbst wenn man es versucht.«

Odoin grinste. »Wie ist dein Name?«

»Danil ad Corbec. Ich bin ein Schwertmann des Kaisers.«

Odoin nickte. Er hob den Armstumpf. »Du wolltest wissen, wie das hier passiert ist, nicht wahr?«

»Das ist jetzt vielleicht nicht der geeignete Augenblick …«

Odoin zuckte mit den Schultern. »Wir können natürlich noch ein paar Stunden um das Feuer herumspringen, aber auf Dauer ermüdet das nur.« Er wies mit der Axt auf die Felle zu Danils Füßen und ließ sich im Schneidersitz auf dem Boden nieder. »Wenn ich gewollt hätte, dann wärst du ohnehin schon längst tot. Du hast einen ziemlich tiefen Schlaf.«

»Und was wolltest du dann mit der Axt?«

»Ich habe ihn aufgeschreckt«, ertönte eine Stimme hinter seinem Rücken.

»Ah!« Danil wirbelte herum und wäre beinahe zum zweiten Mal über die Felle gestolpert. Keine zwei Schritte hinter ihm stand Bogk. Sein Gesicht war so ausdruckslos wie immer, aber Danil hatte den Eindruck, dass seine Augen amüsiert aufblitzten. »Verdammt noch mal«, schimpfte er lautstark. »Schleich dich nicht dauernd so an mich heran!«

»Jeder Ochse könnte sich unbemerkt an dich heranschleichen. Du hast wirklich einen verdammt tiefen Schlaf.« Seelenruhig spazierte Bogk an ihm vorbei und beugte sich schnüffelnd über den Kessel. »Wurzeln und Rüben. Großartig! Es gibt kaum etwas Besseres, wenn man kurz vor dem Verhungern steht und kein Fleisch zur Verfügung hat.« Er füllte sich eine Schüssel und hockte sich dem Kolnorer gegenüber auf den Boden. Den Mund voller Suppe, lehnte er sich zu ihm hinüber. »Ein wärmendes Lagerfeuer, ein schmackhaftes Essen mit Freunden und alte Kriegsgeschichten. Die Geister haben mich heute wirklich reich beschenkt.«

»Warst du in Confinos dabei?«

»Der Überfall auf die Kaiserinmutter? Ich ... ich habe davon gehört.« Danil konnte sich noch immer nicht an den Gedanken gewöhnen, mit einem verrückten Waldmenschen und seinem größten Feind gemeinsam an einem Lagerfeuer zu sitzen und dabei friedlich Rübensuppe zu schlürfen. Doch offenbar schien das für die beiden anderen die gewöhnlichste Sache der Welt zu sein. Also ergab er sich schließlich in sein Schicksal und hörte dem Kolnorer wohl oder übel zu.

»Wir stießen dort auf das Mädchen, das im Thronsaal neben dir stand«, sagte Odoin.

»Sara?«

»Die Gesegnete, ja. Sie kam in Begleitung eines Gepanzerten, der noch ein ganzes Stück größer war als ich. Wir haben miteinander gekämpft, und ich habe verloren. Er war es, der meinen Arm zertrümmert hat.«

Danil nickte. »Das kann nur Flüster gewesen sein. Der Mann weiß ganz genau, wo es am meisten wehtut.«

»Für einen Krieger ist es keine Schande, in einem ehrenhaften Kampf zu sterben. Ich hatte mein Schicksal akzeptiert.«

»Aber er hat dich verschont, wie ich sehe.«

»Nein.« Ein Schatten huschte über Odoins breites Gesicht. »Prinzessin Ejin hat ihn erstochen, ehe er mir den Kopf abschlagen konnte.«

»Flüster ist tot?« Danil riss die Augen auf. Er konnte sich beim besten Willen nicht vorstellen, dass der stille Riese nicht mehr am Leben war. Es war einfach unvorstellbar. Genauso unvorstellbar wie der Gedanke, der sich ihm schon im selben Augenblick aufdrängte. Beinahe fürchtete er sich davor, die nächste Frage zu stellen. »Was … was ist mit Sara?«

Odoin schnaufte. »Verwundet. Aber am Leben. Jedenfalls war sie es noch, als wir abzogen. Ejin hatte sie am Leben gelassen, um mich zu retten.«

Danil atmete erleichtert auf. »Was für ein Glück für uns beide. Frauen können sehr zielstrebig sein, wenn es um die Liebe geht.«

»Liebe?« Odoin stieß ein trockenes Lachen aus. »Sie war wütend. Wütend auf mich, weil ich verloren hatte, und wütend auf Flüster, weil er ihr … ihr Spielzeug zerstört hatte.«

»Sie hat dich ihr Spielzeug genannt?«

»Für Ejin ist alles nur ein Spiel. Solange es noch neu und aufregend ist, hat sie Freude daran. Doch wenn es ihr irgendwann zuwider wird, dann lässt sie es genauso schnell wieder fallen.« Erneut hob Odoin den Armstumpf. Er zuckte mit den

Schultern. Es war eine traurige Geste, die nicht so recht zu dem riesigen Mann zu passen schien. »Sie hat mich fallen gelassen wie eine heiße Kartoffel. In ihren Augen bin ich Abfall. Nutzlos und nur noch im Weg. Sie hat mich hier bei den Alten und Krüppeln zurückgelassen. Sie wollte mich bei ihrem Kriegszug nicht dabeihaben, weil sie meinen Anblick nicht mehr ertragen hätte.« Eine Weile starrte er schweigend in die Flammen, ehe er fortfuhr. »Wir waren einmal wie Frorn und Iddis. Sie listig und verschlagen, ich kampfesmutig und stark. Wir schienen von Anfang an füreinander bestimmt zu sein, so als hätten die Götter uns eigenhändig auserkoren. Jedenfalls hatte ich mir das damals eingebildet. Für mich gab es nichts anderes auf der Welt als ihren schlanken Körper und ihre leuchtenden Augen. Das war für mich genug, um glücklich zu sein. Mir war nicht klar gewesen, dass sie die ganze Zeit ganz andere Träume hatte. Und zur Erfüllung dieser Träume macht sie vor nichts und niemandem Halt.«

»Der Angriff auf Confinos war also gar nicht Theoders Idee?«

Odoin lachte traurig. »Sie hat den alten Narren genauso um ihren Finger gewickelt wie mich. Sie hat ihm den Floh ins Ohr gesetzt, den Glanz des alten Königreichs wieder zum Leben zu erwecken. Vielleicht eines Tages sogar Kaiser von Berun zu werden. Herr über die halbe Welt. Wer würde das nicht wollen?«

»Ich hätte kein Interesse daran«, sagte Danil. »Das wäre mir viel zu viel Verantwortung und nicht halb so viel Spaß, wie du glaubst.«

»Niemand kann die Vergangenheit zurückholen«, grunzte Bogk zwischen zwei Löffeln Suppe. »Selbst wenn es Theoder gelingen sollte, Beruns Mauern zu überwinden, dann wird er niemals das Kaiserreich in seine Gewalt bringen. Die Fürsten würden es nicht zulassen. Sie würden sich zusammenrotten und ihn wieder zurück in die Ödnis treiben, aus der er herausgekrochen ist.«

»Außer er verfügt über eine Macht, die es mit allen auf einmal aufnehmen kann.«

»Die gibt es nicht.«

Odoin verzog das Gesicht und spuckte ins Feuer. »Ihr versteht noch immer nicht, was ich euch sagen will. Zur Erreichung ihrer Träume schreckt Ejin vor keinem Mittel zurück. Egal, was es kostet. Ihr war von Anfang an klar, dass Kolno es niemals allein schaffen würde, Berun zu erobern. Sie hat etwas getan, vor dem jeder andere Mensch zurückschrecken würde. Sie ist bis ganz hinunter in den Süden gereist, und sie ist einen Pakt mit dem Bösen eingegangen, mit dem Peynamoun.«

»Das Peynamoun?« Danil starrte ihn sprachlos an. Er wusste, dass die meisten Kolnorer ziemlich verrückt waren, aber das ging über alles hinaus, was er sich vorstellen konnte. Ein Pakt mit den Fischmenschen war völliger Wahnsinn. Wenn das wirklich stimmte, dann war die Gefahr noch viel größer, als er angenommen hatte. »Wir müssen sofort nach Süden aufbrechen. Wir müssen den Kaiser warnen!«

Odoin schüttelte den Kopf. »Es ist zu spät. Sie hat den Huacoun bereits ein Opfer gebracht. Sie haben einen Zauber gewoben, der unsere Heere auf geheimem Weg nach Berun gebracht hat. Ein Tor, das mitten hinein in das Herz der Kaiserstadt führt, wo keine Mauern sie mehr aufhalten können. In diesem Augenblick haben sie vermutlich schon die Festung erobert, und wahrscheinlich ist auch euer Kaiser bereits tot.«

»Unmöglich!« Danil sprang auf. Er ballte die Hände zu

Fäusten und funkelte Odoin zornig an. »Du lügst. Sag, dass das nicht stimmt!«

Odoin hob seinen Armstumpf. »Ein Mann in meiner Lage hat keinen Grund mehr zu lügen. Alles, was ich gesagt habe, entspricht der Wahrheit. Ejin kennt keine Skrupel mehr. Sie hat den Huacoun unzählige Menschenleben geopfert, nur um dieses Tor zu öffnen. Sie hatte zunächst sogar den falschen Ort gewählt, aber es war ihr egal. Sie hat einfach noch einmal von vorn angefangen ...«

»Du hast die Menschenopfer doch gesehen«, murmelte Bogk. »Auf dem Berg der Götter. Die Geister wollten uns warnen, aber wir haben es nicht verstanden.«

Sprachlos starrte Danil ihn an. Er erinnerte sich an die Schlacht, als wäre es gestern gewesen. An den Angriff, das Rennen und an das Pfeifen der Pfeile, die um seinen Kopf herumgeschwirrt waren. An die nackte Angst. Den kurzen Rausch des Kampfs, und dann an das Entsetzen, als sie die Tore des Tempels aufgebrochen hatten. Dutzende, vielleicht sogar Hunderte Tote lagen ausgestreckt in der düsteren Halle. Alle mit durchschnittener Kehle, wie Vieh auf der Schlachtbank. Der Gestank war beinahe unerträglich gewesen. Allein bei dem Gedanken daran schüttelte es ihn erneut. All diese Menschen waren für nichts und für wieder nichts gestorben. Einfach nur, weil es der falsche Ort gewesen war. Das Kaiserreich kannte eine Menge Grausamkeiten, aber ein so sinnloses Morden hätte selbst Ordensfürst Cajetan ad Hedin niemals zugelassen. Danil versuchte, sich an das Porträt der Prinzessin zu erinnern, das Odoin und sein Bruder damals an den Kaiserhof mitgebracht hatten. Eine zarte, blonde Gestalt mit hohen Wangenknochen und einem gelangweilten Blick, wie er den Töchtern des Hochadels häufig zu eigen war. Kaum vorstellbar, dass dieses sanfte Geschöpf zu solchen Gräueltaten fähig war. Seine Schultern sackten nach unten. Kraftlos ließ er sich zurück auf die Felle sinken und verbarg das Gesicht unter den Händen. »Wir können nichts mehr tun. Nicht einmal die Reisenden können uns jetzt noch helfen.«

»Aber ich kann es tun.« Odoin blickte in die Runde. »Ich kann euch vielleicht noch helfen.«

»Du?« Danil sah ihn überrascht an.

»Ich kenne den Weg, den sie genommen haben. Das Tor. Ein Tor aus reinster Hexerei.« Odoins Blick war starr auf die zuckenden Flammen gerichtet. »Groß genug, um eine ganze Armee hindurchmarschieren zu lassen. Groß genug, um an ihrem anderen Ende mitten in Berun wieder herauszukommen.«

»An einem Stück?« Danil hatte immer noch die unzähligen Toten vom Berg der Götter vor Augen.

»Es ist gefährlich. Aber einen schnelleren Weg werdet ihr niemals finden. Sie werden nicht erwarten, dass ihnen jemand in den Rücken fällt. Ihr werdet sie überrumpeln, so wie sie den Kaiser überrumpelt haben.«

»Du meinst, wir sollen ihnen durch das Tor hindurch folgen?« Danils Blick wanderte zu Bogk. Er wusste beim besten Willen nicht, was er von der ganzen Sache halten sollte. Das hörte sich alles furchtbar verrückt an, wenn es nicht sogar eine Falle war. Falls Odoin allerdings die Wahrheit sagte, war es vielleicht ihre einzige Möglichkeit, noch rechtzeitig eingreifen zu können. Er kniff die Augen zu Schlitzen zusammen. »Warum erzählst du uns das alles? Was hast du davon, uns zu helfen?«

»Rache«, sagte Odoin schlicht.

Eine Zeit lang sprach keiner ein Wort. Gedankenverloren starrte Danil in die Flammen, während er in seinem Kopf das

Für und Wider abwog. Wie sehr konnte er diesem Mann vertrauen? War Odoin wirklich verzweifelt oder zornig genug, um seinen eigenen König zu verraten? Er beugte sich zu Bogk hinüber. »Es klingt verrückt, nicht wahr?«

»Völlig verrückt«, sagte Bogk. »Und genau deshalb gefällt mir die Idee.«

»Wenn er uns aber hereinlegen will?«

»Dann werden uns die Geister schon rechtzeitig warnen.«

»So wie sie dich vor Ordensritter Jorings Verrat gewarnt haben?«

»Ich stehe hier«, sagte Bogk und klopfte sich mit der flachen Hand auf die Brust. »Joring liegt dagegen auf dem Grund eines Bergsees. Die Geister sind uns beiden gewogen. Außerdem handelt Odoin aus Rache. Rache ist immer ein guter Grund.«

Danil seufzte. Was das anging, war er sich nicht ganz so sicher. Rache war der Grund, warum er Cajetan ad Hedin angegriffen hatte und zur Strafe jetzt hier draußen in der Wildnis hockte. Rache sorgte meistens nur dafür, dass Menschen gewaltige Dummheiten begingen. Man konnte solchen Menschen nicht vertrauen, das wusste er am besten. Er warf einen Seitenblick auf den Kolnorer, der wie ein leibhaftiger Rachegott vor dem Feuer hockte. Ein Mann, dem nicht nur die Hand genommen worden war, sondern auch die Zukunft, und vor allem seine Ehre. Ein Mann, der so voller Rachsucht steckte, dass er seinen eigenen König verriet. Vielleicht aber auch nur ein hinterhältiger Drecksack, der sie, ohne zu zögern, in seine ausgestreckte Klinge laufen ließ. »Ich traue ihm nicht. Diese Sache bereitet mir ganz gewaltige Bauchschmerzen.«

»Das sind die Rüben«, sagte Bogk. »Nimm noch einen Schluck von dem Branntwein. Das löst die Krämpfe.«

17

Segel

»Wisst ihr«, sagte Ness gut gelaunt und deutete mit seinem Messer auf den hakennasigen Mann, der im Bug des schlanken Fischerboots saß wie eine übergroße, missmutige Krähe, »Messer ist gar nicht so schlimm, wie er aussieht. Zugegeben, er sieht scheiße aus, aber lasst euch nicht täuschen. Er hat ein Herz aus Gold.«

Der untersetzte Fischer an der Ruderpinne des Seglers starrte den kleinen Kriegsknecht düster an. »Du willst damit sagen, dass er uns nicht abstechen würde, wie er gesagt hat?«

Ness rieb sich nachdenklich über die narbige Glatze. »Nein, Freund Amad«, gab er dann zögerlich zu. »Das nicht. Das wäre nicht ganz richtig. Um ehrlich zu sein«, er senkte verschwörerisch die Stimme, »ich bin mir nicht einmal sicher, dass er überhaupt ein Herz hat. Nein, er sticht euch, ohne zu zögern, ab, wenn ihr versucht, ihn zu hintergehen. Da hat der Mann Prinzipien.«

Der andere der Fischer, ein hagerer Typ namens Kumaj, dessen linke Gesichtshälfte aussah, als hätte er bereits einmal auf einem Seeigel geschlafen, spuckte zornig über Bord. Der kleine Kriegsknecht schien es nicht zu bemerken. Er hatte seine gute Laune bereits wiedergefunden. »Nein, Meister Messer ist ein Mann von Ehre. Das heißt auch, dass euch die drei Goldlöwen pro Nase sicher sind, wenn ihr uns wohlbehalten in Berun abliefert. Und im Gegensatz zu anderen Leuten wird er sich nicht drücken, indem er euch die Nasen abschneidet.« Er zwinkerte, schnitt sich ein weiteres Stück von seiner Rolle fermentierter Sumya-Blätter ab und schob es sich zwischen die Zähne. »Schafft ihr es, weniger als zwei weitere Tage zu brauchen, lässt sich sicherlich noch etwas drauflegen.«

Amad kniff die Lippen zusammen. »Euch eher von Bord zu haben, das allein ist den Versuch fast wert«, knurrte er dann. »Wenn du mich jetzt in Ruhe lassen könntest, Kriegsknecht. Ich habe ein Boot zu führen. Es wird bald ungemütlich werden.« Er deutete über seine Schulter nach Süden, wo sich am Horizont die Wolken eines weiteren Unwetters aufzutürmen begannen.

Ness zuckte gleichmütig mit den Schultern und schlenderte am zweiten von Amads Männern vorbei zum Bug des Gefährts. Es war etwas mehr als zwölf Tage her, dass Messer und Ness den verborgenen Hafen an der Flussmündung des Gunboru erreicht hatten. Sie hatten sich nach dem Kampf in der Blausteinhöhle von den Rittern getrennt, nachdem klar geworden war, dass Tiburone ein gefährlicher Umweg gewesen wäre. Überdies war nicht sicher gewesen, ob sie dort überhaupt ein Boot gefunden hätten, das sie und ihre Nachricht nach Berun bringen würde. Und ihnen allen war klar, dass es wenig Vordringlicheres gab, als Berun über die Invasion der Hexerschiffe zu informieren. Also hatten sie sich von Xari den Weg zum verborgenen Fischerhafen weisen lassen und sich den Kapitän des ersten halbwegs seetüchtig wirkenden Seglers geschnappt. Eine Mischung aus Drohungen von Messers Seite und einem prall gefüllten Münzbeutel in Ness' Gürtel hatten schließlich zu einer Art Einigung geführt und ihnen eine Überfahrt nach Berun gesichert.

Das Boot war eines der typischen macoubanischen Fischerboote: Grundsätzlich lang gezogen und mit nur geringem Tiefgang, hatte es nichtsdestotrotz eine breite Mitte, die genügend Platz für eine große Ladung Fisch bot. Ein schmaler Ausleger kompensierte den fehlenden Tiefgang etwas, wodurch das Boot sowohl in die flachen Riffgewässer vor der macoubanischen Küste segeln konnte, als auch wagen durfte, in die etwas rauere See außerhalb der geschützten Riffe vorzudringen. Ein einzelner Mast bot Halt für ein einziges Dreieckssegel, sodass das Boot – so wie jetzt – bei günstigem Wind pfeilschnell über das Wasser treiben konnte. Im hinteren Teil des Boots, direkt vor dem Ruder, gab es ein kleines Zelt, Paaram, das nicht nur die Feuerstelle barg, sondern der dreiköpfigen Besatzung bei schlechterem Wetter einen zumindest ansatzweise trockenen Schlafplatz bot. Doch wenn Ness und Messer auch eine nicht unbeträchtliche Anzahlung geleistet hatten, machten die drei Metis keine Anstalten, ihnen Platz in ihrem Zelt zu überlassen. Sie überließen ihnen auch den Raum direkt unter dem Mast nicht. Der war reserviert für Dinge, die irgendetwas mit dem lokalen Aberglauben der Metis zu tun hatten. Mit der See, mit den Huacoun, mit Drachen, mit Blaustein und, wenn Ness das anhand der kleinen, festgebundenen Figur richtig deutete, nackten Frauen. Wobei speziell Letzteres bei Männern, die zur See fuhren, nur natürlich war. Die See mochte eine feuchte Braut für den Seemann sein; ein Ersatz für die Arme – und andere Körperregionen – einer echten Frau war sie nicht. Alles in allem erinnerte der liebevoll improvisierte

Schrein am Mast an die ganz ähnlichen, die die Seemänner des Dorfs, in dem er geboren war, auf ihren Booten errichteten. Im Norden war es Manar, der die Männer der See beschützte, hier im Süden war es Duambe oder wie immer er hieß.

Ness' Gedankengang geriet ins Stocken.

Die Geschichten von Manar, mit denen er aufgewachsen war, dort oben an der felsigen Küste der Manarischen See, erzählten stets von den betörenden Meerfrauen Manars, so unwiderstehlich, dass sie so manchen Seemann vom Kurs abbrachten und in ihr nasses Bett zogen, wo er für immer seine Liebe an Land vergaß und nie zurückkehrte. Ein Schauer zog über Ness' Rücken, als er an die Huacoun dachte. Die feuchten Träume seiner Jugend rochen plötzlich ausgesprochen nach Fisch. Altem, totem Fisch. Mit scharfen Zähnen und Augen, die in der Tiefe leuchteten. Er löste die Feldflasche von seinem Gürtel, nippte und schüttelte sich. Auf einmal ergab es Sinn, dass Manar sich den Reisenden als Führer angeboten hatte. Der ... Ness zögerte tatsächlich einen winzigen Moment, das Wort »Gott« zu denken. So weit war es also schon gekommen. Vielleicht diente er wirklich schon zu lange in den Truppen Beruns.

Der Gott der Manarischen See musste in fast allen Geschichten seinen Einfallsreichtum unter Beweis stellen, um die Seeleute seines Volks, die Männer von Skellvar und die von Dumrese, heil und oft genug mit reicher Beute nach Hause zu bringen. Manchmal war es rohe Gewalt, die ihn ans Ziel brachte, meist jedoch Witz, Verstand und List, die ihn ein ums andere Mal gegen die Kreaturen der See siegen ließen. Ness hatte noch nie über das Gesamtbild nachgedacht, das sich ergab, wenn man alle Geschichten betrachtete und dabei die Huacoun vor Augen hatte: Als die Reisenden kamen, fand

Manar endlich einen Weg, die Herrschaft über die See zu erhalten. Es hieß, er habe die Reisenden über das Meer nach Lytton gelotst und ihnen den Weg zu den Göttern gezeigt. Aber was wusste Manar schon von den Göttern? Das, was er in- und auswendig kannte, waren die Meerfrauen und ihr Volk. War es das, wohin er die Reisenden geleitet hatte? Hatte er, wie eine Legende Skellvars berichtete, Takhasa tatsächlich sein Schwert überlassen? Ness rieb sich erneut den Schädel. Warum? Die Geschichtenerzähler sprachen davon, dass er die Waffe an Takhasa verliehen und jener Manar hintergangen und die Waffe für sich behalten hatte. Aber was, wenn Manar die Waffe stattdessen verschenkt hatte? Als Bezahlung, um sich so die Hilfe der Reisenden gegen die Huacoun zu sichern? Jene Klinge, die der Sage nach im Feuer des Blausteins brannte und auch unter Wasser nicht verlosch, mochte ein angemessener Preis sein, so viel war mal sicher, und tatsächlich endeten mit jener Geschichte die Sagen um den Streit Manars mit den Wasserfrauen. Die letzte Sage des Zyklus sprach davon, dass die Wasserfrauen sich aus Zorn über den Verlust ihres Geschenks nach Norden zurückgezogen hatten, um Manar und sein Volk für immer ihrer Gnade und Schönheit zu berauben. Aber was, wenn sie stattdessen vertrieben worden wären? Ness dachte an die Huacoun, die ihnen damals im Winter von Dresna im Norden den Hintern versohlt hatten. Wenn jene am Ende die Wassermenschen der Legenden waren, dann war es nicht Strafe, sondern Segen, dass Manar sie – womit auch immer – vertrieben hatte. Und dann waren der listige Meeresgott des Nordens und Duambe hier im Süden gar nicht so unterschiedlich.

Nachdenklich betrachtete Ness den kleinen Schrein. Vielleicht brauchte man einen Gott, wenn man auf diesen Wassern fuhr, egal, ob im Norden oder hier im Süden. Vermutlich war es gut, dass jemand die Götter an Land beseitigt hatte, doch hier auf den Wellen, unter denen noch immer die Huacoun leben mochten, waren sie womöglich immer noch nützlich. Die Ritter des Flammenschwertordens sahen das sicherlich anders, doch Ness war lange genug Kriegsknecht, um der Ansicht zu sein, dass man Rückendeckung annehmen sollte, wo man sie fand. War man anderer Meinung, wurde man in der Regel kein alter Kriegsknecht.

Er schlug unauffällig das Zeichen Manars über den Schrein und balancierte vorsichtig weiter nach vorn.

Mit dem Heck des Boots, das nicht zu ihrer Verfügung stand, war ihnen nur das vordere Drittel geblieben; zum einen der Fangtrog, der fast den größten Teil des restlichen Boots ausmachte, und dazu der schmale Raum auf dem Boden des Schiffsbugs. Letzteren hatte Messer für sich beansprucht, sobald sie das Boot betreten hatten, und Ness wusste es besser, als sich mit dem vogelhaften Mann zu streiten. Messer mochte ein dürrer, hässlicher Kerl sein, den die meisten Kriegsknechte unterschätzten, doch Ness wusste, dass das lediglich genau der Eindruck war, den Messer hervorrufen wollte. Falls es ihm überhaupt wichtig war. Ness war sich da nicht sicher. Er lehnte sich an den Mast und betrachtete den Vogelmann. Messer war lang, lief jedoch meist gebeugt und trug grundsätzlich einen weiten schwarzen Mantel, der an ihm wie das gestohlene Gefieder eines Aasvogels wirkte, ein Eindruck, der durch die große, scharf geschnittene Nase, die zwischen fettigen Haarsträhnen hervorragte, auf geradezu unheimliche Weise verstärkt wurde. Aber es war nicht das Aussehen, das Ness erschauern ließ, sondern die Art, mit der Messer seine Messer schärfte. Mit langen, gleichmäßigen Zügen schliff der Vogelmann eine Klinge nach der nächsten, einen Satz Messer, der ausreichen würde, um eine halbe Kompanie auszustatten, jedes scharf genug, um einen Arm abzutrennen.

Letzteres war bei Messer immer im Rahmen der Möglichkeiten. Der ehemalige Feldscher setzte seine Erfahrung in dieser Hinsicht inzwischen für … endgültigere Zwecke ein. Im Moment im Auftrag des Flammenschwertordens, wenn Ness richtig gefolgert hatte. Aber auch das war nicht sicher. Fest stand nur, dass Messer ausschließlich gegen Bezahlung arbeitete. Der Mann hatte nicht mehr viele Prinzipien, aber das zumindest gehörte dazu.

Als hätte er bemerkt, dass Ness ihn ansah, hob der Vogelmann den Kopf. »Ich habe nachgedacht«, stellte er fest.

Ness wartete einen Moment, doch Messer starrte nur auf die endlosen grünen Wellen, von denen jede mit einem winzigen Schleier von Gischt gekrönt war. Einen Moment lang rang er mit der beinahe unwiderstehlichen Versuchung, Messer zu seiner Leistung zu beglückwünschen, bevor er sich auf die Zunge biss. Humor gehörte beim besten Willen nicht zu den Stärken des Vogelmanns, so viel war mal sicher. Am Ende seufzte er stattdessen. »Worüber und was ist dabei herausgekommen?«

»Die grauen Schiffe. Irgendetwas stimmt damit nicht.«

»Abgesehen davon, dass sie sich ohne Ruder und Segel bewegen können? Oder warum die Fischmenschen überhaupt Schiffe brauchen?«

Messer runzelte die Stirn, bevor er abwinkte. »Blödsinn. Wir können auch laufen und benutzen doch Pferd und Wagen. Nein, wir haben ein Schiff, dessen Herren mit den Söldnern aus Cortenara paktieren, und ein zweites, das sich als mit den Kolnorern im Bunde herausstellt. Aber statt anzulanden und ein Heer von Kriegern auf das Land loszulassen, hat nur eine Handvoll die wartenden Schiffe verlassen.«

»Soweit wir wissen«, warf Ness ein.

Messer wiegte den Kopf. »Soweit wir wissen. Aber nicht, um zu kämpfen. Dafür, scheint es, haben sie sich Söldner angeheuert, die freiwillig gegen Berun kämpfen.«

»Fürst Antreno hat die Corteser angeheuert, nicht die Huacoun«, stellte Ness richtig, doch Messer schüttelte den Kopf.

»Antreno hat veycarische Söldner angeheuert, um seine kleine Revolte zu starten«, widersprach er. »Corteser sind das, was er stattdessen bekommen hat. Männer aus dem Reich, das mit den grauen Hexerschiffen Handel treibt. Und niemand nimmt es ihm übel, dass er die Beruner vertreibt, weil die mordend und brandschatzend durch das Land ziehen.«

Ness zog eine Braue hoch. »Wobei das eigentlich Kolnorer sind, die irgendeinen Handel mit den Huacoun geschlossen haben.«

Messer nickte sein Vogelnicken. »Ich vermute: Herrschaft über das Land im Tausch für einen gewissen Anteil an Blaustein. Und gegen jene, die im Blaustein eingeschlossen waren. Und wenn Berun endlich Wind davon bekommt, wird es die Kolnorer verdächtigen. Oder die Veycari.«

»Cortenara«, begann Ness. Dann hielt er inne und pfiff leise. Er setzte sich und lehnte sich mit dem Rücken an die Bordwand. Das wiederkehrende, dumpfe Rumpeln jeder Welle erinnerte ihn daran, wie wenig Holz nur zwischen ihm und den Tiefen der See war. Tiefen, in denen irgendwo schattenhafte Menschen lauerten. »Nein. Antreno hat sich Hilfe aus Veycari geholt. Dass die Männer aus Cortenara sind, wissen nur wir. Also haben die Fischköpfe das Ganze eingefädelt, um sich das Macouban unter den Nagel zu reißen?«

Messer wiegte den Kopf, und die ruckartigen Bewegungen ließen ihn nur noch mehr wie einen hässlichen Vogel wirken. »Nein. Das dachte ich zuerst auch, aber hier kommen wir zurück zu meiner Frage: Warum sind sie nicht vom Schiff gestiegen, um das Land in Besitz zu nehmen?«

»Weil …« Der glatzköpfige Kriegsknecht stockte. »Weil?«, wiederholte er dann, und dieses Mal war es eine Frage.

Messer hob einen knochigen Zeigefinger und deutete auf Ness. »Weil sie nur einen Zwischenhalt eingelegt haben? Vielleicht waren sie nur hier, um Blaustein zu holen. Und die … Leute dort im Blaustein.«

»Was wir vermutlich verhindert haben«, sagte Ness langsam, schüttelte dann aber den Kopf. »Sie haben zumindest einige Säcke voll geborgen – mehr, als das gesamte Macouban in zwei oder drei Jahren nach Berun liefern kann. Nicht so viel wie erhofft vielleicht, aber doch eine ganze Menge. Aber das hätten sie ohne diese ganze Scharade tun können. Still und heimlich.«

Messer nickte ermunternd.

»Das wollen sie aber nicht. Stattdessen haben sie ein Schiff unter aller Augen vor Gostin vor Anker gehen lassen, die wichtigste Festung des Flammenschwertordens im Süden unterwandert und einen Krieg im Macouban angezettelt, in dem alles darauf abzielt, dass man es dem Kaiser in die Stiefel schiebt …«

»Einen schönen großen, dampfenden Haufen, ja. Randvoll, würde ich sagen.« Ein schmales Grinsen hatte bei seinen Worten auf Messers Gesicht Einzug gehalten. Es war kein schöner Anblick.

Ness musste zugeben, dass das, was Metaphern betraf, für Messer eine der besseren war. »Sie wollten gesehen werden«, stellte er fest. »Sie packen den Beruner Löwen ganz bewusst an den Eiern und ziehen daran wie an einer Türglocke!«

»Siehst du, genau zu diesem Schluss bin ich auch gekommen. Nur dass wir herausgefunden haben, wohin das zweite Schiff gefahren ist, war vermutlich nicht ihre Absicht. Die nächste Frage wäre: warum?«

»Ablenkung«, mutmaßte der Kriegsknecht langsam.

»Clever, Ness Rools.« Messer nickte.

»Danke. Das sage ich auch immer«, warf Ness ein, doch Messer hob erneut einen Finger und sagte: »Wenn also alle Augen auf das Macouban gerichtet sind …«

Ness schnaubte. »Alle Augen? Am Arsch. Alle Waffen meinst du. Weder Tempel noch Kaiser werden die Eroberung Gostins so einfach hinnehmen. Sie werden mit voller Härte darauf reagieren. Und wenn sie kommen, ist das ganze Macouban darauf vorbereitet, ihnen einen unfreundlichen Empfang zu bereiten.«

»Was Berun mit noch mehr Härte und Truppen beantworten wird, ja. Und alle werden darüber die entscheidende Frage vergessen.« Messer begutachtete kritisch seine letzte Klinge und schob sie, augenscheinlich zufrieden, zurück in ihre Scheide, bevor er den Schleifstein sorgsam in ein Tuch schlug und in den Tiefen seines Mantels verschwinden ließ. »Ablenkung«, setzte er erst dann seinen Gedankengang fort, »wovon?«

Der Glatzköpfige starrte Messer an. »Wovon?«, echote er endlich.

»Etwas im Norden«, antwortete Messer entschieden. »Wenn alle Augen nach Süden sehen und Berun seine Schiffe dorthin schickt, dann passiert irgendetwas im Norden. Ich weiß nur noch nicht genau, was.«

Ness grunzte entnervt und spuckte einen Schwall Sumya-

Saft über Bord. »Das wird Thoren nicht gefallen«, murmelte er düster.

Messer zuckte mit den Schultern. »Das wird vor allem dem Orden nicht gefallen«, fügte er hinzu. »Wenn alles glatt gelaufen ist, habe ich Alarm gegeben, der einen großen Teil der Ritter und Kriegsknechte des Ordens in den Süden gerufen hat. Und mit ihnen einen wichtigen Teil der Beruner Flotte. Es kann sich nur noch um Tage handeln, bis sie Gostin erreichen. Wochen, bis sie über die neue Entwicklung informiert sind, und weitere Wochen, bis sie dort sind, wo sie vielleicht schon jetzt wirklich gebraucht werden.«

Der alte Kriegsknecht rieb sich erneut die Glatze. »Du klingst ja beinahe besorgt, alte Krähe.«

Der Auftragsmörder sah auf die raue See und die ferne Küstenlinie, die mit jedem Wellenberg aufzusteigen oder zu sinken schien. »Ich bin mir nicht sicher, ob der Orden bereit ist, mich unter diesen Umständen zu bezahlen. Es ist eine Frage der persönlichen Ehre.«

»Natürlich.« Ness hob die Brauen. »Ehre ist auch genau dein Ding.«

Der andere sah ihn von der Seite an. »Ich arbeite nur für Geld, und ich werde immer bezahlt. Darauf lasse ich nichts kommen. Es gibt Dinge in dieser Welt, die man nicht ändern darf. Wenn sich der Erste herauswinden kann, wird es jeder probieren. Das ist unhaltbar.«

»Wird nicht so einfach werden, das beim Orden durchzusetzen, wenn die nicht wollen«, mutmaßte Ness. Dann runzelte er die Stirn. »Was?«

Der Vogelmann hatte bei den letzten Worten an ihm vorbeigesehen und irgendetwas am Horizont betrachtet. Ness lief ein eisiger Schauer über den Rücken. Er kannte den Vogelmann jetzt bereits seit einer ganzen Weile, doch er hatte noch nie gesehen, dass dieser blass werden konnte. Etwas flackerte in den Augen des Vogelmanns, und was es auch war, Ness fand es besorgniserregend.

»Es wird vermutlich noch schwieriger, mein Geld zu bekommen, wenn das dort ankommt, wo es hinwill«, murmelte er, während sich der Glatzkopf langsam umdrehte.

Am Horizont hinter ihnen, weiter draußen, entdeckte er Segel. Graue, dreieckige Segel, eine ganze Reihe davon. Die Schiffe Beruns verwendeten keine Dreieckssegel, zumindest die großen nicht. Und was dort schwamm, war groß. Er schluckte. Sein Mund fühlte sich plötzlich trocken an, und seine Finger suchten fast wie von selbst nach der Feldflasche an seinem Gürtel. Mit zitternder Hand setzte er die Flasche an die Lippen und nahm einen tiefen Schluck. Nur ein wenig, aber Ness war sich sicher, dass Messer das Beben in seinen Fingern sehen musste.

»Was siehst du?«, fragte der Vogelmann leise.

Der Alkohol rann heiß durch Ness' Adern, bevor eine plötzliche Kälte ihn überfiel und erschauern ließ. Er atmete tief ein und blinzelte. »Schiffe. Große, graue Schiffe, jedes mit drei Masten.«

Messer nickte.

»Zwei. Nein, drei«, murmelte Ness leise. »Vielleicht mehr. Sie alle fahren unter voller Besegelung, soweit ich das erkennen kann.« Er zögerte, bevor er das aussprach, was sie beide befürchteten. »Huacoun-Schiffe.«

»Drei«, wiederholte Messer tonlos. »Drei gottverschissene Schiffe …«

Drei Schiffe, von denen jedes größer ist als die kaiserliche Triare, das größte Schiff, das je in der Inneren See gebaut wor-

den ist. Ein Koloss aus Eisenholz, der mehr als dreihundert Mann und ihre komplette Ausrüstung transportieren konnte. Vom Kaiser und seinem engsten Gefolge ganz abgesehen. Jedes dieser drei Schiffe war größer.

»Irgendjemand, ich nenne jetzt keine Namen, hat behauptet, es gäbe nur eines davon. Maximal zwei.«

»Das kann nicht sein«, flüsterte Messer.

»Oh. Kann es nicht? Puh«, sagte Ness, ohne die fernen Segel aus den Augen zu lassen. »Für einen Moment hab ich mir wirklich Sorgen gemacht. So viel ist mal sicher.«

»Ich sagte, man hat immer nur eines davon gesehen«, erklärte Messer. »Das ist ein Unterschied.«

»Na dann bin ich ja beruhigt. Dann sind es nur meine Augen und meine Nerven.« Ness fingerte an dem kümmerlichen Rest, der von seinem rechten Ohr übrig war. »Andernfalls würde ich mich jetzt nass machen, bei dem Gedanken, dass womöglich tausend dieser Bastarde nach Norden segeln.« Er nahm noch einen Schluck Branntwein. Dieses Mal einen größeren. »Während die Flotte des Kaisers nach Süden unterwegs ist.« Er schüttelte sich und stand auf. »Weißt du, Messer. Ich hasse es, wenn du recht hast. Ich hasse es generell, wenn jemand mit so etwas recht hat. Aber in deinem Fall ganz besonders.« Mit einem Seufzen schob er die Flasche wieder an ihren Platz und schwankte zurück zum Mast. »He!« Er zog einen Beutel aus dem Gürtel und schüttelte ihn, bis er die Aufmerksamkeit der drei Metis hatte. »Fünfzehn Goldlöwen«, erklärte er laut und schüttelte den Beutel ein letztes Mal, bevor er ihn zwischen die Kultgegenstände hängte. »Glaube ich zumindest. Mehr oder weniger. Sie gehören euch, wenn ihr uns vor diesen Segeln dort hinter uns in den Hafen von Berun bringt.«

Die drei Metis sahen zum Horizont. Amad leckte sich die Lippen. »Dort sind keine Segel«, warf er dann vorsichtig ein.

Ness sah über die Schulter des Metis. »Glaubt einem alten Schützen. Meine Augen sind immer noch besser als eure, schätze ich. Dort sind Segel. Und wir wollen, dass sie dort bleiben. Gern dort, wo ihr sie nicht seht. Am Horizont.«

Messer trat neben ihn und warf einen Blick auf den Beutel. »Und fünfzehn mehr aus den Truhen des Flammenschwertordens, wenn wir unbeschadet im Hafen ankommen. Morgen. Wie der Mann sagt.«

»Morgen?« Amad leckte sich erneut über die Lippen. »Das hieße, dass wir die Nacht durchsegeln.«

Messer legte den Kopf schief. »Ist das ein Problem?«, erkundigte er sich höflich.

Der Fischer sah unsicher zur Küstenlinie hinüber. »Wir segeln nie die Nacht durch. Niemand tut das.«

»Hm. Dann wird diese Goldlöwen vermutlich auch dieser Niemand bekommen, Meister Amad. Ihr werdet aber auch diese dort nicht erhalten«, er deutete auf den Beutel am Mast, »wenn uns die Segel wegen euch einholen.« Er trat einen Schritt näher. »Aber bedenkt: dreißig Goldlöwen. Ihr könntet euer eigenes Schiff haben. Nicht Boot. Schiff.«

»Neununddreißig sogar. Nur dafür, dass wir morgen in den Hafen einlaufen. So viel ist mal sicher«, fügte Ness hinzu.

Amad wechselte einen unsicheren Blick mit seinem narbigen Freund Kumaj, der verstohlen nickte. »Na gut«, brummte er schließlich. »Es ist euer Gold.« Er sah seine Männer an. »Na los. Ihr habt die *Sabra* gehört. Zieht das zweite Segel auf. Zeigen wir ihnen, dass wir segeln können!«

Ness starrte noch eine ganze Weile besorgt zum Horizont. *Wo wollt ihr Drecksäcke hin …?*

18

Das Tor zur anderen Seite

Es war beinahe schon Nacht, als Danil und die Waldmenschen endlich die Stelle erreichten. Zwei ganze Tage waren sie schon unterwegs gewesen, und in der ganzen Zeit hatte es kein einziges Mal aufgehört zu schneien. Der Schnee lag beinahe hüfthoch und machte das Laufen für alle zur Tortur. Die Sicht betrug kaum mehr als zehn Schritte. Sie standen beinahe schon direkt vor dem Tor, ehe Danil es entdeckte. Die Palisaden waren aus ganzen Baumstämmen gefertigt, sicher drei bis vier Mann hoch, und sahen verdammt stabil aus. Die Waldmenschen hätten schon mächtig hohe Leitern benötigt, um dieses Hindernis zu überwinden.

Auf Odoins Ruf hin erschien auf dem Wehrgang ein halbes Dutzend in Pelze gehüllte Gestalten. Die Männer mussten allesamt Riesen sein, schwer gepanzert und bis an die Zähne bewaffnet. Ein besonders hässliches Exemplar löste sich aus der Gruppe und öffnete ihnen das Tor. Mit einer schroffen Geste winkte er sie herein. Er war beinahe so groß wie Odoin und sogar noch ein ganzes Stück breiter. Sein Bart war schlohweiß, und quer über sein sonnengegerbtes Gesicht zog sich eine hässliche alte Narbe. Odoin wechselte ein paar leise Worte mit ihm.

Der Blick des Narbengesichtigen glitt zu ihnen herüber. Danils Hand wanderte unauffällig zum Griff der Axt, die er am Gürtel trug. Er hatte sein Schwert draußen bei Gissur und den Waldmenschen gelassen, denn die Kolnorer hätten ihn mit dieser Waffe wohl kaum für einen harmlosen Reisenden gehalten. Unter den misstrauischen Blicken des Narbengesichtigen bereute er diese Entscheidung allerdings. Falls sich Odoin doch noch anders entschieden hatte und sie in diesem Augenblick verriet, würde er mit dieser lächerlichen Waffe nicht sehr weit kommen. Im besten Fall brachte ihr Anblick die Kolnorer so sehr zum Lachen, dass er genügend Zeit gewann, um die Beine in die Hand zu nehmen.

Das Donnern des zuschlagenden Tors beendete diesen Gedankengang. Er warf einen unbehaglichen Blick über die Schulter, wo zwei Männer unter dem Gewicht eines gewaltigen Baumstamms ächzten, den sie als Riegel vor die Flügel schoben. Nachdem sie das Tor verrammelt hatten, bauten sie sich mit verschränkten Armen davor auf und blickten ihn finster an.

»Folgt mir«, brummte der Narbengesichtige. Er zog eine brennende Fackel aus einer Halterung und stapfte durch den Schnee davon. Danil stand einen Augenblick da, die Augen unbehaglich auf die beiden grimmigen Torwächter geheftet, ehe er sich umwandte und den anderen eilig folgte.

Sie bahnten sich ihren Weg durch ein Gewirr aus zahllosen Zelten und grob zusammengezimmerten Hütten, die sich quer über den gesamten Talboden bis hin zu den steilen Berghängen zu beiden Seiten erstreckten. Es waren verdammt viele Behausungen, durchaus in der Lage, eine ganze Armee zu beherbergen. Für einen Augenblick fragte sich Danil, ob sie sich vielleicht doch noch alle hier befanden und ob ihr Plan der reinste Selbstmord war. Doch dann stellte er fest, dass es viel zu still war. Nur aus den wenigsten Dächern stieg Rauch in den Himmel, und nur hier und da war der flackernde Schein eines Lagerfeuers zu sehen. Sie hielten auf die größte der Hütten zu, fast schon ein Langhaus, hinter deren festen, aus Lehm und Weidengeflecht gefertigten Wänden Lachen und leise Musik hervordrangen.

Etwa drei Dutzend kolnorische Krieger drängten sich in der Mitte des Raums um eine große Feuerstelle, über der sich an einem Spieß ein Hammel drehte. Der Duft des gebratenen Fleischs ließ Danil das Wasser im Mund zusammenlaufen. Doch der Hunger verflog so schnell, wie er gekommen war, als er die finsteren Blicke sah, mit dem auch diese Männer ihn musterten.

Als Bogk und er den Fuß über die Schwelle setzten, erstarben schlagartig sämtliche Gespräche, und alle Köpfe wandten sich ihnen zu. Unter ihren argwöhnischen Blicken kam sich Danil ganz klein und unbedeutend vor. Unbehaglich stieg er von einem Fuß auf den anderen, und seine Finger tasteten wieder nervös über den Griff der Axt. Erst als Odoin den Männern etwas auf Kolnorisch zurief, das sie in ein schadenfroh klingendes Lachen ausbrechen ließ, entspannte sich die Situation. Einer nach dem anderen drehten sich die Köpfe wieder dem Feuer zu, und die unterbrochenen Gespräche wurden wieder aufgenommen. Odoin warf seinen Mantel ab und ließ sich am gegenüberliegenden Ende der Feuerstelle auf einem hölzernen Stuhl mit langer, runenverzierter Rückenlehne nieder. Der Narbengesichtige setzte sich neben ihn. Ein Diener brachte ihnen zwei Krüge Wein, die sie in einem Zug heruntersturzten, um sich danach in ein gemurmeltes Gespräch zu vertiefen.

Danil und Bogk schienen von einem Augenblick auf den nächsten vergessen zu sein. Man wies ihnen einen Platz ein Stück abseits der Feuerstelle zu, wo die Wärme der Flammen kaum noch hindrang. Danil zog seinen Umhang fest um die Schultern und machte es sich so bequem, wie es auf dem eiskalten Lehmboden möglich war. Er warf Bogk einen Seitenblick zu, doch der alte Waldmensch hatte bereits seinen Mantel auf den Boden geworfen und sich mit geschlossenen Augen darauf ausgestreckt.

Danil beneidete ihn um seine Gelassenheit. Er hätte selbst gern ein wenig geruht, doch die Furcht vor der kommenden Nacht schnürte ihm die Kehle zu. Er beobachtete die Männer am Feuer. Sie lachten und sangen, als hätten sie vor nichts und niemandem auch nur die geringste Angst. Ihre Stimmen klangen hart und schmerzhaft in seinen Ohren. Die Stimmen von Kriegern, denen das harte Leben in der Kälte in Fleisch und Blut übergegangen war. Männer, für die der Kampf um das Überleben so alltäglich war wie für die Beruner das Essen und der gute Wein. Der Großteil der Gesichter war von hässlichen Narben gezeichnet, und mehr als nur einem der Krieger fehlte ein Arm oder ein Bein, das durch eine hölzerne Prothese ersetzt worden war. Doch selbst diese Ansammlung von Krüppeln und Männern, die schon zu alt waren, um noch auf Kriegszüge zu gehen, strahlte eine Wehrhaftigkeit aus, die Danil aus seiner Heimat nicht kannte.

Wer sollte sie aufhalten? Der Beruner Adel, der sich dem Suff und dem Glücksspiel hingab? Die Kriegsknechte, die dafür bekannt waren, sich an den Meistbietenden zu verkaufen? Die mächtigen Mauern der Stadt? Nicht wenn der Feind bereits mitten im Zentrum von Berun stand. Die Ordensritter würden eventuell etwas ausrichten können. Doch die waren viel zu sehr damit beschäftigt, nach Ketzern und Göttergläubigen zu suchen, die es nicht gab. Danil lief ein kalter Schauer über den Rücken, und es lag nicht allein an der Nachtkälte, die durch die dünnen Wände des Hauses unaufhaltsam näher kroch. Möglicherweise waren er und Bogk ja wirklich die letzte Hoffnung für Berun. Möglicherweise waren sie der seidene Faden, an dem die Zukunft des gesamten Kaiserreichs hing. Eine ziemlich traurige Hoffnung, wenn man bedachte, an wie vielen Dingen ihr Vorhaben scheitern konnte. Es war ja noch nicht einmal sicher, dass sie Odoin wirklich vertrauen konnten. Immerhin war der Mann trotz allem noch ein Kolnorer.

Odoin saß wie ein finsterer Schatten auf der anderen Seite des Feuers, den Stiel seiner schweren Streitaxt quer über die Knie gelegt. Die Blicke, die seine Krieger ihm zuwarfen, zeugten von Ehrfurcht und Stolz, mit einem Krieger wie ihm am selben Feuer sitzen zu dürfen. Vielleicht bildete Danil es sich nur ein, doch in manchem Blick glaubte er auch eine Spur von Schadenfreude aufblitzen zu sehen.

Menschen, die sehr weit unten standen, sahen ganz gern anderen beim Fallen zu. Je höher der Stand und je tiefer der Fall, desto mehr wertete das in ihren Augen die eigene kümmerliche Existenz auf. Danil kannte sich damit aus. Als dritter Sohn eines niederen Adligen hatte seine größte Freude darin bestanden, Höherstehende stürzen zu sehen. Und mehr als einmal war er in den Diensten von Henrey Thoren daran beteiligt gewesen, sie eigenhändig in den Abgrund zu schubsen. Kleine Intriganten und übereifrige Emporkömmlinge, die geglaubt hatten, klüger oder gerissener zu sein als die Kaiserinmutter. Aber auch Menschen, die sich einfach nur zum falschen Zeitpunkt am falschen Ort aufgehalten hatten. So wie Botschafter Beltran ad Iago, den sie mit heruntergelassener Hose aus seiner Burg gezerrt hatten, oder Danils bester Freund Marten, dem noch nicht einmal bewusst gewesen war, dass sie ihm mit der Verbannung in das Macouban sogar das Leben gerettet hatten.

Thoren hatte es als seine heilige Mission verstanden, das Kaiserreich zu beschützen, doch für Danil war das Ganze nur ein großes Spiel gewesen, mit dem er sich für die eigenen Unzulänglichkeiten rächen konnte. Er zog die Schultern hoch und schlang die Arme um den zitternden Oberkörper. Erst jetzt, wo er selbst gestürzt und mit dem Kopf voran so richtig in den Schlamm hineingetreten worden war, hatte er so etwas wie Demut gelernt. Das war dann wohl der Preis, den er für seine Läuterung bezahlen musste. Um zu erkennen, dass er bislang doch eigentlich ein ganz gutes Leben genossen hatte, musst er zunächst einmal ganz unten angekommen sein. Dass er dieses Ziel inzwischen erreicht hatte, daran zweifelte er keinen Augenblick.

Jedenfalls so lange nicht, bis er unsanft aus dem Schlaf gerissen wurde, weil ein kolnorischer Stiefel schmerzhaft gegen sein Bein stieß. Erschrocken zuckte er zusammen und riss die Augen auf. Er musste wohl einige Zeit vor sich hingedöst haben, denn es waren noch eine Handvoll mehr Männer in den Raum gekommen. Etliche Steinkrüge machten die Runde um das Feuer, die Stimmen klangen rauer und zorniger, und die Gesänge eine Spur wilder und kriegerischer als zuvor.

Ein schwarzer Schatten beugte sich über Danil. Ein sehniger Kerl mit einer Augenklappe und einem Becher Wein in der Hand. Der Einäugige bellte etwas auf Kolnorisch. Als Danil ihm nicht gleich antwortete, stieß sein Stiefel noch einmal gegen sein Bein.

»Aus dem Weg!«, knurrte der Einäugige mit einem harten Akzent. Danil zog die Füße zu sich heran, doch der Einäugige kam einen Schritt näher und trat noch einmal zu. »Geh mir aus dem Weg, du Hund!«

Seufzend rappelte Danil sich auf und griff nach seiner Decke. Doch der Fuß des Einäugigen hielt sie am Boden fest. »Die bleibt hier.« Seine Stimme donnerte laut und deutlich durch den Raum.

Danil seufzte leise. Die Absicht, die dahintersteckte, war klar. Er kannte das Spiel zur Genüge. Oft genug hatte er es selbst schon gespielt, als er noch mit Marten um die Häuser gezogen war, um sich auf Kosten anderer zu amüsieren. Sie hatten sich immer jene Gegner ausgesucht, die ihnen ganz augenscheinlich unterlegen waren. Junge Handwerksburschen oder Bauern, die sich gern provozieren ließen, aber niemals einem ausgebildeten Schwertmann des Kaisers gewachsen waren. Leichte Beute, mit deren Erniedrigung sie tatsächlich gehofft hatten, den Respekt ihrer Saufkumpane zu erlangen oder die bewundernden Blicke der Frauenwelt auf sich zu ziehen.

Mit einem Mal kam ihm dieses Verhalten furchtbar lächerlich vor. Er dachte daran, dem Einäugigen die Decke zu überlassen, aber aus eigener Erfahrung wusste er, wie es weiterging. Als Nächstes würde der Drecksack seinen Mantel einfordern, danach seine Stiefel. Am Ende würde er ihn dann trotzdem zusammenschlagen. Es war wirklich eine beschissene Situation. Hilfesuchend blickte er sich nach Bogk um, doch der alte Waldmensch lag ausgestreckt auf seinem Lager und schnarchte seelenruhig vor sich hin. Von Odoin konnte er in diesem Augenblick wohl ebenfalls keine Hilfe erwarten. Von dem finsteren Mann war nirgendwo eine Spur zu entdecken. Er wandte sich dem Einäugigen zu und breitete die Hände aus. »Ich will wirklich keinen Ärger«, sagte er betont deutlich, sodass es alle Umstehenden mitbekamen. »Ich bin nur ein einfacher Händler, der …«

Der Einäugige stieß ihn so heftig gegen die Brust, dass er rückwärts stolperte und mit einem weiteren Kolnorer zusammenprallte. Der Mann stieß einen üblen Fluch aus, so viel Kolnorisch verstand selbst Danil, und schubste ihn zurück vor die Faust des Einäugigen. Krachend schlug sie gegen seine Rippen. Er taumelte zur Seite und riss die Hände nach oben. Gerade noch rechtzeitig, um den nächsten Hieb abzuwehren, der ihn nur ein winziges Stück verfehlte, weil der Einäugige den Kopf drehen musste, um ihn weiter im Blick zu behalten. Instinktiv stellte Danil das Bein aus und ließ den Mann über seinen Oberschenkel krachend zu Boden fallen. Der lächerliche Sturz erntete schadenfrohes Gelächter aus den Reihen der Umstehenden. Wie gesagt: Wer ziemlich weit unten stand, freute sich über jeden Fall.

Wutschnaubend rappelte der Einäugige sich auf und zerrte sein Schwert aus dem Gürtel. Schlagartig erstarb das Gelächter, und es wurde totenstill im Raum. Alle Blicke wandten sich ihnen zu. Beinahe unmerklich wichen die Umstehenden zurück, während andere neugierig näher rückten.

Der Einäugige breitete die nackten Arme aus. Knotige Muskelstränge zeichneten sich unter seiner narbenzerfurchten Haut ab. Seine Augen funkelten, als er einen Ruf ausstieß, der von den Umstehenden aufgegriffen und von den Wänden vielfach zurückgeworfen wurde. Waffen wurden in die Höhe gerissen und scheppernd gegeneinandergeschlagen. Gesichter verzerrten sich vor Erregung, Füße trampelten auf den Boden und ließen die Hütte in ihren Fundamenten erbeben. Wie ein Rudel hungriger Wölfe, das nur auf diese Gelegenheit gewartet hatte, rückten die Männer zusammen, um einen engen Kreis aus Leibern um sie zu bilden. Von irgendwoher tauchte Danils Axt auf und wurde ihm in die Hand gedrückt. *Verdammte Ehre*, dachte er verzweifelt. *Was habe ich mir dabei nur wieder gedacht?*

Er wog den Griff der klobigen Waffe in seiner Hand. Versuchte, sich mit ihrem Gewicht vertraut zu machen und nicht daran zu denken, dass er keine Rüstung trug und jeder Treffer tödlich enden konnte. Langsam bewegte er sich im Kreis. Aufmerksam beobachtete er die Bewegungen des Einäugigen, der sein Schwert prüfend durch die Luft zischen ließ, als wollte er Korn dreschen oder Bäume fällen.

Der Angriff überraschte ihn dennoch. Ohne Vorwarnung sprang der Einäugige vor. Die Klinge sauste auf Danil zu, und es gelang ihm gerade noch, die Axt nach oben zu reißen. Funkensprühend prallte der Stahl aufeinander. Hastig drückte Danil die Axt zur Seite, um die Schwertklinge zwischen Blatt und Stiel zu verhaken. Doch der Einäugige war darauf vorbereitet und zog seine Waffe so schnell zurück, dass Danil ins Straucheln geriet und an ihm vorbei in die Zuschauermenge stolperte. Er spürte einen schmerzhaften Schlag gegen die Schulter, drehte sich zur Seite und wurde abermals von hinten angerempelt, ehe es ihm gelang, sich zu befreien und zurück in den Ring zu taumeln.

Erneut ließ Einauge das Schwert auf ihn zuschießen. Doch diesmal war er besser vorbereitet. Geschickt wich er zur Seite aus, schlug zu und hinterließ einen langen Kratzer auf dem Oberarm seines Gegners. Einauge stolperte zurück, und Danil setzte mit einer Handvoll harter Schläge nach. Der letzte prallte gegen das Parierstück des Schwerts und schlug es Einauge aus der Hand, der sich daraufhin herumwarf und mit einem wütenden Heulen auf ihn stürzte. Danil gelang es zwar noch, die Axt zurückzuziehen, doch im nächsten Augenblick hielt ihn der Kolnorer in einer eisenharten Umarmung gefangen und drängte ihn brüllend in die Zuschauermenge hinein. In einem wilden Durcheinander aus Armen und Beinen gingen sie krachend zu Boden. Danil wurde die Luft aus den Lungen gepresst, und er hörte, wie irgendetwas unter ihm zerbrach. Hoffentlich keine Knochen, schoss es ihm noch durch den Kopf, als die Stirn des Einäugigen schmerzhaft in sein Gesicht knallte. Er stöhnte auf und versuchte verzweifelt, sich fortzudrehen und aus der Umklammerung zu befreien. Doch der Kolnorer ließ nicht locker. Er fletschte die Zähne. Sein verbliebenes Auge funkelte mordlüstern. Erneut knallte seine Stirn gegen Danils Kopf, erwischte diesmal den Wangenknochen und ließ die Haut aufplatzen. Danil spürte warmes Blut über sein Gesicht rinnen.

Verzweifelt tasteten seine Finger nach der Axt. Nach irgendeiner Waffe, mit der er sich befreien konnte. Die Stirn knallte ein drittes Mal in sein Gesicht. Funken flogen vor seinen Augen auf. Er bekam etwas zu fassen, einen lederumwickelten Griff. Einen Dolch. Er zog ihn zu sich heran, jubilierte innerlich bereits, als ein Stiefel knirschend auf seine Finger trat und den Dolch davonstieß. Danil hätte vor Enttäuschung losheulen können, doch ihm fehlte die Luft zum Atmen.

Wieder krachte die Stirn gegen sein Gesicht und ließ seine Nase brechen.

Die Zuschauermenge schrie vor Begeisterung. Füße trampelten, Stimmen brüllten sich heiser, und Stahl schlug hektisch gegeneinander. *Na wenigstens haben sie ihren Spaß gehabt,* dachte Danil und stellte im gleichen Augenblick verwundert fest, dass er kaum noch Schmerzen spürte. Er nahm seine Umgebung nur noch verschwommen wahr. Das grinsende Gesicht des Einäugigen, seine blutig gefletschten Zähne, huschende Schatten, trampelnde Stiefel. Warum hatte er sich nur immer wieder auf solche Dinge eingelassen? Irgendwann musste das doch einfach mal schiefgehen. Verdammt! Er dachte an Sara und dass er ihr doch helfen musste. Er musste doch das Kaiserreich retten. Er war doch ein Held. Oder etwa nicht?

Er holte tief Luft und spannte alle seine Muskeln an. Er musste etwas tun. Diesen einäugigen Drecksack irgendwie abschütteln.

Krach. Die Stirn krachte gegen seinen Mund, ließ seine Lippe aufplatzen und die Zähne splittern. »Das war's«, knurrte der Einäugige und hob grinsend den Kopf. »Jetzt geb ich dir den Rest.«

Krach.

Der Kopf des Einäugigen ruckte brutal nach unten. Blut spritzte Danil ins Gesicht.

Krach.

Der Kopf des Einäugigen flog zur Seite. Sein verbliebenes Auge drehte sich so weit nach oben, dass Danil das Weiße darin erkennen konnte.

Krach.

Der Kopf des Einäugigen wurde in der Mitte gespalten, und die eine Hälfte seines Schädels flog in hohem Bogen davon.

An seiner Stelle tauchte Bogks wettergegerbtes Gesicht über Danil auf. Seine dünnen Bartzöpfe wackelten lustig, als er sich über ihn beugte. Danil erwiderte seinen Blick mit geweiteten Augen. Erst jetzt bemerkte er, dass es sich bei dem Geschrei im Raum nicht um den Jubel einer aufgebrachten Zuschauermenge handelte, sondern um Kampflärm. Wer da gegen wen kämpfte, konnte er nicht so genau ausmachen. Nur dass die Sache ziemlich blutig aussah. Der alte Waldmensch streckte ihm grinsend die Hand entgegen.

»Warum tust du dir das nur immer wieder an?«

»Weil ich es kann«, nuschelte Danil und versuchte, die Hand zur Seite zu schlagen. Er verfehlte sie um ein ganzes Stück. »Diesmal hätte ich gegen etwas Unterstützung allerdings nichts einzuwenden gehabt.«

»Wir hatten wichtigere Dinge zu tun«, sagte Bogk. »Ich bin froh, dass der Plan so gut aufgegangen ist. Aber auf deine Kampfeslust ist eben immer noch Verlass.«

Danil lachte und verzog im nächsten Augenblick vor Schmerzen das Gesicht. Er blickte sich im Raum um, in dem sich jetzt eine ganze Menge Tote und Sterbende befanden, und eine noch viele größere Zahl von maskentragenden Tiermenschen, die sich gierig über die verstreut herumliegenden Waffen und Rüstungen hermachten. Er verstand nun, warum weder Odoin noch Bogk ihm zur Seite gesprungen waren, als der Einäugige ihn herausgefordert hatte. Wahrscheinlich hatten sie ihn sogar dazu aufgehetzt. Der Zweikampf war immerhin die perfekte Ablenkung gewesen, um unbemerkt das Tor zu öffnen und die Tiermenschen hereinzulassen. Falls eine der Wachen geschrien hatte, so war das in dem Tumult wohl ebenso untergegangen wie das Klirren von Waffen und das Kriegsgeheul der Angreifer. Ein verdammt hinterhältiger Plan. Er hatte Danil zwar beinahe das Leben gekostet, aber er war zugegebenermaßen auch äußerst erfolgreich gewesen. »Trotzdem hättet ihr mich vorwarnen können.«

»Das Risiko konnten wir nicht eingehen. Du wärst vielleicht nicht mehr so überzeugend aufgetreten. Wie ich dir schon einmal erklärt habe, ist der Kampf aus dem Hinterhalt ein Kampf ohne Regeln. Er muss mit äußerster Entschlossenheit und Härte geführt werden …«

Danil hob die Hand. »Spar dir die Belehrungen. Ich habe es verstanden.«

»Kommt«, sagte Odoin, der mit ausdruckslosem Gesicht neben Bogk getreten war. Von der Klinge seiner Axt tropfte dunkles Blut auf den Boden. »Ich bringe euch jetzt zum Tor.«

19

Wieder zurück

Der Wind peitschte die Gischt von den Wellen. Die Zeit der hübschen kleinen Schaumkronen war schon seit Stunden vorbei. Stattdessen pflügte das Segelboot durch hohe Wogen, auf denen der Wind kleinere Wellen schuf, die er in Form von weißlichen Flocken mit sich riss. Regen peitschte auf das Wasser ein, trommelte auf das Boot und rann in Strömen von den Segeln auf sie herab, während der Wind schrill in den Seilen der Takelage pfiff.

Ness und Messer waren bereits seit Stunden damit beschäftigt, das Wasser aus dem Boot zu befördern, das beinahe genauso schnell seinen Weg zurückfand. Die beiden Metis-Seeleute standen momentan auf dem schmalen Ausleger des Boots und lehnten sich mit ihrem ganzen Gewicht so sehr in die Seile, die vom Segel herabführten, dass sie beinahe auf dem vorbeirasenden Wasser zu liegen schienen, während sich Amad mit aller Gewalt gegen die bockende Ruderpinne lehnte.

Das Boot schoss aus dem Wellental die nächste Woge hinauf, durchstieß die Gischt und befand sich für einen kurzen

Moment völlig in der Luft, bevor es wieder dem Ozean entgegenstürzte.

Von der Luft aus konnte Ness das nahe Land sehen, das düster vor ihnen aufragte. Wolken, die sich so niedrig voranschoben, dass sie sich mit Nebel, Regen und Gischt zu verbinden schienen, klebten als nasskalte, graue Schicht Watte über allen Konturen und machten es nahezu unmöglich, Details zu erkennen. Der alte Kriegsknecht konnte noch nicht einmal einschätzen, wie weit entfernt von der Brandung sie sich noch befanden. Trotzdem war er sich sicher, dass sie den richtigen Küstenabschnitt anliefen: Die Bucht kam ihm bekannt genug vor, und der Festungsberg von Berun war das imposanteste Stück Fels für zwei Tagesreisen in jede Richtung. Was vermutlich der Grund war, warum man ihn für die Festung ausgesucht hatte. Und der Schemen, der dort vor ihnen halb hinter Regenschleiern und tief hängenden Wolken verborgen aufragte, konnte nichts anderes sein. Oder sie waren wirklich komplett am Ende.

»Mach weiter!« Messer boxte ihm unsanft gegen den Arm. »Oder wir saufen ab, bevor wir die Hafenmauer sehen.«

Ness riss sich zusammen und goss den Inhalt seines ledernen Eimers über Bord, bevor er ihn wieder in das fast knietiefe Wasser tauchte und erneut über Bord entleerte. Wieder klatschte das Boot auf den Wellenrücken und glitt hinab ins nächste Tal, und erneut machte ein Schwall eiskalten Wassers seine Arbeit beinahe zunichte. Sie erreichten den tiefsten Punkt zwischen den Wellen, an dem haushohe Wände aus bleigrauem Wasser vor und hinter ihnen bis fast über die Mastspitze aufragten. In den Tiefen der kristallenen Wände bewegten sich große, elegante Schatten mit beinahe trägen Flossenschlägen. Der alte Kriegsknecht kannte sich mit den wie man motiviert, Messer!«, schrie er über das Heulen des Winds. Eine schmale Felsspitze schälte sich aus den Regenschleiern. »Links davon bleiben!«, wies er Amad an, der sich mit jedem Muskel seines Körpers gegen die bockende Ruderpinne stemmte. »Dort!« Er deutete nach vorn. »Haltet auf das Licht zu. Das ist das Leuchtfeuer von Berun!« Das Donnern der Wellen nahm noch zu, und plötzlich brach sich die Welle unter dem Rumpf ihres Schiffs und schleuderte sie geradezu nach vorn in ruhigeres Wasser. Gleichzeitig ging ein Ruck [redacted] den [redacted] Ness [redacted] auf die [redacted] Nasen- [redacted] schießen. Aber [redacted] mit einem neuer- [redacted] wieder Fahrt auf, [redacted] zu beiden Seiten die [redacted] Die innere Bucht von Berun [redacted] Wellen ab, sodass das Wasser [redacted] ruhig schien. Nur im Vergleich, [redacted] später feststellte, als das Boot mark- [redacted] nächsten Wellenberg aufschlug. »Immer [redacted] Leuchtfeuers halten!«

[redacted] die Hafenmauer Beruns auf. Ihre Krone [redacted] höher als der Mast des Metis-Boots – und wie Ness [redacted] sogar höher als der einer Duare, der Langschiffe der [redacted] Kriegsflotte. Die meisten der Duaren Beruns soll- [redacted] bei diesem Wetter im Kriegshafen rechts von ihnen liegen, doch die Regenschleier verdeckten das meiste. Immerhin kamen sie jetzt nicht mehr fast waagrecht von der Seite. Trotzdem hatte Ness das ungute Gefühl, dass der Flottenhafen weitgehend verlassen dalag.

»Euer Plan hat funktioniert, Messer«, sagte er mit einem Wink auf den Hafen. »Die Macht der kaiserlichen Flotte wird über das Macouban hereinbrechen.«

»Meine Begeisterung kennt keine Grenzen«, knurrte der Vogelmann.

Ness hielt inne und sah ihn argwöhnisch an. »Das war gerade Sarkasmus, oder? Ich dachte, zu so viel Humor bist du gar nicht fähig.«

Der Vogelmann würdigte ihn keiner Antwort, und schließlich zuckte Ness mit den Schultern. »War vielleicht nur ein Ausrutscher«, murmelte er. »Amad, ihr solltet jetzt wirklich etwas Fahrt herausnehmen. Der Kaiser hat gute Bogenschützen, die gelegentlich ein wenig misstrauisch sind, wenn jemand unter vollen Segeln in ihren geheiligten Hafen rauscht. Ich würde ungern …« Als ihm auffiel, dass nicht ein Mann auf der Mauer zu sehen war, ließ er den Satz unvollendet. »Ich weiß ja, dass das Wetter beschissen ist«, murmelte er stattdessen. »Aber wenn es nicht eine wirklich gute Erklärung gibt, warum uns niemand empfängt, dann wird eine Wachmannschaft bald als Skellingfutter von der Mauer baumeln. So viel ist mal sicher.«

Sie hatten jetzt den Feuerturm am äußeren Ende der Hafendurchfahrt erreicht und umrundeten das drohend aufragende Bauwerk mit immer noch so halsbrecherischer Geschwindigkeit, dass sie beinahe gegen den Fuß des riesigen Standbilds schrammten, der das innere Ende der Durchfahrt markierte. Der alte Löwe von Berun schien mit vor Missbilligung gefletschten Zähnen auf sie herabzustarren. Der Regen hatte seine Flanken schwarz gefärbt, und der Widerschein des Feuerturms ließ seine Augen und Fangzähne blutrot schimmern.

»Willkommen zu Hause!«, rief Ness, als das Boot schließlich unter den Pranken des Löwen vorbei in den Hafen schlingerte. Hier sperrten die hohen Mauern den beißenden Seewind fast vollständig aus, und von den rollenden Wogen war nur noch eine sanfte Dünung übrig geblieben, die das Fischerboot jetzt auf das nahezu kreisrunde Herz des Hafenbeckens hinausschob.

»Etwas stimmt nicht«, stellte Messer kurz darauf trocken

fest. Er hatte den Eimer fallen lassen und sah hinüber auf die Landungsstege, die beinahe das ganze Rund des größten Reichshafens einnahmen. Dutzende von Handelsschiffen aus allen bekannten Teilen der Welt lagen an den gewaltigen Holzstegen und Steinmolen vertäut, die alle zum offenen Zentrum des Beckens strebten, wie die Speichen eines gewaltigen Rads. Auch durch die Regenschleier hindurch war zu sehen, dass im Hafen eine hektische Betriebsamkeit herrschte, doch nicht eines der üblichen Lotsenboote kam ihnen entgegen.

»Das ist mir schon in dem Moment aufgefallen, in dem uns niemand erschossen hat, als wir ohne Aufforderung hier reingefahren sind.« Ness wischte sich den immer noch rauschenden Regen vom Kopf. Messer hatte unzweifelhaft recht. Im Normalfall hätten sich selbst um ein kleines Fischerboot wie dieses bereits ein, zwei Ruderboote gedrängt, in denen knorrige Männer um die zwei oder drei Münzen konkurrierten, die sie dafür verlangten, dass sie jedes einlaufende Schiff an einen passenden Platz an den Landungsstegen schleppten. Abgesehen von der Kaiserlichen Flotte bewegte sich kein Schiff in diesem Hafen selbst. Die Dutzende von grellbunten Lotsenbooten und eine rigorose Hafenmeisterei sorgten dafür, dass der Hafen selbst in der größten Betriebsamkeit reibungslos funktionierte.

Heute war das anders. Unbeachtet glitt das Fischerboot über das Hafenbecken, bis es schließlich einen der großen Hauptstege erreichte, die im Zentrum des Hafens am weitesten in das Becken hineinreichten. Direkt vor ihnen ragte das Ordenshaus der Flammen wie eine finstere Miniaturfestung über dem Hafenviertel auf, doch noch immer schenkte ihnen niemand Beachtung. Ein weiteres Ding der Unmöglichkeit in

Berun. Dieser Bereich des Hafens war den Rittern und den Schiffen fremdländischer Gesandter vorbehalten, und doch lag das Ende der Mole verwaist vor ihnen.

Ness wechselte einen Blick mit Messer, sagte jedoch nichts. Er konnte die Anspannung im Gesicht des Vogelmanns deutlich genug sehen, um zu wissen, dass ihm ähnliche Gedanken durch den Kopf gingen.

Stumm vertäuten sie das tief im Wasser liegende Boot an einem der Plätze, die für Fürsten und Könige vorgesehen waren. Dann warfen sie sich ihre Bündel über.

»He!« Amad vertrat ihnen den Weg. Er deutete auf den Mast, an dem immer noch Ness' Beutel hing. »Was ist mit dem Rest unseres Gelds?«

Messer musterte den Mann mit einem Blick, der andere Männer dazu gebracht hätte, mehr als einen Schritt zurückzutreten. Dass der untersetzte Fischer das nicht tat, weckte in Ness stille Bewunderung.

Dann neigte der Vogelmann den Kopf. »Wir danken Euch, Meister Amad«, sagte er leise. »Und wir entschuldigen uns für sämtliche Unannehmlichkeiten, die wir durch unsere Reise hervorgerufen haben. Selbstverständlich stehe ich zu meinem Wort.« Er deutete auf das bedrohliche Gebäude des Flammenschwertordens. »Wenn Ihr mir dorthin folgen wollt, könnt Ihr Eure Forderungen geltend machen. Nennt einfach meinen Namen, und verlangt die ausgemachte Summe.«

Er beugte sich vor und fügte leiser hinzu, ohne den Tonfall auch nur im Geringsten zu ändern: »Aber wenn Ihr mir noch einmal den Weg vertretet oder auch nur einen Lidschlag länger versperrt, werde ich Eure Eingeweide um den Mast Eures Boots wickeln.« Er lächelte, und der Fischer riss die Augen auf. Er trat so schnell beiseite, dass er beinahe über Bord ging, und Messer verschwendete keinen weiteren Blick mehr auf ihn, während er auf die Mauer kletterte.

Ness seufzte und klopfte dem Fischer mitfühlend auf die Schulter. »Nimm's ihm nicht übel. Er meint es nicht so. Er kann nur Seereisen wirklich, wirklich nicht ausstehen.«

»Ich meine es wirklich so«, sagte Messer, ohne sich umzusehen.

»In Ordnung.« Ness hob entschuldigend die Schultern. »Er meint es wirklich so. Das ist sogar für seine Verhältnisse wirklich schlecht gelaunt. Aber wenn's dich beruhigt – auch den Teil mit dem Geld.« Er kletterte dem Vogelmann hinterher. Die Mole hier war breit genug, um mehr als zwei Fuhrwerke nebeneinander darauf abstellen zu können, und das charakteristische geordnete Durcheinander des Be- und Entladens hatte die üblichen Stapel von vertäuten und mit Segeltuchplanen abgedeckten Kisten hinterlassen. Noch immer jedoch hielt sie niemand auf. Ness runzelte die Stirn. Am landwärtigen Ende der Mole liefen Menschen durcheinander, und zwei der hier angelegten Segler wurden hastig beladen, doch die Wachtruppen, die sie üblicherweise spätestens jetzt mit vorgehaltenen Waffen empfangen hätten, waren weit und breit nicht zu sehen.

Messer marschierte bereits mit hängenden Schultern die Mole entlang, die Hände tief in den Taschen seines schwarzen Mantels vergraben. Er sah einem Aasvogel, der einem potenziellen Mahl entgegenstakste, ähnlicher denn je. Ness schauderte. Aber was half es. Ness beeilte sich, zu dem Meuchelmörder aufzuschließen. Zwei Hafenpacker rempelten sich schwer beladen ihren Weg an ihnen vorbei, ohne sie zur Kenntnis zu nehmen. Sie schleppten große Reisekisten auf einen der kleineren Segler, dessen Mannschaft fieberhaft damit beschäftigt schien, das Schiff seetüchtig und abfahrbereit zu machen. Endlich entdeckte Ness zwei Kriegsknechte in den Farben des Flammenschwertordens. Die Männer waren jung genug, um noch Rekruten des Ordens zu sein, die irgendjemand auf einen unbeliebten Posten verschoben hatte. Sie waren schneidig, durchtrainiert und standen in der klassischen Wartehaltung frisch ausgebildeter Schwertkämpfer. Und sie wirkten vollkommen überfordert. Zwei Männer in herausgeputzter Festkleidung im Stil der mittleren novenischen Reichen redeten gleichzeitig auf sie ein, und vermutlich hielt sie nur der Anblick der Fäuste der Ordensmänner, um die Griffe ihrer Schwerter gekrampft, davon ab, sie am Kragen zu packen. Ness musterte die Novenischen genauer. Beide wirkten wie höhere Bedienstete irgendeines Fürsten, doch ihre Kleidung war verschmutzt und wies an einigen Stellen frische Risse auf, und den älteren von beiden zierten eine aufgeschürfte Wange und eine geplatzte Lippe. Hinter ihnen wimmelte eine kleine Gruppe Dienstpersonal durcheinander wie eine Schar Hühner auf der Flucht vor dem Hofhund. Der jüngere der beiden bellte irgendetwas, das Ness auch beim Näherkommen nicht verstand, und gestikulierte in Richtung eines der Segler. Es war recht offensichtlich, dass die Gecken dringend auf den Segler wollten und die beiden Rekruten die Anweisung hatten, niemanden auf die Mole zu lassen. Oder zumindest nicht diese Leute. Vermutlich waren sie nicht wichtig genug, auch wenn sie das nicht einsahen.

Messer hielt sich nicht mit Betrachtungen auf. Er schob sich unaufgeregt an den Rekruten vorbei, wobei er einem von ihnen den Dolch so geschickt aus dem Gürtel zog, dass der es nicht einmal bemerkte. Im nächsten Moment befand sich die Spitze der Waffe im rechten Nasenloch des aufgeregten Novenischen. Den Zeigefinger der anderen Hand hatte der Vogelmann mahnend erhoben. »Alle, die ihre Nase heute behalten wollen, beruhigen sich jetzt, so schnell es ihnen möglich ist«, stellte er sachlich fest.

Der Novenische öffnete den Mund, doch Messer hob die Dolchspitze um eine Fingerspitzenbreite, und der Mann stellte sich eilig auf die Zehenspitzen und schwieg. Messers Spinnenfinger stach in Richtung eines der Rekruten, eines dunkelhaarigen mit den charakteristischen Zügen eines Auttriners. »Du«, sagte er freundlich. »Name.«

»Wa ... Ranik. Ranik ad Mellin.«

»Du siehst mir wie ein intelligenter junger Mann aus, Ranik. Oder so intelligent eben, wie jemand sein kann, der für den Orden arbeitet. Lauf zum Hafenmeister, und gib Alarm. Die Hafenkette muss gehoben werden. Sofort!« Der Finger wanderte weiter zum zweiten der Jungen mit den strohblonden Haaren eines Lyttoners. »Und du?«

»Pericor ad...«

Messer winkte unwirsch ab. »Interessiert mich nicht. Du erklärst mir, warum die Herren hier so aufgeregt sind.«

»Die Hafenkette?«, platzte der ältere der Novenischen dazwischen, ohne auf die prekäre Lage seines Landsmanns zu achten. Vermutlich stand er im Rang über dem anderen. »Das ist unerhört! Ihr könnt uns hier nicht einsperren!« Dank der geplatzten Lippe nuschelte er furchtbar, doch Ness meinte, Panik in seiner Stimme mitschwingen zu hören. Er machte den Versuch, sich an Messer vorbeizuschieben, was seinem Landsmann beinahe den Nasenflügel gekostet hätte, doch Ness zog ihn im letzten Augenblick zur Seite, indem er ihm den Arm schmerzhaft verdrehte, bis der Mann in eine unfreiwillige Verbeugung gehen musste. Der Kerl kreischte geradezu unanständig, und die Aufregung der Hühnerschar im Hintergrund steigerte sich noch. Doch für den Moment war Ness entschlossen, sie zu ignorieren. »Lasst den Mann ausreden. Das gebietet die Höflichkeit«, sagte er mit einem leichten Nicken in Messers Richtung. »Und es könnte euer Leben retten. Danken dürft ihr ihm später.«

»Die Hafenkette ist zu eurem eigenen Schutz da«, erklärte Messer ungerührt. »Wenn man es genau nimmt, eigentlich nur zu unserem, aber heute ist euer Glückstag. Auch ihr werdet dadurch gewinnen. Vor allem an Lebenszeit.«

»Er nimmt am liebsten bare Münze als Dank«, fügte Ness hinzu.

Messer wandte sich an die immer noch unsicher wirkenden Rekruten, die sich beide noch nicht gerührt hatten. »Habe ich mich unklar ausgedrückt?«

Ranik, derjenige, dem Messer aufgegeben hatte, Alarm zu schlagen, räusperte sich. »Der Hafenmeister ist nicht auffindbar«, gab er vorsichtig zurück.

Messer runzelte die Stirn. Fahrig strich er sich die klatschnassen Haarsträhnen aus dem Gesicht, bevor er Ness zunickte.

Der Kriegsknecht wandte sich zu den Rekruten um, ohne den Novenischen aus seinem Griff zu entlassen. »Was soll das heißen? Das ist gegen das Hafenprotokoll!« Fragend sah er Ranik an. »Ich verlange eine Erklärung, Bursche. Sofort. In möglichst wenigen Worten.«

Ness war wieder einmal beeindruckt von der Wirkung, die ein gelassener Befehlston auf Menschen hatte, die gerade noch dabei gewesen waren, vollständig die Nerven zu verlieren. Vermutlich war die Erleichterung darüber, nicht mehr selbst Verantwortung zu tragen und Entscheidungen treffen zu müssen, so groß, dass die meisten diese Bürde eiligst abgaben, ohne sich zu fragen, an wen. Davon abgesehen waren fast vierzig Jahre Übung am Ende vermutlich irgendwas wert.

Im Gesicht des jungen Ordensrekruten flackerte kurz der Widerstreit zwischen Pflichtbewusstsein und Erleichterung, dann gab er auf. »Der Hafenmeister ist mit allen älteren Rittern in die kaiserliche Festung gegangen. In dieser Stunde wird das Blausteinzimmer oben in den Sälen des Kaisers feierlich eröffnet. Jeder in der Stadt, der Rang und Namen hat, ist gerade dort!«

Messers Gesicht versteinerte. »Ist das so?«

Ranik zuckte unsicher mit den Schultern. Er war sich offensichtlich nicht ganz im Klaren darüber, wie er Messer einordnen sollte. Ness konnte das entschuldigen. Er selbst trug die Rüstung eines berunischen Kriegsknechts-Vibels. Messer dagegen wirkte eher wie ein Leichensammler.

Er schluckte. »Und der ... sein Stellvertreter ist nirgendwo zu finden.«

»Wir denken, er hat die Gelegenheit genutzt, um selbst etwas zu feiern«, warf sein Kamerad ein. »Jedenfalls können wir ihn nicht erreichen. Und wie ihr seht ...«

»Großartig«, winselte der Novenische in Ness' Griff. »Einfach großartig! Beruns Wache ist ein verlotterter Haufen Trunkenbolde, und deshalb werden wir hier alle sterben!«

Ness erhöhte den Druck auf den Ellbogen des Mannes, bis dessen Worte in ein schrilles Winseln übergingen. »In deinem Fall eher, weil du die Männer Beruns beleidigen musst.« Er hielt inne und verringerte den Druck ein wenig. »Warum sollten wir eigentlich alle hier sterben?« Er warf einen Blick zu Messer, der den Kopf schief legte. »Also, ich meine, *wir* wissen, warum wir alle hier sterben werden. Aber ich glaube, wir meinen nicht dasselbe.«

Der ältere Novenische in Ness' Griff knurrte und spuckte ihm auf die Stiefel. »Wisst ihr überhaupt, mit wem ihr redet? Ich bin Suula Aquela, Seneschall des Botschafters von Lessardo, seine Exzell…«

Ness' Knie zuckte hoch und traf den Seneschall unter dem Kinn. »Ein schlecht gekleideter Türöffner also. Und ab jetzt der Mann mit der Zahnlücke.« Er ließ den Mann zusammensacken und holte tief Luft. »Weiß nicht, wie's bei euch war, aber er ging mir wirklich auf die Eier.« Dann legte er eine Hand auf Messers Arm und drückte ihn sanft hinunter, bis die Klinge aus dem Nasenloch des zweiten Mannes glitt. »Also gut, neuer Versuch. Was meinte er damit, dass wir alle sterben?«

»Es gibt irgendeinen Aufruhr im kaiserlichen Palast. Dort, wohin alle gegangen sind!«, erklärte der Mann hastig im Ton eines Mannes, der unbedingt Nase und Zähne behalten wollte.

»Blausteinzimmer«, half Ness aus.

Der Novenische nickte eilig.

»Ich nehme an, ihr wart nicht wichtig genug, um dabei zu sein«, stellte der Kriegsknecht fest. *Im Gegensatz zu mehreren Dutzend Huren, vermutlich.*

Dieses Mal kam das Nicken des Mannes ein wenig widerstrebend. »Wir hatten die abendlichen Festivitäten des Gesandten vorzubereiten, als die Nachricht kam. Und dann…« Er sah sich um, und erst jetzt bemerkte Ness, dass sich die Menschenmenge im Hafen inzwischen deutlich erhöht hatte. Auf einer der benachbarten Molen war ein Handgemenge ausgebrochen, bei dem es ganz augenscheinlich darum ging, wer auf eines der dort liegenden Schiffe durfte. Die Besatzung des novenischen Kauffahrers setzte sich im Moment noch erfolgreich gegen den Enterversuch von ebenfalls novenisch aussehenden Männern zur Wehr. »Weiter«, drängte Ness.

Der Novene schluckte. »Dann ist etwas passiert! Ein Angriff. Schreie! Eine Explosion, vielleicht auch zwei. Wenig später rannten Menschen aus der Festung, blutüberströmt! Es heißt, sie fliehen vor Kolnorern! Kolnorern in der Festung!«

Messer schnaubte. »Wie viele Leute kann König Theoders Gesandtschaft schon mitgebracht haben …«

Der Novenische sah ihn ungläubig an. »Es sind Hunderte! Tausende vielleicht! Sie haben die Festung übernommen oder so! Irgendwer sagte, die Gruben hätten sich geöffnet und den Kaiser und alle seine Gäste verschlungen und stattdessen Horden von Kolnorern ausgespien, die jeden niedermachen, der sich ihnen in den Weg stellt!« Die Stimme des Mannes wurde zusehends hysterischer, und ein unwillkürlicher Schluchzer unterbrach seine Tirade.

Messer und Ness sahen sich an. »Kolnorer.«

»Ich will nicht in diesem beschissenen Land sterben!«, jaulte der Novene auf.

»Wenn ich das richtig verstanden habe, wurde das Blausteinzimmer als Geschenk im Auftrag des Corteser Fürstenhauses errichtet«, sagte Ness tonlos. Erneut lief ihm ein Schauer über den Rücken, und dieses Mal lag es ganz sicher nicht am Wind oder seiner klatschnassen Kleidung.

»Ich habe keine Ahnung«, gab Messer zurück. »Der Prunk Edriks hat mich nie interessiert. Aber wenn es stimmt …«

»Es stimmt!«, warf Pericor ein. »Ich kenne eine Kammermagd, oben im Palast. Sie sagt …«

»Die Kammermagd sagt es auch«, warf Ness ein. »Da hast du's, Messer: Corteser, Kolnorer, ein ganzer Raum voller Blaustein und eine Kammermagd also.«

Messers Mund wurde noch schmaler, als er ohnehin schon war. »Nicht zu vergessen die Fischmenschen.« Er deutete mit dem Daumen über die Schulter.

»Fischmenschen?« Die Rekruten starrten ihn entgeistert an.

»Mal ernsthaft – ihr wollt uns doch zum Narren halten«, stellte Ness ohne große Hoffnung fest.

Ranik und Pericor sahen sich an und schüttelten dann zögerlich die Köpfe.

Ness verzog das Gesicht. Er hob den Blick und starrte in den Regen in die Richtung, in der die Oberstadt und die kaiserliche Festung hinter den Wasserschleiern verborgen lagen. Mehr Menschen strömten auf den Platz, und die Anlegestege und der Lärm der schreienden, fluchenden, jammernden, heulenden und generell panischen Stimmen steigerte sich jetzt schnell. »Immerhin wissen wir jetzt vermutlich, wohin die Fischfressen mit ihren Schiffen wirklich wollen.« Er schnaufte. »Ich hätte jetzt so unglaublich gern eine Flasche Branntwein.« Dann trat er beiseite und winkte dem Novenen zu. »Geht. Versucht euer Glück. Aber ihr solltet euch wirklich beeilen.« Er deutete auf die Hafenausfahrt. »Dort draußen tobt ein Sturm, und wenn mich nicht alles täuscht, wird es nicht mehr lange dauern, bis Kriegsschiffe dort auftauchen.«

»Aber …!« Einer der Ordensmänner wollte instinktiv Einspruch erheben, doch Ness legte ihm eine Hand auf die Brust.

»Mein Rat, Ranik: Lasst es bleiben. Ihr könnt nur dabei draufgehen, wenn ihr sie aufhalten wollt. Der Steg hier ist es nicht wert, dafür sein Leben zu geben.« Ness sah die beiden jungen Kriegsknechte an, und nach einem Moment traten sie beide beiseite.

»Aber was sollen wir stattdessen machen?«, fragte Pericor

etwas ratlos, als die ersten Menschen an ihnen vorbeidrängten, um auf die hier vertäuten Schiffe zu kommen.

Ness schnaufte nochmals. »Bereit sein«, sagte er dann. »Bereit, die Leute hier so schnell wie möglich aus dem Hafen zu bringen, falls wir recht haben und es von See aus zu mehr Ärger kommt, bevor die nächste Stunde abgelaufen ist.« Er nestelte in einer seiner Taschen. »Wenn die grauen Schiffe hier auftauchen sollten, werden die Leute nach jemandem suchen, der ihnen sagt, wohin sie sollen. Denn der Scheißhafen wird eine Todesfalle werden. Dann sollte jemand da sein, der eine Antwort hat. Bringt sie ...« Er sah auf den Hafen hinaus, dann auf den Festungsberg, der sich im Nordosten erhob. »Bringt sie ins Gerberviertel und dann durchs Nordtor, wenn das noch frei sein sollte. Auf jeden Fall so weit wie möglich fort von hier. Ach ja, und stopft euch das hier in die Nase. Nur zur Sicherheit.« Er drückte Pericor einen in Ölpapier gewickelten Klumpen Talg in die Hand. »Falls euch jemand von unseren eigenen Leuten aufhalten will, sagt ihm, dass die Schildbrecher euch schicken.«

»Cajetan«, warf Messer ein.

Ness nickte. »Cajetan ist auch gut, stimmt. Ihr tragt Ordensfarben. Das nimmt man euch vermutlich ab. Bringt so viele wie ...«

»Nein. Ich meine – wo ist Cajetan?«, unterbrach ihn Messer. Auf dem Schiff des Gesandten von Lessardo war inzwischen eine Schlägerei um die Mitfahrgelegenheiten ausgebrochen.

Ranik fing sich als Erster. »Ebenfalls in der Festung. Alle Würdenträger sind dort, alle Gesandten, alle Ritter und Hofleute, die zum Turnier angereist sind.«

»Turnier«, echote Messer. »Mir scheint, wir waren länger

weg, als ich angenommen hatte.« Er sah auf das Messer, das er immer noch in der Hand hielt, dann warf er es Ranik zu. »Dann sollten wir mal in der Festung nach dem Rechten sehen. Wenn man nicht alles selbst macht. Kommst du, Rools?«

»Einen Moment noch! Was meint ihr mit den ›Grauen Schiffen‹? Was ...«

»Große, graue Schiffe, voll mit Huacoun. Das sind Fischmenschen aus dem Süden. Echte Bastarde, die, wenn uns nicht alles täuscht, mit den Kolnorern im Bund stehen. Und die in weniger als einer Stunde hier sein dürften. Wenn ihr das erste ihrer Schiffe seht – lauft.«

Ness klopfte Ranik auf die Schulter. »Haltet einfach den Kopf unten. Und keine Heldentaten, wenn es sich vermeiden lässt.«

Der junge Ordensmann sah ihn mit neu erwachter Entschlossenheit an. »Ich bin bereit, für das Reich zu sterben.«

»*Der* Teil ist einfach. Dafür zu leben und das Sterben anderen zu überlassen – das ist der Trick. Viel Glück.« Ness salutierte und folgte Messer, der bereits entgegen des noch immer anwachsenden Flüchtlingsstroms in Richtung der Oberstadt marschierte.

20

Rauch, Tod und Schatten

Zwei mächtige Felsen ragten vor ihnen in den Himmel auf. Ihre Gipfel waren von dicken Eisschichten überzogen, die sich weit hinunter bis fast in das Tal hinabschoben. Der eine Fels war Frorn gewidmet und der andere Idris. Danil hatte keine Ahnung, welcher zu wem gehörte, aber sie schienen ebenso wenig in ihre Umgebung zu passen wie die Götter in die heutige Zeit. Die schroffen Felswände waren in ihrem unteren Drittel von einer Unzahl uralter Mauern durchzogen. Dazwischen waren immer wieder die Ruinen einzelner Häuser zu erkennen, und hier und da ein von Moos überwucherter Turm oder eine unter stacheligem Gestrüpp verborgene, umgestürzte Säule. Die Kolnorer hatten mitten durch das Ruinenfeld einen Weg geschlagen, indem sie Büsche und Wurzeln herausgerissen und mannshohe Steine zur Seite gerollt hatten.

Sie folgten dem Weg immer weiter den Berg hinauf, bis sie schließlich an einer gewaltigen Felswand ankamen, die Hunderte Schritte über ihnen in den Himmel hinaufragte. An ihrem Fuß befand sich ein Torbogen, der über und über mit

Schriftzeichen verziert worden war. Danil blickte nach oben und versuchte erfolglos, sie zu entziffern.

»Schutzrunen«, sagte Odoin. Seine Stimme klang seltsam bedrückt.

»Um Angreifer fernzuhalten?«

»Um die Dinge drinnen zu halten, die dahinter verborgen liegen.«

Ein alter Mann in einer weißen Robe trat ihnen aus der Höhle entgegen. Er stützte sich schwer auf einen hölzernen Stab, dessen Spitze ein Blaustein zierte. Bei ihrem Anblick zogen sich seine buschigen Augenbrauen zusammen. Er streckte einen zitternden Zeigefinger aus und rief ihnen etwas auf Kolnorisch entgegen. Seine Stimme klang befehlsgewohnt und ganz ohne Zweifel zornig.

Odoin trat auf ihn zu. Wortlos hob er seine Axt und schmetterte sie ihm krachend in den Schädel.

Danil schnappte nach Luft. Die Waffe hatte den Kopf des Alten bis hinunter zum Kinn in zwei Hälften gespalten, und als Odoin am Griff rüttelte, um sie zu befreien, schlackerten die Glieder des Toten wie eine Marionette, an deren Fäden ein betrunkener Puppenspieler zog. Mit einem kräftigen Ruck riss Odoin die Axt heraus, und der Alte fiel vor ihm in den Dreck. Das Blut, das in Strömen aus seinem gespaltenen Schädel floss, breitete sich in einer zähen Lache um Odoins Stiefel herum aus.

Danils Augen glitten zu Bogk, der nur mit den Schultern zuckte und sich mit der Hand über die Bartzöpfe strich. »Was hat der Mann gesagt?«, fragte er an Odoin gewandt.

»Du versündigst dich«, sagte der Kolnorer, ohne sich umzudrehen. »Die Götter werden dich für deine Taten bestrafen.« Er stieß ein trockenes Lachen aus, doch Danil sah, dass die Axt in seiner Hand zitterte.

»Die Götter sind tot«, sagte Bogk. Er ging vor dem Toten in die Hocke und streckte die Hand nach dem Holzstab aus.

»Lass das liegen«, knurrte Odoin und trat durch den Torbogen in das Innere des Bergs.

Weitere Menschen kamen ihnen entgegen. Eine Handvoll Krieger und ein halbes Dutzend Weißgewandete, die mit Sicheln und gezackten Messer bewaffnet waren. Einer der Weißgewandeten schwang seine Sicheln gegen Odoin, während er wüste Verwünschungen ausstieß und Geifer auf seinen Bart tropfte. Odoin lenkte den Hieb mühelos zur Seite ab und schlug dem Angreifer eine tiefe Scharte in den Schädel. Er hielt kaum in der Bewegung inne, zertrümmerte dem nächsten Angreifer den Schwertarm und aus der Drehung heraus das Knie. Schreiend brach der Krieger zusammen, und Odoin schlug die Axt tief in seinen Brustkorb.

Wild jaulend, schwärmten die Tiermenschen um ihn herum aus, stürzten sich auf die nächsten Gegner oder stürmten an ihnen vorbei in die Dunkelheit. Kurz darauf drangen auch aus der Tiefe des Bergs Schreie und das Klirren von Waffen zu ihnen herauf. Vorsichtig bahnte sich Danil seinen Weg zwischen den Toten und Sterbenden hindurch. Immer ein paar Schritte hinter Odoin, der seine Axt schwang wie ein düsterer Rachegott. Mit gesenktem Kopf schritt er durch die Gänge, ohne auch nur das geringste Zögern oder Innehalten. Von Kopf bis zu den Füßen blutbesudelt, war er ein wirklich furchterregender Anblick.

Nach und nach flauten die Kämpfe ab. Wenn man sie denn überhaupt als Kämpfe bezeichnen konnte. Es hatte sich mehr um ein Gemetzel gehandelt. Die Verteidiger waren völlig überrumpelt worden und hatten keine Möglichkeit mehr gehabt, sich zu organisieren. Von dieser Seite aus hatten sie sicher niemals einen Angriff erwartet, und schon gar nicht von einer Horde blutdurstiger Tiermenschen, die von einem ihrer eigenen Krieger angeführt wurde.

Langsam weitete sich der Gang und wurde höher und heller, bis er schließlich in eine riesige Höhle überging, die von Dutzenden gewaltigen Feuern erhellt war. Ein widerlich süßlicher Gestank nach Blut und verbranntem Fleisch lag in der Luft, und rußige Qualmwolken stiegen an die Höhlendecke. Die Hitze war beinahe unerträglich. Als Danil näher trat, musste er ein Würgen unterdrücken. In den Feuerstellen erkannte er die Überreste unzähliger Leiber. Menschliche Körper waren darunter, aber auch die Reste von Tieren. Rehe, Hirsche, Wölfe. Es mussten Hunderte sein.

»Böse Hexerei«, murmelte Bogk. »Die Geister wenden sich voller Grausen ab.«

»Da sind wir ausnahmsweise mal einer Meinung, deine Geister und ich.« Danil presste die Nase fest in seine Armbeuge. Der Gestank machte ihn schwindelig, und das vielstimmige Gejaule der Tiermenschen ging ihm langsam auf die Nerven. »Lass uns so schnell wie möglich von hier verschwinden. Odoin, wo ist dieses verdammte Tor?«

»Dort drüben.« Die Axt des Kolnorers wies auf eine Stelle in der Mitte der Höhle, in der der stinkende Rauch besonders dicht war.

»Hinter dem Rauch?«

»Der Rauch ist das Tor. Die Geister der Toten halten es offen.«

Danil blickte ihn zweifelnd an. »Du meinst, wenn wir dort hineingehen, kommen wir auf der anderen Seite irgendwo in Berun wieder heraus?«

»So ist es.«

Danil kratzte sich am Bart. »Was ist, wenn die Feuer erlöschen?«

»Dann schließt sich das Tor.«

»Und wenn wir in diesem Augenblick darin stehen?«

Odoin zuckte mit den Schultern. »Ich bin Krieger, kein Priester.«

»Lasst es uns doch einfach ausprobieren«, schlug Bogk vor.

»Ich habe kein gutes Gefühl dabei«, sagte Danil mit Blick auf die lodernden Flammen. »Die ganze Sache stinkt doch bis zum Himmel.«

»Nach dir«, sagte Bogk und trat einen Schritt zur Seite.

Er hatte das Gefühl, durch zähen Sirup zu waten. Seine Augen begannen zu tränen, und der beißende Rauch ließ ihn beinahe ersticken. Der unerträgliche Gestank drang in jede Pore seines Körpers. Er konnte kaum noch seine Füße zwischen den wabernden Schwaden erkennen, geschweige denn irgendeinen Weg. Mit angehaltener Luft stolperte er vorwärts. Dicke Schweißperlen rannen über sein Gesicht und tropften von seiner Nasenspitze. Er wischte sich mit dem Ärmel über die Stirn. Auf was hatte er sich da nur eingelassen? Warum musste ausgerechnet er vorausgehen? Er glaubte doch von allen Beteiligten am allerwenigsten an die Kraft dieser Magie. Verzweifelt schüttelte er den Kopf. *Ich muss verrückt geworden sein. Das ist die einzige Erklärung.* Er warf einen Blick über die Schulter. Vielleicht sollte er umkehren, solange es noch nicht zu spät war. Aber wo war er hergekommen? Überall nur noch Rauch, so weit das Auge reichte, und von dem nervenzehrenden Jaulen der Tiermenschen blieb nur noch ein leises Echo in der Ferne zurück.

Schlierige Rauchschwaden zogen vor seinen Augen vorüber, schlängelten sich um seinen Körper, seine Arme und Beine. Irritiert streckte er die Hand aus und sah, wie sich winzige Tröpfchen auf seiner Haut absetzten. Er fuhr mit den Fingerspitzen darüber hinweg. Sie waren nass und eisig kalt. Überrascht stieß er die Luft aus, und ein dampfendes Wölkchen stieg vor seinem Gesicht in die Höhe. *Kein Rauch. Nebel!*

Er watete ein paar Schritte weiter und lauschte angestrengt in die Ferne. Das Jaulen der Tiermenschen war nun endgültig verstummt. Dafür waren nun andere Geräusche zu hören. Ein ungleichmäßiges Rauschen, das dem Blasebalg eines Schmiedefeuers ähnelte. Langsam drehte er sich im Kreis. Das Geräusch schien näher zu kommen. Mehr und mehr ähnelte es dem Flügelschlag eines Vogels. Eines großen Vogels.

Schabend glitt sein Schwert aus der Scheide. Er spähte aufmerksam nach oben. Doch je stärker er sich auf das Geräusch konzentrierte, desto weniger konnte er sagen, woher es kam. Es konnte genauso gut hinter ihm sein. Oder unter ihm. Oder in jeder anderen verdammten Richtung. Er streckte das Schwert vor sich aus. Augenblicklich setzten sich winzige Wassertröpfchen auf der Klinge ab. *Wo bei den Gruben bin ich hier gelandet?*

Wieder ein Flügelschlag.

Er fuhr herum und riss das Schwert in die Höhe. Aus dem Augenwinkel sah er einen riesigen Schatten herangleiten. Sein Blick folgte der Bewegung. Doch was immer dort oben flog, es war schneller als er. Sein Herz schlug bis zum Hals, seine Augen zuckten von einer Seite zur anderen. Das Flügelschlagen wurde lauter. Ein raues Krächzen ertönte, und ein zweiter Schatten schoss über seinen Kopf hinweg. Er warf sich nach links. Oder war es oben? Er wusste es nicht.

Er stieß einen Fluch aus. Worauf hatte er sich da bloß eingelassen? Er hätte es doch besser wissen müssen. Manche

Menschen bedeuteten nichts als Ärger. Und Odoin war so einer. Er hätte diesem verdammten Drecksack nicht vertrauen dürfen. Er war doch trotz allem immer noch ein Kolnorer, und die Kolnorer waren der Feind!

Erneut glitt der Schatten über seinen Kopf hinweg. Er riss das Schwert nach oben, doch seine Klinge stieß ins Leere und zerteilte nichts als Nebel. Irgendetwas streifte sein Bein, und er zuckte zurück. Für einen Augenblick spürte er die Anwesenheit von etwas Gewaltigem. Einem Tier, einer Kreatur aus den Gruben, was auch immer. So unsinnig es klang, aber es fühlte sich alt an. Uralt wie ein ledriges Stück Pergament.

Etwas legte sich auf seine Schulter, hart und fest. Er stieß einen Schrei aus und fuhr herum. Er riss das Schwert in die Höhe, konnte gerade noch innehalten, als er in das bärtige Gesicht von Bogk starrte.

Der Waldmensch schaute ihn mit einem seltsamen Blick an. »Komm«, sagte er mit tonloser Stimme. »Das hier ist kein Ort für uns Sterbliche.« Er nahm die Hand von Danils Schulter und wies nach rechts, wo sich in einigen Schritten Entfernung weitere Menschen aus dem Nebel schälten. Zuerst die gewaltigen Umrisse von Hontu Doruk mit seiner hörnerbewehrten Maske, dahinter seine gesamte Armee aus Tiermenschen. Erleichtert atmete Danil auf. So glücklich wie in diesem Augenblick war er wohl noch nie über den Anblick dieser verrückten Krieger gewesen. »Verlass besser nicht den Weg«, sagte Bogk. »Du würdest dich nur verirren und niemals wieder zurückfinden.«

Ich habe keinen verdammten Weg gefunden, wollte er gerade sagen, als sich unter seinen Stiefeln die Umrisse eines steinigen Pfads aus dem Nebel schälten. Vorsichtig stampfte er auf. Der Boden fühlte sich unter seinen Sohlen so stabil an, wie sich ein steiniger Boden nur anfühlen konnte. Verwundert schüttelte er den Kopf. »Wo sind wir hier?«

»Ich weiß nicht viel darüber. Unsere Priester nennen ihn Grauing. Den Ort zwischen den Welten. Sie sagen, dass er allein den Geistern vorbehalten ist. Aber die Kolnorer scheren sich einen Dreck um die Worte unserer Priester. Sie haben diesen Weg erbauen lassen, um ihre Krieger auf die andere Seite zu führen.«

»Das sieht ihnen ähnlich.« Danil warf einen Blick über die Schulter und runzelte die Stirn. »Wo wir gerade von Kolnorern sprechen. Wo ist eigentlich Odoin abgeblieben?«

»Auf der anderen Seite. Er wollte uns nicht begleiten. Hat gesagt, dass er in Kolno erst noch ein paar Dinge zu erledigen hat.«

Danil starrte ihn sprachlos an. »Und du hast ihm das einfach so abgenommen. Hattest du keine Angst, dass er uns in den Tod schickt?«

»Ich denke, wir können ihm vertrauen. Du etwa nicht?«

Seufzend steckte Danil das Schwert zurück in die Scheide. »Wir sollten uns bei nächster Gelegenheit unbedingt noch einmal über den Unterschied zwischen Vertrauen und Blauäugigkeit unterhalten.«

Bogk nickte ernst. »Wie ich dir bereits sagte, bin ich ein Mann von schlichtem Gemüt. Aber ich lebe, um zu lernen.«

»Na hoffentlich lebst du lang genug dafür. Momentan sieht es eher nicht danach aus.«

Sie tasteten sich weiter durch den Nebel voran. Obwohl kein Höhenunterschied zu erkennen war, kamen sie nur langsam vorwärts, denn der Marsch war mühsam und kräftezehrend. Die Zeit zog sich dahin, aber immerhin ließ langsam die eisige Winterkälte nach. Nach einer Weile wurde es sogar so warm, dass Danil den Mantel ausziehen konnte. Von irgendwoher wehte ihnen eine warme Brise entgegen. Er sog die Luft durch die Nase ein. Es roch vertraut nach Salz und Algen. Er stellte fest, dass sein Atem schneller ging. Sein Brustkorb zog sich zusammen, und seine Hände fingen an zu schwitzen. Mit jedem Schritt wurde er unsicherer, langsamer. Seine Augen glitten unruhig hin und her. Er ballte die Hände zu Fäusten. Zögerte, wollte stehen bleiben und lief dann doch weiter. Ein Schritt, zwei Schritte, ein ganzes Dutzend, bis … von einem Augenblick auf den nächsten der Nebel verschwunden war. Eine riesenhafte Halle tat sich vor seinen Augen auf. Er sah Säulen aus rötlichem Sandstein und eine Decke aus mächtigen, geschwärzten Holzbalken. Die Wände waren aus unverputztem Gestein, mit hohen, schmalen Fensterlöchern darin und einem großen Eingangstor am gegenüberliegenden Ende. Das Tor war zur Hälfte geöffnet. Und im Licht, das von draußen auf die Steinplatten hereinfiel, sah er die Toten.

Es waren Hunderte. Sie lagen überall auf dem Boden verstreut. Die meisten von Armbrustbolzen gespickt, andere mit eingeschlagenen Schädeln oder aufgeschlitzten Bäuchen. Eine Handvoll schien um ihr Leben gekämpft zu haben, doch die meisten waren von hinten niedergemacht worden. Wahrscheinlich, als sie sich auf ihrer verzweifelten Flucht vor den Kolnorern gegenseitig behindert hatten, weil sie alle gleichzeitig durch das Tor nach draußen fliehen wollten. Danil erkannte sie an ihrer Kleidung, an den grässlich bunten Gewändern, die zurzeit am Kaiserhof in Mode waren. Und an ihren Gesichtern, obwohl sie von Äxten zerschlagen und blutbesudelt waren. Es handelte sich ganz eindeutig um Bewohner der Kaiserstadt. Er war wieder zu Hause, so viel war sicher. Nur dass dieses Zuhause nicht mehr existierte.

Schlagartig wurde ihm übel. Er spürte, wie sein Magen sich krampfartig zusammenzog, und presste die Hand vor Mund und Nase. Kurz fragte er sich, ob auch seine Familie unter den Toten war. Sein Vater, der ihn kaum jemals wirklich beachtet hatte, und seine drei älteren Brüder, die Zeit ihres Lebens immer auf ihn herabgeschaut hatten. Jetzt konnte er vermutlich auf sie herunterschauen. Dabei hatte er sich das bislang immer völlig anders vorgestellt. Schnell wandte er sich ab und lief durch das geöffnete Tor nach draußen.

21

Grimmige Aussichten

Es dauerte nicht lange, bis Ness und Messer den ersten Kampflärm hörten. Der Regen hatte inzwischen nachgelassen und sich in leichtes Nieseln verwandelt. Der Strom der Flüchtlinge hatte sich instinktiv auf den großen Hauptverbindungswegen gehalten. Ness und Messer dagegen eilten durch die schmalen Nebengassen, immer bergauf, hinaus aus dem Hafenviertel und hinein in Richtung des Mitteltors, das die Unterstadt von der Oberstadt trennte. Darüber erhob sich die kaiserliche Festungsanlage. Ihre Silhouette unterschied sich deutlich von der, die Ness nur wenige Monate zuvor das letzte Mal gesehen hatte, als sie die Hauptstadt Richtung Macouban verlassen hatten. Ein Teil der mächtigen Festungsmauern war zerstört, der Westturm, eines der Wahrzeichen Beruns, war gefallen und hatte eine ganze Handvoll anderer Gebäude unter sich begraben. Aus seinem Stumpf stieg noch immer Rauch auf, wie auch aus einem halben Dutzend Brandherde in der Festung und vielen weiteren in den Herrenhäusern der Oberstadt. Er war so dicht, dass ihn Ness mit Wolken verwechselt hatte, die schwarz und drohend am Festungsberg klebten.

Den ganzen Aufstieg über hatten er und Messer kein Wort gewechselt. Warum auch? Wenn in der kaiserlichen Festung gekämpft wurde, dann war der Platz des Ordensfürsten Cajetan ebenso an der Seite des Kaisers wie der Thorens. Solange die Stadt nicht gefallen war, würde man die beiden am ehesten dort finden. Etwas anderes ließ das Ehrgefühl dieser beiden Männer wohl nicht zu. Und das bedeutete, dass Ness und Messer denselben Weg hatten.

Messer hob erneut die Hand und bedeutete Ness, in Deckung zu gehen. Bereits zum dritten Mal während ihres Aufstiegs stießen sie auf ein Gefecht. Oder zumindest etwas, das mit Töten zu tun hatte. In diesem Fall waren es drei Kolnorer, die die schmale Gasse hinabstürmten. Die großen Krieger des östlichen Königreichs waren selbst in einer so vielfältigen Stadt wie Berun unverkennbar. Beinahe jeder von ihnen war größer als ein Beruner, einen halben Kopf oder gar mehr, und im Gegensatz zu denen im Macouban trugen diese hier keine berunischen Rüstungen, sondern die charakteristischen ledernen Panzer und Kettenhemden des Kolno; jeder von ihnen mit seinen Hausfarben bemalt, mit reichlich Fell verbrämt und mit Blut besudelt. Die Äxte und breiten Schwerter dieser Gruppe hatten bereits reiche Ernte gehalten. Wie es aussah, unter Opfern, die nichts Nennenswertes an Gegenwehr aufgebracht hatten, denn mehr als ein oder zwei belanglose Schrammen konnte Ness an ihnen nicht erkennen. Jetzt jagten sie einem Halbwüchsigen und zwei Mädchen nach, die verzweifelt versuchten, ihnen zu entkommen, doch die Krieger waren langbeiniger, und ihre Stiefel fanden besseren Halt auf dem unebenen, regennassen Pflaster. Es war nur noch eine Frage weniger Dutzend Schritte, bis sie die Fliehenden einholen würden, und das Blut an ihren Klingen verriet deutlich, was dann folgen würde. Wenn die Mädchen Glück hatten, hieß das. Ness verfluchte sich im Stillen dafür, seinen Bogen noch nicht gespannt zu haben. Er sah zu Messer, der drei Schritte entfernt hinter einem Regenfass kauerte. Der Vogelmann betrachtete die Szene ausdruckslos. Wenn das Schicksal der Fliehenden etwas in ihm hervorrief, war ihm das nicht anzusehen.

Ach, scheiß doch der Hund drauf. Ness legte sein Bündel ab, zog lautlos eine Drahtspule aus einer seiner Taschen. Er rammte die Klinge seines Messers tief in die Fuge zweier Fassgauben, hängte das Ende des Drahts am Griff ein und wartete. Nur einen Augenblick später schossen die drei Fliehenden an ihnen vorbei. Ness sprang auf und rannte über die Straße, wo er sich in einen offenen Hauseingang hechtete. Es war eines der typischen Handwerkerhäuser Beruner Bauart, in dem ein dunkler Flur ins Innere des Erdgeschosses zu Küche, Stube und wer weiß welchen Räumen führte, während man direkt daneben stets über eine schmale, steile Stiege ins Obergeschoss oder zumindest zu den Schlafkammern unter dem Dach gelangte. Ness warf eine Schlinge des Drahts über den Knauf am Ende des Geländers und stemmte sich dagegen – gerade noch rechtzeitig, bevor etwas schwer gegen den Draht schlug, das Ende mit bösartigem Zischen über das Holz zog und ihm die Spule fast aus den Händen riss. Ein gellender Schrei hallte durch den Flur. Ness ließ die Rolle los, zog sein Schwert und hockte sich direkt neben den Türpfosten. Gerade noch rechtzeitig, bevor ein Kolnorer durch den Eingang polterte und die Axt in Magenhöhe schwang. Das Blatt pfiff knapp über Ness' Kopf hinweg, bevor der Alte ihm seine Klinge von unten in die Niere stach. Der Mann brach ohne einen Laut zusammen, während das Schreien draußen unvermindert weiterging. Irgendjemand mischte ein kehliges Brüllen darunter. Ness verzog das Gesicht. Er hatte eigentlich gehofft, dass Messer sich um den dritten Mann kümmern würde. Vorsichtig warf er einen Blick hinaus. Einer der Kolnorer lag auf der Straße in einer sich schnell ausbreitenden Blutlache. Der beinahe unsichtbare, stahlharte und messerscharfe Ralld-Faden auf seiner Drahtrolle hatte den Mann knapp unter dem Gürtel getroffen, seine Hosen zerschnitten und der Menge an Blut nach zu urteilen seine Bauchdecke durchtrennt. Dieses Käferzeug aus dem Macouban war wirklich direkt aus den Gruben. Der dritte der Kolnorer stand direkt neben seinem Kameraden, Axt und Schild kampfbereit erhoben, hin und her gerissen zwischen der Verfolgung der drei jungen Leute, die gerade eben noch ihr Ziel gewesen waren, dem Verlangen, jemandem den Schädel zu spalten, und der Angst vor unsichtbaren Drähten in den Eingeweiden. Diese verfluchte Unsicherheit hielt ihn fest und ließ ihn seine Frustration in die Straße hinausbrüllen, bis ihm die Luft ausging und sein Schrei in einem Keuchen und endlich in lautlosem Würgen endete. Inzwischen waren alle seine Adern an seinem Hals hervorgetreten wie dicke dunkle Würmer, und sein Gesicht verfärbte sich zusehends dunkler. Schließlich trat Schaum in seine Mundwinkel, floss über und troff auf seinen Brustpanzer. Als seine Knie nachgaben, zog Messer, der direkt hinter ihm stand, eine dünne, kaum sichtbare Blausteinnadel aus seinem Hals. Vorwurfsvoll deutete er damit auf Ness, sein Gesichtsausdruck war tatsächlich ein wenig gequält, und er wirkte blasser als ohnehin. Wenn Ness recht darüber nachdachte, war es schon erstaunlich, dass der Vogelmann nach all der Zeit im Macouban noch immer so blass war. »Was sollte das gerade, Rools?«, fragte er leise.

»Das waren Kinder.« Ness schniefte und wischte sich über die Glatze.

»Und?« So etwas wie Verwirrung trat auf die Züge des Vogelmanns.

»Krieg schön und gut, aber das kann ich nicht zulassen.«

Messers Stirnrunzeln vertiefte sich. »Kinder sterben jeden Tag. So ist das Leben. Und wenn sie erwachsen werden, werden die meisten von ihnen zu genau solchen Drecksäcken wie der Rest.«

»Die meisten«, wiederholte Ness betont. »Du musst nicht von dir auf andere schließen. Ich bin dafür, ihnen wenigstens die Chance zu geben.«

»Aber wir sind nicht hier, um zu kämpfen, oder? Wir sollten unsere Nachricht überbringen.«

Ness schnaubte. »Ich bin mir ziemlich sicher, dass die da oben im Palast sie inzwischen auch so bekommen haben. Was wollen wir ihnen eigentlich noch erzählen? Dass sich die Kolnorer mit den Fischfressen verbündet haben? Dafür sind wir reichlich spät dran.«

Messer zuckte mit den Schultern. Er hockte sich zu dem noch immer wimmernden Kolnorer mit der Bauchwunde und ließ die Nadel einmal vorschnellen. Der Schrei endete abrupt, der Mann erschlaffte. »Das mag sein«, sagte er und erhob sich. »Aber wir sind noch nicht dafür bezahlt worden. Ich weiß nicht, wie du das siehst, aber mir reicht das Gemeinwohl nicht als Bezahlung. Davon füllt sich mein Magen nicht.« Die Nadel war aus seiner Hand verschwunden, als Messer sie aus der Tasche seines Mantels zog. Ein Brocken Käse ersetzte sie jetzt, als er erneut auf Ness deutete. »Und deine Ehrenhaftigkeit in allen Ehren, Ness, aber Kinder zu retten hält uns nur auf. Du strapazierst unser Glück.« Er sah auf die toten Kolnorer hinab. »Dieses Mal hat es geklappt, aber es muss nur einer von ihnen einen Treffer landen, und unser Auftrag ist gescheitert. Und was haben wir davon?«

Der Glatzkopf verzog das Gesicht. »Gerettete Kinder.«

»Wie gesagt – das ist nicht mein Kampf, Rools, und ich schätze, diese Stadt ist ohnehin erledigt. Erwarte also das nächste Mal keine Hilfe mehr.«

Ness starrte in den schwarzen Himmel. Durch eine flüchtige Wolkenlücke fiel ein einzelner Sonnenstrahl, der sich im wabernden Rauch deutlich abzeichnete und irgendwo hinter einem der nahen Häuser verschwand. Die Sonne stand bereits tief und tauchte das Viertel für einen kurzen Moment in einen goldenen Widerschein. In nicht allzu großer Entfernung klirrten Waffen und schrien Menschen.

Messer verzog das Gesicht. »Ich glaube nicht, dass wir es heute bis hinauf in die Festung schaffen. Nicht ohne zu wissen, was uns dort erwartet. Nicht bei Tag.« Er kratzte sich die lange Nase. »In Ordnung. Ich denke, ich werde einen Umweg machen. Wenn ich Glück habe, kann ich mir den Rest des Wegs dort hinauf sparen. Und wenn nicht … dann kann man dort wenigstens ausruhen und auf die Nacht warten.«

Ness sah ihn resigniert an. Es hatte tatsächlich keinen Sinn, mit dem Vogelmann zu streiten. Messer – war Messer. Er war nur die Hülle des Mannes, der er vor Jahren gewesen war, als er noch auf der Soldliste der Schildbrecher gestanden hatte, damals, als sie gemeinsam unter einem Heetmann namens Henrey Thoren gedient hatten. Irgendwann auf ihrem Weg, an irgendeinem Punkt zwischen den Scharmützeln, den kleineren Gefechten und größeren Schlachten, war irgendetwas in Messer zerbrochen. Er war der beste Feldscher gewesen, den die Schildbrecher je gehabt hatten, doch sich selbst hatte er nicht heilen können. Sie alle hatten über die Jahre als Kriegsknechte etwas verloren. Manche verloren ihre Gliedmaßen, viel zu viele ihr Leben, einige den Verstand und alle einen Teil ihrer selbst. Ness vermutete, dass es bei Messer die Schmerzen gewesen waren. Viel zu viele Schmerzen. Es war eine Sache, sie zuzufügen, eine andere, sich um das Ergebnis zu kümmern, die Verwundeten und die Sterbenden. Selbst jetzt konnte Ness nicht wirklich festmachen, wann Messer gebrochen worden war. Vielleicht war es Dresna gewesen, als in der Kälte der Tod über sie gekommen war und um ein Haar die Schildbrecher ausgelöscht hätte wie Tausende andere. Vielleicht war es Lytton gewesen und jene letzte Schlacht bei Weidenfurt. Danach war Messer verschwunden, und es hatte Jahre gedauert, bis Ness wieder etwas von ihm gehört hatte. Ja, spätestens bei Weidenfurt war das Gewissen des Vogelmanns gestorben. Seitdem war er nur noch einem Herrn verpflichtet: sich selbst. Sich, seinem eigenen verqueren Kodex und den Münzen, die er für seine Dienste nahm. Eine schwache Entschädigung dafür, sich selbst verloren zu haben, fand Ness. Er atmete tief durch, zerrte seinen Dolch aus dem Fass und folgte dem anderen weiter bergauf. Was blieb ihm auch übrig?

Messers Umweg stellte sich als erstaunlich kurz heraus. Bereits zwei gewundene Gassen später waren sie auf eine andere der Straßen gestoßen, die strahlenförmig vom Hafen aus den Berg hinauf in die besseren Viertel der Stadt anstiegen. Vor ihnen lag eine Taverne, die hier an der Grenze zu den Häusern und von hohen Mauern umgebenen Gärten der Adligen beinahe fehl am Platz wirkte – vor allem, weil sie so offensichtlich zu den ärmeren Vierteln der Unterstadt zählte. Soweit Ness wusste, war es genau das, was dieses Etablissement so erfolgreich gemacht hatte. Es gab den Reichen die Möglichkeit, den Kitzel des Abenteuers zu fühlen, ohne erst in die Gassen der Unterstadt hinabsteigen zu müssen. Man konnte sich mit dem gemeinen Pöbel mischen und im Zweifel doch den Schutz der Besatzung des nahen Mitteltors genießen. Heute war die Straße verlassen. Die meisten der angrenzenden Häuser wirkten leer, hier und da mit vorgelegten Fensterläden und überall mit verschlossenen Türen. Obwohl die Dunkelheit jetzt schnell über Berun hereinbrach, war doch in keinem der Fenster ein Licht zu sehen. Vorsichtig blickte sich Ness um, doch abgesehen von zwei Toten, die ganz in der Nähe neben einem umgestürzten Handkarren lagen, war diese Gegend des Viertels augenscheinlich menschenleer. Und er war sich ziemlich sicher, dass die Toten nicht zählten. Tatsächlich sah die Taverne als einziges Gebäude wirklich mitgenommen aus. Die Tür hing schief in den Angeln, zwei der Fenster waren zerschlagen, und irgendjemand hatte es für eine gute Idee gehalten, auf dem Kopfsteinpflaster vor dem Eingang Flaschen, Becher und tönerne Teller zu zerschlagen. Von einigen zerbrochenen Stühlen und achtlos in die Gosse gekippten Mehlsäcken ganz zu schweigen. Ness sah auf zu dem hölzernen Schild über der Tür, das nur noch an einer einzelnen Kette hing, im noch immer heftigen Wind hin und her schaukelte und dabei regelmäßig mit dumpfem Pochen gegen die Hauswand schlug. Er hatte vergessen, wie diese Taverne hieß. Irgendetwas mit einem Pferd und einem Stalljungen, wenn man nach der wenig meisterlichen Abbildung auf dem Schild ging. Messer schob einen zertrümmerten Schemel beiseite und zog die ramponierte Tür auf. Die verbliebene Angel quietschte protestierend. Vorsichtig suchte sich Ness einen Weg durch die Trümmer. »Wenn ich's nicht besser wüsste, würde ich behaupten, hier hat aber gestern Abend jemand wirklich 'ne Menge Spaß gehabt. So viel ist mal sicher«, stellte er gedämpft fest. »Bist du sicher, dass das hier irgendetwas bringt?«

»Ein Kanten Brot, der noch nicht völlig zertrampelt ist, würde mir schon reichen«, gab Messer leise zurück, während sich ihre Augen an das Dunkel der verwüsteten Schankstube gewöhnten. »Aber deshalb sind wir nicht hier.«

»Oh«, sagte Ness enttäuscht. »Dann dafür?« Er hob eine noch verkorkte Flasche Branntwein auf, die aus den Trümmern ragte.

Messer würdigte ihn keines Blickes. Vorsichtig schob er sich durch die Trümmer bis zu einer Bank, die an einer der mit dunklem Holz verkleideten Wände befestigt war. Geschickt lösten seine Finger eine schmale Leiste der Vertäfelung und durchsuchten den Spalt. Ness sah ihm eine Weile zu, während er das Wachs vom Hals der Flasche brach und sich dann abmühte, den Korken mit den Zähnen zu ziehen. »Nicht da, was du erwartet hast?«, erkundigte er sich nach einer Weile. Er nahm einen vorsichtigen Schluck und verzog befriedigt das Gesicht. »Was soll das da sein? Erwartest du Liebesbriefe?«

Messer sah düster auf, ließ die Leiste zurückgleiten und setzte sich. »Ein Nachrichtenfach«, murmelte er. »Für Fälle, in denen man sich nicht persönlich treffen kann. Die Männer, für die ich arbeite, nutzen es, um Informationen über alternative Treffpunkte auszutauschen. Ich hatte gehofft ...«

Er unterbrach sich, als Ness eine Hand hob, während er die Flasche absetzte. »Wir sind nicht allein«, raunte der Glatzkopf. Messers Blick folgte dem erhobenen Finger, als Ness auf einen dunklen Treppenaufgang zeigte. Eine Gestalt stand dort im Schatten. Messers Hände verschwanden langsam unter seinem Mantel, doch Ness schüttelte den Kopf. »Nicht«, sagte er leise. »Armbrust.«

»Messer?«

Ness seufzte. »Hat er mich jetzt korrigiert oder dich erkannt?«

Der Vogelmann hob den Kopf, plötzlich alarmiert. »Grimm«, stellte er dann fest. »Ich hatte nicht erwartet, dich hier zu treffen. Vor allem so, wie es hier aussieht.«

»Hallo Messer«, wiederholte der Mann im Schatten. Er senkte die Waffe nicht, wie Ness interessiert feststellte. »Und ich hatte nicht erwartet, dich überhaupt noch mal wiederzusehen.« Seine Worte klangen ein wenig verwaschen, so als habe er bereits deutlich über den Durst getrunken. Ness konnte das nachvollziehen. »Sieht gut aus, hier, nicht wahr?« Die Armbrust beschrieb einen Bogen, als der Kerl, den Messer Grimm genannt hatte, eine Geste machte, die den gesamten Raum umfasste. »Ich musste etwas ... Dampf ablassen.« Er klang beinahe ein wenig verlegen. »Hat den Vorteil, dass bislang keine von den kolnorischen Bastarden hier reingekrochen sind. Und was willst du hier?«

»Ich hatte auf eine Nachricht von dir gehofft. Ich wollte wissen, wo ihr euch trefft.«

Grimm schnaufte. »Dann ist heute dein verdammter Glückstag. Du hast mich gefunden. Davon abgesehen gibt es kein ›wir‹ mehr. Ich bin alles, was von ›wir‹ übrig ist.« Grimm breitete die Arme aus, und Ness unterdrückte das Bedürfnis, in Deckung zu springen.

»Das ist schön, eure Wiedersehensfreude rührt mich, aber könntest du das da wegnehmen?«, erkundigte er sich schnell.

»Was?« Grimm schien sich erst jetzt wieder an die Waffe in seiner Hand zu erinnern. »Oh, das.« Er schulterte die Armbrust und winkte ihnen, wobei er beinahe das Gleichgewicht verlor. Ness und Messer sahen sich an und folgten Grimm dann nach oben.

Der Besitzer der Taverne hatte es für eine gute Idee gehalten, einen Teil des Dachs in eine Art überdachte Terrasse umzubauen. Von hier aus hatte man einen ausgezeichneten Ausblick auf die Galgen des unteren Richtplatzes und weiter über den Hafen bis hin zum Ordenshaus des Flammenschwerts. Das tief gezogene Dach in der hinteren Hälfte schützte leidlich vor dem Wind und dem Nieselregen, der wieder eingesetzt hatte.

Der massige Mann schloss die obere Tür und verkeilte den Riegel. Dann wankte er zu einem der Tische an der Wand hinüber und ließ sich schwer auf die Bank fallen. Auf dem Tisch vor ihm war ein ganzer Haufen Lebensmittel unordentlich aufgehäuft. Brot, Schinken, Würste, einige Äpfel, ein halbes Rad Käse. Sogar ein Krug Bier und eine angefangene Flasche Branntwein standen auf dem Tisch. Messer beäugte die Auslage kritisch. »Du hast es dir ja bequem eingerichtet«, stellte er fest.

Grimm zuckte mit den Schultern und kratzte sich die kreisrunde kahle Stelle auf seinem Hinterkopf.. »Geht so. Für das Bier muss ich leider runter. Ach, verdammt …«

Er betrachtete den leeren Krug vor sich. »Ich wusste, es hatte einen Grund, dass ich nach drinnen gegangen bin.«

Ness sah sich um. »Was ist mit dem Wirt passiert?«

Ein erneutes Schulterzucken von Grimm. »Wird Richtung Hafen geflohen sein, wie alle hier. Als die Kolnorer auftauchten, sind alle, die noch laufen konnten, die Straße hinuntergerannt, als seien die Götter hinter ihnen her. Und nach allem, was ich gesehen habe, stimmt das vielleicht ja auch.«

Der Glatzköpfige drehte sich um. »Was hast du denn gesehen?«

Grimm kicherte. Er schnüffelte an der Branntweinflasche, bevor er den Rest daraus in einen Becher goss, einen großen Schluck nahm und unterdrückt aufstieß. »Wie alle gestorben sind. Das habe ich gesehen. Der Kaiser, die Fürsten, die Edelleute, die Mätressen – alle. Die verschissenen Kolnorer kamen einfach so aus dem Blaustein. Aus diesem scheißhässlichen Bild, das sie dort oben aufgehängt haben.« Er deutete mit dem Becher in Richtung des Palasts. »Banause hat Cajetan mich genannt.« Er schnaubte. »Ich weiß schon, warum ich das Ding gleich nicht ausstehen konnte!«

Ness und Messer starrten ihn an. »Durch den Blaustein?«, fragten sie beinahe im Chor.

Grimm kicherte erneut. Dann legte er einen Finger vor den Mund. »Pschhhh! Sonst hören uns noch die Kack-Kolnorer! Die sind jetzt überall! Nur hier nicht. Hab dafür gesorgt, dass es so aussieht, als wären sie schon hier gewesen!« Er tippte sich an die Stirn. »Ich mag tumb wirken, aber ich bin nicht blöd, Messer!«

»Ja«, stellte Ness trocken fest. »Das kann ich sehen. Was meinst du damit, dass sie aus dem Blaustein kamen?«

Grimm starrte ihn unter zusammengezogenen Brauen hervor an. »Was ich gesagt habe, alter Mann. Sie kamen einfach aus der Scheißwand herausmarschiert, als wär's ein Tor aus …« Er rang einen Moment nach Worten. »Wie durch einen Wasserfall. Ergibt das Sinn? Der ganze verfluchte Blaustein hat sich in einen Wasserfall verwandelt, und durch ihn kamen diese pelztragenden Drecksäcke und haben jeden erschlagen, den sie kriegen konnten. Und sie haben fast alle gekriegt. Ich stand hinten, an der Wand. Hätte gar nicht da sein dürfen, aber Cajetan wollte seinen Laufburschen in der Nähe haben. Bin nur deswegen rausgekommen.«

»Cajetan«, unterbrach Messer ihn rüde. »Gutes Stichwort. Wo ist er?«

Grimm zuckte mit den Schultern und kratzte erneut seine Tonsur. »Tot. Er stand vorn und ging unter einem Haufen Schwerter zu Boden. Er hätte nicht mal davonlaufen können, wenn er gewollt hätte. Zu viele Scheiß-Hochwohlgeborene im Weg. Wollte er aber sowieso nicht, der fanatische Hund.« Er schniefte und versuchte, einen Schluck aus seinem Humpen zu nehmen, bevor ihm wieder einfiel, dass dieser leer war. Umständlich fummelte er einen Streifen Weidenrinde aus einer seiner Taschen und schob ihn sich zwischen die Zähne. Für einen derart massigen Mann wirkte er erstaunlich erbärmlich. »Versteht mich nicht falsch«, murmelte er schließlich. »Ich wollte ja zuerst auch nicht abhauen. Aber als der Kaiser gefallen ist, und kurz darauf Cajetan und all die anderen dort vorn, dachte ich mir, was soll's. Scheiß drauf. Ich muss nicht sterben, nur weil die's tun. Und ich hätte ja eh nichts machen können, oder?«

Messer sah ihn ausdruckslos an. »Fragst du nach unserer Meinung, oder willst du nur eine Absolution?«

»Fick dich doch, Messer!«

»Der Kaiser ...«, fuhr Ness eilig dazwischen. Er atmete tief durch und zog sich einen Stuhl heran. »Es stimmt also? Edrik ist tot? Sicher?«

Grimm prustete. »So besoffen kann ich gar nicht sein, um dabei nicht sicher zu sein. Speer in die Brust, Axt in den Kopf ... ich kenne nicht viele Leute, bei denen da noch ein Zweifel bestehen würde.« Er rülpste erneut.

»Und die Kaiserinmutter? Thoren?«

»Die Alte? Was weiß ich. Ich habe nicht länger zugesehen. Ihr Hofhund und seine Hexe standen jedenfalls direkt bei ihr und dem Kaiser. Aber wenn ihr mich fragt – ich bezweifle, dass sie es überlebt haben.« Er stellte den leeren Humpen beiseite und griff stattdessen zu seinem Branntweinbecher. »Sie werden im selben Loch gelandet sein wie Cajetan und all die anderen«, nuschelte er. »Die haben einfach ein riesiges Loch im vorderen Garten ausgehoben und alle reingeworfen. Ich hab's mit eigenen Augen gesehen. Cajetan, den alten Auttrin, die zwei Söhne vom Kesstriner, den Gesandten von Lessardo, das fette Schwein … die liegen jetzt alle dort oben in einem Loch wie die Kadaver beim Abdecker. Hatte mich im Abort am Westtor versteckt, bis sie fertig waren. Ich kam vorher ja nicht raus. Danach bin ich hierher. Tja, und seitdem …«

Er ließ die Worte in der Luft hängen und leerte seinen Becher. »Das war's wohl mit dem glorreichen Kaiserreich. Ich schätze, ich sollte auf meine alten Tage noch Kolnorisch lernen, was meint ihr?«

»Ich meine, dass ich jetzt gern mein Geld hätte.«

Grimm sah von seinem Becher auf und starrte Messer ungläubig an. »Was?«

»Marten ad Sussetz«, sagte der Vogelmann ausdruckslos. »Er ist tot. Ness Rools hier wird dir das bestätigen können.«

Grimm begann zu glucksen, bis ihm Rotzblasen aus der Nase quollen. Aus irgendeinem Grund schien er diese Nachricht urkomisch zu finden. »Tot. Du Arschloch hast ihn tatsächlich umgelegt, wie? Den letzten Bastard des Kaisers, den letzten Überlebenden mit kaiserlichem Blut.« Er gackerte einen Moment vor sich hin. Messer wartete mit unbewegter Miene, bis er sich schließlich wieder beruhigte. »Ich habe ihn nicht … beseitigt«, stellte er dann fest. »Das waren die Huacoun. Für ihn will ich kein Geld, wie ich dir bereits sagte. Aber den Rest, wie ausgemacht. Bitte.«

Grimm schniefte feucht, wischte sich den Rotz von der Oberlippe und sah Messer nachdenklich an. »Tja, das liebe Geld. Das hätte ich jetzt auch gern. Aber dafür müssten wir wieder dort hoch.« Er deutete in Richtung der kaiserlichen Festung.

Messers Gesicht verfinsterte sich, und plötzlich lag ein Messer in seiner Hand. »Mein Auftrag ist abgeschlossen. Das heißt, ich bekomme mein Geld. Und ich glaube, Grimm, du weißt ganz genau, dass du mich nicht hintergehen solltest.« Seine Klinge schnellte vor und durchbohrte ein unförmiges, blutwurstähnliches Etwas, das direkt neben Grimms Hand lag.

Ness' Achtung vor dem massigen Mann schnellte nach oben. Grimm hatte nicht im Geringsten gezuckt. Stattdessen nahm er den Blutwurstklumpen in seine klobigen Hände und brach ihn an der darinsteckenden Klinge entlang in zwei Hälften. »Keine Rede davon. Aber der Mann, der dich beauftragt hat, ist dort oben. Und dein Scheißgeld auch. Aber falls dir das ein Trost ist: meins ebenfalls. So sind wir wohl beide vom Schicksal gestraft.« Grimm biss in die Blutwurst, verzog das Gesicht und spuckte den Brocken angewidert über die Brüstung. Dann deutete er in Richtung Hafen. »Ich wäre liebend gern dort, kannst du mir glauben. Aber ohne Geld – was meinst du, wohin ich mich wenden kann?«

»Es ist mir vollkommen egal …«, gab Messer zurück, woraufhin Grimm seinerseits die Stimme hob. »Und mir ist es ziemlich wurst, ob es dir egal ist. Wir …«

Ness blendete die Stimmen der beiden aus. Er stand auf und ging an den vorderen Rand der Terrasse, um hinaus über den Hafen zu sehen. Der Kaiser war also tot. Ann Revin war tot. Und da Marten ebenfalls tot war, war wohl auch das Kaiserreich tot. Er dachte kurz darüber nach, was ihm das bedeutete. Nicht viel. Er war nicht hier geboren, und er war zeitlebens Kriegsknecht gewesen, seit er vor ungezählten Jahren im Schlepptau von Rodrik Brender jenes Dorf irgendwo an der Küste von Skellvar verlassen hatte.

Thoren war tot. Dieser Gedanke versetzte ihm einen Stich. Von Feinden auf dem Feld getötet zu werden erfüllte einen Kriegsknecht irgendwann nicht mehr mit Schrecken. Es schien das unvermeidliche Ende eines solchen Lebens zu sein, und man lernte es zu akzeptieren. Als Preis, den man zu zahlen hatte für ein abenteuerliches Leben voller Hämorrhoiden, Gicht und schlechtem Essen. Aber Thoren hatte einen Weg aus dem Feld herausgefunden. Und jetzt sollten ihn irgendwelche Drecksäcke ausgerechnet am sichersten Ort des Reichs, mitten im kaiserlichen Palast, umgelegt haben? Es schien ungerecht.

Er nahm einen tiefen Zug aus der Flasche und lauschte auf die Geräusche der untergehenden Stadt. Noch immer war Kampflärm zu hören, von irgendwo das Schreien einer Frau, das Brausen des Winds, das leise Rauschen des Regens. Irgendjemand brüllte vor Schmerz, ein ferner Hund kläffte, doch in ihrer unmittelbaren Umgebung herrschte eine geradezu unwirkliche Ruhe. Tatsächlich bot sich von hier aus ein hervorragender Ausblick über den Richtplatz und das Hafenbecken. Der Wirt musste an Hinrichtungstagen gut verdient haben, und auch sonst war der Anblick auf das Treiben im Hafen sicherlich die eine oder andere Münze mehr wert gewesen. Wo im Hafenbecken Gostins heller Sand und die versunkenen Überreste des einen oder anderen Schiffs zu sehen gewesen waren, war die Brühe im Beruner Hafen trüb, braungrau und stank stets nach den Resten der Gerber-, Fleischhauer- und Tucherviertel. Ein kreisrunder Schatten schien auf der Mitte des Beckens zu liegen. Die Beruner nannten ihn »den Schlund«, ein Bereich, in dem kein Lot, kein Anker je den Grund erreicht hatte. Und genau in dieses Hafenzentrum glitten gerade drei gewaltige graue Schiffe. Ness richtete sich auf.

Die Schiffe fächerten in der perfekten Koordination eines Raubtierschwarms aus. Selbst von hier aus war zu sehen, wie die Segel gerefft und gleichzeitig Abdeckungen von Bereichen der Decks entfernt wurden, noch während die Kolosse ihre Einfahrt beendet und dem Hafenrund ihre Breitseiten zugewandt hatten.

»Oh, bei den verschissenen Gruben«, murmelte er düster.

Messer sah sich um, und sein Blick folgte dem des alten Kriegsknechts.

»Was in aller Reisenden Namen ist das denn?« Grimm starrte verständnislos auf die Invasionsflotte.

»Das«, erwiderte Ness, nahm einen weiteren Schluck und hielt ihm die Flasche hin, »ist der wahre Grund, warum wir alle im Arsch sind, Meister Grimm. Seid froh, dass Ihr jetzt nicht dort unten seid.«

Einen Moment lang beobachteten sie schweigend, wie die Schiffe ihr Manöver vollendeten. Gestalten, die aus dieser Entfernung kaum zu erkennen waren, entzündeten blaue Feuer auf den Decks – weit mehr als bloße Laternen, zog man die Entfernung in Betracht.

Ness hieb die Flasche in stummer Frustration auf die Brüstung. »Wenn sie auch nur eine Kompanie von den Drecksäcken schicken, die wir in der Höhle gesehen haben, dann wird das ein Gemetzel.«

Messer zuckte vogelhaft mit den Schultern und wandte sich ab. »Nichts, was wir ändern können. Nicht unser Problem.«

»Du bist ein von den Gruben verdammtes Arschloch, weißt du das?«

»Das hat man mir bereits mehrfach deutlich zu verstehen gegeben. Auch mit weniger gewählten Worten, mein Freund.« Messer ließ die Augen nicht vom Hafen, während er in den fettigen Blutwurstklumpen biss. »Aber das ändert nichts daran, dass ich recht habe. Ob wir dort unten wären oder nicht, spielt keine Rolle. Es gab nur zwei Männer hier, die etwas hätten bewirken können. Zufällig die beiden Männer, die uns bezahlen. Bezahlt hätten. Beide sind tot. Ich schlage vor, wir kümmern uns ab hier um unsere eigenen Angelegenheiten.«

»Was bedeutet, dass du dein Geld holen willst«, knurrte Ness.

»Natürlich«, gab der Vogelmann zurück. Er kaute gründlich, bevor er zwei Knorpel ausspuckte und schließlich schluckte. »Darum geht es doch am Ende bei uns allen. Immer. Frag nicht, was du für deinen Kaiser tun kannst. Frag, was sie dir dafür bezahlen. Alles andere ist entweder Heuchelei, Selbstbetrug oder schlichte Dummheit.«

»Es sind Kreaturen wie du, die unseren Berufsstand entehren«, murmelte Ness finster.

Messer zuckte erneut mit den Schultern. »Einen Berufsstand, der davon lebt, sich an verschiedenste Herren zu verkaufen und in ihrem Auftrag Mord an Menschen zu begehen, die zufällig auf einer anderen Soldliste stehen, zu entehren ist ein Kunststück, das nicht einmal ich fertigbringe.« Er warf Ness einen Blick zu, und seine spitze Nase zuckte. »Ihr braucht Kreaturen wie mich, Ness. Frag Grimm. Ihr braucht uns, um die Dinge zu tun, die nicht einmal ihr tun wollt. Damit ihr euch in der Illusion wälzen könnt, tatsächlich so etwas wie Ehre zu haben. Und das hier könnte wirklich Senf vertragen.« Er biss erneut ab und warf den Rest der Blutwurst in die Gasse hinab. »Also gut. Lasst uns essen und eine Mütze voll Schlaf nehmen. Wir sollten morgen in eine Festung eindringen.«

»Darauf läuft es also hinaus?«, fragte Ness leise. Gedankenverloren rieb er sich den Ohrenstummel. »Berun liegt in den Todeswindungen, und wir gehen die kaiserliche Festung ausrauben wie gewöhnliche Diebe?«

»Darauf läuft es hinaus«, sagte Messer. »Wenn auch gewöhnliche Diebe selten auf das aus sind, was ihnen von Rechts wegen ohnehin zusteht.«

»Und warum gehen wir nicht jetzt gleich?«, murrte Grimm. »Mir scheint, je eher wir hier verschwinden, desto besser.«

Messer setzte sich an den Tisch und beäugte kritisch die gesammelten Lebensmittel. »Weil ich Hunger habe«, stellte er sachlich fest. »Wenn ich hungrig bin, begehe ich Fehler. Und weil du zu besoffen dafür bist. Wir werden jedes bisschen Verstand brauchen, das wir aufbringen können, wenn wir damit durchkommen wollen.«

»Wenn wir in die kaiserliche Festung eindringen wollen, die von tausend irren Kolnorern besetzt ist, dann sind wir ohnehin nicht bei Verstand«, murmelte Grimm.

Ness beobachtete weiter die Schiffe und Menschen, die sich in der hereinbrechenden Dunkelheit am Hafen sammelten, weil sie nicht wissen konnten, dass dort ihr Tod eingetroffen war. Im Stillen gab er Grimm recht.

22

Zuhause

Es war schon ein lustiger Anblick, wie die Waldmenschen aus dem Tempel herausströmten und im nächsten Augenblick wie angewurzelt mitten auf den Stufen stehen blieben, um mit großen Augen und weit geöffneten Mündern in die Runde zu starren. Auf die gewaltigen Ausmaße der Kaiserfestung waren sie nicht vorbereitet gewesen. Bis auf Bogk hatte wohl keiner von ihnen jemals zuvor einen Gebäudekomplex dieser Größenordnung erblickt. Und nun waren sie gleich mitten in die mächtigste Festungsanlage der Welt hineingestolpert. Maskenbewehrte Wilde, die sich zwischen diesen gewaltigen Mauern plötzlich klein und unbedeutend vorkamen. Wie Kinder strömten sie auf das Kopfsteinpflaster hinaus und glotzten zu den weit über ihren Köpfen liegenden Dächern empor oder streckten staunend die Hände nach kunstvoll gemeißelten Statuen und schmiedeeisernen Geländern aus. Immer wieder blieben sie stehen, deuteten mal hierhin, mal dorthin und stießen die Namen der Reisenden aus, die ihnen in diesem Augenblick wie echte Götter erscheinen mussten.

Danil hätte sich sicherlich vor Lachen bepisst, wenn die Situation eine andere gewesen wäre. Doch der mächtige Festungsbau mit seinen himmelsstürmenden Türmen und den goldenen Palastdächern hatte sich während seiner Abwesenheit in ein Schlachtfeld verwandelt. Der Westturm, der seit Jahrhunderten unverrückbar über Berun gewacht hatte, war eingeknickt wie ein Strohhalm im Sturm. Bei seinem Sturz hatte er große Teile des Palastgebäudes unter sich zermalmt. Aus dem ausgebrannten Küchentrakt ragten die Überreste der Dachbalken wie die Rippen eines aufgebrochenen Skeletts heraus, und überall lagen Tote herum und verpesteten mit ihrem Leichengestank die Luft.

Unzählige Leichen waren entlang des Wegs achtlos auf Haufen geworfen worden. Keiner hatte sich die Mühe gemacht, sie zu begraben oder wenigstens ihre Gesichter zu bedecken. Es waren so unglaublich viele. Danil glaubte, beinahe in jedem zweiten einen Freund oder Bekannten wiederzuerkennen. Einen schnurrbärtigen Schwertmann des Kaisers, mit dem er gelegentlich auf dem Kampfplatz gefochten hatte. Eine Küchenmagd, der er vielleicht einmal schöne Augen gemacht hatte. Zwei hinterlistige Torwächter, die ihn gelegentlich beim Würfelspiel hintergangen und die von ihrem erworbenen Silber nun nicht einmal mehr ein anständiges Begräbnis hatten.

Er hastete die Stufen zum Kaiserpalast hinauf und stieß die goldbeschlagenen Tore auf. Der Thronsaal war in trübes Dämmerlicht getaucht, in dem die Umrisse der Wappen, die von den unzähligen Generationen von Adelshäusern berichteten, die im Laufe der Jahrhunderte über Berun geherrscht hatten, nur schwach zu erkennen waren. Der Falke des Hauses ad Rincks, der Brunnen des Hauses Born. Weiter hinten der

Drache von Gillis direkt neben dem springenden Rappen der Grafen von Erskin. Ganz am Ende der Halle schließlich der Löwe mit dem weit aufgerissenen Maul. Das Wappen des Hauses Revin ad Berun. Direkt darunter standen auf einem Absatz die Herrschersitze des Kaisers und seiner Gattin.

Der Thron des Kaisers war besetzt. Eine einsame Gestalt hockte darauf. Hager und verwachsen, mit einer langen Hakennase im Gesicht und einer schiefen Narrenkappe auf dem Kopf. Als er näher trat, zuckte die Gestalt zusammen und hob das Kinn. Ihre rot geränderten Augen blinzelten verwirrt.

»Jerik«, sagte Danil.

»Wer ist da?« Jerik kniff die Augen zusammen. Seine Stimme war voller Angst. »Was wollt Ihr von mir? Warum versteckt Ihr Euch im Dunkeln?«

»Ich bin es.« Danil stieg die Stufen hinauf, damit der Hofnarr ihn besser erkennen konnte. »Was machst du da oben auf dem Thron?«

»Ich sitze. Das seht Ihr doch. Auf dem Platz, der mir zusteht.« Jeriks Hand fuhr nach oben und bekam die Narrenkappe zu fassen. Die Schellen klimperten leise. Er runzelte die Stirn und blickte sich irritiert auf dem Boden um. »Ich ... oh, meine Krone. Sie muss mir vom Kopf gerutscht sein. Sie ist ein bisschen verbeult, müsst Ihr wissen. Passt noch nicht so ganz, wie sie soll. Ich werde sie zu einem Schmied bringen müssen. Ihr kennt nicht zufällig einen verlässlichen Goldschmied? Nein, wartet. Wozu habe ich denn Bedienstete?« Er richtete sich kerzengerade auf und klatschte in die Hände. Das Geräusch hallte vielfach von den Wänden wider. »Johen ad Rincks! Holt mir einen Schmied. Auf der Stelle!« Er legte den Kopf schief und lauschte einen Augenblick dem verhallenden Geräusch. Dann beugte er sich verschwörerisch nach vorn.

»Dieser ad Rincks ist ein ausgemachter Faulpelz. Aber was soll man machen? Gute Bedienstete sind heutzutage schwer zu bekommen. Auf niemanden ist mehr Verlass. Ihr seid der Einzige, der mir noch geblieben ist, Danil. Ihr seid der treueste meiner Schwertmänner. Nicht wahr? Ihr seid zu mir zurückgekehrt. War Eure Reise von Erfolg gekrönt?« Er blickte an Danil vorbei, und seine Augen wurden groß. »Oh, Ihr habt Gäste mitgebracht! Neue Verbündete vielleicht? Freunde sogar? Es ist immer gut, Freunde zu haben. Ein Kaiser wird von so vielen Speichelleckern umschwärmt, die alle nur ihren eigenen Vorteil im Sinn haben. Echte Freunde sind dagegen schwer zu finden. Man sollte sie hegen und pflegen wie eine zarte Blume.« Sein Kinn ruckte zur Seite und wieder zurück. Seine Handfläche klatschte gegen die Stirn. »Wo habe ich nur wieder meinen Kopf! Ihr seid sicherlich müde von der langen Reise. Ich lasse Meister Grill sofort eine Speise anrichten. Ach was! Ein ganzes Festmahl werde ich zubereiten lassen. Nur zu Euren Ehren und zu Ehren unserer neuen Verbündeten. Fasanennester in Feuerblatt, gesottene Skellingnester, selanische Seealgen …« Er sprach laut und schnell, so als hätte er Angst, in seinem Redefluss unterbrochen zu werden, »… dumresischer Rothirsch in *Paqualho*sauce. Eine echte tiburonische Spezialität, Ihr müsst ihn unbedingt probieren! Das Wasser wird Euch im Mund zusammenlaufen.«

Bogk trat neben Danil auf den Absatz hinauf. Misstrauisch kniff er die Augen zusammen. »Ist das da etwa Euer Kaiser?«

Danil schnaubte. »Nur sein Hofnarr. Er ist dafür da, den Kaiser mit seinen Scherzen zu unterhalten.«

»Er kommt mir nicht sehr lustig vor. Er hat etwas an sich, das die Geister verstört.«

Danil zuckte mit den Schultern. »Was soll man machen?

Gute Bedienstete sind heutzutage eben schwer zu bekommen.« Er wandte sich wieder Jerik zu. »Wo ist der Kaiser? Wo ist Edrik? Ist er noch am Leben?«

»Der Kaiser wandelt in den Arkaden von Lessardo, mein Freund. Er tanzt in den Gassen von Cortenara, wo die Musik niemals verklingt.« In Jeriks Blick trat ein verträumter Glanz. Er wischte sich mit dem Handrücken eine Träne aus dem Augenwinkel. »Ich tat es für ihn. Für ihn ganz allein. Damit er endlich in der Freiheit leben kann, nach der er sich immer gesehnt hat. Ich habe ihn geliebt. Auf meine ganz eigene Art, verstehst du? Und nun ist er tot, und ich trage die Bürde, die für ihn bestimmt gewesen ist.« Er runzelte die Stirn. »Wo wir gerade von Bürde reden. Habt Ihr zufällig meine Krone gesehen ...?«

»Was ist das nur für eine jämmerliche Gestalt«, knurrte Bogk angewidert. »Soll ich ihn für dich töten?« Er trat einen Schritt nach vorn und hob die Axt.

Jerik kreischte auf und sprang mit beiden Füßen auf die Sitzfläche des Throns hinauf. »Wachen! Danil! Euer Kaiser ist in Gefahr. Haltet mir diesen Unhold vom Leib.«

»Warte noch.« Danil hob die Hand. »Was ist mit der Kaiserinmutter? Wo ist Ann Revin? Ist sie noch am Leben?«

»Sie ist fort«, krähte Jerik, während er versuchte, an der Rückenlehne des Throns hinaufzuklettern. »Verschwunden. Einfach so. Während alle anderen gestorben sind.«

»Verschwunden? Was soll das heißen?«

»Sie hat sich in Luft aufgelöst.« Jerik gab seine erfolglosen Klecterversuche auf und ließ sich zurück auf die Sitzfläche sinken. Er pustete gegen seine geschlossene Faust und spreizte die Finger, wie ein Jahrmarktzauberer, der einen billigen Trick vollführte. »Puff und fort! Die Kolnorer haben ganz schön blöd aus der Wäsche geschaut. Das Mädchen, dem du das Herz gebrochen hast, Sara meine ich, sie hat Ann Revin verschwinden lassen. Ich habe noch nie so eine vollendete Zurschaustellung einer Gabe erlebt. Jedenfalls nicht bei einem normalen Menschen. Diese Fischmenschen dagegen …«

»Sara ist noch am Leben?« Danils Magen krampfte sich zusammen. Bis eben war ihm noch kein einziges Mal der Gedanke gekommen, dass sie ebenfalls unter den Toten im Blausteinzimmer hätte liegen können. Allein die Vorstellung verursachte ihm Übelkeit. Mit einem Satz sprang er die Stufen zum Thron hinauf und zerrte Jerik von seinem Platz. »Wo ist sie?«

»Ich weiß es nicht!« Jeriks Augen waren vor Entsetzen weit aufgerissen. »Irgendwo und nirgendwo. Vielleicht ist sie tot. Vielleicht noch immer auf der Flucht. Aber die Fischmenschen sind ihr auf der Spur. Sie werden sie finden, früher oder später. Sie sind unaufhaltsam. Sie töten jeden, der sich ihnen in den Weg stellt. Sie sind grausamer als alles, was Ihr Euch vorstellen könnt. Ihr müsst fliehen, Danil. Lasst sie zurück. Flieht, solange Ihr noch könnt!«

»Du elender Feigling.« Wütend schüttelte Danil den Narren durch. »Warum hast du nichts getan? Warum hast du die Kolnorer nicht aufgehalten? Warum sitzt du hier auf dem Thron des Kaisers? Du hast verdammt noch mal kein Recht dazu!« Bei den Reisenden, wie er ihn in diesem Augenblick hasste. Das Blut pulsierte so heftig in seinem Schädel, dass weiße Sterne vor seinen Augen zu tanzen begannen. Am liebsten hätte er diese jämmerliche Kreatur an Ort und Stelle erschlagen. Aus hilflosem Zorn, und weil er selbst nicht da gewesen war, um das Schlimmste zu verhindern. Weil er selbst die ganze Zeit so ein verdammter Feigling gewesen war.

Jerik stieß ein jämmerliches Heulen aus. Seine dünnen

Spinnenfinger klammerten sich um Danils Handgelenke. Sie waren kalt wie Eis. Erschrocken zuckte Danil zurück. Angeekelt wollte er die Hände abschütteln, als ein gleißender Strahl aus Kälte seine Arme hinaufschoss. Er riss sich los und stolperte rückwärts. Auf einen Schlag war der Zorn verflogen und wich einer seltsamen Benommenheit, die seine Arme und Beine lähmte. Er blinzelte und schüttelte den Kopf. »Wie ... Was hast du gemacht?«

»Blaustein«, murmelte Jerik, während er seine Narrenkappe gerade rückte. Er kletterte zurück auf den Thron und wischte sich mit dem Handrücken über den Mund. »Er ist überall. Er schwebt in der Luft und liegt auf dem Boden. Er legt sich auf jede Oberfläche und kriecht in die Lunge und in jede Pore deines Körpers. So wie der Staub in einem Kalksteinbruch. Die Stadt ist überschwemmt davon. Sie haben ihn nicht nur für die Erschaffung des Tors gebraucht, sondern auch noch für etwas sehr viel Bedeutenderes. Sie sind auf der Suche.«

»Nach wem?«

»Nach was, solltest du fragen. Nach einem Ort. Nach dem Ort, an dem die Götter begraben sind.«

»Das haben sie dir alles erzählt?«

Jerik kicherte leise. Er hämmerte sich mit der geschlossenen Faust gegen die Stirn. »Ich habe es in ihren Gedanken gelesen. Ich kann sie alle lesen. Sie umschwirren mich wie lästige Fliegen. Die kleinen Geheimnisse genauso wie die großen Träume. Doch selbst die schlimmsten Perversionen und Abartigkeiten der Menschen sind nichts gegen die Untiefen, die in den Köpfen der Fischmenschen lauern. Sie wollten mich töten, so wie all die anderen auch. Sie wollten auch meine Kräfte stehlen, um damit ihre eigenen zu verstärken. Doch Jerik war schlauer als sie. Ist in ihre Köpfe hineingekrochen und hat sie vergessen lassen, dass er noch da ist. Sie haben ihn vergessen und einfach zurückgelassen, an diesem elenden Ort.« Er kicherte erneut. Nach einer Weile ging sein Kichern in ein Schluchzen über und brach ab. Er riss die Augen weit auf. »Ich habe Angst vor ihnen, Danil. Jemand muss sie aufhalten. Du musst sie aufhalten.«

»Das hatte ich vor. Aber wenn sie so mächtig sind, wie du sagst, wie sollte ich das dann tun?«

»Oh, ich bin nicht der Einzige, der Angst hat.« In Jeriks Augen kehrte jetzt wieder etwas von ihrem alten Feuer zurück. Verschwörerisch beugte er sich nach vorn. »Sie haben ebenfalls Angst.«

»Wer?«

»Na die Fischmenschen, du Dummkopf. Es hat etwas mit Sara zu tun. Es ist etwas an ihr … Wir müssen sie finden, bevor sie es tun.«

»Aber ich dachte, sie wäre verschwunden.«

Jerik rollte mit den Augen. »Du bist wirklich ein riesengroßer Dummkopf, Danil. Sie ist natürlich nicht vollständig verschwunden. Sie läuft noch irgendwo da draußen herum. Irgendwo dort unten in der Stadt. Manchmal schnappe ich einen ihrer Gedankenfäden auf. Immer dann, wenn sie sich an mich erinnert. Sie ist nicht besonders gut auf mich zu sprechen, weißt du?«

»Wenn du das sagst …«

»Während deiner Abwesenheit ist eine ganze Menge geschehen.« Ein Muskel zuckte unter Jeriks Auge. Er kratzte sich hektisch an der Schläfe. »Eine ganze Menge Menschen sind nicht mehr gut auf mich zu sprechen, das gebe ich unumwunden zu. Der Thron ist eben eine zu schwere Bürde für einen einzelnen Narren. Aber dennoch bin ich deine einzige

Chance, sie wiederzufinden. Du brauchst mich, Danil, glaube mir. Lass mich dir helfen.«

Danil hob die Hand. Langsam hatte er genug von dem Geschwätz des Narren. Er wusste nicht einmal, ob er ihm überhaupt noch ein Wort glauben konnte. Immerhin hatte selbst Thoren ihn im Verdacht gehabt, ein doppeltes Spiel zu betreiben. Er stieß die Luft aus. Verdammt. Warum war er nicht da gewesen, als das Kaiserreich ihn gebraucht hatte? Er rieb sich mit den Fingerspitzen die Schläfen. Zum wiederholten Mal verfluchte er sich dafür, so dumm gewesen zu sein. »Was hältst du von der Sache, Bogk?«

Der Waldmensch beugte sich nach vorn und kniff die Augen zusammen. Er stieß Jerik die Spitze seiner Axt gegen die magere Brust. »Die Geister sagen, dass sie ihm nicht trauen. Sie glauben, dass er ein Lügner ist. Vielleicht sogar ein Verräter. Zumindest aber ein Feigling. Obwohl sie auf der anderen Seite auch zugeben müssen, dass ihnen seine Verrücktheit gefällt …« Er schüttelte den Kopf. »Ich würde ihn trotzdem töten. Nur um sicherzugehen.«

»Ich mag ein Lügner und ein Feigling sein«, wimmerte Jerik, während er ängstlich den Kopf zwischen die Schultern zog, »aber wenn ich tot bin, werdet ihr Sara niemals finden. Ihr braucht mich. Ich kann euch zu ihr bringen.«

Angestrengt kratzte sich Danil am Bart. Durfte er dem Narren vertrauen? Durfte er Bogk vertrauen? Oder gar seinen seltsamen Waldgeistern? Gab es überhaupt noch irgendjemandem, dem er sein Vertrauen schenken konnte? Langsam bekam er einen Eindruck davon, wie Thoren sich immer gefühlt haben musste. Wie sollte man denn ein Kaiserreich beschützen, wenn man niemals sicher sein konnte, sich auf irgendjemanden verlassen zu können? Wenn sich die engsten

Freunde als Feinde entpuppten und aus erbitterten Gegnern plötzlich Verbündete wurden? Und dann war da noch die Frage, ob das Kaiserreich überhaupt noch existierte, wenn der Kaiser tot und alle seine Bastardgeschwister ermordet worden waren. Lohnte es sich dann überhaupt noch weiterzukämpfen? Er schloss die Augen und atmete tief durch.

Marten war ja noch übrig. Dieser verdammte Glückspilz. Solange er noch am Leben war, gab es einen Anwärter auf die Krone. Ann Revin war die Einzige, die seinen Anspruch zweifelsfrei beweisen konnte. Wenn er Sara fand, dann fand er auch die Kaiserinmutter. Und um Sara zu finden, brauchte er wiederum Jerik. So einfach war das.

Sie liefen durch verlassene Gassen, vorbei an eingeschlagenen Türen und Fenstern und ausgebrannten Häusern. Auf dem Pflaster lagen zerschlagener Hausrat und zerbrochene Truhen, die die Nordmenschen zurückgelassen hatten, nachdem sie geplündert hatten, was von Wert gewesen war. Scharen von Skellingen glitten krächzend über ihre Köpfe hinweg, auf der Suche nach Fleischresten, um die sie sich mit den zahlreichen Straßenkötern balgen konnten. Straßenköter, die noch vor wenigen Tagen mit eingezogenen Schwänzen geflohen wären und nun zu vollgefressen waren, um sich aus dem Weg zu trollen, wenn die Krieger an ihnen vorüberhuschten.

In Höhe des Mitteltors stießen sie auf die ersten Spuren ernsthafter Kämpfe. Ein Schimmer Sonnenlicht brach durch die Wolkendecke und fiel auf zerbeulte Schilde und Helme und auf Speere mit zersplitterten Schäften. Es hatte ganz den Anschein, als hätten die alten Torflügel, die Danil zeit seines Lebens noch kein einziges Mal geschlossen gesehen hatte, der Wut der anstürmenden Kolnorer noch eine Weile Widerstand geleistet. Doch am Ende hatte ihnen ein hastig aus Dachbalken zusammengeschusterter Rammbock den Todesstoß versetzt. Danil hoffte, dass die Verteidigungsbemühungen der Wächter dennoch zumindest einer Handvoll Stadtbewohnern die Flucht ermöglicht hatten. Sie folgten den Spuren der Kolnorer in das dichte Gassengewirr hinein.

Kaum hörbar trug ihnen der Wind Geräusche entgegen, die darauf schließen ließen, dass irgendwo ganz in der Nähe noch immer gekämpft wurde. Vereinzelte Schreie, das charakteristische Klirren von Metall, das aufeinanderschlug. Geräusche, die Danil einen kalten Schauer über den Rücken jagten, während sie die Waldmenschen in erwartungsvolle Aufregung versetzten. Sie rückten weiter vor, langsamer jetzt und aufmerksam nach allen Seiten Ausschau haltend. Späher huschten in die Schatten davon und verschwanden in schmalen Seitengassen, oder sie sprangen leichtfüßig über ihren Köpfen von Dach zu Dach.

Wie ein Rudel Wölfe, das die Witterung aufgenommen hatte. Danil glaubte beinahe, den Gestank ihrer Blutgier zu riechen. Er umklammerte den Griff seines Schwerts, das Gissur so liebevoll für ihn mit frischem Leder umwickelt hatte. Gragar Graugans' jüngster Sohn hatte in letzter Zeit erstaunlich wenig davon geredet, ihn umbringen zu wollen. Das konnte ein gutes Zeichen sein, aber vielleicht hatte der Junge auch nur erkannt, dass es nur noch eine Frage der Zeit war, bis ein übereifriger junger Waldmensch ihm die Arbeit abnahm, weil er sich vor seinen Freunden als Krieger hervortun wollte. Gewundert hätte ihn das nicht, denn Mutproben und nutzlose Zweikämpfe schienen das Einzige zu sein, dem sich diese Menschen mit Feuereifer widmeten.

Die Straße verbreiterte sich zu einem großen Platz, auf dem

früher die Tuchhändler ihre Waren ausgebreitet hatten. Die Häuser waren mit kunstvoll verzierten Erkern versehen, von denen die Handelsherren und Schneider einen guten Überblick über das Treiben ihrer Angestellten hatten. Gleichzeitig konnten sie sich von dort oben dem einfachen Volk präsentieren, ohne in allzu engen Kontakt mit ihm treten zu müssen.

Danils Blick fiel auf das vertraute Symbol einer übergroßen Schere, das über einem der Hauseingänge hing. Er erinnerte sich an den Tag, als er Sara durch diese Tür begleitet hatte, um ihr von Meister Endreiß ein Kleid für das Theater schneidern zu lassen. Die Buntglasscheiben waren eingeschlagen, Garn und Stoffballen lagen auf dem Pflaster verstreut und waren von schweren Stiefeln in den Schmutz getreten worden.

Der Platz schlug einen lang gezogenen Bogen um das Zollhaus. Dahinter wurde eindeutig heftig gekämpft. Danil hörte Rufe und das Klirren von Waffen, und dazwischen die schrillen Schreie der Verwundeten und Sterbenden. Als sie näher kamen, sahen sie eine große Anzahl Bewaffneter, die mit Äxten und Schwertern aufeinander einschlugen. Trotz des unübersichtlichen Getümmels aus blitzenden Rüstungen und splitternden Schilden war es nicht schwer, sie zu unterscheiden. Auf der einen Seite standen die Kolnorer, gut erkennbar an ihren bunt bemalten Rundschilden und den fellbesetzten Lederrüstungen. Auf der anderen Seite wehte ein Kriegsknechtbanner über den Helmen der Kämpfenden. Danils Herz machte einen Sprung, als er das Zeichen von Hilgers Schwarzraben erkannte.

23

Keine gute Idee

Der Sturm war endlich abgeflaut, und der noch immer stetig fallende Regen hatte sich in einen kalten, alles durchdringenden Landregen verwandelt, der Ness die Stiefel durchweichte. Immerhin waren die Kampfgeräusche abgeebbt. Die Kolnorer hatten ihren Vormarsch wohl gestoppt, als die Dunkelheit hereingebrochen war, auch wenn sie während der Nacht weitere Männer in Richtung Hafen hinunter verlegt hatten. Aus der Deckung der in der Dunkelheit verborgen liegenden Dachterrasse hatte Ness mindestens zwei Kompanien an Männern die Straße hinabmarschieren gesehen, doch erstaunlicherweise schien Grimms Täuschungsmanöver tatsächlich zu funktionieren. Nur ein oder zwei Männer hatten einen kurzen Blick ins Innere der Taverne geworfen, um dann weiterzuziehen, ohne sich die Mühe zu machen, näher nachzusehen. Warum auch? Sie hatten die größte Stadt der Welt in ihrer Hand. Warum sollte man sich also in einer verwüsteten Taverne herumtreiben? Die wahre Beute war woanders zu finden.

Nichtsdestotrotz hielten sich die drei Männer jetzt an verwinkelte Nebengassen und Lücken zwischen den Häusern, die so schmal und unscheinbar waren, dass sie auf den ersten Blick nicht einmal als Durchgänge erkennbar waren. Müll machte ein Durchkommen schwierig, vergessene Wäsche in Hinterhöfen verstellte die Sicht, verbarg sie jedoch gleichzeitig vor den Blicken eventuell herumstreifender Kolnorer, auch wenn sie dafür beinahe immer in tiefstem Dämmerlicht unterwegs waren und ihren Weg gelegentlich sogar ertasten mussten. Messer hatte die Führung übernommen, Grimm folgte dem Vogelmann auf dem Fuße, und Ness bildete den Abschluss ihres Trupps. Er hatte seinen Bogen aus der schützenden Hülle genommen, die Sehne geölt und aufgezogen und befingerte jetzt nervös die Pfeile in seinem Köcher. Es waren viel zu wenige. Das schwül-feuchte Wetter des Macouban und die stürmische Seereise hatten trotz der schützenden Hüllen dafür gesorgt, dass sich der Großteil der Pfeilschäfte unrettbar verzogen hatte. Lediglich eine Handvoll war ihm geblieben.

Messer hob eine Hand und hielt inne. Irgendwo in der Nähe ertönte der Lärm eines Gefechts. Recht wahrscheinlich vor ihnen, denn die Gasse hinter ihnen war menschenleer gewesen. Ness versuchte, an Grimm vorbeizusehen. Die Lücke zwischen den beiden Häusern machte vor ihnen einen Knick, hinter dem mehr Tageslicht hereinfiel. Der Kampflärm nahm zu, und Messer zog jetzt zwei lange, schmale Klingen aus seinem Mantel.

»Zurück?«, flüsterte Grimm.

Messer schüttelte den Kopf. »Noch nicht. Der Umweg würde uns zu viel Zeit kosten, und am Ende würden wir nur anderen Kolnorern in die Arme laufen. Lasst uns zuerst nachsehen. Vielleicht hat sich das bald erledigt.« Wie der Schatten einer Krähe, die hoffnungsvoll in Richtung eines toten Pferds hüpft, huschte Messer vorwärts bis an die scharfe Kurve zwischen den beiden Häusern, die sich über ihren Köpfen aneinanderlehnten.

»Ich halte das für keine gute Idee«, murmelte Grimm.

Ness nickte. Trotzdem schob er sich an dem massigen Mann vorbei und spähte hinter Messer um die Kurve.

Kurz dahinter endete die Gasse auf einer anderen Straße. Sie schoben sich aus der Lücke und fanden sich am Rand eines größeren Platzes wieder. Ness war schon früher hier gewesen. Das hier war der Obermarkt der Tucher, an dessen gegenüberliegendem Rand das düstere Zollhaus aufragte. Stoffe, Garne und zerborstenes Glas lagen über das Pflaster verstreut, und dazwischen die eine oder andere Leiche, deren Blut schon lange den Bächen des Regenwassers gefolgt war. Bleich, aufgedunsen und blicklos lagen sie auf dem Pflaster.

Der Großteil der Toten bestand aus einfachen Berunern. Händler vielleicht, oder Feiergäste, wenn man nach den festlichen Kleidern der Gefallenen ging. In ihrer Nähe lag jedoch auch ein Bewaffneter. Sein Spieß war abgebrochen, und der Rest des Schafts klemmte zwischen zwei Pflastersteinen fest. Seine lederne Rüstung wies einen klaffenden Riss im unteren Rücken auf, durch den Ness rohes Fleisch und weißen Knochen schimmern sehen konnte. Auch sein fein gewebtes Kettenhemd hatte ihn vor diesem Hieb nicht geschützt, ebenso wenig wie der zerrissene Mantel mit dem so charakteristischen Fellbesatz. Im Gegensatz zu den meisten anderen Toten lag er jedoch in einer Blutlache, die weder geronnen noch fortgewaschen war. »Kolnorer«, stellte Messer leise fest. »Irgendjemand wehrt sich nach Kräften.«

Ness sah auf und musterte das blutige Getümmel am anderen Ende des lang gezogenen Platzes.

Tatsächlich waren die großen Krieger des östlichen Königreichs unverkennbar. Beinahe jeder von ihnen war größer als ein Beruner, einen halben Kopf oder gar mehr, und im Gegensatz zu denen im Macouban trugen diese hier die gleichen ledernen Panzer und Kettenhemden wie der Tote zu ihren Füßen; jeder mit seinen Hausfarben bemalt, mit reichlich Fell verbrämt und Blut besudelt. Im Moment hackten sie auf einen Trupp Kriegsknechte ein, der ihnen den Weg in die Unterstadt versperrte. Natürlich. Selbstredend waren es Kriegsknechte und keine Ritter oder Schwertleute, die übrig waren und die Stellung hielten. Niemand lud sie dazu ein, feierlichen Eröffnungen beizuwohnen, wenn es nicht gerade ein neues Massengrab war. Niemand würde sie als Wachen für eine Veranstaltung verwenden, auf der die wichtigen Adligen des Reiches versammelt waren, so viel war mal sicher. Immerhin waren sie käuflich. Das wusste jeder. Sie folgten dem Geld, also konnte man ihnen nicht vertrauen.

Grimms Blick suchte nach dem Banner des Haufens. »Hilgers Schwarzraben«, brummte er schließlich, doch widerwillig kroch ein schmales Grinsen auf sein Gesicht. »Die haben aber auch wirklich jeden hier reingelassen.« Gleich darauf runzelte er die Stirn, als ein ebenfalls in Fell und Leder gehüllter Mann einen der Kolnorer anfiel und ihm eine Axt durch die Schläfe trieb.

»Damit könntest du tatsächlich recht haben«, stimmte Messer zu.

Ness sah genauer hin. Erst jetzt wurde ihm klar, dass die Flut der in Felle gehüllten Kerle aus der Gasse keine weiteren Kolnorer waren. Nachdenklich rieb er sich das halbe Ohr. »Die hab ich auch schon mal gesehen«, stellte er fest.

Messer wiegte den Kopf. »Das haben wir, glaube ich. Im

Norden. Dresna. Zumindest trugen die Wilden, die uns damals geführt haben, ähnliche Zeichen.«

»Waldmenschen, hm? Na klar. Warum auch nicht. Vielleicht noch eine Horde Jungfrauen mit Drachen aus dem Sawale? Das wär's doch.« Ness schüttelte grinsend den Kopf, zog einen Pfeil aus dem Köcher und legte ihn auf die Sehne. »Also – helfen wir Hilger, oder …«

»Interessant«, stellte Messer fest, der die Kämpfenden nicht aus den Augen gelassen hatte. »Und unerwartet. Die Wilden greifen die anderen Wilden an.«

Ness sah auf. »Bitte was?«

»Die Waldmenschen scheinen nicht auf der Soldliste der Kolnorer zu stehen.«

Grimm sah an ihm vorbei. »Hm. Oder es gab Unstimmigkeiten bei der Bezahlung.«

»Du meinst ›Plündert so viel ihr wollt‹ könnte nicht ausgereicht haben?«

Der Massige warf Ness einen Seitenblick zu. »Vielleicht durften sie ja nicht plündern. Hab gehört, die Waldmenschen nehmen so was übel.«

»Ich meine das ernst«, sagte Messer leise. »Seht hin – erkennt ihr den Mann dort hinten? Der so aussieht, als wäre er gern woanders?«

Ness wurde wieder ernst und versuchte zu erkennen, auf wen Messer deutete. »Da soll doch … entweder die Waldmenschen haben ihren eigenen Idioten mitgebracht, oder das ist …«

»Jerik«, platzte Grimm heraus. »Der Narr des Kaisers! Wie kommt der Bastard zu einer Armee wie …« Er stockte, und seine Augen verengten sich. »Ich muss mit ihm reden«, stellte er fest.

»Und ich finde, wir sollten von hier verschw…« Messer beendete nicht, was er sagen wollte, sondern stieß stattdessen einen leisen Fluch aus, als Grimm sich ein Stück Weidenrinde zwischen die Zähne stopfte und mit blankem Schwert auf den Platz hinausstürmte.

»Ich schätze, da geht es hin, dein Geld«, stellte Ness fest.

»Ich werde den Kerl eigenhändig umbringen.« Zwei lange Messer mit dünnen Klingen lagen plötzlich in seinen Händen.

»Das heißt also, wir müssen ihm vorher den Hals retten?« Ness hob den Bogen und sah zu Messer hinüber. Der Vogelmann würdigte ihn keines Blickes, sondern lief seinerseits auf den Platz hinaus.

»Schön, dass wir darüber gesprochen haben.« Der alte Kriegsknecht biss auf einen Blausteinbrocken, kniff kurz die Augen zusammen und ließ dann den Pfeil von der Sehne schnellen. Auf der anderen Seite des Platzes brach der Kolnorer, der Grimm gerade in den Rücken fallen wollte, zusammen, als das Geschoss in seinen Nacken einschlug. Ein weiterer Pfeil war bereits in der Luft.

24

Unverhofft

Der Kampf wogte verbissen hin und her, und die Männer schoben sich mit gefletschten Zähnen gegenseitig über den Platz. Keine Seite schien auch nur einen Fußbreit nachgeben zu wollen. Dennoch war auf einen Blick zu erkennen, dass die Schwarzraben im Nachteil waren. Die Kolnorer hatten sie von zwei Seiten in die Zange genommen, und auf der schmalen Gasse waren ihre langen Spieße eher hinderlich als von Vorteil. Immer wieder versuchten sie, eine gerade Kampfreihe zustande zu bringen, doch im nächsten Augenblick wurden ihre Reihen von einer anderen Seite aus durcheinandergewirbelt.

Wenn Danil in letzter Zeit eines über sich gelernt hatte, dann, dass Nachdenken nicht unbedingt zu seinen Stärken gehörte. Das hatte ihn zwar mehr als nur einmal gehörig in die Scheiße geritten, aber irgendwie konnte er einfach nicht aus seiner Haut. Er konnte nur hoffen, dass Bogks Geister Gefallen an einem Verrückten wie ihm gefunden hatten und ihre schützende Hand auch weiterhin über ihn hielten. Oder die Reisenden, oder wer auch immer dafür sorgte, dass er nach all der Zeit noch immer am Leben war. Jedenfalls dachte er auch in dieser Situation nicht lange nach, sondern riss sein Schwert in die Höhe und rannte brüllend los.

Aus dem Augenwinkel nahm er noch wahr, wie Bogk ebenfalls seine Axt in die Höhe riss und hinter ihm herstürmte. Dicht gefolgt von Hontu Doruk, dessen donnernder Kriegsschrei die Erde erbeben ließ und das Zeichen für die übrigen Waldmenschen darstellte, sich wie ein Mann in die Schlacht zu stürzen.

Die Köpfe der Kolnorer fuhren herum. Schilde wurden in die Höhe gerissen und Befehle gebrüllt. Doch die Männer wurden von der Wucht des Angriffs völlig überrumpelt. Wie eine Lawine brachen die Waldmenschen über sie herein. Schlugen, hackten und bissen sich ihren Weg durch ihre Reihen hindurch und schoben sie zusammen wie Laub im Herbst.

Danil schmetterte sein Schwert in den nächstbesten Gegner hinein, einen blau bemalten Krieger mit einer mächtigen Keule, die er abwehrend in die Höhe riss. Danils runenverzierte Klinge schlug sie mühelos zur Seite und zertrümmerte den Brustkorb des Mannes. Der Kolnorer wurde schreiend zurückgeworfen und zu Boden geschleudert, wo er unter Dutzenden von trampelnden Füßen verschwand. Im letzten Augenblick wich Danil einem Axthieb aus, zerschmetterte mit der Parierstange einen Kieferknochen und schnitt wie Butter durch Haut und Sehnen eines zufällig in die Quere kommenden Arms. Blut spritzte ihm ins Gesicht, und er kniff die Augen zusammen und erhielt einen schmerzhaften Hieb auf den Oberarm. Ein Jagdspieß schoss auf sein Gesicht zu. Er schlug ihn ungeschickt zur Seite. Die eiserne Spitze kratzte seine Schläfe auf und rasierte die Hälfte seiner Haare fort. Brüllend riss er das Schwert herum, und die Waffen verhakten sich ineinander. So führten sie einen wilden Tanz auf, bis von irgendwoher ein Pfeil heranschoss und sich in die Seite des Speerkämpfers bohrte. Danil riss den Ellbogen nach oben und rammte ihn seinem Gegner krachend gegen die Nase. Mit einer Drehung befreite er sein Schwert und bohrte es ihm tief in die Brust. Er bekam einen Schubs gegen den Rücken und stolperte vorwärts über Arme, Beine und zerbrochene Waffen hinweg.

Er sah einen ausgemergelten Kolnorer, dem der linke Arm in Fetzen an der Seite herunterhing. Er schwang das Schwert nach ihm, und der Mann duckte sich zur Seite fort und nahm Reißaus. Dann tauchte ein Schwertkämpfer vor ihm auf. Ein hoch aufgeschossener blonder Kerl in einer blutigen Kriegsknechtuniform. Sein Schwert schoss auf ihn zu, und Danil riss verzweifelt die Waffe in die Höhe, um den Hieb abzuwehren. Ihre Klingen schlugen funkensprühend aufeinander. »Ich bin es!«, schrie Danil verzweifelt, als er Hilger erkannte. »Danil!«

»Verdammt will ich sein!«, stieß der Hochaufgeschossene aus, während er einen Schritt zurücktrat. »Kämpfen wir jetzt schon gegen die Toten?«

»So fühle ich mich jedenfalls gerade«, sagte Danil und ließ sein Schwert sinken. Schnaufend blickte er sich um. Die Kolnorer hatten panisch die Flucht ergriffen, und um ihn herum flauten die Kämpfe langsam ab. Wie es aussah, hatten sie soeben die Schlacht gewonnen, und das Beste daran war, dass er noch lebte.

Hilger grinste über das ganze Gesicht, als er auf ihn zutrat. Er legte den Arm fest um seine Schulter und drehte ihn zu seinen Männern um. »Seht mal, wen ich hier gefunden habe: Danil ad Corbec. Der verrückte Schwertmann, der Cajetan ad Hedin den Hintern aufgerissen hat.« Er blickte zur Seite, und seine Augen wurden groß. »Ich werd verrückt. Wenn das mal nicht der alte Ness Rools ist, und an seiner Seite Meister Messer. Und wer ist der Dritte im Bunde?« Misstrauisch kniff er die Augen zusammen. »Du bist Grimm, wenn ich mich nicht irre. Cajetan ad Hedins Gehilfe. Was willst du denn hier?«

»Das geht schon in Ordnung«, sagte Messer. »Er schuldet mir noch Geld.«

»Schön, dich zu sehen, Kleiner«, sagte Ness. »Hast dich für dein Alter recht ordentlich geschlagen, wie ich sehe.«

Hilger errötete. Er steckte sein Schwert zurück in die Scheide und schüttelte Ness die Hand. »Ich freue mich ebenfalls, dich zu sehen. Ich bin die Leiter ein paar Stufen heraufgefallen und führe schon seit Längerem die Schwarzraben an.« Er senkte die Stimme. »Es wäre daher nett, wenn du mich vor meinen Männern nicht mehr ›Kleiner‹ nennst.«

»Ganz, wie du willst, Kleiner.« Ness warf einen Blick in die Runde und strich sich über die Glatze. »Ich dachte wirklich, es wäre keiner mehr am Leben. Und dann komme ich hier herauf, und es wimmelt plötzlich vor lauter bekannten Gesichtern. Haben wir uns etwa verhört, und die Sache war nur halb so schlimm, wie es aussah?«

»Leider nicht«, sagte Danil. »Ich komme direkt aus dem Kaiserpalast. Die Kolnorer haben ihn überrannt und beinahe den gesamten Hofstaat ausgelöscht.«

Hilger nickte. »Gerüchten zufolge ist der Kaiser als einer der Ersten gefallen. Die paar Leute, die das Gemetzel überlebt haben und sich zu uns durchschlagen konnten, kann man beinahe an einer Hand abzählen. Wer nicht dort oben im Palast den Tod gefunden hat, der wurde unten im Hafen erwischt.«

»Henrey Thoren?«

»Ist tot.«

Ness verzog das Gesicht. »Schon wieder einer weniger. Langsam bleiben nicht mehr viele von uns übrig.«

»Was ist mit Ann Revin?«, fragte Danil schnell. »Und mit Sara. Habt ihr sie gesehen?«

Hilger schüttelte den Kopf. »Sara war noch mit Beltran ad Iago unterwegs, als das Blausteinzimmer geöffnet wurde. Sie wollte Thoren und Ann Revin noch warnen. Sie ist hinaufgelaufen, kurz bevor es angefangen hat. Seitdem haben wir nichts mehr von ihr gehört.«

Danil stieß ein Keuchen aus. Er hatte es befürchtet, doch im Stillen hatte er gehofft, eine andere Nachricht zu hören. Schmerzerfüllt schloss er die Augen.

»Sie ist ein kluges Mädchen«, sagte Hilger und tätschelte ihm die Schulter. »Sie hat es vielleicht noch irgendwie geschafft. Solange wir sie nicht mit eigenen Augen sehen, können wir genauso wenig wissen, ob sie lebt oder tot ist. Es besteht also immer noch Hoffnung. Sieh dich an: Du bist noch am Leben. Und Ness und Messer, und noch eine Menge anderer Leute, wie Beltran und Meister Grill. Lass uns jetzt erst einmal zurück in unser Lager gehen. Wir haben weiter oben Barrikaden errichtet. Dahinter sind wir für heute Abend sicher und können auf unser glückliches Wiedersehen anstoßen.« Er schob Danil ein Stück von sich fort und musterte ihn von Kopf bis Fuß. »Und dann musst du mir unbedingt erzählen, wie du in den Kaiserpalast gelangen konntest und wieso du wie ein Wilder herumläufst und diese verrückten Barbarenkrieger hinter dir herschleppst.«

25

Jerik

Jerik hasste die Menschen. Das war zunächst einmal nicht weiter verwunderlich, denn es gab eine Menge Gründe, sie zu hassen. Vor allem für einen Mann wie ihn. Einen Krüppel, der noch dazu mit einem Buckel geboren wurde, dessen Anblick sogar seine eigenen Eltern vor Ekel hatte zurückschrecken lassen. Eine Behinderung, die ihn zeit seines Lebens dazu zwang, in der kriecherischen Haltung eines Dieners und Speichelleckers zu verharren, und die ihm den Anschein verlieh, immer ein ganzes Stück dümmer und minderwertiger zu sein als alle anderen. Die Gesunden hassten und liebten solche bedauerlichen Kreaturen, denn auf sie konnten sie herunterblicken und sich selbst nicht mehr halb so wertlos fühlen, wie sie in Wirklichkeit waren. Nur die Klügsten wussten so etwas für sich auszunutzen. So wie der Kinderstehler. Der alte Mann aus dem Wanderzirkus, der Jerik seinen Eltern für eine Handvoll Münzen abgekauft hatte.

»Jerik, der bucklige Seher. Für drei Kupferstücke liest er dir die Zukunft aus der Hand!« *Zumindest erzählt er dir, was du gern hören willst. Und das ist immer das Gleiche. Dass du gern reich wärst, dass dein Gatte doch bitte an einem Hühnerbein ersticken oder dein versoffener Nachbar von der Leiter fallen möge, damit du seine trauernde Witwe trösten kannst.* Es bedurfte noch nicht einmal einer besonderen Gabe, um diese Gedanken zu lesen, denn sie waren im Grunde immer gleich: fressen, saufen, ficken. Nicht anders als Tiere, die die Menschen letzten Endes ja auch selbst waren.

Das war es, was sie in Jeriks Augen so hassenswert machte. Diese Gewöhnlichkeit, die ihnen aus allen Poren troff wie der Schweiß bei ihrem stupiden Tagewerk. Angestrengt rieb er sich die Schläfe, während er die Waldmenschen beobachtete, die mit großen Augen durch die Gassen von Berun sprangen. Wie Kinder hatten sie den Anblick des hässlichen Geschwürs, das sich Kaiserstadt schimpfte, in sich aufgesogen. Kinder, die zum ersten Mal von einer klebrigen Süßigkeit kosteten, die ihnen eines Tages die Zähne verfaulen lassen würde. Im ersten Augenblick war diese Flut kindlicher Gedanken ja noch eine erfrischende Abwechslung gewesen, doch auf Dauer gingen sie ihm ganz gehörig auf die Nerven. Spätestens dann, als sich ihre Gedankenfäden mit denen von Hilgers Kriegsknechten zu verknüpfen begannen, die noch ein ganzes Stück widerwärtiger waren als die der normalen Bürger der Stadt.

Mit tief in das Gesicht gezogener Kapuze hatte er sich ein Stück abseits des Getümmels an einem der kleineren Lagerfeuer niedergelassen. Nicht nur, weil er es unter allen Umständen vermeiden musste, von Hilger, diesem arschkriechenden Söldling, entdeckt zu werden, sondern nicht zuletzt auch, weil er endlich wieder Luft zum Atmen brauchte. Zu viel Blaustein lag in diesen Tagen in der Luft, zu viele Gedanken strömten auf ihn ein. Zu viel Irrsinn und Chaos, um selbst noch einen klaren Gedanken fassen zu können.

Erschöpft rieb er sich die tränenden Augen. Wie hatte es nur passieren können, dass so viele Dinge schiefgelaufen waren? Hatte er nicht alles ganz genau geplant? Immerhin war er doch der Mann gewesen, der die Gedanken der anderen lesen konnte. Der Mann, der das ganze Bild in seinem Kopf zusammengefügt und nach seinen Wünschen umgestaltet hatte. Ganz behutsam und mit sachtem Pinselstrich, wie der Restaurator eines wertvollen alten Gemäldes. Die Falle für Beltran ad Iago und für Ann Revin, die Intrigen, die Thoren und Cajetan ad Hedin gegeneinander ausgespielt hatten, um sie von den kolnorischen Angriffsplänen abzulenken, und all die anderen Dinge, die am Ende das Kaiserreich wie ein Kartenhaus hatten zusammenfallen lassen. War nicht er es gewesen, der die Pläne geschmiedet und an den Fäden gezogen hatte?

Sicher, diese Pläne waren nicht an jeder Stelle ausgereift und präzise gewesen, aber so, wie die Dinge sich im Leben immer anders entwickelten, als man erwartete, so hatte er dennoch immer richtig darauf reagiert, seine Pläne angepasst und neu ausgerichtet. Improvisation war vielleicht sein größtes Talent. Mehr noch als die Gabe, in die Köpfe der Menschen zu kriechen und ihr Innerstes nach außen zu kehren. Danils unverhoffte Rückkehr war ihm dabei gerade recht gekommen. Der selbstgerechte Dummkopf hatte zum Glück keinen blassen Schimmer, welche Rolle Jerik in diesem gewaltigen Bühnenstück wirklich spielte. Ganz im Gegenteil. Er hielt den Hofnarren noch immer für einen ergebenen Diener seines Herrn und selbstlosen Beschützer der Kaiserinmutter. Sich diesen besonderen Umstand nicht zunutze zu machen wäre mehr als sträflich gewesen. Es war Jerik nicht wirklich schwergefallen, den jungen Adligen um den Finger zu wickeln, so wie er es schon mit Thoren und all den anderen Trotteln am Kaiserhof getan hatte.

Es gab da nur noch ein winziges Problem, und das nannte sich Hilger. Sehr zu Jeriks Bedauern hatte der Kriegsknecht den Angriff der Kolnorer überlebt und sich im Gegensatz zu den üblichen Instinkten eines Söldners nicht mit dem Feind zusammengetan, sondern im Gegenteil sogar eine Art Widerstand gegen die Eroberer organisiert. Dummerweise war gerade er neben Sara und Ann Revin einer der wenigen Menschen, die von Jeriks Verrat wussten und ihm noch gefährlich werden konnten. Ausgerechnet diesem Arschloch mussten sie nun also über den Weg laufen. Zum Glück hatte Danil im Überschwang der Wiedersehensfreude den Hofnarren vorübergehend völlig vergessen. Es war aber sicher nur eine Frage der Zeit, bis der Dummkopf gegenüber Hilger auch von ihm zu plaudern begann. Er konnte sich beinahe bildhaft vorstellen, was das für ihn zur Folge haben würde: mindestens mal ein hübsches Tänzchen am Galgenstrick. Während er einen nervösen Blick in die Runde warf, zupfte er zum wiederholten Male an seinem Kragen herum, der plötzlich unangenehm eng um seinen Hals lag.

Der deutliche Sieg gegen die Kolnorer und die Wiedersehensfreude ihrer Anführer hatte Kriegsknechte und Waldmenschen gleichermaßen in Feierlaune versetzt. Diese Waldmenschen hatten einen verdammt guten Branntwein aus ihren Sumpflöchern mitgebracht, und der war im Laufe des Abends mehr als reichlich geflossen. Runde um Runde hatte er um die Lagerfeuer herum gemacht, und Jerik hatte jedes Mal nur vorsichtig daran genippt und den Schlauch schnell an die nächste gierig danach ausgestreckte Hand weitergereicht. Fressen, saufen, ficken. Die Menschen waren wirklich eine widerliche Rasse.

Irgendwann waren aber auch die härtesten Trinker von der Müdigkeit übermannt worden, hatten sich fest in ihre Decken eingerollt und einer nach dem anderen schlafen gelegt. Eine tiefe Ruhe hatte sich über das Lager gelegt, und Jerik konnte zum ersten Mal wieder einen klaren Gedanken fassen.

Unauffällig schob er seine Decken zur Seite und blickte sich nach allen Seiten um. Man konnte nie vorsichtig genug sein. Irgendwo gab es immer einen Langweiler, der sich nicht an solchen Besäufnissen beteiligen mochte oder seinen Wachauftrag besonders ernst nahm. Als er sich sicher war, dass ihn keiner beobachtete, öffnete Jerik seine Gürteltasche und zog den Blaustein, den er im Kaiserpalast aus der Wand gebrochen hatte, daraus hervor. Er griff nach einem handlichen Stöckchen und schob den Stein behutsam in die Glut des Lagerfeuers. Schon nach kurzer Zeit wölbte er sich in der Hitze auf, schlug Blasen und wuchs zu einem Vielfachen seiner Größe an. Vorsichtig stocherte Jerik ihn wieder aus der Feuerstelle heraus und schubste ihn auf einen flachen Stein. Er wartete einige Augenblicke, bis er sich genügend abgekühlt hatte, und zerdrückte ihn dann mit der bloßen Hand zu einem groben Pulver.

Dieses kleine Kunststück hatte ihm ein Blausteinhändler aus Veycari verraten. Unter anderen Umständen war so eine Art der Pulverisierung gegenüber dem Zermahlen mit Muskelkraft die reinste Verschwendung, denn dabei ging ein Großteil seiner magischen Kräfte verloren. Doch bei dem Überfluss an Blaustein, der in diesen Tagen in Berun herrschte, konnte man schon einmal großzügig darüber hinwegsehen. Mit Zeigefinger und Daumen pickte Jerik die gröbsten Verunreinigungen aus dem Häuflein heraus, warf noch einmal einen misstrauischen Blick in die Runde und schnupfte den Staub durch die Nase.

Wenn man einmal von dem erstickenden Hustenreiz absah, den Jerik nur mit fest vor Mund und Nase gepresster Hand unterdrücken konnte, geschah zunächst einmal gar nichts. Das war leider der zweite Nachteil dieser Verarbeitungsmethode. Man fraß dabei eine ganze Menge Asche und Dreck, und mit etwas Pech vergeudete man dabei lediglich ein halbes Vermögen in Silberadlern. Jerik wollte schon entnervt den zweiten Stein aus seiner Gürteltasche herausfummeln, als ohne Vorwarnung eine Welt aus Gedanken in seinem Kopf explodierte. Es fühlte sich an, als hätten sämtliche Waldmenschen und Kriegsknechte gleichzeitig zu ihren Keulen gegriffen und sie mit voller Wucht auf seinen Schädel niedergehen lassen. Die Wucht ihrer Gedanken schleuderte ihn zu Boden und trampelte auf ihm herum, bis ihm die Sinne schwanden.

Erst nach einer ganzen Weile, er wusste nicht, wie viel Zeit inzwischen vergangen war, ließen sie von ihm ab, und das Gewicht, das seinen Schädel zusammengepresst hatte, verschwand. Winselnd und röchelnd blieb er noch eine ganze Weile liegen, bis er sich so weit wieder im Griff hatte, dass er seine eigenen Gedanken von denen der anderen unterscheiden konnte. Ein unangenehmer Geschmack von Kupfer und Eisen lag auf seiner Zunge. Dieser Blaustein musste von einer Qualität gewesen sein, wie er sie niemals zuvor in Berun erlebt hatte, und er konnte wohl von Glück reden, dass er noch am Leben war. Er wischte das Blut von seiner Oberlippe und stemmte sich keuchend in die Höhe. Als er sich sicher sein konnte, nicht wieder umzufallen, bahnte er sich schwankend seinen Weg zwischen den Feuern hindurch, immer darauf bedacht, so unauffällig wie möglich zu bleiben. Wobei er sich in dieser Hinsicht keine allzu großen Sorgen machte. Selbst wenn noch einer der Krieger wach sein sollte, würde ein schwankender Mann zu dieser Stunde wohl kaum Aufmerksamkeit erregen.

Leise schlich er sich zu dem Feuer, um das sich die Anführer zur Ruhe gelegt hatten. Die Waldmenschen bereiteten ihm ein wenig Sorgen. Der Riese, weil er so brutale Gedanken in sich trug, aber vor allem der zähe Alte, weil der irgendetwas an sich hatte, das man mit Worten nicht beschreiben konnte. Er blieb eine Weile im Schatten eines Mauervorsprungs stehen und beobachtete die Schlafenden und ihre Gedankenwelten, die in seinem Blausteinrausch wie geisterhafte Gestalten um ihre Köpfe herumzutanzen schienen. Es war ein faszinierendes Geflecht aus Erinnerungen, Träumen und Hoffnungen, die eine beinahe hypnotische Wirkung auf ihn ausübten. Doch in diesem Augenblick interessierten ihn vor allem Hilgers Gedankenfäden, die gegen die der anderen vergleichsweise schlicht wirkten. Fressen, saufen, ficken.

Er streckte die Hand nach diesen Fäden aus, beugte den Zeigefinger und zupfte ganz sachte daran, wie an den Saiten einer Harfe. Er konnte den Klang beinahe hören. Schlicht und ohne Eleganz, und einfach zu manipulieren. Beinahe ohne Mühe ließ er sie im Gleichklang seiner eigenen Gedanken schwingen. Steh auf. Langsam und ohne Hast. Komm. Komm zu mir in die Dunkelheit …

Dies war der Teil seiner Gabe, den er immer verschwiegen hatte. Von dem sogar Thoren nichts wissen konnte, weil Jerik ihn tief in seinem Innersten verborgen hielt. Eine Fähigkeit, vor der er sich in seinen guten Momenten selbst fürchtete. Weil es furchtbar war, mit den Gedanken eines anderen Menschen zu verschmelzen. Es gehörte schon eine Menge Willenskraft dazu, die Oberhand zu behalten, wenn zwei Geister um die Kontrolle eines Körpers fochten.

Hilgers Geist war zum Glück vom Branntwein geschwächt und von der Müdigkeit gelähmt. Jerik musste nur ganz sachte an den Fäden ziehen, um ihn wie eine Marionette aufstehen und vom Lagerfeuer fortwanken zu lassen. Mitten durch die Reihen seiner schlafenden Freunde hindurch, ohne dass sie Verdacht schöpfen und ihm zu Hilfe eilen konnten. Komm, mein Freund. Komm zu mir ... Hilger taumelte auf ihn zu, die Augen weit aufgerissen, aber ohne dabei wirklich etwas zu sehen. Jerik streckte ihm die Hand entgegen und zog ihn mit sich fort in die Dunkelheit eines Hauseingangs.

Vom Dach des Gebäudes sah er die Stadt in trügerischer Ruhe unter seinen Füßen liegen. Nur vereinzelte Gedanken verirrten sich in diese Höhe, in der die Luft ansonsten frei von den Verunreinigungen der menschlichen Gehirne war. Sie standen so dicht vor der niedrigen Brüstung, dass nur ein einziger Schritt sie noch vom Abgrund trennte. Unter ihnen war nur die Schwärze der Nacht zu sehen, und über ihren Köpfen das Funkeln der weit entfernten Sterne. Es war so einfach gewesen, Hilger zu sich zu befehlen, dass Jerik die Hand vor den Mund halten musste, um nicht lauthals loszuprusten. Er hatte mit wesentlich mehr Widerstand gerechnet. Doch der Kriegsknecht war schwach. Ebenso schwach wie Danil und all die anderen Narren. Er atmete tief durch, ehe er den Mund dicht an Hilgers Ohr brachte: »Hast du ihnen von meinem Verrat erzählt?«

Hilger erwiderte nichts. Doch das brauchte er auch gar nicht. Jerik konnte in seinem Kopf lesen wie in einem offenen Buch. »Nein, das hast du nicht. Natürlich. Die Wiedersehensfreude war viel zu groß, um da noch an andere Dinge zu denken. Ich fürchte nur, dass das ein Fehler war. Weiß sonst noch jemand von mir? Nein? Dann muss ich dir danken, mein

Freund. Ich weiß das zu schätzen. Es gibt nur wenige Menschen, die so verschwiegen sind wie du.« Lächelnd klopfte er Hilger auf die Schulter. Er hatte schon viel zu lange eine Pechsträhne gehabt. Dabei hatte doch alles so großartig begonnen. Er hatte doch alles getan, was die Kolnorer von ihm gefordert hatten. Er hatte die Kaiserinmutter in die Falle gelockt und Beltran ad Iago die Schuld dafür in die Schuhe geschoben. Es war ihm gelungen, Thorens Gruppe zu entzweien, sodass sie in der Mitte auseinandergebrochen war. Und natürlich sein Meisterstück: Er hatte den Kaiser so fest um den Finger gewickelt, dass dieser arme Tropf beinahe alles tat, was er von ihm verlangte. Dieser Einfaltspinsel hatte am Ende sogar zugestimmt, seine beiden besten Männer in einem tödlichen Zweikampf gegeneinander antreten zu lassen. Das musste man sich einmal auf der Zunge zergehen lassen! Nun ja, dieser Teil war bedauerlicherweise ins Wasser gefallen, aber zumindest konnten sich die Streithähne nicht mehr auf ihre eigentliche Aufgabe konzentrieren und waren von den Ereignissen regelrecht überrollt worden. Das Ergebnis war am Ende dasselbe: Sie waren alle beide tot. Wenn er es also recht bedachte, hatte er das Kaiserreich fast im Alleingang gestürzt.

»Und was ist der Dank dafür? Diese verdammte Kolnoschlampe hat mich links liegen gelassen!« Wütend ballte er die Hände zu Fäusten. Ejin Rigmar war einfach so an ihm vorüberspaziert, so als würde er überhaupt nicht existieren. Und als er sie darauf angesprochen hatte, da hatte sie nur gelacht. Sie hatte auf den Thron gedeutet und ihm gesagt, dass er nun ihm gehören würde. Er solle sich daran erfreuen, solange er noch in der Lage dazu wäre. Und wenn er damit fertig sei, solle er zusehen, dass er Land gewinne. Sie könne ihn nämlich nicht länger gebrauchen. Wütend fletschte Jerik die

Zähne. »Nicht länger gebrauchen? Diese verdammte Kolnoschlampe!« Er würde es ihr noch zeigen. So ging man nicht mit ihm um. Er war doch kein Hampelmann!

Zischend stieß er die Luft aus. Er würde einen Weg finden, um sich an ihr zu rächen. Danil und seine Waldmenschen kamen ihm dabei mehr als gelegen. Die waren zum Glück so dämlich, dass er noch nicht einmal seine Gabe an sie verschwenden musste, um seinen Willen zu bekommen. Doch zunächst musste er seine Spuren verwischen. Er zählte die Mitwisser an den Fingern ab. »Ann Revin und Sara. Das sind zum Glück ja nicht mehr viele. Wie? Was sagst du? Du hoffst, dass ich sie nicht finde? Da muss ich dich leider enttäuschen. Meine Fähigkeiten sind bereits so gewaltig angewachsen, dass ich in der Lage bin, ihre Gedankenfäden durch die halbe Stadt zu verfolgen. Ich werde sie schon sehr bald aufspüren, da kannst du dir sicher sein. Aber immer einen Schritt nach dem anderen. Es gibt nämlich noch einen dritten Mitwisser ...« Er beugte sich über die Dachkante nach vorn und schielte vorsichtig in die Tiefe. Das Kopfsteinpflaster war ganz schön weit unten. Ein Sturz aus dieser Höhe wäre mit Sicherheit tödlich. Er wandte sich zu Hilger um. »Was hältst du davon, mein Freund? Willst du es ausprobieren?« Er lächelte ihm aufmunternd zu. »Na los doch. Spring!«

Hilger starrte ihn mit geweiteten Augen an. Er blinzelte und schüttelte langsam den Kopf. Jerik spürte, wie er sich verzweifelt seiner Beeinflussung widersetzte. Er stieß einen leisen Seufzer aus.

Es war eine Sache, einen Menschen etwas tun oder sagen zu lassen, das ihn in eine peinliche Situation brachte. Ihn in seinen eigenen Tod zu schicken war eine völlig andere. Aus einem unerfindlichen Grund sträubten sich die Menschen gegen das Sterben. Versuchten, es so lange wie möglich hinauszuzögern, so als ob es sie nicht früher oder später ohnehin einholen würde. Sanft legte er dem Kriegsknecht die Hand auf den Rücken und gab ihm einen Schubs.

Nur einen kleinen. Gerade kräftig genug, um Hilger einen Schritt rückwärts machen zu lassen, damit er das Gleichgewicht behielt. Sein Fuß trat ins Leere, und ganz kurz begegneten sich ihre Blicke. Hilger starrte ihn an, schlagartig aufgeschreckt und hellwach. Er öffnete den Mund, um etwas zu sagen, doch im gleichen Augenblick kippte er hintenüber und verschwand in der Dunkelheit. Augenblicke später zeugte ein dumpfes Klatschen von seinem Aufprall auf dem Straßenpflaster.

»Nicht schlecht«, ertönte eine Stimme hinter Jeriks Rücken.

Vor Schreck hätte er beinahe selbst einen Satz gemacht und wäre Hilger in die Tiefe gefolgt. Er konnte sich gerade noch fangen und fuhr mit einem Quieken herum. In der Dunkelheit sah er zwei Gestalten stehen. Die eine hochaufgeschossen und dürr, die andere massig und untersetzt.

Der Untersetzte kam schleppend auf ihn zu. Allerdings nicht wie einer dieser fetten Höflinge, die sich an Meister Grills Speisen die Wänste vollschlugen, sondern wie ein Bauer, der den ganzen Tag einen Pflug hinter sich herzog und dessen Schultern von der Plackerei gebeugt waren. Er trug eine Schaufel über der Schulter, und Jeriks Gedanken rasten durch die Luft, um herauszufinden, was er im Schilde führte. Wie hatte sich dieser Mann nur so unbemerkt an ihn heranschleichen können? Verzweifelt suchte er nach Gedankenfetzen, nach Erinnerungen oder irgendeinem Zeichen, das seine Absichten verriet. Doch sosehr er sich auch anstrengte, er fand nichts. Es war, als würde er gegen eine Mauer starren. »Wer bist du?«, flüsterte er atemlos. Seine Hand tastete nach einem seiner Wurfmesser, die er immer griffbereit unter dem Hemd versteckt hielt.

»Du kennst mich.« Der Untersetzte zog etwas aus der Tasche an seinem Gürtel hervor und stopfte es sich in den Mund. Ein Hauch von Weidenrinde wehte Jerik entgegen. »Mein Name ist Grimm. Ich bin Cajetan ad Hedins Gehilfe. Wir sind uns gelegentlich über den Weg gelaufen, aber das ist jetzt nicht von Bedeutung.« Schwerfällig stapfte er an ihm vorbei und blieb eine Handbreit vor dem Dachrand stehen. Seine Augen schimmerten, als er einen Blick nach unten in die Dunkelheit warf.

Jerik hätte nur die Hand ausstrecken müssen, um den stämmigen Mann hinter Hilger herzuschicken. Doch seine Instinkte sagten ihm, dass das keine so gute Idee gewesen wäre. Dass er am Ende wohl selbst mit zerschmetterten Knochen auf dem Pflaster liegen würde.

»Eine beeindruckende Zurschaustellung deiner Kräfte.« Grimm nickte zur Straße hinab. »Die Sache mit den Gedankenfäden und der Beeinflussung meine ich. Ich habe gehört, dass du zu so etwas fähig wärst, aber ich hätte es niemals für möglich gehalten. Wenn du nicht so ein elender Krüppel wärst, hättest du im Orden eine große Zukunft vor dir haben können.«

Jerik war sich nicht sicher, ob er Grimms Worte als Beleidigung auffassen sollte oder als Lob. Nach kurzer Überlegung traf er die Entscheidung, sie als schlichte Feststellung zu verstehen. Andeutungsweise zuckte er mit den Schultern. »Und nun?«

»Was glaubst du denn?« Grimm wandte sich um. »Nun kommst du mit mir und Meister Messer.«

Bei der Erwähnung dieses Namens sträubten sich Jerik die Nackenhaare. Sein Mut schwand noch ein ganzes Stück weiter. Jetzt wusste er, um wen es sich bei der zweiten Gestalt handelte. Um jenen sagenumwobenen Mörder, der Gerüchten zufolge bereits mehr Menschen auf dem Gewissen hatte als die Blaufäule. Jener Mann, den man hinter vorgehaltener Hand als den Boten des Todes bezeichnete und der niemals einen Fehler verzieh. Jeriks Fehler war es gewesen, nicht die Beine in die Hand genommen zu haben, als noch die Möglichkeit dazu bestand. Doch jetzt war es ganz sicher zu spät.

Sie verließen die Stellungen der Kriegsknechte in Richtung Kaiserfestung. Grimm und Messer marschierten so selbstbewusst durch die verlassenen Straßen, als würde die Stadt ihnen gehören. Sie schauten weder nach rechts noch nach links, während Jerik bei jedem Klappern eines Fensterladens und jedem Quietschen einer rostigen Türangel ängstlich zusammenzuckte. Zielstrebig stiegen sie die steilen Treppen zum Haupttor hinauf und durchschritten den langen, düsteren Tunnel, der in den Innenhof der Palastanlage führte. Ohne innezuhalten, überquerten die Männer den Hof und liefen an dem geschwärzten Gerippe des Küchentrakts vorbei. Dann wandten sie sich nach links, zu der schmalen Pforte, die in die Kaiserlichen Gärten hinausführte.

Meister Messer entzündete eine Laterne und hob sie in die Höhe. Von dem plötzlichen Lichtschein aufgeschreckt, flatterte ein zerzauster Vogel auf und wurde im nächsten Augenblick von einem dünnen, silbernen Draht, der um sein Bein gewunden war, zurück auf den Boden gerissen. Jerik erinnerte der Anblick schmerzhaft an Edrik, der an diesem abgeschiedenen Ort manchmal ganze Tage verbracht hatte, weil die verwunschenen Lichtungen und schattigen Alleen ihn so sehr an seine geliebten Arkadien von Lessardo erinnert hatten. Ein exotischer Vogel, der durch einen unsichtbaren Draht an seinen Thron gefesselt war. Der junge Kaiser hatte nicht an diesen Ort gehört, und nicht auf diesen Thron, für den er viel zu sensibel und verletzlich war.

Es war nicht so, dass Jerik ihn wirklich geliebt hätte, aber er hatte seine Gegenwart genossen. So wie man sich am Anblick eines exotischen Vogels erfreute, oder an einem nutzlosen Schmuckstück. Vor allem an seinen Gedankenfäden hatte Jerik Gefallen gefunden. Sie waren so anders gewesen, als die der anderen Menschen. Voller Empfindsamkeit und Sehnsucht. Beinahe schon erholsam für Jeriks geschundenen Schädel, auf den Tag für Tag der Wahnsinn der Menschheit niedergeprasselt war. Edrik hatte ihm jene seltenen Momente der Stille geschenkt, die er zeit seines Lebens gesucht hatte. Eine Gedankenwelt, die nun für immer verstummt war.

Eine schwere Hand legte sich auf seine Schulter, und er zuckte zusammen. Sie waren am anderen Ende des Gartens angekommen. Dort, wo eine weitere Pforte zu dem verborgenen Hintereingang des Tempels führte, in dem die Kolnorer das Hofvolk niedergemetzelt hatten. Der Boden war an dieser Stelle aufgewühlt und kahl. Riesige Erdhaufen türmten sich in den nächtlichen Himmel hinauf, und es stank unerträglich nach Verwesung und Tod. Die drei Männer machten vor einem der Hügel halt, und Grimm deutete auf eine Stelle vor seinen Füßen.

»Da wären wir.«

Jerik blickte auf die aufgewühlte Erde hinunter. Verwirrt runzelte er die Stirn. Doch dann überkam ihn eine schreckliche Ahnung, möglicherweise aber auch ein winziger Fetzen aus Grimms Gedankenwelt. Seine Augen weiteten sich. Der Gestank. Die üble Luft. Das hier war der Ort, an dem die Kolnorer die Toten begraben hatten. Hier musste auch Edrik seine letzte Ruhe gefunden haben. Eine Leiche unter vielen, verscharrt wie ein einfacher Bauer. Ohne Krone, ohne Kleidung und ohne jeden Rest von Würde. »Nein«, hauchte er voller Entsetzen.

»Doch, doch«, sagte Grimm und drückte ihm die Schaufel in die Hand. »Ich bin ganz sicher.«

Jerik spürte, wie seine Beine unter ihm nachgaben. Er musste sich auf dem Schaufelstiel abstützen, um nicht auf die Knie zu fallen. »Ihr könnt doch nicht verlangen, dass ich …«

»Natürlich können wir das.« Grimm verzog keine Miene. »Oder siehst du hier jemanden, der uns davon abhält?«

Jeriks Gedanken drehten sich im Kreis. Wie war das noch mal? Aus irgendeinem unerfindlichen Grund sträubten sich die Menschen gegen das Sterben. Versuchten das Unvermeidliche so lange wie nur möglich hinauszuzögern. So als ob es sie nicht früher oder später ohnehin einholen würde.

Er öffnete den Mund, um etwas zu sagen, doch ihm fiel kein einziges Wort ein. Sein Kopf war leer. So leer, als hätte er niemals Gedanken lesen können. Grimm gab ihm einen sanften Schubser, und er stolperte einen Schritt nach vorn. Zaghaft stocherte er mit der Schaufel in der Erde herum. Er besaß kaum noch die Kraft, sie zu heben. »Ihr müsst das wirklich nicht tun«, krächzte er.

»Natürlich nicht. Dafür haben wir ja dich.«

»Ich meine, ich könnte euch doch noch von Nutzen sein. Ihr müsst doch nur mal die Möglichkeiten betrachten …«

»Ich habe jede Möglichkeit ausgiebig betrachtet, und sie haben mir allesamt nicht sehr gut gefallen. Vielleicht bin ich ein fantasieloser Mensch, aber das hier scheint mir der richtige Weg zu sein.«

»Wenn er so weitergräbt, werden wir niemals fertig«, sagte Messer. Seine Stimme klang kalt und mitleidslos wie das Krächzen einer Krähe.

»Da hast du leider recht«, sagte Grimm. Seufzend zog er Jerik die Schaufel aus der schlaffen Hand. Dann rammte er sie kraftvoll in den Boden und zog sich die Kutte über den Kopf. Mächtige Muskelberge traten darunter zutage, von einem hässlichen Pelz schwarzer Haare bedeckt. Der Anblick hatte etwas schrecklich Tierhaftes an sich. Doch das Schlimmste war das Netz wulstiger Narben, die sich kreuz und quer über seinen breiten Rücken zogen. Mit einem Grunzen griff er nach der Schaufel und machte sich an die Arbeit.

Jerik wandte sich schaudernd ab. Sein Blick glitt zu Messer, der mit der Laterne in der Hand wie ein hungriger Geier auf ihn herunterstarrte. Der Vogelmann erschien ihm beinahe noch unheimlicher als Grimm. Selbst jetzt, da sein Blausteinrausch zu Ende ging und einem hämmernden Kopfschmerz wich, konnte er Messers Abneigung beinahe körperlich spüren. Doch der Vogelmann war wenigstens berechenbar. Er hatte den Ruf, für denjenigen zu arbeiten, der ihm am meisten zahlen konnte. Das war möglicherweise seine letzte Möglichkeit. »Geld«, hauchte er so leise, dass Grimm ihn nicht hören konnte. »Ich besitze sehr viel Geld, Meister Messer. Mehr, als Ihr Euch in Euren kühnsten Träumen vorstellen könnt. Was ist, wenn ich Euch bezahle?«

»Warum?«

»Damit Ihr für mich arbeitet. Mein Geld ist genauso gut wie seins. Es ist aber bedeutend mehr, das kann ich Euch versprechen.«

Der Vogelmann neigte den Kopf zur Seite. Er schien einen Augenblick darüber nachzudenken, ehe er mit den schmalen Schultern zuckte. »Jedes Geld ist so gut wie das andere, das ist wahr. Ich pflege allerdings immer ein Problem nach dem anderen in Angriff zu nehmen. Und im Augenblick arbeite ich für ihn.« Seine spitze Nase zuckte zu Grimm hinüber.

Eine Weile beobachteten sie schweigend seine rhythmischen Schaufelbewegungen in der mit erschreckender Geschwindigkeit wachsenden Grube.

Schniefend zog Jerik die Nase hoch. »Lasst mich Euch das Gleichnis von dem Bauern und den drei Skellingen erzählen, Meister Messer. Vielleicht ändert das ja Eure ...«

»Ich hasse Skellinge«, knurrte Messer. »Außerdem schmecken sie nach Scheiße.«

»Oh. Ihr kanntet das Gleichnis also schon ...« Jeriks Schultern sackten nach unten. Er spürte, wie eine salzige Träne über seine Wangen lief. Er hatte keine Ahnung, wie er seinen Kopf jetzt noch aus der Schlinge ziehen sollte. In seiner Verzweiflung war er sich noch nicht einmal zu schade, sich aufs Betteln zu verlegen. »Ich flehe Euch an, Meister Messer.« Bittend streckte er die Hände aus. Doch ein Blick aus Messers stechenden Augen belehrte ihn eines Besseren. Kraftlos fielen die Hände zurück an seine Seiten. Ein heftiger Schluchzer entrang sich seiner Kehle.

»Das war's«, ertönte Grimms Stimme aus der Tiefe der Grube.

»Dann wollen wir mal«, sagte der Vogelmann und stach Jerik einen dürren Zeigefinger in den Rücken. »Bringen wir es hinter uns.«

Hilflos stolperte Jerik vorwärts, bis er direkt vor dem Rand des schrecklichen Lochs stand. Er fühlte die lockere Erde unter seinen Füßen herunterrieseln, wie Sand in einer Sanduhr. Eisige Kälte schlug ihm entgegen, und der Leichengestank ließ ihn würgen. Er presste die Augen fest zusammen und bat die Reisenden um Vergebung.

»Die Arme«, rief Grimm von unten herauf. »Greif seine Arme.«

Jerik stieß ein schwaches Winseln aus. »Ich flehe Euch an, Meister Messer! Ich kann Euch zu einem König machen!«

»Kein Interesse«, sagte der Vogelmann. »Könige sterben für meinen Geschmack viel zu oft. Glaub mir, ich kenne mich damit aus.«

»Hört endlich auf zu philosophieren!«, schnauzte Grimm voller Ungeduld. »Ihr sollt verdammt noch mal seine Arme greifen und ihn heraufziehen. Das ist ja wohl das Mindeste, wenn ihr mir schon nicht beim Graben geholfen habt.«

»Heraufziehen?«, fragte Jerik. Vorsichtig öffnete er ein Auge. Er blickte auf einen blassen Arm hinab, der sich ihm aus der Grube entgegenstreckte. Zwei Armbrustbolzen steckten darin. Einer in der Handfläche und ein weiterer zwischen Elle und Speiche. Es handelte sich ganz ohne Zweifel um den Arm eines Toten. »Was …?«

»Na mach schon.« Messer beugte sich an ihm vorbei und griff nach der Hand, als wollte er sie schütteln. Er gab Jerik einen Schubser. »Schnapp dir die andere.«

Jerik stieß ein Quieken aus und packte schnell zu. Er bekam ein Stück vom Ärmel zu fassen und zerrte panisch daran. Mit gemeinsamer Anstrengung gelang es ihnen schließlich, auch den Rest des Toten aus seinem Grab herauszubugsieren. Unter dem Schleier aus Tränen brauchte Jerik eine Weile, bis er den Toten erkannte. Es war die Leiche von Cajetan ad Hedin. Sie befand sich in einem erbärmlichen Zustand, von unzähligen Schnittverletzungen überzogen und mit Armbrustbolzen gespickt wie Meister Grills legendärer Rehrücken in Goldbeerensauce. Jerik wagte es kaum, in das eingefallene Gesicht zu schauen, aus Angst, in seine toten Augen blicken zu müssen. Augen, die seinen Verrat durchschaut hatten, weil den Toten alle Geheimnisse der Lebenden offenbart wurden. Schluchzend wandte er den Blick ab.

»Sieht furchtbar aus«, stellte Messer fest, als würde er eine besonders misslungene Statue betrachten.

Grimm nickte. »Bekommst du es hin, ohne allzu viel kaputt zu machen?«

»Es wird schwierig, noch etwas zu finden, das kaputt zu machen geht …« Wie eine hungrige Krähe beugte sich Messer über den Toten. Seine Finger huschten wie Spinnen über den Körper hinweg. Zogen an Armbrustbolzen und puhlten in klaffenden Wunden und verschwanden schließlich schmatzend in einem hässlichen Loch in der Bauchdecke.

Jerik presste den Handrücken fest gegen seinen Mund und kämpfte verzweifelt den Würgereiz nieder. Nicht dass er noch keinen Toten gesehen hätte – den einen oder anderen hatte er schließlich mit eigener Hand unter die Erde gebracht –, aber es war eine Sache, einem Mann einen Dolch zwischen die Rippen zu jagen, und eine völlig andere, danach genüsslich mit dem Zeigefinger in der Wunde herumzubohren.

»Ich kann nichts versprechen, aber ich werde sehen, was sich machen lässt.« Achselzuckend griff Messer unter seinen Mantel und zog ein sorgfältig zusammengeschnürtes Lederbündel hervor. Mit spitzen Fingern zupfte er die Schnüre auf und entrollte das Bündel. Eine Reihe blitzender Skalpelle, Haken und Messer kam zum Vorschein, deren Funktion Jerik zu großen Teilen ein Rätsel war. »Haltet die Laterne hier hin.

Etwas höher bitte, damit ich alles gut erkennen kann. So ist es gut.« Messers Hände arbeiteten schnell und präzise. Schnitten hier einen Armbrustbolzen aus dem Fleisch und nähten dort einen Schnitt zusammen, während die Stunden verrannen und die Leiche sich Stück für Stück in einen Flickenteppich aus sauber vernähten Narben verwandelte.

In der gesamten Zeit hütete sich Jerik davor, Fragen zu stellen, denn jede Stunde, die Messer mit seinem schrecklichen Werk beschäftigt war, statt ihn umzubringen, kam ihm wie ein Geschenk der Reisenden vor.

Als nach einer halben Ewigkeit schließlich die Sonne hinter den Mauern des Kaiserpalasts aufging, richtete sich der Vogelmann mit knackenden Gelenken auf. Ein einziger Armbrustbolzen war noch übrig geblieben. Er steckte mitten in Cajetans Brust, dort, wo Jerik bei einem normalen Menschen das Herz vermutet hätte. Bei dem Ordensherrn war er sich allerdings nicht so sicher.

»Sieht aus wie neu«, stellte Grimm emotionslos fest. Er steckte sich ein frisches Stück Weidenrinde in den Mund und blickte eine Weile kauend auf den Toten herunter.

»Das Beste, zu was ich in Anbetracht seines Zustands fähig war.« Erneut ging Messer vor dem Toten in die Hocke. »Wenn du so freundlich wärst und ihn festhalten würdest? Meine Fähigkeiten mögen beachtlich sein, aber hier stoßen sie doch an ihre Grenzen.« Er wartete, bis Grimm die Schultern des Ordensfürsten fest auf den Boden gedrückt hatte. Dann legte er die Hand um den Bolzen und zog ihn mit einem Ruck heraus.

Im selben Augenblick riss der Tote die Augen auf und stieß einen Schrei aus, der die zahlreich in den umliegenden Bäumen hockenden Skellinge in Scharen aufflattern ließ.

»Das könnte jetzt ein wenig wehtun«, sagte Messer, so als wäre ihm soeben noch eingefallen, dass man das in solchen Situationen gewöhnlich zu sagen pflegte.

Cajetan bäumte sich auf und begann, wie von Sinnen um sich zu schlagen. Doch Grimm hielt ihn mit eisernem Griff gefangen, bis seine Kräfte nach einer Weile erlahmten und er röchelnd zurück auf die Erde sank. Erneut griff der Vogelmann nach Nadel und Faden und nähte die Brustwunde mit sicheren Stichen zu. Als er schließlich fertig war, trat er einen Schritt zurück und begutachtete sein schreckliches Werk. »So, das hätten wir. Du kannst ihn jetzt loslassen, Meister Grimm.«

Jerik hatte noch nie zuvor einen Mann so schnell aufspringen gesehen wie den Ordensherrn, als dessen Gehilfe den eisernen Griff um seine Schultern löste. Mit einer artistischen Meisterleistung, die selbst den Schlangenmenschen in Jeriks früherer Gauklertruppe vor Neid hätte erblassen lassen, sprang er aus der Rückenlage in den Stand und wirbelte herum. Unglücklicherweise stand er nun direkt vor Jerik, der einen spitzen Schrei ausstieß, als er am Hals gepackt und in die Höhe gerissen wurde. Er spürte, wie ihm die Luft wegblieb, und wollte um Gnade flehen. Doch außer einem kläglichen Röcheln drang nichts aus seiner zugeschnürten Kehle. Hilflos wand er sich in Cajetans Griff. Das Blut hämmerte in seinen Adern, seine Lunge schmerzte, und die Augen traten ihm aus den Höhlen. Panisch trat er um sich, obwohl er bezweifelte, dass dem Ordensherrn ein paar lächerliche Tritte noch irgendetwas ausmachten. Funken tanzten vor seinen Augen, und ihm dämmerte die Gewissheit, dass nun endgültig sein letztes Stündchen geschlagen hatte.

»Wirklich erstaunlich«, sagte Grimm, während er sich in

aller Ruhe ein weiteres Stück Weidenrinde in den Mund schob. »Er ist wieder ganz der Alte.«

»Man kann eben nicht alles haben«, sagte Messer.

»Nggn!«, röchelte Jerik.

»Ach ja. Da war ja noch etwas.« Behutsam legte Grimm dem Ordensherrn die Hand auf den Arm. »Würdet Ihr den Narren freundlicherweise am Leben lassen, Herre?«

Cajetan hielt in der Bewegung inne. Er runzelte die Stirn, und seine Kieferknochen mahlten. Nach einer Weile öffnete er den Mund und stieß ein Krächzen aus, das auf direktem Weg aus den Gruben kam.

»Das mit dem Reden kann noch dauern«, sagte Messer. »Der Hals war besonders schwierig hinzubekommen.«

Cajetan stierte ihn böse an. »Wo ist sie?«, presste er mühsam hervor. »Wo ist diese verdammte Macoubanhexe, die das Kaiserreich verraten hat?«

»An dieser Stelle kommt der Narr ins Spiel«, sagte Grimm. »Er ist nämlich in der Lage, sie mithilfe seiner Gabe für uns aufzuspüren. Allerdings nicht, wenn Ihr ihn vorher erwürgt.«

Cajetan runzelte erneut die Stirn. Sein Blick wanderte langsam zu seinen Händen hinab. Ihm schien nun zum ersten Mal zu dämmern, was er da gerade tat. Beinahe widerwillig löste er den Griff um Jeriks Kehle und ließ ihn achtlos in den Dreck fallen. Langsam wandte er sich zu Grimm um. »Gib mir mein Schwert. Wir müssen los, ehe es zu spät ist. Es wird Zeit, dass wir diese verräterische Schlange endlich töten.«

Keuchend blickte Jerik zu ihm auf. Seine Lunge schmerzte, und sein Schädel dröhnte, als hätte jemand mit einer Bratpfanne darauf eingedroschen. Er nahm sein Umfeld nur noch verschwommen wahr. Den Vogelmann, der dabei war, seine Schneidewerkzeuge einzupacken. Grimm, der aus einem sorgfältig verschnürten Bündel jetzt ein Schwert hervorzog und es dem Ordensherrn mit feierlicher Miene überreichte. Und Cajetan ad Hedin, der aussah wie eine Lumpenpuppe, die von einem blinden Schneider aus Stoffresten zusammengeflickt worden war. Langsam dämmerte ihm, was gerade geschehen war. Eben noch hatte er sich in die Hosen gemacht, weil er glaubte, dass die drei gefährlichsten Männer des Kaiserreichs blutige Rache an ihm üben wollten, und im nächsten Augenblick stellte sich heraus, dass sie seine Hilfe benötigten. Er konnte sein Glück kaum fassen.

Offenbar hatten auch sie keinen blassen Schimmer von seinem Verrat. Wenn er die wirren Gedankenfäden des Ordensherrn richtig interpretierte, dann bildete der sich im Gegenteil sogar ein, dass Sara die Schuldige war. Dass die ganze Sache ihr Plan gewesen sein musste, weil irgendwelche uralten Prophezeiungen es ihr befohlen hatten. Man musste schon ein selten dämliches Rindvieh sein, um so einen Blödsinn zu glauben. Doch Jerik würde sich darüber jetzt nicht beschweren. Nicht, nachdem er dem Tod erneut mit so knapper Not von der Schippe gesprungen war. Es stand zwar noch nicht fest, dass er den Kopf nun endgültig aus der Schlinge gezogen hatte, doch es war zumindest mal ein erster Schritt. Ein kluger Mann machte immer erst einen Schritt nach dem anderen. Der Rest ergab sich dann meist ganz von allein. Grinsend rückte er seine Schellenkappe gerade und stemmte sich in die Höhe. Als er sich dem Ordensherrn zuwandte, wurde sein Grinsen noch ein ganzes Stück breiter. »Dann wollen wir uns mal auf die Suche begeben, was?«

26

Alte Bekannte

Ein kalter Wind fegte über die leeren Straßen der Unterstadt. Es war diese Art von Kälte, die den Winter ankündigte und die Menschen dazu zwang, ihre Kapuzen tiefer in die Gesichter zu ziehen und das Zuhause nur im äußersten Notfall zu verlassen. Sara besaß weder eine Kapuze noch ein Zuhause, in das sie sich noch zurückziehen konnte. Sie hatte einem Toten den Umhang abgenommen, doch Ann Reyin hatte ihn viel nötiger gebraucht als sie. Die Kaiserinmutter sah so elend und eingefallen aus, dass sie fürchtete, die nächste Windböe würde sie einfach mit sich fortreißen.

Sie dachte an die alten Zeiten, als sie diese Gassen noch als ihr Zuhause bezeichnet hatte. Der alte Jochum hatte hier gebettelt, und die Sumpfhaag hatte den Reisenden eine goldene Zukunft aus der Hand gelesen, während Dammer und Thurwieser sie mit langen Fingern um die Inhalte ihrer Geldbeutel erleichterten. Und Feyst Dreiauge hatte hier regiert. Er war zwar ein elender Tyrann gewesen, doch an solchen Tagen hatte er gelegentlich die gesamte Familie um das große Kaminfeuer im Roten Bären versammelt, um allen Mitgliedern das billigste Bier auszuschenken, das in seinem Keller noch übrig geblieben war. In diesen seltenen Augenblicken, wenn alle beisammen in der Wärme saßen und von ihren Erlebnissen in den Gassen erzählten, während der fette Heygl mit seiner kratzenden Fidel zum Tanz aufspielte, da hatte sich selbst dieser elende Ort wie ein echtes Zuhause angefühlt.

Sie ließ den Blick über die Straße wandern. Über die dunklen Ecken, in denen vor wenigen Tagen noch, verborgen vor allzu neugierigen Blicken, die zwielichtigsten Gestalten Beruns herumgelungert hatten. Über die schiefen Fenster, aus denen sich die billigsten Huren der Stadt herausgebeugt hatten, um vorbeikommenden Reisenden lautstark ihre wenigen Vorzüge anzupreisen, und über die dunklen Hauseingänge, hinter denen die Bewohner ihren verbotenen Geschäften nachgegangen waren. Der Gestank von Holzkohle lag in der Luft. Hier und da zeugten ein umgestürzter Karren oder eine zersplitterte Haustür von den Kämpfen, die auch dieses Viertel nicht ganz verschont hatten. Ihr fiel auf, dass an den Straßenrändern weniger Tote lagen als befürchtet. Das Gerberviertel hatte den Kolnorern wohl kaum genügend Beute versprochen, um sich länger als notwendig mit ihm aufzuhalten. Was immer sie in der Stadt noch vorhatten, es musste mit dem Hafen zu tun haben, denn sämtliche Spuren wiesen in diese Richtung.

Aus einer Seitengasse näherten sich knirschende Schritte. Alarmiert hob sie den Blick. Es waren zwei Männer, und sie bewegten sich auf die Art von Raubtieren, die die Witterung aufgenommen hatten. Oder so wie Feysts Schläger, wenn sie ein lohnenswertes Opfer einkreisen wollten. Sie liefen ganz gemächlich, mit einigen Schritten Abstand, sodass sie die gesamte Breite der Gasse einnahmen, dabei aber immer noch nah genug beisammen waren, um ihrem Nebenmann im Notfall jederzeit beispringen zu können.

Sara erkannte Jochum an dem dümmlichen Grinsen wieder, das auf seinem zerschundenen Gesicht lag, seit Feyst ihm irgendwann vor langer Zeit einmal mit dem Gehstock den Verstand aus dem Leib geprügelt hatte. Beiläufig schwang er einen Knüppel, durch dessen oberes Ende er eine Handvoll Zimmermannsnägel getrieben hatte. Thurwieser hielt ein langes Schwert in der Hand, das er vermutlich einem Toten abgenommen hatte.

»Sieh mal einer an«, rief er aus. »Welcher Vogel ist uns denn da ins Netz gegangen?«

»Aber das ist doch Sara«, sagte Jochum. »Erkennst du sie nicht?«

»Das sehe ich selbst, du Trottel.«

»Aber wieso hast du dann …?«

»Habe ich nicht schon tausend Mal gesagt, dass du den Mund halten sollst, wenn ich rede?« Entnervt rollte Thurwieser mit den Augen. »Entschuldige bitte, Sara, aber du weißt ja selbst, wie anstrengend das mit ihm ist.«

»Was wollt ihr von uns?«, fragte sie. Sie stellte sich schützend vor Ann Revin und stemmte die Hände in die Hüften. Von diesen zwei traurigen Gestalten würde sie sich nicht mehr einschüchtern lassen. Nicht nach dem, was sie alles durchgemacht hatte.

»Nur ein bisschen plaudern. Um der alten Zeiten willen. Wissen, wo du dich so herumgetrieben hast und was dich zu uns zurückführt, wo doch Feyst einen dicken Batzen Silberadler auf deinen Kopf ausgesetzt hat.«

»Einen mächtig dicken Batzen«, fügte Jochum hinzu.

»Als ob das jetzt noch eine Rolle spielen würde«, sagte

Sara. »Habt ihr euch in letzter Zeit schon einmal in der Stadt umgeschaut? Ist euch aufgefallen, dass der Kaiserpalast in Flammen steht?«

»Also ich habe es bemerkt«, sagte Jochum stolz. »Der Westturm hat als Erstes zu brennen begonnen. Dann ist er auf das Dach des Küchentrakts gefallen, und dann hat der Rest ebenfalls Feuer gefangen.«

»Das wissen wir, du Trottel«, knurrte Thurwieser. »Wir haben es alle gesehen. Aber Geld ist nun mal Geld, ob der Kaiserpalast brennt oder nicht. Das schert mich alles einen Dreck, solange Feyst mich bezahlt.«

Sara schnaufte geringschätzig. »Dann solltest du dich so schnell wie möglich nach einem neuen Geldgeber umschauen. Feyst Dreiauge ist nämlich nicht mehr am Leben.«

Thurwiesers Augen weiteten sich. »Feyst ist tot? Wer behauptet das?«

»Ich habe gesehen, wie Bedbur ihm mit der Axt den Schädel eingeschlagen hat.«

»Sein eigener Leibwächter? Das würde er niemals tun. Bedbur ist ein ehrbarer Mann.«

Sie lachte. »So ehrbar, wie man in Feysts Diensten nur sein kann. Ich hatte eigentlich vor, ihn selbst umzubringen, aber Bedbur ist mir zuvorgekommen. Weil seine Loyalität nicht mehr ihm, sondern seinem kolnorischen König galt.«

»Du lügst!«, bellte Thurwieser und hob sein Schwert. »Dafür schicke ich dich in die Gruben. Dich und deine ... diese alte ...« Er runzelte die Stirn. »Wer ist das überhaupt?«

»Die Kaiserinmutter«, sagte eine knorrige Stimme, so als wäre es das Selbstverständlichste auf der Welt. Die alte Sumpfhaag trat aus einem der Hauseingänge hervor und humpelte langsam zu ihnen auf die Gasse. Das linke Bein zog sie dabei ein wenig nach, da sie es sich angewöhnt hatte, weil es bei ihrer Kundschaft recht gut ankam. »Ann Revin ad Armitago. Die Mutter unseres Kaisers. Ich habe sie gleich wiedererkannt. Weil wir sie doch gerade eben erst gesehen hatten, als sie an uns vorüber zum Turnierplatz geritten ist. Keine vier Schritte entfernt, erinnert ihr euch? Sie saß auf einem weißen Pferd mit einer hübschen, goldbestickten Schabracke, und sie hat mich angelächelt.« Schnaufend blieb sie vor der Kaiserinmutter stehen. Und dann tat sie etwas, das Sara nie im Leben erwartet hätte. Anstatt ihre Begleiter auf sie zu hetzen, fiel sie vor der Kaiserinmutter auf die Knie.

Nun, gehofft hatte es Sara schon, aber sie war sich nicht sicher gewesen. Sie hatte sich in so vielem geirrt. Sogar in Flynn Hasenfuß. Doch die Tränen in den Augen der alten Sumpfhaag wirkten echt. »Verzeiht ihnen, Majestät«, stotterte sie voller Ergriffenheit, »dass sie Euch nicht gleich erkannt haben. Ihr müsst verstehen: Ihre Augen, das Wetter ... die Umstände. Ach herrjeh.« Verzweifelt rang sie die Hände, um im nächsten Augenblick zischend zu Jochum und Thurwieser herumzufahren. »Auf die Knie, ihr Lumpen!«

Jochum reagierte prompt. Ohne zu zögern, ließ er seine Waffe fallen und warf sich neben der Sumpfhaag zu Boden. Thurwieser blickte einen Augenblick lang stirnrunzelnd auf die beiden herunter, ehe er sein Schwert verlegen hinter den Rücken schob und ebenfalls auf die Knie sank. »Ich habe meine Waffe nicht gegen Euch gezogen, Majestät«, murmelte er mit hochrotem Kopf. »Sie drückt nur manchmal so auf den Knochen, wenn ich sie im Gürtel trage.«

»Ich hatte niemals zu hoffen gewagt, Euch so nahe kommen zu dürfen«, sagte die alte Sumpfhaag. »Es ist mir eine große Ehre.«

»Und so völlig unerwartet«, sagte Thurwieser.

»Die ganze Situation ist recht unerwartet«, sagte Sara. »Für alle Beteiligten.«

Die alte Sumpfhaag nickte. »Doch jetzt, wo Ihr hier seid, wird alles wieder gut. Ich habe es in den Sternen gesehen. Das Gerberviertel ist alles, was wir haben. Wir sind hier geboren, und wir haben nicht vor, es zu verlassen. Da müssten sie uns schon mit den Füßen voraus hinaustragen. Ich meine: Wohin sollten wir auch sonst gehen? Niemand würde uns aufnehmen. Nicht einmal auf die Schiffe würden sie uns lassen. Und wenn schon. Was wäre dann? In einer anderen Stadt wäre ich nicht die alte Sumpfhaag aus dem Gerberviertel, die jeder achtet und respektiert. Keiner würde mich erkennen. Ich wäre ein Niemand.«

»Hier sind wir alles«, sagte Thurwieser.

»Doch Feyst hat all das verraten. Er hat uns den Feinden ausgeliefert. Doch jetzt wird alles wieder gut.«

Die dichte Wolkendecke über der Stadt brach ein winziges Stückchen auf, und ein paar vereinzelte Sonnenstrahlen fanden ihren Weg auf die Gasse hinunter. Sara schaute zu Ann Revin, die ihren Blick erwiderte und dann die Hände hob, um ihre Kapuze vom Kopf zu schieben. Etwas hatte sich verändert. Es war nicht viel, nur eine Kleinigkeit. Nichts, was man auf einen ersten, flüchtigen Blick erkennen konnte. Und doch war in diesem Moment etwas Entscheidendes mit ihr geschehen. »Ich verstehe jetzt, was du mir zeigen wolltest«, sagte sie an Sara gewandt. Sie trat auf die alte Sumpfhaag zu, die zitternd die Hände nach ihr ausstreckte, und hob sie sanft auf.

»Ich hätte niemals zugelassen, dass sie Euch ein Leid antun.« Dicke Tränen kullerten der alten Sumpfhaag über die Wangen.

»Ich weiß«, sagte Ann Revin und strich ihr liebevoll über das struppige Haar.

»Ihr seid doch immer noch unsere Herrscherin, nicht wahr? Ich habe es in den Sternen gesehen. Ihr werdet uns von den Kolnorern befreien.«

Ann Revin lächelte. Sara hatte den Eindruck, als wäre sie um ein ganzes Stück gewachsen. Sie stand nun aufrecht und würdevoll vor der verschrumpelten Alten. Beinahe so wie damals, als Sara ihr im Thronsaal zum ersten Mal begegnet war. Beinahe so, als wäre tatsächlich nie etwas vorgefallen.

»Sieh mal an. Was für ein rührendes Familientreffen.«

Sara hatte gehofft, dieses irre Kichern nie wieder hören zu müssen. Doch ihre Hoffnungen waren in letzter Zeit viel zu oft enttäuscht worden. Der Hofnarr sah ziemlich mitgenommen aus. Die Kappe hing schief auf seinem Kopf, und eines der Glöckchen war abgefallen. Seine Kleidung war zerfetzt und voller Blut und Erde, und am linken Fuß fehlte der gelbe Schuh mit der nach oben gerollten Spitze. Nur seine Augen leuchteten noch immer, als wären sie von einem inneren Feuer erhellt.

Er kam nicht allein. Zu seiner Linken lief eine hagere, leicht gebeugte Gestalt, über deren schmalen Schultern ein abgeschabter Staubmantel hing. Sie hatte dünne Beine und eine spitze Nase, die ihm das Aussehen eines missmutigen Schreitvogels verlieh. Sara war Meister Messer zwar noch nie zuvor begegnet, doch Thoren hatte ihr den seltsamen Mann, der im Auftrag des Flammenschwertordens mordete, ziemlich genau beschrieben. Und als ob der Anblick dieser beiden Gestalten nicht schon schlimm genug gewesen wäre, tauchten aus dem Schatten zwei weitere Bekannte auf.

»Takhasa steh uns bei«, murmelte sie.

Tempelfürst Cajetan ad Hedin sah aus wie ein blutiger Flickenteppich. Sein leichenblasser Körper war von einer Unzahl frischer Nähte überzogen, und er bewegte sich auf die hölzerne Art einer Marionette in einem billigen Puppenspiel. In der Hand hielt er ein langes, matt schimmerndes Runenschwert, und seine großen, dunklen Augen glänzten in fiebrigem Wahn. Sein untersetzter Diener Grimm hielt sich dicht hinter ihm, so als stünde er bereit, um ihn aufzufangen, falls er auseinanderfallen sollte.

»Eure Majestät.« Jerik deutete eine leichte Verbeugung an. Seine zwei verbliebenen Schellen bimmelten leise. »Ich störe die Audienz nur ungern, jedoch müssen wir Euch unterbrechen, da …«

»Die Wege der Reisenden sind unergründlich«, rief Cajetan ad Hedin, während er an dem Narren vorbeiwankte. »Schmerz und Tod sind unsere Last. Wir tragen sie mit Dankbarkeit, denn die Wege der Reisenden sind unergründlich.«

»Wie dem auch sei«, sagte Jerik. »Wir hoffen doch sehr, dass ihr es uns nicht schwerer macht als unbedingt nötig.«

»Wovor fürchtest du dich, wenn der Suchende dich führt? Wovor fürchtest du dich, wenn der Krieger dich schützt? Wovor fürchtest du dich, wenn der Weise dich lehrt?«

»Was?« Jerik warf dem Ordensfürsten einen irritierten Seitenblick zu. Er räusperte sich. »Was er damit sagen wollte, ist …«

»Das Mädchen! Händigt mir das Mädchen aus!«

»Ah.« Jerik hob einen Zeigefinger. »Genau das.«

»Ketor der Weise hatte uns vor dir gewarnt.« Cajetans zusammengeflickter Finger schoss anklagend auf Sara zu. »Du bist die Nachfahrin der Verstoßenen. Du besitzt eine Macht, die so fremdartig und schrecklich ist, dass sie die Welt ins

Chaos stürzen wird. Ketor hat es prophezeit. Du bist hier, um das Grab der Götter zu öffnen. Um sie wieder zum Leben zu erwecken, damit sie Berun erneut mit Feuer und Flamme überziehen. So wie sie es bereits vor Tausenden von Jahren getan hatten, bevor sie von den Reisenden aufgehalten und in Ketten geschlagen wurden. Bevor Kazarh ihren Turm stürzte, sie in die Gruben warf und das Ordenshaus der Flammen errichtete. Ich bin gekommen, um Kazarhs Erbe anzutreten. Ich bin gekommen, um dich aufzuhalten. Aus dem Weg mit euch allen, oder ihr werdet meinen Zorn ebenfalls zu spüren bekommen!«

»Da habt ihr es«, sagte Jerik und knackte mit den Knöcheln. »Wenn ihr also schön langsam eure Waffen fallen lassen würdet?«

»Sie gehört zu uns«, rief die alte Sumpfhaag. Sie zog zwei krumme Sicheln unter ihrem Kittel hervor und stellte sich an Saras Seite. »Und deshalb tritt hier niemand beiseite.«

Thurwieser nickte, während er mit finsterer Miene die Klinge seines Schwerts tätschelte. Jochum grinste dümmlich, und ließ seine Nagelkeule gefährlich vor- und zurückschwingen.

Jerik seufzte theatralisch. »Ach macht euch bitte nicht lächerlich. Ihr glaubt doch nicht im Ernst, dass ihr es mit dem besten Schwertkämpfer Beruns aufnehmen könnt?« Er warf einen kurzen Blick über die Schulter. »Und nicht zu vergessen: mit dem tödlichsten Meuchelmörder des gesamten Kaiserreichs.«

»Ich habe schon immer gewusst, dass man dir nicht trauen kann«, sagte Ann Revin. »Und dass Cajetan ad Hedin nicht mehr bei klarem Verstand ist, kann jeder sehen. Aber von Euch hätte ich etwas Besseres erwartet, Meister Messer. Thoren hatte einmal große Stücke auf Euch gehalten. Er nannte Euch einen ehrenwerten Mann.«

Der Vogelmann neigte ein winziges Stück den Kopf. »Mit der Ehre ist das so eine Sache, Majestät. Man kann sich von ihr nicht viel kaufen. Geld ist da sehr viel verlässlicher.«

»Was habe ich gesagt?«, sagte Jerik. »Ihr seid uns hoffnungslos ...«

»... was uns zur Frage der Bezahlung führt.« Messer legte die Spitzen seiner gespreizten Finger gegeneinander. In seinen Augen lag jetzt ein seltsames Funkeln. »Schuldet Ihr mir nicht immer noch eine Entlohnung für meine Dienste?«

»Das ist jetzt nicht unbedingt der geeignete Zeitpunkt«, sagte Grimm.

»Schon möglich.« Messer zuckte mit den Schultern. »Aber ich habe die Erfahrung gemacht, dass es für diese Frage nie den geeigneten Zeitpunkt gibt.«

»Gib dem Mann sein Geld«, knurrte Cajetan ad Hedin an seinen Gehilfen gewandt. »Damit wir es endlich hinter uns bringen können.«

»Ich habe doch keins bei mir«, sagte Grimm. »Ich wurde von der ganzen Situation ein wenig ... überrascht. Die Kolnorer haben die Stadt überrannt, falls Ihr Euch erinnert. Und außerdem wollten wir diese Sache doch ohnehin auf anderem Weg aus der Welt schaffen ...«

»Wie?« Messer blinzelte. »Korrigiert mich, falls ich mich irren sollte, aber ich habe den Eindruck, dass ihr mich hintergehen wolltet. Dass ihr von Anfang an nicht vorhattet, mich zu bezahlen. Ich würde behaupten, das ist ... ungeschickt. Mehr als ungeschickt.«

»Na und?« Die Spitze von Cajetans Schwert zuckte in Messers Richtung. »Was willst du dagegen tun, Vogelmann?«

Messer hob den Zeigefinger und öffnete den Mund. Doch nach einem kurzen Blick auf die Waffe sackten seine schmalen Schultern nach unten. Er schob die Hände zurück in die Manteltaschen und schnaufte. »Ich werde nie wieder Geschäfte mit dem Flammenschwertorden abschließen, das werde ich tun. Egal, wie sehr Ihr mich auch anfleht. Ich werde mich in Zukunft nach vertrauenswürdigeren Geschäftspartnern umsehen. Menschen, die mich ordentlich bezahlen!« Sein Blick fiel auf Ann Revin und Sara. »Ihr kennt nicht zufällig so jemanden? Ich meine: Ich bin ja jetzt wieder für neue Aufträge zu haben ...«

Es folgte eine kurze Pause, in der keiner ein Wort sagte. Sara kniff die Augen zusammen und musterte diesen seltsamen Vogel einen Moment lang. Er war wirklich eine komische Gestalt. Dürr und hässlich, mit einem verschlagenen Blick. Das Abbild eines hinterhältigen Meuchelmörders, der für Geld jeden noch so schmutzigen Auftrag übernahm. Und dennoch hatte Thoren ihn einmal als einen Ehrenmann bezeichnet. Thoren hatte ein Gespür für solche Dinge gehabt. Jedenfalls in den meisten Fällen. Vielleicht hatte er sich auch in diesem Fall nicht gänzlich geirrt. »Was verlangt Ihr?«, fragte sie leise.

»Wie viel hast du?«

Sie griff in ihre Tasche. Ihre Finger fanden die drei Kupferstücke, mit denen sie damals für Flynn Hasenfuß und sich etwas zu essen kaufen wollte. Aus irgendeinem sentimentalen Grund hatte sie diese drei Münzen damals behalten. Vielleicht, weil sie sie an ihr altes Leben erinnert hatten. Sie zog sie hervor. »Es reicht für einen Bucheckernfladen, denke ich. Unten am Ordensplatz. Schmecken nicht besonders gut, aber machen satt.« Sie zuckte mit den Schultern. »Manchmal sind sie allerdings ein wenig verbrannt. Der Koch ist nicht besonders geschickt.«

»Verbrannt, sagst du?« Messers Kopf neigte sich so weit zur Seite, dass er fast auf seiner Schulter lag.

Sie nickte.

»Einverstanden«, sagte Messer. »Ich nehme den Auftrag an.«

»Was?«, fragte Jerik.

»Welchen Auftrag?«, fragte Grimm.

»Genug!«, rief Cajetan und riss sein Schwert über den Kopf.

Der Vogelmann wirbelte herum. Noch in der Bewegung zog er mit der Rechten einen schmalen Dolch unter seinem Mantel hervor und schleuderte ihn auf Jerik, der erschrocken aufkreischte und sich zur Seite warf. Genau in die Flugbahn eines zweiten Dolchs, den der Vogelmann aus der linken Hand heraus auf ihn schleuderte. Im selben Augenblick sauste Cajetan ad Hedins graue Schwertklinge herab. Geschickt duckte sich Messer unter dem Angriff fort und zauberte einen dritten Dolch hervor, mit dem er blitzschnell nach dem Ordensfürsten stach.

Cajetan fing die Klinge mit der bloßen Hand ab. Brüllend riss er sie herum und verdrehte Messers Arm, bis der Vogelmann vor ihm in die Knie brach. Dann schmetterte er ihm den Knauf seines Schwerts gegen das Kinn. Mit einem Stöhnen sackte Messer zusammen. »Hattest du dir wirklich eingebildet, gegen einen Schwertmeister bestehen zu können?« Cajetan packte seinen benommenen Gegner am Kragen und hob die Waffe. »Ich hätte dich für wesentlich klüger gehalten.«

»Ihr habt die gröschere Reischweite«, gab Messer nuschelnd

zu. »Aber isch habe verschucht, dicht an Eusch heranzukommen.«

Cajetan lachte. »Wieso? Deine lächerlichen Dolche können mich ohnehin nicht töten.«

Messer zuckte mit den Schultern. »Vermutlisch. Esch gibt aber weschentlisch unangenehmere Dinge ...«

»Und welche?«

»Die Schmerzen eines Mannesch, der von dutschenden Armbruschtbolzen durchbohrt und danach Stisch für Stisch wieder schusammengeflickt wurde.« Messers Spinnenfinger zuckten blitzschnell nach oben und stießen gegen Cajetans Stirn. Ein kaum sichtbarer Impuls fuhr durch seinen Arm hindurch und in den Tempelfürsten hinein.

Cajetan erstarrte. Seine Augen weiteten sich, und ein leichtes Zittern lief durch seinen Körper. Er starrte Messer einen Moment lang sprachlos an. Dann fiel das Schwert aus seinen kraftlos gewordenen Fingern, und er taumelte einen Schritt zurück. Geistesgegenwärtig fing Grimm ihn auf, ehe er umfallen konnte. »Was hast du getan?«, rief er voller Entsetzen.

»Isch habe ihm nur zurückgegeben, wasch ohnehin schon ihm gehörte.« Messer wischte sich das Blut aus dem Mundwinkel. Irritiert musterte er es einen Augenblick lang, ehe er es mit einem Achselzucken von den Fingerspitzen leckte. »Isch habe esch nur eine Zeit lang für ihn aufbewahrt.«

»Ich dachte, du bringst einen schmerzlosen Tod!«, kreischte Jerik, während er im Dreck saß und auf den blutigen Dolch in seinem Bauch hinunterschaute. »Warum tut es dann so verdammt weh?«

Messer zuckte mit den schmalen Schultern. »Es läuft nicht immer alles nach Plan. Manchmal musch man eben improvisieren.«

»Ah! Verdammt.« Jerik schaute hilfesuchend zu Grimm. »So tut doch etwas. Steht da nicht so dumm herum. Helft mir endlich!«

Der Gehilfe des Ordensfürsten ignorierte ihn. Vorsichtig legte er seinen Herrn auf dem Boden ab. Dann bettete er seinen zitternden Kopf auf die Knie und hielt ihn mit beiden Händen fest. »Lass uns in Ruhe«, flüsterte er. »Lasst uns alle in Ruhe. Sofort!«

Messer neigte den Kopf und trat von ihnen weg. Im Vorbeigehen warf er Jerik einen Seitenblick zu, der den Narren winselnd zusammenzucken und rückwärts von ihm fortkriechen ließ.

»Warum lasst Ihr sie am Leben?«, fragte Sara.

»Ich hatte nicht den Eindruck, dass du sie ermorden lassen wolltest.«

»Und wenn ich Euch den Auftrag dazu gebe?«

Messer legte den Kopf schief. »Würdest du das tun?«

Sie dachte darüber nach. Sie versuchte herauszufinden, ob ihre Rachegedanken noch immer stark genug waren. Im Moment fühlte sie in ihrem Innern allerdings kaum noch etwas anderes als bleierne Müdigkeit. Sie trat an ihm vorbei auf Cajetan und seinen Diener zu.

Grimm sah zu ihr auf. Auf seinem grobschlächtigen Gesicht lag ein Ausdruck tiefer Verzweiflung. »Er wollte doch nur das Kaiserreich beschützen ...«

»Ich weiß.«

»Und nun? Wirst du jetzt die Götter wecken und unsere Welt zerstören, so wie mein Herr gesagt hat?«

Sie schnaufte. »Wie kommt er nur auf so einen Schwachsinn? Ich kann doch kaum noch einen Fuß vor den anderen setzen. Wie soll ich denn da eine Welt zerstören? Und selbst wenn ich in der Lage dazu wäre: Warum verdammt noch mal sollte ich so etwas tun?«

»Ich weiß nicht. Aus Machtgier vielleicht. Oder weil du eine bessere Welt erschaffen willst. Wegen der Dekadenz und all dem Elend auf den Straßen …«

Sie dachte auch darüber einen Moment lang nach. Dann schüttelte sie den Kopf. »Berun ist gar nicht so übel. Dort, wo ich herkomme, werden die Menschen von ihren eigenen Nachbarn versklavt, und das Leben ordnet sich einzig dem Willen der Götter unter. Hier in Berun kann ich wenigstens tun und lassen, was ich will.« Sie zögerte. »Jedenfalls mehr als im Macouban. Das Kaiserreich ist weit weg davon, perfekt zu sein, aber es bietet gewisse Möglichkeiten. Es lohnt sich, dafür zu kämpfen.« Sie wandte sich zu Messer um. »Können wir dabei auch auf Eure Hilfe zählen?«

Der Vogelmann wiegte den Kopf. »Wir werden sehen, wie weit deine drei Kupferstücke reichen. Ich denke mal, zunächst bis zurück an den Rand der Oberstadt, wo sich Hilgers Kriegsknechte verschanzt haben – und diese seltsamen Waldmenschen, die einen ganz hervorragenden Branntwein herstellen.« Genüsslich schnalzte er mit der Zunge. »Ich würde zwar zu gern wissen, aus was sie ihn herstellen, aber es gibt vielleicht Dinge, die besser im Verborgenen bleiben.«

27

Freud und Leid

Schweißgebadet schreckte Danil aus dem Schlaf.

In seinem Traum hatte er das Gefühl gehabt, auf dem Kopf zu stehen. Er war vor etwas davongelaufen und auf der Flucht über eine Wurzel gestolpert. Doch anstatt zu Boden zu stürzen, fiel er in die Höhe. Immer höher und höher. Mitten in den Himmel hinein. Bis die Welt unter ihm so winzig klein war, dass er nur noch die höchsten Berge und die weitesten Seen erkennen konnte. Erst da merkte er, dass er nicht mehr atmen konnte. Doch ein weißhaariger Skelling flüsterte ihm ins Ohr, dass er ein ziemlicher Dummkopf wäre, denn da oben müsse er doch überhaupt nicht atmen, weil dies das Land der Götter sei. Und dann hackte der Schnabel des Skellings auf ihn ein, bis sein Gesicht und seine Hände ganz blutüberströmt waren. Dabei krächzte der Vogel die ganze Zeit, dass der Kaiser tot wäre.

Das war der Augenblick, in dem Danil erwachte und erleichtert feststellte, dass alles nur ein Traum gewesen war. Er stieß ein Schnaufen aus und wischte mit der Hand über sein Gesicht, das nicht blutbesudelt, sondern nur nass von kaltem Schweiß war. Erleichtert atmete er auf.

Natürlich war es nur ein Traum gewesen. Das alles. Der Krieg, die Reise in den Norden, diese unglaublich verrückten Waldmenschen und schließlich der kolnorische Überfall auf Berun, der mit dem Tod des Kaisers geendet hatte. Das konnte alles gar nicht wahr gewesen sein, weil es viel zu aberwitzig war. Kopfschüttelnd wälzte er sich auf den Rücken. Seine Hand tastete nach der Frau an seiner Seite – es lag immer eine Frau an seiner Seite, wenn er nach einer durchzechten Nacht erwachte – und fühlte Leder und Ketten aus Stahl. Ein Waffengurt? Das war allerdings ungewöhnlich. Er runzelte die Stirn. Hatte er diesmal vielleicht ein bisschen zu sehr über die Stränge geschlagen? Die Frau drehte sich auf die andere Seite und stieß dabei ein wohliges Grunzen aus. Ein sehr tiefes Grunzen, wie er fand. Hastig zog er die Hand zurück und schlug die Augen auf.

Bei allen Reisenden! Entsetzt starrte er auf die Umrisse von Bogk. Der Anblick des schnarchenden Waldmenschen erinnerte ihn schmerzhaft daran, dass wohl doch das meiste wahr gewesen sein musste. Stöhnend hob er den Kopf und sah in die Runde. Im schwachen Glühen des heruntergebrannten Lagerfeuers konnte er die Umrisse der Krieger ausmachen, mit denen er die Nacht durchzecht hatte.

Angestrengt rieb er sich die Schläfe, in der sich jetzt ein rhythmisches Hämmern bemerkbar machte. Der Fluch von Bogks elendem Beerenbrand. Oder wie der alte Waldmensch es gerne selbst umschrieb: der Preis, den die Waldgeister für ihre Gabe verlangten. Er fand, dass sie ziemlich unverschämt hinlangten für so ein bisschen Spaß. Mühsam stemmte er sich in die Höhe und stopfte sein Hemd in die Hose. Dann schob er seinen Schwertgurt zurecht und stolperte in die nächste Gasse, um sich zu erleichtern.

Am Horizont zeigte sich bereits ein schmaler roter Streifen. Vorbote eines weiteren elenden Tages in der eroberten Kaiserstadt. Am vergangenen Abend hatte er sich noch über das glückliche Wiedersehen mit Hilger gefreut, doch wenn er beim Licht des anbrechenden Morgens so über ihre Situation nachdachte, stellte er fest, dass sie nicht annähernd so rosig war, wie es zunächst den Anschein hatte. Sie war im Gegenteil sogar ziemlich beschissen. Was hatte es denn noch für einen Sinn zu kämpfen? Der Kaiser war tot, und mit ihm sämtliche Fürsten und beinahe der gesamte Hofstaat. Für was sollten sie denn noch ihre Waffen erheben?

Müde schlurfte er zur nächsten Hauswand hinüber und nestelte an seiner Hose herum. Sein Fuß blieb an irgendetwas hängen, und er stieß einen leisen Fluch aus. Es war etwas Großes und Weiches. Ein menschlicher Körper. Seufzend beugte er sich zu dem Toten hinunter.

Er konnte nicht behaupten, besonders überrascht vom Anblick einer weiteren Leiche zu sein, aber irgendetwas machte ihn stutzig. Im nächsten Augenblick wusste er, was es war. Seine Finger griffen in kaum getrocknetes Blut, das eine breite Lache um den zertrümmerten Schädel des Toten herum gebildet hatte. Er konnte noch nicht sehr lange tot sein, so viel war klar. Alarmiert zog Danil sein Schwert und lauschte in die Dunkelheit. Doch außer den Geräuschen des erwachenden Lagers hörte er nichts. Nach einer Weile steckte er die Waffe zurück in die Scheide und beugte sich erneut über den Toten. Behutsam drehte er den Kopf, sodass er sein Gesicht erkennen konnte. Er brauchte einige Augenblicke, bis er die zerschmetterten Züge wiedererkannte. Als die Erkenntnis schließlich in seinen schmerzenden Schädel vorgedrungen war, zuckte er mit einem Aufschrei zurück.

»Er ist vom Dach gestürzt.« Bogks Blick wanderte die schroffe Hauswand entlang und dann weiter hinauf bis in den grauen Himmel. »Vielleicht war es der Mond. Man kann den Geistern des Mondes nicht trauen. Sie machen manchmal seltsame Dinge mit den Menschen.«

Danil presste die Handballen gegen die Schläfen. »Vielleicht hat er es nur einfach nicht mehr ausgehalten. Weil er ganz genau wusste, wie beschissen es um Berun steht. Vielleicht sollten wir ebenfalls vom Dach springen, um diesem ganzen Elend ein gnädiges Ende zu bereiten.«

Bogk zuckte mit den Schultern. »Ihr Beruner lasst euch so schnell von Kleinigkeiten aus der Ruhe bringen.«

»Kleinigkeiten?« Fassungslos blickte Danil auf. »Hilger ist tot. Der Kaiser ist tot, um Himmels willen!«

»Na und? Dann kämpft eben einen neuen Kaiser aus. So wie wir es tun, wenn einer unserer Anführer auf die Geisterseite gewechselt ist. Das funktioniert immer recht gut.«

Verzweifelt schüttelte Danil den Kopf. »So laufen die Dinge in Berun nicht. Kaiser kann nur jemand werden, der ein Anrecht auf den Thron besitzt. Dummerweise hat der Flammenschwertorden aber alles in seiner Macht Stehende getan, um die Zahl dieser Anwärter zu dezimieren. Wenn keines seiner Bastardkinder mehr am Leben ist, dann gibt es auch niemanden, dem die Menschen freiwillig folgen. Dann bricht das Kaiserreich wie ein Kartenhaus in sich zusammen.«

Bogk runzelte die Stirn. »Was ist so besonders an diesen Anwärtern? Was hat sie ausgezeichnet, wenn es nicht ihre Stärke war?«

»Das richtige Blut, das in ihren Adern geflossen ist.«

»Richtiges Blut? Wie soll ich mir das vorstellen?«

»Es ist blau.«

Bogk dachte einen Moment darüber nach. »Ich habe noch nie einen Mann erschlagen, dessen Blut blau gewesen wäre. Meistens ist es rot, und wenn es zu trocknen beginnt, färbt es sich braun. So wie bei Hilger.« Nachdenklich kratzte er sich seinen rasierten Schädel. »Ich will euch da natürlich nicht reinreden. Es sind eure Traditionen, und sie haben sicherlich einen ganz vernünftigen Grund. Wenn ich dich also recht verstehe, müssen wir uns jetzt auf die Suche nach einem Mann mit blauem Blut machen, der noch dazu bereit ist, das Kaiserreich zu führen.« Mit einem schabenden Geräusch zog er sein Messer aus der Scheide. »Wie sieht es mit dir aus, Danil? Sollen wir bei dir anfangen? Wie viel Blut benötigst du, um dein Anrecht auf den Thron zu überprüfen? Einen Tropfen oder eine ganze Schale voll?«

Danil seufzte. Es würde in nächster Zeit wohl noch genügend Blut fließen, auch ohne dass er sein Anrecht auf den Thron überprüfen ließ. Er hatte keinen blassen Schimmer, was geschehen würde, sobald die Schwarzraben vom Tod ihres Anführers erfuhren. Würden sie ihn einfach so hinnehmen und einen neuen Heetmann wählen? Er bezweifelte das. Hilger hatte eine Lücke gerissen, die keiner so schnell füllen konnte. Seine Männer waren ihm treu ergeben. Selbst in der aussichtslosen Lage, in der sie sich nach dem Angriff der Kolnorer befanden, kämpften sie noch an seiner Seite. Sogar ohne jegliche Bezahlung. Ohne ihn an der Spitze würden sie sich das allerdings noch einmal überlegen. Danil blickte zurück auf das langsam erwachende Feldlager. Er hatte gehofft, dass mit seiner Rückkehr nach Berun das Schlimmste vorüber sein würde. Doch das Schlimmste lag offenbar noch vor ihnen. Seufzend wandte er sich um. Sie mussten die Kriegsknechte zusammenrufen und ihnen den Tod ihres Anführers gestehen.

Sie hatten sich auf der Mitte des Platzes versammelt. Die Kriegsknechte auf der einen Seite und die Waldmenschen auf der anderen. Unter den Männern herrschte große Unruhe. Die Feierlaune des vergangenen Abends war so schnell wieder verschwunden, wie sie begonnen hatte. Besorgt blickte Danil in die Gesichter der Kriegsknechte. Einige der härtesten Männer des Kaiserreichs. Die jüngeren unter ihnen in grellbunter Kleidung und mit blitzenden Waffen, aufgeplustert wie streitlustige Gockel, so wie Danil selbst noch vor wenigen Wochen herumstolziert war. Daneben die Veteranen, mit struppigen Bärten und alten Narben in den wettergegerbten Gesichtern. Männer, die dem Tod schon zu oft ins Auge gesehen hatten, als dass er noch irgendeinen Schrecken für sie besitzen würde. Gefrorene wurden sie von den Jüngeren genannt, weil ihre Herzen unter einem dicken Panzer aus Eis gefangen waren. Doch egal, ob sie die Sorglosigkeit der Jugend ausstrahlten oder die abgestumpfte Gelassenheit des Alters, an diesem Morgen blitzte die blanke Verzweiflung aus ihren Augen.

Ein auttrinischer Doppelsöldner trat vor Danil. Ein massiger Riese, so wie die meisten Männer, die mit dem Zweihänder in die Schlacht zogen. Unablässig knetete seine Pranke den Griff der gewaltigen Waffe. »Es ist nicht so, dass wir nicht weiterkämpfen wollen, aber Hilger ist tot. Und der Kaiser …« Er ließ den Satz einige Augenblicke in der Schwebe hängen, ehe er weitersprach. »Ihr müsst unsere Lage verstehen. Viele von uns haben eine Familie zu ernähren. Was hat es noch für einen Zweck, für eine verlorene Sache zu kämpfen, wenn wir nicht mal dafür bezahlt werden?« Zustimmendes Gemurmel wurde in den Reihen hinter ihm laut. Die grimmigen Gesichter der Kriegsknechte sprachen Bände. Sie hatten alle keine

Lust weiterzukämpfen. Vor allem nicht, wenn es dabei noch nicht einmal mehr etwas zu verdienen gab.

Danil seufzte. Du hast recht, dachte er. Es hat keinen Zweck. Es gibt verdammt noch mal überhaupt nichts mehr, für das es sich zu kämpfen lohnt. Trotzdem hob er die Hand. »Wartet noch.«

»Worauf?«, fragte der Doppelsöldner. »Auf ein Wunder? Was kann an einem Tag geschehen, das so bedeutend ist, dass wir unsere Meinung ändern?«

Danil breitete die Hände aus. Er fühlte sich hilflos, weil er wusste, dass er nichts Vernünftiges darauf erwidern konnte. »Ich weiß nicht ...«

»Nichts«, brummte der Doppelsöldner. »Habe ich es mir doch gleich gedacht. Nichts kann mehr geschehen.«

»Gar nichts«, rief ein Mann in seinem Rücken. Ein altgedienter Fahnenträger, dessen linkes Auge von einer Lederklappe verdeckt war. »Lasst uns nach Hause gehen.«

Die Umstehenden nickten. Überall meldeten sich jetzt Männer zu Wort, die lautstark ihre Abneigung gegen weitere Kämpfe kundtaten. Nur wenige enthielten sich der Stimme.

Danil hob beschwörend die Hände. »Was ist mit den Bewohnern der Stadt? Habt ihr nicht einen Eid geschworen, sie zu beschützen?«

»Wir haben dem Kaiser einen Eid geschworen«, knurrte der Doppelsöldner. »Aber der Kaiser ist tot, falls du das übersehen hast. Also ist unser Eid hinfällig. Wir können tun und lassen, was uns gefällt. Ich für meinen Teil werde zurück nach Auttrin gehen und eine Handvoll weiterer Bastarde in die Welt werfen, ganz nach alter kaiserlicher Tradition.« Gelächter wurde laut, und Danil fiel auf, dass einige der Männer in den hinteren Reihen sich anschickten, den Platz zu verlassen.

Er konnte es ihnen nicht verdenken. Nur die wenigsten hatten eine besondere Bindung an die Kaiserstadt. Kriegsknechte kämpften dort, wo sie am besten bezahlt wurden.

»Elende Feiglinge!«

Danil hatte Hontu Doruk noch niemals zuvor Berunisch sprechen gehört. Er wusste noch nicht einmal, dass der Anführer der Waldmenschen diese Sprache überhaupt verstand. In diesem Augenblick hätte er sich allerdings nichts sehnlicher gewünscht, als es nie erfahren zu haben. Schlagartig erstarb das Gemurmel, und alle Köpfe wandten sich dem gewaltigen Riesen zu, der in die Mitte des Platzes trat wie eine Kreatur aus einer uralten Sage.

Der Doppelsöldner ließ sich von dem Auftritt allerdings kaum beeindrucken. Mit finsterem Blick starrte er Hontu Doruk entgegen, die Finger so fest um den Griff seines Zweihänders gekrallt, dass die Knöchel weiß hervortraten. Seine Augenbrauen zogen sich nach unten, bis sie in der Mitte zusammenstießen. »Was hat er gesagt?«

»Elende Feiglinge«, antwortete Bogk hilfsbereit. Seine Finger zupften an seinen dünnen Bartzöpfen herum. »Er hat euch eine Bande elender Feiglinge genannt. Entschuldigt sein schlechtes Berunisch, aber es ist für unsere Kehlen nur schwer zu ertragen.«

»Er hat uns Feiglinge genannt?«, knurrte der Doppelsöldner und zog sein Schwert von der Schulter.

»Elende Feiglinge.« Bogk hob den Zeigefinger wie ein Lehrer, der es mit einem besonders begriffsstutzigen Schüler zu tun hatte. »Er hat euch nicht nur Feiglinge genannt, sondern elende Feiglinge.«

»Was?« Dem Doppelsöldner traten beinahe die Augen aus den Höhlen. Er packte sein Schwert mit beiden Händen. Drohend hob er es in die Höhe. »Ich bring ihn um. Ich schlag ihn eigenhändig tot!« Überall wurden jetzt zornige Rufe laut. Es wurde geflucht und gedroht. Füße begannen unruhig zu scharren, Schwerter wurden aus ihren Scheiden gezogen und Spieße gesenkt.

Unbeeindruckt von dem Waffengeklapper, breitete Hontu Doruk die mächtigen Arme aus. Seine Muskelberge bewegten sich unter der narbenzerfurchten Haut wie Wellen im Sturm. »Ich bin gekommen, um zu kämpfen«, brüllte er. »Ich bin hier, um den Reisenden ein Opfer zu bringen. Mir ist es einerlei, wie dieses Opfer aussieht. Alles, was ich will, ist Krieg!«

»Den kannst du haben!«

»So sei es!«

»Genug!«, schrie Danil und drängte sich hastig zwischen die Kontrahenten. »Hört sofort mit dem Unsinn auf. Alle beide! Oder ihr bekommt es mit mir zu tun.« In einem winzigen Winkel seines Hirns wurde ihm bewusst, dass er vielleicht gerade eine furchtbare Dummheit begangen hatte und dass diese beiden Kampfhunde ihn wie eine Fliege zwischen sich zerquetschen würden. Er stieß einen stillen Fluch aus. Seine verdammte Impulsivität! Aber jetzt war es ohnehin zu spät. »Hört endlich auf, euch wie Kinder aufzuführen, verdammt noch mal. Spart euch eure Kräfte lieber für die Kolnorer auf.« Finster blickte er vom einen zum anderen und machte sich insgeheim darauf gefasst, dass sie zum Angriff übergingen. Dass die mächtige Klinge des Doppelsöldners auf ihn zuraste oder dass Hontu Doruk ihn ansprang wie ein wütender Stier. Doch es geschah nichts. Stattdessen trat der Anführer der Waldmenschen einen zögerlichen Schritt zurück und runzelte die Stirn. Nach einigem Zögern senkte schließlich auch der Doppelsöldner sein Schwert. Behutsam stellte er es mit der

Spitze nach unten auf dem Boden ab und kniete sich mit gesenktem Kopf nieder.

Verdattert starrte Danil ihn an. Das hatte er nicht erwartet, aber offenbar lief die Sache besser als gedacht. Vielleicht waren die beiden Streithähne ja endlich zu der Einsicht gelangt, dass es keinen Sinn hatte, aufeinander loszugehen. Oder er hatte doch eine gewisse Begabung für das Führen von Kriegern. Er räusperte sich und drückte den Rücken durch. »Nun ja«, sagte er mit rauer Stimme. »Du musst doch nicht …« Dann merkte er, dass sich alle Blicke auf einen Punkt direkt hinter seinem Rücken gerichtet hatten. Langsam wandte er sich um, und sein Herz blieb stehen.

Obwohl sie von Kopf bis Fuß verdreckt war und aussah, als wäre sie auf direktem Weg den Gruben entstiegen, erkannte er Sara auf den ersten Blick wieder. Seine Welt verengte sich zu einem Tunnel, bis er nur noch ihre Augen wahrnahm. Augen, in denen ein Feuer brannte wie in einem Vulkan. »Du«, stotterte er und verfluchte sich dafür, dass ihm keine klügeren Worte über die Zunge kamen.

Doch Sara schien ihn überhaupt nicht zu bemerken. Sie blickte durch ihn hindurch, als wäre er nur einer der zahlreichen Bettler, die noch vor wenigen Tagen die Ränder dieser Straßen bevölkert hatten. Mit hoch erhobenem Haupt und stolzem Blick lief sie an ihm vorüber auf die Mitte des Platzes zu. Beinahe so, als wäre sie eine leibhaftige Reisende, die zurückgekehrt war, um die Sterblichen in den Kampf gegen die Götter zu führen. Ihre Haare wehten im Wind, und auf ihrer Haut lag ein matter Glanz. Ihre Schönheit verschlug ihm schier den Atem. Er konnte kaum den Blick von ihr abwenden. Nur ganz am Rande bemerkte er auch ihre Begleiter. Allen voran Meister Messer, der wie eine zerzauste Krähe hinter ihr hertrottete, die Schultern gebeugt und den Kopf leicht nach vorne geneigt, so als würde er auf eine besonders lohnenswerte Beute lauern. Neben ihm eine alte Frau mit schlohweißem Haar und einem Blick, aus dem das ganze Elend dieses Kriegs sprach. Vielleicht Saras Mutter, obwohl sie dafür eine viel zu helle Hautfarbe hatte. War ihre Mutter überhaupt noch am Leben? Er hatte sie nie danach gefragt. Er hatte sie überhaupt nur recht wenig über ihr Leben befragt. Dafür hatte er sich viel zu gern selbst reden gehört. Wieder einmal wurde ihm schmerzhaft bewusst, was für ein Riesenarschloch er doch die ganze Zeit gewesen war.

Vereinzelte Jubelrufe wurden laut, als Sara auf einen umgestürzten Karren stieg und die alte Frau zu sich heraufzog. »Sie ist zurückgekehrt«, rief einer aus der Menge heraus. »Die Kaiserinmutter! Sie ist zu uns zurückgekehrt.«

»Es lebe die Kaiserinmutter«, rief ein Zweiter, und andere griffen seinen Ruf auf. »Es lebe die Kaiserinmutter! Es lebe Ann Revin.«

Begeisterter Beifall brandete auf. Schwerter und Schilde wurden in die Höhe gereckt. Männer jubelten und klatschten und schrien aus vollem Hals. Es war ein unbeschreiblicher Augenblick, als auch dem letzten Kriegsknecht langsam zu dämmern begann, dass dort oben auf dem umgestürzten Karren ihre totgeglaubte Herrscherin stand. Sie trug keine Krone auf dem Haupt, und ihr Kleid sah alles andere als kaiserlich aus, doch als sie die Stimme erhob, verschwand auch der letzte Zweifel.

»Bürger von Berun!« Ihre Stimme scholl klar und deutlich über den Platz hinweg und wurde vielfach von den umliegenden Häusern zurückgeworfen. Langsam verebbte der Beifall und machte einer angespannten Stille Platz. Hunderte glänzender Augenpaare richteten sich erwartungsvoll auf die beiden Frauen. »Wie ihr alle wisst, ist unserer Stadt in den letzten Stunden Furchtbares widerfahren. Kolno hat die uralten Verträge gebrochen. Sie haben uns feige angegriffen, und es ist ihnen gelungen, uns einen tödlichen Schlag zu versetzen. Sie haben uns mitten ins Herz getroffen. Hier, liebe Bürger, mitten in Berun. Durch Verrat und finstere Hexerei!«

Ein Raunen ging durch die Menge. Wütende Rufe ertönten, und Fäuste wurden geballt.

»Finstere Hexerei war es, die die Kaiserfestung zerstört hat, und auch große Teile der Stadt. Finstere Hexerei war es, die den Kaiser getötet hat. Ich habe mit eigenen Augen ansehen müssen, wie durch sie mein Sohn ermordet wurde. Wie so viele Menschen ermordet wurden, die mir lieb und teuer gewesen waren. Ich habe unendliches Leid erblickt. Ich habe es nicht mehr ertragen können ...« Sie ließ die Worte verklingen, und Danil sah, wie sich die Augen der Kriegsknechte mit Tränen füllten. Hartgesottene Krieger, die, ohne zu zögern, morden würden, wenn man es ihnen befahl, begannen zu schniefen und sich verstohlen mit den Handrücken über die Wangen zu wischen. Der Doppelsöldner neben Danil stieß ein leises Schluchzen aus.

»Auch ihr habt unendliches Leid erdulden müssen. Den Tod unschuldiger Frauen und Kinder, den Tod eurer Kameraden, und am Ende sogar den Tod eures eigenen Anführers. Ihr fragt euch, warum ihr noch weiterkämpfen sollt. Warum ihr eurer Leben für eine Sache riskieren sollt, die bereits verloren scheint. Was hat das alles noch für einen Sinn?« Aus dem Augenwinkel sah Danil die Kriegsknechte nicken. Verstohlene Blicke, leises Murmeln, ratlos in die Höhe gezogene Schultern. Er fragte sich, was die Kaiserinmutter damit bezweckte, ihnen auch noch den letzten Kampfeswillen zu nehmen. »Was hat das alles noch für einen Sinn? Warum solltet ihr noch kämpfen?« Die Kaiserinmutter ließ einige Zeit verstreichen. Ihr Blick wanderte über die Masse der Versammelten hinweg, die nun zu ihr aufblickten wie Ertrinkende auf der verzweifelten Suche nach einem Strohhalm. »Ich habe gezweifelt. An mir, an meinen Fähigkeiten als Regentin. An allem, was mir jemals heilig gewesen ist. Doch in der Stunde der höchsten Not erhielt ich ein Zeichen. Eine Antwort, die mich alle Zweifel vergessen ließ. Tempelfürst Cajetan ad Hedin hat sie mir verkündet. Der Ordensfürst hat im Namen der Reisenden zu mir gesprochen!«

Danil blinzelte. Hatte er sich eben verhört? Hatte Ann Revin tatsächlich gesagt, dass Cajetan ad Hedin ihr die Worte der Reisenden verkündet hatte? Der Verrückte, der ihnen von Anfang an jeden nur erdenklichen Stein in den Weg gelegt hatte und der am Ende maßgeblich mit schuld an der ganzen Katastrophe war? Der Verrückte, der vor allem eigentlich schon lange hätte tot sein müssen? Ann Revin hatte vor Trauer den Verstand verloren, das war die einzige Erklärung.

»Unsere Feinde sind gekommen, um die Welt ins Chaos zu stürzen«, fuhr Ann Revin fort. »So wie Ketor der Weise es einst prophezeit hat. Sie sind hier, um das Grab der Götter zu öffnen. Um sie wieder zum Leben zu erwecken, damit sie Berun erneut mit Feuer und Flamme überziehen. So wie sie es bereits vor Tausenden von Jahren getan hatten, bevor sie von den Reisenden aufgehalten und in Ketten geschlagen wurden. Bevor Kazarh sie in den Turm warf, über dem er das Ordenshaus der Flammen errichtete.« Ann Revins Stimme wurde lauter und eindringlicher. »Noch ehe Cajetan ad Hedin von seinen unerträglichen Schmerzen hinweggerafft wurde …«

Danil bildete sich ein, Messers Augen kurz zur Seite zucken zu sehen. »... bat er mich mit sterbender Stimme, euch seine letzten Worte zu verkünden: Nicht die Ordensritter sind es, die das Erbe Kazarhs bewahren, sondern ihr alle. Ich, Sara, Messer. Selbst die alte Sumpfhaag. Jeder Bürger des Kaiserreichs. Ihr alle seid hier, weil es eure Bestimmung ist. Weil jeder von euch ein Erbe der Reisenden ist. Ihr habt euch an diesem Ort versammelt, um die Götterdiener aufzuhalten. Um die Kolnorer euren unendlichen Zorn spüren zu lassen!«

Sara trat neben sie und zog ihr Schwert aus dem Gürtel. Die Klinge kam Danil seltsam bekannt vor. Sie hatte gewisse Ähnlichkeit mit der Waffe des Ordensfürsten. Ihre Haare wehten im Wind, als sie das Schwert hoch über den Kopf riss. Ein schmaler Sonnenstrahl verirrte sich durch die dichte Wolkendecke und ließ die Klinge in einem goldenen Licht erstrahlen. Der Anblick ließ Danil erneut den Atem stocken. In diesem Augenblick war Sara ganz unzweifelhaft die schönste Frau der Welt. Oder eine Tochter der Reisenden. Oder beides. »Für die Reisenden!«, schallte ihre Stimme über den Platz.

Der Doppelsöldner neben Danil riss seinen Zweihänder über den Kopf. »Für die Reisenden!«, donnerte er. Überall wurden nun Klingen in die Höhe gereckt, und wie ein Lauffeuer breitete sich der Ruf über den Platz aus, wurde von unzähligen Kehlen aufgegriffen und verstärkt.

»Für die Reisenden!«

»Für die Kaiserinmutter!«

»Für Berun!«

Die Menge drängte nach vorn, und Augenblicke später waren Sara und Ann Revin in einem Ring aus jubelnden Bürgern verschwunden, denen sie die Zuversicht zurückgegeben hatten.

Selbst die Waldmenschen fuchtelten mit ihren Waffen in der Luft herum und stimmten begeistert in den Jubel mit ein, obwohl sie vermutlich kein Wort verstanden hatten. Doch selbst sie dürften begriffen haben, dass gerade etwas Großartiges geschehen war. Denn in Anbetracht der bisherigen Ereignisse konnte ein Platz voller jubelnder Krieger nur bedeuten, dass in nächster Zeit eine Menge frisches Blut fließen würde. Das hatten Freiheitskämpfe nun einmal so an sich.

Mit leuchtenden Augen sprang Sara von dem Karren. Beltran ad Iago klopfte ihr anerkennend auf die Schulter, und Meister Grill schloss sie in eine krachende Umarmung, die sie beinahe von den Füßen hob. Bogk neigte lächelnd den Kopf vor ihr und der Kaiserinmutter, und der Hontu Doruk beugte vor beiden sogar ein Knie, weil er möglicherweise glaubte, die Reisenden selbst vor sich zu haben.

Alle Menschen strahlten. Von den zahlreich versammelten Bürgern, denen bis gerade eben noch die Verzweiflung in die Gesichter geschrieben stand, über die hartgesottenen Kriegsknechte, die im Begriff gewesen waren, nach Hause zurückzukehren, bis hin zu den Waldmenschen, die sich auf das anstehende Gemetzel freuten. Als sich Sara umwandte und direkt vor Danil stand, kam er sich mit einem Mal klein und unbedeutend vor. Als ihre Blicke sich trafen, wurden seine Knie weich, und sein Atem ging seltsam schwer.

Was hatte er sich in Gedanken nicht alles ausgemalt, wie ihr Wiedersehen aussehen würde. Wenn er in den frostigen Nächten des Nordens eingeklemmt zwischen stinkenden Waldmenschen auf der nackten Erde lag und kein Auge zubekam, weil ihr Schnarchen den Boden zum Beben brachte, da hatte ihn die Hoffnung auf diesen Augenblick am Leben erhalten. Der Moment, in dem sie sich tief in die Augen blicken und im nächsten Augenblick in die Arme fallen würden. Wie er ihr Entschuldigungen ins Ohr flüsterte und sie lachend und weinend das Gleiche tat. Vogelgezwitscher und Harfenmusik, sinnlos dahergestammelte Worte der Liebe. Unzählige vor Freude vergossene Tränen. Schwüre von ewiger Treue und all solche Dinge ...

Was er aber ganz und gar nicht erwartet hatte, war der irritierte Blick, mit dem sie ihn bedachte. Ein höfliches Lächeln, eine fragend in die Höhe gezogene Augenbraue. *Kennen wir uns?* Seine Enttäuschung musste ihm regelrecht ins Gesicht geschrieben stehen. Unwillkürlich griff er sich an den Bart, und da fiel ihm wieder ein, dass sie ihn gar nicht erkennen konnte, weil er sich inzwischen ja selbst nicht mehr wiedererkannte. Er hatte sich schon lange nicht mehr in einem Spiegel betrachtet, aber aller Wahrscheinlichkeit nach sah er kaum besser aus als die wettergegerbten Waldmenschen um ihn herum. Verlegen zupfte er an den fransigen Zotteln. »Ich bin es«, murmelte er. »Danil.«

»Oh«, sagte sie, und das war alles. Ganz kurz runzelte sie noch die Stirn, und dann sagte irgendwer etwas zu ihr, und sie wandte sich um und verschwand in der Menge. Einfach so. Ohne das geringste Zögern und ohne ihn eines weiteren Blickes zu würdigen. Das schmerzte ihn mehr als alles andere. Mehr, als wenn sie ihn angeschrien oder ihm eine schallende Ohrfeige verpasst hätte.

Wie ein begossener Straßenköter blieb er stehen. Rührte sich nicht vom Fleck, als die Menge sich bereits wieder aufzulösen begann und die Kriegsknechte erneut die Barrikaden bemannten. Er brachte nicht die Kraft auf, sich fortzubewegen. Er hatte noch nicht einmal genügend Energie, um einen klaren Gedanken zu fassen. Es hatte wieder zu regnen begonnen. Dünne Wasserfäden fielen vom grauen Himmel herab, und der Wind wehte sie ihm ins Gesicht und durchweichte seine Kleidung. Langsam wurde es empfindlich kalt, und er begann zu zittern. Er bemerkte es kaum.

So hatte sich Sara ihr Wiedersehen ganz gewiss nicht vorgestellt. Eigentlich musste es doch so sein wie in einer dieser Märchengeschichten, die von den alten Frauen am Herdfeuer erzählt wurden: Tränen in den Augen, schmachtende Blicke, leise dahingehauchte Worte der Entschuldigung und stürmische Umarmungen. Schwüre von ewiger Treue, bis dass der Tod euch scheidet … Solche Dinge eben.

Aber das echte Leben scherte sich nicht um Träumereien. Danil hatte sich verändert, und sie hatte sich verändert. Das Leben war weitergegangen und hatte sie beide mitgerissen. Allerdings in völlig verschiedene Richtungen, weiter voneinander fort als jemals zuvor. Sie fuhr sich mit den Fingerspitzen über ihre Narbe. Sie hatte es an seinen Augen gesehen. Ihr Anblick hatte ihn entsetzt. Vielleicht sogar angewidert. Er hatte den Kopf gesenkt und sie keines weiteren Blickes mehr gewürdigt.

Er saß jetzt drüben bei den Waldmenschen am anderen Tisch. Bei einem seltsamen alten Mann, der sich Bogk nannte, und bei ihrem Anführer Hontu Doruk, der ein furchterregender Riese war. In ihrer Gegenwart schien er sich jedenfalls prächtig zu amüsieren. Branntwein machte die Runde. Ein übles Gesöff, das direkt aus den Gruben zu kommen schien. Die Kriegsknechte feierten das Wiedersehen mit der Kaiserinmutter, und gleichzeitig betrauerten sie Hilgers Tod. Für diese Männer machten die zwei Ereignisse kaum einen Unterschied. Hauptsache, es gab einen Grund, sich maßlos zu besaufen.

Irgendwer hatte angefangen, eine Schalmei zu quälen, und ein anderer schlug auf seiner Trommel einen schrägen Takt dazu. Kriegslieder wurden gegrölt und alte Weisen gesungen, die vor Selbstmitleid nur so troffen und deren Klang in den Ohren schmerzte. Sara griff nach ihrem Becher und leerte ihn in einem Zug. Mit jedem weiteren Schluck wich ihre Traurigkeit einer bitteren Wut. Sie konnte sich noch nicht einmal mehr über das unverhoffte Wiedersehen mit Beltran ad Iago und Meister Grill freuen. Um ehrlich zu sein, ging ihr das Gerede der beiden langsam auf die Nerven. Der massige Koch konnte den ganzen Abend über nur von Hirschbraten und gekochten Skellingnestern referieren, während Beltran mit furchtbar theatralischer Stimme Lügenmärchen vortrug, die von ewiger Liebe und ähnlichem Blödsinn erzählten. Dabei wusste doch der Dümmste, dass die Wirklichkeit aussah wie Danil, der ein Mädchen schneller fallen ließ als eine heiße Marone. »Verdammter Drecksack«, zischte sie aufgebracht.

»Wie bitte?« Beltran sah sie mit einem betroffenen Gesichtsausdruck an.

»Nichts.« Sie entriss ihrem Sitznachbarn den Branntweinschlauch und sprang auf. Für einen Augenblick drehte sich alles um sie, und sie musste sich am Tisch festhalten. Sie deutete in eine unbestimmte Richtung. »Ich muss … ihr wisst schon. Ach, ist ja auch egal.« Der Lärm, der Gestank, die vielen Menschen. All das wurde langsam zu viel für ihre Nerven. Außerdem war ihr schlecht. Sie musste raus, unbedingt frische Luft schnappen. Im schlimmsten Fall kotzen. Fluchend wankte sie die Treppen hinab.

Dabei war es gar nicht so einfach, immer einen Fuß vor den anderen zu setzen. Die Stufen tanzten vor ihren Augen, so als wollten sie ihr einen Streich spielen. Zuerst lachte sie noch darüber, doch dann ging ihr das Gehüpfe auf den Geist, und sie trat nach den Stufen und flog beinahe über ihre eigenen Füße. Sie konnte sich gerade noch an einem Kriegsknecht festhalten, der auf dem untersten Treppenabsatz hockte und erschrocken zu ihr aufblickte. »Pass doch auf!« Sie stieß ihn grob gegen die Schulter und ließ sich dann neben ihm auf die Stufen fallen. Mit dem Branntweinschlauch wies sie über ihre Schulter. »Diese verdammten Drecksdinger …«

Der Kriegsknecht nickte verständig. Er hielt selbst einen Weinschlauch in der Hand und hatte die Treppe vermutlich auch schon tanzen gesehen. Sie kniff die Augen zusammen. Lange, zottelige Haare, blonder Bart, abgewetzte Kleidung. Er sah eher aus wie ein Waldmensch und roch wie ein totes Schaf. Trotzdem kam er ihr irgendwie bekannt vor. »Kenne ich dich?«

Seine Augen wurden groß. »Sara!«

Sie kicherte. »So ein Zufall. Ich heiße ganz genauso.« Sie nahm einen Schluck und musterte ihn noch mal genauer. Unter diesem Gezottel sah er vielleicht sogar ganz gut aus. Ziemlich jung. Schöne blaue Augen. Ein Blick, in den man sich beinahe verlieben konnte. Jedenfalls, wenn man auf den Geruch von toten Schafen stand und so wütend und betrunken war wie sie im Moment. Sie verlor sich ein bisschen in seinem lüsternen Blick und lächelte ihn unverbindlich an. Sie war natürlich nicht eines dieser Mädchen, die auf den Straßen herumliefen und einfach so den … die … Sie stieß einen Rülpser aus. Ihr wollte nicht mehr so recht einfallen, was diese Mädchen eigentlich auf den Straßen suchten und warum sie selber nicht so sein wollte. Auf jeden Fall war sie ganz entschieden anders, und außerdem war es auch egal. Sie kniff die Augen zusammen und beugte sich vor. Wo verdammt noch mal hatte sie diesen Kerl schon einmal gesehen? Ihr würde es sicherlich gleich wieder einfallen …

Es war der vielleicht einsamste Abend in Danils Leben gewesen. Einsamer noch als all die Nächte im eisigen Norden, die er frierend durchwacht hatte, weil er vor Kälte nicht einschlafen konnte. Sara hatte mit der Kaiserinmutter und den Heetleuten der Kriegsknechte am anderen Tisch gesessen und sich augenscheinlich prächtig amüsiert. Bogks Branntwein hatte die Runde gemacht, und irgendwann hatte jemand eine Schalmei angestimmt und eine wunderschöne Weise dazu gesungen, die selbst dem hartgesottensten Kriegsknecht die Tränen in die Augen trieb. Selbst Hilgers Schwarzraben wirkten traurig wie nie zuvor, und als Beltran ad Iago dann auch noch mit wohltönender Stimme ein paar sterbensschöne Geschichten aus der alten Heimat rezitierte, da hatte Danil es nicht mehr ausgehalten und war die Treppen hinunter in die Dunkelheit geflohen. Auf dem untersten Treppenabsatz hatte er sich seinen wehmütigen Gedanken hingegeben, bis plötzlich Sara wie eine leibhaftige Kriegergöttin vor ihm erschienen war. Sie hatte sich an seinem Arm festgehalten und ihn angelächelt. Sie hatte irgendeinen dummen Scherz gemacht, den er nicht verstand. Sie war furchtbar betrunken gewesen, aber trotzdem wunderschön. Er hatte ihr tief in die Augen geblickt, und sie hatte sich diesmal nicht von ihm abgewendet. Ihre Augen waren klein geworden, und sie hatte sich zu ihm hingebeugt. Ihre Haare hatten sein Gesicht gekitzelt und nach Blumen geduftet. Sein Herz hatte wie wild zu klopfen begonnen. »Sara«, hatte er geflüstert und sich ebenfalls vorgebeugt. »Ich …«

»Danil!«

Und dann waren mehrere Dinge gleichzeitig geschehen. Ihr

Mund hatte sich voller Zorn verzogen, und zum ersten Mal war ihm die Narbe aufgefallen, die sich quer über eine Hälfte ihres Gesichts zog. Sie war zurückgezuckt und hatte »Drecksack« gebrüllt. Und dann hatte sie die Faust geballt und ihm einen heftigen Kinnhaken verpasst, der seinen Hinterkopf gegen die Wand prallen ließ.

»Verdammt«, murmelte er, als er wieder halbwegs bei Sinnen war. Sein Kopf dröhnte, und sein Kiefer schmerzte, als wäre er gebrochen. Er fasste sich mit der Hand ans Kinn und schob es vorsichtig zurecht. Er schmeckte Blut. Vermutlich hatte er sich gerade auf die Zunge gebissen.

»Drecksack«, sagte Sara noch einmal, während sie ihre Hand ausschüttelte. Ihre Knöchel waren rot und aufgeschürft. Sie hob den Arm, und er zuckte unwillkürlich zurück.

»Du bist betrunken!«

»Na und?« Sie funkelte ihn böse an. »Und du stinkst wie ein totes Schaf.«

»Ich meinte …« Er wusste nicht, was er meinte. Er hatte sich eingebildet, immer genau zu wissen, was sie dachte. Jedenfalls war das früher so gewesen. Bei allen anderen Frauen, mit denen er sich jemals eingelassen hatte. Er hatte in ihnen gelesen wie in einem offenen Buch – wesentlich häufiger und ausgiebiger, als das bei Büchern jemals der Fall gewesen war. Aber Sara war ihm ein Rätsel geblieben. Sie war so völlig anders als die billigen Dirnen in den Hafenkaschemmen oder die gelangweilten Töchter aus dem Adel. Sie war weder ordinär noch dumm. Dafür ein furchtbarer Dickkopf und ziemlich schnell reizbar. Leider hatte sie in Bezug auf ihn damit meistens auch noch recht. Er hatte es verpatzt, und zwar gründlich. Er hatte seine Chance gehabt. Er würde sie nicht noch einmal bekommen. Traurig ließ er den Kopf hängen. »Verzeih mir«, murmelte er. »Ich verstehe, dass du nichts mehr von mir wissen willst.«

»Ich verstehe, dass du nichts mehr von mir wissen willst«, sagte sie beinahe im selben Augenblick.

»Was?«

»Wie?«

Sie sahen sich einen Moment lang irritiert an. Dann fuhren Saras Fingerspitzen über ihre Narbe hinweg. »Mein Gesicht. Ich kann mir gut vorstellen, dass dich das anwidert. Der Anblick muss dir einen mächtigen Schrecken eingejagt haben.«

Danil runzelte die Stirn. Die Narbe sah tatsächlich ziemlich übel aus. Es musste verdammt wehgetan haben. Jetzt, da er sie das erste Mal bewusst wahrnahm, jagte sie ihm in der Tat einen mächtigen Schrecken ein. Allerdings nicht so, wie sie dachte. Sie veranlasste ihn eher dazu, die Faust zu ballen und den Drecksack niederzuschlagen, der ihr das angetan hatte. Er atmete tief durch. »Und ich dachte, dass du mich hasst. Weil ich so ein Idiot gewesen bin, und weil ich alles falsch gemacht habe.«

»Das hast du ja auch«, sagte sie. »Ich aber genauso. Ich hätte mich von Anfang an nicht mit dir einlassen sollen. Ich bin mindestens genauso ein Idiot wie du.«

Er lächelte traurig. »Dann haben wir ja immerhin eine Sache gemeinsam. Wenn uns sonst schon nichts verbindet ...«

Sie nahm einen Schluck aus ihrem Branntweinschlauch und schleuderte ihn gegen die Wand. »Du bist wirklich ein Riesenidiot, Danil.« Mit diesen Worten packte sie ihn an seinen zotteligen Haaren und zog ihn grob zu sich heran. Er schrie auf und spürte im nächsten Augenblick ihre Zunge in seinem Mund. Sie stank nach Branntwein, aber er roch sicherlich auch nicht viel besser. Außerdem war ihm das ziemlich egal. Ihr Wiedersehen war ohnehin nicht so abgelaufen, wie er sich das in seinen einsamen Nächten im Norden so schön ausgemalt hatte. Kein Vogelgezwitscher und keine Harfenmusik, und ihr sinnloses Gestammel hatte absolut nichts mit Liebe zu tun gehabt. Oder etwa doch? Im Nachhinein war er sich da gar nicht mehr so sicher. Sie zerrte an seinem Hemd herum, und er spürte ihren heißen Atem in seinem Ohr und ihre Hand an seinem Schritt. Er stöhnte leise, und sie zog ihn dicht an sich. Er dachte noch, dass er das alles gar nicht verdient hatte, weil er doch so ein Drecksack war, und dass er ganz sicher träumen musste. Doch dafür fühlte es sich einfach viel zu gut an. Aber vielleicht handelte es sich ja nur um eine letzte Gnade der Reisenden, weil sie morgen ohnehin alle sterben würden.

28

In die Gruben

»Wenn du falschliegst, werden wir alle sterben, das ist dir klar?« Sara stand neben Ann Revin, die Hände unter der Brust verschränkt. Irgendwer hatte ein Lederwams und einen neuen Schwertgurt für sie aufgetrieben, und im Gegensatz zu Danil hatte sie es sogar fertiggebracht, sich zu waschen.

Danil brummte und kratzte sich den struppigen Bart. Zum einen, um noch einen letzten Moment Zeit zu gewinnen, zum anderen, weil das verdammte Ding tatsächlich juckte. Jetzt, da er Beltran und all die Heetleute der Kaiserinmutter um sich sah, wurde ihm zum ersten Mal seit Langem bewusst, wie verroht er auf sie wirken musste. Aber vielleicht war verroht auch das, was sie in diesem Moment brauchten. Sein Blick huschte zu Bogk, der ihm aufmunternd zunickte, und Hontu Doruk, der so grimmig wie immer vor sich hinstarrte. Auf der anderen Seite des Tischs saßen Ness, Messer und Meister Grill mit der aufreizenden Gelassenheit alter Kriegsknechte und gruben sich durch ein reichhaltiges Frühstück, dessen Geruch allein schon Übelkeit in Danil heraufbeschwor. Und hinter ihnen, an der Rückwand des Raums, hockte das alte Weib namens Sumpfhaag, überragt von einem düsteren Kerl, der nur ihr Leibwächter sein konnte.

»Ja, ich bin mir sicher«, sagte er schließlich. »Bogk hat Odoin gehört, und was Ness und Messer berichten, lässt keinen anderen Schluss zu, finde ich. Außerdem habt ihr die Schiffe der Huacoun gesehen. Sie stehen nicht durch Zufall so im Hafen.«

»Ich hätte sie genauso hingestellt«, warf einer der älteren Heetleute ein, dessen Namen Danil nicht mitbekommen hatte. »So erreichen sie mit ihren Wurfmaschinen jeden Punkt der Stadt gleichzeitig.«

Danil schoss dem Mann einen düsteren Blick zu. »Auch das, und ich denke, das ist der Plan, wenn etwas schiefgeht. Aber die Huacoun und die Kolnorer sind nicht von ungefähr gleichzeitig hier. Ejin und ihre Männer wollen Berun, und sie brauchen die Hilfe der Hexer. Aber auch die Hexer wollen etwas. Etwas, das sich hier in Berun befindet und wofür sie Ejins Hilfe oder Wissen benötigen.« Er deutete auf die grobe Karte der Stadt, die sie auf dem Tisch ausgebreitet hatten, genauer gesagt auf den Halbkreis, den die Brotkanten bildeten, die für die grauen Schiffe standen. »Die Huacoun sichern nur den Hafen, das wissen wir jetzt. Den gesamten Rest der Stadt überlassen sie den Kolnorern. Ich glaube, dass es ihre Hauptaufgabe ist, den Seeweg abzuriegeln und den Flammenschwertorden auszuschalten. Nach allem, was wir wissen, reichen ihre Talente bei Weitem dazu. Davon aber abgesehen, bleiben sie im Hafenbecken. Sie tauchen nach etwas.« Danil tippte in die Mitte der Karte. »Nach etwas, das sich hier befindet. Im Schlund.«

Der Heetmann winkte ab. »Niemand kann in den Schlund hinabtauchen.«

»Sie schon«, widersprach Ness mit vollem Mund. »Die Fischgesichter sind fürs Wasser geboren. So viel ist mal sicher. Und ich wette einen Monatssold darauf, dass sie zur Not auch noch irgendein Talent dafür haben.«

Danil nickte. »Außerdem scheinen sie irgendeine Apparatur bereit zu machen, die mit Flaschenzügen direkt über dem Schlund hängt. Und Ejin hat heute Morgen mit einer Leibgarde den Hafen betreten.«

»Eine gute Gelegenheit, sie alle auf einmal zu erwischen«, warf einer der anderen Heetmänner ein.

»Eine gute Gelegenheit für uns, alle auf einmal draufzugehen«, gab die Sumpfhaag zurück.

Einige der Männer murrten, bis Ann Revin die Hand hob. »Was ist also dein Vorschlag, ad Corbec?«

Danil zögerte. »Wir müssen ebenfalls dort hinunter. Was immer die Huacoun suchen, sie haben das von langer Hand und mit einem riesigen Aufwand geplant. Sie haben den Kolnorern mithilfe von Cortenara einen Zugang beschafft, der an Kosten und Aufwand kaum zu überbieten ist. Und sie haben den größten Teil unserer Verteidigung, vor allem der Ordensritter, von hier weggelockt. Was sie suchen, muss den Aufwand wert sein. Ness?«

Der glatzköpfige Kriegsknecht hob mahnend sein Messer, schluckte und nickte. »Und was sie wollen, ist vollkommen klar. Sie wollen nichts mehr als die alten Götter aufwecken. Wir haben sie schon mal dabei erwischt, vor einer Handvoll von Tagen erst, im Macouban. Und das war unserer Ansicht nach nur eine Ablenkung. Das hier muss also größer sein. Viel größer!«

»Ich stimme den Heetleuten zu«, fügte Danil hinzu. »Ein konzentrierter Angriff auf die Kolnorer ist unbedingt notwendig, wenn wir noch eine Chance haben wollen, die Stadt zurückzugewinnen, bevor sie sich wirklich festsetzen können. Noch haben wir den Vorteil, dass wir diese Stadt weit besser kennen als sie.« Das Bild von kolnorischen Söldnern in der *Veycarischen Jungfrau* an jenem Abend mit Marten, als die ganze Sache ihren Anfang genommen hatte, trat ungebeten vor sein geistiges Auge. Die Gesichter Odoins und Ansgr Nors, die in Berun ein und aus gegangen waren, schlossen sich an. *Vielleicht gar nicht so viel besser, wie wir glauben. Wie lange spionieren sie uns wohl schon aus?* »Und es sieht so aus, als würden sie die Stadt nicht mehr brennen sehen wollen als wir«, fügte er laut hinzu. »Also widerspreche ich nicht. Wir sollten zuschlagen. Aber«, er hob die Hand, »wir sollten dennoch dort hinunter. Nur für den Fall. Gerade jetzt, wenn wir die Ablenkung nutzen können und solange die Hexer nicht erreicht haben, was sie suchen. Kolnorer können wir zurückschlagen. Daran habe ich keinen Zweifel. Aber was, wenn wir recht haben? Wenn sie die Götter zurückholen wollen? Können wir dagegen bestehen?« Er ließ seine Worte wirken. Einige der Heetleute begannen zu murmeln und unruhig auf ihren Schemeln umherzurutschen.

»Er hat nicht unrecht«, sagte Meister Grill schließlich laut. »Ich glaube, das übersteigt unsere derzeitigen Möglichkeiten.«

»Also was habt Ihr vor?«

Danil sah die Kaiserinmutter an. »Mit Eurer Erlaubnis möchte ich mir einige Männer ausleihen und dort hinabtauchen, während ihr wie geplant in den Angriff geht. Ich brauche nicht viele. Und wir haben das bereits besprochen.«

Ness und Sara nickten, und Bogk hob zustimmend die Hand.

Ann Revin sah sie der Reihe nach nachdenklich an. »So«, sagte sie schließlich gefasst. »Habt ihr das? Dann kann ich nur hoffen, dass ihr uns eure Kampfkraft nicht umsonst entzieht.«

»Nicht umsonst«, sagte Messer, ohne von seinem Essen aufzusehen. »Er hat mir drei Goldlöwen aus des Kaisers Kasse geboten«, warf er ein. »Ich werde darauf bestehen.«

Ann Revin blinzelte.

Dann nickte sie. »Also gut. Ihr habt mein Vertrauen.« Sie stand auf, und die Heetleute beeilten sich, es ihr nachzutun. »Meine Herren – wir haben eine Schlacht zu schlagen. Beeilen wir uns, nicht zu spät zu kommen.«

Ein Moment des Schweigens schwebte im Raum, als sich die Tür hinter der Kaiserinmutter geschlossen hatte. Danil rieb sich die brennenden Augen. Es war vielleicht nicht der richtige Moment, darüber nachzudenken, wie lange er eigentlich nicht mehr richtig geschlafen hatte. Zeitweise Besinnungslosigkeit zählte seines Wissens nicht. Als er die Augen wieder öffnete, stellte er fest, dass ihn die Übrigen im Raum ansahen. Alle, bis auf Messer, der noch immer an seinem Tisch am kalten Kamin saß und mit präzisen Schnitten die letzten Reste des Krustentiers zerteilte, das ihm Meister Grill zubereitet hatte. Der Duft von zerlassener Butter und exotischen Kräutern mischte sich unter den Geruch kalter Asche und den muffigen Hauch lange vergessener Steinkeller. Letzterer wehte aus der nur angelehnten Tür hinter Messers Rücken heran, der Tür, die die Sumpfhaag für sie geöffnet hatte. Der Weg, den sie jetzt gehen mussten.

Sein Blick wanderte weiter zu Bogk, der ihm mit unbewegter Miene zunickte, ohne darin innezuhalten, seine Bartzöpfe neu zu flechten. Seine Axt lag frisch geschärft neben ihm auf dem Tisch. Auf der anderen Seite des Tischs saß Ness. Der glatzköpfige alte Kriegsknecht gehörte zu den Vertrauten Thorens, und zwar den Gerüchten nach schon länger, als er selbst auf der Welt war. Also konnte er sich wahrscheinlich auf ihn verlassen. Soweit das überhaupt möglich war. Was ihn betraf, so verließ sich Danil am Ende nur auf den Waldmenschen. Und auf Sarah. Die junge Frau lehnte am Türrahmen und starrte ihn mit unlesbarem Ausdruck an. Dass ihre Finger über die Narbe auf ihrer Wange wanderten, schien sie nicht einmal zu bemerken. Erneut fiel ihm auf, wie viel … erwachsener sie geworden war. Das Mädchen, das er einst hatte beeindrucken wollte, indem er ihr Kleider kaufte, war verschwunden und hatte eine Frau zurückgelassen, die hart genug schien, um sich den Göttern selbst zu widersetzen. Was wahrscheinlich genau das war, was sie tun mussten. Es gab im Moment nichts, was er anziehender gefunden hätte.

Ein leises Kichern riss ihn aus seinen Gedanken. »Ein Mörder, ein Kriegsknecht, eine Hexe, ein Verrückter und ein Idiot sitzen in einer Taverne«, stellte Ness mit breitem Grinsen fest. »Mir fällt gerade auf, dass wir wie die Aufstellung zu einem schlechten Witz wirken.«

Danil runzelte die Stirn. »Wer von uns ist der Verrückte und wer der Idiot?«, fragte er vorsichtig.

Messer deutete auf Bogk, ohne von seinem Essen aufzusehen. »Er ist der Verrückte.« Der Waldmensch nickte ernst. »Ich bin der Verrückte«, bestätigte er.

»Das heißt …« Danil blickte sich hilfesuchend nach Sara um. Jene hob lediglich eine Braue. »Danke«, murmelte er.

Ness kicherte erneut und stand auf. Er hatte die Sehne seines Bogens fertig gewachst und schob sein Werkzeug jetzt in die Gürteltasche. »Mach dir nichts draus. Thoren war auch ein Idiot. Hätte Prinzregent werden können und Anns Bett teilen. Aber er hat immer versucht, es vor allen zu verbergen. Obwohl es vermutlich jeder von uns wusste. Aber er war der Meinung, dass seine Pflicht stets vorgeht. Vermutlich sind wir ihm deshalb gefolgt. Und jetzt folgen wir eben dir.« Er nahm einen letzten Schluck aus dem Branntweinbecher vor sich und leerte den Rest in die Feldflasche, die er an seinem Gürtel trug.

Bogk hob seinen Becher, prostete ihm zu und leerte ihn in einem Zug. »Jetzt folgen wir dir«, echote er gut gelaunt. »Ich wusste immer, dass etwas Großes in dir steckt. Ein großer Idiot ist es also.«

Messer hielt mit dem Kauen inne. »Ich glaube nicht, dass der Wilde weiß, was das Wort bedeutet«, stellte er fest. Dann wischte er sich die Finger sorgsam am Tischtuch ab und stand ebenfalls auf. »Also gut. Die Ablenkung wird nicht ewig halten. Sosehr ich diesen ehren- und aufopferungsvollen Angriff zu schätzen weiß, so sehr bin ich davon überzeugt, dass es nur das Unvermeidliche hinauszögert, wenn wir keinen Erfolg haben. Also sollten wir die Zeit nutzen, die Ann und Beltran uns verschaffen. Irgendwelche letzten bedeutsamen Worte, junger Mann?«

Danil sann kurz nach. »Nein«, sagte er dann. »Reden sind schon genug geschwungen worden. Ich glaube, ich habe nichts Sinnvolles mehr hinzuzufügen. Wenn ihr jetzt nicht motiviert seid, dann werde ich daran auch nichts mehr ändern können. Sorgen wir einfach dafür, dass niemand irgendwelche Götter erweckt. Dass das Opfer der anderen nicht umsonst ist – und hoffen, dass am Ende irgendjemand übrig ist, damit sich der ganze Mist lohnt. Und das schließt uns ein.« Er zuckte mit den Schultern, nahm sein Schwert vom Tisch und schob es in die Scheide.

»Der Bursche ist erwachsen geworden. So viel ist mal sicher«, feixte Ness.

Bogk nickte. »Ich bin selbst ein wenig stolz auf mich.«

Sara sagte nichts. Stattdessen zog sie die Tür auf, nahm eine der Laternen von der Wand und machte sich auf den Weg in die Tiefe. Danil glaubte trotzdem, ein Lächeln auf ihrem Gesicht zu sehen.

Tatsächlich hatten sie recht gehabt. Die versteckte Pforte in Feysts Keller hatte wirklich in die alte Kanalisation geführt, die die ältesten Bereiche Beruns kreuz und quer untertunnelte. Der alte Unterweltkönig hatte also dieselben Pfade genutzt wie Thoren und seine Leute. Eigentlich erstaunlich, dass sie sich nicht öfter in die Quere gekommen waren. Es zeigte nur, wie viel Danil von den Wegen im Untergrund nicht wusste. Mit Ness' Hilfe war es ihm nicht schwergefallen, einen der Tunnel zu finden, die ihm bekannt vorkamen. Die Kanalröhren führten schon seit ewigen Zeiten keine Abwässer mehr, die nicht durch Zufall ihren Weg von selbst hier hinab fanden, doch nach Regenfällen wie denen der vergangenen Tage sammelte sich hier unten trotzdem noch genug Wasser, um sie stellenweise knietief durch die verfallenden Röhren waten zu lassen. Immerhin war der Fäkaliengeruch hier nur schwach, und bis auf einige Ratten, die ihnen misstrauisch nachsahen, begegneten sie keiner lebenden Seele, als sie schließlich jenen Tunnel erreichten, der sie in den Hafen hinabführte, zu den Lagerhäusern, in denen sich einst Thorens Gefolgsleute getroffen hatten. So viele, die jetzt nicht mehr da waren. Thoren, Flüster, selbst Jerik, der Verräter. Ein halbes Dutzend, die bis jetzt nicht aufgetaucht waren und von denen Danil ahnte, dass sie das auch nicht mehr tun würden. Er verdrängte den Gedanken. Die Lagerhäuser waren nicht ihr Ziel.

Der Tunnel führte weiter, vereinte sich mit weiteren, und schließlich schlug ihnen der brackige Geruch des Hafenwassers entgegen. Licht tauchte vor ihnen auf, trübes, gedämpftes Tageslicht, und mit ihm war das Gluckern von Wasser und das dumpfe Rumpeln von Wellen zu hören, die sich an den Hafenmauern brachen. Schließlich kam das Ende der Röhre in Sicht, eine mannshohe, vergitterte Öffnung, durch die das Regenwasser in einem kleinen Wasserfall hinab ins Hafenbecken fiel. Danil trat an das Gitter und sah hinaus. Direkt über ihren Köpfen erstreckte sich das Bohlengewirr eines der riesigen Hauptanlegestege des Handelshafens. Ness hatte also recht gehabt. Er atmete tief durch. Es war gut, zur Abwechslung mal Glück zu haben. Die Frage war jetzt, wie sie durch das Gitter kommen sollten. Er betrachtete das rostige Eisen genauer. Das Gitter bestand aus Stangen, so dick wie das Handgelenk einer jungen Frau, ineinander geschmiedet, sodass die einzelnen Felder zu eng waren, um auch nur den Kopf hindurchzustecken. Er rüttelte probehalber daran. Das Gitter klapperte leise, schien jedoch ziemlich unverrückbar im Gestein verankert.

»Das könnte ein Problem sein«, murmelte er.

»Sei froh. Die Huacoun haben das hier sicher nicht übersehen. Wenn sie wüssten, wie man das hier aufbekommt, wären wir noch nicht einmal bis hierhergekommen.«

»Und … wir wissen es?«

Ness grinste nur und ging einige Schritte zurück, wo er in ein Loch in der Decke griff, das zwischen den Schatten der unebenen Deckensteine kaum zu sehen war. »Ihr glaubt gar nicht, wie oft sich hier irgendwelcher Dreck aus der Oberstadt sammelt, den man irgendwie loswerden muss.« Er zog an etwas, und ein metallisches Klacken kam aus Richtung des Gitters. »Versucht mal, ein totes Pferd stromaufwärts zu schleppen.«

Danil blinzelte. »Warum sollte … wer …?«

Bogk trat neben ihn und nickte weise. »Das muss man nicht mehr als einmal gemacht haben.« Er stemmte sich gegen das Gitter, das jetzt mit leisem Quietschen um seine horizontale Achse schwenkte. »Praktisch. Und jetzt?«

Danil sah nach draußen. Die Flut stand hoch – der Wasserspiegel befand sich nicht mehr als einen Meter unter dem Rand des Auslasses. »Jetzt …« Er runzelte die Stirn und bedeutete den anderen zu schweigen. Langsam sah er nach oben. Die mächtigen Balken des Landungsstegs waren direkt über seinem Kopf in der Mauer des Hafenkais verankert. Auf diese Weise war der Auslass vor allen Blicken verborgen. Das bedeutete aber auch, dass er nicht sehen konnte, was dort oben vor sich ging. Im Moment war das eine Rede. Eine Frau sprach, und er meinte fast, ihre Worte ausmachen zu können. Was ihn jedoch stutzig machte, war der Tonfall in ihrer Stimme. Ihre Stimme war kantig und unangenehm präzise, und doch schwang darin ein Akzent mit, ein schwerer, seidiger Ton, dessen Echo er bisher nur in Saras Stimme gehört hatte. Er zögerte.

»Was ist los? Stimmt etwas nicht?«

Das Etwas war definitiv in Saras Stimme. Er schüttelte den Kopf.

»Gut, können wir dann? Wir haben nicht alle Zeit der Welt.«

»Einen Moment noch.« Danil gab sich einen Ruck. Er

duckte sich aus der Öffnung, griff nach dem nächsten Träger des Anlegestegs und zog sich daran hoch. »Wartet kurz. Befreit inzwischen das Boot, ja?« Er deutete auf ein dunkles Etwas, das direkt unter dem Steg fest vertäut über dem Wasser hing. »Ich bin gleich zurück.«

»Was bei den verdammten Gruben hast du jetzt vor?«, zischte Ness, doch Danil sah sich nicht um. Einige Meter weiter führte eine hölzerne Leiter an einem der mächtigen Pfeiler nach oben. Sie war von nass herabhängenden Algen überwachsen und schmierig vom Dreck des Hafenwassers, sah jedoch haltbar genug aus, um ihn zu tragen. Ohne weiter darüber nachzudenken, packte er die nächste erreichbare Sprosse und zog sich daran hoch, bis er über den Rand des Landungsstegs sehen konnte. Nur wenige Schritte vom landwärtigen Ende des Stegs ragte ein großer Stapel von Kisten auf, bereit, auf irgendein Schiff verladen zu werden. Er füllte den größten Teil seines Sichtfelds aus, doch an ihm vorbei konnte er Menschen sehen. Eine große Menge an Menschen, Männer, Frauen und Kinder, die zusammengepfercht auf dem freien Platz des Hafenrunds standen, umringt von einer lockeren Reihe von Kolnorern und langgliedrigen, kahlköpfigen Kriegern mit mächtigen, tonnenförmigen Leibern, deren graue Haut glänzte wie frisch eingeölt. Huacoun. Zum ersten Mal sah er sie aus der Nähe, und der Anblick der fremdartigen, sehnigen Männer erfüllte ihn nicht gerade mit Zuversicht. Er verdrängte das Gefühl und suchte nach dem Ursprung der Stimme. Er fand ihn oben auf dem Kistenstapel. Dort oben standen zwei Frauen. Eine von ihnen war offensichtlich von derselben Art wie die Huacoun, auch wenn sie schlanker war und langes, schwarzes Haar hatte, das ihr bis über die Hüfte fiel. Die andere war mindestens so groß wie die Huacoun-Männer, und im Gegensatz zu der anderen trug sie ein hochgeschlossenes Kleid und eine strenge Hochsteckfrisur, die ihren hageren Körperbau noch betonte. Auch ihre Haut hatte einen seltsamen aschgrauen Ton, nicht so augenfällig wie die der Huacoun neben ihr, doch weit ausgeprägter als der Saras.

»Lasst es mich nochmals betonen.« Es war die Hagere, deren Stimme er gehört hatte. Sie sprach zu den Menschen im Hafen, und ihre Stimme trug so weit, dass Danil den Verdacht hegte, dass hier irgendein Talent im Spiel war. »Die Huacoun sind nicht hier, um euch das Joch einer Schreckensherrschaft aufzuerlegen. Sie sind hier, um euch, um uns alle vom zweifachen Joch des Beruner Kaiserhauses und der Reisenden zu befreien! Sie sind es, die unsere Welt seit Jahrhunderten unterdrücken. Sie haben sich zu Herren meiner Heimat aufgeschwungen, doch das Macouban ist bereits frei, während ich hier vor euch stehe. Sie haben jedes andere Fürstentum unter ihre Gewalt gezwungen. Wenn Bürger unter euch sind, deren Ahnen aus Lytton oder Dumrese stammen, dann wisst ihr nur zu gut, wovon ich spreche. Es ist kaum zehn Jahre her, dass sie eure Heimat mit Krieg überzogen, nur weil ihr mit ihrer Herrschaft nicht einverstanden wart. Und es geht noch tiefer! Sie haben euch eure Götter genommen! Sie haben euch euren Glauben genommen und zwingen euch, die Lügen der Reisenden zu glauben, jener Männer, die nicht einmal Beruner wie ihr wart. Jene Fremden waren es, die hier einfielen und uns allen den Schutz unserer Götter nahmen und uns von ihrem Segen abschnitten. Sie haben ihren Kaiser hier eingesetzt und ihren Orden, der euch, der uns alle daran hindert, frei zu entscheiden, woran wir glauben und wer über uns herrschen soll. Sie haben euch eure Kinder genommen! Ihr dürft nicht darüber reden, doch ihr wisst es, tief in euren Herzen: Es gibt keine

Familie unter euch, die nicht Söhne und Töchter verloren hat – an den Tempel oder durch die Hand seiner Werkzeuge!« Mit einer heftigen Geste deutete sie auf eine Gruppe Männer, die Danil bis jetzt entgangen war. Mehrere Kolnorer stießen drei Männer herbei, deren Hände hinter den Rücken gefesselt waren. Alle drei trugen die Rüstungen des Flammenschwertordens und waren so gründlich zusammengeschlagen worden, dass zwei davon sich kaum auf den Beinen halten, geschweige denn laufen konnten. Neben dem Kistenstapel, wenig mehr als fünfzehn Schritte von Danil entfernt, wurden sie zum Halten gezwungen.

Die Hagere schickte sich an, von ihrem improvisierten Podium herabzusteigen, ohne den Blick von der Menge zu nehmen, die inzwischen beinahe atemlos schwieg.

»Und warum? Was war das Verbrechen eurer Kinder?« Ihre Stimme hallte über den Platz. »Die Antwort ist einfach. Es gab keines. Alles, was sie hatten, waren Talente, die letzten flackernden Funken göttlichen Bluts, das noch in allen Völkern, das sogar noch in eurem Volk verborgen liegt! Sie«, erneut deutete sie auf die drei Ritter, »nennen es einen Fluch, ein Schandmal, ein Zeichen der Unreinheit! Aber soll ich euch etwas verraten? Jeder von ihnen trägt dieses Zeichen! Sie sind nicht besser als ihr! Sie sorgen nur dafür, dass keiner von euch es hat! Wer nicht zu ihnen, nicht in ihre Reihen gehört, dem nehmen sie sein von den Göttern gegebenes Talent – oder sein Leben, wenn sie es wollen! Schaut sie euch an! Sie stammen aus wenigen, hochwohlgeborenen Familien, in denen sie sich ihre Talente bewahren und Generation für Generation neue Ritter heranzüchten, die dafür sorgen, dass ihr nie davon erfahrt, dass euer Blut ebenso viel wert ist wie das ihre! Dass ihr nie erfahrt, wie viele von euch diese Talente haben, weil ihr zu viel Angst habt, darüber zu reden. Eine Angst, die sie euch einflößen! Stattdessen sollt ihr ihre Reisenden verehren, die Mörder eurer Traditionen und unzähliger althergebrachter Sitten rund um die Innere See. Sie haben euch nicht die Götter genommen, um euch zu befreien – sie nahmen euch eure wahren Götter, um sich an ihre Stelle zu setzen!«

Einer der drei Ritter, ein bärtiger Mann, dessen rechtes Auge komplett zugeschwollen war, hob den Kopf und öffnete ungeachtet der Klinge an seinem Hals den Mund. »Lüge!«, rief er, und im Vergleich zur hallenden Stimme der hageren Frau klangen seine Worte dünn und kraftlos. »Lügen! Die Götter waren Monster! Und die Fischgesichter waren die, die euch unterdr…«

Die Hagere war inzwischen unten angekommen, Danil konnte ihr Gesicht sehen. Ein kühles Lächeln umspielte ihren schmallippigen Mund. »Genug«, sagte sie, und wieder waren ihre Worte vermutlich bis in den letzten Winkel des Hafenrunds zu hören. Sie packte den Mann beim Schopf und drehte sein Gesicht zu ihr. Dann strich sie ihm mit dem Daumen geradezu sanft über die Lippen, und zu Danils Grauen schien diese simple Geste seinen Mund buchstäblich aus seinem Gesicht zu wischen. Das nicht verschwollene Auge des Ritters wurde in plötzlichem Entsetzen so groß, dass es fast aus dem Schädel zu springen drohte. Er kämpfte mit schier unmenschlicher Verzweiflung gegen die Hände der Kolnorer an, doch die Männer rangen ihn auf die Knie, während sich die hagere Frau erneut der Menge zuwandte, die mit Lauten des Entsetzens vor ihr zurückgewichen war. »Genug«, wiederholte sie lauter. »Das Volk von Berun hat genug von euren Lügen! Sie werden von nun an schweigen. Das gilt für jeden von ihnen.« Sie trat an die beiden anderen Ritter und wiederholte ihre

Geste. Nur einer von ihnen leistete eine vergebliche Gegenwehr, der andere hing leblos in den Armen der Kolnorer zu seinen Seiten.

Jetzt erhob die andere Frau, die Huacoun, die Stimme, und auch ihre Worte hallten über die Menge hinweg. Vermutlich verstand niemand auch nur eines ihrer Worte, doch selbst Danil hatte in diesem Moment das unerschütterliche Gefühl, dass jedes die absolute Wahrheit war, wahrer als alles, was er je zuvor gehört hatte.

Die Hagere wandte sich um und senkte den Kopf, bis die Huacoun geendet hatte. Dann stieg sie wieder hinauf auf ihr Podium und verneigte sich erneut vor der Fremden. »Nagetu hat gesprochen, und ich übersetze euch ihre Worte, Männer und Frauen von Berun«, ergriff sie erneut das Wort. »Ihr werdet heute Zeuge der Rückkehr der Götter werden. Denn auch das war eine Lüge der Reisenden und ihrer Diener: Sie haben die Götter nie getötet. Das zu vollbringen lag nie in ihrer Macht. Die Götter waren die ganze Zeit unter euch, und die wahre Erbin steigt in diesem Moment hinab, um sie aus ihrem Schlummer zu wecken!« Sie deutete hinter sich, und Danil zog eilig den Kopf ein, als sich die Blicke der Menschen auf den Hafen hinaus wandten, wo die drei grauen Schiffe über der unergründlichen Tiefe des Beckens schwebten. »Heute beginnt eine neue Zeit, eine freie Zeit unter den rechtmäßigen Göttern der Welt und den rechtmäßigen Herren Beruns. Das Kolno ist nicht euer Feind. Sie sind nicht der Gegner, gegen den ihr eure Wut richten solltet, denn sie sind hier, um euch zu befreien! Ihre Ahnen waren es, die hier herrschten, bevor die Eroberer ihren eigenen Kaiser beriefen, und sie sind zurückgekehrt, um ihren rechtmäßigen Platz erneut einzunehmen und euch zurückzugeben, was ihr verloren habt!«

Danil wagte es wider besseres Wissen erneut, den Kopf über den Rand des Stegs zu erheben. Die Worte der Frau klangen zu wahr, um bloße Worte zu sein. Er spürte es im tiefsten Inneren – sie waren betrogen worden, und jetzt, in diesem Moment, erwachte er aus einem lebenslangen Albtraum.

»Dort drüben«, rief die Hagere gerade, »kämpfen die letzten Diener der falschen Herren ihren letzten verzweifelten Kampf, doch sie haben bereits verloren. Ihr Ordenshaus wird fallen, sie werden hinweggefegt werden und Platz machen für ein neues Reich unter den wahren Herren und den wahren Göttern! Seht hin, und werdet Zeugen!«

Danil war bereits halb auf den Steg geklettert, als ihn irgendjemand am Schwertgurt packte, zurückriss und mit dem Schädel so heftig gegen den Stützpfeiler rammte, dass er für einen Moment Sterne sah. Schmerz flammte gleißend durch seine Stirn – und verschwand noch im selben Augenblick vollständig. Stattdessen tauchte Bogks Gesicht direkt vor seinem auf. »Wir haben keine Zeit, Dummheiten zu begehen«, erklärte er freundlich und ließ Danils Nacken los.

Messer, der ebenfalls an der Leiter hing, blinzelte angestrengt, bevor er nickte und Danil bedeutete, weiter nach unten zu steigen. »Der Wilde hat recht. Die Huacoun sind gut darin, andere an der Nase herumzuführen. Ich glaube, es ist ihr Geruch, der ihnen Macht über den Geist anderer gibt. Also passt auf, und lasst euch gefälligst nicht ablenken!«

»Aber …« Danil schüttelte den Kopf und betastete seinen Nasenrücken. Der Aufschlag am Stützpfeiler hatte ihm das Wasser in die Augen getrieben und ließ seine Nase zuschwellen. »Ich habe gehört, was sie gesagt hat. Es klang so … überzeugend.«

Messer zuckte sein vogelhaftes Schulterzucken. »Das macht

eine gute Geschichte aus. Wenn ein Gutteil davon wahr ist. Die Ritter der Reisenden sind Idioten, ja. Und der Kaiser ist vermutlich der am wenigsten geeignete Mann auf diesem Thron. Ich persönlich finde jedoch deshalb nicht mehr Gefallen am Gedanken daran, dass uns stattdessen die Götter der Fischmenschen regieren. Kommt jetzt.«

Er kletterte behände durch das Gewirr der Stützbalken unter dem Steg vorwärts, wo Ness und Sara inzwischen das Boot erreicht hatten, das sicher unter dem Steg vertäut lag. Genauer gesagt, sah das seltsame Gebilde nur auf den ersten Blick aus wie ein Boot, das man kieloben unter dem Landungssteg befestigt hatte. Im Grunde aber war es das genaue Gegenteil eines Boots. Dieses Konstrukt war dafür gebaut, den Boden des Hafenbeckens zu erreichen. Der bootsartige Bottich war rings um seinen Rand mit Säcken voller Steine beschwert, die ihn auf den Grund unter dem Steg zogen, sobald man die Befestigungsseile löste.

Bogk beäugte die Konstruktion kritisch. »Ihr Beruner seid seltsam. Baut Boote eigens dafür, euch ins nasse Grab ziehen zu lassen. Ist das Todessehnsucht oder Trotz?«

»Ich glaube, wir können uns die meiste Zeit selbst nicht entscheiden«, erwiderte Ness. »Und das funktioniert?«

Danil nickte zögerlich. »Ich war dreimal dort unten. Mit Marten.« Es schien so lange her … »Es fallen immer wieder Waren in das Becken, Pfeiler werden beschädigt, Boote sinken und versperren die Landungsstege. Mit diesen … Glocken hier kann man hinabtauchen und länger dort unten arbeiten.« Er zog zwei lederne Geschirre aus dem Konstrukt, die mit langen Seilen daran befestigt waren. »Es ist dunkel dort unten, aber hiermit findet man zurück. Und damit kann man am Ende wieder aufsteigen.« Er deutete auf einen Flaschenzug unter dem Steg, von dem Seile zu Ringen an der Außenhaut der Holzglocke liefen.

Sara legte den Kopf schief. »Ich habe davon gehört. Aber ich dachte, nur Hafenratten wären arm genug, um diese Arbeit annehmen zu müssen. Wie kommt es, dass du dort unten warst?«

Danil schmunzelte und zuckte linkisch mit den Schultern, während er begann, sich in eines der Geschirre zu schnüren. »Es ist eine beliebte Strafe für Rekruten der Schwertwacht.« Er deutete unter dem Steg hindurch auf die ferne Seite des Hafenrunds. »Dort liegen nur die Schiffe des Kaisers. Niemand lässt Hafenratten dort tauchen. Also war das Sache der Rekruten, die … sagen wir, es war eine Strafe. Und Marten und ich hatten sie uns reiflich verdient.« Sein Grinsen wurde wehmütig. »Marten bestand darauf, dass es sich schon wirklich lohnen sollte, wenn wir dort hinuntermussten.« Er schüttelte den Kopf und zog die letzte Schnalle fest. »Wenn ich daran denke, wie leicht es gewesen wäre, wenn ich schon damals um mein Talent gewusst hätte. Aber vermutlich hätten sie mich dann nie wieder aus dem Wasser gelassen.«

Ness sah auf das braune Wasser und schüttelte sich leicht. »Ich schätze, es ist besser, wenn man das da nicht in seine Lungen bekommt. So viel ist mal sicher.«

Er zuckte erneut mit den Schultern, so als wollte er die Gedanken damit vertreiben. »Also gut. Die Glocke wird euch sicher bis hinab auf den Grund bringen und dabei Luft für euch alle mitnehmen. Es ist genug Luft, damit zwei Männer etwa eine halbe Stunde dort unten arbeiten können.«

»Wir sind zu viert«, warf Bogk gleichmütig ein.

Danil nickte. »Dann verschwendet besser keine Luft. Wenn wir unten angekommen sind, kommt der schwierige Teil. Ihr müsst die Glocke tragen. Der Schlamm dort unten ist tief, also wird das wirklich nicht einfach. Ich werde euch in die richtige Richtung lenken und so weit wie möglich ziehen, aber es wird trotzdem nicht leicht.«

»Ich glaube, das erwartet niemand von uns.«

»Ich weiß.« Danil seufzte und nickte Sara zu. »Wenn wir den Schacht erreicht haben, müsst ihr springen. Wenn die Glocke aufsitzt und kippt, verliert ihr die Luft und seid tot.«

Die anderen nickten. »Und dann?«

»Dann sinken wir«, ergriff Ness das Wort, bevor Danil dazu kam weiterzusprechen. »Auf jeden Fall tiefer als zwanzig Faden. Zwanzig Mannlängen. Niemand weiß, wie tief genau. Nichts, was in den Schlund gesunken ist, wurde je wieder geborgen. Und wir hoffen dabei die ganze Zeit, dass dieser vollkommen bescheuerte Plan aufgeht und wir nicht einfach nur in der schwarzen Tiefe ersaufen.«

»Ich glaube daran«, sagte Danil leise.

Instinktiv sahen sie alle hinüber zum mittleren der grauen Schiffe, das direkt über dem unsichtbaren Schacht in der Tiefe schwebte. Bei Tagesanbruch hatten die Huacoun eine ganz ähnliche Glockenkonstruktion an einem Auslegermast über das Wasser ausgebracht. Das war es überhaupt gewesen, was Danil auf diese Idee hier gebracht hatte. Was immer die Huacoun vorhatten – es fand dort in der Tiefe statt.

Inzwischen war die Glocke der Fischmenschen untergetaucht, und lediglich ein Tau, das vom Ausleger des Schiffs ins Wasser hinabführte, deutete darauf hin, dass sie sich beeilen mussten. »Also los. Haltet euch fest.«

Ness hangelte sich an der Seite des Bottichs hinab. »Wir sehen uns unten.«

»Nein. Vermutlich nicht. Nicht in diesem Dreckwasser.« Danil atmete noch einmal tief Luft und löste die Sperre des Seilzugs. Leise knarrend sank die Glocke auf das Wasser und verschwand unaufhaltsam in der trüben Tiefe, bevor er ihr folgte.

War das Licht oben schon dämmrig gewesen, so raubte die trübe Finsternis Danil beinahe sofort die Sicht, als sich das Wasser über ihm schloss. Noch hielt er den Atem an, während ihn die Tauchglocke unerbittlich nach unten zog. Einen unwirklich lang erscheinenden Augenblick später setzte sie mit einem dumpfen Poltern auf dem Grund zwischen den gewaltigen Pfeilern des Landungsstegs auf. Danil zog sein Messer und durchtrennte mit hastigen Schnitten das Hebetau, das die Glocke normalerweise wieder nach oben ziehen sollte. Hier unten konnte er kaum zwei Armlängen weit sehen, doch die Rümpfe der beiden großen Kauffahrer, die an diesem Steg vertäut waren, zeichneten sich als dunkle Schemen hoch über seinem Kopf ab. Langsam begann seine Lunge zu brennen, doch noch immer konnte er sich nicht dazu durchringen, das zu tun, was er unweigerlich musste. Stattdessen ließ er lediglich eine kleine Reihe Luftperlen aufsteigen und hakte seine Leine in einer der dafür vorgesehenen Ösen an der Glocke ein, um sich dann zu orientieren. Den Weg zu finden war trotzdem nicht schwer. Er musste sich nur genau zwischen den zwei Reihen der hölzernen Säulen halten. Immer geradeaus vom Ufer weg. Alle Stege des Hafens deuteten auf dessen Mitte – und in dieser Mitte wartete der Schlund. Würgereiz stieg in seinem Hals auf, und seine Lunge begann sich zu verkrampfen, als das Verlangen, Luft zu holen, übermächtig wurde. Danil schloss die Augen und gab dem Drang nach. Wasser schoss in seine Kehle, und für einen erschreckenden, grausigen Moment drohte ihn Panik zu überwältigen, als das widerliche

Hafenwasser seine Lunge flutete und sein Körper dagegen anzukämpfen versuchte. Dann endlich löste sich der Krampf in seinem Hals, und er nahm einen tiefen Atemzug. Das Gefühl der Atemnot jedoch wich fast sofort. Danil nahm noch einige weitere Züge und zwang sich, zur Ruhe zu kommen, bevor er schließlich gegen die Wand der Glocke klopfte. Dumpfes Klopfen antwortete von innen. *Dann los.* Er stemmte sich in das Geschirr und begann zu ziehen. Seine Erinnerung hatte ihn nicht getäuscht. Dicker, zäher Schlamm bedeckte den Grund des Beckens und ließ ihn immer wieder bis zum Knie einsinken. Die Wolken, die sie unweigerlich aufwirbelten, während sie sich Schritt für Schritt vorankämpften, schmeckten faulig und ließen einen nahezu unbezwingbaren Würgereiz in ihm aufsteigen. Erst als sie den Schatten des Landungsstegs hinter sich gelassen hatten, wurde der Boden fester. Sand wechselte jetzt den Morast ab und führte in sanftem Gefälle hinaus in die Mitte des Hafens. Trotzdem war Danil überrascht, als der Rand des Schlunds fast unvermittelt vor ihm auftauchte. Er bedeutete den anderen mittels Klopfzeichen, die Position zu halten, und trat an den Rand des gähnenden Abgrunds. Vollkommene Schwärze starrte ihm entgegen, eine nicht enden wollende Tiefe, aus der eine kalte Strömung wie ein eisiger Lufthauch zu ihm aufstieg. Er blinzelte und spürte das trübe Wasser in seinen Augen brennen. Wenn sie dort hineinsprangen, würden sie in der Tiefe versinken. Vielleicht fand er selbst den Weg wieder zurück an die Oberfläche – doch führte er die anderen in den Tod? Bogk, der ihm vertraute, die einzige Frau, die ihm etwas bedeutete. Den Mann, der ihm vertraute, weil Thoren ihm vertraut hatte. Riss er am Ende das Kaiserreich endgültig in ein lichtloses Grab? Warum vertrauten ihm diese Menschen? Warum …«

Ein dumpfes Klopfzeichen riss ihn aus seiner Betrachtung. Dann rempelte die Tauchglocke gegen ihn und schob ihn über den Abgrund hinaus, als die anderen über den Rand sprangen und ihm jede Entscheidung abnahmen.

Und wieder sanken sie. Es wurde dunkel um ihn, noch dunkler, als er es für möglich gehalten hatte. Der blasse Fleck, der für eine Weile zeigte, wo sich die Oberfläche befinden musste, wurde kleiner, dunkler und verschwand schließlich ganz, und mit ihm jegliche Orientierung und schließlich das Zeitgefühl. Alles, was noch blieb, war der gleichmäßige Zug des Seils um seine Hüften und der dumpfe Schlag seines Herzens. Und die Kälte des Wassers um ihn herum, die mit jedem Augenblick zunahm und seine Gliedmaßen taub werden ließ.

Als der Lichtschein auftauchte, hielt ihn Danil zuerst für eine Täuschung, die ihm seine Augen vorspielten. Ein winziger, bläulicher Funken tauchte unter ihm auf wie ein funkelnder Stern in der endlosen Schwärze. Er blinzelte, doch als er die Augen wieder öffnete, war der Stern gewachsen und wuchs immer noch. Einen Moment später konnte er die Tauchglocke wieder erkennen, die ihn noch immer voranzog, auf den Stern zu, dessen saphirenes Leuchten von Augenblick zu Augenblick zunahm. Erst jetzt wurde ihm bewusst, dass das Wasser hier nicht mehr die trübe Brühe des Hafenbeckens sein konnte, sondern klar genug war, um ihn die Tauchglocke erkennen zu lassen. *Was bei den Gruben ist das?*

Jetzt füllte das Blau bereits ein Drittel seines Gesichtsfelds aus, einem riesigen, kreisrunden Portal gleich, das ihn absurderweise an jenen vergitterten Kanalausgang erinnerte, durch den sie vor so kurzer Zeit erst gekommen waren. Dieses Mal jedoch zeichnete sich kein Gitter vor ihnen ab, und der Schein wirkte nicht wie Tageslicht. Dafür wurde ihm jetzt klar, wie schnell das dort auf sie zukam. Oder sie darauf zu. Oh, verdammt. Ihm blieb gerade noch genug Zeit, sich auf den Aufschlag vorzubereiten, als die Glocke auch schon mit einem dumpfen Schlag auf diese blaue Fläche traf, und weniger als einen Lidschlag später er selbst. Wider Erwarten brach ihm der Aufprall nicht sämtliche Knochen. Stattdessen hatte er das Gefühl, in Sirup zu fallen – nur für einen Moment; dann war das Gefühl vorbei, und Danil wurde vorwärtsgeschleudert, bis ihn das Seil um seinen Leib zurückriss und ihn auf einer Wasserfläche aufschlagen ließ.

29

Auf in die Schlacht

Beltran ad Iago schob den Hut auf seinem Kopf zurecht und zupfte an der buschigen roten Feder, die in einem kecken Winkel zur Seite abstand. Dann strich er mit nervösen Fingern über das blutfarbene Wams und die farblich darauf abgestimmte Schärpe. Rot war die Farbe der Männlichkeit und des Kriegs und deshalb so passend für diese aufregenden Stunden.

Den Hut hatte er einem auttrinischen Kriegsknecht für ein halbes Silberstück abgekauft. Ein vergleichsweise günstiger Preis. Ein Schneider hätte ihm sicherlich das Doppelte dafür abgeknöpft. Angesichts der Tatsache, dass die meisten Schneider inzwischen tot und ihre Läden zerstört oder geplündert waren, handelte es sich bei diesem Schmuckstück vermutlich sogar um ein echtes Schnäppchen. Er hätte dem Kriegsknecht auch das Doppelte gegeben. Denn ein Anführer musste schließlich gewissen Standards genügen, wenn er wollte, dass seine Untergebenen ihm den nötigen Respekt zollten. Schließlich folgte kein Mensch einem heruntergekommenen Streuner in schlecht sitzender Kleidung.

»Hab Ihr schon von den Fleischbällchen probiert, Botschafter?« Beltran machte einen erschrockenen Satz zurück, als er die tiefe Stimme von Meister Grill vernahm, der wie aus dem Nichts hinter ihm aufgetaucht war und ihm ein Tablett dampfender Köstlichkeiten unter die Nase hielt. Der Koch des Kaisers trug einen uralten Harnisch über dem mächtigen Bauch, und seine zusammengestückelte Kriegsknechtskleidung schien noch aus Kaiser Harands Zeiten zu stammen, als die Menschen noch nicht wussten, wie essentiell eine anständige Uniform für die Moral der Truppe war. Beltran rümpfte die Nase. Kein Mensch konnte in solchen Fetzen heutzutage noch einen anständigen Krieg führen.

Andererseits war Meister Grill in seiner aktiven Zeit vermutlich nicht ganz so oft den kritischen Blicken des Fußvolks ausgesetzt gewesen wie seine damaligen Anführer. Und wenn Beltran es recht bedachte, stand einem Trossvibel eine gewisse Bescheidenheit auch gar nicht so schlecht an. Denn dann wurde er nicht von seiner eigentlichen Aufgabe abgelenkt: der Organisation des Heerwurms und vor allem dessen Verpflegung. In dieser Hinsicht machte dem massigen Koch tatsächlich keiner so schnell etwas vor. In Windeseile hatte er diesen bunt zusammengewürfelten Haufen aus Kriegsknechten, verrückten Waldmenschen und dem gemeinsten Abschaum des Gerberviertels in ein recht ansehnliches Gebilde verwandelt, das man mit viel gutem Willen und zwei zugedrückten Augen sogar schon als Armee bezeichnen konnte. Darüber hinaus, und das war für Beltran die wohl mit Abstand wertvollste Eigenschaft, zauberte Meister Grill noch aus den letzten halb vergammelten Essensresten ein Festmahl für Könige.

Dementsprechend fiel sein strafender Blick weit weniger streng aus, als er ursprünglich beabsichtigt hatte. Vorsichtig, um nur ja nicht sein letztes weißes Hemd zu bekleckern, streckte er die Hand aus und angelte sich zwei der dampfenden Köstlichkeiten vom Tablett. »Bei den Reisenden, das ist reinste Zauberei! Wie bekommt Ihr so etwas noch hin, bei all dem Durcheinander?«

Meister Grills Gesicht verzog sich zu einem geschmeichelten Lächeln. »Meine Mutter hat immer gesagt, wenn du keine Zeit mehr für ein gutes Essen hast, dann bist du bereits tot.«

»Diese Einstellung gefällt mir, mein Freund. Mit dem Schwert gewinnt Ihr Kriege, aber mit einem guten Essen erobert Ihr Herzen. Nur wer diese beiden Waagschalen in Einklang bringt, kann ein Reich regieren.« Mit einem Fingerschnippen fegte Beltran einen Krümel von seinem Hemd und schlenderte zu der niedrigen Brüstung hinüber, von der aus er einen guten Überblick auf den Ordensplatz hatte.

An seinem nächstgelegenen Ende bezogen die berunischen Truppen bereits seit einiger Zeit ihre Stellungen. Im Kern marschierten die Kriegsknechte. Schwer bewaffnet mit langen Spießen, Zweihändern und schwarzen Harnischen und unterstützt von der kleinen Handvoll Schwertmänner des Kaisers, die das Gemetzel um den Palast herum überlebt hatten. An den rechten und linken Flanken reihten sich die Stadtwachen und Gildenverbände in ihren bunt zusammengewürfelten Trachten in die Schlachtreihe ein. Sie waren zwar leichter bewaffnet, aber dafür hatten sie auch am meisten von allen zu verlieren. Allein schon aus diesem Grund würden sie hoffentlich eine schlagkräftige Unterstützung für die Kriegsknechte darstellen, die zwar zahlenmäßig überwogen, aber nach dem Tod ihres Anführers doch so einiges an Moral eingebüßt hatten. Am äußersten Rand zog schließlich noch ein Häufchen Bogenschützen auf, hauptsächlich Jäger aus den berunischen

Bergen sowie ein Trupp pribranischer Armbrustschützen, die der misstrauische Fürst zum Glück auf jede seiner Reisen mitgenommen hatte.

In dem durchaus beeindruckenden Aufmarsch vermisste Beltran allerdings schmerzlich die glänzenden Plattenrüstungen der Ordensritter und adligen Panzerreiter, die für das Kaiserhaus so zahlreiche Schlachten geschlagen hatten. Doch so wie sich die Lage darstellte, war er wohl der letzte Adlige von Rang und Namen, der noch übrig geblieben war. Eine Vollrüstung hatte er allerdings in seinem ganzen Leben noch nicht von innen gesehen, und seine schärfste Waffe war bislang sein loses Mundwerk gewesen. Blieben also nur noch die Waldmenschen übrig, die versteckt zwischen den Häuserschluchten lauerten. Sie waren Beruns Geheimwaffe und sahen immerhin furchterregend genug aus, um Beltran selbst in Angst und Schrecken zu versetzen. Wie sie sich im Kampf gegen hartgesottene Kolnorer Krieger bewiesen, würde sich allerdings noch zeigen.

Ein Stück den Hang hinauf und hoffentlich weit genug vom eigentlichen Kampfgeschehen entfernt, hatte sich schließlich noch die Reserve der Bürgerwehr aufgestellt, die von ihm angeführt werden sollte. Aufgestellt war allerdings wohl der falsche Begriff. Herumlungern traf es schon eher. Finstere Männer mit scharfen Messern, zwielichtiges Gesindel in abgewetzter Kleidung und Scharen von Bettlern und Dieben, notdürftig bewaffnet mit allem, was gerade zur Hand gewesen war und in das man noch einen rostigen Nagel hineinschlagen konnte, um es zu einem brauchbaren Mordwerkzeug umzufunktionieren. Ein Heerführer, der nach zuverlässigen Kriegern suchte, hätte mit Sicherheit einen gewaltigen Bogen um diese Gestalten geschlagen. Doch in der Not musste man gelegentlich auch Kompromisse eingehen. Und immerhin schienen auch diese Menschen erpicht darauf zu sein, ihre Stadt von den Angreifern zu befreien. Vor allem das hässliche Weib, das offenbar die Wortführerin der Bande war. Sie hatte sich ihm gegenüber als Sumpfhaag vorgestellt und ihm dabei lüstern zugezwinkert, so als verspräche ihr Name unaussprechliche Verlockungen. Ein kalter Schauer überlief ihn bei dem Gedanken daran, dass diese Versprechungen wohl so alt sein mussten wie Meister Grills abgetragene Kriegsknechtsuniform. Um sich von diesem unerquicklichen Bild abzulenken, stopfte er sich schnell noch den letzten Rest seiner Speise in den Mund und konzentrierte sich wieder auf das Geschehen auf dem Ordensplatz.

Der Anblick, der sich ihm dort unten bot, verbesserte seine Laune allerdings wenig. Eher im Gegenteil. Am Ende der Hafenstraße war eine große Masse kolnorischer Krieger in Sicht gekommen und strömte mit viel Getöse und hoch erhobenen Schilden auf den Platz hinaus. Sie marschierten weder in geordneten Reihen noch in irgendeiner erkennbaren Schlachtordnung, aber ihre Zahl war so unglaublich groß, dass strategische Überlegungen bei der Planung dieser Auseinandersetzung keine große Rolle mehr gespielt haben dürften. Ohnehin schien dieses Volk ausnahmslos aus Riesen zu bestehen, deren Kleidungsgeschmack sich in schmutzigen Fellen, Leder und einer Menge eiserner Stacheln erschöpfte. Die kruden Knochenbanner, die über ihren Helmen wehten, sahen nicht viel besser aus. Beltran erkannte die Zeichen sämtlicher kolnorischer Familienclans und ganz in der Mitte auch die Fahne von König Theoder selbst, dessen Armee von seinem obersten Jarl Ansgr Nor angeführt wurde. Er war kein Experte auf diesem Gebiet, aber ihm war klar, dass die Kolnorer diesmal keine halben Sachen vorhatten. Sie waren ihnen zahlenmäßig weit überlegen, und dabei waren noch nicht einmal die magischen Kräfte der Huacoun eingerechnet, von denen sich in dem gewaltigen Heerwurm mit großer Sicherheit auch noch einige verbergen würden.

Obwohl Beltran nur die allerletzte Reserve anführte, machte sich in seinem Magen plötzlich ein flaues Gefühl breit. Bei diesem schreckenerregenden Anblick war er sich nicht mehr so sicher, ob er für diese Art von Spektakel wirklich geschaffen war. Der schönste Hut und die roteste Feder würden seinen Kopf wohl kaum vor einem gut gezielten kolnorischen Axthieb bewahren, und er bezweifelte doch stark, dass der nächste Huacoun ihm ebenso bereitwillig seinen Dolch in die Hand drücken würde wie der letzte. Nervös zog er die grünlich schimmernde Waffe aus seinem Gürtel. Er hatte den Eindruck, als wäre die durchsichtige Klinge von Leben erfüllt. Von einem Nebel, der in ihrem Inneren waberte, so als versuchte er, seinem gläsernen Gefängnis zu entkommen. Er betete zu den Reisenden und zu allen Geistern, dass er diese furchtbare Klinge nicht noch einmal würde einsetzen müssen. Dennoch fühlte sich der Griff des Messers in seiner schwitzigen Hand angenehm beruhigend an.

Der klagende Laut eines Signalhorns zerriss die erwartungsvolle Stille, die sich über den Platz gelegt hatte. Durch die Reihen der berunischen Krieger lief ein hörbarer Ruck. Rüstungen klapperten, Schwerter glitten schabend aus ihren Scheiden, und Spieße wurden ausgerichtet. Beltran warf einen Blick auf die Kaiserinmutter, die inmitten einer kleinen Gruppe von Heetleuten und Vibeln auf das Geschehen hinunterblickte und sogar in ihrer verschmutzten Kleidung noch den Eindruck erhabener Würde verströmte. In ihrem Blick lag eiserne Entschlossenheit, während die Miene des riesigen

Waldmenschen an ihrer Seite beim Anblick der vielen Kolnorer beinahe einen amüsierten Ausdruck anzunehmen schien. Beltran kam nicht umhin, diesen Wilden insgeheim für seinen Mut und seine Todesverachtung zu bewundern. Stellte sich lediglich die Frage, ob er wirklich ganz auf ihrer Seite stand oder doch noch seine eigenen Pläne verfolgte.

Die schwere Pranke des Kochs legte sich auf seine Schulter. »Es geht los, mein Freund. Ich hoffe, Ihr seid bereit.«

»Ich mache mir beinahe in die Hose«, gestand Beltran mit kläglicher Stimme.

»Ein erhebendes Gefühl, nicht wahr?«

Beltran warf ihm einen irritierten Seitenblick zu. Nach einem kurzen Augenblick kam er aber zu dem Eindruck, dass Meister Grill ihm gar nicht mehr zugehört hatte, denn seine Augen waren gebannt auf die Reihen der Kolnorer gerichtet, die ihre bunt bemalten Schilde in die Höhe hoben und sich behäbig in Bewegung setzten.

Die Heetmänner der Kriegsknechte brüllten einige Befehle, und vom linken Ende der Schlachtreihe stiegen eine Handvoll Pfeile und Armbrustbolzen in die Luft. Es waren nicht viele, aber auf Seiten der Kolnorer fiel der eine oder andere Krieger zurück oder stürzte zu Boden. Das konnte ihren Vormarsch zwar kaum aufhalten, aber es machte sie eventuell ein wenig nervös.

In seinem ganzen Leben hatte Beltran ad Iago noch keiner echten Schlacht beigewohnt. Nicht einmal aus der Ferne hatte er ein solches Gemetzel beobachten können. In Cardeno wäre er zufällig einmal beinahe in den zweifelhaften Genuss einer kriegerischen Auseinandersetzung gekommen, als sich die Grafen de Monta und de Barlio um das Stadtrecht stritten.

Die Schlacht sollte im Morgengrauen vor den Toren Cardenos stattfinden. Mit allen Regeln und dem Drumherum, das aus einem blutigen Gemetzel einen Wettstreit zivilisierter Völker machen sollte. Die Bewohner hatten von den Zinnen der Stadtmauer einen großartigen Ausblick auf das Geschehen, und ihren späteren Erzählungen zufolge hatte es sich um eine wahrhaft epische Sache gehandelt, von der noch unzählige Generationen danach ihren Enkeln erzählen würden.

Beltran hatte den Abend zuvor allerdings in Gesellschaft zweier selcanischer Freudenmädchen verbracht. Bezaubernden Schwestern, die ihm eine unbeschreibliche Nacht beschert und ihn am nächsten Morgen um die Geldbörse und den unersetzlich wertvollen Ring seiner Mutter erleichtert zurückgelassen hatten. Als er schließlich mit schlechter Laune und hämmernden Kopfschmerzen auf der Stadtmauer erschienen war, hatte de Monta bereits gewonnen und die letzten überlebenden Gegner massakriert. Natürlich nur die einfachen Kriegsknechte, denn die Ritter und Anführer waren gegen stattliche Lösegelder wieder zurück zu ihren Familien geschickt worden. Schließlich galt es ja, bei allem Streit noch ein Mindestmaß an Höflichkeit zu bewahren.

Auf ein Lösegeld würde Beltran sich in dieser Schlacht allerdings nicht verlassen können. Die Kolnorer waren für solche Feinheiten höherer Diplomatie kaum empfänglich. Vor allem, nachdem in Confinos die Köpfe ihrer Väter und Brüder entlang des Flussufers auf Lanzen aufgespießt worden waren. Ihm blieb wohl nichts anderes übrig, als irgendwie siegreich aus dieser Schlacht herauszukommen. Den Dolch in der einen Hand und die andere auf dem Griff seines Degens, beobachtete er angespannt das Geschehen. Eine halbe Ewigkeit wogte der Kampf dort unten schon hin und her. Die Kriegsknechte hielten sich tapfer, aber die Übermacht der Kolnorer war beinahe erdrückend. Schritt für Schritt wurden sie zurückgedrängt, und die Ränder, dort, wo die Gildenverbände und Stadtwachen kämpften, fransten immer weiter aus. Doch noch immer stand dieser riesige Waldmensch grinsend neben der Kaiserinmutter, während sich von den Kriegern seines Volks weit und breit keiner blicken ließ.

Je länger die Schlacht andauerte, desto unangenehmer wurde der Druck in Beltrans Magengegend. Er verlagerte das Gewicht auf das andere Bein, während er mit ansehen musste, wie in Höhe der Büßergasse ein Kolnorer mit einer gewaltigen Streitaxt eine Lücke in die Reihen der Verteidiger schlug und eine ganze Gruppe Angreifer die Gelegenheit nutzte, um hinterherzustoßen. Von einem Augenblick auf den anderen war an dieser Stelle die Schlachtordnung aufgelöst, und die Beruner suchten ihr Heil in kopfloser Flucht. Beltran hörte das Klirren der Waffen und die Schreie der Verwundeten so deutlich, dass ihm mit einem Mal bewusst wurde, dass er möglicherweise schon bald nicht mehr nur ein Zuschauer auf den sicheren Zinnen der Stadtmauer blieb.

Beim Anblick der fliehenden Menschen verflüchtigte sich das Grinsen auf dem Gesicht des Waldmenschen, und in die Gruppe der Heetmänner und Vibel in Ann Revins Gefolge kam langsam Bewegung. Heisere Befehle wurden geschrien, Signalhörner geblasen und Boten in alle Himmelsrichtungen davongeschickt. Selbst Meister Grill schien seine gute Laune verloren zu haben. Vorsichtig stellte er sein Tablett auf dem Mauervorsprung ab und zog ein altmodisches Haumesser aus dem Gürtel. Der Druck in Beltrans Magengegend wurde schier unerträglich. »Was ist passiert? Was geht da vor?«

»Die Kolnorer haben genug von den Spielereien«, sagte

Meister Grill. »Wie es aussieht, machen sie jetzt Ernst. Sie haben eine Lücke in die linke Seite gerissen und stoßen in die umliegenden Gassen vor.«

Beltrans Augen wurden groß. »Aber warum tut denn niemand etwas dagegen? Jemand muss sie doch aufhalten.«

»Es sind nicht mehr genügend Männer übrig, die ihnen entgegentreten könnten. Außer natürlich …« Meister Grills Blick glitt zu dem finsteren Haufen der Bürgerwehr hinüber. Seine buschigen Augenbrauen schoben sich zusammen. »Es ist an der Zeit, Eure Einheit in Einsatzbereitschaft zu versetzen, Beltran. Sie ist die einzige, die jetzt noch unsere linke Flanke beschützen kann. Ihr müsst sie so schnell wie möglich auf diesen Kampf vorbereiten.«

»Ich?« Beltrans Unterkiefer klappte nach unten, und der Huacoun-Dolch entglitt beinahe seinen schlaffen Fingern. Er musste ihn mit beiden Händen fest umklammern, um ihn nicht fallen zu lassen. »Ich habe doch noch nie … Ich weiß doch überhaupt nicht …«

»Ihr habt doch gelernt, große Reden zu schwingen. Oder etwa nicht? Macht ihnen Mut. Denkt Euch etwas aus. Alles, was sie benötigen, sind ein paar aufmunternde Worte. Den Rest erledigen sie dann schon ganz von allein.«

30

Fressen und gefressen werden

Okue lächelte.

Ihm war bewusst, dass sein Lächeln auf die Menschen keinen freundlichen Eindruck machte. Die meisten fürchteten sich sogar vor diesem starren Blick und den nadelspitzen Haifischzähnen, die unter den Huacoun als eine Segnung der Meeresgötter galten. Selbst den hartgesottenen Kolnorern bereitete sein Anblick Unbehagen, obwohl sie es recht gut hinter ihren struppigen Bärten und großmäuligen Sprüchen zu verbergen wussten. Sie kannten ihn nun schon lange genug, um zu wissen, dass sein Lächeln selten etwas Gutes bedeutete und meistens in Begleitung von Schmerzen und Tod daherkam. Sie taten gut daran, ihm aus dem Weg zu gehen, wenn er lächelte. Vor allem jetzt. Denn Okue war wütend. Unglaublich wütend.

Und deshalb lächelte er, während sich seine Fingerspitzen tief in die Wange des berunischen Adligen hineinbohrten, der vor ihm kniete. Es handelte sich um einen unbedeutenden Sterblichen, der auf einen unaussprechlichen Namen hörte. Wie hatten sie ihn noch einmal genannt? Fabin ad Born, wenn er sich richtig erinnerte. Obwohl der fette Mann sich kaum bewegte, wusste Okue, dass er in diesem Augenblick unaussprechliche Schmerzen litt. Es lag an dem Gift, das mit jedem Herzschlag tiefer in seinen Körper hineingepumpt wurde. Das seine Muskeln dazu zwang sich zusammenzuziehen, bis sie begannen, seine Knochen zu zermalmen. Er war sich nicht sicher, woran sie starben. War es ihr Herz, das wie eine überreife Frucht zerquetscht wurde? Oder waren es zuerst ihre Lungen, die nicht mehr in der Lage waren, Luft in ihre Körper zu pumpen? Vielleicht war es aber auch einfach nur die Gewissheit des Unausweichlichen, die ihre Lebensgeister erlöschen ließ. Letzten Endes war es wohl auch egal.

Er stellte sich vor, dass es Beltran ad Iago war. Dieser elende Wurm, der es gewagt hatte, ihm seinen eigenen Dolch zwischen die Rippen zu jagen. Die Schmerzen waren unbeschreiblich gewesen. Beinahe so unbeschreiblich wie jene, die der Mann vor ihm in diesem Augenblick zu erdulden hatte. Der Stich hatte ihn nicht töten können, denn seine Heilkräfte waren mächtig genug gewesen. Doch der Ehrverlust, die Schande, die damit einhergegangen war, nagte an ihm wie ein Faulwurm am Holz eines Schiffsrumpfs. Er hatte seine heilige Waffe verloren. Hatte sie sogar aus freien Stücken aus der Hand gegeben, und … Er schloss die Augen. Er durfte sich jetzt nicht von seinem Zorn überwältigen lassen. Die anderen Jäger beobachteten ihn. Sie lauerten nur darauf, seine Schwäche zu ihrem eigenen Vorteil zu nutzen. Sie waren wie reißende Bestien. Wie Haie, die unablässig umeinanderschwammen und sich um die besten Beutestücke stritten. Sie waren sich nicht einmal zu schade, ihresgleichen zu zerfetzen, wenn es ihren Zielen gelegen kam. Er musste ihnen zeigen, dass er auch weiterhin der gefährlichste Jäger war. Dass es ebenso gut ihre zerquetschten Körper sein könnten, die mit grotesk verrenkten Gliedern vor ihm auf dem Boden lagen.

Ihren verkniffenen Gesichtern nach zu urteilen hatten sie es begriffen. Alle bis auf Suhata vielleicht, der sein Lächeln mit einem breiten Grinsen erwiderte, aus dem seine Zähne goldfarben hervorschimmerten. Okue schnaubte abfällig. Diese Eitelkeit widerte ihn an. Der junge Jäger trieb sich viel zu oft mit den Menschen herum. Er hatte nicht nur seine Zähne golden eingefärbt, sondern auch seinen Dolch. Man sagte ihm sogar nach, dass er sich mehr als nur einmal mit einer seiner Sklavinnen gepaart hatte und es noch nicht einmal für nötig befand, die daraus entstandenen Bastarde auszulöschen. Allein diese Vorstellung war einfach nur abstoßend. »Nun?«, zischte er an die anderen gewandt. »Habt ihr sie alle getötet?«

Ngana neigte den Kopf. Sein Blick war starr auf den sterbenden Adligen gerichtet. »Alle bis auf einen, Herr. Es handelt sich um einen sehr alten Menschen. Er hat etwas Furchterregendes an sich, das ich mir nicht erklären kann. Du solltest ihn dir anschauen …«

Okue schnaufte. Ngana war ein Schwächling. Wo andere einen Vorteil erkannten, sah er immer nur die Gefahr. Doch zumindest machte ihn das nicht zu einer Konkurrenz. Im Gegensatz zu Suhata konnte man sich auf seine Loyalität weitestgehend verlassen. Wenn Ngana an einer Sache etwas seltsam fand, dann sollte man sich das tatsächlich einmal anschauen. Er löste die Hand von der Wange des Adligen, der daraufhin schlaff in sich zusammensackte. Ein leichtes Zittern lief durch den fetten Körper, dann lag er still. Vorsichtig, um nicht in die sich rasch ausbreitende Urinpfütze zu treten, stieg er über die Leiche hinweg und folgte Ngana und den anderen Jägern in das Innere des Tempels.

Sie gelangten in eine düstere Halle, deren gegenüberliegende Seite von einer Handvoll überlebensgroßer, menschlicher Statuen dominiert wurde. Okue musterte sie einige Augenblicke lang interessiert. Nichts unterschied diese Männer von der Unzahl Sterblicher, die er auf den Straßen Beruns bereits erschlagen hatte. Und doch handelte es sich ganz unzweifelhaft um die Abbilder der Reisenden, denen es der Legende nach gelungen war, die Götter zu besiegen. Bei dem größten musste es sich um Takhasa handeln, ihren Anführer, auf dessen steinernem Antlitz ein Ausdruck lag, den die Menschen als überheblich bezeichnen würden. Es hatte gewisse Ähnlichkeiten mit Suhatas hässlichem Grinsen.

Okue seufzte leise. Siege waren niemals für die Ewigkeit, das hatte er selbst gerade erst schmerzlich erfahren müssen. Abwesend strich er sich über die Narbe auf der Brust. »Seht ihr, was ich meine? Ihre Herrscher haben den Augenblick ihres größten Siegs in Stein gebannt, um ihn für die Ewigkeit zu bewahren. Aber so, wie das Wasser unermüdlich am Uferfels nagt, so wird auch von den Siegen der Reisenden nichts weiter übrig bleiben als eine Handvoll Staub, der zwischen den Fingern zerrinnt. Seht euch um. Alles, wofür sie einst gekämpft hatten, ist bereits verloren. Und bald wird auch ihr größter Sieg Vergangenheit sein.« Als die anderen ihn nur verständnislos anblickten, winkte er müde ab. »Lasst uns weitergehen.

Ngana neigte den Kopf. »Hier entlang.«

Die alten Gemäuer waren ungewöhnlich kalt. Und obwohl ihm Kälte normalerweise kaum etwas ausmachte, verspürte Okue dennoch ein leichtes Frösteln, als sie vor der breiten Treppe haltmachten, die in die Kellergewölbe hinunterführte. Stufen und Wände waren von einer dünnen Reifschicht überzogen. Verwundert fuhr er mit dem Finger darüber, um sich von ihrer Echtheit zu überzeugen. Er warf einen Seitenblick auf seine Begleiter, doch deren Mienen ließen keine Zweifel erkennen. Da er sich keine Blöße geben wollte, setzte er nach kurzem Zögern einen Fuß auf die oberste Stufe.

Sie betraten eine düstere Halle, die vom Licht ihrer Fackeln nur unzureichend erhellt wurde. Eine dicke Eisschicht lag auf Wänden und Boden und auf dem mächtigen Kamin, der die gegenüberliegende Seite des Raums dominierte. Vor dem Kamin stand ein einsamer Ledersessel, und die eisige Kälte schien direkt von dem Leichnam auszugehen, der in ihm saß. Okue trat näher und betrachtete ihn interessiert. Es musste sich um einen uralten Menschen gehandelt haben. Sein Gesicht war von tiefen Gräben durchzogen, und seine Arme und Hände wiesen unzählige Brandnarben auf, die wie weiße Würmer aus der sonnenverbrannten Haut hervorstachen. Sein Schädel wirkte auf dem ausgemergelten Körper beinahe grotesk riesig. Okue streckte eine Hand nach ihm aus, als er plötzlich nach oben zuckte und die Augen aufschlug. Okue musste sich zusammenreißen, um nicht erschrocken zurückzuspringen.

»Wer ist da?«, krächzte der Alte. Seine Augen waren von einer schlierigen, grauen Schicht überzogen. »Bist du das, Cajetan?«

Okue zögerte einen Augenblick, ehe er antwortete. »Cajetan ad Hedin ist tot, alter Mann. Sie sind alle tot. Du bist der Letzte.«

»Nein!« Spinnenartige Finger krampften sich in die Armlehnen des Sessels hinein. »Das ist nicht wahr. Wage es nicht, mich zu belügen!«

Okues Mundwinkel zuckten nach oben. »Wie ist dein Name, alter Mann?«

»Naevus.« Der Alte streckte den Rücken durch. »Ich bin … ich war die Flamme des Ordens.«

»Naevus?« Okue zog eine fein geschwungene Augenbraue in die Höhe. »Ich erinnere mich an diesen Namen. Du warst einmal ein großer Krieger deines Volks, nicht wahr? Du sollst die nossinischen Beschwörer besiegt haben, und die Schlangenmenschen von Sawale sprechen deinen Namen nur im Flüsterton aus. Sie nennen dich einen Dämon. Bist du ein Dämon, Naevus?«

»Ich bin …«

»Ich weiß«, sagte Okue, während er langsam um den Sessel herumzuspazieren begann. Die blinden Augen des Greises folgten dem Geräusch seiner Schritte auf dem knirschenden Boden. »Du bist ein alter Mann an der Schwelle des Todes. Nichts weiter. Ein nutzloser Fleischsack, der nicht mehr in der Lage ist, sich aufrecht zu halten. Ich frage mich, was passiert, wenn ich dich von deinem Thron herunterstürze. Wird es dir gelingen, dich aufzuraffen, oder wirst du liegen bleiben, bis dcin verfaulender Körper zu Eis gefriert?«

»Ich töte dich«, keifte der Alte und riss eine knöcherne Hand in die Höhe.

Zischend sprang Suhata vor und zog seinen goldenen Dolch. Okue hielt ihn mit erhobener Hand zurück. »Wie ich sehe, ist dein Kampfgeist ungebrochen. Selbst in dieser aussichtslosen Lage bäumst du dich noch gegen das Unvermeidliche auf. Ich weiß so etwas zu schätzen. Wirklich. Es beeindruckt mich. Aber in diesem Raum befinden sich vier der gefürchtetsten Jäger meines Volks. Jeder von uns ist gesegnet, denn in unseren Adern fließt das unverdorbene Blut der Götter. Wir sind mächtiger, als du es dir in deinen kühnsten Träumen vorstellen kannst.« Gemächlich nahm er seinen Spaziergang um den Sessel wieder auf. Er konnte den Hass des Alten beinahe körperlich spüren. Die Luft schien um seinen Körper zu knistern. »Ich erzähle dir das nicht, um dich zu beeindruckend. Sondern nur, um dir verständlich zu machen, wie endgültig das Schicksal Beruns besiegelt ist. Vor wenigen Stunden haben unsere kolnorischen Verbündeten den gesamten Hofstaat des Kaiserreichs ausgelöscht. Niemand ist diesem Massaker entkommen. Der Kaiser starb als Erster, und sein oberster Hexer, dein Herr Cajetan ad Hedin, wurde von Dutzenden Armbrustbolzen durchbohrt. Wer fliehen konnte, wurde von unseren Jägern aufgespürt und erlegt. Jeder Schwertmann des Kaisers und jeder einzelne Ordensritter. Es ist keiner mehr übrig außer dir. Berun liegt in diesen Stunden so hilflos zu unseren Füßen wie ein Neugeborenes.«

Knirsch, knirsch, knirsch.

Er war jetzt auf der anderen Seite des Sessels angekommen. »Wie ein Neugeborenes ... Im Angesicht von so viel Sterben hältst du das sicherlich für eine seltsame Metapher, nicht wahr? Aber jedem Tod wohnt auch ein Neubeginn inne. Das ist der Kreislauf der Natur.«

»Dein dummes Geschwätz widert mich an.« Das Gesicht des Alten verzog sich vor Ekel. Seine Hände ballten sich zu knöchernen Fäusten. »Dümmliches Geblubber eines Fisch ...«

»Schweig!« Suhata trat einen blitzschnellen Schritt nach vorn und verpasste Naevus eine Ohrfeige, die seinen Kopf herumriss und ihn Blut spucken ließ. Noch in der Luft verwandelten sich die roten Tropfen in winzige Eiskristalle.

Erstaunt folgte Okues Blick ihrem Flug. »Du beherrschst also die Kälte? Das ist eine beeindruckende Gabe für einen Menschen.« Geschickt fing er einen der Kristalle auf, ehe er zu Boden segeln konnte. Er beobachtete, wie sich das rote

Gebilde auf seiner Handfläche zurück in flüssiges Blut verwandelte, dann zuckte seine Zungenspitze heraus und leckte darüber. »Sie wird dir gegen uns leider nichts nützen, denn wir fürchten das Eis nicht. In den Tiefen der Meere, dort, wohin wir gelegentlich tauchen, herrscht eine Kälte, die größer ist als alles, was du dir jemals vorstellen kannst.«

»Du hast keine Ahnung«, zischte der Alte.

»Ganz im Gegenteil, mein Freund. Du bist der, der keine Ahnung hat.« Okue beugte sich nach vorn und brachte seinen Mund dicht an Naevus' Ohr. »Ich verrate dir ein Geheimnis. Der Grund für unsere Anwesenheit ist nicht der Kaiserthron. Er interessiert uns nicht, das hat er noch nie getan. Wir überlassen ihn gern den Kolnorern. Sollen sich diese Wilden doch einbilden, dass es für den Lauf der Welt eine Bedeutung hat, wer sich auf diesem steinernen Klotz den Arsch wundsitzt. Der Grund für unser Kommen ist ein anderer. Und tief in deinem Inneren weißt du es bereits.«

Naevus riss die blinden Augen auf. »Nein«, krächzte er voller Entsetzen. »Das wagt ihr nicht. Das dürft ihr nicht wagen!«

»O doch. Der Grund sind die Götter. Wir sind gekommen, um sie zu wecken. Es ist endlich an der Zeit.«

»Das darf nicht sein!« Naevus' Finger krallten sich tief in das Leder der Armlehnen. Bebend stemmte er sich in die Höhe.

31

Der verborgene Turm

Ein weiterer Atemzug. Luft flutete in Danils Kehle und löste seinen Würgreflex aus, der das Wasser aus seiner Lunge presste und ihn am Gemisch aus Wasser und Luft beinahe ersticken ließ. Ein weißer Stein ragte vor seinem Gesicht auf. Er krallte sich fest und hustete den Rest der Brühe aus, bevor er mit gierigen Zügen eisige Luft einsog. Erst jetzt fiel ihm auf, dass der Stein sorgfältig behauen war. Erstaunt sah er sich um. Direkt vor seinem Gesicht ragte eine Treppenstufe aus dem Wasser, darüber eine zweite, eine dritte und viele mehr. Er sah nach unten in das kristallklare Wasser, das in einem so intensiven Blau leuchtete, dass er die brennenden Augen zusammenkneifen musste. Die Treppenstufen setzten sich in das Wasser unter ihm fort, fünfzehn, zwanzig Stufen, bevor sie an einer schimmernden, wabernden blauen Fläche endeten, von der das Leuchten auszugehen schien. Er hob den Kopf. Der Stein, an dem er sich festhielt, gehörte zur Umrandung eines Wasserbeckens von so gewaltigen Ausmaßen, dass ihn das Leuchten von unten daran hinderte, die gegenüberliegende Seite mehr als nur schemenhaft zu erkennen. Ganz in seiner Nähe lag ein Boot halb im Wasser, halb auf den Stufen der breiten, geschwungenen Treppe, die von hier aus nach oben führte. Es dauerte einen Moment, bis Danil begriff, dass dieses Boot in Wirklichkeit die Taucherglocke war, die jetzt mit der Öffnung nach oben schwamm – oder besser: gestrandet lag. Jetzt konnte er auch die Risse sehen, die den hölzernen Rumpf der Konstruktion durchzogen. Was immer gerade geschehen war, es hatte ihr Gefährt unwiederbringlich zerstört.

Ein Stöhnen erinnerte ihn daran, dass er nicht allein hierhergekommen war. Fluchend rappelte er sich auf, schleppte sich aus dem Wasser und hinkte auf die Reste der Tauchglocke zu. In ihrem Inneren regte sich etwas, dann hob Bogk den Kopf über den Rand, blinzelte und erbrach sich in das kristallklare Becken. »Die Wunder Beruns. Warum wollte ich sie gleich noch mal sehen?«

Neben ihm erschien eine zweite stöhnende Gestalt und betastete vorsichtig eine Platzwunde auf der narbigen Glatze. »Du hättest auch mit den Buchweizenfladen in der Gürtelmachergasse anfangen können«, murmelte Ness. »Davon muss man auch kotzen. Ist insgesamt aber weniger lebensgefährlich. So viel ist mal sicher.«

»Sara?«

Auch die Hand der jungen Metis tauchte aus den Trümmern auf. »Erinnere mich daran, nie mehr auf deine Ideen zu hören«, knurrte sie und stand schwerfällig auf.

»Bist du unverletzt?«

Sie schniefte. »Ich glaube schon. Ich …« Sie hielt inne und blickte sich um. Ihre nächsten Worte kamen leise, fast andächtig: »Was ist das hier?«

Zum ersten Mal hob auch Danil den Kopf.

Das blaue Leuchten erhellte einen gewaltigen, einen monströsen Raum um sie herum und ließ ihn die unsanfte Ankunft vollkommen vergessen. In andächtigem Staunen stieg er die Stufen hinauf, die in konzentrischen Ringen von der Wasserfläche weg nach oben führten und schließlich in einer Halle mündeten, deren Grundfläche allein so groß sein musste, dass das gesamte Ordenshaus der Flammen Platz darauf gefunden hätte. Von Ehrfurcht erfüllt, richtete er den Blick nach oben – und immer weiter hinauf. Die Decke der Halle schien so hoch, dass sich selbst der starke Widerschein des leuchtenden Wassers nicht an ihr brach. Langsam drehte er sich im Kreis. Es war nicht vollständig dunkel, stellte er fest. Weiter entfernt in der Dunkelheit brannten Feuer, oder vielleicht Laternen, im stillen, blauen Glanz des Aget. Sie beleuchteten ferne Wände, die aufragten wie Klippen. Wobei beleuchten der falsche Ausdruck war. Ihr Licht reichte gerade, um erahnen zu lassen, dass sie vorhanden waren, nicht jedoch, um sie wirklich zu sehen. Plötzlich wurde ihm bewusst, dass es hier keinerlei Geräusche gab, wenn er von seinem eigenen Atem absah. Aber es war mehr als das. Es war, als hätte er noch immer Wasser in den Ohren. Alles klang dumpf. Er runzelte die Stirn und schob sich einen Finger ins Ohr. Nein, das war es nicht. Ein Tropfen fiel von seinem noch immer klatschnassen Ellbogen und klopfte dumpf auf den Boden. Das war es: kein Hall. Er hörte die Schritte der anderen, die Geräusche, als sie versuchten, zu Atem zu kommen, doch alles klang weit entfernt, unwirklich. Unecht.

»Die *Jassen*«, sagte Ness ehrfurchtsvoll.

Danil blinzelte, und das Gefühl verschwand. Seine Augen hatten sich langsam an die Dunkelheit gewöhnt, und er stellte fest, dass er jetzt noch andere Schemen sehen konnte. Im ersten Moment hielt er sie für Skelette, für Rippen, die in der Finsternis aufragten, doch dann wurde ihm klar, was er sah.

»Sie war die erste Triare des Kaisers«, erklärte der kleine Kriegsknecht leise. Er und die übrigen drei waren ebenfalls die Treppe hinaufgestiegen, und der alte Kriegsknecht strich bewundernd über eine geborstene Spante des hier in der Dunkelheit gestrandeten Schiffswracks. Bogk sah ihn fragend an, und Ness tätschelte das Holz. »Des alten Kaisers, Harand, des Löwen. Das erste Schiff seiner Art, gebaut in Armitago, ein Vermählungsgeschenk. Sie war das Schiff, das seine Braut Ann Revin über das Meer hierher zu ihrem zukünftigen Gatten brachte und die Vorlage für alle seitdem gebauten Triaren Beruns. Zehn Jahre nach ihrer ersten Fahrt schleppte sie sich nach einem Sturm schwer angeschlagen und leck in den Hafen, doch auf den letzten Metern gab sie auf. Jeder Versuch, sie zu retten, schlug fehl, und sie versank in einer Taulänge Entfernung zum rettenden Ufer mitten im Schlund. Die Verluste waren nicht groß, die meisten Männer sprangen über Bord. Waren ja ohnehin schon im Hafen, und so wurden nur eine halbe Handvoll Männer mit hinabgerissen. Vielleicht ein paar mehr, keiner weiß es so genau.« Er schnaubte belustigt. »Und hier ist sie also gelandet. Ich frage mich, ob mein alter Nachttopf hier ebenfalls irgendwo herumliegt.« Dann fing er Danils Blick auf. »Was denn? Ihr behauptet doch nicht etwa, Ihr habt nie etwas in den Schlund geworfen? Ganz Berun hat das getan.« Er nickte Bogk zu. »Ist wie ein Zwang. Man hat das Gefühl, man muss diesem unheimlichen Loch ein Opfer bringen. Messer?« Ness drehte sich um.

Der Vogelmann musterte das riesige Schiffswrack, bevor er sich abwandte. »Eine Flasche Armitager Roten«, murmelte er. »Und Essie Malter, mit einem Amboss an den Füßen.«

Ness drehte sich um und starrte ihn an. »Ess… Essie Malter? Die Häuterin? Die schwarze Gerberin? Und ich dachte, sie wäre vor dem Galgen geflohen und würde jetzt irgendwo im Novenischen lustig weitermorden!«

»Nein. Jemand hat ihr einen Boten gesendet, der ihr beibringen sollte, damit aufzuhören.« Messer hob etwas vom Boden auf und betrachtete es eingehend. Er wirkte nicht, als hätte er noch mehr zu sagen.

Tief beeindruckt, sah sich Danil um. Immer mehr Dinge schälten sich aus dem Dunkel: die Umrisse von Ruderbooten und zwei oder drei zerschmetterten Seglern, und unbestimmbare Dinge, die in der Dunkelheit verstreut lagen. Er stieß einen Schemen direkt vor sich mit dem Fuß an und erkannte das hohle Klappern eines davonrollenden Schädels. »Das hier ist ein verdammtes Grab!«, murmelte er.

»*Und sie brachen den Turm auf und öffneten das Tor*«, sagte Messer tonlos, und Danil wurde klar, dass er diese Verse bereits gehört hatte. Es waren Zeilen aus einem der Bücher der Reisenden, *Goderadorys Lied*, das den Fall der alten Götter besang.

»Und hinein stießen sie die Götter und ihre Heerscharen,
sie warfen sie in die Gruben
und trieben sie in die Dunkelheit
wo ewige Flammen und ein nasses Grab sie umschlossen.
Und obgleich sie sich wanden in ohnmächtiger Wut
und am Grunde der Gruben krochen
und fluchten mit tausend Stimmen,
so schlossen sie doch das Tor zum Ort jenseits der Welt,
sie versenkten den Turm und verbargen den Schlüssel,
und errichteten an seiner Statt ihre ewige Wacht.«

Für einen langen Augenblick schwiegen alle.

Dann stieß Ness einen leisen Fluch aus. »Kann es sein, dass diese Scheiße tatsächlich einen Sinn ergibt?«

»Kann es sein, dass das jetzt vollkommen unwichtig ist?«, warf Sara dazwischen. »Wo sind die verdammten Huacoun?« Sie deutete auf ein Konstrukt, das vor dem entfernten Ufer des blauen Sees schwamm. Es sah ihrer eigenen Tauchglocke ähnlich genug, um ebenfalls als solche erkennbar zu sein, auch wenn seltsame Luftsäcke an ihrem Rand befestigt schienen. Vielleicht war das der Grund, warum sie den seltsamen Abstieg überstanden hatte.

Erst jetzt wurde Danil klar, dass sie hier unmöglich allein sein konnten, und ein kalter Schauer lief ihm über den Rücken. Er schluckte. »Nicht hier«, flüsterte er. *Sonst wären wir vermutlich bereits tot.*

»Darauf bin ich auch schon gekommen«, gab Sara knapp zurück. »Aber wo?«

»Ich denke, wir sollten den Zeichen folgen.«

Als Danil und Sara sich zu Bogk umdrehten, entdeckten sie, dass dieser auf einen Punkt in der Dunkelheit deutete, der anders wirkte als die übrigen Lichter, doch die ganze Umgebung war so unwirklich, dass Danil nicht sofort erkannte, was ihn vom Rest unterschied. Das Feuer, das dort auf der anderen Seite des Beckens brannte, war nicht blau. Es war ein vollkommen normales Feuer, dessen niedrige Flammen orange und rot über tief dunkelroter Glut flackerten. »Oh.«

Vorsichtig umrundeten sie das Becken, wobei sie sorgfältig darauf achteten, nicht über die zahllosen Dinge zu stolpern, die nur halb sichtbar aus der Dunkelheit aufragten. Als sie sich dem riesigen Kohlebecken näherten, konnten sie sehen, dass dicker, dunkler Rauch davon aufstieg, zum Teil aber auch auf den Boden fiel, in alle Richtungen davonkroch und zäher Flüssigkeit gleich die Stufen der Treppe hinab bis zum Wasser troff, das die Schwaden gleichsam aufzusaugen schien. Ein Gestank stieg von der Feuerschale auf, der Danil für einen Moment zurück in eine Höhle voller Feuer und Rauch zu werfen schien. Angewidert schüttelte er den Kopf und trat einen Schritt zurück. Bogk hingegen trat interessiert an die Flammen heran und starrte auf die dunklen Klumpen des Brennstoffs. »Ich wusste, dass die Kolnorer das falsch machen«, sagte er schließlich, und so was wie Zufriedenheit schwang in seiner Stimme mit. »So viele Tote für ihr Tor – das ist dumm. Niemand könnte das mehr als ein- oder zweimal tun.« Anerkennend klopfte er mit dem Kopf seiner Axt gegen die Schale, in deren Rand zornige Runen glommen. »Das hier sind nur zwei oder drei Tote. Und seht, wie groß das Tor ist, das sie offen halten.« Er nickte in Richtung der Wasserfläche.

Danil schluckte, und dann noch mal, um den sauren Geschmack aus seinem Mund zu vertreiben. »Aber wofür? Wo sind wir hier?«

»Ich dachte, das wäre jetzt klar. Die Gruben, in die die Götter gestoßen wurden. Das ist, was Cajetan gemeint hat: Die Versprochene wird die Götter befreien. Von diesem Ort.« Saras Gesicht wirkte im düsteren Widerschein der Flammen wie eine blutrot und schwarz bemalte Maske, bis sie sich abwandte und die Feuerschale umrundete. »Und da ich es nicht bin, verhindern wir das.«

Die Männer schlossen sich ihr an, und mit einem letzten Blick auf die verkohlenden Toten folgte ihnen schließlich auch Danil.

An der Hallenwand hinter der Feuerschale stieg eine weite, geschwungene Treppe auf, die bislang von den ölig schwarzen

Rauchschwaden verborgen gewesen war. Sie war aus weißem, poliertem Stein errichtet und so breit, dass sie alle nebeneinander hätten hinaufsteigen können. Alle paar Stufen wies sie eine Plattform auf, auf der eine weitere Feuerschale stand. In jeder zweiten oder dritten brannten einige wenige Brocken Blaustein, die gerade genug Licht abgaben, um den folgenden Treppenabschnitt zu beleuchten. Im Vorbeigehen betrachtete Danil die Schalen genauer. Jede hätte leicht ein Vielfaches an Blaustein gefasst, und ihn beschlich eine Ahnung davon, wie dieser Aufstieg – und die gesamte Halle – wirken mochten, wenn sie ausgeleuchtet waren, wie es einst beabsichtigt war.

Die Stufen selbst waren flach und breit, sodass ihnen der Aufstieg schwererfiel als erwartet. Danil dachte an die breiten, bloßen Füße der Huacoun. Natürlich. Dieser Ort hier war nie für Menschen errichtet worden. Höher und immer höher stiegen sie an der Wand der Grotte nach oben, bis schließlich doch eine Decke in Sicht kam, auch diese aus weißen Steinquadern errichtet und von einem verwirrenden Geflecht aus Bögen gestützt, die wie die bleichen Rippen eines riesenhaften Wesens aus vergangenen Tagen anmuteten. Von unten war es nicht zu sehen gewesen, doch die Wände der Halle verjüngten sich, sodass sie sich jetzt nahezu direkt über dem Rand des Beckens befanden. Die Treppe stieg an dieser Stelle in eine Öffnung in der Decke auf, einen kurzen Tunnel, an dessen Ende Licht zu sehen war. Instinktiv wurden sie langsamer. Mit dem Tunnel endete auch die Treppe selbst, und noch bevor sie etwas sehen konnten, erfasste Danil das unbestimmte Gefühl, dass sie dabei waren, erneut einen riesigen Raum zu betreten. Dieses Mal jedoch war da noch etwas anderes als die bleierne Stille eines vergessenen Friedhofs. Es war, als tauchten sie erst jetzt aus einem Becken auf, das alle

Geräusche und einen Teil der Wirklichkeit verschluckte. Als sie die unsichtbare Grenze überschritten, fühlte es sich an, als falle ein Druck von ihnen ab, den Danil zuvor gar nicht richtig wahrgenommen hatte. Hall kehrte zurück, und mit ihm andere Geräusche. Er hielt inne. Ein unbestimmtes Brummen lag in der Luft, anhaltend monoton und so nahe am Unhörbaren, dass Danil es eher im Magen zu spüren glaubte. Darüber gab es Weiteres. Stimmen zum Beispiel, zu weit entfernt, um einzelne Wörter auszumachen, das Hallen von Schritten, das Klirren von Werkzeugen. Geduckt schob er sich bis an den Rand der Treppe vor. Der Anblick, der sich ihm eröffnete, ließ ihn erneut erstarren. Sie befanden sich im Inneren eines Turms, eines gigantischen Turms. War der untere Bereich im Grunde nur eine riesige Grotte, erhob sich jetzt über ihnen ein Hohlraum, der nur als der hohle Innenraum eines riesigen Turms bezeichnet werden konnte. Ihr Aufstieg endete genau in der Mitte des Bodens, der aus gigantischen Steinplatten zusammengesetzt schien und sich von hier aus in jeder Richtung bis zu den fernen Wänden erstreckte. Insgesamt spiegelte die Anlage des Aufstiegs die Wasserfläche tief unter ihnen wider. Im Unterschied zur Höhle unter ihnen war dieser Ort jedoch ausgeleuchtet. Jemand hatte sämtliche Feuerschalen hier entzündet, doch das allein war es nicht. Was ihn vor allem mit Ehrfurcht erfüllte, war der Anblick der Wände. Sie waren in Ebenen sortiert, von denen jede in einzelne Nischen unterteilt war, die sich dicht an dicht jeweils rund um den gesamten Innenraum zogen. In jeder der Nischen stand ein massiver Block aus Blaustein. Ein unbestimmtes Glimmen erfüllte die Nischen und ließ in jedem Block eine Figur erkennen. Für einen Moment fühlte sich Danil in jene Grotte zurückversetzt, in der Emeri und Marten gestorben waren. Jene Blöcke dort waren weit gröber gewesen, vielleicht auch einfach nur verwitterter, doch er hatte keinen Zweifel, dass sich in diesen Nischen hier dasselbe befand wie in jenen Blausteinen dort. Hier allerdings waren es mehr. Weit mehr. Als Danil den Blick hob, befiel ihn kaltes Grauen. In jeder Ebene befanden sich fünfzig, sechzig oder mehr Nischen, und Ring auf Ring türmte sich über ihnen auf. Er zählte ein Dutzend von ihnen, bevor die Düsternis verbarg, was darüber lag.

»Was bei den Gruben geht dort vor?«, raunte Sara.

Danil riss den Blick los und sah nach vorn. Erst jetzt ging ihm auf, dass die unterste Ebene anders aussah als die übrigen. Die Wände waren mit kunstvollen Reliefs verziert, die Nischen waren größer und weiter voneinander entfernt. Nur etwa ein Dutzend der Blausteinblöcke standen hier, doch zumindest von hier aus wirkten die Gestalten in ihnen um einiges größer als in den übrigen. Jede überragte die ohnehin schon hochgewachsenen Huacoun-Krieger bei Weitem. Rechts und links von ihnen gab es Treppen, die zu dem ersten Ring hinaufführten, direkt vor ihnen jedoch ragte ein wahrhaft riesiges, zweiflügliges Portal auf; ein Portal, das irgendjemand mit Eisenbändern verbarrikadiert und danach großflächig mit riesigen, dunklen Glyphen verziert hatte. Und genau vor diesem Tor stand eine Gruppe Gestalten. Zehn oder zwölf von ihnen waren Krieger der Huacoun. Die Krieger waren damit beschäftigt, Werkzeuge bereitzustellen und Kisten zu stapeln, deren Sinn Danil verborgen blieb. Die übrigen vier wirkten wesentlich interessanter. Zwei waren unzweifelhaft Hexen der Huacoun. Die beiden Frauen standen direkt am Tor und schienen in die Betrachtung der Zeichen darauf vertieft. Ein Feuer brannte auf dem Boden zwischen ihnen, und eine der beiden zog jetzt ein schwelendes Scheit daraus hervor und übermalte eine der Glyphen mit zügigen Strichen. Ein Flimmern lief über beide Torflügel, und der Brummton in der Luft veränderte sich. Gleichzeitig schien sich die Luft schlagartig seltsam zu verdichten, und Danil spürte, wie sich die Haare auf seinem Körper aufrichteten. Er rieb abwesend seine Finger aneinander und spürte ein scharfes Knistern auf seiner Haut.

»Was immer sie tun, es ist auf keinen Fall etwas Gutes«, murmelte Ness.

Danil spürte, wie sich sein Magen langsam in einen Klumpen Eis verwandelte. *Es war eine beschissene Idee hierherzukommen. Egal, was sie vorhaben, wir haben nicht die geringste Chance, sie davon abzuhalten.*

»Götter befreien. Genau das tun sie«, gab Messer zurück. »Ich wette, das ist es, was hinter diesem Tor dort eingeschlossen ist.«

»Das, oder …« Sara stockte plötzlich, und als sie weitersprach, lag eine kalte Wut in ihren Worten, die Danil erschreckte. »Ejin Rigmar!«, stieß sie hervor. Die Huacoun waren ein wenig beiseitegetreten und gaben jetzt den Blick auf die letzten beiden Personen frei, denen Danil bislang noch keine Beachtung geschenkt hatte. Beide trugen die mit Fell besetzten Rüstungen von Kolnorern. Eine der Gestalten erkannte er sofort. Ansgr Nor war kaum zu verwechseln. Der breitschultrige Jarl des kolnorischen Königs hatte sein graues Haar und den struppigen Bart in grobe Zöpfe gewunden, doch sonst hatte sich seine Kleidung nicht verändert, seit Danil ihn das letzte Mal gesehen hatte. Kettenhemd und Bärenfellmantel ließen den Hünen noch gewaltiger wirken, als er ohnehin war, und die Art, wie seine Finger mit der massiven Goldkette auf seiner Brust spielten, verriet, dass es mit seiner Geduld nicht sehr gut bestellt war. Die zweite Gestalt dagegen war die einer jungen Frau, die Danil bisher lediglich von einem Bild kannte – einem Porträt, das dem Kaiser überreicht worden war. Ansgr Nor selbst war es gewesen, der das Bild damals in den Beruner Thronsaal gebracht und damit die Falle gelegt hatte, der Ann Revin beinahe zum Opfer gefallen wäre, die Frau, der Sara die Narbe in ihrem Gesicht verdankte: Ejin Rigmar.

Jetzt sah er, dass der Jarl damals recht gehabt hatte. Die kolnorische Prinzessin war vielleicht sogar noch schöner, als sie es auf dem Bildnis gewesen war. Wenn man auf den eisigen, blonden Typ stand. Sie war hochgewachsen, gertenschlank und trug ein weißes Kleid, das ihren Köper nahezu ebenso fließend umspielte wie die seltsamen Gewänder der Huacoun-Frauen. Nur dass es bei ihr unzweifelhaft vorteilhafter wirkte. Ihr langes blondes Haar hatte sie ebenfalls zu einem Zopf gebunden, und eine schmale silberne Tiara krönte ihre scharf geschnittenen Züge. Auch um ihren Hals hing eine Kette, die von einem beinahe faustgroßen Blaustein geziert wurde. Ein sanfter, pulsierender Lichtschein schien von dem Schmuckstück auszugehen, und Danil hatte das sichere Gefühl, den Schlag ihres Herzens zu sehen. Und auf einmal wurde ihm bewusst, dass auch das Summen in der Luft diesem Pulsschlag folgte.

»Cajetan hat also doch recht gehabt«, flüsterte Messer. »Das Mädchen. Es ging immer darum, das Mädchen aufzuhalten, das die Götter befreit! Er hat sich nur auf die falsche Frau versteift, der verblendete Narr.«

Die zweite der Huacoun hatte jetzt ebenfalls ein Scheit ergriffen und eines der Siegel übermalt. Der Ton änderte sich abermals, und das Pulsieren in Ejins Amulett beschleunigte sich. Ein Lächeln zog auf ihr Gesicht. Sie breitete die Arme aus und begann, sich wie zu einer unhörbaren Melodie zu bewegen.

»Das habe ich schon mal gesehen«, flüsterte Bogk ehrfürchtig. »Die Geister sprechen zu ihr.«

»Das, oder aber sie hat einen gehörigen Sprung in der Schüssel.« Ness zog einen Pfeil aus seinem Köcher und spannte sacht seinen Bogen.

»Wenn du meinst, dass sie nicht ganz richtig im Kopf ist«, gab Bogk gleichmütig zurück. »Das gehört wohl dazu.«

Ness nickte. »Soll ich das Theater beenden?«

Instinktiv sahen alle Sara an. Danil konnte deutlich erkennen, wie sie mit sich rang. Ihre Hand war so fest um den Griff ihres Schwerts verkrampft, dass die Knöchel weiß hervorgetreten waren, ihre Zähne waren aufeinandergepresst, und ihre Linke war zur Narbe auf ihrer Wange gehuscht, anscheinend ohne dass sie sich dessen bewusst war. Dann nickte sie. »Erschieß sie«, presste sie hervor.

32

Zu den Waffen!

Ein schrilles Kreischen unterbrach Beltran ad Iagos panische Gedankengänge. Alle Köpfe fuhren in Richtung der alten Sumpfhaag herum, deren zitternder Zeigefinger in die nächste Gasse hineinwies. Ein kolnorischer Krieger stand an ihrem Ende, die Axt hoch erhoben und ein irres Grinsen in dem bärtigen Gesicht. Beltran sah ihn mit offenem Mund an. Die Rede, die er sich gerade noch so mühevoll zurechtgelegt hatte, war auf einen Schlag verpufft. Zurück blieb nichts als ein bleiernes Gefühl der Leere.

»Die Kolnorer kommen!«, brüllte jemand, weil es immer irgendwo einen gab, der das Offensichtliche aussprechen musste.

»Sie sind durchgebrochen!«

»Zu den Waffen!«

Panisch sprangen die Männer und Frauen auf und rannten ziellos durcheinander, wie ein Hühnerhaufen, in dessen Stall der Fuchs eingebrochen war. Dolche wurden aus Gürteln gerissen und in der Hektik fallen gelassen, Spieße verhakten sich ineinander, und hier und da wurde sogar um den Besitz eines schützenden Schilds gerangelt. Ein schlaksiger Junge versuchte panisch, seine Stiefel überzustreifen, und stolperte dabei über die eigenen Beine. Beltran konnte sich beim besten Willen keinen Reim darauf machen, wieso er sie zuvor überhaupt ausgezogen hatte. Fasziniert verfolgte er den verzweifelten Kampf des Jungen mit seinen eigenen Körperteilen und konnte sich erst wieder von diesem komischen Anblick losreißen, als ein spitzer Ellbogen schmerzhaft in seine Seite stieß. Erschrocken zuckte er zusammen.

»Was sollen wir tun?« Die alte Sumpfhaag starrte ihn mit ihren gelblich verfärbten Augen angstvoll an. »Ihr seid unser Anführer. Sagt uns endlich, was wir zu tun haben!« Ihr zitternder Finger wies erneut auf den Kolnorer, der sich am Ende der Gasse nach hinten drehte und seine Waffe schwenkte, woraufhin ein gutes Dutzend weiterer Krieger erschien. Es war jetzt ziemlich eindeutig, dass es sich nicht nur um ein Trugbild ihrer überreizten Nerven gehandelt hatte, sondern um eine echte Gefahr. Vermutlich war dies also der Augenblick, dem Beltran zeit seines Lebens erfolgreich aus dem Weg gegangen war. Wehmütig dachte er an den Korbstuhl auf den efeuumrankten Terrassen in Gostin zurück. Dachte an die glücklichen Tage, in denen er mit einem Glas blutroten Tiburoners in der Hand den Sonnenuntergang beobachten durfte. Wie sehr er das doch vermisste. Ein stiller Seufzer entrang sich seiner Brust. Langsam wandte er sich zu dem Durcheinander aus schreienden und rennenden Menschen um.

Wenn er eines in seiner Zeit als Botschafter gelernt hatte, dann, dass man die Menschen mit dem locken musste, was sie am meisten begehrten. Und was war die Sache, nach der sich dieser verschlagene und diebische Haufen sehnte? Ganz genau. Er zog seinen Degen und räusperte sich. »Was soll dieses ganze Gerede von Heldentum und Kriegerehre? Darauf gebt ihr doch einen Scheißdreck. Der einzige Grund, warum ihr noch nicht die Beine in die Hand genommen habt, ist doch der, dass ihr hier in Berun ganz gute Geschäfte macht. Nirgendwo anders lässt es sich so gut von der Dummheit und Leichtgläubigkeit der Menschen leben. Das hier sind eure Jagdgründe, und die lasst ihr euch doch nicht von einem Haufen verlauster Wilder fortnehmen, habe ich recht? Ihr habt doch euren Stolz. Ihr seid doch die Bewohner des Gerberviertels.« Es war eine erbärmliche Rede, wenn man sie denn überhaupt als solche bezeichnen konnte. Kein normal denkender Mensch hätte sich von ihr mitreißen lassen. Doch die Augen der schlimmsten Diebe und Verbrecher Beruns und die Augen der verkommensten Huren und Bettler richteten sich gebannt auf ihn, als er sprach. Und als hätten die Reisenden selbst Gefallen an seinen Worten gefunden, brach in diesem Augenblick ein Sonnenstrahl durch die tief liegende Wolkendecke und hüllte die Klinge seines Degens in einen goldenen Schimmer. »Und weil ihr die letzten Verteidiger der Kaiserstadt seid, mache ich euch folgendes Angebot: zweihundert Adler in Silber aus meinen eigenen Truhen für denjenigen, der den Ersten dieser verdammten Kolnorer zur Strecke bringt. Mögen die Reisenden euch gewogen sein, und mögen sie euch zu unglaublichem Reichtum verhelfen!« Beltran streckte den Degen hoch über den Kopf, und begeisterter Beifall brandete auf. Überall wurden nun Waffen in die Höhe gereckt oder aufgeregt gegen Schilde geschlagen. In Windeseile brachten die Männer und Frauen eine halbwegs anständige Kampfformation zustande und richteten sie gegen die anrückenden Kolnorer aus. Beltran senkte die Waffe, bis ihre Spitze auf den Gegner zielte. Er nickte der alten Sumpfhaag zu, dann Thurwieser und Meister Grill und all den anderen Verrückten unter seinem Befehl.

Einige besonders verwegene Beruner stürmten geradewegs auf die Gegner zu, um ja als Erste an das heiß begehrte Silber zu gelangen. Beltran hielt sich wohlweislich ein Stück zurück und wich seitlich aus. Die Ersten in der Schlacht hatten nämlich die unangenehme Tendenz, zumeist auch die ersten Toten zu sein. Vor allem, wenn es gegen kampferprobte Krieger ging, die das Töten von Kindesbeinen an gelernt hatten. Allerdings waren auch die Bewohner des Gerberviertels nicht gerade für ihre Zimperlichkeit bekannt. Was ihnen an Kraft und Kriegserfahrung fehlte, machten sie durch kreative Hinterhältigkeit wieder wett.

Der Vorderste war allerdings ein massiger Kerl ohne viel Hirn, der sich auf den ausgestreckten Waffen seiner Gegner regelrecht selbst aufspießte, aber zu blöd war, es rechtzeitig zu bemerken. Er rannte noch etliche Schritte weiter und riss eine große Bresche in die Reihen der Kolnorer, ehe er krachend zu Boden ging. Die Lücke nutzen seine im Nahkampf erprobten Kameraden, um mit ihren Messern und Dolchen hinterherzustoßen und die Angreifer gehörig durcheinanderzuwirbeln.

Beltran drängte sich dicht gegen eine Hausmauer und stocherte halbherzig mit seinem Degen nach einem Speerträger, der brüllend an ihm vorüberstürmte. Er erwischte allerdings nur seinen Pelzmantel. Der Mann fuhr herum, und die Spitze seines Speers verfehlte den Botschafter nur um Haaresbreite. Im nächsten Augenblick sprang die alte Sumpfhaag kreischend auf ihn zu und hieb ihm ihre Sichel seitlich in den Hals. Der Kolnorer ließ seine Waffe fallen und umklammerte röchelnd die klaffende Wunde. Er drehte sich einmal im Kreis, bespritzte Beltran von Kopf bis zu den Füßen mit seinem Blut und ging unter dem Hieb von Jochums rostiger Nagelkeule zu Boden.

Ein gewaltiger Kriegshammer raste auf Beltran zu, der sich im letzten Augenblick zu Boden warf und nur zwei oder drei spitze Steinsplitter abbekam, die der Hammer aus der Hauswand über ihm schmetterte. Hastig kroch er davon und brachte sich hinter einem umgekippten Ochsenkarren in Sicherheit. Er lehnte sich mit dem Rücken gegen das Wagenrad und atmete ein paar Mal tief durch. Schließlich wagte er einen zögerlichen Blick auf die andere Seite und sprang gerade noch rechtzeitig zurück, bevor der Wagen unter einem mächtigen Axthieb zu Kleinholz verarbeitet wurde. Mit einem Schrei warf er sich auf den Axtkämpfer und fuchtelte mit dem Degen unter seiner Nase herum. Die verzweifelte Attacke schien den bärtigen Krieger allerdings nicht sonderlich zu beeindrucken, denn er hob nur grunzend den Schild und ließ Beltrans Hiebe harmlos daran abprallen.

Schritt für Schritt drängte er den Botschafter zurück. Er ließ sich Zeit. Jeder seiner Axthiebe kam wohlüberlegt und gezielt. Beltran schnappte dagegen schon nach kurzer Zeit nach Luft und sprang hierhin, stolperte dorthin und war am Ende nur noch damit beschäftigt, sich zu verteidigen. Der nächste Hieb zerschmetterte beinahe seine Schulter. Hastig duckte er sich zur anderen Seite fort und krachte in den Schild seines Gegners hinein, der ihn schmerzhaft zu Boden warf. Die Luft entwich zischend seiner Lunge, und für einen Augenblick wurde ihm schwarz vor Augen. Verzweifelt riss er den Degen in die Höhe und stach ziellos in die Luft. Der Stiefel des Kolnorers kam auf ihn zugerast und trat ihm mit voller Wucht die Waffe aus der Hand. Beltran hörte seine Fingerknochen knacken und schrie auf.

»Das war's«, grunzte der Axtkämpfer und riss die Axt weit über den Kopf.

»Scheiße«, wimmerte Beltran und kniff die Augen zusammen. Warum war er nur immer so nachlässig mit seinen Fechtübungen gewesen? Warum hatte er sich lieber auf seinem Korbstuhl gefläzt und Wein gesoffen, statt sich auf die wirklich sinnvollen Dinge im Leben zu besinnen? Zum Beispiel die Vorbereitung auf den Tag, an dem ein verrückter Barbarenkrieger versuchte, ihm mit einer Axt den Schädel einzuschlagen. Doch für Selbstmitleid war es nun wohl zu ... »Oh.« Er stellte fest, dass er mit der linken Hand noch immer den Huacoun-Dolch umklammert hielt, und bäumte sich mit letzter Kraft auf.

Die Klinge bohrte sich tief in den Oberschenkel des Kolnorers hinein. Der Kolnorer brüllte auf, und seine Axt krachte nur wenige Fingerbreit neben Beltrans Kopf in den schlammigen Boden. Beltran rollte sich zur Seite und entging nur knapp einem zweiten Hieb seines Gegners. »Stirb!«

Schmerzhaft krachte ein Stiefel in seine Schulter. Schützend riss er die Hände über den Kopf, spürte, wie er am Kragen gepackt und in die Höhe gezerrt wurde, und starrte plötzlich in das schmerzverzerrte Gesicht seines Gegners. »Stiruubbb...!«

Das Gesicht des Kolnorers verzog sich zu einer fürchterlichen Grimasse und schmolz wie ein Stück Butter in der Sonne. Beltrans Kiefer klappte nach unten, und er riss die Augen auf. »Wah?«

Die Gelenke des Kolnorers krachten, seine Arme verbogen sich an den unmöglichsten Stellen, und seine Haut riss mit einem hässlichen Geräusch auf. Voller Entsetzen musste Beltran mit ansehen, wie sich dünne Tentakel durch das

Fleisch des Mannes nach draußen bohrten und aufplatzten wie frische Knospen an den Ästen eines Baums. Ruckartig drehte der Kolnorer den Kopf zur Seite und riss den Mund auf. Er stieß ein grausames Röcheln aus, aus seiner Kehle schoss ein langer dorniger Strang hervor. Mit rasender Geschwindigkeit schoss er über die Straße hinweg, wurde größer und breiter und bohrte sich mit einem Schmatzen in die Seite eines anderen Kämpfers hinein. Der Mann schrie auf, wurde von dem Dornenstrang in die Luft gerissen und krachend in die nächste Hausmauer geschmettert. Immer mehr dornige Tentakel brachen aus dem Axtkämpfer hervor und schossen nach allen Seiten auseinander. Sie schlugen eine blutige Schneise der Zerstörung durch die Masse der Kämpfenden, zerfetzten Kleidung und Haut und zogen sich gierig um Arme und Beine zusammen. Ein zu knotigen Wurzeln verformter Arm wand sich um Beltrans Brustkorb, während sich ein zweiter Arm zu einer dornigen Faust zusammenballte und auf sein Gesicht zudonnerte. Seine Welt machte einen gewaltigen Satz und zerbarst.

33

In den Gruben

»Erschieß sie«, presste Sara hervor.

Ness nickte knapp, richtete sich auf und ließ den Pfeil von der Sehne schnellen. Einer der Huacoun stieß einen Warnruf aus, doch viel zu spät. Der Pfeil war längst in der Luft, und noch bevor er Ejins Rücken erreicht hatte, folgten ihm ein zweiter und dritter.

Ejin flackerte und stand plötzlich einen Schritt weiter rechts, während der erste Pfeil sie passierte und mit hohlem Klopfen in der Tür einschlug. Ein Flackern, und die Prinzessin hatte erneut ihren Standort gewechselt. Den zweiten Pfeil hielt sie in ihrer Rechten, während der dritte nur eine Armlänge von einer der Huacoun-Frauen an einer unsichtbaren Barriere abprallte und harmlos über den Boden davonschlitterte.

»Was bei den Gruben …« Ness fluchte vor sich hin, während er schon nach dem nächsten Pfeil griff.

Ejin ließ den Pfeil fallen und begann zu lachen, ein klares, fröhlich-reines Geräusch, das Danil einen Schauer über den Rücken trieb. »Metis!«, rief sie. »Es ist so schön, dich wiederzusehen! Ich hatte schon bedauert, dir bei meinem Besuch hier in deiner schönen Stadt nicht begegnet zu sein!« Sie hob eine Hand, und die Huacoun, die sich bereits in Bewegung befanden, hielten inne. »Weißt du, seit wir uns in Confinos so frühzeitig trennen mussten, habe ich oft davon geträumt, dir wieder zu begegnen.« Sie klatschte in die Hände und wirkte dabei ehrlich begeistert. »Natürlich weiß ich, dass du nicht gekommen bist, um mit mir zu feiern – aber du bist da. Das ist alles, was zählt! Und weißt du auch, warum?« Sie flackerte erneut und stand im nächsten Moment rechts von ihnen, ihr schlankes Schwert in der Hand. »Weil es einfach keinen Spaß machen würde, zur Göttin zu werden mit niemandem als ein paar Fischmenschen und einem grantigen alten Verwandten als Zeugen. Du hingegen weißt, was es heißt, Ambitionen zu haben. Du wirst es würdigen, wenn ein Mädchen die seinen verwirklicht!«

Der Summton veränderte sich wieder, und das Pulsieren wurde abermals schneller, als eine der beiden Huacoun-Frauen erneut eine Sigille mit einem anderen Zeichen überdeckte. Ejin zwinkerte kokett und verschwamm erneut, kurz bevor Ness' nächster Pfeil sie erreichte.

»Brundaldreck!«, fluchte der alte Schütze. »Kann die nicht mal stillhalten? Was stimmt mit der Frau nicht?«

Sara runzelte die Stirn. »Du? Eine Göttin?«, rief sie in den Raum hinein. »Aber sonst hast du keine Probleme, oder?«

Ejin saß plötzlich rechts von ihnen, auf einer der unteren Stufen der Treppe. Sie breitete die Arme aus und verneigte sich anmutig, ohne den Blick von Sara zu nehmen. »Was glaubst du, wo wir hier sind? Was ich hier tue? Ich helfe den Huacoun, ihre Götter zu befreien. Und sie machen mich dafür zu einer von ihnen.« Ein erneutes Flackern, und dann kam ihre Stimme von der gegenüberliegenden Seite des Raums, wo sie sanft mit den Fingerspitzen über einen der Blöcke strich, in dem eine massige Gestalt zu sehen war. »So viel Macht …«

Sara lachte auf. »Und du glaubst, sie geben sie dir?«

Ejin wandte sich um und lächelte erneut strahlend. »Sie haben es bereits getan. Und warum auch nicht? Sie interessiert das Land nicht. Sie wollen ihre Götter, ich bekomme Berun.«

Noch während sie sprach, hatte Ness erneut einen Pfeil aufgelegt. Im selben Augenblick, in dem er die Sehne losließ, erstarrte das Lächeln im Gesicht der kolnorischen Prinzessin, und sie verschwamm erneut.

»Vergesst sie. Holen wir uns die Hexen!«, rief Danil. Er sprang die letzten Stufen hinauf und hob das Schwert. Der Pfeil von Ness' Bogen zischte nur einen Fingerbreit an ihm vorbei, prallte jedoch wirkungslos von dem Blausteinblock-Sarkophag ab. Erschrocken machte Danil einen Ausfallschritt, der ihm vermutlich das Leben rettete, denn Ejin stand plötzlich neben ihm, doch das schmale Schwert in ihrer Hand biss lediglich in Danils Oberschenkel. Wieder ein Flackern, dann tauchte die Kolnorerin am anderen Ende der Halle neben Ansgr Nor auf und lehnte sich noch immer lächelnd an dessen Schulter. Der Hüne warf ihr einen missbilligenden Seitenblick zu. »Hör auf zu spielen, Ejin. Du machst dich nur lächerlich. Was willst du ihnen noch alles erzählen? Bereite dich vor. Wir kümmern uns inzwischen darum.«

Die Kolnorerin schnaubte geringschätzig. »Ich mache mich lächerlich? Ich brauche euch nicht einmal. Ich bin mehr als gut genug, um mit denen fertigzuwerden.«

»Du bist nicht gut«, gab Sara zurück. »Nur schnell.«

»Und euch immer einen Schritt voraus. Oder zehn.« Ejin lachte glockenhell. »Aber macht euch nichts daraus. Das geht allen so.« Fröhlich tätschelte sie Ansgr Nors Schulter und deutete mit ihrem Schwert auf Danil und Sara. »Aber du hast recht, mein Lieber. Ich habe weit Wichtigeres vor. Ich muss heute noch Göttin über Berun werden. Also los, meine fischigen Freunde – bringen wir sie um. Alle bis auf das Mädchen. Ihr brecht nur die Beine. Sie soll zusehen, wie ihr Reich untergeht und unseres erwacht!« Bei diesen Worten flackerte sie abermals. Während sich die Huacoun-Krieger noch in Bewegung setzten, erschien sie nur eine Armlänge von Ness entfernt. »Und du – du beginnst, mir auf die Nerven zu gehen, alter Mann«, sagte sie, ohne die Stimme zu heben. Der Bogen sprang ihm beinahe aus der Hand, als Ejins Klinge die Sehne durchtrennte und in seine Schulter fuhr, ohne dass er sie überhaupt gesehen hatte. Fluchend ließ er die Waffe fallen und stolperte einen Schritt zurück, als ihre Klinge erneut auf ihn zuschnellte. Doch noch bevor die Spitze den Hals des verblüfften Kriegsknechts ritzen konnte, verschwand sie erneut, nur einen Lidschlag bevor Bogks Axtblatt die Luft dort durchschnitt, wo sie soeben noch gestanden hatte. »Vorhersehbar ist sie auch«, brummte der Waldmensch verächtlich. Ein Hieb traf ihn an der Schulter und wirbelte ihn herum. Der Treffer war so hart, dass Danil Bogks Oberarm brechen hören konnte. Im selben Wimpernschlag stand Ejin dort, wo soeben noch der Waldmensch gewesen war.

»Bin ich das? Dann kann dich das ja nicht überrascht haben, alter Mann.« Sie öffnete ihre Faust, schüttelte die Hand aus und runzelte die Stirn. »Ihr seid so erbärmlich langsam, es macht schon beinahe keinen Spaß«, maulte sie. Sie heftete die Augen auf Sara und verschränkte demonstrativ die Hände hinter dem Rücken. »Weißt du, ich glaube, ich könnte dich sogar umbringen, ohne die Hände zu benutzen, Mädchen!«

Sara verschwand. Von einem zum nächsten Moment schien

sie zu verblassen, sich in Luft aufzulösen, beinahe so, wie Ejin es vorgemacht hatte, und Danil entfuhr ein verblüfftes Keuchen.

»Oh! Wie wundervoll!« Ejin jauchzte geradezu. »Gerade noch dachte ich, du wärst langweilig, kleine Metis!« Sie wirbelte herum und lief in den Raum. »Aber du versüßt mir meine Wartezeit ja doch!« Suchend sah sie sich um und entdeckte Sara zwanzig Schritte von Danil entfernt, anscheinend auf dem Weg zu einer der Treppen. Mit erneutem Flackern verschwand sie und tauchte im nächsten Moment am Fuß der Treppe auf, doch da verschwand Sara erneut. Ejin zögerte. Nur einen Moment, aber dann war Sara wieder zu sehen, und ihre Klinge streifte beinahe Ejins Seite. Im selben Augenblick verschwand Ejin allerdings erneut, tauchte direkt neben Sara auf und trat ihr mit Wucht gegen das Knie. Mit einem Aufschrei ging Sara zu Boden, rollte beiseite und verschwand, kurz bevor Ejins Stiefel ihre Rippen traf. Die Kolnorerin ließ ihr Schwert in weiten Schwüngen über den Boden zischen, traf jedoch auf keinen Widerstand und stieß einen frustrierten Laut aus.

Danil sah den Knochenspeer des Huacoun erst im allerletzten Moment. Er hatte sich ablenken lassen! Ohne nachzudenken, warf er sich zur Seite, krachte zu Boden und rutschte unter dem hässlichen Scharren seines Panzers gegen die Beine eines zweiten Huacoun-Kriegers. Der Krieger stolperte beiseite, stieß dann jedoch seine eigene Lanze kurzerhand auf ihn herab. Danil schlug mit seinem Schwert nach der Knochenklinge, konnte sie aber gerade noch genug ablenken, um nicht sofort durchbohrt zu werden. Der Stoß reichte jedoch, um grellen Schmerz durch seine Rippen zu jagen. Der Krieger hob seinen Speer gerade erneut, als ein Schatten über Danil hinwegtrat. Ein Schatten, der auf dünnen Beinen ging, übergroße Schnabelschuhe trug und in einen schwarzen Mantel gehüllt war. Er ließ ihn wirken wie eine zerzauste Krähe. Messer ergriff den Huacoun ohne Hast am Unterarm, eine fast zarte Berührung nur, doch die Wirkung war erschreckend. Der Hüne zuckte zurück, jedoch ohne sich lösen zu können. Seine Glieder versteiften sich, und er stieß ein schrilles Heulen aus, als seine Muskeln unter plötzlichen Krämpfen hervortraten wie Taue – und vor Danils Augen zu reißen begannen.

»Steht auf, Danil«, sagte der Krähenmann mit gepresster Stimme. »Ihr habt Arbeit. Diese hier sind meine Aufgabe.« Er wich irgendwie dem Speer eines zweiten Kriegers aus, presste ihm eine spinnengliedrige Hand auf die Brust und sah ihn ernst, fast traurig an. »Keine Aufgabe für einen guten Mann«, sagte er leise. »Gute Menschen retten die Welt. Menschen wie ich kümmern sich um die Schmerzen. Damit alle schlafen können, ohne zu schreien. Fast alle.« Der Huacoun begann wie am Spieß zu kreischen und um sich zu schlagen. Blasen bildeten sich auf seiner Haut und platzten, als ob unsichtbare Flammen ihn verzehren würden. Danil rappelte sich auf die Füße, während zwei Huacoun-Krieger neben ihm zu Boden gingen, gefolgt von einem dritten, der seinen Kopf umklammerte, als versuche er, etwas mit Macht daran zu hindern, daraus auszubrechen. Es krachte nass, als sich der Schädel des Kriegers unter dem Druck ruckartig verformte, und sein Brüllen endete abrupt. Dafür begann ein weiterer der grauhäutigen Hünen zu schreien, und noch einer, als sich Meister Messer zwischen ihnen hindurchbewegte wie durch ein Weizenfeld. Endlich gingen die übrigen auf Abstand und umringten Messer vorsichtig. Die anderen drei Männer schienen vergessen.

»Jetzt«, flüsterte Ness. Er hatte sein Bündel geöffnet und

vor sich ausgebreitet, presste seinen verletzten Arm fest an den Körper, spannte jedoch mit der anderen Hand eine leichte Armbrust. Danil riss sich aus der Erstarrung und humpelte los. Ein Bolzen schoss mit leisem Singen zwischen ihm und Messer hindurch und traf einen der Krieger in die Seite. Der Hüne taumelte einen Schritt zurück, griff sich an die Rippen und brach das Geschoss einfach ab. Einen Moment später explodierte sein Brustkorb so heftig, dass er in zwei Teilen zur Seite geworfen wurde und einen weiteren Krieger mit sich riss.

»Verdammt!«, brüllte Ness irgendwo hinter ihm. »Falscher Bolzen!«

Danil nutzte die Lücke. Vor ihm stand jetzt nur noch die Huacoun-Hexe, die noch immer den Schild aufrechterhielt. Inzwischen war die Barriere gut zu sehen: Blut und Gewebeteile des explodierten Kriegers hatten ihn förmlich angestrichen, liefen jetzt daran hinab und versperrten der Hexe für einen Moment die Sicht. Dann klatschte der grausige Sichtschirm zu Boden, als die Frau die Barriere fallen ließ. Noch ehe sie die Geste beenden konnte, die ein anderes Talent heraufbeschwören mochte, wirbelte Bogks Axt so dicht an Danil vorbei, dass er den Luftzug spüren konnte. Das Blatt der Waffe grub sich tief in das Gesicht der Hexe und schleuderte sie zurück gegen das Tor.

»Getroffen!«, übertönte Bogks Stimme das tosende Chaos.

Ohne zu zögern, warf sich Danil auf die zweite der Hexen, die ihm noch immer den Rücken zuwandte. Der Stiefel Ansgr Nors traf ihn mit voller Wucht in die Seite und schleuderte ihn aus seiner Bahn. Sein Schwung ließ Danil neben der Huacoun gegen das Portal prallen und warf ihn zurück, direkt in die riesige Faust des Kolnorers, dessen Hieb ihn mehrere Schritte weit davonschleuderte und über den glatten Boden rutschen ließ. Das Schwert entglitt seinen Fingern und schlingerte klirrend irgendwohin davon, während Danil darum kämpfte, nicht das Bewusstsein zu verlieren. Mit einer Behändigkeit, die er dem grauhaarigen Riesen nicht zugetraut hätte, sprang dieser hinter ihm her und ließ seine Axt auf ihn herabsausen, die ihn nur um Haaresbreite verfehlte. Danil rollte sich beiseite, fand irgendwie auf die Füße und taumelte beiseite, die Hand abwehrend erhoben, die andere auf die Nase gepresst, aus der jetzt das Blut strömte. Verzweifelt versuchte er, die Lichter vor seinen Augen wegzublinzeln. Ansgr hob seine Waffe erneut, als wie aus dem Nichts Bogk vor ihm auftauchte, den geflochtenen Bart des Kolnorers packte und mit aller Macht daran zog, noch während er nach oben sprang. Das Knirschen war Übelkeit erregend, als die Stirn des kleinen Waldmenschen Ansgrs Gesicht traf. Auch aus der Nase des Hünen schoss jetzt ein Blutschwall, dem Bogk wild grinsend auswich. »Kümmere dich um die Fischweiber!«, rief er Danil zu. »Ich habe das hier unter Kontrolle!«

Bogk hatte den Satz noch nicht beendet, als der Kolnorer ihn mit einem wütenden Aufbrüllen beiseitewischte, wobei sich seine Axt an einem der Blausteinblöcke verfing.

Erneut veränderte sich das Summen. Es ging jetzt in ein fast unhörbares Kreischen über, das Danil in jeder Zahnwurzel schmerzte. Unwillkürlich presste er sich die Hände auf die Ohren. »Schluss!«, bellte Ansgr. »Wir haben keine Zeit dafür! Ejin, hör auf zu spielen! Du musst das Tor öffnen. Jetzt!«

Selbst der kolnorische Riese taumelte unter dem schrillen Geräusch des Tors. Er fand Halt an dem Blausteinblock und schüttelte unwirsch den Kopf wie ein Stier, der eine lästige Fliege loswerden will. Dann jedoch grinste er durch das Blut, das ihm aus dem Bart tropfte. Mit einem Ruck riss er die schwere Blausteinkette von seinem Hals und presste den Kristall gegen die Oberfläche des Blocks. Das rasende, pulsierende Kreischen schien sich auf das Schmuckstück zu übertragen und von dort auf den Blausteinblock. Konzentrische Kreise bildeten sich, die vom Schmuckstück über die gesamte Oberfläche des Blocks wanderten, als sich dessen Oberfläche rasend schnell zu verflüssigen schien. Wie schmelzendes Wachs begann das Aget herabzurinnen und die in ihm eingeschlossene Gestalt freizulegen. Danil starrte von Grauen erfüllt auf das, was der Kolnorer jetzt befreite. Das Wesen im Stein war größer als Ansgar und vielleicht doppelt so breit. Es hatte eine entfernte Ähnlichkeit mit den Kriegern der Huacoun, so, wie ein Preisringer eine Ähnlichkeit mit einem halbwüchsigen Straßenkind aufwies, selbst wenn sie seltsam hager, beinahe wie ausgedörrt wirkte. Wo die Haut der Huacoun glatt und ölig war, schienen die jetzt zu Tage tretenden Schultern des Wesens von knorpeliger, rau zerfurchter Schwarte bedeckt, die beinahe wie der verknöcherte Panzer einer Sumpfechse wirkte.

Ansgr grinste blutig. »Du dachtest, du hast die wahren Huacoun gesehen?«, fragte er rau. »Triff die Waffen der Götter, ad Corbec. Du hast die Ehre, als Erster seit Jahrhunderten durch einen Nibougaan zu sterben. Sie haben Durst – du wirst ihnen Kraft geben. Und das ist doch auch etwas.«

Der Block war jetzt bis zu den Rippen des Wesens geschmolzen und legte in Windeseile mehr des ausgedörrten Körpers frei.

Bogk stemmte sich auf die Ellbogen und hustete. Dann wurde Danil klar, dass der kleine Waldmensch lachte. »Das da? Das ist ein vertrockneter Frosch, nichts weiter! Ihr habt zu lange mit dem Auftauen gewartet, Kolnorer!«

Die Augen der Kreatur flogen auf. Sie waren tiefschwarz, ölig glänzende Löcher, die etwas so vollkommen Fremdartiges ausstrahlten, dass Danil instinktiv zurückzuckte. Der Kopf des Nibougaan ruckte herum, und sein Blick fixierte Ansgr Nor, der noch immer direkt vor der Nische stand. Der Mund der Kreatur öffnete sich zu einem heiseren Zischen und legte den Blick auf spitze Raubfischzähne frei, die ebenso jetschwarz waren wie seine Augen. Dann zerrte das Wesen einen Arm aus der zähen Masse um seine Hüften, und noch ehe der Kolnorer reagieren konnte, packte es Ansgr am Hals, riss ihn zu sich heran und schlug ihm die Zähne ins Gesicht. Der Kolnorer begann zu brüllen. Etwas zischte. Ein Pfeil schlug in den Kopf des Wesens. Ein bläuliches Licht flackerte kurz im Inneren des Schädels, und noch während Danil sich erneut fallen ließ, explodierte der Pfeil und überschüttete ihn mit klebrigen Stückchen. Ansgr Nor wurde davongeschleudert wie eine Lumpenpuppe, und der zerfetzte Rest des Nibougaan sackte zusammen und glitt mit dem zerfließenden Blaustein zu Boden.

Keuchend und spuckend sah sich Danil um. Einige Schritte entfernt rappelte sich Bogk mit sturer Verbissenheit auf die Füße. Weiter weg jedoch hörte er einen Schrei. Er fuhr herum. Sara war in der Nähe des Tors erschienen. Sie stolperte vorwärts, die Hand auf ihre linke Hüfte gepresst, das Schwert lose in den Fingern. Blut lief in einer breiten Spur ihren Arm hinab, und ein anderer Fleck breitete sich dunkel auf einem ihrer Hosenbeine aus. Ejin flackerte wenige Meter entfernt von ihr zurück in die Sichtbarkeit. Das strahlende Lächeln war von ihrem Gesicht verschwunden. Auch sie blutete inzwischen aus mehreren Schnitten und hielt den linken Arm eng an den Körper gepresst. Als ihr Blick auf ihre Huacoun-Leibwache fiel, meinte Danil sogar so etwas wie Unsicherheit über ihr Gesicht flackern zu sehen. Keiner der Huacoun-Krieger stand mehr. In ihrer Mitte kniete Messer wie eine hässliche Statue mit hängenden Schultern, den Kopf gesenkt und das Gesicht hinter den strähnigen Haaren verborgen. Abgehackte Atemzüge durchliefen den dürren Körper wie Krämpfe. Die verbliebene Huacoun-Frau jedoch stand immer noch am Tor. Jetzt, in diesem Moment, zeichnete sie eine letzte Rune auf das Tor, und die neuerliche Tonänderung des Summens zwang Danil auf die Knie und schien ihm die Augäpfel in den Schädel zu pressen. Sara erging es nicht besser. Sie taumelte und sackte auf ein Knie. Ejin dagegen schien irgendwie neue Kraft zu schöpfen. Sie richtete sich auf, fasste ihr schmales Schwert fester und machte einen Schritt auf Sara zu. Bevor Danil jedoch irgendwie reagieren konnte, rief die Huacoun etwas, und die Prinzessin hielt inne. Fast widerwillig wandte sie sich ab und trat stattdessen an das Tor, das sich jetzt seltsam zu verformen schien. Ejin streckte eine Hand aus. Dann tat sie einen Schritt vor, und ihr Arm versank in der Fläche des Portals, als greife sie durch einen Wasserfall. Ein weiterer Schritt, und die Kolnorerin selbst tauchte direkt in das Tor ein. Wo ihr Körper das Portal berührte, begann es aufzuleuchten. Die Sigillen verblassten, als sich das Leuchten ausbreitete und auf seinem Weg zu den Rändern alles zu verschlingen begann, gleich ob Zeichen, Eisenband oder auch die zerfetzten Kleiderreste der Kolnorerin. Zu ihren Füßen sang die Huacoun ein schrilles, fremdartiges Lied, dessen Rhythmus dem des Pulsierens angeglichen war.

Der Schlüssel! Danil schüttelte die bleierne Lähmung ab, die ihn überfallen hatte. »Ejin ist der verdammte Schlüssel«, brüllte er über das Kreischen hinweg. »Sie öffnet das Tor!«

Sara kämpfte sich auf die Füße zurück. »Nicht, solange ich

da bin.« Sie hinkte vorwärts, doch anstatt zu versuchen, Ejin zu erreichen, schleppte sie sich hinter die Huacoun und hob ihre Klinge. Ejins Augen wurden groß. Mit Gewalt riss sie sich aus der Tür, die an ihr zu kleben schien wie zäher Sirup. Ein Bolzen sirrte durch die Halle, verfehlte sie jedoch und schlug knapp hinter der Huacoun in einem Flügel des Portals ein.

Ejin fletschte die Zähne. »Verfehlt«, zischte sie, hob ihre Klinge zum Schlag und verschwamm.

Sie tauchte jedoch nicht hinter Sara auf, wie Danil erwartet hatte, sondern nur zwei Schritte von ihrem Ausgangsort. Für einen endlos erscheinenden Augenblick stand sie hoch aufgerichtet, geradezu stocksteif da, dann glitt ihr das Schwert plötzlich aus den Fingern und fiel klirrend zu Boden. Ein roter Strich erschien quer über ihrem Bauch und verwandelte sich in einen rasant wachsenden, dunklen Fleck, der sich über ihren gesamten Unterleib ausbreitete. Die Prinzessin öffnete den Mund, doch statt Worten entkam ihr nur ein seltsames Husten. Mit einem Pfeifen sog sie Luft ein. »Was …?« Für einen Moment verschwamm sie, doch als sie erneut auftauchte, hatte sie sich kaum einen Schritt weit bewegt. Dafür sprühte ihr Blut jetzt in einem Schwall durch den Raum und sprenkelte Saras Gesicht. Keuchend sank Ejin auf die Knie und presste die Hände auf ihren Unterleib. Zwischen den Fingern quoll etwas heraus, das Danil verdächtig an Innereien erinnerte.

Zwischen Sara und der Stelle, an der Ejin kniete, konnte Danil jetzt einen feinen Draht entdecken, der im zunehmenden Licht der Tür bläulich glänzte. Vereinzelte Blutstropfen hingen daran und schimmerten wie zornige Perlen. Er war an dem Bolzen befestigt, der tief im Torflügel steckte, und lief bis hinüber zur Brüstung des Treppenabgangs, wo Ness kniete, die Drahtspule mit blutigen Händen fest umklammert. Als Danil ihn ansah, ließ er die Spule fallen und grinste erschöpft. »Wenn du's eilig hast – geh langsam. Hat meine Mutter immer gesagt«, krächzte er.

Ejin starrte noch immer auf ihre blutigen Hände. Dann blickte sie auf und sah Sara an. Kein Schmerz lag in ihrem Blick, nur Schreck, Verständnislosigkeit und Verwunderung. »Aber ... ich bin Ejin Rigmar ... ich bin eine Göttin!«, flüsterte sie.

Sara schniefte. »Und jetzt sieh dir an, was es dir gebracht hat.« Sie trat über den jetzt entspannten Draht und stieß Ejins Schwert beiseite.

»Ich ...« Die Prinzessin hustete, und dunkles Blut rann über ihre Lippen. »Ich muss ... ich bin ... die Prophezeiung!«

Sara ging umständlich auf ein Knie und besah Ejins Wunde. Sie verzog das Gesicht. »Die Prophezeiung. Es gibt Leute, die denken, ich bin gemeint«, sagte sie, über das Summen kaum zu verstehen. »Aber weißt du, was ich glaube? Diese ganzen Prophezeiungen sind Brundaldreck. Am Ende bestimmen wir alle unser Schicksal selbst. Und sind selbst schuld daran.«

Ejin blickte ihr in die Augen, und Sara konnte sehen, wie der Schmerz darin Einzug hielt. »Du ... die Götter ...«

Die Metis schüttelte den Kopf. »Du allein. Der Schock lässt nach, und dann wird es höllisch wehtun. Und dann verreckst du daran, und es gibt nichts, was du oder ich oder sonst jemand dagegen tun kann. Du bist schon tot. Und weißt du, warum? Nicht wegen der Götter. Nicht mal wegen Berun oder all den Leuten, die wegen dir sterben.« Sie beugte sich noch etwas vor. »Wegen Thoren«, rief sie der Sterbenden ins Ohr. »Und wegen Flüster. Sie waren gute Männer. Du hast es dir redlich verdient, so zu verrecken.« Sie lächelte bitter und stemmte sich auf die Füße. »Aber ich bin nicht wie du«, fügte sie noch lauter hinzu. »Jeder Gerichtete hat das Recht auf einen sauberen Tod. Hat mir Flüster beigebracht. Ich bin gnädig.« Sie packte ihr Schwert fester und stieß es Ejin mit einem Ruck durch den Hals. Die Prinzessin erschauerte, dann sackte sie in sich zusammen, und ihre Innereien klatschten auf die Steine.

Sara starrte auf sie hinab und begann zu schwanken. Doch noch ehe sie fallen konnte, war Danil bei ihr und zog sie zurück. »Das reicht jetzt!«, schrie er über das ohrenbetäubende Summen. »Wir müssen weg!«

Sara nickte. Dann wurden ihre Augen groß. Hinter Danil erklang ein Geräusch, ein tiefes Stöhnen, wie es etwa ein Schiffsrumpf von sich geben mochte, bevor er unter der Belastung einer zu schweren See zerbrach.

Obwohl sich alles in ihm dagegen wehrte, sah sich Danil um. Was immer Ejin am Portal gemacht haben mochte – es war vollendet. Das Tor war jetzt verschwunden und durch ein gleichmäßig wallendes Grau ersetzt, das in seiner vollkommenen Gestaltlosigkeit ein namenloses Entsetzen in Danil aufsteigen ließ. Ein Entsetzen, das noch zunahm, als ihm klar wurde, dass er ein solches Grau erst vor Kurzem durchschritten hatte. Der schwere Nebel begann jetzt, wie eine zähe Flüssigkeit aus der Portalfläche heraus und über den Steinboden zu kriechen, der sich im Inneren des Tors für ein, zwei Schritte fortsetzte, bevor er vom Grau verschluckt wurde. Das dumpfe, dröhnende Stöhnen wiederholte sich, und Danil war sich ganz sicher, dass es dieses Mal noch näher gewesen war. Ein wahrhaft gigantischer Schemen zeichnete sich im Nebel ab, unbestimmt, weil es dort keinerlei Lichtquelle gab, genauso, wie dort kein Schatten existierte. Nein, nicht ein Schemen. Mehrere davon. Etwas Schwarzes, seltsam Verzerrtes schnellte aus dem Nebel. Es durchschlug das Erste, was es vor dem Portal fand: den Körper der Huacoun, die inzwischen ihren Gesang eingestellt hatte. Für einen Augenblick konnte Danil das Etwas, das aus dem Leib der Huacoun ragte, sehen. Es bewegte sich tastend auf und ab, dann wurde es zurück in den Nebel gerissen, und die Huacoun verschwand mit ihm.

»Bei den verdammten Gö…« Danil wollte Sara beiseiterei-ßen, doch die stieß ihn von sich und warf sich geradewegs auf das Tor zu. Sie rutschte über den Boden, packte die Kette, die aus Ejins Ausschnitt gefallen war, riss sie kurzerhand ab und kroch schließlich auf die Schwelle. Der vorderste der Schemen kam näher, ragte über ihr auf, so hoch wie das Portal selbst. Eine gewaltige Pranke tauchte auf, schob sich aus dem wallenden Grau heraus, fiel schwer herab und landete direkt neben Sara auf dem Steinboden. Danil spürte den Aufschlag in jedem Knochen. Über ihnen schälte sich ein Kopf aus dem Nebel, oder besser eine Schnauze voller handlanger Zähne, mit nichts zu vergleichen, was Danil bislang gesehen hatte. Ein Grollen entstieg diesem Maul, und Danil beschlich das Gefühl, dass die tiefen, rumpelnden Laute vielleicht Wörter bildeten, wenn auch in einer Sprache, die Danil noch nie gehört hatte. Wörter allerdings, deren Klang allein Übelkeit in Danil aufsteigen ließ. Mit einem erneuten Grollen schob sich der Schädel, groß wie ein Karren, weiter aus dem Nebel und senkte sich auf Sara herab. Schwarze Augen, matt wie Kohlenstücke, bohrten ihre Blicke in die Metis. Sara hob die Faust mit dem Amulett und hieb dann den Blaustein mit aller Macht auf die Schwelle. Das kreischende Summen brach ab. Im selben Moment zog sich das Leuchten vom Rand des Tors zurück, schrumpfte auf Sara zu und verwandelte sich wieder in ein festes Portal. Der gigantische Schädel, der über diese Grenze hinausragte, fiel herab wie vom Richtschwert eines Henkers abgetrennt. Mit einem Aufschrei warf sich Danil nach vorn, packte Saras Stiefel und zog, als zum dritten Mal das Stöhnen erklang, dieses Mal so nah, dass er einen eisigen Lufthauch und den Gestank von Moder wahrzunehmen glaubte. Die Pranke zuckte, schoss vor und verfehlte ihn um Haaresbreite; dann schloss sich das Portal endgültig, und Klauen klatschten zu Boden. Die plötzliche Stille dröhnte in Danils Ohren, so laut, dass er für einige Augenblicke nicht einmal seinen eigenen Atem hören konnte.

Schließlich hustete jemand. Mit etwas Verzögerung wurde ihm bewusst, dass dieser Jemand mit ziemlicher Wahrscheinlichkeit er selbst war. Das Stöhnen, beschloss er, stammte jedoch nicht von ihm. Schwerfällig wälzte er sich auf den Rücken und sah zur Seite. Sara lag neben ihm, ausgestreckt, zerschlagen, und ihre Fingerspitzen berührten noch immer das Tor. Sie stöhnte erneut, hustete und stemmte sich auf die Ellbogen. Ein weiterer Hustenkrampf schüttelte sie, bevor sie die Augen aufschlug und tief durchatmete.

»Das«, sagte sie leise, »machen wir so schnell nicht noch mal. Bitte.«

Aus irgendeinem Grund fand Danil diese Bemerkung komisch genug, um leise vor sich hinlachen zu müssen. Zumindest, bis ihm jemand mit einer Axt gegen die Schläfe klopfte.

34

Feuerdrache

Okue lächelte, und die fünf Jäger lächelten mit ihm. Er richtete sich auf und wandte sich von Naevus ab. Sein Blick fiel auf den großen, eisüberzogenen Klumpen, der vor dem erloschenen Kamin lag. Er spazierte zu ihm hinüber und fuhr mit den Fingerspitzen über die Konturen hinweg. Sie wiesen entfernte Ähnlichkeit mit einem Menschen auf, der in die Knie gebrochen war.

Oder verhält es sich nicht eher andersherum? Haben nicht alle Menschen vage Ähnlichkeiten mit unförmigen, nutzlosen Klumpen? »Wie grausam sich das anfühlen muss«, murmelte er. »Jetzt, da dein Ende unausweichlich ist, musst du erkennen, dass alles, wofür du jemals im Leben gekämpft hast, umsonst gewesen ist. Dass du trotz deiner Anstrengungen am Ende nicht viel mehr bist als ein nutzloser Klumpen Fleisch.«

»Die ganze Mühe«, pflichtete Ngana ihm bei. »Die Entbehrungen, die Selbstaufopferung …«

»… alles umsonst.« Suhatas Haifischzähne blitzten golden im Fackellicht. Er legte Naevus die Hand auf die magere Brust und stieß ihn zurück in den Sessel. »Es hat keinen Sinn, sich gegen die Bestimmung aufzulehnen, alter Mann. Kein Sterblicher besitzt die Kraft dafür.« Er runzelte die Stirn, als es unter seiner Hand leise zu knistern begann. Erschrocken zuckte er zurück, doch die Hand blieb auf Naevus' Brust liegen, als wäre sie daran festgeklebt. Langsam begannen sich seine Fingerspitzen blau zu verfärben. Seine Augen wurden groß. »Was ... was tust du da?« Sein goldener Dolch fiel klappernd zu Boden, und seine andere Hand griff nach dem Unterarm, um ihn fortzuziehen. Sein Gesicht verzerrte sich vor Anstrengung. Auf seiner Stirn bildeten sich glänzende Schweißperlen. Er stieß ein Keuchen aus, und dicke Dampfwolken stiegen vor seinem Mund in die Höhe. In seine Stimme schlich sich ein panischer Unterton. »Hör damit auf. Lass mich los!« Fasziniert beobachtete Okue, wie er die Füße in den Boden stemmte und an seinem Arm zu zerren begann, wie ein Fisch an der Angelleine. Er schüttelte den Alten durch und zog ihn halb aus dem Sessel heraus, doch seine Hand löste sich keinen Fingerbreit von seiner Brust. Der Anblick hatte etwas Erschreckendes und gleichzeitig unglaublich Komisches an sich. Okue stieß ein irritiertes Lachen aus.

Suhata winselte und zerrte mit aller Kraft an seinem Arm. Mit einem Mal ertönte ein hässliches Knacken, und die Finger brachen ab. Brachen einfach so von seiner Hand und zersplitterten in tausend Teile. Schreiend taumelte er rückwärts, während die Reste seiner Finger auf Naevus' Brustkorb zurückblieben, wie vereiste Zweige an einem knorrigen Baum. Voller Entsetzen hob Suhata den Arm vor das Gesicht und starrte auf den blauen Klumpen, der bis eben noch seine Hand gewesen war. »Nein! Was hast du getan?« Sein Kopf zuckte herum. Sein Mund verzerrte sich voller Zorn. Er ballte die Finger seiner übrig gebliebenen Hand. Die Luft begann zu flimmern, und die Hand verschwamm vor Okues Augen. Ruckartig streckte er den Arm aus. Ein brennend heißer Strahl aus Feuer schoss auf den Alten zu und brachte die Luft um ihn herum zum Kochen. Es krachte und zischte, und die dürre Gestalt wurde zurück in den Sessel geschleudert.

Der Ausbruch war so heftig, dass das Eis an den Wänden schmolz. Okue spürte die Hitze auf seiner Haut, doch Naevus schien sie überhaupt nicht zu bemerken. Langsam hob er den Kopf und starrte Suhata mit seinen blinden Augen an. Die grauen Schlieren auf seinen Pupillen tanzten wie Lornikschlangen in stürmischer See.

Der Anblick machte Suhata noch wütender. Sein Gesicht verzerrte sich zu einer Fratze. Ein weiterer Feuerstoß jagte dem Alten entgegen und hüllte ihn in einen Teppich aus Feuer. Für einen Augenblick verschwand die ausgemergelte Gestalt vor Okues Augen, und das Inferno loderte so heiß, dass der Sessel in Flammen aufging. Mit einem erschöpften Gurgeln ließ Suhata die Hand fallen, und das Feuer erlosch. Zum ersten Mal, seit Okue ihn kannte, war das goldene Grinsen aus seinem Gesicht verschwunden.

Okue lächelte. An diesen ungewöhnlichen Anblick konnte er sich durchaus gewöhnen. Seine Augen huschten aufmerksam durch den Raum. Von Naevus war nur noch ein unförmiger schwarzer Klumpen übrig, der mit dem Sessel verschmolzen zu sein schien. Das Eis im Raum war beinahe vollständig geschmolzen und lief in nassen Strömen von den Wänden herab. Beunruhigt stellte Okue fest, dass es sich bei dem Klumpen vor dem Kamin tatsächlich um einen Menschen handelte, der noch im Tod ein Holzscheit umklammert hielt. Er runzelte die Stirn. Die Sache gefiel ihm nicht. Sie gefiel ihm ganz und gar nicht. Irgendetwas war an diesem Ort falsch, das spürte er jetzt. Er spürte es mit jeder Faser seines Körpers.

Suhata hob seinen Dolch vom Boden auf und stieß die Spitze tief in die Schulter des Alten hinein. Naevus' Arme fielen nach unten, und sein Kopf kippte langsam zur Seite. Doch im nächsten Augenblick zuckte er zurück und sog rasselnd Luft in die Lunge. Erschrocken sprang Suhata zurück. »Du ... du lebst?«

Naevus riss den Mund weit auf. Abgehackte Laute entrangen sich seiner Kehle. Zunächst klang es wie ein Schluchzen, doch dann erkannte Okue, dass es ein Lachen war. In diesem Augenblick verstand er, dass Suhata in seinem Zorn einen Fehler gemacht hatte. Einen gewaltigen Fehler.

»Wie hast du das gemacht?«, stammelte Suhata, der noch immer nichts begriffen hatte. Der Dolch in seiner Hand zitterte. »Sag mir verdammt noch mal, wie du das gemacht hast. Du bist doch nur ein Mensch. Deine Kräfte sind lächerlich gering, im Vergleich zu unseren. Du kannst gegen mein Feuer nicht bestehen. Niemand kann das!«

»Ich habe überhaupt nichts getan.« Langsam öffnete Naevus die Augen. Die grauen Schleier auf seinen Pupillen tanzten einen wahnsinnigen Tanz. Sie schienen jetzt beinahe von innen heraus zu glühen. »Du hast es selbst getan.«

»Was?«, fragte Suhata atemlos. »Was habe ich getan?«

»Du hast ihn gefüttert. Du hast den Feuerdrachen gefüttert.«

Suhata starrte ihn wortlos an, so als versuchte er aus dem Gesagten einen Sinn herauszulesen. Doch dann schüttelte er zornig den Kopf. »Du bist ein Mensch«, zischte er und riss die Waffe in die Höhe. »Und Menschen sind nichts!« Mit diesen Worten stach er zu.

Naevus hob nur die Hand, und Okue spürte, wie eine Welle sengend heißer Hitze über ihn hinwegschwappte. Noch auf dem Weg glühte Suhatas Klinge rotgolden auf und begann, wie Butter in der Sonne zu schmelzen. Flüssiger Stahl spritzte ihm ins Gesicht. Er stieß einen Schrei aus und ließ die Waffe fallen. Kreischend krallte er die Hand in sein Gesicht und stolperte rückwärts.

Fasziniert verfolgte Okue, wie er von unzähligen goldfarben schimmernden Spritzern bedeckt gegen die Wand taumelte und wimmernd zusammenbrach. Insgeheim musste er zugeben, dass ihm dieser Anblick gefiel. Er wandte sich um und musterte Naevus voller Bewunderung. »Deine Fähigkeit ist nicht die Kälte. Du beherrschst die Kraft des Feuers, nicht wahr? Genauso wie Suhata. Doch deine Gabe ist viel mächtiger als seine, denn du saugst die Wärme aus deiner Umgebung auf wie ein ausgetrockneter Schwamm. Du kannst sie speichern.« Seine Mundwinkel zuckten nach oben, und er sah sich im Raum um. »Du hast gewusst, dass dieser Augenblick kommen würde. Du hast deine Kräfte gesammelt, um gegen uns bestehen zu können. Jetzt verstehe ich, warum die Schlangenmenschen von Sawale dich einen Dämon nennen. Aber glaubst du wirklich, dass es genug ist? Glaubst du, dass du genügend Feuer in deinem Inneren sammeln kannst, um uns alle zu besiegen? Ohne dabei die Kontrolle zu verlieren?«

Naevus' blinde Augen wandten sich ihm zu. Seine Stimme klang rau und brüchig, als er antwortete. »Ich habe die Kontrolle schon längst verloren, Hexer. Der Feuerdrache ist vor langer Zeit erwacht. Seitdem frisst er ohne Ende. Sein Hunger ist unersättlich. Ich kann ihn schon längst nicht mehr aufhalten, selbst wenn ich es noch wollte.«

Okue runzelte die Stirn. Ganz langsam begann ihm jetzt die wahre Bedeutung von Naevus' Worten zu dämmern. Seine Augen weiteten sich, und er streckte den Zeigefinger aus.

»Tötet ihn!«, rief er mit überschnappender Stimme. »Tötet ihn, so schnell ihr könnt.«

Ngana sprang vor. Seine Hände verwandelten sich in die Hälse hungriger Seeschlangen, wurden länger und länger und schnappten gierig nach Naevus' Gesicht. Doch noch ehe sie es erreichen konnten, wurden sie von einer brüllend heißen Hitzewelle erfasst und gingen in Flammen auf. In Bruchteilen von Augenblicken löste sich das Fleisch in stinkenden Fetzen von seinen Knochen, wurde davongerissen und schlug klatschend gegen die Wände der Halle. Ngana taumelte rückwärts, drehte sich keuchend im Kreis und ging ebenfalls in Flammen auf.

Ossuna stieß ein wildes Fauchen aus. Sie riss den Mund auf, und ihre Eckzähne wuchsen zu langen spitzen Hauern heran. Wie eine Wildkatze sprang sie auf Naevus zu. Ihre Haare fingen Feuer und wehten wie ein roter Umhang hinter ihr her. Mit verzerrtem Gesicht rief sie Pakka an, die Schutzgöttin der Jäger der Nacht, doch ihre Worte gingen in dem tobenden Inferno unter. Ihre Haut färbte sich zuerst rot und dann schwarz, und dann streckte Naevus den Arm aus, und ein feuriger Strahl fegte ihren verkohlten Körper hinweg.

Okue kämpfte sich durch die flirrende Hitze voran. Sein Gesicht brannte, seine Arme brannten, sein gesamter Körper stand in Flammen. Die Haut an seinen ausgestreckten Armen schlug Blasen und zerplatzte. Es kümmerte ihn nicht. Er flehte Duambe um Beistand an, und Oyambe, und alle Götter, die tief unter der Stadt in ihrem eisigen Gefängnis schliefen. Dies war die Zeit des Erwachsens, und er war dazu bestimmt, die Huacoun zum Sieg zu führen. Er schrie Naevus all seinen Hass entgegen und mobilisierte die letzten Kräfte, um ihn zu erreichen. Nur noch wenige Handbreit trennten seine Fingerspitzen von der fürchterlichen Fratze des Alten. Er rief Lambebe an, den Herrn der tiefen Finsternis und der Tiefsee. Er spürte einen Hauch seiner Präsenz, fühlte, dass er ganz nah war, so nah wie noch nie zuvor in seinem Leben. Als er in seinem tiefsten Innern eine Antwort vernahm, stieß er ein triumphierendes Heulen aus. Leise und schwach zwar, aber bereits stark genug, um die eisigen Kräfte des Meeres zu wecken und wie eine Sintflut aus ihm hervorbrechen zu lassen. Sein Blick begegnete dem des alten Mannes, hinter dessen Pupillen der Drache tobte, und der Alte lachte, als er sah, wie aus Okues Fingerspitzen eisiges Wasser hervorschoss und auf sein Feuer traf.

Das Geräusch der gewaltigen Explosion hörte Okue schon nicht mehr.

Als die Druckwelle den Tempel zerbersten ließ, wurde sein Körper durch meterdicke Mauern geschmettert, zerfetzt und in die Luft gerissen, die sich mit rasender Geschwindigkeit auszubreiten begann und wie ein Sturm über die Stadt hinwegfegte. Er hörte nicht mehr die entsetzten Schreie der Kolnorer, die von Steinbrocken und umherfliegenden Balken erschlagen wurden, groß wie Bäume, und er hörte auch nicht mehr das Fauchen des Feuers, das wütend um sich griff und die strohgedeckten Dächer der Unterstadt in Flammen aufgehen ließ wie Zunder.

35

Alles fließt

Tut mir leid, dich stören zu müssen, wenn du gerade Spaß hast. Aber es ist noch nicht vorbei«, sagte Bogk. Er musterte Ansgrs Axt in seiner Hand nachdenklich, nickte zufrieden und deutete damit am Turm hinauf. »Irgendwie schmilzt dieses blaue Wachs weiter.«

Danil starrte ihn an.

»Das, in dem diese anderen Huacoun eingeschlossen sind. Ich weiß nicht, warum, aber es hat nicht aufgehört«, erklärte Bogk hilfreich. »Und ich glaube nicht, dass ich heute noch mehr als zwei oder drei von denen schaffe.«

»Ach Dreck«, stellte Ness von irgendwo hinter ihm fest. »Mir gehen die Bolzen aus. So viel ist mal sicher.«

Danil starrte an Bogk vorbei. Tatsächlich verformte sich auch der Blausteinblock in der ihnen am nächsten gelegenen Nische wie ein zu nasser Lehmziegel.

Er fluchte stumm vor sich hin und kämpfte sich auf die Füße. Gemeinsam zerrten sie Sara hoch. »Wir müssen hier raus.«

»Wie so oft bin ich beeindruckt von deiner Scharfsicht«, erklärte Bogk. Er klopfte ihm auf den Rücken und wandte sich Messer zu, der noch immer von Krämpfen geschüttelt zwischen den Leichen von einem Dutzend Huacoun-Krieger hockte. »Was ist mit der hässlichen Krähe?«

Ness atmete tief durch und hängte sich sein Bündel über die Schulter. »Schmerzen«, sagte er. »Das Geheimnis des Meister Messer. Er sammelt Schmerzen. Es ist seine persönliche Grube. Jeder Schmerz, den er nimmt, bleibt in ihm. Er nimmt, wenn er tötet. Straft sich irgendwie selbst damit. Und es ist selten genug, dass er ihn wieder abgeben kann. Jeder Kriegsknecht weiß, dass dich zu viel Schmerz töten kann, selbst wenn die Wunde dich nicht umbringt.« Ness betrachtete die toten Huacoun mit hochgezogenen Brauen. »Und das war eine Menge Schmerz, so viel ist mal sicher. Ich schätze, es macht ihn fertig, zur Abwechslung mal schmerzfrei zu sein.« Mit einem Seufzen packte er den Vogelmann unter der Achsel und zog ihn auf die Füße. Bogk packte die andere Seite, und gemeinsam zerrten sie Messer zur Treppe. Danil warf einen letzten Blick auf die schmelzenden Blausteine und hinauf in den endlos erscheinenden Turm über ihnen. Bogk hatte recht. Soweit er sehen konnte, schienen sich die Gefängnisse der Huacoun-Kreaturen zu öffnen. Überall wurden die mächtigen, ausgemergelten Gestalten sichtbar, und bei einem oder zweien meinte er, bereits eine Bewegung zu sehen. Fluchend humpelte er mit Sara ebenfalls die Treppe hinab.

Der Abstieg schien sich ewig zu ziehen. Bereits nach wenigen Schritten hatte sie erneut die seltsam bedrückende Stille der unteren Höhle umfangen; ein Grund vielleicht, warum sie keine Laute aus dem Turm über ihnen hörten. Danil sah sich alle paar Schritte um, jederzeit in der Erwartung, die erste langgliedrige Gestalt zu sehen, die ihnen folgte, doch erst als sie den untersten Treppenabsatz erreichten, waren hoch oben

Bewegungen zu sehen. Keuchend und stolpernd bahnten sie sich ihren Weg durch halb sichtbare Trümmer. Strandgut rollte unter ihren Füßen weg, schlug schmerzhaft gegen ihre Knie und brachte sie mehrfach beinahe zu Fall, bevor sie endlich das leuchtende Rund des Wasserbeckens erreichten. »Und jetzt? Wie kommen wir hier wieder raus?«, keuchte Ness.

Sara schüttelte den Kopf. »Die wichtigere Frage ist: Wie kommen diese Kreaturen hier nicht raus?«

Danil betrachtete die Fläche und die Tauchapparatur des Huacoun-Schiffs, die noch immer hier auf sie wartete. »Wenn wir hiermit hinauskommen, dann können sie das ebenfalls«, murmelte er.

Bogk sah ihn an. »Ohne dieses Tauchboot?«

Messer, der noch immer an seiner Schulter hing, nickte schwach. »Sie sind Fischgesichter«, gab er leise zu bedenken. »Sie leben im Wasser. Glaub mir, die können lange genug die Luft anhalten, um hinauszutauchen. Das da«, er nickte zur Tauchglocke, »war vermutlich nur für die Kolnorer gedacht.«

Danil fluchte. Er starrte auf die Wasserfläche. »Warum fließt eigentlich das Wasser des Hafens nicht hier hinein, wenn wir es doch passieren können?«

Sara sah ihn an. »Weil es ein Portal ist, ein Tor aus Blaustein. Und jemand hat ihm gesagt, dass es Wasser nicht durchlassen soll. Das wenige dort«, sie deutete auf den kleinen Teich, »ist vermutlich nur der Passage geschuldet.«

»Habe ich das richtig verstanden? Ejin war der Schlüssel für das Portal?«, krächzte Messer. »Nicht ihr Amulett?«

Sara sah ihn verwirrt an. »Ja, ich … ja. Der Blaustein hat ihre Kräfte nur verstärkt, um das Portal offen zu halten.«

Messer nickte. »Und du hast es wieder geschlossen«, stellte er fest.

Sara nickte verständnislos.

»Also hatte Cajetan doch recht. Du bist ein Schlüssel. Es gibt mehrere davon.« Er nickte erneut sein vogelhaftes Nicken. »Das ergibt Sinn. Niemand, der so etwas hier erschafft, würde sich nur auf einen Schlüssel verlassen.«

Danil zuckte zusammen. Er war sich sicher, im Dunkel der Halle etwas gehört zu haben. »Ja. Ganz toll, aber was soll das jetzt?«

Messer zuckte mit den Schultern und deutete auf den Boden des Beckens. »Tor ist Tor, vermute ich.« Er sah Sara an. »Du kannst sie schließen. Also auch öffnen. Richtig?«

Sara nickte zögerlich. »Ich ... ich glaube schon.«

»Gut.« Messer richtete sich auf. »Es gibt immer zwei Tore. Eines hier und eines auf der anderen Seite.«

Bogk nickte. »Das klingt vertraut.« Er sah Danil an. »So wie das im Rauch und das oben im Palast eures Kaisers.«

Danil öffnete den Mund. In diesem Moment sah er ganz sicher eine Bewegung auf der anderen Seite des Beckens. Etwas rollte klappernd davon, und eine der Schiffsleichen neigte sich knarrend beiseite, als zwei grotesk ausgemergelte Riesen in den schwachen Schein des Beckens kamen. Mehr klapperte in der Dunkelheit. Danil sparte sich seinen Einwand. »Springt!«, rief er stattdessen. Er packte Sara und warf sich mit ihr in das leuchtende Becken. »Kannst du uns einen Durchgang zum Blausteinzimmer öffnen?«

Sara schluckte. »Ich weiß es nicht! Ich habe es noch nie ...«

Die Kreaturen tauchten auf dem oberen Rand der Treppe auf, zwei, drei, mehr hinter ihnen.

»Ich vertraue dir!«, rief Danil hastig.

»Volles Vertrauen auch hier!«, stimmte Bogk zu.

»Wenn nicht, sind wir ohnehin tot«, fügte Messer hinzu.

»Nicht hilfreich, Messer!«

Und sie tauchten. Der leuchtende Boden fühlte sich elastisch, klebrig an, widerstand jedoch Danils fieberhaft tastenden Händen. Die Luft in seiner Lunge zog ihn wieder nach oben, doch er kämpfte verzweifelt gegen diesen Sog an. Dann begann der Boden unter Saras Berührung zu leuchten, und von einem Moment zum anderen kehrte sich der Sog um. Danils Hand wurde förmlich in die blaue Fläche hineingesaugt, so als befände sich jemand auf der anderen Seite, der seinen Arm gepackt hatte und ihn mit Macht hindurchzuzerren versuchte. Instinktiv kämpfte er dagegen an, bevor ihm bewusst wurde, wie unsinnig seine Gegenwehr war. Im nächsten Augenblick riss ihn der Sog mit sich, und grelles, formloses Grau blendete ihn, durch das er zu fallen schien wie durch einen Brunnenschacht. Er schrie, doch im nächsten Augenblick änderte sich die Welt erneut, und er wurde inmitten eines Wasserschwalls vorwärtsgeschleudert, schlug auf Steinboden, rutschte voran und prallte schließlich gegen ein Hindernis. Irgendwie war Wasser in seinen Mund geraten, in seine Nase und die Ohren, und abermals würgte und hustete er. Um ihn herum verebbte der Sturzbach und ließ ihn in einer großen, seichten Pfütze zurück, während er gierig nach Luft rang. Als er schließlich die Orientierung wiederfand, starrte er an eine hohe Decke mit Ornamenten aus Blaustein. Beinahe über ihm hing ein riesiger Lüster aus geschliffenen Blausteinkristallen. Danil stemmte sich erneut hoch. Hinter ihm ragte das riesige Wandbild im Herzen des kaiserlichen Palasts auf, jene vertraute Monstrosität, die ihn erst vor so kurzer Zeit aus der Wildnis des Ostens hierher gebracht hatte. Mühsam sah er sich um. Wenige Schritte entfernt lag Sara auf dem Rücken. Sie nahm einen tiefen, rasselnden Atemzug und riss die Augen auf. Hinter ihr husteten die anderen drei Männer, die der Sturzbach ebenfalls gegen die Wand gespült hatte. Danil spuckte aus und kämpfte sich auf die Füße. »Es hat geklappt!«, murmelte er und schüttelte den Kopf. »Es hat tatsächlich geklappt.«

»Hat es?« Sara hustete. Sie zog sich an der Wand nach oben. »Was ist mit Ann Revin? Was mit …« Sie sprach nicht weiter, sondern taumelte zur Tür hinaus und den verlassenen Gang entlang Richtung Thronsaal.

Irgendeiner der Männer stöhnte.

»Können wir nicht wenigstens mal ordentlich zum Luftholen kommen?«

»Keine Rast für die Gottlosen«, murmelte ein anderer. Irgendwer kicherte, was gleich darauf in ein Stöhnen überging.

Danil beachtete sie nicht. Mit zusammengebissenen Zähnen wankte er Sara hinterher. Er fand sie im kleineren Audienzsaal des Kaisers, wo die leeren Öffnungen der zerschlagenen Fenster einen freien Blick über die Stadt gewährten. Rauch stieg auf. Dichte schwarze Schwaden aus zwei Dutzend Herden verhüllten große Teile der Kaiserstadt, und das, worauf sie den Blick freigaben, lag in Trümmern. Er runzelte die Stirn. Wo heute Morgen noch das Ordenshaus der Flammen gestanden hatte, befand sich jetzt lediglich eine dampfende Ruine, deren Trümmer im weiten Umkreis Dächer und ganze Häuser eingeebnet hatten. Eines der Huacoun-Schiffe war irgendwie auf das schlammige Ufer des Fischereihafens im Westen geworfen worden, die anderen beiden wirkten zumindest beschädigt und lagen tief im Wasser des Hafens. Wenigstens eines musste in der Zwischenzeit gebrannt haben. Danils Blick wurde jedoch von dem dunklen Etwas angezogen, das sich gerade eben direkt über dem Schlund in der Mitte des Hafens bildete. Noch während sie zusahen, wuchs der Fleck an. Die beiden Huacoun-Schiffe gerieten in Bewegung. Sie trieben scheinbar träge aufeinander zu, rempelten gegeneinander und wanderten auf den Fleck zu. Weitere Schiffe und Boote setzten sich in Bewegung, und vor ihren Augen begannen die Schiffe, einander zu umkreisen, bis das erste in die Mitte des Etwas geriet und in trügerischer Langsamkeit unaufhaltsam in die Tiefe gezogen wurde. Noch immer vergrößerte sich die Stelle, doch jetzt wurde auch Danil klar, dass sich der Schlund geöffnet hatte, um Wasser und Schiffe gleichermaßen einzusaugen und in einem riesigen Mahlstrom zu verschlingen. Das zweite der grauen Schiffe drehte sich jetzt um die eigene Achse, streckte dann seinen Bugspriet in den Himmel und versank mit einer weiteren Drehung spurlos in der Tiefe. Ein Schwarm losgerissener Ruderboote folgte ihm, dann ein behäbiger Kauffahrer, ein weiteres Schiff. Eine novenische Duare zerrte an einem der hölzernen Landungsstege, und gelähmt vor Entsetzen beobachtete Danil, wie der mächtige Steg schließlich nachgab, zusammenbrach und seine Trümmer gemeinsam mit der Duare in der Tiefe verschwanden. Zwei Fischerboote trieben auf den Strudel zu. Es musste Besatzung auf ihnen geben, denn beide führten Segel, die irgendjemand immer wieder in den Wind zu richten versuchte, als sie in enger werdenden Kreisen auf den Schlund zu gezogen wurden. Endlich, kurz bevor sie in die Tiefe gerissen wurden, schloss sich der Mahlstrom so schnell, wie er entstanden war, und spuckte einen weißen Schaumring aus, der langsam auseinanderdriftete und die übrigen Trümmer und Boote wieder in Richtung der Ufer schickte.

Stumm sahen sie auf die Stadt hinab.

»Ist es tatsächlich vorbei?«, fragte Sara schließlich leise. Sie lehnte sich schwer gegen seine Brust.

»Ich hoffe es«, gab Danil nach einer Weile zurück und schloss die Arme um sie. »Ich glaube es.«

36

Einfach unberechenbar

Gibt es ein Leben nach dem Tod? Diese Frage hatte sich wohl jeder Mensch irgendwann in seinem Leben schon einmal gestellt. Vor allem in einer Welt, in der die Götter nicht mehr existierten.

Die Gelehrten im Novenischen Städtebund hatten sich über diese Frage schon unzählige hitzige Diskussionen geliefert und mehr als nur einmal die Köpfe darüber blutig geschlagen. Im Protektorat Macouban gingen Streitgespräche dieser Art in der Regel wesentlich glimpflicher aus, da die dortigen Philosophen sich in erster Linie versammelten, um möglichst kostengünstig an Wein zu gelangen. Doch wie auch immer diese Gespräche letzten Endes endeten, ganz im Stillen hofften sie doch alle, dass es da noch etwas gab. Irgendeine Art von Nachwelt, wie immer sie auch aussehen mochte. Irgendetwas anderes als eine sterbenslangweilige Beerdigung, verlogene Grabreden und baldiges Vergessen.

Beltran ad Iago hatte in solchen Momenten meist das Bild seiner efeuumrankten Terrasse in Gostin vor Augen, von der herab er mit einem Glas köstlichen Tiburoners in der Hand den Sonnenuntergang beobachten konnte. Ein lauer Sommerabend, eine milde Brise von der See, salzige Meeresluft und köstlicher Wein. Das schien eine verlockende Vorstellung von der Ewigkeit zu sein.

Die Wirklichkeit war nicht annähernd so erstrebenswert, wie er sie sich ausgemalt hatte. Sie war dunkel und schmerzhaft, und sie raubte ihm den Atem und dröhnte in seinem Schädel. Außerdem stank sie ganz fürchterlich nach altem Schweiß. Das Schlimmste aber war, dass er sich nicht bewegen konnte. Wie bei den Gruben sollte er denn so an seinem geliebten Tiburoner nippen? Wie sollte er den Sonnenuntergang genießen und die milde Meeresbrise schnuppern? War er am Ende gar zu einer Ewigkeit als Statue verdammt? So wie die Götter, die von den Reisenden in ihrem dunklen Grab verscharrt worden waren? Ein schrecklicher Gedanke. Ein Schluchzer entrang sich seiner Kehle. Er spürte, wie sich Tränen in seinen Augenwinkeln sammelten. Er hätte sie gern fortgewischt, doch das war ihm nicht möglich. Das musste wohl die gerechte Strafe dafür sein, dass er nicht mehr an die Götter glauben wollte und ein so lasterhaftes Leben geführt hatte.

Nach einer ganzen Weile veränderte sich die Ewigkeit. Verschob sich, nur um wenige Fingerbreit, und wurde lauter. Das Gewicht auf seinem Brustkorb verringerte sich. Neue Gerüche strömten auf ihn ein. Nach einer Weile sprach eine geisterhafte Stimme dicht an seinem Ohr. Sie klang kratzig und alt. Alt wie der Anfang aller Zeit.

»Ist er hinüber?«

»Sieht ganz so aus.«

»Wirklich schade um ihn. Er hat mir gefallen.«

»Der da?« In der zweiten Stimme lag mehr als eine Spur von Zweifel.

»Er hatte eine kräftige Nase. Und du weißt ja, was man über die Nase eines Mannes so sagt.«

»Das halte ich für eine Legende.«

»Du hast ja auch eine recht winzige Nase …« Krächzendes Gelächter, das in Beltrans Ohr schmerzte. Unwirsch rümpfte er die Nase. Diese Stimmen waren erschreckend ordinär. Überhaupt nicht so, wie man es von den Geistern der Ahnen erwartete. »Na ja, was will man machen. Irgendwann erwischt es jeden. Schau dir mal die Ringe an. Sind die aus echtem Gold?« Er spürte, wie jemand schmerzhaft an seinen Fingern zog. »Hier, nimm mein Messer, dann geht es schneller …«

Eine kräftige Hand legte sich um sein Handgelenk, und mit einem Mal wurde ihm klar, dass mit dieser Nachwelt irgendetwas nicht stimmte. Gar nicht stimmte. Mit einem Aufschrei schlug er die Augen auf und starrte in die rußgeschwärzten Gesichter von Thurwieser und der alten Sumpfhaag. Thurwieser hielt ein blutiges Messer in der Hand, dessen Klinge in der Sonne blitzte. Einen Moment lang verharrte es regungslos in der Luft, ehe Beltran behutsam die Hand zurückzog und hinter dem Rücken versteckte.

»Du lebst.« Enttäuschung machte sich auf Thurwiesers vernarbtem Gesicht breit. Er warf einen Seitenblick auf die alte Sumpfhaag, die eine borstige Augenbraue hob.

»Du scheinst wirklich von den Reisenden gesegnet zu sein, Anführer.«

»Eher von den Kolnorern«, sagte Thurwieser. Er nickte zu dem Axtkämpfer, der neben Beltran im Dreck lag. Sein Schädel war von einem schweren Steinbrocken zertrümmert worden und kaum noch wiederzuerkennen. »Ist auf ihn draufgefallen und hat ihm vermutlich das Leben gerettet.«

Beltran richtete sich stöhnend auf und rieb sich die schmerzende Schläfe. Überall lagen Trümmer herum. Zerborstene Holzbalken und Steine, die zum Teil so groß wie Kälber waren und wie ein Hagelschauer auf die Kolnorer niedergeprasselt sein mussten. Die ganze Straße war übersät, und dazwischen lagen unzählige Tote und Verletzte. »Was ist eigentlich passiert?«

Die alte Sumpfhaag zuckte mit den knochigen Schultern. »Was weiß denn ich? Zuerst hast du dem Kolnorer deinen komischen Huacoun-Dolch in das Bein gerammt, und im nächsten Augenblick wuchsen diese gewaltigen Dornenranken aus ihm heraus. Sie haben sich wie ein Lauffeuer über die gesamte Straße ausgebreitet und zwischen die Kolnorer und uns geschoben. Haben dabei alles zerfetzt, was ihnen in den Weg gekommen ist. Zum Glück hat es hauptsächlich Kolnorer erwischt. Es war ein fürchterlicher Anblick. Die reinste Hexerei.«

»Ich hätte nie gedacht, dass Pflanzen so schnell wachsen können«, sagte Thurwieser. »Aber jetzt weiß ich wieder, wieso ich lieber hier in der sicheren Stadt lebe als draußen auf dem Land.«

»Kurz darauf ist auf einmal das Ordenshaus explodiert«, fuhr die alte Sumpfhaag fort. »Wir haben keine Ahnung, wieso, aber es wurde regelrecht auseinandergerissen. So wie einer dieser feuerspeienden Berge im Osten. Das hat die Kolnorer eiskalt erwischt. Die Trümmer haben eine ordentliche Schneise in ihre Reihen geschlagen. In die berunischen Reihen natürlich auch, aber hier oben hat zum Glück die Dornenhecke das meiste abgefangen.«

Thurwieser nickte schaudernd. »Die Natur ist einfach unberechenbar.«

»Danach kamen endlich auch die Waldmenschen aus ihren

Verstecken hervorgestürmt und erledigten den Rest. Die verdammten Kolnorer konnten gar nicht so schnell rennen, wie sie niedergemetzelt wurden. Am Ende war es jedenfalls ein großartiger Sieg für uns alle.«

»Ein großartiger Sieg?« Ächzend stemmte sich Beltran in die Höhe. Überall Tote und Verletzte und Bäche voller Blut, die im Schlamm versickerten. Die ganze Straße hinunter, bis zum Hafen. Wenn so ein großartiger Sieg aussah, dann wollte er sich eine Niederlage gar nicht erst ausmalen. Andererseits – eigentlich sah sie genauso aus. Ein großartiger Sieg war schließlich nichts als die Kehrseite einer furchtbaren Niederlage. Es kam immer nur darauf an, von welcher Seite aus man die Sache betrachtete. Vermutlich lag darin eine tiefere Moral verborgen. Im Moment allerdings war er zu müde, um sie zu erkennen.

Je näher sie dem Ordensplatz kamen, desto offensichtlicher wurde das Ausmaß der Zerstörung. Immer mehr Toten mussten sie auf ihrem Weg ausweichen. Sie lagen überall auf der Straße und in den Seitengassen verstreut. Hunderte und Aberhunderte, zusammengekrümmt, erschlagen und zerfetzt. Überall Schutt und Trümmer und rauchende Häuserruinen. An vielen Stellen war Feuer ausgebrochen und hatte sich durch Teile des Hafenviertels hindurchgefressen. Ein Übelkeit erregender Gestank von Holzkohle und gebratenem Fleisch lag in der Luft und kratzte in den Lungen. Männer und Frauen stolperten ziellos umher, bargen Verletzte und plünderten die Toten oder standen einfach nur in der Gegend herum und gafften mit offenen Mündern auf die Zerstörungen. Eine Handvoll Kriegsknechte lief zwischen ihnen umher und suchte nach überlebenden Kolnorern, denen sie mit gezielten Schwerthieben den Garaus machen konnten. Gefangene wurden nicht gemacht. Ein Feind, der so tief in das Herz des Kaiserreichs vorgedrungen war, konnte wohl keine Gnade mehr erwarten.

Vom Ordenshaus war nichts mehr übrig geblieben außer einem gewaltigen Krater und Bergen von Trümmern und Schutt. Es sah tatsächlich so aus, als wäre mitten in der Stadt ein Vulkan ausgebrochen. In einer Hauswand steckte eine Statue aus rotem Stein. Die harschen Gesichtszüge kamen Beltran irgendwie vertraut vor. Dann fiel es ihm wieder ein. Es handelte sich um Takhasa, dem Schutzreisenden des Flammenschwertordens. »Hätte nicht gedacht, dass er auch fliegen kann«, murmelte er vor sich hin.

»Was?«, fragte die alte Sumpfhaag, die gerade dabei war, einem Toten die Stiefel von den Füßen zu zerren.

»Nichts«, sagte Beltran. »Dort drüben kommt die Kaiserinmutter.« Er deutete auf eine Gruppe schwer gepanzerter Kriegsknechte, die sich klappernd einen Weg durch die Schaulustigen bahnten. Jubel brach aus, als die Menge Ann Revin erkannte. Er klang zwar noch ein wenig verhalten, so als wüssten sie nicht so recht, ob sie dem plötzlichen Frieden auch wirklich trauen konnten, doch für einen kurzen Augenblick hielten sie in ihrem ziellosen Umherirren inne, und in ihre verzerrten Gesichter trat ein zaghafter Hoffnungsschimmer. Immer mehr Menschen schlossen sich dem Zug an, der sich gemächlich in Richtung Hafen bewegte. Ann Revin schritt aufrecht vorneweg, den Kopf würdevoll erhoben und den Rücken durchgestreckt, wie eine siegreiche Herrscherin. Beltran blickte ihr hinterher. Ganz kurz begegneten sich ihre Blicke. Ihr Mund verzog sich zu einem schmalen Lächeln. Vermutlich das erste echte, das sie ihm jemals geschenkt hatte. Sie nickte ihm zu, und er nickte zurück. Ein zaghafter Hoffnungsschimmer.

Sein Blick wanderte weiter. Glitt über das Durcheinander aus zerstörten Gebäuden hinweg, bis hinunter zum Hafen, wo das letzte der Huacoun-Schiffe mit aufgerissenem Rumpf am Ufer lag. Den Bug mit der Gallionsfigur hoch in den Himmel gereckt, so als hätte es mit letzter Kraft versucht, sich an Land zu retten. Wie Ameisen kletterten die Waldmenschen an Bord und machten sich über die verbliebenen Verteidiger her. Beltran sah die gewaltigen Umrisse von Hontu Doruk, der einen zappelnden Gegner in die Höhe riss und seinen Kopf gegen einen Mast schmetterte. Er glaubte, das Knacken des Schädels bis zu ihm herüberschallen zu hören. Mit einer nachlässigen Bewegung warf Hontu Doruk die schlaffe Gestalt über Bord, so wie man einen Sack voller Abfall entsorgte. Beltrans Blick folgte ihrem Fall, bis sie auf dem nassen Sandstrand aufklatschte. Er seufzte leise.

Durch eine glückliche Fügung hatten sie die Kolnorer besiegt. Oder vielleicht auch durch den Beistand der Reisenden oder die Kampfeslust der Waldmenschen und ihrer verrückten Geister. Er sollte sich eigentlich freuen oder zumindest erleichtert sein. Denn sie hatten doch gewonnen. Oder etwa nicht?

37

Das Ende des Regens

Cunrat saß auf dem geborstenen Stumpf des Gostiner Leuchtturms. In den letzten Wochen war er oft hierhergekommen. Aus irgendeinem Grund mochte er diesen Platz. Es mochte damit zu tun haben, dass er selbst dafür gesorgt hatte, dass er so aussah. Das Werk seiner Hände konnte einen Mann schon mit Stolz erfüllen. Selbst wenn es genau genommen das Werk der Hände eines anderen Mannes war.

Cunrat seufzte bei diesem Gedanken und sah versonnen in das glasklare Wasser zu seinen Füßen, wo Schwärme von bunten Fischen in den Resten des gefallenen Leuchtturms und zwischen den Spanten des Huacoun-Schiffs spielten, das darunter begraben lag. Der Plan war tatsächlich aufgegangen. Fast keiner der Huacoun hatte es aus den Trümmern des Wracks geschafft, und jene wenigen, denen es gelungen war, waren Opfer der *Paqualhe*, der Seeschlangen Duambes, geworden, die Akousa in den Hafen gelockt hatte.

Die *Paqualhe* waren schon lange wieder verschwunden, so wie die Toten, die im Hafen getrieben hatten, und die Feuer, die Gostin zwei Tage lang verwüstet hatten. Noch immer versperrten die Trümmer des Leuchtturms die Hafeneinfahrt für alles, was größer war als ein Fischerboot, doch auch das würde nicht mehr lange so sein. Vier Kriegsschiffe Beruns und eine ganze Handvoll Kauffahrer ankerten in der Bucht vor der Hafeneinfahrt, und schon jetzt liefen die Vorbereitungen, die Trümmer zu räumen und einen neuen Leuchtturm zu errichten, sobald das Wetter es zuließ. Er hatte vorgeschlagen, ihn nach Jans zu benennen, der sein Leben unter diesem Haufen Steine gelassen hatte. Aber ob das so geschah, lag in den Händen des Ordens. Es gab schließlich eine ganze Reihe älterer Ritter, die ebenfalls einen Anteil am Ruhm der siegreichen Schlacht haben wollten.

In jedem Fall würde es nicht mehr lange dauern. Die Regenfronten waren jetzt kürzer, weniger heftig und ließen sich wesentlich mehr Zeit. Wenn er es richtig verstanden hatte, deutete das das Ende der Regenzeit an.

Die Beruner Flotte war etwa eine Woche nach der Schlacht um Gostin erschienen, und der größte Teil der Ritter und Kriegsknechte war noch immer dabei, die Reste Kolnorer aufzustöbern, die sich in die Sümpfe geflüchtet hatten – und natürlich Tiburone einer gründlichen Säuberung zu unterziehen. Es würde nicht einfach sein, denn das Misstrauen den beruninschen Farben gegenüber saß noch immer tief. Es würde noch eine Menge passieren müssen, bis sich das wieder änderte. Der Rest der Männer war damit beschäftigt, Gostin wieder aufzubauen – oder zumindest die schlimmsten Verwüstungen zu beseitigen.

Das Geräusch von leisen Schritten riss ihn aus seiner Betrachtung.

»Ich dachte mir, dass ich dich hier finde.« Xari setzte sich neben ihn auf einen der geborstenen Quader. Sie trug an diesem Tag ein einfaches rotes Kleid, dessen Ränder mit traditionellen Metis-Ornamenten bestickt waren. Ein passendes Tuch bedeckte ihr Gesicht dort, wo ihr linkes Auge fehlte. Davon jedoch abgesehen war Xari wieder zu ihrem alten, üppigen Selbst zurückgekehrt. Sogar die Brandnarben auf ihren Armen waren nur noch zu erkennen, wenn man darauf achtete.

»Mir war nicht bewusst, dass mich jemand sucht. Das kommt in den letzten Tagen nicht allzu oft vor. Sie haben sich wohl noch nicht entschieden, ob sie mich befördern oder mir den Neuaufbau des Turms hier vom Sold abziehen sollen.«

Xari grinste schwach. »Vermutlich beides. Hat der Schnellsegler irgendwelche Neuigkeiten gebracht?«

Cunrat erwiderte ihr Grinsen. »Du meinst, irgendwelche, die du nicht schon von der Besatzung erfahren hast?«

Xari hob die Braue. »Natürlich. Warum sollte ich sonst fragen.« Sie holte eine Handvoll pinkfarbener Früchte aus ihrer Schärpe und reichte einige davon an Cunrat weiter.

Cunrat überlegte einen Moment. Er biss in die Frucht und ließ sich das süße Fleisch auf der Zunge zergehen. »Dann weißt du also vom Tod des Kaisers und dem Kampf um Berun.«

Xari schnaubte. »Was das angeht, waren die Seeleute nicht zum Schweigen zu bringen.«

»Es war ein kaiserlicher Botensegler. Die Männer sind uneingeschränkt loyal und zum Schweigen verpflichtet«, warf Cunrat ein. Wie zur Antwort trug der Seewind einen leisen Hauch Sandelholzduft heran, und sein Unterleib zog sich zusammen. Er warf der Metis einen scharfen Blick zu, doch der Duft war bereits wieder verflogen. »Lass das.«

Xari kicherte und zuckte mit den Schultern. »Du glaubst

doch nicht, dass mir jemand etwas verheimlichen will«, gab sie leicht spöttisch zurück. »Außerdem wäre es unhöflich, der neuen Vairani derart wichtige Informationen über ihr Reich vorzuenthalten.«

Verblüfft wandte sich Cunrat vollends zu ihr um. »Vairani? Ich denke, mit der Fürstin und ihrer Tochter ist das geheime Wissen gestorben?«

Xari schmunzelte. Sie lehnte sich vor und flüsterte: »Ich war Emeris *Warejia*. Ihre Hausdienerin und Leibwächterin. Ich habe alles gelernt, was sie gelernt hat.« Sie schnaubte. »Gelegentlich habe ich es stundenlang mit ihr üben müssen, damit sie sich die Wörter merken konnte. Es ist schließlich meine Muttersprache, nicht ihre.«

»Aber – wird es dein Volk akzeptieren?«

Xari lehnte sich zurück. »Das hat es schon.« Sie schob einen Träger ihres Kleids von der Schulter, und Cunrat konnte neue, dunkle Tätowierungen auf ihrem Oberkörper erkennen.

Er schluckte. »Das ist ... ich gratuliere. Schätze ich.«

Die Metis nickte. »Eine neue *Warejia* ist ebenfalls bestimmt. Meine Schwester wird also noch eine Weile hierbleiben, bis ich mich entschieden habe, wo ich in Zukunft wohnen werde.« Sie sah auf den Hafen hinaus, in dem eine Gruppe Zimmerleute damit beschäftigt waren, die kaiserliche Triare wieder in Schuss zu bringen. »Ich mag Gostin«, sagte sie leichthin. »Ich denke, es ist angebracht, Berun in der nächsten Zeit im Auge zu behalten. Und wo ginge das besser als hier?« Sie warf Cunrat einen Seitenblick zu. »Das kommt natürlich ganz darauf an, wen Berun jetzt als neuen Fürsten unterstützt.«

»Hm. Soweit ich weiß, ist die Auswahl nicht groß. Die Kolnorer waren gründlicher, als wir befürchtet hatten. Sie haben nahezu jede der Familien, die einen Anspruch darauf hatte, ausgelöscht.«

»Keine Gerüchte, wen sie bevorzugen würden?«

Cunrat rang einen Moment mit sich, dann seufzte er und hob die Schultern. »Man munkelt, dass man in der Kaiserstadt den derzeitigen Botschafter der Provinz auf diesem Platz begrüßen würde, aber eine genaue Entscheidung gibt es noch nicht. Ich denke aber, dass es passen würde. Es ist ein Mann, den sie wenigstens kennen.«

Xari nickte. »Und ... bei dir? Irgendwelche Neuigkeiten von deiner Familie?«

Cunrat verzog das Gesicht. Er brauchte einen Moment, bevor er kaum merklich nickte. »Meine Mutter war zugegen, als der Kaiser abgeschlachtet wurde. Seitdem wurde sie nicht mehr gesehen. Wir können also nur vermuten, dass sie in einem der Gräber liegt. Mein Vater fiel bei der Schlacht im Hafen. Das macht mich wohl zum Oberhaupt des Hauses ad Koredin.«

»Oh.« Xari ließ einen Moment verstreichen, bevor sie vorsichtig weitersprach. »Das ... tut mir leid. Und deine Schwestern?«

Der junge Ritter atmete tief durch. »Sie leben. Den Reisenden sei Dank. Isabel war beim Gemetzel des Hofstaats nicht zugegen.« Er schnaubte spöttisch. »Eine morgendliche Übelkeit überfällt sie wohl regelmäßig. Das hat sie gehindert, dem Ereignis beizuwohnen, und Jaquelyn musste daher bei ihr bleiben. Wie ich hörte, haben sie stattdessen in den Kämpfen zahlreichen Frauen und Kindern geholfen, vor den Kolnorern aus dem Nordtor zu fliehen. Man sagt, sie organisieren jetzt die verwitweten Frauen und Töchter der Oberstadt.«

Xari nickte nachdenklich. »Das heißt wohl, dass du baldmöglichst zurückkehren wirst, um dein Haus zu übernehmen.«

»Was?« Der junge Ritter sah sie an. »Nein. Ich denke, das würde man mir zugestehen, wenn ich darum bitten würde, ja«, gab er zu. »Aber auf der anderen Seite brauchen sie Ritter, die sich hier unten auskennen. Die Land und Leute kennen. Besonders Leute. Und wenn man am Ende weiß, wer die neue Vairani ist, dann wird man einen Ritter, der bereits mit ihr zusammengearbeitet hat, kaum entbehren wollen.«

»Ah«, machte Xari. »Politik.«

Cunrat nickte. »Politik. Außerdem scheint es, dass meine Schwestern ganz gut ohne mich zurechtkommen.«

»Dann solltest du vielleicht noch bleiben, Berun. Was ist mit den übrigen?«

Er zuckte mit den Schultern und warf den Kern der Frucht ins Wasser. Eine Weile lang beobachteten sie einige Fische, die sich lebhaft um den Brocken tummelten. »Herre Henric wird das Ordenshaus hier in Gostin leiten, wie es geplant war. Dolen hat das Ordenshaus in Tiburone übertragen bekommen, und Wibalt und Daryl sollen ihn dort unterstützen.«

»Und die Schildbrecher?«

»Ness hat ihnen eine Nachricht gesandt: Sie haben einen neuen Einsatz, weit oben im Norden. Irgendetwas in Lytton.«

»Aber der Krieg ist doch vorbei, oder?«

Cunrat zuckte mit den Schultern. »Vermutlich ist immer irgendwo Krieg. Und für manche Leute ist er nie vorbei. Wie es aussieht, gehören sie dazu. Die Kaiserinmutter hat wohl persönlich nach ihnen geschickt.«

Xari runzelte die Stirn. »Warum sollte sie das tun? Woher …?«

»Die Aufgabe der Schildbrecher war es, Marten zu schützen«, sagte Cunrat betont beiläufig. »Dieser Auftrag ist abgeschlossen. Also ruft man sie zurück.«

»Marten schützen? Aber er war doch ein Bastard ihres ...« Xari hielt inne. »Oh«, sagte sie nach einer kleinen Weile.

Der junge Ritter nickte.

»Das heißt, du bleibst noch?«, hakte Xari erneut nach.

Cunrat sah sie von der Seite an. »Versuchst du gerade, mich zu irgendetwas zu überreden?«

»Riechst du etwas?«

Die Nasenflügel des Ritters blähten sich ein wenig. »Nein«, entgegnete er vorsichtig.

»Dann wohl nicht.« Xari schmunzelte wehmütig. »Im Ernst, du bist wirklich nicht mein Fall. Mach dir keine Hoffnungen.« Sie wartete, bis Cunrat peinlich berührt den Blick abwandte, dann kicherte sie leise. »Aber auch davon abgesehen würde ich das nicht tun, Berun. Nicht unter Freunden. Und außerdem würde die neue *Warejia* mir das nicht verzeihen.«

Jetzt musterte Cunrat sie verwirrt. »Was hat deine Schwester damit zu tun?«

Das Schmunzeln der Metis verwandelte sich in ein breites Grinsen. »Sie erwartet dich heute bei Sonnenuntergang in der Hafenschänke.«

»Was?« Cunrat spürte eine unerwartete Hitze in seine Wangen kriechen.

»Soll ich dir ausrichten. Ich habe ja keine Ahnung, was sie an dir findet, Berun. Aber ich schätze, du wirst es herausfinden.« Xari tätschelte ihm mitfühlend das Knie. »Einen Rat: Eine *Warejia* lässt man besser nicht warten. Glaub mir. Damit kenne ich mich aus.« Sie stand auf. »Willkommen im Macouban.«

Immer noch grinsend, spazierte sie über die Mole davon, zurück in Richtung Stadt, und ließ ihn zutiefst verunsichert zurück.

38

Winter

Es war ein selten schöner Tag im Frühwinter. Die Sonne strahlte, und nur vereinzelte Wolken zeigten sich am Himmel. Sogar der um diese Jahreszeit sonst so stürmische Seewind hatte sich in eine laue Brise verwandelt, so als hätten die Reisenden diesen Tag zu Ehren ihres Siegs über die Huacoun und über das Königreich Kolno erschaffen. Man konnte diesen Tag beinahe als ein Wunder bezeichnen. Allerdings nur beinahe.

Ann Revin hatte die besten Wetterpropheten des Kaiserreichs versammelt und etliche trübe und regnerische Tage ins Land ziehen lassen, ehe sie sich entschied, die Festlichkeiten beginnen zu lassen. Nach all dieser Zeit voller Unwägbarkeiten sollte nichts mehr dem Zufall überlassen bleiben. Das unterschied die Kaiserinmutter von ihrem verstorbenen Sohn. Und das war es auch, was sie zu einer wahren Herrscherin machte.

Vom Ordensplatz scholl emsiges Hämmern und Sägen zum Kaiserpalast herauf. Dutzende Arbeiter waren damit beschäftigt, dort unten eine große Holztribüne zu errichten. Es handelte sich vermutlich um die gleiche Bühne, auf der Flüster damals den Bannwart des Hauses Born enthauptet hatte. Warum auch nicht? Man musste da praktisch denken. Sie erfüllte ja ihren Zweck.

Genau an derselben Stelle war Sara auch zum ersten Mal Henrey Thoren begegnet. Sie hatte ihn damals den Puppenspieler genannt, weil sie geglaubt hatte, dass er alle Fäden in der Hand hielt. Sie schnaufte. Hatte sie sich tatsächlich einmal eingebildet, dass es eine graue Eminenz geben konnte, die das Schicksal eines ganzen Reichs bestimmte? Sie war wirklich ein naives Ding gewesen.

Inzwischen wusste sie es besser. Weder war Thoren der alles bestimmende Puppenspieler gewesen, noch war sie die Auserwählte. Nicht mal Jerik hatte irgendwelche Fäden in der Hand gehalten. Der Hofnarr hatte vielleicht gerade einmal an einer Handvoll davon gezupft, ehe sie gerissen waren. Feyst Dreiauge? Der war am Ende von seinem eigenen Leibwächter erschlagen worden. Und Ejin Rigmar wurde von dem Mann verraten, der sie liebte. Im Grunde kämpfte doch jeder gegen jeden, und am Ende drehten sich alle nur um sich selbst.

Saras Blick wanderte über den Hafen hinweg zu der Stelle im Wasser, wo der unsichtbare Turm verborgen lag. Sie konnte ihn natürlich nicht sehen, aber dennoch hatte sie den Eindruck, seine düstere Anwesenheit in der Tiefe zu spüren. Mit Schaudern dachte sie an den Anblick der verdorrten Gestalten zurück, die sie in seinem Innern gefunden hatten, und an das, was hinter jenem Tor in der Tiefe lag. Was wohl geschehen wäre, wenn es Ejin tatsächlich gelungen wäre, sie alle zu wecken? Hätten sie tatsächlich Ordnung in dieses Durcheinander gebracht? Wären sie wirklich klüger oder gerechter gewesen als die Menschen, die sie nach ihrem Ebenbild erschaffen hatten? Möglicherweise war es ja tatsächlich so, aber nach all dem, was Sara in ihrem kurzen Leben schon gesehen und erlebt hatte, bezweifelte sie es. Die Gefahr war viel zu groß, dass sie sich als genauso selbstsüchtig und verschlagen entpuppten wie jeder andere auch. Mit dem Unterschied, dass sie mit ihren Kräften noch sehr viel mehr Unheil anrichten konnten.

»Was sagst du dazu, Sara?« Danil legte ihr sanft die Hand auf die Schulter. Er hatte sein Haar gekürzt und den Bart stutzen lassen, ihn aber nicht vollständig entfernt. Sie fand, dass es ihm stand. Der Bart ließ ihn ernsthafter erscheinen, und beinahe sogar ein Stück erwachsener. Kaum noch etwas erinnerte an den leichtfertigen Lebemann, der sie verleugnet hatte, weil sie nicht seinem Stand entsprach. Nur das Funkeln in seinen Augen zeigte ihr, dass er sich nicht gänzlich verändert hatte. Und seine charmanten Lügen, mit denen er ihr Aussehen bewunderte. Sie kamen ihm so ernsthaft über die Lippen … Beinahe nahm sie ihm ab, dass ihr die hässliche Narbe im Gesicht einen aufregenden Zug verlieh. Sie wusste es zwar besser, widersprach ihm aber trotzdem nicht. Möglicherweise hatte die eisige Kälte im Norden ja doch ein paar Spuren in seinem Verstand hinterlassen. Sie wandte sich um.

Überall im Kaisersaal waren noch die Spuren der Verwüstungen zu erkennen, die die Kolnorer bei ihrem Angriff hinterlassen hatten. Dort, wo die Wände einst farbenfrohe Wandteppiche geziert hatten, waren unförmige helle Flecken zurückgeblieben. Die prächtigen Kronleuchter waren von der Decke gerissen, die Feuerschalen zerstört, und durch den massigen Kaiserthron zog sich ein hässlicher Riss, der eine gewisse Ähnlichkeit mit der Narbe in ihrem Gesicht aufwies. Ann Revin saß auf dem kleineren Thron daneben. Zur Feier des kommenden Tages trug sie ein goldfarbenes Kleid mit einem hohen Kragen, der ihre schmalen Züge betonte. Neben ihr stand Beltran ad Iago in einer reich bestickten Uniform aus hellrotem Samt und mit einer grellgelben Schärpe um den Leib. Das hässliche Stück Stoff war ein Geschenk der Männer und Frauen des Gerberviertels, und er trug es mit der Würde eines Mannes, dem keine Mode zu schrecklich erschien, um sie nicht wie ein eitler Pfau zur Schau zu tragen. Er hätte sich vermutlich sogar in dem Kleid wohlgefühlt, das Sara aufgezwungen worden war. Wenn es nach ihr gegangen wäre, hätte sie auch an diesem Tag lieber ihre schlichte schwarze Kleidung getragen, in der sie sich frei bewegen konnte. Aber immerhin bot das Kleid genügend Platz, um ein anständiges Schwert darunter zu verbergen. »Schenkt doch die Wälder im Nordwesten den Waldmenschen. Als Lehen für ihre Treue zu den Reisenden und zum Kaiserhaus.«

»Aber sie leben doch schon immer dort oben«, sagte Danil.

Sie zuckte mit den Schultern. »Dann tun sie es eben zukünftig mit unserem Segen. Du kennst sie doch. Sie sind ganz verrückt darauf, den Reisenden zu gefallen. Sie werden mit Feuereifer gegen die Lyttoner Siedler in den Krieg ziehen und sie die nächsten Jahre über beschäftigt halten.« Sie blickte in die Runde. »Und wir schlagen damit gleich zwei Fliegen mit einer Klappe. Die Waldmenschen langweilen sich bereits bei uns. Wer weiß, wie lange wir sie noch im Zaum halten können, ehe sie in der Kaiserstadt Ärger anfangen. Solange sie mit Lytton beschäftigt sind, wird keine von beiden Parteien auf die Idee kommen, bei uns hier unten Unheil anzurichten.«

»Eine gute Idee«, sagte Ann Revin. »Hontu Doruks Tischsitten lassen zwar zu wünschen übrig, aber ich gehe davon aus, dass sich seine Besuche in der Kaiserstadt in Grenzen halten. Ich werde veranlassen, dass er schnellstmöglich zum

Fürsten geschlagen wird. Gibt es weitere Neuigkeiten aus dem Reich?«

»Eine ganze Menge«, sagte Beltran. »In den Fürstentümern wird kräftig über die jeweilige Nachfolge gestritten. Es gab bereits ein paar Tote und kleinere Scharmützel. Nichts Erwähnenswertes. Aber es verschafft Euch die nötige Atempause, um die Grenzen weiter zu sichern und das Heer neu aufzubauen. Meister Grills Ausdauer ist in dieser Hinsicht unerschöpflich. Ich habe keine Ahnung, wie es ihm nebenbei noch gelingt, ein ganzes Festbankett auszurichten. Es gibt übrigens Paqualhe. Eine echte Köstlichkeit!« Er strich sich über den Bauch, der bereits wieder eine beträchtliche Wölbung aufwies.

»Der Novenische Städtebund hält sich zum Glück neutral«, sagte Danil. »Sie wollen erst einmal abwarten, wie sich die Dinge im Reich entwickeln. Ihre Flotten beschützen weiterhin die Handelsrouten zwischen unseren Städten, sodass wir auch kaum mit Ärger aus dem westlichen Vellarmo oder aus Cortenara rechnen müssen. Oder gar aus Sawale. Gute Nachrichten gibt es auch aus Brundeis ganz im Südosten. Der dortige Herrscher hat die kolnorische Niederlage genutzt, um sich von König Theoder loszusagen. Wenn wir ihm ein kleines Stückchen entgegenkommen, wird er nicht abgeneigt sein, sich dem Kaiserreich anzuschließen. Dafür bereitet uns der Vetter des Fürsten von Pribran Ärger ...«

»Der Graf, den sie Schweinebacke nennen?«, fragte Ann Revin erstaunt. »Er lebt?«

»Leider. Er war aufgrund einer Magenverstimmung der Eröffnung des Blausteinzimmers ferngeblieben, und nun lässt er das Gerücht streuen, er sei der nächste noch lebende Verwandte Eures Gatten – und damit der rechtmäßige, zukünftige Herrscher.«

Sara schnaufte. »Jeder Sohn einer Dienstmagd kann wohl jetzt von sich behaupten, irgendwie mit dem Kaiser verwandt zu sein …« Sie errötete. »Verzeiht, Majestät.«

Ann Revin lächelte. »Mir ist durchaus bekannt, dass mein verstorbener Gatte kaum etwas hat anbrennen lassen.«

»Bedauerlicherweise hatte aber Cajetan ad Hedin dafür gesorgt, dass sämtliche Bastarde ermordet wurden. Nachdem wir nun auch von Martens Tod erfahren mussten, ist keiner mehr übrig, um Graf Schweinebacke den Thron streitig zu machen.«

Ann Revin winkte ab. »Ich werde mich später um dieses Problem kümmern. Haben wir denn auch erfreuliche Nachrichten aus dem Macouban erhalten?«

»Leider nicht. Ness und Meister Messer haben uns berichtet, dass sie in Tiburone eine Ordensglyphe zum Erlöschen gebracht hatten. Hätten wir diese Warnung bereits damals erhalten, wäre die Sache vielleicht ganz anders ausgegangen.«

»Das Erlöschen der Glyphe konnte nicht früher entdeckt werden? Was hat dieser Cajetan ad Hedin denn eigentlich die ganze Zeit gemacht?«

»Er hat versucht, mich umzubringen.«

»Und nicht einmal das hat er ordentlich zustande gekriegt«, sagte Beltran.

»Zumindest diese Sache werfe ich ihm nicht vor.« Sara strich sich mit den Fingerspitzen über ihre Narbe. »Gibt es eigentlich Neuigkeiten von ihm?«

»Er macht Fortschritte«, sagte Danil. »Wie ich gehört habe, sabbert er nicht mehr so oft beim Essen. Er scheint auch recht glücklich zu sein. Er lacht sehr viel.«

»Wie schön für ihn. Wenigstens einer in Berun, der nun keine Sorgen mehr hat. Ich fürchte nur, dass dieser Zustand nicht ewig anhalten wird, und dass er …«

»Wir könnten Messer auf ihn ansetzen.«

»Lieber nicht.« Ann Revin blickte nachdenklich aus dem Fenster. »Es hat in Berun schon genug gebrannt, und ich möchte es mir nicht auch noch mit den letzten Ordensrittern verscherzen. Ich bin mir sicher, dass Cajetan ad Hedin keine Gefahr mehr für dich darstellen wird, Sara. Wir sollten uns jetzt lieber um andere Sachen kümmern. Mit den Ordensrittern können wir uns immer noch befassen, falls sich sein Zustand jemals wieder ändert. Gibt es sonst noch etwas?« Als alle drei die Köpfe schüttelten, erhob sie sich und strich ihr Kleid glatt. »Dann lasst uns aufbrechen. Das Volk wird bereits ungeduldig.«

Die Straßenränder waren gesäumt von feiernden Menschen. Dicht gedrängt, standen sie entlang der Straßen, die hinunter zum Ordensplatz führten. Winkten aus Fenstern und von Dächern herab, jubelten und schwenkten berunische Fahnen. Ihre Gesichter strahlten voller kindlicher Freude, als sie die Kaiserinmutter entdeckten, die dem Zug der siegreichen Krieger auf einem weißen Zelter vorausritt. Hände reckten sich ihr entgegen, warfen Blumen oder versuchten, den Stoff ihres Kleids zu berühren. Sara ließ ihre Blicke misstrauisch über die versammelte Menge hinwegschweifen. Es behagte ihr nicht, dass sich Ann Revin so leichtsinnig in dieses Getümmel warf. Wer wusste denn schon so genau, ob nicht doch noch irgendwo ein Verräter lauerte oder der gedungene Mörder eines Adligen, dem die Aussicht auf den Kaiserthron zu verlockend erschien, um sich an Etikette oder gute Sitten zu halten. Ann Revin hatte ihre Bedenken allerdings mit einem Lächeln beiseitegewischt, und Danil hatte wiederholt, was er ihr damals in Meister Endreiß' Schneiderwerkstatt schon erklärt hatte.

Es gewinnt am Ende nicht der, der die meisten Gegner vom Pferd holt, sondern der, der das Herz des Volks gewinnt.

»Am Leben bleiben schadet aber auch nicht«, murmelte sie, während sie nach dem Griff des Schwerts unter ihrem Kleid tastete.

Der Jubel verstärkte sich zu einem ohrenbetäubenden Lärm, als sie in die Hafenstraße einbogen und den Ordensplatz erreichten. Ohne den hässlichen Klotz des Ordenshauses, dessen Überreste bereits fortgeräumt worden waren, wirkte er beinahe doppelt so groß. Rund um die Bühne in seiner Mitte hatte sich eine gewaltige Menschenmenge eingefunden. Nur mühsam gelang es den Kriegsknechten, eine schmale Gasse freizumachen, durch die sie hindurchreiten konnten.

Ganz vorn hatten sich bereits die Würdenträger der Stadt eingefunden. Oder zumindest das, was man noch als solche bezeichnen konnte, nachdem der Adel beinahe vollständig ausgelöscht worden war. Es war allerdings schon erstaunlich, mit welcher Geschwindigkeit sich diese Lücken zu schließen begannen. Für jedes noch so schwierige Amt hatte sich schon bald ein fähiger Kopf eingefunden, um es auszufüllen. Und angesichts der schwierigen Umstände machten diese Leute ihre Arbeit sogar ausgesprochen gut. Offenbar musste in ihren Adern kein blaues Blut fließen, um die Stadt am Leben erhalten zu können. Ein kluger Kopf schien mindestens genauso gut geeignet zu sein. Eventuell natürlich auch eine Prise Verschlagenheit. Sara warf von ihrem Pferd herab einen Blick in die Runde. Doch, Verschlagenheit gehörte mit Sicherheit dazu.

Die alte Sumpfhaag zum Beispiel. Sara konnte gar nicht so schnell schauen, wie sie die Macht im Gerberviertel an sich riss. Innerhalb kürzester Zeit hatte sie so ziemlich alle halbseidenen, düsteren und verbrecherischen Gestalten um sich geschart, die, kurz nachdem der Kampf um die Stadt entschieden war, schon wieder aus ihren Löchern hervorgekrochen kamen. Ganz standesgemäß trug sie ein prächtiges Seidenkleid, das sie einer toten Edeldame vom Leib gerissen hatte, und an ihren dürren Fingern glänzten unzählige goldene Ringe, die bis vor Kurzem noch die Hände von Grafen und Fürsten geziert hatten. Thurwieser stand in einem viel zu großen, schlecht sitzenden Prunkpanzer hinter ihr, die Augenbrauen zusammengezogen und die Hand auf den Griff seines erbeuteten Schwerts gelegt. Sara lächelte den beiden zu. Thurwieser verzog finster die Miene, während die alte Sumpfhaag fröhlich zurückgrinste und dabei die ganze Pracht ihrer fauligen Zähne präsentierte. Sie würde diese Frau im Auge behalten müssen, so viel war sicher.

Ganz in ihrer Nähe stand Hontu Doruk, der seine Umgebung um mehr als einen Kopf überragte. Selbst die mutigsten Kriegsknechte in den Reihen der Zuschauer hielten respektvollen Abstand von dem gigantischen Anführer der Waldmenschen, dessen narbenzerfurchtes Gesicht gewisse Ähnlichkeiten mit dem Krater aufwies, der den ehemaligen Standort des Ordenshauses markierte. Dennoch war es nicht er, auf den Saras Blick fiel.

Danil hatte ihr erklärt, dass der Häuptling der Waldmenschen seinen Platz an der Spitze immer wieder neu erkämpfen musste. Sein Sprecher blieb allerdings immer derselbe Mann, und dieser Mann war Bogk. Stellte sich also die Frage, wer der wirkliche Herrscher dieses seltsamen Volks war. Sie nickte ihm zu, und der alte Waldmensch neigte leicht den Kopf, während er an seinen dünnen Bartzöpfen zupfte.

»Du hast schon den gleichen verbissenen Gesichtsausdruck wie Thoren«, sagte Danil lächelnd. Er lenkte sein Pferd so nah an ihres heran, dass sich für einen kurzen Augenblick ihre Beine berührten. »Genieß einfach diesen sonnigen Tag. Die Marionetten können wir ein andermal weitertanzen lassen.«

Sie schnaufte. Das Reich zusammenzuhalten hatte viel weniger von einem Marionettenspiel, als sie immer geglaubt hatte. Es war viel eher so, wie ein Rudel tollwütiger Hunde an der Leine spazierenzuführen. Jeder zog in eine andere Richtung, und wenn man nicht achtgab, fielen sie alle gleichzeitig über einen her. Wie konnte sie bei diesen Aussichten denn den Tag genießen? Vor allem in diesem dämlichen Kleid, in dem sie kaum noch Luft bekam.

Unter dem Jubel der Menge stiegen sie von ihren Pferden auf die Bühne hinauf, auf der die Banner des Kaisers und sämtlicher Adelshäuser im Wind flatterten. Irgendwo schmetterten Posaunen, und eine Schar aufgescheuchter Tauben schwang sich unter verwirrtem Gurren in den azurblauen Himmel empor. Ann Revin trat in die Mitte der Bühne und richtete das Wort an die Menge.

Sie sprach von dem Angriff auf die Kaiserfestung, von der finsteren Magie der Huacoun und von dem feigen Mord an unzähligen ehrbaren und rechtschaffenen Männern und Frauen. Es war eine ergreifende Rede, und die Menschen lauschten gebannt und mit Tränen in den Augen. Ehrfürchtige Stille legte sich über den Platz. Für eine ganze Weile war nur noch die Stimme der Kaiserinmutter zu vernehmen und die Stimmen der Ausrufer, die ihre Worte in Windeseile über den gesamten Platz verbreiteten, damit ihre Worte auch im hintersten Winkel noch zu vernehmen waren.

Sara hätte ganz sicher auch die eine oder andere Träne verdrückt, wenn es ihr in ihrem Kleid nicht so unerträglich heiß gewesen wäre. Der Schweiß floss bereits in Strömen an ihr herunter, und das Schwert drückte schmerzhaft in ihre Seite. Unauffällig drehte sie ihre Hüfte nach vorn. Beinahe wünschte sie sich schon einen Angreifer herbei, nur um ihre Waffe ziehen und sich Erleichterung verschaffen zu können.

Ihr Wunsch würde wohl nicht so schnell in Erfüllung gehen, und die Kaiserinmutter hatte sich gerade erst warm geredet. Das einfache Volk hing gebannt an ihren Lippen, während sie von der heldenhaften Befreiung der Stadt erzählte, und die Höhergestellten warteten begierig auf einen Hinweis auf das weitere Schicksal des Kaiserreichs. Wer würde wohl ihr nächster Herrscher werden? Graf Schweinebacke von Pribran vielleicht? Beltran ad Iago oder der Vogt von Krinec? Wer weiß, vielleicht wurde man es am Ende ja selbst? Ein Mann von einfachem Adel würde wohl noch träumen dürfen, nicht wahr? Sie zog eine Grimasse. Im Grunde war es ihr egal. Hauptsache, es wurde nur recht bald verkündet, bevor sie noch tot von der Bühne fiel.

Gerüchte über einen weiteren Bastard hatten schon seit längerer Zeit die Runde gemacht. Keiner wusste so genau, woher sie kamen, und die Kaiserinmutter hatte sie nicht unterbinden lassen. Eine macoubanische Edeldame sollte die Mutter gewesen sein. Imara Antreno? Sie konnte nur mutmaßen. Zuzutrauen wäre es dem verstorbenen Kaiser gewesen. Die Fürstin des Macouban galt in ihrer Jugend als große Schönheit, und Harand hatte bekanntlich kaum etwas anbrennen lassen. Sie warf einen Seitenblick auf Messer, der bei Ann Revins Worten keine Miene verzog. Dann hatte der Meistermörder wohl doch nicht so saubere Arbeit geleistet, wie man angenommen hatte. Zumindest trug er es mit Fassung.

Wenn es also Imara war, dann hatte möglicherweise ihre Tochter ein Anrecht auf den Thron. Diese Emeri, von der Ness Rools berichtet hatte. Eine Vairani. Was für eine Ironie. Eine Priesterin der Metis in der Heimat der Reisenden. Sara war sich nicht sicher, ob das Volk so etwas akzeptieren würde, aber wen kümmerte das schon? *Mach bitte schneller, mir juckt der Hintern.*

Sie hörte die Kaiserinmutter einen Namen rufen, und das Volk brach in begeisterten Jubel aus. Na endlich, dachte sie erleichtert. Wurde ja auch langsam Zeit. Jetzt lasst uns von hier verschwinden, ich muss endlich dieses verdammte Kleid loswerden …

»Komm schon«, sagte Danil. »Lass das Volk nicht länger warten.«

»Auf wen?«, fragte sie.

»Auf dich.«

Sie musste sich eingestehen, dass sie die ganze Zeit nicht hingehört hatte. Sie hätte es besser tun sollen, denn der Name, den das Volk rief, war ihr eigener. Er war jetzt laut und deutlich zu vernehmen. Von Tausenden Stimmen gebrüllt, schallte er über den Platz. Vorsichtig sah sie sich um und stellte fest, dass alle Blicke auf sie gerichtet waren. Unauffällig schob Danil sie nach vorn, bis sie direkt neben der Kaiserinmutter am Rand der Bühne stand. Sie verzog das Gesicht zu einem panischen Grinsen. Das Jucken an ihrem Hintern wurde beinahe unerträglich.

Während sie starr geradeaus blickte, versuchte sie, sich einen Reim auf diese Wendung der Geschehnisse zu machen. Es konnte einfach nicht sein. Imara Antreno war ganz sicher nicht ihre Mutter, und sie war weit entfernt davon, eine Vairani zu sein. Sie wusste es, die Kaiserinmutter wusste es, und allen anderen musste es ebenfalls klar sein. »Was geht hier vor?«, zischte sie Danil an. »Das ist doch ein schlechter Scherz.«

Danil grinste. »Seht Ihr mich lachen, Majestät?«

»Kein Mensch nimmt euch das ab!«

»Die Kaiserinmutter sagt es, und wer würde an ihren Worten zweifeln, wenn sie einen weiteren Seitensprung ihres Gatten so freimütig zugibt?«

»Ich kann es ebenfalls bezeugen«, sagte Beltran. »Mein Wort hat Gewicht. Ich bin der Botschafter des Macouban und durch die unglücklichen Ereignisse der letzten Wochen zufällig auch noch einer der letzten Überlebenden von Adel. Und wenn du mich fragst …«

»Ich frage Euch aber nicht!« Sie schoss ihm einen wütenden Seitenblick zu. »Wenn ich wirklich Kaiser Harands Tochter wäre, dann hätte Meister Messer mich schon längst ermordet.«

»Dann bring ihn besser nicht auf diesen Gedanken.« Beltran zwinkerte ihr zu.

»Außerdem spielt es keine Rolle, ob du wirklich blaues Blut in dir hast«, sagte Danil. »Ich bezweifle ohnehin, dass es so etwas tatsächlich gibt. Ich habe noch nie einen Mann erschlagen, dessen Blut blau gewesen wäre. Meistens ist es rot, und wenn es zu trocknen beginnt, färbt es sich braun.«

»Du weißt wirklich, wie man eine Frau beruhigt.«

Er zuckte mit den Schultern. »Die Zeiten ändern sich. Die Waldmenschen kämpfen ihre Herrscher aus. Das funktioniert erstaunlich gut, und es sorgt dafür, dass der Beste an der Spitze steht. Warum sollten wir unseren Kaiser nicht zur Abwechslung auch einmal nach seinen Fähigkeiten auswählen? Eine kluge Herrscherin, die vom Volk ebenso geachtet wird wie Ann Revin. Eine Heldin, die die Götter besiegt und die Kolnorer vertrieben hat. Wir könnten uns keine Bessere vorstellen, Sara. Wir brauchen dich. Berun braucht dich.«

Sara starrte ihn sprachlos an. Sie hatten das tatsächlich geplant. Wahrscheinlich schon die ganzen letzten Tage über. Hatten einfach so entschieden, sie zur nächsten Kaiserin zu machen. Ohne sie auch nur einmal gefragt zu haben. Sie sah Beltran an und dann Ann Revin.

»Wir haben dich gewogen ...«, sagte die Kaiserinmutter.

»Und gemessen ...«, sagte Beltran.

»... und wir haben dich für verrückt genug befunden.« Das Grinsen breitete sich über Danils gesamtes Gesicht aus.

–ENDE–

PERSONENVERZEICHNIS

Acousa – Xaris ältere Schwester, eine Fischerin aus Tiburone

Alaunar – der Weiße Schatten, freier Söldner, ehemals im Dienst des Kolno, Bruder von Oloare

Amad – untersetzter Metis-Fischer, dessen Boot Messer und Ness zwangsrekrutiert wird

Amric – Schreiber und Zahlmeister der Schildbrecher

Ann Revin ad Armitago – Kaiserinmutter und Witwe von Harand Revin

Ansgr Nor – Jarl des kolnorischen Königs, Vetter von Ejin Rigmar

Antreno – Fürst des Macouban

Bedbur – Feysts kolnorischer Leibwächter

Belling ad Cauris – einer der Ritter in Tiburone

Beltran ad Iago – Baron, fürstlicher Botschafter des Macouban

Bladik – genannt »der Mistkäfer«, Begabter im Dienst des Kolno

Bogk – wettergegerbter Waldmensch, dient Jorings Armee als Führer durch die lyttonschen Wälder

Cajetan ad Hedin – Ordensfürst des Flammenschwertordens von Berun

Cunrat ad Koredin – junger Flammenschwertritter, auf der Flucht im Macouban

Danil ad Corbec – in Ungnade gefallener Schwertmann des Kaisers

Daryl ad Priban – Flammenschwertritter in Gostin

de Barlio – Grafen, altes Adelsgeschlecht aus Cardeno

de Monta – Grafen, altes Adelsgeschlecht aus Cardeno

Deryn ad Skellvar – Patriarch des Flammenschwertordens, legendärer Weiser

Dolen ad Lhota – Flammenschwertritter mit Kinnnarbe

Edrik Revin ad Berun – Kaiser von Berun und Ann Revins Sohn

Ejin Rigmar – Tochter des kolnorischen Hochkönigs Theoder

Emeri – Tochter des Fürsten Antreno und Vairani des Macouban

Feyst Dreiauge – Wirt des Roten Bären und Unterweltkönig von Berun

Gissur – Fürst Gragars jüngster Sohn

Grill – Koch im kaiserlichen Palast und ehemaliger Tross-Vibel

Grimm – Ordensdiener, Cajetans Gehilfe

Hammer – schneidezahnloser Kriegsknecht unter Vibel Brender, Schildbrecher

Harand Revin ad Berun – »Der alte Löwe«, ehemaliger Kaiser Beruns, verstorbener Gatte von Ann Revin

Henrey Thoren – Leiter einer Spezialeinheit des Kaiserhauses, Vertrauter der Kaiserinmutter

Hector ad Guillern – »Der Schlächter von Auttrin«, legendärer Turnierritter (Wappen: Goldener Drache auf grünem Grund)
Henric – Anführer der Flammenschwertritter in Gostin
Heygl – zweitältester Sohn von Feyst, Unterweltschläger
Hilger – Anführer des Kriegsknechtstrupps der Schwarzraben
Hontu Doruk – gewählter Kriegsherr aller Waldmenschen

Imara Antreno – verstorbene Fürstin des Macouban, Emeris Mutter Isabel ad Koredin – ältere Schwester Cunrats

Jans ad Lupow – junger Flammenschwertritter in Gostin, Freund Cunrats
Jaquelyn ad Koredin – jüngere Schwester Cunrats
Jerik – der Hofnarr des Kaisers und ehemaliger Vertrauter Thorens
Joao – Schmied von Galarosa
Jochum – Bandenmitglied von Feyst Dreiauge
Johen ad Rincks – Stadtvogt von Berun und Reichsverweser
Joring – Ordensritter, Anführer des Heerzugs nach Lytton, verstorben

Katzbalger – einer der Schildbrecher, trägt seinen Namen wegen seiner Lieblingswaffe
Ketar – legendärer Weiser und Mystiker
Kumaj – einer der Bootshelfer Amads

Manzanos – Familie, altes Adelsgeschlecht im Novenischen Städtebund
Marten ad Sussetz – ehemaliger Schwertmann und illegitimer Sohn Kaiser Harands

Messer – Meister, Söldner, ehemaliger Feldscher der Schildbrecher, Auftragsmörder

Naevus – ehemaliger Tempelfürst und Flamme des Ordens, Cajetans Vorgänger

Ness Rools – glatzköpfiger Kriegsknecht, Bogenschütze der Schildbrecher

Ngana – Jäger der Huacoun

Odoin Nor – Bruder des Jarl Ansgr Nor, ehemaliger Geliebter von Ejin Rigmar

Okue – Anführer der Jäger der Huacoun

Oloare – Heilerin, ehemals im Dienst von Haus Antreno

Ossuna – Jägerin der Huacoun

Pericor ad Halsing – Flammenschwertrekrut in Berun, Freund von Ranik

Pio – Ältester von Galarosa

Ramos – der Heiler von Galarosa

Ranik ad Mellin – Flammenschwertordens-Rekrut, aus der Gegend von Auttrin, behält im Hafen den Überblick

Rikertz – ad Priban, Kommandant des Flammenschwert-Ordenshauses von Tiburone

Rodrik Brender – Vibel der 43. Kompanie, Kriegsknecht und Schildbrecher, im Dienst Thorens

Rosskopf, der – Kriegsknecht unter Vibel Brender, Schildbrecher

Sanzo Taion – Heetmann, Anführer der Cortesischen Truppen in Gostin

Sara – Metis aus dem Macouban, ehemaliges Straßenmädchen und Vertraute Thorens

Scheel Einohr – ältester Sohn von Feyst

Sorid – legendärer Schwertmeister des Flammenschwertordens

Suhata – Jäger der Huacoun, besitzt ein goldenes Gebiss und einen goldenen Dolch

Sumpfhaag – auch »die alte Sumpfhaag«, Seherin, Bandenmitglied von Feyst Dreiauge

Suula Aquela – Seneschal des Botschafters von Lessardo

Theoder Rigmar – der aktuelle Hochkönig des Kolno

Thurwieser – Bandenmitglied von Feyst Dreiauge

Veit ad Gillis – Patriarch des Flammenschwertordens

Velleco – ein veycarischer Vibel, der sich mit Brenders Männern in »Kaiser und Krone« messen durfte

Veltrin ad Geldaren – alter Ritter des Flammenschwertordens

Vigglud – der Hakennasige, Gezeichneter im Dienst des Kolno

Wibalt – stark behaarter Flammenschwertritter in Gostin

Xari – Metis, ehemalige Gesellschafterin und Leibdienerin Emeris

GÖTTER UND REISENDE

DIE REISENDEN

Mogho, »Der Handwerker« – Der Herr, Bärtiger mit vielfarbigem Überwurf

Takhasa/Kazarh, »Der Ritter« – Die Ewige Flamme, Krieger mit flammendem Schwert, in Cortenara: Kasha

Enurg, »Der Soldat« – Anführer der Reisenden, der »Erbauer« und damit Schirmherr aller Bauhandwerke und Festungen, steht damit also für den Kaiser

»Der Wanderer« – Name unbekannt, Schirmherr der Glücksritter, der Spieler, der Prostituierten, des fahrenden Volks und der Reisenden

Adzahid, »Der Weise« – Magier, Historiker und Schirmherr der Gelehrten und Geheimnisse

Mihg, »Der Harfner« – Schirmherr der Künstler, Musiker und Dichter, Herr über Liebe, Alkohol und Feiern

Hadol, »Der Heiler« – Schirmherr von Familie, Haus und Hof, inzwischen in allen Dingen rund um Gesundheit und Landwirtschaft gefragt

DIE GÖTTER

Duambe – der weiße Herr der Tiefe, der Vater der Schlangen, Meeres- und Schöpfergott der Metis

Frorn – Bruder von Iddis, von den Lyttonern angebetet, von Kazarh erschlagen

Huacoun – »Die dunklen Götter«, auch: »Die Götter des Südens«, der Legende nach stammen die Metis von ihnen ab, wird im Gegensatz zu Paranakyri als Wort für die dunkle Götterwelt der Metis verwendet

Iddis – Bruder von Frorn, von den Lyttonern angebetet, von Kazarh erschlagen

Lambebe – der Herr der tiefen Finsternis, Herr der Dunkelheit und der Tiefsee, Vater von Duambe und Oyambe

Manar – Meeresgott des Nordens, wird von den Skellvarern verehrt, gilt als »Führer der Reisenden«

Oyambe – Duambes Schwester, Meeresgöttin der Metis, Herrin der Stürme

Pakka – Schutzgöttin der Jäger der Nacht

Paranakyri – »jene, die von See kommen«, Metisausdruck für die zahlreichen Götter des Macouban, gleichzeitig des Volkes von Duambe

Tjalfar – Kriegsgott des kolnorischen Pantheons, manche fluchen gern bei seinen haarigen … Geschlechtsteilen

GLOSSAR

Aget – Metis-Ausdruck für Blaustein
Areku – Metiswort: »Zorn, Hass«
Azhdar – auch: Sturmdrache, riesige Flugechse, die die meiste Zeit ihres Lebens im Flug über dem Meer verbringt

Babjuc – kartoffelartige Knollenpflanze, ihre Wurzeln sind eines der traditionellen Hauptnahrungsmittel der Metis
Bajampuroosh-Lied – Ein Götter-Epos der Metis
Beja – Ort auf halbem Weg zur Küste zwischen Lessardo und Armitago
Bladikkäfer – unbeholfener Ernteschädling in Beru
Blagdhar – große, aasfressende Echse aus den Sümpfen des Macouban, ihr Fleisch gilt als Delikatesse (wenn es mindestens zwei Wochen lang in ihrem eigenen Urin mariniert und dann gedörrt wurde)
Boirokuu Lamoeli – Metisausdruck für Kolnorer
Bracceres, die – Bergkrette, die die Halbinsel Macouban vom Rest des Kontinents und des berunischen Reichs trennt
Brundal – Tier, dessen Exkremente als beliebtes Schimpfwort verwendet werden
Brungbeere – stinkt abscheulich, lässt sich aber zu einem großartigen Schnaps verarbeiten

Cardeno – mittelgroße Stadt im Macouban
Chelic-Blätter – bittere Pflanzenblätter mit antibiotischer Wirkung im Saft, im Macouban verwendet

Djeldaba-Öl – Palmöl des Macouban, wird für Lampen und zum Kochen verwendet
Doppel-Wolf – Silbermünze des Kolno, entspricht in der Kaufkraft fast zwei Silberadlern von Berun

Feuerblatt – eine Art Kraut, in das Fleisch eingewickelt wird

Galarosa – kleiner Ort zwischen Lessardo und Armitago
Geddral/Geddrali – verstecken sich bei Tag in der Tiefe, Flussbewohner des Macouban, fressen auch Menschen
Godord – Höhlenmenschen im Nordwesten von Tertys, die Wandbilder von Tieren anbeten
Guadrenbüsche – ähnlich Rhododendron, mit angenehmem Duft und sehr wohlschmeckenden, allerdings giftigen Früchten
Gunboru – größter Fluss des Macouban, der an Tiburone vorbei nach Norden führt

Heetmann – Anführer einer Kompanie (110 Mann)
Hügel von Hellu – Heiliger Ort, der den toten Göttern Frorn und Iddis geweiht war

lambebe hítau – »das Blut von Lambebe«, ein Huacoun-Ausdruck für Blaustein

Inenei – Huacounwort: »Zunge«, auch in Bedeutung von Sprecher, Anführer oder Magier
Isani – »Kind«, Ausdruck der Huacoun für minderwertige Personen

Kajun – rehartiges Tier auf dem Kontinent Vellarmo

Lambebes Hand – Klippenareal im Macouban, schroffe Kalksteinfelsen mit vorgelagerten Riffen

Malhoryn – Droge, klebriges Gemisch aus Pflanzensäften und Blausteinpulver, das in Klumpen in Pfeifen geraucht wird und zu einem opiumähnlichen Rausch führt

Mbalhi – auch: Totenlichter, leuchtende Krustentiere von der Länge einer Hand, die in riesigen Schwärmen durch das Meer ziehen

Mbwamai/Mbwamaii – kurzbeinige schwarze Wasserschweine, die unter den traditionellen Hütten der Metis hausen

Messing-Nägel – einheimische Währung des Macouban

Nabil – Untoter aus dem Meer, Schreckgestalt der Macoubanischen Tradition

Oueilarae – Huacounwort: »kleines Mädchen«

Pakourou – Huacounwort: »Spinnen des Blausteins«, die Krabbenspinnen

Paqualho/Paqualhe – Metis-Wort für die Seeschlangen des Macouban, hassen das Tageslicht, sind gelegentlich auch in den Flüssen zu finden

Ralld-Spinnen – spannen extrem dünne, stahlharte und rasierklingenscharfe Fäden im Wald, in der Hoffnung, dass Tiere hineinlaufen und verbluten. Ernähren sich von dem dabei anfallenden Aas

Riese von Sawale – legendäres Monster, das von Deryn ad Skellvar besiegt worden war

Sabra – Metiswort: »Idiot«, also ein Mann, der auf die See hinausfährt

Selcanische Algen – scheußliche, aber begehrte Spezialität in Adelskreisen

Skellinge – graue Raubmöwen mit gezahnten Schnäbeln, die nur nachts jagen oder Aas fressen

Skellvar-Sydin – der seltenste Stahl der Welt, der noch aus den Zeiten des alten Kaiserreichs stammt

Skogsvener – Kolnorer Ausdruck für die Waldmenschen im Norden von Kolno und Lytton

Sumya-Blätter – Droge, die fermentiert und wie Kautabak verwendet wird

Theyn – Heerführer, aus dem Königsadel des Kolno

Uhabu – Huacounwort: »Hand«, auch: Krieger, Wächter

Urgon – furchterregende Kreatur aus den Sagenliedern der Waldmenschen

Vairani – Oberste Priesterin der Metis

Vibel – Gruppenkommandant über 25 Mann (= eine Quartere), untersteht einem Heetmann

Warejia – eigentlich eine Leibdienerin des macoubanischen Adels, der Ausdruck wird besonders für die Leibwächterin der Vairani verwendet

Danksagung

Wenn Ihr diese Zeilen lest, dann seid Ihr ein ganz schön langes Stück mit uns unterwegs gewesen. Offensichtlich hat Euch die Reise sogar gefallen, denn sonst wärt Ihr uns ja nicht so lange treu geblieben. Vielleicht habt Ihr aber auch nur so lange durchgehalten, weil Ihr die Geschichte hasst und auch den Abschluss der Trilogie gebührend mit Eurer Verachtung strafen wollt. Oder unsere Bücher gelten inzwischen als Standardwerke der Klassischen Literatur und Ihr wurdet von Eurem Lehrer oder Professor gezwungen, sie zu lesen. Egal aus welchem Grund Ihr das Buch in Händen haltet: es hat uns von Anfang bis Ende verdammt viel Spaß gemacht, diese Geschichte für Euch zu schreiben. Und aus diesem Grund danken wir an erster Stelle: Euch.

Außerdem gilt unser Dank all den tollen Menschen bei Heyne und Random House, vor allem Sebastian Pirling, Franziska Amann und Doris Schuck, sowie all den anderen, die uns geholfen haben, unsere Bücher zu schreiben, zu korrigieren, zu verlegen, zu bewerben und natürlich zu verkaufen!

Wir bedanken uns bei den Künstlern, die dafür sorgen, dass alle Leute von der Optik der Blausteinkriege schwärmen, also den unbekannten Leuten im Satz, Franz Vohwinkel für die genialen Cover und Andreas Hancock für die nicht weniger gelungenen Karten, bei Catherine Beck, deren Lektorat unser Buch wie immer besser gemacht hat, sowie Carsten Pohl und Gregor Mango für das Testlesen in letzter Minute. Und schließlich danken wir unseren Ex-Agentinnen Julia Abrahams und Natalja Schmidt, die diese Trilogie so gut untergebracht haben und Sebastian Schlück, unserem neuen Agenten, der uns seitdem souverän betreut. Tja, und bei dem ganzen Autorenhaufen, den Buchverrückten, den Bloggern, Leserundenbetreuern, Rezensenten, Buchhändlern … Ihr wisst, wen wir meinen. Ja – Euch.

Tom dankt jetzt einfach noch all denen, die er bis jetzt immer wieder vergessen hat; vor allem aber dankt er vier Menschen: seiner Frau Leo, die jedes Mal wieder betont, dass sie auf keinen Fall eine ekstatische Danksagung will, aber eine Menge davon verdient; seinen beiden Söhnen, die hoffentlich irgendwann mal verstehen, was Papa da Seltsames schreibt und sich bis dahin mit den Büchern anderer Leute abspeisen lassen; und seinem Bruder, ohne den diese ganze Schreiberei nichts geworden wäre und mit dem es immer noch Spaß macht, zusammen zu arbeiten.

Stephan dankt allen, denen wir in all der Zeit immer noch nicht gedankt haben, der einen oder dem anderen die durch unsere Geschichten animiert wurden, vielleicht sogar selbst einmal zur Schreibfeder zu greifen, seiner Luftschifftruppe, die noch immer mit Würfel und Schwert unerschrocken durch die Wildnis segelt, und vor allem Judith, dank der er nun sogar weiß was Hoosier sind, und dass es kaum etwas Gastfreundlicheres gibt.

Und jetzt stellt Euch einfach noch einen langen Credits Roll vor, der zum genialen Schlusssong läuft (Ihr wisst schon – Catering, Stunt Team, Hairdresser, Location Scouts, Best Boy und Gaffer – wir wollten schon immer mal nachsehen, was das überhaupt ist …) und schüttelt bitte den Kopf über die Leute, die das Buch weglegen, bevor der Abspann vollständig durch ist.

Den Soundtrack könnt Ihr selbstverständlich kaufen – Ihr müsst ihn euch nur selbst beim Musikdealer eures Vertrauens zusammenstellen. Für mehr Infos hierzu und zu allen kommenden Projekten – besucht uns einfach auf der Verlagsseite, auf unserer offiziellen Website unter *www.ts-orgel.de* oder auf den üblichen sozialen Medien. Ihr findet uns schon.

Amad strich liebevoll über das Steuerruder seines neuen Schiffs. Er hatte es *Oyambes Tänzerin* genannt, zu Ehren der Meeresgöttin des Macouban und zum Dank für seine wundersame Rettung. Die Sache im Hafen von Berun war als verwirrende Folge von Chaos und Blutvergießen in sein Gedächtnis eingebrannt, doch wie durch ein Wunder hatten er und seine beiden Besatzungsmitglieder überlebt. Und für die Tatsache, dass jener Mahlstrom mitten im Hafen sein Boot verschlungen hatte, entschädigte ihn der Erwerb von *Oyambes Tänzerin* mehr als genug. Ein lessardischer Händler hatte sein Schiff nicht mehr benötigt, vor allem, da er mit seinem gesamten Gefolge von irgendwelchen Wilden niedergemacht worden war, als er sich auf irgendeinem Empfang beim Kaiser befunden hatte. Amad hatte daraufhin im Stillen beschlossen, niemals Einladungen zu derartigen Empfängen anzunehmen. Und die Hafenverwaltung war, im Tausch gegen eine Handvoll Goldlöwen, nur zu gern bereit gewesen, das überzählige Schiff loszuwerden.

Eigentlich war er entschlossen gewesen, seinen schmucken

Zweimaster so schnell wie möglich nach Hause ins Macouban zu bringen. Er war sich beinahe sicher, dass die Strafpredigt seiner Frau bei dessen Anblick nicht allzu hart ausfallen würde. Ganz darum herumkommen würde er sicherlich nicht, doch vermutlich hatte sie ein Einsehen, dass einige Wochen Abwesenheit ihres Mannes ein geringer Preis für diesen neuen Reichtum waren. Und zur Sicherheit hatte er in Berun noch einige Geschenke erworben. Sicher war sicher.

Deshalb lagen sie jetzt auch im Hafen von Pribran, schwer beladen mit Waren, die sie für den Rest ihres Gelds erworben hatten. Es gab keinen guten Grund für Leerfahrten, das hatte ihm schon sein Vater eingebläut.

Das mit der Heimfahrt war zumindest der Plan bis zum vergangenen Abend gewesen, bevor dieser blasse Mann an ihn herangetreten war. Amad runzelte die Stirn, und vollkommen unerwartet begann das wohlige Gefühl zu schwinden. In der vergangenen Nacht, bei einem hervorragenden Pribraner Bier, hatte der Vorschlag des Fremden einfach zu verlockend geklungen. Zugegeben, vielleicht waren es auch zwei oder drei Bier gewesen, doch eine einfache Überfahrt von hier nach Armitago war schließlich keine große Sache, jetzt, da die Zeit der Stürme vorbei zu sein schien. Zumal er schon immer heimlich davon geträumt hatte, einen exotischen Ort wie Armitago zu sehen. Wer aus seinem Heimatdorf konnte schließlich schon Vergleichbares von sich behaupten?

Besonders, wenn man dabei die Bezahlung bedachte, die ihm der Blasse geboten hatte. Die Hälfte bei Abfahrt, auf die Hand. Mal ehrlich, wie hätte er so etwas nach fünf Bier ausschlagen können? Er war schließlich auch nur ein Mann.

Jetzt brannte ihm die Morgensonne unangenehm auf den Nacken, sein Schädel klopfte, und er hatte schon wieder

Durst. Auf einmal lag das Geld schwer in seiner Tasche – doch was sollte er machen? Vermutlich waren die sechs Bier schuld, aber er hatte seinen Männern einen großzügigen Anteil versprochen, und zurückziehen war jetzt wohl nicht mehr drin, wo der Blasse dort vorn im Bug seines Schiffs stand und auf das Wasser hinaussah. Er sah hinab auf das etwas tiefer gelegene Hauptdeck, wo sein alter Freund Kumaj es sichtlich genoss, ihre vier neuen Besatzungsmitglieder herumzuscheuchen.

Amad seufzte. »Macht sie zum Auslaufen bereit!«, rief er Kumaj zu und bereute es sofort, seine Stimme erhoben zu haben. Vielleicht sollte er das Brüllen vorerst Kumaj überlassen. Der hatte ohnehin viel mehr Spaß daran. Er blinzelte, als sein Blick auf die Gangway fiel, die einer seiner Männer soeben einholen wollte.

In diesem Moment konnte er sämtliche Reste des Rauschs von acht Bieren geradezu aus seinen Poren sickern fühlen. Auf dem landwärtigen Ende der Planke stand ein Mann. Er war dünn, trug enge Beinkleider, seltsam anmutende Schnabelschuhe und war in einen alten schwarzen Mantel gehüllt, der ihm das Aussehen einer zerfledderten Krähe verlieh. Die scharfe Hakennase, die zwischen seinen schwarzen, strähnigen Haaren hervorragte, verstärkte den Eindruck nur noch.

»Holt dieses von Lambebe verdammte Brett ein! Wir laufen aus! Sofort!«, donnerte er, doch der vogelhafte Mann hatte bereits das Schiff betreten, ohne dem muskulösen Seemann neben sich die geringste Beachtung zu schenken. Stattdessen hob er eine spinnengliedrige Hand und winkte Amad grüßend zu. »Ich habe gehört, dass dieses Schiff nach Armitago ausläuft, guter Mann«, erklärte Meister Messer höflich. »Das trifft sich gut. Ich möchte eine Passage buchen.«

»Das ist nicht möglich«, gab Amad barsch zurück. »Die *Tänzerin* ist voll, und wir sind bereit zum Auslaufen. Für Passagiere ist kein Platz mehr.«

»Platz ist auf dem kleinsten Fischerboot«, gab Messer ohne jede erkennbare Spur von Ironie zurück. »Ich hörte außerdem, dass Ihr erst gestern einen Passagier aufgenommen habt.«

»Das ist richtig. Und er hat das ganze Schiff für sich allein gezahlt. Nichts zu machen. Also bitte geht!«

Messer legte den Kopf schief. »Ich verstehe«, sagte er ernst. »Aber ich denke, Ihr werdet nichts gegen zusätzliche fünf Goldlöwen einzuwenden haben, mein Bester?«

»Ich …« Amad stockte. *Fünf Goldlöwen sind fünf Goldlöwen …*

Messer nutzte die Gelegenheit. »Lasst mich mit Eurem Passagier reden. Vielleicht kommen wir zu einer nützlichen Einigung für uns alle.« Er lächelte Amad an, dem plötzlich ein eisiger Schauer über den Rücken kroch. »Wir wollen doch alle mit so wenig Ärger wie möglich durchs Leben kommen, richtig? Solange wir noch etwas davon haben, heißt das.«

Amad schluckte. »Ihr … Ihr müsst mit dem Kerl da vorn reden«, sagte er im Tonfall eines Mannes, der sich bereits geschlagen gab, und deutete in den Bug.

»Ah. Vielen Dank, bester Mann. Ihr dürft inzwischen mit dem Ablegen fortfahren.«

Messer ließ den von Grauen erfüllten Kapitän stehen und stakste zum Bug. Für einen langen Augenblick blieb er hinter dem Fremden stehen und sah hinaus auf das vor ihnen liegende, glitzernde Meer.

»Es ist mir ein Vergnügen, Euch wiederzusehen, Weißer Schatten.«

Der Blasse drehte sich um und starrte den Krähenmann an. »Messer? Was bei allen Fischgesichtern macht Ihr hier?«

Der Vogelmann zuckte mit den Schultern. »Ich hörte, dass ein Mann nach Armitago übersetzen will, und hielt es für eine gute Idee, ihm Gesellschaft zu leisten. Ich zumindest finde Schiffsreisen ohne Begleitung stets äußerst ermüdend. Und was treibt Euch über die See?«

Alaunar blinzelte irritiert. »Meine Schwester. Ich habe gehört, sie sei in Berun aufgetaucht, aber entkommen, als die Fischgesichter ausgelöscht wurden. Die verlässlicheren Quellen sagen, dass sie ins Novenische geflohen ist.«

Messer nickte. »Ihr seid also nach wie vor entschlossen, diese Sache zu beenden.«

Alaunar nickte zurückhaltend. »Es ist eine Sache der Familie. Und eine der persönlichen Ehre. Ich hasse es, Dinge nicht zu Ende zu bringen.«

»Das kann ich gut verstehen. Dinge müssen ein richtiges Ende finden. Auch wenn man öfter nachhelfen muss, als einem lieb ist.«

»Und Ihr, Messer?«

Der Vogelmann zuckte erneut mit den Schultern. »Berun hat mich ausgesandt, einen Narren zu finden.«

Der Blasse schnaubte. »Wenn Ihr mich fragt, Berun ist voll genug davon.«

»Das sollte man meinen, ja«, sagte Messer regungslos. »Aber diesem speziellen Narren soll ich eine letzte Nachricht der Kaiserin selbst überbringen. Eindringlich und mit stichhaltigen Argumenten.«

»Ah.« Alaunar dachte einen Moment lang nach. Dann nickte er Amad zu. »Ich denke, Eure Passage lässt sich arrangieren, Messer.«

Messer lächelte schmal und neigte den Kopf. »Es freut mich, mit Euch zu reisen. Zumal auch Kapitän Amad und ich gute Bekannte sind.«

Die Kopfschmerzen des Kapitäns steigerten sich rasant.